Reader's Digest
Auswahlbücher

Die Kurzfassungen in diesem Buch erscheinen
mit Genehmigung der Autoren und Verleger

199 (222)
Printed in Germany
ISBN 3 87070 797 6

# Reader's Digest Auswahlbücher

VERLAG DAS BESTE
STUTTGART · ZÜRICH · WIEN

# INHALT

Gleißende Flammen erhellen den Himmel über Seattle, als das Haus von Dorothy Enwright vollständig abbrennt. Schnell ist klar, daß es sich um Brandstiftung handelt. Aber wo soll Sergeant Lou Boldt ansetzen, wenn er keinerlei Anhaltspunkte hat? Anonyme Briefe, ein verschüchterter Junge und ein Fremder mit einer verbrannten Hand sind nur einige der Mosaiksteinchen, die Boldt zusammenfügen muß, wenn er ein weiteres Feuer verhindern will.

In den schottischen Kohlengruben herrscht im 18. Jahrhundert das Gesetz der Sklaverei. Der junge Bergmann Mack McAsh flieht deshalb nach London. Dort gerät er in eine andere Art von Knechtschaft: Als Aufrührer verurteilt, wird er in Ketten nach Virginia verschifft. Dabei trifft er auf Lizzie Jamisson, die Frau, die ihm einst zur Flucht verholfen hat – und verliebt sich in sie. Doch nicht nur der Standesunterschied steht dem Glück der beiden im Wege.

Seite 353

Nicholas Sparks

## Weit wie das Meer

Drei Jahre nach ihrer Scheidung fühlt sich Theresa Osborne einsamer denn je; sie sehnt sich nach dem Glück einer dauerhaften Beziehung. Da findet sie bei einem Strandspaziergang eine Flaschenpost, deren Inhalt – bewegendes Zeugnis einer tragischen Liebe – sie zutiefst berührt. Als sie in der Folge auf weitere Briefe desselben Verfassers stößt, steht für Theresa fest: Sie muß diesen außergewöhnlichen Mann ausfindig machen und kennenlernen!

Seite 459

Cornelius Fischer

## Das Ende aller Tage

Ein Giftgasanschlag der gefürchteten Shiva-Sekte auf die Hamburger U-Bahn versetzt ganz Europa in Schrecken. Für David Mathis, einen gefeierten Gehirnchirurgen, ziehen die Ereignisse eine schlimme Zerreißprobe nach sich. Bedroht von den Killern der Sekte, wird er auf eine ausrangierte Bohrinsel vor der Küste Irlands geflogen. Hier, im Hauptquartier der Sekte, soll er deren Anführer mit einer riskanten Operation das Leben retten.

RIDLEY PEARSON

# Bis Unkenn

zur
tlichkeit
WRFD

Lou Boldt kann sich den Tatsachen nicht länger verschließen: mit seiner Ehe steht es nicht zum besten. Seine Frau Liz hat kein Verständnis mehr dafür, daß Lous Arbeit bei der Mordkommission das Familienleben überschattet. Doch ausgerechnet jetzt treibt ein skrupelloser Brandstifter sein Unwesen, und Lou ist hin und her gerissen zwischen seiner Liebe zu Frau und Kindern und seiner Pflicht, die Einwohner von Seattle vor dem undurchschaubaren Feuerteufel zu schützen.

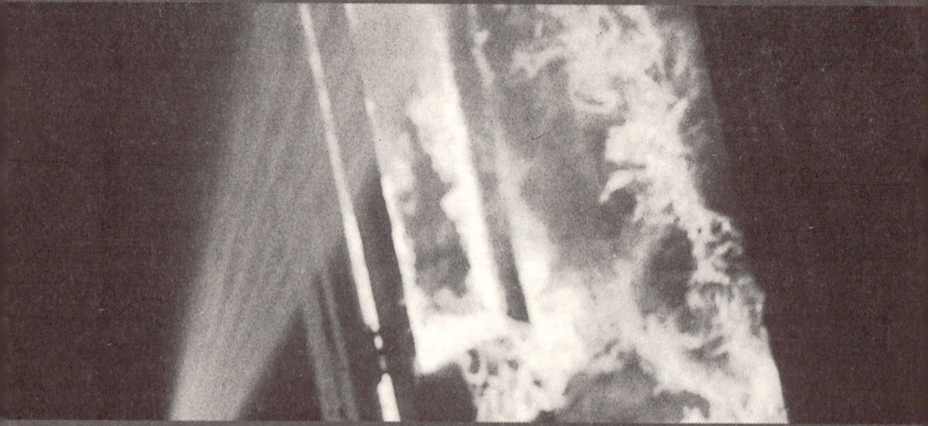

# ERSTES KAPITEL

Der Brand brach bei Sonnenuntergang aus. Wie ein heißer, fauliger Atemzug fuhr das Feuer durch das Haus, ließ sich durch nichts aufhalten und verschlang gnadenlos alles, was sich ihm entgegenstellte. Es raste mit gespenstischer Schnelligkeit von einem Raum zum anderen, fraß die Vorhänge, die Teppiche, die Handtücher und die Bettwäsche, auch die Kleidungsstücke, die Schuhe und die Decken in den Schränken. Von den Gebrauchsgegenständen blieb nichts mehr übrig. Das war kein gewöhnlicher Brand.

Kleinmöbel wie Stühle, Tische und Kommoden gingen in Rauch auf. Das Feuer verschlang den Schreibtisch, den Dorothy Enwright auf einem Flohmarkt erstanden, von seiner häßlichen grünen Farbe befreit und liebevoll mit einem durchsichtigen Lack versehen hatte, der nach Angaben des Herstellers eine Lebensdauer von dreißig Jahren hatte.

Dorothy Enwrights Leben währte nicht so lange.

Sie hörte zuerst tief drinnen in den Wänden ein seltsames Dröhnen, das sie an ein Erdbeben erinnerte. Dann sah sie aus den Augenwinkeln den merkwürdig kalt anmutenden Lichtschein. Ihr kam es vor, als flammte im Dunkel das Blitzlicht einer Kamera auf, und sie nahm einen Moment lang keine Hitze wahr, sondern nichts als Eiseskälte.

Die Flammen verbrannten ihr Haar und ihre Gesichtshaut. Mit versengtem Kehlkopf, unfähig zu schreien, fiel sie nach hinten. Ihre Knochen wurden sofort brüchig und zerbarsten wie Tannennadeln, die ins Feuer fallen.

Toilettensitze und Waschbecken schmolzen. Flüssiges Porzellan strömte blubbernd umher wie Lava.

Schon zwanzig Sekunden nach Ausbruch des Feuers war Dorothy Enwright tot. Doch bevor sie starb, mußte sie Höllenqualen erleiden. Dieses Schicksal hatte sie nicht verdient. Dazu hätte es nicht kommen dürfen. Um so weniger, wenn man bedenkt, daß ein Angehöriger der Feuerwehr elf Stunden zuvor eine Warnung erhalten und nichts unternommen hatte.

Als die Löschzüge ihre Arbeit beendet hatten, gab es für den Brandinspektor kaum noch etwas, das er als Beweismittel verwenden konnte. Was sich in diesem Gebäude in Seattle zugetragen hatte, ließ sich nicht mehr feststellen. Das Feuer hatte Dorothy Enwright und ihr Zuhause bis zur Unkenntlichkeit vernichtet, und genauso stand es um die Wahrheit.

Am Dienstag, dem 10. September, klingelte im Hause der Familie Boldt das Telefon. Elizabeth reichte ihrem Mann den Hörer und stieß dabei einen tiefen Seufzer aus, um zu zeigen, wie sehr sie es verabscheute, wenn sie in ihrem Privatleben mit seinen dienstlichen Angelegenheiten behelligt wurden.

Lou Boldt meldete sich mit krächzender Stimme. Er war hundemüde. Erst vor wenigen Augenblicken hatten seine Frau und er ihren acht Monate alten Sonnenschein Sarah in den Schlaf gewiegt und sich anschließend aufs Ehebett gelegt, um ein Viertelstündchen auszuruhen. Der dreijährige Miles beschäftigte sich in der Ecke mit seinen Bauklötzen.

Boldt wäre es lieber gewesen, wenn das Telefon nicht geklingelt hätte, denn er wollte Liz auf keinen Fall verärgern. Beschwichtigend streckte er den Arm aus, um ihre Schulter zu streicheln, besann sich dann aber anders. Es hätte wohl auch nicht viel genutzt.

Nachdem er dem Anrufer kurz zugehört hatte, legte er die Hand auf die Sprechmuschel. „Es geht um einen Brand", informierte er seine Frau. Da Boldt zur Mordkommission gehörte, konnte es sich um keinen gewöhnlichen Brandfall handeln.

Liz seufzte erneut. „Sprich leiser", bat sie ihn. Sarah hatte einen leichten Schlaf, und ihr Bettchen stand ganz in der Nähe. Als hätte Liz der Kleinen das Stichwort gegeben, fing Sarah sogleich an zu weinen.

Boldt notierte sich eine Adresse und legte auf.

Liz ging gerade zu Sarahs Bettchen, und Boldt warf ihr einen bewundernden Blick zu. Sie hatte immer noch eine schlanke, sportliche Figur und sah nicht wie eine Enddreißigerin aus, sondern wie eine Frau Ende Zwanzig. Als Liz das Baby in den Armen wiegte, tastete es gierig nach der Mutterbrust. Lou Boldt spürte, wie sich seine Kehle vor Rührung zusammenzog. In seinem Leben gab es zauberhafte Momente, die sich für immer in sein Gedächtnis einprägten, und dieser Anblick war einer von ihnen. Beinahe hätte er darüber den Anruf vergessen.

Liz redete leise mit dem Baby. Dann schaute sie zu ihrem Mann hinüber. „Tut mir leid, daß ich ungehalten war", meinte sie.

Sie lächelten einander zu. Lou Boldt war froh darüber, daß er sein Leben mit ihr teilen durfte, und er sagte ihr das auch. Liz errötete und legte sich mit dem Baby aufs Bett. Miles errichtete gerade das zweite Stockwerk seiner Festung. Vielleicht wird er mal Architekt, dachte Boldt. Alles, bloß kein Polizist!

LOU BOLDT roch den Brand, schon bevor er am Ort des Geschehens eintraf. Über weiten Bereichen des Stadtteils Wallingford hing ein dünner, zerfledderter Rauchschleier. Wenn Boldt bei Bränden mit Ermittlungen beauftragt wurde, dann geschah dies, weil Menschen zu Tode gekommen waren und die Feuerwehr verdächtige Begleiterscheinungen gemeldet hatte.

In Seattle gab es jedes Jahr eine große Anzahl von Bränden, aber die Zahl der unnatürlichen Todesfälle lag in dieser Stadt unter dem landesüblichen Durchschnitt. Bei Bränden waren selten Todesopfer zu beklagen, und wenn dies der Fall war, handelte es sich stets um Feuerwehrleute. Beim schlimmsten dieser Brandfälle, dem „Pang-Feuer", waren vor einiger Zeit vier Feuerwehrleute ums Leben gekommen. Diesen Fall hatte Boldt ebenfalls bearbeitet, und er wollte so etwas kein zweites Mal erleben.

Boldt hatte den Anruf in seiner Freizeit erhalten. Dennoch raste der übergewichtige, an den Schläfen ergraute Sergeant sofort in seinem lädierten Dienst-Chevy zu der angegebenen Adresse. Als „weitaus dienstältester Beamter" der Abteilung (mit dieser Bezeichnung wollte man auch höflich andeuten, daß er für seine Aufgabe eigentlich ein bißchen zu alt war) bekam Boldt einen übergroßen Anteil schwieriger Fälle zugeteilt. Oft hatte er sich überlegt, ob Lieutenant Phil Shoswitz ihn vielleicht auf diese Weise dazu bringen wollte, daß er sich um einen Verwaltungsposten bewarb. Der Umgang mit Menschen war Boldt jedoch lieber als der Papierkram, und deshalb beklagte er sich nicht.

Brandplätze flößten ihm Angst ein, selbst aus der Entfernung. Mit den blinkenden Warnlichtern, dem Gewirr von Feuerwehrschläuchen und dem Glitzern des feuchten Straßenbelags hatte dies nichts zu tun. Es lag an dem Modergeruch und dem schmierigen Unrat, die bei jedem Brand anzutreffen waren. Vor allem hing es mit Boldts lebhafter Phantasie zusammen. Er vermochte sich nur allzuleicht vorzustellen, daß sich ein Mensch in einer ausweglosen Situation befand, in einem ringsum von Flammen umgebenen Raum. Nichts konnte schlimmer sein, als in dem Flammeninferno umzukommen.

Bezirkskommandant Witt kam dem Sergeant in Einsatzkleidung entgegen, als dieser sich einem der Löschfahrzeuge näherte, in dem die Männer gerade die Ausrüstung verstauten. Witt begrüßte Boldt mit einem festen Händedruck.

Auch ohne die Hitze, die der Brandort immer noch ausstrahlte, war die Septemberluft angenehm warm. Boldt trug eine khakifarbene Windjacke, einen Baumwollpullover und eine khakifarbene Hose. Seine zuckende Kiefermuskulatur ließ erkennen, wie angespannt er war.

„Man hat die Sache unseren für Brandstiftungen zuständigen Leuten gemeldet“, teilte Boldt dem Bezirkskommandanten mit. „Und dabei muß von einer Leiche die Rede gewesen sein, denn sonst hätten sie mich nicht hinzugezogen.“

„Der Experte ist drinnen“, sagte Witt und deutete dabei auf die Überreste des Hauses. „Bisher wurde allerdings keine Leiche gefunden. Ein Nachbar behauptet jedoch, er habe die Bewohnerin gesehen, kurz bevor die Stichflamme hochging.“ Als wäre dies für den Sergeant von besonderer Bedeutung, fügte Witt mit Nachdruck hinzu: „Es gab eine Stichflamme, aber keine Explosion.“

„Das ist Ihre Angelegenheit“, meinte Boldt. „Ich kümmere mich um die Leiche.“

„Sofern wir sie je finden werden.“

„Was soll das heißen?“ hakte Boldt nach. „Gibt es nun eine Leiche oder nicht?“

„Sergeant, bei diesem Brand herrschte eine verfluchte Hitze!“ antwortete Witt mit lauter Stimme, um das Motorengeräusch der Fahrzeuge und das Quäken der Sprechfunkgeräte um sie herum zu übertönen. „Wenn die Leiche der Frau dort drin ist, wird man nicht mehr viel von ihr finden! Dafür war es einfach zu heiß.“ Witt starrte immer wieder zum Brandplatz hinüber. Er schien über etwas nachzugrübeln.

„Worüber zerbrechen Sie sich denn den Kopf?“ fragte Boldt unverblümt.

„Es gab eine Stichflamme, aber keine Verpuffung“, erwiderte Witt. „Die Hitzeentwicklung war unglaublich groß. Unser Ziel ist es, vier bis sechs Minuten nach dem Alarm am Einsatzort zu sein. Diesmal dauerte es zwischen sechs und acht Minuten. Aber das Feuer loderte schon vor unserem Eintreffen furchterregend. Das ganze Haus stand bereits in Flammen. Ein äußerst merkwürdiger Brand! Sergeant, setzen Sie sich doch mal mit der Flugüberwachung in Verbindung. Ich vermute, daß innerhalb von dreißig Sekunden eine gewaltige, mehrere hundert Meter hohe Feuersäule aufgestiegen ist. Das gibt mir schwer zu denken." Nach diesen Worten verabschiedete sich Witt und entfernte sich von Boldt, der im Mund den Geschmack von Holzkohle wahrnahm.

Dieser Geschmack lieferte dem Sergeant die traurige Bestätigung, und er sollte den Polizisten noch mehrere Tage begleiten. Boldt erkannte ihn, kaum daß er ihn auf der Zunge hatte. Einen übleren Geschmack konnte es nicht geben.

Der Geschmack stammte eindeutig von einer Leiche.

„Hau ab! Mach, daß du nach oben kommst!" Ben hatte den Kerl noch nie mit diesem Mädchen gesehen, aber es war auch nicht viel anders als seine Vorgängerinnen. Viel Lippenstift, enge Jeans – eine Kellnerin vielleicht oder ein Mädchen aus der Bar.

Der Mann, der sich als Bens Vater ausgab, kam näher. „Hast du gehört, Junge?" Er roch nach Zigaretten und Bier. Sein Name war Jack Santori, und Ben konnte ihn nicht ausstehen.

„Du hast doch gesagt, ich soll die Küche putzen", protestierte Ben. Er wünschte sich, achtzehn zu sein und nicht zwölf. Nur zu gern hätte er das Haus verlassen, um nie mehr zurückzukehren – wie seine Mutter es getan hatte. Er vermißte seine Mutter sehr.

„Verzieh dich nach oben!" befahl Jack, der schwankend auf den Kühlschrank zuging und dort nach Bier suchte. Das Mädchen warf Ben einen mitfühlenden Blick zu, doch das würde ihm wenig nützen, denn es war neu hier. Sie kannte Jack nicht. Wenn sie länger als zwei Nächte dabliebe, wäre das schon ein Rekord. Ben wußte, was sich bei Nacht unten abspielte. Genauso grob wie ihn behandelte Jack auch die Mädchen. Wenn man ihn in betrunkenem Zustand erlebte, konnte man nur froh darüber sein, daß er bis zum folgenden Mittag brauchte, um seinen Rausch auszuschlafen.

Jack hatte Bens Mutter geheiratet, als der Junge fünf Jahre alt war und sie gerade kein Geld hatte. Von Beruf war sie Friseuse, hatte aber ihre Stelle verloren. Vor der Trauung hatte sie Ben die Situation geschildert und behauptet: „Jack ist ein recht netter Kerl, und er wird für uns sorgen." Daß sich beides als falsch erwiesen hatte, konnte seiner Mutter jetzt egal sein, denn sie war sowieso nicht mehr da. Aber er selbst mußte weiterhin mit dem Typen zusammenleben.

„Marsch! Nach oben!" schrie Jack. Das Mädchen zuckte bei dem Gebrüll zusammen. Ben drehte den Wasserhahn zu und trocknete seine Hände ab. Jack gab sich gern als harter Bursche, aber Ben hatte ihn schon einige Male weinen hören, als er sich allein wähnte. Er hatte geschluchzt wie ein Baby. Hätte Ben nicht soviel Angst vor ihm gehabt, dann hätte er ihn vielleicht ein bißchen bemitleidet.

In dieser Nacht gab es so viel Lärm, daß Ben nicht schlafen konnte. Als er ein bißchen eingenickt war, stieß das Mädchen einen Schrei aus, als trachte ihm Jack nach dem Leben. Dann herrschte Stille, und Ben überlegte, ob Jack sie vielleicht tatsächlich umgebracht hatte. Das traute er dem Kerl durchaus zu.

Als es endlich Morgen wurde, zog sich Ben an und verschwand aus dem Haus, bevor die Schwierigkeiten wieder anfingen. Denn diese hatten immer schmerzhafte Folgen.

Der südöstliche Stadtteil, in dem Ben wohnte, sah fast überall ärmlich aus. An den Häusern war die Farbe abgeblättert, und die Dächer waren wegen der langen, feuchten Winter halb verfault. Bevor Jack aufkreuzte, waren Ben und seine Mutter besser untergebracht gewesen, aber der Junge konnte sich an diese Zeit kaum noch erinnern. Seinen wirklichen Vater hatte er nie gesehen.

Als Ben den Hügel hinaufstieg, um zu Emilys Haus zu kommen, hörte er den Verkehr auf dem Martin-Luther-King-Boulevard. Er hielt Abstand zu anderen Leuten und schritt schnell aus. Ben wußte, welche Straßen er meiden und um welche Spelunken er einen Bogen machen mußte. Außer vor Jack hatte er nur vor den Jugendbanden der Gegend richtig Angst. Ein Junge hatte einmal versucht, ihn als Drogendealer anzuwerben, und Ben hatte es nur dank eines schlauen Einfalls geschafft, daß er für seine Weigerung keine Prügel bezog. Er hatte sein Glasauge – sein linkes Auge – herausgenommen, es dem Jungen gezeigt und erklärt, er könne auf der linken Seite niemanden erkennen und sei deswegen leicht zu schnappen. Der Augentrick war ein echter Schocker. Er funktionierte immer.

Das Glasauge hatte eingesetzt werden müssen, weil Ben einen Geburtsfehler hatte. Natürlich wäre es dem Jungen lieber gewesen, wenn er zwei Augen gehabt hätte wie alle anderen auch, aber der Trick mit dem Vorzeigen war manchmal recht nützlich. Zum Beispiel bei Mädchen. Sie fingen an zu schreien und rannten weg, was Ben ganz recht war. Weibliche Wesen ödeten ihn an.

Mit Ausnahme von Emily. Sie wohnte in einem kleinen Haus, das purpurfarben gestrichen war und dunkelblaue Verzierungen aufwies. Auf dem Rasen standen ein fast zwei Meter hoher metallener Globus und ein rosafarbener Plastikflamingo, an dem ein Schild mit dem Hinweis WAHRSAGEN 10 $ – TAROT-ASTROLOGIE hing. Am Fenster stand außerdem in blauer Neonschrift: ALLES ÜBER IHRE ZUKUNFT UND IHRE VERGANGENHEIT. Auf die purpurfarbene Laibung waren weiße Sterne und blaßblaue Monde aufgemalt. Ben ging auf dem gepflasterten Weg zur Haustür, wo er zweimal klopfte. Da in der Auffahrt kein Auto geparkt war, nahm er an, daß Emily im Moment keinen Kunden hatte.

„Komm rein, Ben." Emily wußte immer im voraus, daß er es war. Ben hatte keine Ahnung, wie sie das fertigbrachte. Die Leute zweifelten an Emilys Fähigkeiten, aber Ben war überzeugt, daß sie über eine besondere Gabe verfügte.

Emily hatte dichtes braunes Haar und freundlich dreinblickende blaue Augen. Ben nahm an, daß sie etwa im selben Alter wie seine Mutter und somit ziemlich alt war – um die Dreißig. Sie trug ein geblümtes, mit einem roten Plastikgürtel versehenes Kleid, rosafarbene Strümpfe und rote Turnschuhe. Als sie zusammen in die Küche gingen, geschah dies mit einer Ungezwungenheit und Vertrautheit, als wären sie Mutter und Sohn. Und so betrachtete Ben die Beziehung auch gern.

Auf dem Weg in die Küche durchquerten sie das Zimmer, in dem Emily ihre Wahrsagerei betrieb. An der Decke war himmelblau gefärbte Fallschirmseide drapiert; den Mittelpunkt bildete eine weiße, kugelförmige Leuchte, die mit einem Dimmer verbunden war. Unter der Leuchte hatte Emily einen runden, mit einem schwarzen Tuch bedeckten Tisch und zwei Stühle arrangiert. Auf dem Tisch stand eine rote Kerze. Links von Emilys Platz lag ein Stapel Tarotkarten, und auf der Unterseite der Tischplatte befanden sich drei Schalter, mit deren Hilfe sie die Beleuchtung variieren konnte. Mit dem grauen Kästchen, das neben den Schaltern mit Klebeband befestigt war, konnte sie die Sprechfunkübertragung in ihrem Ohrknopf regulieren.

„Wie war er gestern abend?" fragte Emily, als sie in der Küche ankamen.

„Wie immer. Er brachte ein neues Mädchen mit."

„Und war er betrunken?"

„Beide."

„Hat er dich geschlagen?"

„Nein. Wenn ein neues Mädchen da ist, tut er das nicht. Aber sie hat er verprügelt, glaub ich, denn ich hab sie schreien hören."

„Ich suche weiter nach einem Ausweg", versprach Emily, als sie den Tee zubereitete. „Ich tue mein möglichstes."

„Ich weiß." Ben war klar, was Emily erreichen wollte. Sie wollte, daß er zu ihr kam. Aber um ihn von Jack loszueisen, brauchte sie zuerst einmal belastendes Beweismaterial gegen den Stiefvater. Ben hatte jedoch keine Lust, Beweise zu liefern. Er wollte weder mit einem Sozialarbeiter reden, noch ließ er es zu, daß Emily seine blauen Flecke fotografierte. Ben dachte, wenn er Beweise lieferte, wenn Jack von der Polizei vernommen würde und Emily dann aus irgendeinem Grund doch nicht durchkäme, würde ihn der Kerl grün und blau schlagen, ja vielleicht sogar umbringen. Überhaupt keinen Versuch zu machen war seiner Meinung nach immer noch besser, als einen Fehlschlag zu riskieren. Andererseits hatte er Emily sehr gern und wollte sie nicht enttäuschen.

„Ich bringe es nicht fertig“, platzte er heraus.

„Man wird dafür sorgen, daß dir nichts passiert“, versuchte Emily ihn zu beruhigen.

„Wie denn?“ gab Ben skeptisch zurück. „Du kennst ihn nicht!“

Das Geräusch, das ein Wagen in der Kiesauffahrt machte, ersparte ihm weitere Diskussionen. Ben lächelte Emily zu. Es gab Arbeit für sie beide.

Ben griff nach dem Sprechfunkgerät, während Emily den Plastikknopf unter das Haar und in ihr Ohr schob. „Test“, sagte er in das Gerät, und Emily nickte.

Als Emily auf das Läuten der Glocke zur Haustür ging, verschwand Ben durch die Hintertür und schlich sich zur Ecke des Hauses. Von dort aus konnte er den lädierten gelben Ford sehen.

„Sie bezahlen mich dafür, daß sie das zu hören bekommen, was sie gern hören möchten“, hatte ihm Emily einmal erklärt. „Je mehr wir über sie herauskriegen, desto besser können wir ihnen erzählen, was sie hören möchten, und desto eher kommen sie wieder.“ Ben erschien das logisch. Es fiel ihm nicht schwer, die Leute auszuspionieren. Für ihn war das ein Spiel. Er verstand sich gut darauf, und es gefiel ihm, daß er etwas wirklich gut hinkriegte.

Als Ben hörte, daß die Haustür geschlossen wurde, ging er rasch zu dem Wagen und fing mit seiner Untersuchung an. Bei dem Aufkleber an der Windschutzscheibe handelte es sich um eine Parkerlaubnis für Angestellte der Universität von Seattle. Als Ben durch ein Seitenfenster schaute, entdeckte er einen Katalog der Firma Victoria's Secret mit der Postanschrift einer gewissen Wendy Davis. Diese Frau wohnte in einer etwa eineinhalb Kilometer nördlich des Green Lake gelegenen Straße. Auf der Rückbank war ein Babysitz festgegurtet.

Ben hob das Sprechfunkgerät in die Höhe und überprüfte den Lautstärkeregler. Dann hielt er es vor seinen Mund, gab den Namen der Frau durch, beschrieb den unordentlichen Zustand im Wageninneren und erwähnte, daß es sich um einen alten Ford handelte und daß ein Kindersitz vorhanden war. „Moment", sagte er, als er die Zeitung bemerkte, die neben dem Fahrersitz steckte. Sie war auf der Seite mit den Wohnungsanzeigen aufgeschlagen. Verschiedene Mietangebote waren angestrichen. „Sie ist auf Wohnungssuche. Die Zeitung ist von gestern." Die Autotür machte er nicht auf, auch wenn er es noch so gern getan hätte. Das war strafbar und konnte Emily in große Schwierigkeiten bringen.

Super! dachte er, als er die beiden Farbfotos im Paßbildformat entdeckte, die in der Nähe des Tachometers angeklebt waren. Auf dem einen war ein Junge im Babyalter zu sehen, auf dem anderen ein größerer, etwa fünfjähriger Junge. Ben gab dies durch und erwähnte außerdem, daß die Frau Marlboro Lights rauche und Diät-Cola trinke.

Zufrieden mit sich, kehrte Ben durch die Hintertür in die Küche zurück. Aus dem anderen Zimmer ertönte leise, auf einem Xylophon, einer Flöte und einer Gitarre gespielte New-Age-Musik. Emily ließ sie auch deswegen laufen, damit die Kunden keine Geräusche aus dem Ohrknopf mitbekamen. Durch das Geplätscher der Musik hindurch hörte Ben Emilys Stimme. „Ich habe ein Problem vor Augen... Eine Schwierigkeit...", teilte sie ihrer Kundin gerade mit. „Vielleicht eine bevorstehende Entscheidung... Und einen, nein, zwei Jungen sehe ich, beide noch recht klein."

„Du meine Güte!" rief die unsichtbare Frau.

„Sind das Ihre Kinder?"

„Ja! Das ist ja nicht zu fassen!"

„Ein Kleinkind..."

„Charles. Charlie", fiel ihr Wendy Davis ins Wort.

„Und der andere Junge ist älter – etwa vier oder fünf?"

„Harry ist gerade fünf geworden."

„Sie machen sich Sorgen um die beiden", bemerkte die Wahrsagerin. „Ich sehe Koffer und Kartons... Wollen Sie umziehen?"

Die Kundin schnappte vernehmlich nach Luft. „Mein Gott, ist denn das die Möglichkeit?" Sie lachte glucksend und war ganz durcheinander. „Entschuldigen Sie, ich wollte nur sagen..." Die Frau lachte erneut. „Sie sind ja die reinste Hellseherin!"

„Sie suchen ein neues Zuhause", fuhr Emily unbeirrt fort. „Sie machen sich Sorgen um die Kinder. Sie wohnen in der Nähe eines Sees..."

„Ja, beim Green Lake!" entfuhr es der Frau. „Ist ja nicht zu fassen!"

Ben war stolz auf seine Leistung. Diese Kundin würde bestimmt wiederkommen, dessen war er sich sicher. Emily würde begeistert sein, und ihm kam es sehr darauf an, von ihr gelobt zu werden.

Ben hatte den Eindruck, daß Wendy Davis bei ihrem Weggang glücklicher war als bei ihrer Ankunft. Das tat ihm gut, denn damit war Emilys Ziel erreicht. Um sicherzustellen, daß der Kunde wiederkam, ließ Emily am Ende der Sitzung immer einige unheilvolle Warnungen vom Stapel. „Ich sehe etwas Dunkles in der Zukunft" war einer ihrer Standardsätze. Außerdem führte Emily einen Terminkalender. Der Kunde durfte sich glücklich schätzen, wenn sie ihn dort „gerade noch unterbringen" konnte. So ging das bei allen Kunden.

„Du mußt etwas essen", verkündete Emily, als sie in die Küche kam. „Du bist viel zu mager." Essen gehörte bei ihr zum Lebensinhalt. Ben hatte den Eindruck, daß sie sich die meiste Zeit am Kühlschrank aufhielt und dessen Inhalt überprüfte. „Ich habe ein Stück Schweinelende für dich, nach dem Rezept meiner Tante mit Zitronensaft, Oregano, Salz und Pfeffer mariniert."

Eine Stunde später aßen sie am Küchentisch zu Mittag. Den Kartoffelbrei mochte Ben am liebsten. „Die Reste können wir als Abendessen verwenden", entschied Emily. „Aufgewärmt schmecken sie noch besser."

Ben war froh, daß sie das Abendessen erwähnt hatte, denn das bedeutete, daß er nicht so bald nach Hause zu gehen brauchte. Wenn er Glück hatte, würde Emily ihn einladen, über Nacht zu bleiben. Das kam etwa zweimal in der Woche vor. Jack hatte nie wissen wollen, wohin Ben ging. Sein Stiefvater hatte nur etwas auszusetzen, wenn die Hausarbeit liegengeblieben war. Da sein Mißfallen oft mit Handgreiflichkeiten einherging, achtete Ben darauf, daß die Hausarbeit erledigt wurde.

Den Abwasch machten Emily und Ben gemeinsam. Dann setzte sich Emily in ihren Lieblingssessel und ließ sich von Ben vorlesen. Nach etwa zwanzig Minuten hörte Ben, wie ein Auto in die Auffahrt fuhr.

„Noch jemand", stellte er fest.

Emily stand auf und strich ihr Kleid glatt. „Du machst ja tatsächlich Fortschritte beim Lesen", lobte sie den Jungen in neckischem Ton, während sie seinen Kopf liebevoll tätschelte. „Du wirst es vielleicht doch noch zu etwas bringen."

Ben wartete, bis der Wagen zum Stillstand gekommen und der Motor ausgeschaltet war. Dann verschwand er durch die Hintertür und ging seiner Aufgabe nach.

# ZWEITES KAPITEL

„Möchten Sie eine Tasse Kaffee?“

„Nein, danke“, sagte Lou Boldt zu dem jungen Streifenpolizisten. Der Grünschnabel tat ihm leid. Er selbst wußte noch gut, wie es gewesen war, als er zum erstenmal in Uniform den fünften Stock des Polizeipräsidiums betreten hatte: Sein Herz hatte geklopft, und seine Haut hatte gekribbelt. Die meisten Grünschnäbel hielten die Mordkommission für ein erstrebenswertes Ziel, für den Gipfelpunkt einer Laufbahn. Hier gab man sich nicht mit Lappalien wie Strafzetteln und unvorsichtigen Fußgängern ab, hier ging es um Leben und Tod. Aber man bezahlte dafür einen hohen Preis: Man litt unter Schlaflosigkeit und Schuldgefühlen und war frustriert. Die Mordkommission war kein Zuckerschlecken.

So, wie Boldt mit seinen 42 Jahren jetzt hier saß, erinnerte kaum etwas an den durchtrainierten, aufgeweckten und begeisterungsfähigen jungen Burschen, der er einst gewesen war. Er hatte kurzgeschnittenes, graumeliertes Haar, und sein rundes Gesicht ließ erkennen, daß er es nicht fertigbrachte, seine annähernd 15 Kilo Übergewicht loszuwerden. Die Finger seiner dicken Hände waren knorrig, weil er sich in den vergangenen Jahrzehnten immer wieder mal einen Knöchel gebrochen hatte.

Boldt war unglaublich müde. Miles und Sarah hatten die Nacht über abwechselnd ihr Geschrei angestimmt; Liz und er waren schließlich ganz erschöpft und übellaunig gewesen. Im Anschluß an eine morgendliche Auseinandersetzung in der Küche, bei der es um den Zustand eines weichen Eies gegangen war, hatte Liz mit der Tirade begonnen, daß Boldt sich wieder einmal zu sehr von seinem Job vereinnahmen lasse. Der Sergeant hielt den Vorwurf für ungerechtfertigt, zumal er an vier der letzten fünf Abende vor seiner Frau nach Hause gekommen war. Ihre Tätigkeit bei einer Handelsbank nahm eindeutig mehr Zeit in Anspruch als der Polizeidienst. Genau das hatte er Liz zu verstehen gegeben, aber das hatte bei ihr nur zu neuen Temperamentsausbrüchen geführt. Und nun saß Boldt mit einem Brummschädel an seinem Platz.

Sein Kopf dröhnte noch immer, als er im Untergeschoß des Harborview Medical Center das Büro des amtlichen Leichenbeschauers aufsuchte. Dr. Ronald Dixon erwartete ihn bereits. Er war einer von Boldts engsten Freunden und wie er ein Jazzfan.

In Dixons Augen lag ein intelligenter Ausdruck. Daß er einen wachen Verstand besaß, merkte man bei ihm auf den ersten Blick. Dixon kam hinter seinem Schreibtisch hervor und lächelte Boldt zu. Dann zeigte er auf eine Plastiktüte für Beweisstücke, die auf dem kleinen Konferenztisch lag.

Boldt betrachtete den schwarzen, etwa sieben mal sieben Zentimeter großen Knochen, der sich darin befand. „Er stammt aus dem Enwright-Feuer", erklärte Dixon.

„Ist das alles?" fragte Boldt.

„Ansonsten gibt es nichts Brauchbares", bestätigte Dixon. „Rückgrat und Becken zerfallen bei Bränden recht häufig erst zuletzt. Hier handelt es sich um einen Knochen aus der Beckengegend. Das Becken erlaubt Rückschlüsse auf das Geschlecht, und das Rückgrat zeigt das Alter an. Siehst du die Verkalkung am inneren Rand? Sie deutet auf einen gewissen Alterungsprozeß hin. Um einen Teenager handelt es sich nicht. Wahrscheinlich war sie schon über dreißig."

Boldt spürte ein Kribbeln in seinem eigenen Rückgrat. „Sie?" fragte er verwundert.

„Man kann mit einiger Sicherheit sagen, daß es sich um eine Frau handelt, aber das ist leider auch schon alles ...", erwiderte Dixon. „Wir haben die Fundstelle sorgfältig untersucht. Ich hatte eigentlich erwartet, daß wir Oberschenkelknochen oder Teile des Rückgrats finden würden. Je nachdem, wie das Opfer zu Boden fällt, dauert es eine Weile, bis diese Stücke zu Asche werden."

„Worauf kommt es dabei an? Auf die Zeitspanne oder auf die Hitze?" erkundigte sich Boldt.

„Beim Zerfallsprozeß spielt beides eine Rolle."

„Es herrschte eine gewaltige Hitze", bemerkte der Sergeant. Er hatte sich mit der Flugüberwachung in Verbindung gesetzt und von dort erfahren, daß die Stichflamme über dreihundert Meter hoch in den Nachthimmel emporgeschossen war. Ein derartiges Phänomen war bei einem Gebäudebrand noch nie aufgetreten.

„Wir hoffen, daß bei der Laboruntersuchung einige Knochenfragmente zum Vorschein kommen werden. Schließlich haben wir einen Mülleimer voller Asche und Schutt ins Labor geschickt." Dixon hielt einen Moment lang inne. „Ich werde folgendes schriftlich festhalten: ‚Die gegebenen Umstände legen den Verdacht nahe, daß das Opfer gewaltsam zu Tode kam.'"

Dixons Feststellung, daß sich in den Trümmern eine Leiche befand, führte dazu, daß die Ermittlungen intensiviert wurden. Boldt zog John LaMoia und Bobbie Gaynes aus seiner eigenen Abteilung als Verstärkung hinzu. Sie würden von den Feuerwehrmännern Sidney Fidler und Neil Bahan Unterstützung erhalten, die dem Polizeipräsidium von Seattle zeitweise als Ermittlungshelfer in Fällen von Brandstiftung zugeteilt waren. Boldt sollte den Fall betreuen und Lieutenant Phil Shoswitz direkt informieren.

Im Polizeipräsidium von Seattle fand sechs Tage nach dem Brand im Konferenzzimmer des fünften Stocks um zehn Uhr morgens eine Besprechung dazu statt, wie man weiter vorgehen solle. Daran nahmen Boldts Team sowie vier Brandinspektoren als Vertreter der verschiedenen Feuerwehrbezirke von King County teil. Als die technischen Einzelheiten des Brandes besprochen wurden, beschränkten sich Boldt, LaMoia und Gaynes aufs Zuhören. Sie erfuhren, daß die Inspektoren durch bestimmte Verlaufsspuren, die das Feuer auf Holz hinterlassen hatte, auf die Mitte des Gebäudes aufmerksam geworden waren. Diese sei jedoch so stark zerstört, daß man praktisch keine Spuren finden könne. Der eigentliche Brandherd, der bei jedem Fall von Brandstiftung den Ausgangspunkt der Ermittlungen darstelle, sei deshalb nicht genau zu lokalisieren. Je länger die Besprechung andauerte, desto besorgter wurde Boldt. Die Ausführungen hinterließen bei ihm den niederschmetternden Eindruck, daß das Feuer durch seine gewaltige Hitze alle Hinweise auf seinen Ursprungsort zerstört hatte. Schlimmer noch: Den Experten erschien das Ausmaß der Hitzeentwicklung offenbar verblüffend, ja furchteinflößend.

Neil Bahan faßte die Erörterungen für Boldt und dessen Mitarbeiter zusammen: „Nach unseren Feststellungen begann das Feuer mit einer Stichflamme, aber es gab keine Explosion. Das ist beunruhigend, denn viele der bekannten Brandbeschleuniger scheiden somit aus. Berücksichtigt man außerdem die Höhe der Feuersäule und deren purpurne Färbung, liegt der Schluß nahe, daß es sich um einen flüssigen Brandbeschleuniger handelte. Deshalb ist es ratsam, unsere Proben an das staatliche Kriminallabor zu schicken und auf Kohlenwasserstoffe untersuchen zu lassen. Auf diese Weise werden wir erfahren, was für ein Brennstoff verwendet wurde, und dann können wir uns vielleicht auf die Suche nach dem Einzel- oder Großhandelsbetrieb machen, der diesen Brennstoff vertreibt. In der Zwischenzeit wollen wir versuchen, aus den übrigen Beweisstücken schlau zu werden."

„Um was handelt es sich dabei?" fragte Boldt.

„Im Betonfundament gibt es Blasen, die an Popcorn erinnern", setzte Bahan die Kollegen ins Bild. „Der Beton wurde so rasch erhitzt, daß die darin enthaltene Feuchtigkeit verdampfte und explosionsartig an die Oberfläche trat. Das sieht aus wie ein schwerer Fall von Akne. Schlacken oder Schwermetalle, die man nach der Verwendung von flüssigen Brandbeschleunigern vorfinden müßte, haben wir allerdings nicht entdeckt. Andererseits gibt es in der Mitte des Fundaments eine Stelle, an der der Beton blau gefärbt ist. Das bedeutet, daß das Zeug mit über 1100 Grad Celsius losging. Angesichts dessen scheidet wieder eine ganze Menge bekannter Beschleuniger aus, und wir geraten nun auf ein Gebiet, auf dem wir uns, offen gestanden, nicht mehr so recht auskennen."

„Das wäre vielleicht etwas für das ATF, das Büro für Alkohol, Tabak und Feuerwaffen", meinte einer der Brandinspektoren.

Bahan nickte. „Ja, wir könnten die Bundesbehörde einschalten oder etwas von dem Zeug an ihr Labor in Sacramento schicken."

„Wenn ich Sie richtig verstehe, ist der Ausbruch des Feuers auf ungewöhnliche Umstände zurückzuführen", folgerte Boldt.

Zwei der Brandexperten lachten laut.

„Ja, das dürfen Sie getrost annehmen", bestätigte Bahan. „Und der Kerl, mit dem wir's zu tun haben, versteht sein Handwerk."

Daß dem Brandstifter Geschicklichkeit zugebilligt wurde, ging Boldt gegen den Strich. „Wissen Sie denn nicht, daß die Frau einen siebenjährigen Sohn hatte?" empörte er sich.

Einer der Brandinspektoren schnappte hörbar nach Luft. „War er denn auch in dem brennenden Haus?" Welche Mitglieder der Gruppe Kinder hatten, konnte man jetzt leicht erkennen.

„Er hielt sich Gott sei Dank beim Exehemann der Frau auf." Boldt stellte sich vor, sein eigener Sohn Miles geriete in ein solches Feuer. „Gott sei Dank", wiederholte er mit leiser Stimme.

„Das Labor soll sich mit der Sache befassen, und wir warten ab, was dabei rauskommt", befand Bahan. „Im Moment kann man nichts Genaues sagen. Jetzt sollen sich erst einmal die Chemiker daran versuchen."

Auf dem Rückweg zu seinem Büro hatte Boldt das Gefühl, daß ihn etwas Schlimmes erwartete. Schon von der Zimmertür aus erkannte er, daß sein Schreibtisch mit Zetteln über eingegangene Anrufe übersät war. Sie ähnelten dem Herbstlaub, das draußen lag. Vor allem aber bestätigten sie, daß die Arbeit nicht abriß. Boldt atmete tief durch und setzte sich auf seinen Drehstuhl.

Kaum hatte er Platz genommen, da hörte er am Eingang seines kleinen Büros eine tiefe Männerstimme: „Sergeant Boldt?"

Der große, gutaussehende, breitschultrige Mann mit den dunkelbraunen Augen und dem kurzgeschnittenen Haar war einer der vier Brandexperten, die an der Besprechung teilgenommen hatten. Boldt stand auf, und die beiden schüttelten einander die Hand. Die rechte Hand des Besuchers war hart und schwielig. Er stellte sich als Steven Garman vor.

„Zu welchem Bezirk gehören Sie?"

„Zum vierten. Er umfaßt Ballard und Greenwood."

„Die Besprechung ist ja ganz gut verlaufen", sagte Boldt.

„Ja, das stimmt", erwiderte Garman mit sorgenvoller Miene.

Der Sergeant holte aus dem angrenzenden Büro einen Stuhl und stellte ihn vor seinen Schreibtisch. Dann bat er Garman, sich zu setzen, doch dieser schaute unentschlossen drein. „Mir wäre es lieber, wenn wir ungestört reden könnten", wandte er schließlich ein.

Boldt sah Garman überrascht an. „Kommen Sie mit", meinte er dann und führte seinen Besucher in einen kleinen Raum, der als Vernehmungszimmer diente. Nachdem er die schalldämmende Tür geschlossen hatte, nahmen beide nebeneinander an einem blanken Resopaltisch Platz.

„Wie ich höre, sind Sie hier der richtige Ansprechpartner für mich", begann Garman. „Man sagt, Sie ließen sich manchmal ganz gern von einem intuitiven Gefühl leiten." Mit diesen Worten zog er einen unverschlossenen Umschlag aus der Brusttasche seines Hemds und legte ihn vor Boldt auf den Tisch.

Der Sergeant beschloß, den Umschlag lieber nicht anzufassen. „Hat sich sonst schon jemand damit befaßt?" fragte Boldt.

„Nein. Ich habe es bisher niemandem gezeigt."

Boldt zückte einen Bleistift. Halb neugierig, halb widerstrebend drehte er den Umschlag damit so zurecht, daß er die Adresse lesen konnte. Der Absender schien kein geübter Schreiber zu sein. „Wieso gerade ich? Warum ausgerechnet jetzt?" wollte er wissen.

Die Fragen waren Garman offenbar unangenehm, doch er schien seine Antwort vorbereitet zu haben. „Solches Zeug bekommt man doch laufend, das kriegen Sie genauso wie ich von Klugscheißern und Spinnern." Garman wischte Schweißtröpfchen von seiner Oberlippe. „Dieser Brief traf jedoch am Tag des Enwright-Brandes ein, und er trug nicht meine Büroadresse, sondern meine Privatanschrift."

„Sie haben den Brief heute zu der Besprechung mitgebracht, dann aber beschlossen, ihn Ihren Kollegen nicht zu zeigen", folgerte Boldt. „Weshalb?"

Garman verzog das Gesicht. „Meinen Kollegen? Die kenne ich genau, und ich weiß sehr wohl, wie sie denken: Unsere Aufgabe ist es, die Brandursachen zu ermitteln. Die hätten mich ausgelacht, Sergeant." Er zeigte auf den Umschlag und fuhr fort: „Vielleicht ist was dran, vielleicht auch nicht. Ein Stückchen Plastik und ein Spruch. Was soll das? dachte ich. Aber dann fand ich, daß es doch etwas bedeuten könnte. Mir fiel auf, daß das Datum auf dem Zettel mit dem des Brandes übereinstimmt."

Mit dem Radiergummi des Bleistifts öffnete Boldt behutsam die Umschlagklappe. Um den Inhalt herauszubefördern, hob er den Umschlag mit dem Bleistift in die Höhe. Ein Gegenstand, der wie geschmolzene grüne Plastikmasse aussah, rutschte heraus. Er hatte die Größe eines Pokerchips. Außerdem enthielt der Umschlag ein Stück Papier.

Unter Zuhilfenahme eines weiteren Bleistifts faltete Boldt den Zettel auseinander. Auf einer unbeholfenen Zeichnung war ein kleiner Mann ohne Kopf zu sehen, der eine Leiter hinaufstieg. Der Sergeant hatte den Eindruck, daß die Gestalt einen Feuerwehrmann darstellen sollte. Was das Fehlen des Kopfes zu bedeuten hatte, würde er bei Daphne Matthews, der Abteilungspsychologin, erfragen. Unter der Zeichnung stand in derselben ungeübten Handschrift, die Boldt schon auf dem Umschlag aufgefallen war: *Die Hälfte der Aufgabe hat derjenige bereits erledigt, der den Anfang gemacht hat.*

Nach langem, quälendem Schweigen schaute Boldt den großen Mann neben sich an. „Das gefällt mir nicht."

„Das kann ich Ihnen nachfühlen", erwiderte Garman.

DAPHNE MATTHEWS ließ Boldt einen Zettel mit der Nachricht zukommen, daß das Täterprofil am Freitag fertig sei.

Boldt stockte der Atem, wann immer er Daphne zu Gesicht bekam. Er fragte sich, ob es ihr volles kastanienbraunes Haar war, das ihn anzog, oder ihr schmales Gesicht mit den markanten Zügen. Vielleicht lag es auch an ihrem schlanken Körper, ihrer dunklen Haut und ihren langen Fingern. Diese Frau war nicht nur eine ausdauernde Tennisspielerin; sie schaffte es auch, einen Selbstmordkandidaten davon abzubringen, aus dem Fenster zu springen, und sie verstand es, Pressekonferenzen abzuhalten, bei denen es ruhig und sachlich zuging. Daphne Matthews war immer schick, aber nicht nach der allerneuesten Mode gekleidet. Am Morgen des 20. September trug sie Khakihosen und ein jagdgrünes kariertes Hemd, das wie angegossen saß.

Auf ihrem Schreibtisch stand neben einem Stapel Klarsichtmappen eine Teekanne. Ihr Büro war das einzige im ganzen Gebäude, das nicht nach Desinfektionsmitteln roch. An ihrem Fenster hingen richtige Vorhänge, und die Kunstdrucke an den Wänden ließen ihre Vorliebe für englische Landschaften erkennen. Aus einem kleinen Lautsprecher auf dem Regal hinter ihr ertönte Vivaldi. Sie drehte sich in ihrem Sessel herum, stellte die Musik leiser und wandte sich dann lächelnd ihrem Besucher zu, der sich in einen Sessel fallen ließ.

Daphne Matthews war der „Seelenklempner" des Personals. Polizisten, die am Boden waren, wurden von ihr wiederaufgerichtet. Außerdem beschäftigte sie sich mit Tatverdächtigen und erstellte deren Psychogramme.

Daphne Matthews goß Boldt Tee ein, ohne ihn vorher zu fragen, und reichte ihm die Tasse über den Schreibtisch. Sie fragte ihn auch nicht nach dem Grund seines Kommens; da sie einander schon seit Jahren kannten, konnte sie sich solche Formalitäten ersparen. „Was die grüne Plastikmasse in dem Brief an Steven Garman zu bedeuten hat, weiß ich nicht", bekannte sie frei heraus.

„Und wie ist es mit dem Spruch?"

„‚Die Hälfte der Aufgabe hat derjenige bereits erledigt, der den Anfang gemacht hat.' Das stammt von Horaz. Er lebte im ersten Jahrhundert vor Christus und war einer der größten römischen Lyriker. Unser Mann kennt sich in der Literatur aus."

„Sie meinen also, daß der Täter ein Mann war?" fragte Boldt.

„Davon gehen wir vorerst aus", sagte sie. „Bis Sie mir das Gegenteil beweisen. Die Zeichnung stellt einen kopflosen Feuerwehrmann dar, der eine Leiter hinaufsteigt. Sie zeigt, wie eine Tat begangen wird."

„Eine Art Geständnis?" Boldts Herz klopfte heftig.

„Eher eine Warnung, glaube ich. Er warnte Steven Garman und fühlte sich dann für die Folgen des Brandes nicht verantwortlich."

„Er möchte also Garman die Schuld zuschieben", schloß Boldt.

„Genau. Garman ist der kopflose Feuerwehrmann auf der Leiter", erläuterte Daphne Matthews. „Ich muß Sie aber darauf hinweisen, daß die Handschrift, insbesondere die ungelenken Blockbuchstaben und die unterschiedlich breiten Zwischenräume, nicht zu der Annahme paßt, daß wir es mit einem gebildeten Menschen zu tun haben. Ich überlege noch, wie das zu verstehen ist. Es könnte sich um einen jungen Mann handeln. Ich möchte Ihnen mal ein paar Zahlen vorlesen."

Sie nahm ein Blatt von ihrem Schreibtisch. „66 Prozent der unter dem Verdacht der Brandstiftung festgenommenen Personen sind unter 25. Bei 49 Prozent von diesen handelt es sich um Jugendliche." Sie runzelte die Stirn. „Die landesweite Aufklärungsrate beträgt nur 15 Prozent."

Boldt sackte in seinem Sessel zusammen. 85 Prozent der Brandstifter wurden also nie gefaßt, dachte er entmutigt. „Könnte es ein Feuerwehrmann gewesen sein?" fragte er.

„Ein Feuerwehrmann käme sehr wohl als Täter in Betracht", pflichtete ihm Daphne bei. „Etwa, weil er enttäuscht ist. Weil man ihn entlassen oder nicht eingestellt hat. Das würde zu dem Brief passen. Aber wieso sollte jemand, der seine Wut auslassen will, eine unschuldige Frau umbringen? Meinen Sie nicht auch, daß er eher einen Feuerwehrmann oder einen Brandinspektor umbringen würde?"

Boldt nickte. Aus Daphnes Stimme und ihren Formulierungen hörte er heraus, daß es hier nicht nur um Dorothy Enwright ging. Hier stand mehr auf dem Spiel, als irgend jemand geahnt hatte. „Das ist noch nicht zu Ende, stimmt's?"

Sie begegnete seinem Blick. „Auf dem Zettel steht: ‚Die Hälfte der Aufgabe hat derjenige bereits erledigt, der den Anfang gemacht hat.' Was kommt als nächstes?"

Ben hatte es der Fernsehsendung „Montagabend-Football" zu verdanken, daß Jack Santori wegblieb. Statt nach Hause zu kommen, würde sein Stiefvater nach der Arbeit direkt in die Bar gehen, um sich die Übertragung anzusehen. Um Mitternacht würde er dann ins Haus wanken, unten ein Getöse veranstalten und ins Bett torkeln. Ben konnte sich, nachdem er den Abend bei Emily verbracht hatte, bis dahin hinter seiner verschlossenen Schlafzimmertür in Sicherheit wiegen.

Die Neonschrift in Emilys Fenster war angeschaltet gewesen. Das bedeutete, daß sie zu Hause war und auf Kundschaft wartete. Obwohl Ben erst ein paar Tage zuvor bei ihr gewesen war, begrüßte sie ihn, als hätte sie ihn monatelang nicht mehr gesehen. Sie schloß ihn in die Arme, und dann bestand sie darauf, daß er etwas aß. Als Emily gerade in der Mikrowelle eine Lasagne aufwärmte, klingelte es an der Tür.

„Iß nur in aller Ruhe", sagte sie. „Diesmal brauchst du mir nicht zu helfen."

„Ich möchte aber!" protestierte Ben. Er sprang auf und öffnete die Schublade, in der sich das Sprechfunkgerät befand.

Emily ließ ihn gewähren. Ben sprach leise in das Gerät, um es auszuprobieren. Mit einem Kopfnicken bestätigte sie, daß es funktionierte. Dann überprüfte sie im Spiegel ihr Erscheinungsbild und ging zur Haustür. Ben schlich inzwischen durch die Hintertür hinaus.

Das Fahrzeug, das in der Auffahrt stand, war ein ramponierter hellblauer Kleinlaster mit einem weißen Camper-Aufbau, der ebenfalls eine ganze Anzahl Beulen und Kratzer hatte. Ben ging um das Wohnmobil herum zum Fahrerfenster, weil man ihn dort von der Haustür aus nicht sehen konnte. Die Straßenbeleuchtung schien ins Fahrerhaus, aber am Boden konnte er nicht viel erkennen. Der Aschenbecher war voller Kippen. „Er raucht", sagte Ben in das Walkie-Talkie. „Die Parkplakette auf der Windschutzscheibe stammt von der Chief Joseph Air Force Base. Schöne Stereoanlage. Er hört gern Musik." Auf dem Armaturenbrett sah Ben eine Sonnenbrille für Piloten. Zu gern hätte er die Tür aufgemacht, aber Emily war ja strikt dagegen.

Der Junge trat ein paar Schritte zurück und schaute sich den Camper-Aufbau an. Er bemerkte, daß die Dachklappe ein Stück weit offenstand, und malte sich schon aus, wie er hindurchschlüpfte und drinnen alles Wissenswerte über den Mann herausfand. Emily sollte Informationen bekommen, mit denen sie wirklich etwas anfangen konnte. Einer der unteren Äste des an der Auffahrt stehenden Riesenlebensbaums endete genau oberhalb des Wohnmobils, und Ben überlegte sich, ob er hinaufklettern und einen Blick ins Innere werfen sollte. Aber für solche Eskapaden war es schon viel zu dunkel.

Also schlich er nur noch einmal um das Fahrzeug herum und kehrte dann in die Küche zurück. Dort stellte er sich bei dem Guckloch auf, das Emily durch die Wand gebohrt hatte. Sie verließ das Zimmer nämlich ab und zu und betrachtete ihre Kunden durch das Guckloch, weil sie herausfinden wollte, was diese in ihrer Abwesenheit anstellten. Emily behauptete, auf diese Weise könne sie viel über die betreffende Person in Erfahrung bringen. Ben drückte sich an die Wand, spähte mit seinem intakten Auge durch das Guckloch und lauschte dabei.

Der Mann hatte breite Schultern, harte Gesichtszüge und einen stechenden Blick, außerdem einen tonsurartigen Haarschnitt und ein eckiges Kinn. Ben schaute zuerst das Gesicht des Mannes an und dann dessen rechte Hand, die besonders auffallend war. Zwischen dem Mittelfinger, dem Ringfinger und dem kleinen Finger spannte sich rosafarbene, glänzende Haut, und die Hand sah deswegen wie eine kleine Flosse aus. Wegen seines Glasauges wußte Ben, was es hieß, behindert zu sein. Als er die Hand sah, zuckte er nicht zusammen, sondern empfand Mitleid mit dem Mann. Sich mit so einer Hand durchs Leben zu schlagen war bestimmt schwierig.

„Sind Sie sicher?“ fragte Emily ihren Kunden.

„Ja, das bin ich. Ich möchte nur wissen, ob der 2. Oktober von der Astrologie her ein guter Tag für mich ist, was das Geschäftliche angeht.“

„Da muß ich eine Sternkarte anfertigen und ein Horoskop aufstellen. Das dauert vier oder fünf Tage. Sie müssen noch einmal vorbeikommen.“

„Kein Problem.“

„Die Karte kostet übrigens fünfzig Dollar“, fügte Emily rasch hinzu. „Und wenn Sie weitere Horoskope wollen, kosten diese nur noch zehn Dollar.“

„Kann schon sein, daß ich darauf zurückkomme“, räumte der Mann ein. „Mit dem Preis bin ich einverstanden.“

Ben hatte den Eindruck, daß der Mann nervös war. Hat das etwas mit der Hand zu tun? fragte er sich. Ist der Typ immer etwas verlegen, weil er ständig meint, die Leute starrten seine Hand an? Ben kannte dieses Gefühl. Er fragte sich, wieso das Datum wohl so wichtig war. Bei seinen Aufenthalten in Emilys Haus hatte er manches mitgekriegt. Die Leute wollten hören, was sie tun sollten und wann der richtige Zeitpunkt dafür wäre. Sie gaben gern zehn oder zwanzig Dollar aus, nur um dies zu erfahren.

„Es macht also fünfzig für die Karte und zehn für das Horoskop“, präzisierte Emily, wie immer ganz die Geschäftsfrau. „Ich brauche dann noch Ihr Geburtsdatum und die Uhrzeit...“

„Die Uhrzeit?“ fuhr der Mann dazwischen. „Um welche Zeit ich geboren wurde, ist mir nicht bekannt. Wer weiß das schon?“

„Könnten Sie vielleicht Ihre Mutter fragen?“

„Nein!“ erwiderte er in scharfem Ton. „Ich habe niemanden.“

Ben spürte, wie ihm ein Schauer über den Rücken lief. Der Satz wollte ihm nicht aus dem Kopf gehen. Wenn Emily nicht wäre, müßte auch er sagen, er habe niemanden.

„Ich habe eine Geburtsurkunde“, lenkte der Mann dann doch ein. „Die könnte ich Ihnen bringen.“

„Das wird reichen.“

„Ich hatte angenommen, daß Sie Ihr Handwerk verstehen und mir gleich Bescheid geben“, sagte er plötzlich in gereiztem Ton.

„Glauben Sie etwa, ich kenne mich nicht aus bei Ihnen?“ fragte Emily. „Sie sind beim Militär. Bei der Air Force. Sie behandeln andere Menschen rücksichtsvoll. Sie sind der Typ, der zur Stelle ist, wenn jemand Hilfe braucht. Im Moment sind Sie finanziell ein bißchen knapp dran, aber es könnte sein, daß bald ein Geschäft laufen wird.“

Der Mann versuchte sich seine Verblüffung nicht anmerken zu lassen. Er rieb sich die Hände. Dabei stand die Flosse ab, wohl weil die Fingerknöchel dort steif waren. „Na gut, ich bin beeindruckt", gab er schließlich zu. „Woher wissen Sie das alles?"

„Ich habe eben diese besondere Gabe", erwiderte Emily.

Ein warmes Gefühl der Zufriedenheit durchströmte Ben. Emily nannte ihn oft „meine kleine Gabe". Sie waren ein Team, und darüber freute er sich ungeheuer.

BOLDT hatte einen Termin mit der Mutter und der Schwester von Dorothy Enwright vereinbart. Er wollte herausfinden, was für ein Leben Dorothy Enwright geführt hatte, wer zu ihrem Freundeskreis gehört hatte und wer zu ihren Feinden. Er mußte sich in sie hineinversetzen und eine Weile ihr Leben leben. In Dorothy Enwrights Vergangenheit mußte etwas vorgefallen sein, das zu ihrem frühen Tod geführt hatte.

Gerade als Boldt zu dem Termin mit den Verwandten der Verstorbenen aufbrechen wollte, kam der Brandstiftungsermittler Sidney Fidler in sein Büro. Der Anfangsdreißiger, dessen Haar bereits schütter wurde, war sehr auf Schlankheit bedacht. Meist trug Fidler Kleidungsstücke, die nicht zueinander paßten. Er sah immer schläfrig aus, war jedoch einer der intelligentesten Köpfe, mit denen Boldt je zusammengearbeitet hatte. Daß Fidler der Mordkommission nicht ständig angehörte, sondern nur ein zeitweise dorthin versetzter Feuerwehrmann war, bedauerte Boldt.

„Ich dachte, ich sollte Ihnen das hier vielleicht ein bißchen erläutern, Sergeant." Fidler gab Boldt ein Schriftstück vom Labor. „Es handelt sich um einen Vorbericht, der uns eine Vorstellung von dem geben soll, was noch kommt." Das Kriminallabor des Bundesstaates Washington gab solche Vorabinformationen nur heraus, wenn die Befunde derart brisant waren, daß man befürchten mußte, die Presse könnte durch eine undichte Stelle etwas erfahren. Ein schlechtes Zeichen, dachte Boldt.

„Fahren Sie fort", bat er.

„Bahan und ich haben uns mit einigen Feuerwehrleuten unterhalten, die dort im Einsatz waren. Wie Sie ja wissen, wurde der Ausgangspunkt des Brandes fast völlig zerstört. Das Interessante ist, daß laut Laborbericht keine Kohlenwasserstoffe bei den Proben festgestellt wurden. Auf Ihrem Fachgebiet wäre das ungefähr so, als fänden Sie einen Ertrunkenen, der kein Wasser in der Lunge hat. Es ist rätselhaft."

„Und was bedeutet das?" hakte Boldt nach.

„Die Presse wird davon nicht sehr beeindruckt sein, aber wir haben immerhin die Blasen und den blauen Beton ausfindig gemacht, und das sollte als klares Indiz dafür gewertet werden, daß ein Brandbeschleuniger im Spiel war.“ Fidler schwieg einen Moment und blickte den Sergeant mit seinen braunen Augen an. „Sie fragten, was das bedeutet. Bei dem Brand muß es einen ungeheuer starken Beschleuniger gegeben haben. Wenn man mit einem Streichholz zündelt, bekommt man keine dreihundert Meter hohe Feuersäule, auch keine Blaufärbung des Betons. Falls wir den Beschleuniger übersehen haben, gibt es dafür Gründe. Das beste wäre, wenn wir es noch einmal versuchten und der Bundesbehörde weitere Proben schickten. Früher oder später wird sie auf Kohlenwasserstoffe stoßen.“

„Und wenn sie keine findet?“ fragte Boldt.

„Wir sollten einen Schritt nach dem andern machen und nichts überstürzen.“

Boldt seufzte. „Also gut: Blasen, blauer Beton, Laborbericht mit negativem Ergebnis in bezug auf Kohlenwasserstoffe.“ Er dachte einen Moment nach. „Jetzt möchte ich gern wissen, was Sie von dem Zettel halten, den Garman bekommen hat. Gibt es da einen Zusammenhang?“

„Der Zeitpunkt war gut gewählt. Es ist schon eine merkwürdige Geschichte. Ich habe aber keine Ahnung, was das Plastikzeug zu bedeuten hat.“

„Ich habe alles zur Analyse nach unten geschickt.“

„Was halten Sie denn davon?“ erkundigte sich Fidler.

„Garman gehört zum Expertenteam für Brandstiftungen, aber das Haus von Dorothy Enwright liegt nicht in seinem Bezirk. Angenommen, der Feuerteufel wußte über Brandermittlungen gut Bescheid und wollte Schlimmeres verhüten: Wieso hat er dann den Zettel der falschen Person geschickt?“

Fidler runzelte die Stirn. „Das ist mir noch gar nicht aufgefallen.“

„Mir behagt das nicht“, sagte Boldt. „Wieso gerade Garman? Genau das könnte uns bei der Suche nach einem Verdächtigen von Nutzen sein. War es einer, den Garman schon einmal überführt hat? Oder einer, den er kennt, mit dem er zusammenarbeitet?“

„Verstehe. Das führt uns aber von der Frau weg...“

„Das hat natürlich Vorrang“, warf Boldt ein. „Ich befasse mich zunächst mit den Lebensumständen von Dorothy Enwright. Sie könnten sich inzwischen um Steven Garman kümmern. Für alle Fälle.“

DIE MUTTER und die Schwester der Verstorbenen hatten sich bereit erklärt, Boldt um 16 Uhr im Garden Court des „Four Seasons Olympic Hotel“ zu treffen. Er hatte sie gebeten, Fotos mitzubringen.

Das in der schicken Fifth Avenue von Seattle gelegene Olympic war eines der letzten Grandhotels des Landes: Die Räumlichkeiten waren reich verziert, üppig ausgestattet und sehr großzügig angelegt. Boldt schätzte den formellen Nachmittagstee so sehr, daß er jedes Jahr ein paarmal dorthin ging, obwohl ein Pauschalpreis von 14 Dollar verlangt wurde. Ihm gefiel das ruhige, gepflegte Ambiente mit den Gummibäumen, dem dahinströmenden Wasser, den zehn Meter hohen Decken und der klassischen Musik, die auf dem Klavier gespielt wurde. In dem offenen Saal, der sich über drei Terrassenebenen erstreckte, roch es wie in einem Garten.

Boldt nannte der Empfangsdame Dorothy Enwrights Mädchennamen Magpeace. Daraufhin führte sie ihn auf der zweiten Terrasse zu einem in der Nähe eines Wasserfalls stehenden Tisch, der mit einem gestärkten Leinentischtuch und feinem Porzellan gedeckt war.

Mrs. Harriet Magpeace und ihre dreißigjährige Tochter Claudia trafen zehn Minuten später mit ernster Miene ein. Boldt gab ihnen zur Begrüßung die Hand. Tee und Gurkensandwiches zu bestellen, bevor über die brutale Ermordung einer jungen Frau gesprochen wurde, erschien Boldt zwar etwas deplaziert, aber er wußte, daß Menschen in solchen Situationen auf sehr unterschiedliche Weise Trost fanden.

Harriet Magpeaces graumeliertes Haar war kurz geschnitten. Sie hatte eine auffallend frische Gesichtsfarbe und einen langen Hals. Die Tochter hatte die grünen Augen von der Mutter geerbt und bot einen bezaubernden Anblick. Wenn Dorothy ihrer Schwester ähnlich gesehen hatte, dann war sie sehr attraktiv gewesen.

Die Mutter holte einen kleinen Stapel Fotos aus ihrer Handtasche und schob ihn mit abweisender Miene auf dem Tischtuch zu Boldt hinüber, als wolle sie die Aufnahmen nicht ansehen. „Sie werden verstehen, daß es für uns ein schwerer Schock ist“, sagte Mrs. Magpeace. Sie wirkte sehr angespannt, und Boldt befürchtete, daß dies über ihre Kräfte gehen könnte.

„Mein Beruf hat manchmal ziemlich unangenehme Seiten“, begann er. „Die Fragen, die ich stellen muß, könnten den Eindruck erwecken, ich zöge Dorothys Charakter in Zweifel. Ich möchte Ihnen von vornherein versichern, daß dies nicht der Fall ist. Mir kommt es nur darauf an, die Wahrheit herauszufinden.“

„Das verstehen wir“, sagte die dunkelhaarige Schönheit. Ihre Mutter nickte.

„Für den Fall, daß Dorothy ermordet wurde“ – bei Boldts Worten zuckte Harriet Magpeace zusammen –, „schauen wir uns zuerst einmal die Personen in ihrer unmittelbaren Umgebung an, also den Ehemann, den Liebhaber, die Kollegen. Geben Sie mir doch bitte einen Einblick in Dorothys Lebensumstände.“

Die ältere der beiden Frauen betrachtete den Sergeant mit betrübtem Blick. „In Ihrem Berufsleben geht es recht makaber zu, nicht wahr?“

Boldt fuhr zusammen. Daß sein Alltag auf diese Formel gebracht wurde, behagte ihm nicht; es mißfiel ihm um so mehr, weil es der Wahrheit entsprach. Es stimmte durchaus, daß der Tod für ihn etwas Alltägliches war; Boldt betrachtete seine Arbeit jedoch als Mittel zum Zweck. Und der einzig akzeptable Zweck war, für Gerechtigkeit zu sorgen.

„Meine Mutter wollte damit nur ihr Mitgefühl zum Ausdruck bringen“, warf Claudia ein, wohl um die Äußerung abzuschwächen. „Ihre Bemühungen, Doros Mörder zu finden, wissen wir zu schätzen. Aber war es denn wirklich Mord? Ich muß gestehen, die ganze Sache kommt mir nicht recht glaubhaft vor.“

Boldt war darauf gefaßt, daß Zweifel auftauchten. Kein Mensch rechnete je damit, daß ein Mord geschehen könnte. „Erzählen Sie mir doch ein bißchen von Dorothy.“

Die Mutter blinzelte heftig. Da sprang Claudia ein: „Doro wurde vor zwei Jahren geschieden. Bob ist Architekt. Doro schreibt – schrieb – für Gartenzeitschriften, außerdem für einige kulinarische Magazine. An der Scheidung war sie schuld.“

„Das stimmt nicht!“ widersprach ihre Mutter barsch.

„Sie verliebte sich in einen anderen Mann, Mutter.“ An Boldt gewandt, fuhr Claudia fort: „Wenige Monate nach der Trennung starb ihr Freund an Krebs. Es war schrecklich. Dorothy verlor bei der Scheidung das Sorgerecht für ihren Sohn. Sie durfte ihn lediglich besuchen. Dorothy war aber deswegen nicht verbittert. Die Entscheidung des Gerichts mißfiel ihr zwar sehr, doch sie hielt sich daran.“

„Sie war ein liebes Mädchen“, flüsterte die Mutter.

Boldt nickte. Auch dies hatte er schon hundertmal gehört.

„Ich kann mir schon denken, wer Ihnen verdächtig vorkommt“, mutmaßte Claudia. „Aber Bob würde so etwas nie tun.“ Sie zögerte einen Augenblick und nannte dann die Büro- und die Privatnummer von Bob Enwright, weil sie ahnte, daß Boldt mit ihm sprechen wollte.

„War Dorothy die Eigentümerin des Hauses?" erkundigte sich der Sergeant.

„Es war gemietet", antwortete die Schwester. Die Mutter wußte offenbar nicht, worauf Boldt hinauswollte. „Sie dachten an die Versicherung, nicht wahr?" setzte Claudia hinzu. „Daß Doro das Feuer wegen der Versicherung gelegt haben könnte und nicht mehr rechtzeitig wegkam? Völlig ausgeschlossen."

„Wir müssen jede Möglichkeit in Betracht ziehen", betonte Boldt.

„Daß Dorothy ermordet wurde, ist absurd!" schaltete sich die Mutter ein.

Der Sergeant hatte erwartet, daß die beiden lügen würden, um das Sorgerecht für das Kind zu bekommen, und daß sie ganz erpicht darauf wären, den früheren Ehemann anzuschwärzen. Als nichts dergleichen geschah, war Boldt ein bißchen enttäuscht.

„Wie steht es mit Männern aus früheren Beziehungen?" fragte er Claudia, um die Sache zu Ende zu bringen. „Gibt es da Ihrer Meinung nach jemanden, mit dem ich reden sollte?"

„Ich weiß, daß Sie nur Ihre Pflicht tun, Sergeant. Das respektiere ich. Aber ich kann Ihnen leider nichts Wissenswertes erzählen. Doro war ein wunderbarer, ein liebevoller Mensch. Sie lachte viel." Sie schwieg einen Moment. „Zumindest früher. Die letzten beiden Jahre haben sie sehr mitgenommen."

„War sie depressiv? Trank sie? Oder gab es sonst etwas Ungewöhnliches?"

Claudia machte eine abwehrende Geste. „Sie hat sich jedenfalls nicht selbst umgebracht, Sergeant."

„Hatte sie nun Depressionen, oder hatte sie keine?" Boldt war irritiert. Eines hatte er als Ermittler in Mordfällen schon nach kurzer Zeit mit aller Deutlichkeit erfahren: Das Leben war ein zerbrechliches Gut, das schnell entzweigehen konnte. Von heute auf morgen. Und wenn es bei Todesfällen fragwürdige Umstände gab, war Lou Boldt verpflichtet, diese aufzuklären. Im vorliegenden Fall mußte er sich unbedingt mit der Frage befassen, wieso Dorothy nicht aus dem Haus gerannt war, als es Feuer gefangen hatte. Es war nicht explodiert. Man hatte sie kurz vor dem Ausbruch der Feuersbrunst drinnen gesehen. Da sich das Feuer von der Mitte des Hauses her ausgebreitet hatte, mußte sie eine Fluchtmöglichkeit gehabt haben. Die Türen hatten nicht sofort in Flammen gestanden, der Fluchtweg war also nicht abgeschnitten gewesen. Weshalb war sie dann nicht geflohen?

„Dorothy hatte Probleme“, gestand die Mutter. „Aber sie war trotzdem ein ungewöhnlich fröhlicher Mensch. Meinst du nicht auch, mein Liebes?“

„Ganz sicher“, pflichtete Claudia ihr bei. „Sie war eine bemerkenswerte Frau.“

„Kein Mensch hatte einen Grund, sie umzubringen!“ stieß die Mutter mit einer Lautstärke hervor, die die gepflegte Konversation im Garden Court übertönte.

Einige Leute schauten zu ihnen herüber, aber zum Glück war Boldt der einzige, der dies bemerkte.

Die beiden Frauen nahmen es nicht wahr. In ihren Augen standen Tränen.

## DRITTES KAPITEL

Der 2. Oktober war für Ben ein ziemlich ereignisloser Tag. Als er jedoch am Nachmittag des 3. Oktober bei Emily eintraf, schickte ihn diese zum nächsten Zeitungsstand und ließ ihn die *Seattle Times* und den *Tacoma News Tribune* holen.

In Emilys purpurfarbenem Haus überflogen die beiden die Schlagzeilen und das Fettgedruckte der Artikel, bis Ben schließlich fragte: „Was suchen wir eigentlich?“

„Erinnerst du dich an den Mann, der beim Militär ist? Der am 13. Mai 1968 geboren wurde? Er hat eine schlimme Hand.“

Ben konnte sich an die Hand erinnern.

„Er kam in der folgenden Woche wieder. Ich sagte ihm, die Sterne stünden gut für eine geschäftliche Transaktion am 2. Oktober. Er war richtig nervös, und ich hatte den Eindruck, daß sein Vorhaben nicht ganz sauber war.“

„Wir suchen also nach etwas, das er getan haben könnte.“

„Ja“, bestätigte Emily. „Und er wird bestimmt wiederkommen. Er ist sehr abergläubisch.“

„Du denkst, daß wir in den Zeitungen auf einen Hinweis stoßen könnten. Du hältst ihn also für einen Kriminellen!“ Ben spürte ein Pochen in seiner Brust.

„Er hatte am 2. Oktober etwas vor. Ich versuchte herauszubekommen, ob es etwas mit Liebe zu tun hatte, aber er antwortete nicht darauf. Als ich auf Geld zu sprechen kam, reagierte er mit viel Körpersprache und deutlichem Unbehagen. Er verkauft oder kauft irgend etwas. Wenn ich herauskriege, um was es sich handelt, und es ihm bei seinem nächsten Besuch sage, dann habe ich einen Dauerkunden. Ben, wenn du den Leuten das gibst, was sie wollen, dann bleiben sie dir ewig treu."

Ben vertiefte sich wieder in die Zeitungen. Sie waren voll mit Berichten über Verbrechen aller Art. „Da steht wenig Gutes drin", sagte er nach einer Weile.

„Ja, da hast du recht", stimmte ihm Emily zu und schob die Zeitungen beiseite. „Erzähl mir mal, an was du dich erinnerst, wenn du an den Mann zurückdenkst."

Das sollte ein Test sein. Sie machte ab und zu einen, um Bens Erinnerungsvermögen zu schärfen. Der Junge rasselte alles herunter, was er über den Kleinlaster und den Camper-Aufbau in Erinnerung hatte. Dann beschrieb er in allen Einzelheiten, was er durch das Guckloch gesehen hatte: den tonsurartigen Haarschnitt, den stechenden Blick, die Behinderung an der rechten Hand.

„Für wie alt hältst du ihn?" fragte Emily.

Ben brauchte einen Moment, um die Differenz zwischen 1996 und 1968, dem von Emily erwähnten Geburtsjahr, auszurechnen. „Achtundzwanzig", erwiderte er schließlich.

Emily fuhr ihm mit der Hand durchs Haar. Damit zeigte sie, wie sehr sie ihn mochte.

„Er trug schwarze Militärstiefel", ergänzte sie. „Als es ans Bezahlen ging, holte er seinen Geldbeutel heraus, und darin steckte ein Ausweis für das PX, das Discount-Einkaufszentrum auf dem Luftwaffenstützpunkt. Das bedeutet, daß er entweder aktiver Soldat oder dort angestellt ist. Sein Führerschein stammt aus Kansas. Bei seinen Geldscheinen sah ich eine Eintrittskarte für ein Heimspiel der ‚Seahawks'."

„Er trug eine große silberne Gürtelschnalle", fügte Ben hinzu. „Wie ein Rodeoreiter."

„Sehr gut!" lobte ihn Emily. „Das ist mir auch aufgefallen. Hast du hingesehen, als er sich umwandte und wegging? Auf seinem Ledergürtel war ein Vorname eingeprägt: Nick."

„Der Typ heißt also Nick?"

„Ja. Er ist weit weg von zu Hause, arbeitet auf dem Stützpunkt und ist ein Footballfan. Seine geschäftlichen Transaktionen beunruhigen ihn so sehr, daß er sich ein Horoskop erstellen läßt. Bei dem Deal geht es um ganz andere Beträge als die sechzig Dollar, sonst hätte er nicht soviel Geld hingeblättert."

Ben war beeindruckt. „Wir wissen ziemlich viel über ihn."

Emily nickte. „Ja, das stimmt. Aber wir wissen nicht, was er vorhat."

Eine Brünette mit einem engen Rock war in der Küche und räumte auf. Ben wußte, daß sie das Wohnzimmer durchqueren mußte, um ins Schlafzimmer zu gelangen, wo Jack auf sie wartete. Sie war neu. Ihr nach hinten gekämmtes Haar wurde durch ein Band zusammengehalten. Sie trug weniger Make-up als die anderen und war schlanker als die meisten, die Jack nach Hause schleppte. Ben kam auf den Gedanken, daß er ihr zur Begrüßung seine Leichennummer vorführen könnte.

Er nahm in Jacks Lieblingssessel Platz und ließ den Kopf über die Lehne nach unten hängen, bis sich sein Gesicht rot färbte. Dann holte er das Glasauge heraus und verwahrte es in seiner Hand. Schließlich öffnete er beide Augenlider und starrte wie ein Toter in die Luft.

Nach einer Weile hörte er, wie sie das Wasser abstellte und näher kam. Er ließ seine ausgestreckten Arme schlaff herunterhängen und hielt den Atem an, so daß sein Brustkorb ganz regungslos war.

Sie schrie so laut, daß ein Nachbar die Polizei alarmierte. Bevor Ben das Mädchen beruhigen konnte, hatte Jack ihn bereits gepackt.

Jack zog seinen Hosengürtel aus den Laschen, holte aus und ließ ihn wie eine Peitsche auf Bens Hintern knallen. Immer wieder, bis Ben das Gefühl hatte, sich bald übergeben zu müssen. Das Mädchen wollte Jack Einhalt gebieten und schrie noch lauter als zuvor. In dem Tohuwabohu, das dann folgte, erbrach sich Ben und beschmutzte dabei Jacks Sessel, woraufhin die Peitschenhiebe noch schlimmer wurden.

Die Polizisten haben mir wahrscheinlich das Leben gerettet, dachte Ben später. Als an die Tür geklopft wurde und kräftige Männerstimmen ertönten, sah Jack sich nämlich gezwungen, Ben auf sein Zimmer zu schicken.

Bens Hintern war so wund, daß der Junge sich kaum bewegen konnte. Trotzdem schoß er im Nu die Treppe hinauf. Er hörte einen der Polizisten sagen, ein Nachbar habe sich beschwert. Sie wollten sich mal umsehen.

Ben war sonnenklar, in welcher Lage er sich befand. Erstens: Die Polizisten durften ihn in diesem Zustand nicht zu Gesicht bekommen, denn dann würde Jack in große Schwierigkeiten geraten, und das würde ihm selbst schließlich noch mehr Prügel einbringen. Zweitens:

Sobald die Polizisten weg wären, würde ihn Jack bestimmt halb totschlagen.

Ben setzte sein Glasauge wieder ein, öffnete das Fenster und schlug die gewohnte Route ein: Er ging zuerst über das Dach, kletterte dann zu einem Baum hinüber und rutschte am Stamm nach unten. Sein Hintern tat ihm höllisch weh. Doch als er die kühle Nachtluft in tiefen Zügen einatmete, hatte er das wunderbare Gefühl, frei zu sein.

Auf Nebenstraßen ging er langsam zu Emilys Haus. Es lag im Dunkel; die Neonreklame war abgeschaltet. Es widerstrebte ihm sehr, sie zu wecken und ihr zu gestehen, daß er es bei Jack nicht mehr aushalten konnte. Ben fürchtete sich vor dem Alleinsein, weniger davor, daß man ihm weh tun oder ihn zurechtweisen könnte. Emily hatte ihm gesagt, daß er für eine Weile in staatliche Fürsorge kommen würde, und davor fürchtete er sich am meisten. Sie hatte versprochen, ihn von dort herauszuholen und für ihn zu sorgen. Ben glaubte ihr zwar, daß sie dies beabsichtigte, aber die ganze Sache kam ihm dennoch nicht geheuer vor. Er hatte Angst davor, im Stich gelassen zu werden. Seine Mutter war angeblich weggelaufen, ohne ihm ein Wort zu sagen.

Doch in seinem Inneren hörte er jetzt wieder einen Moment lang die Stimme der Wahrheit: Seine Mutter hätte ihn niemals im Stich gelassen.

Er kletterte den neben Emilys Auffahrt stehenden Riesenlebensbaum hinauf bis zu der Plattform aus sechs Brettern, die an zwei starken Ästen festgenagelt waren. Sie hätten sogar das Gewicht eines Autos ausgehalten. Ben hatte hinter seinem Haus eine besser ausgestattete Baumfestung, aber angesichts des Schlamassels, das er angerichtet hatte, war die Plattform bei Emily eine bessere Zuflucht. Er legte sich mit Rücksicht auf seine Wunden ganz vorsichtig auf die Bretter, rollte sich schließlich zusammen und schlang die Arme um sich. Seine körperliche und seelische Erschöpfung machte sich bemerkbar, und schon bald schlief er.

Als Liz aus freien Stücken übers Wochenende mit den Kindern auf die Hütte fuhr, wußte Boldt, daß etwas nicht stimmte. Sonst hatte sie immer behauptet, die Hütte sei zu abgelegen, zu weit weg von der Stadt. Liz hatte ihn nicht an seinem Arbeitsplatz angerufen, sondern einen Zettel hinterlassen, den er erst in die Finger bekam, als sie und die Kinder schon längst unterwegs waren und die Entscheidung nicht mehr rückgängig zu machen war. Er dachte zuerst, daß das gar nicht zu ihr paßte, doch dann las er weiter und stieß auf den Satz: *Komm doch nach, wenn Du Dich freimachen kannst.* Boldt merkte, daß er vor die Wahl gestellt wurde: entweder seine Familie oder sein Job.

Liz wußte, daß ihr Mann nicht aufhören konnte, wenn er sich in einen Fall wie diese Brandstiftung vergraben hatte. Und dies ging ihr gegen den Strich. Am meisten schmerzte sie, daß er die Probe nicht bestehen, daß er auf keinen Fall das Wochenende auf der Hütte verbringen würde. Und am Sonntag abend würde es zu Hause Unannehmlichkeiten geben.

Für Boldt hatte die Sache immerhin den Vorteil, daß er ganz allein über das Haus verfügte. Das war nicht oft der Fall, und wenn, dann hatte er das Gefühl, von Liz ein überaus wertvolles Geschenk erhalten zu haben. War sie etwa seinetwegen auf die Hütte gefahren, weil sie wußte, wie wichtig es für ihn bei schwierigen Ermittlungen war, in Ruhe gelassen zu werden? Um klarer zu sehen, las Boldt den Zettel noch einmal, aber es nützte ihm nichts. Das Eheleben war alles andere als einfach.

Er schaltete das Licht auf der vorderen Veranda aus und legte eine Platte von Oscar Peterson auf. Zwanzig Minuten später fuhr ein Auto an seiner Auffahrt vorbei, bremste und blieb stehen. Boldt ging zum Vorhang und warf einen Blick nach draußen. Daphnes roter Honda-Sportwagen! Sie stieg aus. Daß sie eine Aktenmappe in der Hand hielt, war kein gutes Zeichen. Kurz darauf hörte er ihre Schritte auf der hinteren Veranda und öffnete die Tür.

„Wieso gehen Sie denn nicht ans Telefon?“ fragte die Psychologin.

„Wir schalten die Klingel ab, weil Sarah so einen leichten Schlaf hat“, entschuldigte er sich. „Kommen Sie rein.“

Daphne zögerte offensichtlich. „Wo ist Liz?“

„Sie ist mit den Kindern auf die Hütte gefahren. Alles in Ordnung.“

Sie trat ein und kam gleich zur Sache. „Nichts ist in Ordnung! Die Pressekonferenz heute war eine Katastrophe. Shoswitz redet zuviel. Und dann ist da noch dies.“ Sie griff in ihre Mappe und überreichte Boldt eine Fotokopie. „Das Original liegt im Labor.“

Wenige Minuten später nahm Boldt am Küchentisch einen Schluck Rotwein zu sich und überflog dabei schweigend die Nachricht. Dann las er sie laut: „‚Plötzlich ein Geistesblitz, ein Funke, der auf die Seele überspringt.‘“ Er wandte sich an Daphne. „Hat Garman das bekommen?“

Sie nickte. „Es stammt von Platon. Unser Mann ist ziemlich gelehrt. Garman hat den Brief ungeöffnet weitergeleitet. Er ahnte, um was es sich handelte.“

„Wissen Sie, ich finde das alles entsetzlich“, gestand der Sergeant.

In ihren Augen sah er tiefes Mitgefühl. Sie wußten beide nur zu gut, was die Notiz bedeutete. Boldt stellte sich vor, daß sich irgendwo dort draußen eine zweite Dorothy Enwright befand. Sie war zu Hause, ging ihren Geschäften nach und ahnte nicht, daß ihr Schreckliches bevorstand. Daphne war plötzlich anzumerken, daß sie müde war und genauso wie Boldt ständig unter Druck stand. Ein Gewaltverbrechen aufzuklären war eine Sache; ein derartiges Verbrechen vorauszuahnen und zu verhindern war jedoch etwas ganz anderes.

„Bei der ersten Nachricht konnte man noch behaupten, sie sei rein zufällig zu jenem Zeitpunkt eingetroffen. Durch die zweite Nachricht ergibt sich jedoch ein neues Bild. Der Täter wird ein zweites Mal zuschlagen. Er hat beide Zettel mit einem Datum versehen, vergessen Sie das nicht. Wenn ich mich nicht irre, bedeutet das, daß der Brand noch heute abend ausbrechen wird. Er warnt, und dann schlägt er zu. Zu dem Zeitpunkt, zu dem die Nachricht eintrifft, hat er sein Opfer bereits ausgesucht und womöglich den Brandsatz schon angebracht."

„Großer Gott!" entfuhr es Boldt.

„Er hat sich alles genau überlegt und genießt es. Möglicherweise setzt er Garman absichtlich unter Druck. Garman ist Brandinspektor. Wegen des von ihm vorgelegten Beweismaterials kommen Brandstifter hinter Gitter. Rache ist ein starkes Motiv."

„Fidler kümmert sich bereits um Garman."

„Das ist gut", bemerkte Daphne. Sie kannte Fidlers sorgfältige Arbeitsweise.

„Ich habe veranlaßt, daß sich Bahan mit den konkreten Problemen wie der Zusammensetzung des Brandbeschleunigers beschäftigt." Boldt merkte, daß sie verwirrt war. „Was ist los?"

„Fidler, Bahan, Garman – lauter Feuerwehrleute", erwiderte Daphne. „Vom Löschen eines Brandes ist es nur ein Schritt zum Auslösen eines Brandes. Feuerwehrleute setzen sogar laufend Gebäude in Brand, um neueingestellte Kollegen zu trainieren. Sie sind ganz begeistert, wenn sie etwas abfackeln können." Als sie seinen skeptischen Gesichtsausdruck sah, fügte sie hinzu: „Nun gut, das sind Verallgemeinerungen. Aber es könnte durchaus sein, daß wir bei der Suche nach dem Brandstifter nicht sehr weit gehen müssen."

„Wollen Sie damit sagen, es sei einem Brandinspektor durchaus zuzutrauen, daß er Häuser ansteckt und Warnungen an sich selbst schickt?" erkundigte sich Boldt.

„Jeder, der eine Feuerwehruniform trägt, kann es gewesen sein, Lou. Die haben doch alle eine Schwäche fürs Feuer."

„Also die einschlägig vorbestraften und sämtliche aktiven Feuerwehrleute – das ergibt eine ziemlich lange Liste.“ Boldt war sich im klaren darüber, wie sehr die Zeit drängte. Das zweite Schreiben war für ihn wie eine brennende Lunte. „Was können wir tun, um einen weiteren Todesfall zu verhindern?“

Daphne blieb die Antwort schuldig. „Was können wir gegen potentielle Nachahmungstäter tun?“ fragte sie statt dessen. Brandstiftungen waren oft ein Anreiz für Nachahmungstäter. „Zum Glück ist das Ihr Fall, Lou. Das kann uns allen nur recht sein.“

Mit flotten Sprüchen und Komplimenten bedachten sie einander oft, doch daß Daphne ihn aufzumuntern versuchte, beunruhigte Boldt. Das bedeutete, daß sie sich genausosehr fürchtete wie er.

„Wir haben einige Anrufe von Hellsehern erhalten, die uns Informationen verkaufen wollten“, berichtete Daphne. „Ich habe das bisher nicht weiterverfolgt, möchte es aber noch tun.“

Boldt verzog das Gesicht. Er hatte keine Verwendung für Hellseher. „Mit so etwas gebe ich mich nicht ab, das ist eher etwas für Sie.“

„Legen Sie sich nicht mit mir an!“ warnte sie ihn. „Von Fixern nehmen wir doch auch Hinweise entgegen, Lou! Ist ein Hellseher weniger vertrauenswürdig als ein Fixer?“

„Sie können sich meinetwegen mit Hellsehern herumschlagen“, spöttelte er. „Ich befasse mich mit den Fixern.“

Daphne wandte sich schnaubend ab. „Wissen Sie schon das Neueste?“ wechselte sie das Thema. „Daß Shoswitz dem Brandstifter gedroht hat?“

„Hab ich gelesen.“ Lieutenant Phil Shoswitz war im Umgang mit der Presse nicht sehr geschickt, ließ sich aber nicht von den Pressekonferenzen fernhalten.

„Vielleicht wollte Shoswitz den Täter reizen, als er von ‚einem Verrückten, einem Spinner‘ sprach. Er hat Sie sogar namentlich genannt. Ich meine, das hätte er besser nicht tun sollen.“

„Sie wissen doch, daß meist erwähnt wird, wer die Ermittlungen leitet“, erinnerte sie der Sergeant.

In diesem Augenblick ertönte Boldts Piepser. Er und Daphne blickten einander an. Sie wußten beide, worum es ging, schon bevor Boldt telefonierte.

Im Schein der unablässig blinkenden Warnlichter der Einsatzfahrzeuge warteten Lou Boldt und Neil Bahan darauf, daß die Hitze am Brandort so weit abnahm, daß sie ihn betreten konnten. Vier Stunden dauerte es, bis der zuständige Brandinspektor die Überreste des Hauses Nr. 876 in der 57th Street North besichtigen konnte. Steven Garman begleitete ihn.

Als Boldt mit seinen wasserdichten Wanderstiefeln loszog, trat er auf glitschigen Boden. In der Luft lag der bittere Geruch nasser, schwelender Trümmer. Neil Bahan führte Boldt durch ein großes Loch, das in der Seitenwand des Gebäudes klaffte. „Passen Sie gut auf, wo Sie hintreten", riet er ihm.

Bahan und Boldt hatten starke Taschenlampen bei sich, mit denen sie die Ruine ausleuchteten. „Viel zu sehen gibt es da nicht mehr", bemerkte der Sergeant und zeigte dabei zum Untergeschoß hinunter, in dem Garman und seine Kollegen bereits mit der Arbeit angefangen hatten.

„Sie haben alles umgekrempelt", stellte Bahan enttäuscht fest. „Feuerwehrleute nehmen eben alles auseinander, um sicherzugehen, daß sie den Brand völlig unter Kontrolle haben. Das ist eine gute Brandbekämpfungstaktik, aber es beeinträchtigt die Untersuchungen. Um überhaupt eine Chance zu haben, müssen sich die Ermittler vorher alles anschauen können."

Bahan und Boldt bahnten sich vorsichtig einen Weg durch schwelende Balken, verbogene Aluminium-Fensterrahmen und Haufen von Glassplittern. Mehr als die Hälfte des Hauses war verschwunden. Statt dessen hatte es jetzt ein riesiges klaffendes Loch, durch das oben der Himmel und unten das Kellergeschoß zu sehen war. Die Feuersäule war im Zentrum des Gebäudes aufgestiegen und hatte sich dann auf den rückwärtigen Teil des Hauses zubewegt. „So etwas habe ich bis jetzt nur ein einziges Mal gesehen, nämlich auf den Fotos vom Enwright-Brand", murmelte Bahan.

„Wonach soll ich denn suchen?" erkundigte sich der Sergeant.

„Schwer zu sagen. Viel ist ohnehin nicht mehr da, und das meiste wird im Untergeschoß sein." Bahan leuchtete mit seiner Taschenlampe in das Loch. „Der Keller fängt den ganzen Schutt auf – die Balken, das Glas, die Kacheln, das Isoliermaterial. Haben Sie gemerkt, daß etwas fehlt? Wo sind die Waschbecken und die Toiletten? Das ist wie bei dem anderen Brand. Sie liegen zerschmolzen dort unten, und das bedeutet, daß es eine Hitzeentwicklung von 1100 bis 1600 Grad Celsius gegeben hat. So gut wie alles, was sich im Kernbereich des Brandes befand, ging in Rauch auf."

Über ihnen kreiste ein Hubschrauber einer Fernsehstation, der seinen grellen Scheinwerfer auf die Ruine richtete. Bahans Gesicht war schmutzig, und seine Augen waren blutunterlaufen. In der Luft lag plötzlich ein ganz anderer Geruch, der Boldt bekannt vorkam. Er schaute besorgt um sich.

Boldts Nervosität entging Bahan nicht. „Was ist denn?“ fragte er.

„Irgendwo liegt eine Leiche“, erwiderte der Sergeant ernst.

„Sind Sie sicher?“

„Ja.“ Panische Angst erfaßte Boldt. „Vielleicht handelt es sich gar nicht um einen Menschen, sondern um ein Haustier“, sagte er wider besseres Wissen. Wie kommt es, daß nur die Männer von der Mordkommission diesen Geruch kennen, überlegte er.

Er packte Bahan am Arm. „Der ganze Umkreis hier muß untersucht werden, solange alles noch im jetzigen Zustand ist!“ befahl er. „Ein Kaugummipapier oder ein Zahnstocher könnte da liegen, vielleicht ein Stiel von einem Eis oder ein Kleidungsstück...“

„Ich weiß schon“, beruhigte ihn Bahan. „Aber bei dem Brand ist alles, was sich in der Nähe des Gebäudes befand, in Flammen aufgegangen. Da liegen keine Kaugummipapierchen mehr herum.“

Der Grasbewuchs um das Fundament herum war verkohlt, und das Löschwasser hatte die Erde in klebrigen Schlamm verwandelt. Langsam umkreiste Boldt den Brandort und hielt Ausschau nach Kronenkorken, Zigarettenkippen und anderen Dingen, die vom Täter stammen konnten.

Bei seiner eingehenden Suche rund um das Betonfundament blieb er plötzlich stehen. Vor seinen Füßen waren in dem schwarzen Schlamm zwei rechteckige Abdrücke zu sehen. Neben dem rechten Abdruck befanden sich einige blaue Flecke. Boldt ging in die Knie und schaute sich alles genauer an. Enttäuscht stellte er fest, daß die Abdrücke von einer Leiter stammten. Das waren die Feuerwehrmänner, dachte er. Die Holme der Leiter waren etwa fünf Zentimeter tief in den Boden eingedrungen und hatten winkelförmige Abdrücke hinterlassen.

Als er aufschaute, sah er Bahan neben sich stehen. „Haben Sie etwas gefunden?“ fragte Bahan.

Der Sergeant zeigte auf den Boden. „Ich nehme an, daß die Feuerwehr Leitern verwendet hat.“

„Aber nein, dafür war es viel zu heiß“, widersprach Bahan. „Im übrigen war gar keine Mauer da, an die man eine Leiter hätte lehnen können. Der Brand hat die Mauer zerstört.“

Boldt sicherte die Stelle mit einem Polizeiband und ging weiter. Die Leiterabdrücke blieben sein einziger Fund. Als er fertig war, rief er Bernie Lofgrin an, den Chef der Spurensicherung, und bat ihn, einen

Beamten zu schicken. Dieser sollte Gipsabdrücke und Fotos von den Vertiefungen machen und Proben der blauen Flecke mitnehmen. Boldt war erregt, denn er hatte immerhin eine Spur gefunden.

Der Sergeant blieb noch mehrere Stunden am Brandort. Er überwachte die Beweissicherung und war noch zur Stelle, als im Untergeschoß Teile einer verkohlten Leiche entdeckt wurden. Sie befanden sich unter einer umgestürzten Badewanne. Das Geschlecht und das Alter des Opfers sollten am folgenden Tag bei einer Autopsie ermittelt werden.

Auf ein weiteres Beweisstück stieß Boldt ganz unvermutet bei sich zu Hause. Als er die Küche betrat, blieben seine Stiefel am Boden kleben. Er zog sie aus und wollte gerade die sich auflösende Gummisohle anfassen, unterließ es dann aber. Mit etwas, das eine dermaßen solide Sohle auflöste, wollte er lieber nicht in Berührung kommen.

Boldt rief Lofgrin erneut an und berichtete ihm von der Entdeckung. „Was ist das für ein Zeug, Bernie?“ fragte er seinen Freund.

„Eine starke Lauge oder Säure“, antwortete Lofgrin in erstauntem Ton. „Aber was das mit einem Brand zu tun haben könnte, weiß ich beim besten Willen nicht.“

BERNIE LOFGRINS Augen sahen hinter den dicken Brillengläsern riesengroß aus. Er war schon fast kahlköpfig und hatte Übergewicht. In den einzelnen Abteilungen gab es zwar nicht viele Spitzenkönner, aber Lofgrin kannte sich in seinem Fach gut aus. Er verfügte über eine zwanzigjährige Erfahrung und hatte bei der Beweissicherung und der Analyse eine gute Spürnase. Wenn Lofgrin mit Bestimmtheit eine Meinung vertrat, pflichtete Boldt ihm stets bei.

Nur wenige Mitarbeiter aus der Abteilung fuhren an einem Samstagmorgen quer durch die ganze Stadt, um sich zum Fachsimpeln an einen Küchentisch zu setzen. Bernie Lofgrin war einer von ihnen. Boldt kochte eine Kanne Kaffee, legte eine Platte von Scott Hamilton auf und schnitt eine Zuckermelone in Stücke. „Warst du die ganze Nacht auf?“

„Ich bin um fünf ins Labor gegangen und habe mich mit den Abdrücken befaßt. Aber nicht, weil du mir so sympathisch bist, sondern weil mich der Lieutenant darum gebeten hat. Seit ein zweites Opfer aufgetaucht ist, geben die Medien einem Serienbrandstifter die Schuld, den sie den ‚Gelehrten‘ nennen.“ Er zog eine Grimasse. „Weißt du, wie viele Leitern in dieser Stadt im Laufe eines Jahres verkauft werden?“

„Ich hab keine Ahnung“, antwortete Boldt und dachte dabei: zu viele.

„Ich auch nicht.“ Lofgrin lachte. „Ein wichtiger Punkt ist der Abstand zwischen den Stellfüßen der Leitern. Bei Ausziehleitern gibt es nämlich unterschiedliche Breiten. Manche Hersteller liefern sie in einer Breite von sechzig, andere in einer Breite von dreiundsechzig Zentimetern, je nachdem, wie stark das verwendete Material ist. Dabei handelt es sich meist um Aluminium. Alle im Handel erhältlichen Ausziehleitern haben unten Kappen, die ihnen auf dem Boden Halt verleihen. Die Kappen besitzen je nach Hersteller ein etwas anderes Profil, wie es bei Reifen verschiedener Marken der Fall ist. Wir haben es mit einer Leiter der Firma Werner zu tun. Und das ist interessant, denn die sind nicht für den Heimwerker gedacht, der am Wochenende etwas reparieren möchte. Die Abdrücke stammen von einer aufwendigen Fiberglasleiter für Profis, die zum Beispiel von Elektrikern und Malern verwendet wird.“

„Auch von Feuerwehrleuten?“ hakte Boldt nach.

„Feuerwehrleute nehmen keine Fiberglasleitern, da diese entzündbar sind. Bei der Brandbekämpfung benutzen sie Hakenleitern aus Aluminium, und die Leitern der Rettungswagen bestehen aus einer Stahllegierung.“

„Ist bekannt, um welches Modell es sich im vorliegenden Fall handelt?“

„Es ist eine 7,30 Meter lange Fiberglas-Ausziehleiter der Firma Werner“, verkündete Lofgrin stolz. „Sie wurde zwischen Juli 1993 und August 1994 hergestellt. Verkauft wurde sie bis ins Jahr 1995 hinein. Und in den Jahren 1994 und 1995 hatte die Firma für den Westen unseres Bundesstaates nur einen einzigen Großhändler.“

„Saubere Arbeit, Bernie“, bemerkte Boldt.

Lofgrin schaute den Sergeant erstaunt an. „Glaubst du etwa, das sei alles? Du scheinst ja keine hohe Meinung von mir zu haben!“ Er reichte Boldt ein schwarzweißes Polaroidfoto der Abdrücke, das am Brandplatz aufgenommen worden war. „Wissenschaftliche Genauigkeit läßt sich mit Abdrücken nicht erreichen“, erläuterte Lofgrin. „Aber durch Messungen der Bodenverdichtung und des Wassergehalts erreichen wir ziemlich gute Schätzwerte. Um einen Abdruck von einer bestimmten Tiefe zu erzeugen, ist ein bestimmtes Gewicht nötig.“

„Willst du damit sagen, daß du über das Gewicht der Person, die auf der Leiter stand, Vermutungen anstellen kannst?“

„Ich kann es schätzen“, korrigierte ihn Lofgrin mit strenger Miene.

„Du stellst Vermutungen an, ich mache Schätzungen. In wenigen Tagen kann ich dir sagen, welches Minimal- und welches Maximalgewicht die Person auf der Leiter hatte. Um mehr über die blauen Flecke sagen zu können, bei denen es sich übrigens um Gewebefasern handelt, brauche ich eine Woche."

„Kannst du mir die Informationen über die Werner-Leiter schriftlich geben?" fragte Boldt. „Ich möchte Detective LaMoia darauf ansetzen."

Lofgrin reichte Boldt ein Blatt mit handschriftlichen Aufzeichnungen. „Schon erledigt."

Boldt behielt das Blatt in der Hand. Endlich hatte er konkretes Beweismaterial.

# VIERTES KAPITEL

Ben erwachte auf der Plattform in Emilys Riesenlebensbaum, weil unter ihm ein Auto in die Auffahrt fuhr. Als er sich aufsetzte, krümmte er sich vor Schmerzen und erinnerte sich wieder an die Prügel, die er am Abend zuvor bezogen hatte.

Er schaute hinunter und merkte, daß es sich nicht um einen Pkw, sondern um einen hellblauen Kleinlaster mit einem weißen Camper-Aufbau handelte. Sein Herz klopfte, als der Mann mit dem tonsurähnlichen Haarschnitt ausstieg und zu Emilys Haustür ging. Es war der Mann mit den flossenartigen Fingern. Sein Name war Nick, und Emily hielt ihn für einen Kriminellen.

Die Dachluke des Wohnmobils stand offen. Ben schob sich um den Baumstamm herum und stieg auf den nächsten Ast hinunter. Er wollte unbedingt einen Blick ins Innere dieses Wohnmobils werfen.

Seine Erregung wuchs, während er von Ast zu Ast hinunterkletterte. Als er innehielt und durch die Luke schaute, sah er drinnen ein dunkles Stahlrohr, das ihn an einen Pistolenlauf erinnerte.

Jetzt stand sein Entschluß unverrückbar fest.

Ben bewegte sich behende durch den Baum; der Abstieg vollzog sich so mühelos wie bei einem Affen. Schließlich legte er sich auf einen Ast und schob sich auf ihm ganz langsam voran, die Füße zuerst. Je weiter Ben sich vom Baumstamm wegbewegte, desto stärker krümmte sich der Ast unter seinem Gewicht, bis er schließlich direkt auf das

Wohnmobil hinunterwies. In diesem Moment gab Ben den Ast frei, hielt den Atem an und ließ sich fallen.

Mit seinen Turnschuhen fand er am Rand des Camper-Aufbaus einen Halt. Völlig geräuschlos kam er zuerst mit den Zehen, dann mit den Knien und schließlich mit den Händen auf dem Aluminiumdach auf. Es sah aus, als verneige er sich im Gebet. Inzwischen schnellte der Ast wieder in die Höhe.

Ben kroch vorsichtig auf die offene Luke zu, steckte seinen Kopf in den Spalt und sah nach drinnen. Auf der gepolsterten Sitzbank lag tatsächlich eine Pistole. Gleich daneben, auf einem ausgerollten Schlafsack, stand ein grüner Armee-Kleidersack.

Von rechts hörte Ben Stimmen.

„Sind Sie sicher, daß es heute okay ist?“ fragte die tiefe Stimme. „Es kommt für mich etwas plötzlich, das ist alles.“

„Der heutige Tag ist gut“, versicherte Emily.

Der Mann namens Nick stand in der Tür. Er ging schon wieder! Gleich würde er sich umwenden, und dann hatte er sein Wohnmobil im Blickfeld. Er würde feststellen, daß Ben auf dem Dach lag und seine Nase in die Luke steckte.

Ben reagierte ganz instinktiv. Er zog den Kopf ein, hielt sich an der Umrandung der Luke fest und zwängte sich durch den Spalt. Als seine Zehen beinahe einen Klapptisch berührten, holte er mit den Beinen Schwung, ließ die Umrandung los und landete auf dem Boden des Wohnmobils. Gleich darauf hörte er, wie die Fahrertür geöffnet wurde. Das Fahrerhaus und der Wohnbereich waren durch ein kleines Schiebefenster verbunden, vor das zum Glück ein Vorhang gezogen war.

Wenige Sekunden später sprang der Motor des Fahrzeugs an. Ben schaute zu der Luke hinauf. Sie schien sehr klein und sehr weit entfernt zu sein. Das Wohnmobil bewegte sich rumpelnd rückwärts.

Ben krabbelte auf allen vieren zur Tür. Er streckte die Hand nach dem Türgriff aus und wartete darauf, daß der Fahrer anhielt, um den ersten Gang einzulegen. Als er auf den Griff drückte, stellte er zu seiner großen Freude fest, daß dieser sich bewegte. Die Tür war nicht verschlossen.

Das Wohnmobil stoppte, und der Fahrer wechselte die Gänge. Ben drückte gegen die Tür, aber sie ließ sich nur ein ganz kleines Stück öffnen. Sie war von außen mit einem Vorhängeschloß gesichert.

Jetzt brauste das Fahrzeug los, und Ben saß drinnen fest.

Panik befiel den Jungen. In den ersten paar Minuten dachte er an nichts anderes als an das Schlamassel, in das er geraten war. Er hatte gegen Emilys Regel verstoßen, und nun saß er in einem Wohnmobil fest, das von einem Kriminellen gesteuert wurde. Das Wohnmobil bewegte sich inzwischen zügig voran und wurde nicht durch Verkehrsampeln aufgehalten. Sie befanden sich also auf einer Schnellstraße. Wahrscheinlich handelte es sich um die Interstate 5, die in nördlicher Richtung nach Kanada führte und auf der Südroute nach Oregon und Kalifornien. Was war, wenn das Fahrzeug ohne Halt durchfuhr? Er bekam entsetzliche Angst.

Die Seitenfenster waren sehr klein. Sie eigneten sich nicht zum Durchschlüpfen. Zur Dachluke konnte er vielleicht von dem Klapptisch aus hinaufspringen und sich dann hochziehen. Das war aber nur möglich, wenn die Luke offenstand. Sie war jedoch zugefallen, nachdem er sich hindurchgezwängt hatte. Ben war den Tränen nahe und fürchtete um sein Leben.

Verzweifelt kroch er auf dem schmutzigen Teppichboden umher und suchte nach einem Besen oder einem sonstigen Gegenstand, mit dem er die Luke aufstoßen konnte. Weil der Kleinlaster ruckartig die Fahrspur wechselte, fiel Ben auf den Bauch. Doch der Junge rappelte sich sofort wieder auf und krabbelte auf allen vieren weiter. Da der Raum klein war, stellte Ben bald fest, daß er nichts Brauchbares enthielt.

Als er erneut das Gleichgewicht verlor, stieß er gegen den Kleidersack. Er konnte es nicht lassen, einen Blick hineinzuwerfen, auch weil er hoffte, dort etwas Nützliches zu entdecken. Doch was er fand, jagte ihm einen gewaltigen Schrecken ein: große, durchsichtige Plastikbehälter, die mit einer milchigen Flüssigkeit gefüllt waren. Auf den obersten Behälter war mit schwarzem Filzstift eine chemische Formel geschrieben worden.

Drogen! Ben hatte im Fernsehen mitverfolgt, wie die Polizei in einem Drogenlabor eine Razzia durchführte. Bei dem Gedanken, daß er in einem Wohnmobil gefangensaß, das ein bewaffneter Drogendealer steuerte, wurde ihm ganz schwindlig. Da bremste das Fahrzeug plötzlich, und das brachte Ben wieder zu sich. Er schaute auf und sah draußen vor dem Fenster die grünen Blinklichter eines Hinweisschildes: ZUFAHRT ZUM SEATTLE-TACOMA-FLUGHAFEN.

Ben betrachtete den Kleidersack. Nick wollte verreisen! In wenigen Minuten würde er das Wohnmobil betreten, um seinen Kleidersack zu holen. Ben blickte angsterfüllt um sich und suchte nach einem Versteck.

Auf dem Flughafengelände bog das Fahrzeug nach rechts ab.

Ben überlegte, ob er sich im Schlafsack verstecken sollte, aber dies erschien ihm dann doch zu riskant. Dann hatte er einen Einfall.

Die gepolsterte Bank, auf der die Pistole lag, war eine längliche, sargartige Truhe. Als Ben den Deckel öffnete, rutschte die Pistole nach hinten. Drinnen lagen Werkzeuge, Verlängerungskabel, Lappen und Munitionsschachteln wirr durcheinander, aber es gab noch Platz für einen Jungen seiner Größe. Er kroch hinein und schloß den Deckel. Das Fahrzeug hielt an. Ben vernahm schwach, wie eine Stimme routinemäßig nach dem Ticket verlangte.

Das Wohnmobil fuhr die gewundene Auffahrt zu den Parkdecks hinauf. Ben war noch nie auf dem Flughafen gewesen, aber er hatte diese korkenzieherartige Rampe schon in einem Fernsehkrimi gesehen. Er empfand es als Erleichterung, daß das Wohnmobil geparkt werden sollte und daß der Fahrer vermutlich verschwinden würde. Dadurch bekäme er eine Chance, sich davonzumachen. Das Wohnmobil verlangsamte die Fahrt, bog noch zweimal scharf nach rechts ab und stoppte abrupt. Dann wurde der Motor abgestellt. Kurz darauf hörte Ben, wie die Fahrertür zugeknallt wurde. Er überlegte, was er tun sollte, falls Nick plötzlich den Deckel der Bank anhob. Er tastete im Dunkeln herum, fand eine Tüte mit kleinen Nägeln und nahm eine Handvoll an sich.

Ben hörte, wie das Vorhängeschloß aufsprang. Nick kam also herein. Ben fühlte sich in der Truhe wie in einem Glutofen und bekam Platzangst. Er hielt es dort fast nicht mehr aus.

Ein lautes, dumpfes Geräusch ließ ihn zusammenfahren. Nick hatte sich auf die Bank gesetzt. Was Ben gleich darauf vernahm, hörte sich an, als schnalle sich der Mann einen Pistolenhalfter um. Ben durchzuckte die Erkenntnis wie ein elektrischer Schlag: Wenn der Mann die Pistole mitnahm, dann wollte er nicht wegfliegen. Dann wollte er auf dem Parkdeck einen Deal machen.

Ben hatte nicht die geringste Lust, bei einem Drogendeal dabeizusein. Er hatte nur den Wunsch, in sein Zimmer zu gehen und die Tür hinter sich abzuschließen. Daß sein besoffener Stiefvater des öfteren die Hand gegen ihn erhob, war ihm egal. Er sehnte sich richtig danach, wieder zu Hause zu sein.

Die Bank knarrte, als der Mann aufstand. Ben hörte, wie der Kleidersack über den Boden gezogen wurde. Der Mann schnaufte dabei laut. Dann schlug er die Tür zu. Von dem Vorhängeschloß war kein Geräusch zu hören. Ben öffnete den Deckel einen Spaltbreit und warf einen Blick hinaus. Im Wohnmobil war niemand zu sehen.

Vor Angst schlotternd und dennoch außer sich vor Freude, kletterte Ben aus der Truhe. Dabei richtete er sein intaktes Auge auf die Tür.

Durch ein Fenster warf er vorsichtig einen Blick auf die Parkfläche hinaus und duckte sich sogleich. Ben war froh, daß er nicht einfach hinausgestürmt war, denn Nick stand an der Tür zum Fahrstuhl, neben sich den Kleidersack mit dem Aufdruck USAF. Ben konnte es kaum erwarten, daß der Kerl verschwand.

Daß Ben mit einem Auge so gut sehen konnte, war erstaunlich. Vielleicht nahm er durch den Wegfall des dreidimensionalen Sehens alles, was er mit dem intakten Auge erblickte, genauer wahr. Entfernungen konnte er schlecht schätzen, aber wenn etwas in sein Blickfeld geriet, bemerkte er es sofort.

Was er jetzt sah, waren die dunklen Umrisse einer Gestalt. Diese war etwa so groß wie sein Stiefvater und stand zwischen zwei geparkten Autos. Ben fürchtete sich davor, das Wohnmobil zu verlassen, solange dieser Mann in der Nähe war. Der Mann würde ihn sehen, und eine innere Stimme warnte den Jungen, es auf keinen Fall dazu kommen zu lassen.

Endlich kam der Aufzug. Nick ging mit dem Kleidersack hinein, und die Türen schlossen sich hinter ihm. Im selben Moment kam die dunkle, zwischen den geparkten Autos lauernde Gestalt hervor und ging auf das Wohnmobil zu.

Der Mann näherte sich mit großen Schritten. Ab und zu fiel ein Lichtschein auf sein Gesicht, aber Ben konnte es dennoch nicht genau sehen. Es war, als trüge der Mann eine Maske.

Abermals klappte Ben den Deckel der Bank hoch, stieg in die Truhe und versteckte sich wieder mitten unter den Werkzeugen und den öligen Lappen. Kaum hatte er den Deckel geschlossen, da quietschte die Tür des Wohnmobils, als sie geöffnet wurde. Ben spürte, wie sein Magen rumorte. Nick war ihm bedrohlich erschienen, aber die dunkle Gestalt jagte ihm richtig Angst ein.

Gleich darauf wurde die Tür wieder geschlossen. Ben wartete. Er spürte seinen hämmernden Pulsschlag in den Ohren und in der Brust, aber er überwand seine Angst, öffnete den Deckel einen Spaltbreit und warf einen Blick hinaus.

Niemand da. Ben hätte fast einen Freudenschrei ausgestoßen. Er klappte den Deckel hoch und kletterte hinaus. Dann ging er schleunigst zur Tür und schaute durch die verschmierte Scheibe.

Auf dem Parkdeck war niemand zu sehen. Ben bewegte den Griff der Tür und drückte. Sie bewegte sich nur um wenige Zentimeter.

Der zweite Mann hatte die Tür mit dem Vorhängeschloß gesichert. Ben wurde übel. Er ging auf die Knie, um das Schnappschloß genauer anzuschauen. Als er mit dem verschmutzten Teppichboden in Berührung kam, spürte er mit der Kniescheibe eine Unebenheit. Er blickte hinunter und sah, daß ein Stück von einem Briefumschlag unter dem Teppichboden hervorschaute. Er war prall und dick, aber nicht schwer. Als Ben den Umschlag öffnete, erblickte er Geldscheine. Einen ganzen Stapel. Fünfzig- und Zwanzigdollarnoten sowie einige Zehndollarnoten. Alles gebrauchte Scheine.

Der Betrag erschien Ben riesig. Er brauchte Geld, um wieder nach Hause zu kommen. Er nahm einen Zwanzigdollarschein an sich. Dann noch einen. Dabei wurde die Versuchung immer größer. Auch wenn er alles verschwinden ließe, würde ihn niemand verdächtigen. Wenn Emily ihre zehn Dollar, die sie für das Wahrsagen nahm, in die Zigarrenkiste steckte, die sie im Kühlschrank aufbewahrte, sagte sie stets zu ihm: „Geld bedeutet Freiheit." Und nun hatte er diesen Packen Geldscheine vor sich liegen, und niemand wußte etwas davon. Er konnte das Geld Emily geben und damit seine Verpflegung bezahlen; er konnte mit ihr zusammenleben.

Ben faltete den Umschlag zusammen und schob ihn in seine Hosentasche. Damit konnte er ein neues Leben beginnen! Er war ganz benommen.

Er handelte so rasch, als habe er alles schon einmal getan. In einem Schränkchen entdeckte er einen Baseballschläger aus Aluminium, den er vorher übersehen haben mußte. Schnell stieg Ben auf die Tischplatte und drückte die Luke mit dem Schläger auf. Dann ging er auf dem Tisch in die Hocke, blickte mit seinem intakten Auge nach oben und sprang mit ausgestreckten Armen in die Höhe.

Seine Handflächen knallten zwar gegen die hölzerne Umrandung der Luke, doch es gelang Ben dennoch, sich festzuklammern. Nun hing er baumelnd in der Luft. Er zog sich hoch, schob zuerst den einen, dann den anderen Ellbogen durch die Luke und zwängte sich schließlich vollends hindurch. Anschließend kroch er über das Dach zu einer schmalen, an der Rückseite des Wohnmobils angebrachten Leiter. Sobald seine Füße den Boden berührten, rannte er los.

Ben wollte auf keinen Fall den Fahrstuhl benutzen. Statt dessen sauste er mit wackligen Beinen die Treppe hinunter, wobei er immer zwei Stufen auf einmal nahm. Als er den Treppenabsatz erreichte, hielt er sich am Geländer fest und blieb keuchend stehen.

Nick, der Fahrer des Wohnmobils, stand auf der Treppe, seine ganze Aufmerksamkeit galt dem Jungen.

Ben schnappte nach Luft. Ihm fiel ein, daß die kleine Ausbuchtung am Körper des Mannes von der Pistole herrührte. Er dachte an den Packen Geldscheine, der in seiner Hosentasche steckte. Der Mann würde gleich merken, daß er den Umschlag bei sich hatte. Er könnte sich denken, was geschehen war.

„Immer mit der Ruhe, Kumpel“, sagte Nick lächelnd. „Du brichst dir sonst noch sämtliche Knochen.“

Vor Aufregung hörte Ben nur etwas von „sämtlichen Knochen“. Nick stieg die Treppe hinauf. Ben stand dem Mann im Weg, und er hatte solche Angst, daß er ihn nur undeutlich wahrnahm. Ihre Blicke trafen sich. Ben wurde ganz flau im Magen.

„Laß mich mal durch“, bat der Mann, und Ben trat beiseite. Ohne ein weiteres Wort stieg Nick die Treppe hinauf.

Unten setzte sich Ben in einen Kleinbus, der Hotelgäste abholen sollte. Dabei tat er so, als ob seine Eltern auch da wären, sich aber gerade nicht um ihn kümmerten. Auf der zwanzigminütigen Fahrt in die Stadt dachte er über das, was er gesehen hatte, nach. Nick war mit dem Kleidersack weggegangen und ohne ihn zurückgekehrt. Die dunkle, gesichtslose Gestalt hatte einen Umschlag mit Geld hinterlegt und das Wohnmobil verschlossen. Die beiden hatten einen Drogendeal gemacht.

Vom Zentrum aus fuhr Ben in einem städtischen Bus nach Hause. Erschöpft ging er auf sein Zimmer und verschloß die Tür. Sein Vater würde noch lange nicht eintreffen, aber Ben wollte kein Risiko eingehen. Nach einer Weile ging er in die Küche, um zu telefonieren. In seinem tiefsten Inneren spürte er, daß er das einfach tun mußte. Er wählte die Nummer 911, und eine Frauenstimme meldete sich.

„Ich möchte etwas melden“, begann Ben. „Ich habe gesehen, wie ein Drogendeal...“ Dann schwieg er. Er konnte sich nicht vorstellen, wie er dies seinem Stiefvater verständlich machen sollte. Er wollte nicht noch mehr Prügel beziehen. Deshalb knallte er den Hörer auf die Gabel und rannte wieder nach oben.

Im mit modernster Software ausgestatteten Kommunikationszentrum des Polizeipräsidiums von Seattle wurde der Anruf automatisch aufgezeichnet und die Rufnummer sowie die Anschrift des Teilnehmers gespeichert. Der Computer hielt Bens etwas hysterisch klingende Aussage genauestens fest. Der diensthabende Beamte stufte Bens Anruf in einem handschriftlichen Vermerk als Dummejungenstreich ein. Falls es von derselben Telefonnummer noch zwei Vorkommnisse dieser Art gab, würde ein Beamter des Jugendamts das betreffende Haus aufsuchen.

Auf dem Rückweg in sein Zimmer fühlte sich Ben noch immer ein bißchen schwindlig. Er schloß die Tür ab und ließ sich aufs Bett fallen. Daß von seinem Geldbeutel nichts zu spüren war, wollte er zuerst gar nicht wahrhaben. Doch dann beschlich ihn die Angst. Er griff in seine Gesäßtasche.

Sein Geldbeutel war verschwunden.

DAPHNE MATTHEWS erblickte Lou Boldt aus den Augenwinkeln. Wenn der Sergeant einen Raum betrat, geschah dies unauffällig. Er war einer, der immer scharf beobachtete. Er bemerkte Dinge, die niemandem sonst auffielen.

Boldt war kein besonders gutaussehender Mann, aber Daphne fand ihn attraktiv. Er schaffte es nicht, sich ordentlich zu kleiden, auch wenn er sich die größte Mühe gab. Er machte Knöpfe nicht zu, hatte Flecke nicht entfernt und trug abgewetzte Schuhe. Außerdem kämmte er sich nicht. Der Gammellook stand ihm nicht. Aber Lou Boldt ließ sich von niemandem beeinflussen, auch nicht von seiner Frau.

„Störe ich?“ fragte er Daphne.

„Nein“, antwortete sie und schaute von ihrem Schreibtisch auf. Sie hatte Boldt zu sich gebeten.

„Was gibt's denn?“

„Ist Ihnen klar, daß Sie von Shoswitz zur Schau gestellt werden? In jeder Pressekonferenz erwähnt er Ihren Namen und spuckt große Töne: Wie schnell man diesen Killer fassen und vor Gericht bringen werde und daß Sie derjenige seien, der es erledigen werde. Ehrlich gesagt: Mir gefällt das gar nicht, denn Sie werden dadurch zur Zielscheibe.“

„Na, hören Sie mal...“

„So ist es aber, glauben Sie mir. Es ist falsch, wenn man den Täter dermaßen reizt. Shoswitz sollte aus Ihnen keinen beutegierigen Revolverhelden machen. Typen wie der, mit dem wir es zu tun haben, sind da sehr empfindlich.“ Daphne schnalzte mit den Fingern und erklärte: „Gerade mal so lange braucht dieser Kerl, um sich ein neues Ziel auszusuchen.“

„Jetzt läßt sich nichts mehr ändern“, erwiderte Boldt.

„Ich werde mit Shoswitz reden und ihn auffordern, damit aufzuhören“, kündigte die Psychologin an. Sie wußte, daß sich Boldt mit ihr auf keinen Streit einlassen würde.

„Bei der Leiche handelt es sich um Melissa Heifitz, die Hausbesitzerin“, informierte sie der Sergeant. „Dixon hat es heute morgen aufgrund zahnärztlicher Unterlagen festgestellt. In der Asche wurden fünf Zähne gefunden. Zwei von ihnen stammen eindeutig von Melissa Heifitz. Sie war neunundzwanzig, geschieden, hatte ein Kind und arbeitete als Buchhalterin bei einer Firma in der 85. Straße. Soweit wir feststellen konnten, gibt es keinerlei Verbindungen zu Dorothy Enwright, abgesehen davon, daß auch Melissa Heifitz eine hübsche Frau war."

Boldt zeigte Daphne das Führerscheinfoto der Verstorbenen. Sie merkte, daß er betroffen war. Er reagierte bei jedem Mordfall so, als handle es sich um ein Mitglied seiner eigenen Familie.

„Haben Sie auf die Haarfarbe geachtet und auf die Kopfform?" fragte Daphne, die das Foto immer noch in der Hand hielt.

Boldt beugte sich vor. „Was wollen Sie damit sagen?"

Daphne reichte ihm einen Schnappschuß, auf dem Dorothy Enwright zu sehen war. „Verstehen Sie mich jetzt?"

„Verdammt noch mal!" erwiderte der Sergeant, der sonst ganz selten fluchte.

„Seine Opfer haben ein ganz bestimmtes Aussehen: dunkles, kurzgeschnittenes Haar, schmales Gesicht. Er läßt sie durch Feuer umkommen. Das Feuer hat für ihn eine symbolische Bedeutung, sonst würde er sich nicht die ganze Mühe machen. Für ihn ist es wichtig, daß sie verbrennen. Wieso? Hat es mit dem Höllenfeuer zu tun? Oder hat ihm seine Mutter absichtlich eine Verbrennung zugefügt, als er ein Kind war? Oder betrachtet er sein Opfer als ein unreines Wesen, das geläutert werden muß?"

„Da kriege ich ja das kalte Grausen!" Boldt schüttelte sich.

„Ich zeige Ihnen nur Motive auf, die psychologische Seite, die das Feuer für den Täter darstellen mag. Er kann es als Höllenfeuer, als Vergeltung oder als Läuterung betrachten. Alle drei Möglichkeiten sind denkbar."

„Ein Kerl, der es auf dunkelhaarige Frauen abgesehen hat, weil er von seiner Mutter schlecht behandelt wurde? Das ist nichts für mich."

„Wenn Sie ihn kriegen wollen, müssen Sie das berücksichtigen", warnte ihn Daphne. „Sie sollten wirklich wissen, was ihn umtreibt, Lou, andernfalls sind Sie auf reine Zufälligkeiten angewiesen."

„Haben Sie mich deswegen hergebeten?" fragte Boldt verärgert. „Um mir mitzuteilen, wie ich meine Ermittlungen durchführen soll?"

„Ich wollte Sie vorab wissen lassen, daß ich mit Shoswitz reden möchte. Und ich wollte Ihnen außerdem sagen, daß ich mit Emily Richland einen Termin vereinbaren werde."

„Emily Richland?" murmelte der Sergeant fragend.

„Die Hellseherin. Ich habe sie angerufen. Sie erwähnte einen Mann, der durch eine Verbrennung eine stark deformierte Hand hat." Daphne spürte seinen Widerwillen. „Was haben Sie dagegen einzuwenden, Lou?" fragte sie barsch. „Die Frau hat uns schon einmal geholfen, einen Fall aufzuklären."

Emily Richland, die für zehn Dollar aus Tarotkarten wahrsagte, hatte der Polizei einen Hinweis gegeben, der in einem Entführungsfall zur Ergreifung eines Tatverdächtigen beigetragen hatte. Daphne hatte sich damals gerade von den Verletzungen erholt, die sie bei einem anderen Fall davongetragen hatte, und war deshalb bei dem Kidnapping nicht herangezogen worden. Sie hatte noch nie persönlichen Kontakt mit Emily Richland gehabt.

„Wollen Sie damit sagen, daß wir auf jemanden wie Emily Richland hören sollten?" Boldt zog die Augenbrauen hoch.

„Was ist denn so falsch daran, wenn man eine Hinweisgeberin überprüft? Es könnte ja sein, daß sie eine Tatbeteiligte ist. Ich behaupte nicht, daß sie hellsehen kann. Ich meine nur, daß wir uns mal anhören sollten, was sie uns mitzuteilen hat. Immerhin hat sie etwas von einer verbrannten Hand erwähnt."

Boldt gab nach. „Sie haben recht. Wir müssen jedem Hinweis nachgehen."

„Sie brauchen sie ja nicht als Hellseherin zu betrachten", schlug Daphne ihm vor. „Sie können in ihr eine Informantin sehen, wenn Ihnen das lieber ist."

„Eine Informantin", wiederholte der Sergeant nachdenklich.

„Und wenn es Ihnen recht ist, übernehme ich die Sache", meinte Daphne.

Lou Boldt nickte. „Gute Idee."

DAPHNE pochte ungestüm an die Tür des purpurfarbenen Hauses. Als sie hörte, wie laut und ungeduldig dieses Klopfen war, fragte sie sich, ob sie die nötige Unvoreingenommenheit für ihr Vorhaben besaß. Für Daphne waren die meisten Hellseher nichts anderes als clevere Betrüger. Sie mißtraute ihnen, hatte dies aber Boldt gegenüber nicht zugeben wollen. Emily Richland verdiente ihren Lebensunterhalt, indem sie Lügen erzählte.

Daphnes Aufgabe war kompliziert: Sie wollte die Rollen vertauschen und selbst Lügen erzählen, um der Sache auf den Grund zu kommen. Wenn möglich, wollte sie die Frau dazu bringen, daß sie zugab, etwas mit den Brandstiftungen zu tun zu haben.

Emily Richland war am Morgen nicht selbst ans Telefon gegangen, doch auf dem Anrufbeantworter war zu hören gewesen, daß sie für Wahrsagungen zur Verfügung stehe. Daphne hatte sich die Adresse notiert und war losgefahren, ohne sich bei Emily anzumelden.

Die Haustür ging auf. Emilys langes, dunkles Haar war nach hinten gekämmt, was die Haut des sommersprossigen Gesichts der Vierzigjährigen straffte und diese zehn Jahre jünger aussehen ließ. Ihre mit allzuviel Mascara umrandeten Augen waren leuchtend blau. Sie trug ein schwarzes Samtkleid aus einem Billigladen; um ihre schmale Taille hatte sie einen perlengeschmückten indianischen Gürtel geschlungen. Ihre Ohrringe waren mit Schwarzweißfotos von Elvis versehen. Sie hatte ein strahlendes, aber etwas geheimnisvolles Lächeln, und ihr Blick war forschend und neugierig.

„Willkommen", sagte die Frau und machte dabei eine einladende Handbewegung. „Ich bin Emily." Drinnen führte sie Daphne zu einem kleinen Tisch, an dessen Rand ein Stapel abgegriffener Tarotkarten lag. Am anderen Ende des Tischs stand ein dicker Kerzenstumpen.

Daphne sah, wie die Frau mit der Hand am Rand des Tischs entlangstrich, als sie beide Platz nahmen. Es war eine clevere, gut eingeübte Geste, mit der sie den Dimmer betätigte. Der Lichtschein war jetzt gedämpft, und in dem Zimmer roch es schwach nach Weihrauch.

„Sie haben eine Frage, auf die Sie eine Antwort brauchen", konstatierte Emily und schaute Daphne prüfend an. „Sie haben Probleme mit einem Mann."

Daphne spürte plötzlich, daß ihr das Herz bis zum Hals klopfte. Woher wußte die Frau, daß sie mit ihrem Verlobten Owen Adler Probleme hatte? Da fiel ihr ein, daß sie eben an ihrem Verlobungsring gedreht hatte, um den auffallend großen Diamanten verschwinden zu lassen, den Owen ihr geschenkt hatte. Sie rief sich in Erinnerung, daß gute Wahrsager die Körpersprache verstehen.

Daphne spürte, wie sie errötete. „Stimmt, aber deswegen bin ich nicht hergekommen."

„Es hängt mit dem Beruf zusammen", sagte Emily und schaute Daphne mit ihrem hypnotischen Blick in die Augen. „Sie sind Ärztin", mutmaßte die Frau. Doch dann schüttelte sie den Kopf. „Vielleicht eine medizinische Hilfskraft... Es hat etwas mit Medizin zu tun. Habe ich recht?"

Daphne rutschte beklommen auf ihrem Stuhl hin und her. Die Frau war gut. Sie hatte eine ruhige Stimme und einen durchdringenden Blick.

„Mein Verlobter ist Arzt“, behauptete Daphne. Das war gelogen, klang jedoch recht überzeugend. „Was mich beschäftigt, hat aber mit meiner Arbeit und mit ihm nichts zu tun.“ Sie hatte ihre Story gut vorbereitet. „Haben Sie sich schon mit Träumen beschäftigt, die jemand gehabt hat?“

„Träume können wie Fenster sein, meine Liebe. Sie geben Einblick in die Vergangenheit und in die Zukunft. Wollen Sie mir von dem Traum erzählen, oder soll ich Ihnen zuerst ein bißchen mehr über Sie selbst sagen? Ich habe Verständnis dafür, daß Sie meinen übersinnlichen Kräften nicht ganz trauen. Ich sehe aber die Vergangenheit und die Zukunft tatsächlich vor mir. Ich erzähle Ihnen mal, was ich da erblicke.“ Emily sprach mit einer heiteren, wohlklingenden Stimme und hatte einen warmherzigen Blick. „Sie sind immer gut vorbereitet. Sie überlegen sich im voraus, was für Probleme auf Sie zukommen können. Sie sind ordnungsliebend. Zu Hause legen Sie Wert auf Sauberkeit. Auf Ihren Verlobten sind Sie böse, aber das hat nichts mit einer anderen Frau zu tun, sondern eher mit einem jungen Mädchen.“

Daphne lief es kalt über den Rücken. Wie kam es, daß diese Frau über Owens Tochter Corky Bescheid wußte? Sie sagte sich schließlich, daß das wohl ein Zufallstreffer gewesen sein mußte.

„Mir geht es um meinen Traum“, bemerkte Daphne und schloß die Augen. „Ich träume immer von einem Mann. Sein Gesicht kann ich nicht erkennen, denn er schaut mich nie an. Er ist ein kräftiger, imposanter Mann.“ Dann fügte sie mit leiser, furchtsamer Stimme hinzu: „Und ich sehe, wie Frauen verbrennen. In grellen Flammen.“ Das Beste hatte sich Daphne für den Schluß aufgehoben. „Ich sehe nie sein Gesicht, nur seine Hände...“ Sie kniff die Augen zusammen und schüttelte den Kopf. „An einer Hand hat er eine Brandverletzung. Kaputte Finger...“

Emily schnappte nach Luft.

Daphne öffnete nun die Augen. Sie merkte, daß sie ins Schwarze getroffen hatte. „Was ist denn? Kennen Sie diesen Mann?“

Emily war immer noch ganz perplex. „Wer sind Sie?“ fragte sie röchelnd. „Sind Sie seine Freundin? Spionieren Sie mir nach?“

„Sie kennen ihn also.“

Auf dem Gesicht der Wahrsagerin machte sich Entsetzen breit. „Ja, ich kenne den Mann. Er hat auf diesem Stuhl gesessen.“ Sie starrte vor sich hin. „Erzählen Sie mir mehr von dem Traum.“

„Ich sehe nie sein Gesicht, nur seine Hand. Es brennt, und eine Frau schreit. Als ich aus der Zeitung von den Bränden erfuhr, überlegte ich, ob ich zur Polizei gehen soll. Meinen Sie nicht auch, daß da ein Zusammenhang besteht – zwischen den Zeitungsberichten und dem Mann mit der schlimmen Brandverletzung? Von übersinnlichen Phänomenen hielt ich früher nicht viel, aber das hat sich geändert... Vielleicht könnten Sie die Polizei verständigen?"

Emily räusperte sich. „Ich kann Ihnen nicht behilflich sein."

„Doch, das können Sie sehr wohl", sagte Daphne mit Nachdruck. „Sie sind mit ihm zusammengetroffen. Er war bei Ihnen. Rufen Sie die Polizei an, und berichten Sie ihr darüber."

„Ich glaube, wir müssen jetzt Schluß machen. Von mir können Sie nichts erwarten."

Daphne tat lange nichts, um das eingetretene Schweigen zu beenden. Sie hielt den Blickkontakt mit der Frau aufrecht und sagte schließlich: „Es hatte etwas mit meinem Auto zu tun, nicht wahr?"

„Was denn?" keuchte Emily mit bebenden Lippen.

„Wissen Sie, ich erinnere mich jetzt, daß ich Post auf dem Vordersitz meines Autos liegenließ. Dadurch erfuhren Sie, daß ich der Northwest Medical Society angehöre, und Sie kamen auf die Idee, ich könnte Ärztin sein." Die Worte trafen Emily wie Granaten. „Daß ich Wert auf Sauberkeit lege, ist meinem Wagen anzumerken. Und das hat Sie verraten. Die Bemerkungen über meinen Verlobten, die natürlich mit meinem Ring zusammenhängen, irritierten mich zuerst, auch die Erwähnung des jungen Mädchens. Tatsache ist jedoch, daß Corkys Notizbuch hinten im Auto liegt und daß ihr Name draufsteht. Ihr Mitarbeiter hat Ihnen bestimmt den Namen durchgegeben, aber Sie entschlossen sich, ihn nicht zu verwenden." Daphne stand auf.

„Setzen Sie sich!"

Daphne ging mit zwei schnellen Schritten zu der hinter Emily befindlichen Tür und stieß sie auf. Sie sah gerade noch, wie in der Küche die mit einem Fliegengitter versehene Ausgangstür zufiel. Derjenige, der sich dort aufgehalten hatte, war verschwunden. Blitzschnell, dachte Daphne. Sie drehte sich auf dem Absatz um und machte einen Schritt auf Emily zu. „Ich brauche nur einen Anruf zu machen, und wir bringen Sie wegen Betrugs vor Gericht. Dann können Sie Ihren Laden dichtmachen."

„Sie sind bei der Polizei?" Das klang halb nach einer Frage, halb nach einer Feststellung, doch Daphne antwortete nicht.

Sie standen einander dicht gegenüber; Daphne war einen ganzen

Kopf größer als Emily. „Haben Sie etwas mit den Brandstiftungen zu tun? Ja oder nein?“ fragte sie.

„Nein“, stöhnte Emily mit niedergeschlagenem Blick und demütig gesenktem Kopf. Das war genau die Haltung, die Daphne von ihr erwartete.

Dann schaute Emily zu Daphne auf. „Ihm ging es um irgendein Geschäft, möglicherweise um einen Drogendeal, aber nicht um diese Brandstiftungen. Das Geschäft sollte draußen auf dem Flughafen abgewickelt werden. Dabei war wohl ziemlich viel Geld im Spiel, denn er war ohne weiteres bereit, für die Sternkarte und die Deutung sechzig Dollar zu bezahlen. Er machte sich Sorgen wegen des richtigen Zeitpunkts, und deshalb kam er zu mir. Wissen Sie, die Leute möchten immer gern das passende Datum erfahren, zum Beispiel für eine Hochzeit.“ Emily machte einen nervösen, verängstigten Eindruck. „Ich erstelle Horoskope. Und ich habe wirklich eine besondere Gabe.“

„Bekamen Sie die sechzig Dollar bar oder per Scheck?“

„Schätzchen, sehe ich so aus, als würde ich einen Scheck annehmen? Für so dumm dürfen Sie mich nicht halten.“

Daphne merkte, daß sie die Hoffnung auf eine rasche Klärung aufgeben mußte. Da fiel ihr etwas ein. „Das Auto. Was für ein Auto hatte er?“

„Einen hellblauen Kleinlaster. Mit einem weißen Camper-Aufbau.“

„Und das Datum seiner Besuche?“

„Am 2. Oktober kam er das erste Mal.“

Der Enwright-Brand war am 10. September ausgebrochen, der Heifitz-Brand am 4. Oktober. „Sind Sie sich wegen des Datums ganz sicher?“ fragte Daphne und dachte dabei: Vielleicht hat er damals den Brandbeschleuniger für ein weiteres Feuer angebracht.

„Ja, ganz sicher“, bestätigte Emily. „Und letztes Wochenende kam er noch einmal vorbei.“

Daphne spürte, wie ihr Herz in der Brust hämmerte. Das Timing kam ihr merkwürdig vor. Es war allzu überstürzt, es sei denn, der Besuch am 2. Oktober stand mit dem Heifitz-Brand in Verbindung. Und was hatte der Besuch am vergangenen Wochenende zu bedeuten? Würde es ein weiteres Opfer geben? „Ich muß alles wissen, was Ihnen über den Mann mit der verbrannten Hand bekannt ist“, drängte Daphne.

„Und wieso sollte ich da mitmachen?“

„Sie bekommen zweihundert Dollar auf die Hand, und ich verdufte ganz einfach.“

„Leute wie Sie verduften nie. Sie werden garantiert wiederkommen."

„Und wie ist es mit diesem Mann?" setzte Daphne erneut an. „Kommt er wieder hierher?"

Emily nickte langsam. „Wahrscheinlich." Und dann fügte sie mit beißendem Spott hinzu: „Schätzchen, das wird Sie aber eine schöne Stange Geld kosten."

DA BEN in Seattle zu Hause war, hatte er sich längst an die Regenfälle gewöhnt. An jenem Tag gab es zuerst einen dünnen Nebel, aber dieser verwandelte sich bald in dicke Regenwolken, aus denen es unablässig goß. Ben rannte durch den strömenden Regen, als könne er so der Verantwortung für seine Taten entkommen. Doch als er zu dem purpurfarbenen Haus kam, sah Emily ihm sofort an, daß er Sorgen hatte. Vielleicht hat sie auch meine Gedanken gelesen, dachte Ben. Emily führte ihn ums Haus herum zu der hinteren Veranda, die einen Ausblick auf den Garten bot. Als sie dort stehenblieben, prasselte der Regen nur wenige Zentimeter vor ihnen herunter, und der Wind wirbelte die Blätter umher.

Emily legte den Arm um Ben. „Ich glaube, du hast mir etwas zu berichten, junger Mann."

Wie würde sie wohl reagieren, wenn er ihr erzählte, was er getan hatte? Ein Schauer durchfuhr Ben, und er fing an zu weinen.

„Du brauchst dir von Jack nicht alles gefallen zu lassen, Ben."

Er schüttelte den Kopf. „Das ist es nicht."

„Deine Mutter?" fragte Emily leise.

Ben schüttelte erneut den Kopf. Wenn er versuchte, sich an seine Mutter zu erinnern, sah er nur verschwommen ein Gesicht vor sich. Plötzlich stieß er die Worte hervor: „Wenn ich meinen Geldbeutel in seinem Wohnmobil verloren habe, weiß er, wo er mich finden kann. In dem Geldbeutel steht nämlich meine Adresse."

„Von wem sprichst du, Ben?" fragte Emily besorgt. „Und was ist das für ein Wohnmobil?"

Er schaute auf zu ihr. Obwohl er wegen der Tränen nur undeutlich sah, merkte er, daß Emily ihn mitfühlend und liebevoll betrachtete. Ben wußte, daß er ihr gleich alles erzählen würde. Er würde ihr das ganze Geld anbieten, fünfhundert Dollar, und sie bitten, ihn bei sich aufzunehmen. Und dann fing er an zu reden.

Emily hielt ihn die ganze Zeit über im Arm. Sie hörte sich alles an und nickte dabei immer wieder. Die beiden verbrachten über eine

Stunde auf der Veranda. Der Regenguß fand schließlich ein Ende, und nach einer Weile war ein Stück blauer Himmel zu sehen. Sie genossen beide die wärmenden Sonnenstrahlen, und Ben wurde bewußt, wie gern er Emily hatte.

# FÜNFTES KAPITEL

Lou Boldt fuhr zusammen, als sein Piepser ertönte. Gerade in diesem Moment hatte er sich überlegt, was er wegen Liz tun sollte. Wenn sich sein Verdacht bewahrheitete, dann war seine Ehe vielleicht gefährdet.

Liz nahm gerade ein Bad. Eigentlich war weiter nichts dabei, außer daß Liz, die es immer eilig hatte, gewöhnlich duschte. In dieser Woche war es jedoch schon dreimal vorgekommen, daß sie gleich nach der Arbeit ein Bad einlaufen ließ. Boldt fiel ein, daß sie in der vorangegangenen Woche an denselben Wochentagen gebadet hatte: am Montag, am Dienstag und am Donnerstag. An diesen Tagen war sie mit eineinhalbstündiger Verspätung nach Hause gekommen. Sein Gehirn arbeitete auf Hochtouren. Als Kriminalbeamter war er dazu ausgebildet worden, bei Abläufen ein Schema zu erkennen. Boldt fand es selbst bedauerlich, daß er nach dieser Methode vorging. Er überwachte seine eigene Frau, weil er argwöhnisch und besorgt war. Als er in diesem Zustand Sarah weinen hörte, war er selbst den Tränen nahe.

Er holte seine kleine Tochter aus ihrem Bettchen, drückte sie an sich und atmete dabei den süßlichen Geruch ihrer Haut ein. Sarah streckte ihr Händchen aus und zog mit ihren winzigen Fingern an seinem Haar.

„Klopf, klopf“, sagte Boldt und schob die Badezimmertür mit dem Fuß auf. Liz lag ausgestreckt in der Badewanne. Sie sah so unglaublich anziehend aus, daß er sie ganz für sich haben wollte. Liz hatte ihn schon einmal betrogen. Warum sollte sie es nicht ein zweites Mal tun? In mancher Hinsicht war es jetzt wieder genauso wie damals: Sie wurden beide von ihrem Beruf zu sehr in Anspruch genommen. Keiner von ihnen achtete zur Zeit besonders auf die Bedürfnisse des anderen. Außerdem verlangten die Kinder viel Aufmerksamkeit. In ihrer Ehe ging es jetzt ausschließlich um die Familie. Ihr Eheleben war nicht mehr so wie früher.

Als Liz die Arme ausstreckte und das Kind herbeilockte, konnte es Sarah kaum erwarten, von ihrem Vater wegzukommen. Boldt wurde neidisch auf diese starke Bindung und kam sich in seinem eigenen Heim wie ein Besucher vor. Liz setzte sich in der Badewanne auf, nahm Sarah auf die Arme und bot ihr die Brust. Dann lächelte sie ein bißchen und lehnte sich zurück. Boldt betrachtete seine Frau. Er wollte nicht, daß ein anderer sie so zu Gesicht bekam.

„Hast du deinen Piepser nicht gehört?“ fragte Liz.

Wollte sie ihn aus dem Haus haben? Boldt spürte, wie der Zorn in ihm aufstieg. Er reckte sich in die Höhe und zog den Bauch ein. Glaubte sie etwa, daß er zu rasch alterte? „Ja, ich hab ihn gehört“, antwortete er.

„Rufst du zurück?“

„Ja.“ Er war ein Sklave seines Berufs.

„Wie geht's dir denn?“ fragte sie mit hochgezogenen Augenbrauen.

„Ganz gut“, log er.

Ihre Pupillen weiteten sich, und sie zog das Baby fester an sich. „Ist was?“

„Wir müssen irgendwann miteinander reden“, sagte Boldt. Das klang ziemlich kleinlaut, und er wußte, daß ihr das Auftrieb geben würde.

„Aber gern, wann immer du willst“, erwiderte Liz.

Tu doch nicht so, dachte Lou Boldt und nickte. Badete Liz, weil sie sich säubern und dafür sorgen wollte, daß ihm nichts auffiel? Der Gedanke war schmerzlich, und er fragte sich, wie er auf ihn verfallen war.

„Geh nur und mach dich an deine Arbeit, Lou. Ich werde dir deswegen nicht böse sein. Ich werde auf dich warten.“ Zu seinem Leidwesen war sie schon ganz überzeugt davon, daß er wegen des Piepsers aus dem Haus gehen würde. In der Regel war es ja auch so. Der Piepser erschien Boldt als ein Instrument, das dazu diente, ihm sein Privatleben zu rauben. Er haßte das Ding schon lange.

„Ihr beide seht hübsch aus“, sagte er. Als er ein Würgen im Hals spürte, wandte er sich rasch um und ging zum Telefon, damit Liz seine Tränen nicht sah.

DER MALERISCH gelegene Green Lake war ein mehrere Hektar großer See mit schwarzem Wasser, um den ein Weg lief. Um acht Uhr abends befanden sich auf dem Weg immer noch zahlreiche Männer und Frauen, die spazierengingen oder joggten.

Boldt traf sich dort mit Daphne Matthews. Sie spazierten los und blieben stets auf der rechten Seite des Weges, damit die Jogger an ihnen vorbeirennen konnten. Daphne hatte den See als Treffpunkt empfohlen, weil er für beide leicht erreichbar war.

„Emily Richland arbeitet mit einem Helfer zusammen, der die Autos ihrer Kunden ausspioniert“, berichtete Daphne. „Er spielt ihr die Informationen zu, und deshalb weiß sie über die Person, die ihr gegenübersitzt, ziemlich gut Bescheid.“

„Das überrascht mich gar nicht“, bemerkte Boldt, der in Gedanken woanders war.

„Der Kerl mit der verbrannten Hand kam zu ihr und befragte sie wegen eines Datums. Ihm ging es um den 2. Oktober, und der Heifitz-Brand war bekanntlich am 4. Oktober. Lou, ich glaube, er ist der Brandstifter.“ Bevor Boldt antworten konnte, fuhr Daphne fort: „Die letzten drei Finger seiner rechten Hand bilden eine Art Flosse. Er ist beim Militär, wahrscheinlich bei der Air Force. Ich glaube, daß Emily Richland mir manches verschwiegen hat und daß sie mehr weiß.“

Boldt grübelte nicht mehr über Liz nach, sondern richtete seine ganze Aufmerksamkeit auf den Verdächtigen. „Was für ein Fahrzeug hat er?“

„Ein Wohnmobil.“ Daphne gab Boldt die Beschreibung, die sie von Emily erhalten hatte. „Sie glaubt, daß der Typ nichts mit Brandstiftungen zu tun hat, sondern eher mit Drogen. Damit könnte sie recht haben. Vielleicht handelt er mit Laborchemikalien. Möglicherweise hat er sich auf diese Weise die Hand verbrannt. Trotzdem ist es eine heiße Spur.“

„Es kann sein, daß er bloß der Mittelsmann ist, daß er dem, den wir wirklich suchen, Chemikalien verkauft.“

„Ich habe Emily Richland zweihundert Dollar gegeben“, sagte Daphne. „Wenn ich noch einmal zweihundert hinblättere, werden wir vermutlich mehr erfahren. Sie rechnet damit, daß er wiederkommt.“

Boldt blieb stehen. „Tatsächlich?“

„Er war bereits zweimal bei ihr“, berichtete Daphne nicht ohne Stolz.

„Er ist also beim Militär. Vielleicht war Garman ebenfalls beim Militär. Vielleicht taten sie zusammen Dienst. Möglicherweise gibt es da eine Verbindung.“

„Eine Frau war auch im Spiel“, sagte Daphne und brachte das Gespräch damit auf die Frage, ob es zwischen den beiden Opfern eine Verbindung gab. „Eine geschiedene Frau. Geschiedene, alleinerziehende Mütter: Darum geht es, glauben Sie mir, Lou.“ Sie spazierten weiter.

Boldt stützte sich bei seinen Ermittlungen auf die Informationen, die ihm die Opfer lieferten. Ihm schossen auf einmal so viele Überlegungen durch den Kopf, daß er sie kaum noch unter Kontrolle halten konnte. „Wir haben also eine Verbindung zwischen den beiden Opfern!“ folgerte er.

„Was glauben Sie, weshalb ich mit Ihnen über den Piepser Kontakt aufgenommen habe? Ob es eine Verbindung ist, weiß ich nicht. Aber immerhin haben wir deutliche Gemeinsamkeiten gefunden.“

„Geschiedene, alleinerziehende Mütter“, wiederholte Boldt. „Wie alt sind die Kinder?“

„Das habe ich nicht überprüft.“

„Das müssen wir noch tun.“ Er schwieg einen Augenblick. „Wie ist der Killer wohl an seine Opfer herangekommen? Bei einer Gruppentherapie für Geschiedene? In einem kirchlichen Gesprächskreis? Was für Möglichkeiten gibt es sonst noch?“

„Kochkurse oder Sportstudios“, schlug Daphne vor.

„Vielleicht kam er auch als Klempner.“

„Oder als Elektriker.“

„Leitern!“ rief Boldt und blieb wieder stehen. „Wir sind nahe dran! Entweder als Klempner oder als Elektriker oder ...“

„Als Dachdecker, Maurer, Schornsteinfeger ...“

„Als Maler!“ entfuhr es Boldt. „Neben den Eindrücken der Leiter haben wir Gewebefasern entdeckt. Bei der Untersuchung wird man an ihnen bestimmt Reste von Erdölprodukten finden. Wollen wir wetten?“

„Immer mit der Ruhe!“

„Beide waren geschieden“, murmelte Boldt. Er freute sich so über diese Fortschritte, daß er Daphne an den Schultern packte. „Sie sind ein Genie!“

AM NÄCHSTEN Morgen suchte Boldt im Gebäude der Bundesbehörde die Dienststelle des Büros Alkohol, Tabak und Feuerwaffen auf. Howard Casterstein, ein Laborchemiker des ATF in Sacramento, hatte um eine Videokonferenz ersucht. Boldt wurde von Bernie Lofgrin, den Detectives LaMoia und Gaynes sowie den Brandstiftungsexperten Bahan und Fidler begleitet.

Sie nahmen im Videokonferenzraum Platz. Punkt zehn Uhr wurde der Projektionsbildschirm hell und ließ das Gesicht von Howard Casterstein sichtbar werden.

Boldt stellte Casterstein seine Mitarbeiter vor, und dieser kam sogleich zur Sache. „Wir haben Ihre Berichte über die Brände gelesen und versucht, etwas über die Ursachen herauszufinden. Aufschlußreich ist zunächst einmal die purpurfarbene Flamme, die bei diesen Bränden auftrat. Die Flamme deutet auf einen flüssigen Brandbeschleuniger hin, genauso wie die Blasen und die bläuliche Verfärbung des Betons. Bei unseren Untersuchungen wurde das Fehlen von Kohlenwasserstoffen bestätigt. Dergleichen kommt bei Brandstiftungen in Wohnhäusern äußerst selten vor."

„Wie ist es mit Metallen?" fragte Bernie Lofgrin dazwischen.

„Mr. Lofgrin fragt nach Metallresten, die am Brandort gefunden wurden, da Brände mit großer Hitzeentwicklung oft mit Magnesium und anderen Metallen in Verbindung stehen", erläuterte Casterstein. „Leider haben wir in unseren Proben keine Spuren solcher Metalle entdecken können." An Lofgrin gewandt, fuhr er fort: „Neben den chemischen Analysen haben wir eine EDAX gemacht, eine Röntgen-Fluoreszenz-Analyse. Dabei ließen sich verschiedene anorganische Stoffe feststellen, aber den Brandbeschleuniger konnten wir zunächst noch nicht finden."

„Zunächst?" fragte Boldt. Er hatte den Eindruck, daß Casterstein einen Durchbruch erzielt hatte, damit aber noch zurückhielt. Castersteins professorale Art war zwar nicht nach Boldts Geschmack, aber er hatte sich längst an die weitschweifigen Erläuterungen der Laborwissenschaftler gewöhnt. Da man diese Erläuterungen nur einmal zu hören bekam, schrieb Boldt genauestens mit.

„Es gibt bei diesen Bränden interessante Indizien", erwiderte Casterstein. „Sie lassen vermuten, daß ein Beschleuniger vorhanden war, der vermutlich mit einem Timer oder per Funk gezündet wurde. Besonders interessant finde ich dies..." Casterstein zog Gummihandschuhe an und hielt einen schwarzen Klumpen in die Höhe. Die Kamera zeigte ihn in Nahaufnahme. „Den Unterlagen zufolge wurde das von Ihnen gefunden, Mr. Bahan."

Die Männer am Konferenztisch schauten zu Neil Bahan hinüber. Mit seinem schütteren braunen Haar und seiner plumpen Gestalt erinnerte er Boldt an bestimmte Jungen in der Schule, die nie mitmachten, sondern immer abseits standen und zuschauten. Dem Sergeant fiel Daphnes Warnung ein, daß sich ein Brandinspektor seiner Einstellung nach von einem Brandstifter nicht sehr stark unterscheide – daß sie zwei Seiten derselben Medaille darstellten. Deshalb behielt er Bahan und Fidler genau im Auge. Wenn diese Männer Brände untersuchten, die sie selbst gelegt hatten, könnte es sehr wohl sein, daß Boldt die Wahrheit nie herausfand.

Bahan ergriff das Wort. „Ich habe das in der Nähe des Hauses auf der Straße gefunden. Als ich es anfaßte, war es noch warm."

„Wir halten das für sehr bedeutsam", sagte Casterstein und hielt dabei den Gegenstand mit spitzen Fingern fest. Es handelte sich um eine harte Plastikmasse von der Größe eines Golfballs. „Wir haben eine Röntgenaufnahme gemacht. Im Inneren ist ein Stück Draht eingeschmolzen."

„Der Sprengsatz!" folgerte Bernie Lofgrin sofort.

„Ja, ein Teil davon", bestätigte Casterstein. „Natürlich brauchen wir noch weitere Tests. Uns geht es vorrangig darum, den Beschleuniger zu identifizieren. Wenn wir Ihnen mitteilen, um was für einen Beschleuniger es sich handelt, können Sie die Herkunft der Bestandteile ermitteln, und auf diese Weise werden Sie unter Umständen den Täter finden."

„Mir ist immer noch nicht klar, wieso die beiden Frauen ihr Haus nicht rechtzeitig verlassen konnten", bemerkte Bobbie Gaynes. „Die Brände brachen am späten Nachmittag oder am frühen Abend aus. Um diese Zeit können sie doch nicht geschlafen haben."

Alle Anwesenden schauten auf Casterstein. „Darauf haben wir momentan noch keine Antwort. Möglicherweise befand sich in jedem Raum ein Beschleuniger. Denkbar ist, daß eine ganze Anzahl Brandsätze vorhanden waren, die gleichzeitig gezündet wurden ..."

„Er hat also das Haus so präpariert, daß alles gleichzeitig hochging", bemerkte LaMoia. Er schaute die anderen an und blickte dann zum Bildschirm. „Wie so was möglich ist, soll mir mal einer erklären. Da komm ich nicht mehr mit."

Casterstein lächelte ein wenig. „Ich weiß Ihre Offenheit zu schätzen, Detective. Ich habe Sergeant Boldt um diese Videokonferenz gebeten, weil ich ihm etwas zeigen wollte." Casterstein nickte einer unsichtbaren Person zu, und dann wurde der Bildschirm blau. Jetzt war nur noch seine Stimme zu hören: „Sie werden gleich einen Test sehen, den die Feuerwehr von Fort Worth durchgeführt hat."

Auf dem Bildschirm erschien ein großer, verlassen daliegender Supermarkt, auf dessen Parkflächen kein einziges Auto abgestellt war. In einiger Entfernung befanden sich etwa zwanzig Einsatzfahrzeuge. Die Feuerwehrleute standen mit Schläuchen bereit. Rechts unten am Bildschirm zeigte eine Digitaluhr die verbleibenden Sekunden an.

„Achten Sie ganz besonders auf die Geschwindigkeit des Brandes und die Farbe“, empfahl Casterstein.

Als die Zeit abgelaufen war, schoß eine hellpurpurfarbene Stichflamme in die Höhe. Das Dach des Gebäudes zerschmolz. Überall brannte es gleichzeitig. Als das von den Löschfahrzeugen kommende Wasser den Brandherd erreichte, explodierte das Gebäude und ging in Flammen auf. Ein so schlimmes Feuer hatte Boldt noch nie gesehen.

Das Video wurde angehalten, und Casterstein erschien erneut auf dem Bildschirm. „Das Feuer entwickelte eine so große Hitze, daß das Wasser in seine Bestandteile zerlegt wurde, in Wasserstoff und Sauerstoff. Alle Bemühungen, den Brand zu löschen, wurden dadurch zunichte gemacht. Bei diesem Brand versuchte man, mehr über den Beschleuniger zu erfahren, der bei einer Reihe von Brandstiftungen verwendet wurde, die in den Jahren 1989 bis 1994 landesweit für Aufsehen sorgten.“

Boldt versuchte sich vorzustellen, was mit einer in einem solchen Gebäude befindlichen Person geschah. Ein Schauer durchfuhr ihn. Plötzlich begriff er, wieso die beiden Frauen nicht imstande gewesen waren, ihr Haus zu verlassen. „Was zum Teufel haben wir da gerade vorgeführt bekommen?“ fragte der Sergeant mit untypischer Derbheit.

Casterstein schürzte die Lippen und ging näher an die Kamera heran. „Raketentreibstoff. Bei dem im Test verwendeten Beschleuniger handelte es sich um Raketentreibstoff.“

Owen Adlers weitläufiges Anwesen mit Blick auf den Puget Sound wirkte auf Boldt einschüchternd. Wie reich Adler war, konnte man auch an der Größe seines Privatjets erkennen, eines Gulfstream 3. Er gehörte zur Crème de la crème von Seattle. Adlers Eheschließung mit Daphne Matthews war schon zweimal verschoben worden. Daphne behauptete, Adler habe wiederholt Terminschwierigkeiten gehabt, weil er sich um sein angeschlagenes Lebensmittelimperium habe kümmern müssen. Boldt entging jedoch nicht, daß Daphne wieder ihrer ehrenamtlichen Tätigkeit in einer Unterkunft für jugendliche Ausreißer nachging. Nachdem sie sich in Adler verliebt hatte, hatte sie diese Tätigkeit eingestellt. Von Adler waren auf der Klatschseite zweimal Fotos erschienen, auf denen er in Gesellschaft anderer Frauen zu sehen war. Boldt hatte keine Fragen gestellt. Er hatte große Achtung vor einem Mann wie Adler, der es geschafft hatte, einen Konzern zu sanieren. Dieser Mann hatte gezeigt, daß er mit finanziellen Schwierigkeiten fertig werden konnte. Daphne Matthews mochte für Adler jedoch eine neue, ganz unbekannte Art von Herausforderung sein, dachte der Sergeant.

Als Boldt vor der Haustür stand, bat ihn Daphne über die Sprechanlage, um das Haus herumzugehen und im Innenhof zu warten. Nach einer Weile ging die Glastür auf, und Daphne schlüpfte durch die Chintzvorhänge. Sie trug einen rosa Bademantel und hatte ein Handtuch um den Kopf gewickelt. „Tut mir leid“, sagte sie. „Ich war unter der Dusche ...“

„Entschuldigen Sie die Störung.“

„Corky schläft.“ Daphne meinte damit Adlers minderjährige Tochter. „Ich wollte sie nicht aufwecken.“

„Wohnen Sie jetzt hier?“

„Owen hat diese Woche geschäftlich in Südamerika zu tun. Ich kümmere mich um Corky, denn ich wollte nicht, daß sie von einer Kinderfrau betreut wird.“

Daphne nahm Platz und schlug die Beine übereinander. Ein Flugzeug flog mit blinkenden Signallichtern über sie hinweg.

„Der Täter verwendete Raketentreibstoff“, platzte Boldt heraus.

Daphne schaute abrupt hoch. „Emily Richland erwähnte die Air Force.“

„Es gibt noch weitere Neuigkeiten“, fuhr Boldt fort. „Aufgrund der Leiterabdrücke schätzt Bernie das Gewicht der fraglichen Person auf maximal dreiundsechzig Kilo. Das ist nicht sehr viel.“

„Ein Teenager?“ fragte sie. „Das zweite, von Platon stammende Zitat paßt aber nicht zu einem Jugendlichen.“

„Es könnte vielleicht ein aus der Bahn geratener Jugendlicher sein, ein Scheidungsopfer“, meinte Boldt. „Aber Sie wissen da besser Bescheid als ich.“

„Ein Mann Mitte oder Ende Zwanzig mit Collegestudium, der eine schlanke, ja hagere Figur hat: Das würde mir einleuchten.“ Sie beugte sich vor. „Ich habe mich mit anderen in der Strafverfolgung tätigen Psychologen unterhalten. Der Täter könnte zwischen fünfundzwanzig und dreißig sein. Auf sexuellem Gebiet ist er vermutlich ein Versager. Er haßt seine Mutter und überhaupt alle Frauen. Er fühlt sich als Richter und Henker. Er ist ein intelligenter, stiller Mensch und lebt allein. Wenn wir dann noch berücksichtigen, was sich aus den Leiterabdrücken ergeben hat, können wir sagen, daß er schmächtig gebaut ist.“

„Von Fidler bekam ich einen Bericht über Steven Garman, den Brandinspektor ...“

„Ich weiß, um wen es sich handelt", warf Daphne ein. „Derjenige, der die Drohung erhalten hat, muß immer zuerst überprüft werden."

Boldt schaute Daphne unverwandt in die Augen. „Ich bin mir nicht sicher, ob ich das verkrafte", gestand er ihr. „Bald wird wieder eine Frau in den Flammen umkommen."

„Nicht unbedingt."

„Doch, das steht fest. Und ich bin derjenige, der die Ermittlungen leitet und die Verantwortung hat. Das paßt mir überhaupt nicht."

„Das verstehe ich. Aber so ist es nun mal."

„Garman lebt allein", fuhr der Sergeant fort. „Seine Ehe ist gescheitert. Er ist seit zwölf Jahren bei der hiesigen Feuerwehr. Man schätzt ihn sehr, aber er bleibt für sich. Er führt einen ständigen Kleinkrieg mit seinen Vorgesetzten. Er nimmt alles sehr genau und stellt hohe Anforderungen. Niemand kann sich erinnern, daß sich Garman je mit einer Frau getroffen hätte."

Daphnes Blick wurde nachdenklich, und auf ihrer Stirn erschienen Runzeln.

„Ich hätte nichts dagegen, wenn Sie mit ihm ins Gespräch kämen", bemerkte Boldt. „Sie schaffen es vielleicht, daß er aus sich herausgeht."

„Ich überlege mir mal, wie ich unauffällig an Garman herankommen kann", versprach Daphne. „Und Sie gehen jetzt nach Hause und schlafen ein bißchen."

DAPHNE MATTHEWS konnte es kaum erwarten, einem Mordverdächtigen von Angesicht zu Angesicht gegenüberzutreten.

Sie bewegte sich ein bißchen beschwingter und hielt sich aufrechter als sonst, als sie die Straße zur Feuerwache des 4. Bezirks entlangging, um den Brandstiftungsexperten Steven Garman aufzusuchen. Als Daphne die Steintreppe zum Obergeschoß des Feuerwehrgebäudes hinaufstieg, bereitete sie sich innerlich auf das Zusammentreffen vor. Sie wollte alle ihr zur Verfügung stehenden Mittel einsetzen, um Garman zum Reden zu bringen – sei es, daß sie als Psychologin agieren, sich mit ihm auf einen Flirt einlassen oder ihm lediglich aufmerksam zuhören müßte. Bei solchen Anlässen mußte Daphne schauspielerisches Talent aufbieten, und sie betrachtete die Aufgabe als eine Herausforderung.

Sie klopfte kurz an Garmans Tür und trat ein.

Steven Garman saß in seinem makellos sauberen Büro in einem großen Ledersessel. Er war ein großer, ansehnlicher Mann mit braunen Augen und einem buschigen Schnurrbart. An der Wand hingen Aufnahmen von Einstein und Picasso. Wer wohl seine Lieblingsdichter sind? fragte sie sich. Auf einem Farbfoto war die explodierende Raumfähre *Challenger* zu sehen. Die Momentaufnahme zeigte die weißen Rauchfahnen und die am blauen Himmel umherschwirrenden Trümmer.

Als Garman merkte, wohin Daphne starrte, sagte er: „Bei der Untersuchung der Wrackteile habe ich mitgearbeitet."

„Sie waren bei der Air Force?"

„Merkt man mir das an?" fragte er und begrüßte sie mit einem Händedruck.

Vielleicht schon, dachte Daphne und schaute genauer hin. Vielleicht hat er deshalb diesen festen Händedruck und den bohrenden Blick. Am meisten beschäftigte sie Boldts Mitteilung, daß es sich bei dem Brandbeschleuniger vermutlich um Raketentreibstoff handelte. Den früheren Air-Force-Angehörigen Steven Garman mußte man also genau im Auge behalten.

„Sergeant Boldt möchte Ihnen dafür danken, daß Sie den letzten Brief nicht geöffnet haben", begann Daphne.

„Wenn ich bloß wüßte, wieso der Typ das Zeug ausgerechnet an mich schickt! Ich möchte nichts damit zu tun haben!" Garman bot Daphne einen Stuhl an. „Gehören Sie zu Boldts Einheit?"

„Verzeihen Sie. Ich habe mich ja noch gar nicht vorgestellt. Mein Name ist Daphne Matthews, und ich gehöre zur Arbeitsgruppe." Die volle Wahrheit wollte sie Garman nicht sagen, denn wenn er wüßte, daß sie Psychologin war, würde er womöglich eine Abwehrhaltung einnehmen.

„Darf ich einige Fragen persönlicher Art stellen?" fuhr Daphne fort.

„Nur zu!"

„Kannten Sie Dorothy Enwright und Melissa Heifitz?"

„Überhaupt nicht", erwiderte er in einem gereizten, abweisenden Ton. „Keine von beiden, nicht mal dem Namen nach."

„Sie haben über zweihundert Ermittlungen wegen Brandstiftung durchgeführt", sagte Daphne, ohne daß sie irgendwelche Notizen zu Rate zog. Sie wollte ihm zeigen, daß sie sich mit ihm befaßt hatte, und wartete nun auf seine Reaktion.

„Es ging um verdächtige Brandfälle", korrigierte er sie. „Bei manchen sprechen wir von Brandstiftung, bei anderen nicht."

„Es gab zweiundzwanzig Festnahmen, und neun Personen wurden überführt", fügte Daphne hinzu.

„Wissen Sie, ich ritze deswegen keine Kerben in meinen Pistolenkolben. Ich mach meine Arbeit. Die Zahlen, die Sie genannt haben, finde ich schlimm. Wir klären nur fünfzig Prozent unserer Fälle auf. Wie ist das bei Ihnen? Da sind's doch bestimmt achtzig oder neunzig Prozent. Bei der Hälfte meiner Fälle geht's um Fahrzeuge. Bei den meisten anderen handelt sich's um leerstehende Gebäude. Ab und zu haben wir's mit einem Racheakt oder mit einem Freudenfeuer zu tun."

Er schwieg eine Weile, ehe er fortfuhr. „Als ich merkte, daß der Zettel mit dem Enwright-Brand zu tun hatte, schaute ich zuerst einmal meine Akten durch. Von den Festgenommenen kommt aber kein einziger für so etwas in Frage. Ein paar von ihnen sitzen gerade, andere sind weggezogen. Und jeder von ihnen schien mir für so etwas etliche Nummern zu klein zu sein. Ich gehe jede Wette ein, daß keiner von ihnen der Täter war."

„Wieso haben Sie dann diese Zettel bekommen?" fragte Daphne. Garmans Hals rötete sich; sein sanfter Blick wurde kühl, und er spielte nervös mit einem Füllfederhalter. Das hatte sie nicht erwartet. Sie prägte sich diesen Blick ein.

„Weil ich Brandstiftungsexperte bin, nehm ich an. In Seattle gibt's nur sieben. Jeder von uns hätte die Zettel bekommen können. Zufälligerweise war ich der Adressat."

„Haben Sie Feinde?" fragte Daphne. „Gibt es in Ihrer Vergangenheit etwas..."

„Nein", unterbrach er sie und ließ den Füller im Kreis rotieren.

„Und wie ist es mit Ihrer Dienstzeit bei..."

„Hören Sie mal!" fuhr Garman erneut dazwischen. „Wieso löchern Sie mich mit Ihren Fragen? Wir sind doch hinter dem Brandstifter her!"

„Der hat Sie jedoch ausgesucht, Mr. Garman. Dafür muß es eine Erklärung geben, und wenn man noch so lange suchen muß." Garmans Hals rötete sich erneut, und Daphne wußte, daß sie einen Nerv getroffen hatte. Wie alle anderen Menschen hatte auch dieser Mann seine Geheimnisse. „Ich frage mich, ob das nicht mit Ihrer Dienstzeit bei der Air Force zusammenhängt."

Garman schluckte seine Erregung hinunter. Er blickte wieder sanftmütig, aber auch etwas ängstlich drein. „Ich kann mich da an nichts erinnern", entgegnete er mit einer brüchigen Stimme, die ihn Lügen strafte. „Das ist neun oder zehn Jahre her und hat mit der Sache nichts zu tun."

„Sie waren damals verheiratet", sagte Daphne und zog auf diese Weise ein bißchen am Angelhaken.

Garmans Blick wurde starr. Wenn er statt des Füllers einen Bleistift zwischen seinen kräftigen Fingern gehabt hätte, wäre dieser vermutlich zerbrochen. Er wandte den Blick zuerst von Daphne ab, doch dann schaute er sie wieder an. Offenbar kochte er vor Wut. „Was ist eigentlich der genaue Zweck Ihres Besuchs?“ erkundigte er sich in gereiztem Ton.

Instinktiv hörte Daphne mit der Vernehmungstaktik auf. Sie hatte schon mehr als genug erfahren, was sie Boldt berichten konnte. „Es sollte dem gegenseitigen Kennenlernen dienen. Tut mir leid, wenn das fast wie ein Verhör klang. Das bringt der Beruf leider so mit sich.“ Sie erhob sich. „Das ATF-Labor ist der Meinung, daß es sich bei dem Beschleuniger um eine Art Raketentreibstoff handelt.“

Für einen Sekundenbruchteil war Garman wie aus Stein gemeißelt. Daphne hätte ihn am liebsten fotografiert. Sie kannte diesen Blick. Sie hatte ihn schon ein dutzendmal gesehen. Sie hatte bei Garman einen überaus empfindlichen Nerv getroffen.

Daphne schaute hinüber zu dem Foto von der explodierenden Raumfähre. Raketentreibstoff, dachte sie. Bestimmt kennt er sich da ziemlich gut aus.

## SECHSTES KAPITEL

„Gut sehen Sie aus, Detective“, gurrte eine weibliche Stimme. Boldt wandte sich um und schaute, wem diese Bemerkung wohl gegolten haben mochte.

John LaMoia verstand es, sich auffallend zu kleiden: Er trug zerknitterte Jeans, ein knalliges Polohemd und Cowboystiefel. LaMoia hatte ein schmales Gesicht, große braune Augen und eine Adlernase. Boldt verstand nicht, was die Frauen an LaMoia fanden; sie liefen ihm jedoch in Scharen nach.

Wie üblich kam LaMoia ohne eine Begrüßung zu Boldt herein. Er schnappte sich einen Stuhl und ließ sich hineinfallen. „Woher Sie Ihre Informationen bekommen haben, braucht niemand zu wissen.“ LaMoia hatte seine Verbindungen zur Privatwirtschaft, insbesondere zu Kreditbanken, Sparkassen und Versicherungsgesellschaften. Shoswitz behauptete, das gehe auf seine Dienstzeit beim Militär zurück, aber Boldt war der Meinung, daß LaMoia dies allein seinem unbestreitbaren Charme und seinem geschickten Umgang mit Menschen zu verdanken habe.

LaMoia legte Boldt eine Aktenmappe vor. „Das sind Informationen über die finanziellen Angelegenheiten von Enwright und Heifitz, über ihre Kreditkarten und ihre Konten. Soweit ich sehe, gibt es da nichts, was sie miteinander verbindet."

„Rein gar nichts?" fragte Boldt. „Es könnte ja etwas ganz Unauffälliges sein, zum Beispiel ein Kaufhaus, in dem beide eingekauft haben, oder eine Tankstelle."

„Die Autos!"

„Was meinen Sie damit?" erkundigte sich der Sergeant.

„Hat sich jemand mit den Autos befaßt? Die Häuser wurden in Schutt und Asche gelegt. Aber was blieb übrig?"

„Die Autos." An die Fahrzeuge der Opfer hatte Boldt bisher noch nicht gedacht. „Überprüfen Sie sie", wies er LaMoia an.

„Ich kann Ihnen auch noch etwas Interessantes über die Leitern erzählen."

„Über die Leitern?" fragte Boldt verwundert.

LaMoia setzte ein arrogantes Grinsen auf. „Leitern der Firma Werner werden hier von einem einzigen Großhändler vertrieben. Bei dem Modell, das diesen speziellen Abdruck erzeugt hat, gab es an den Kappen einen Fabrikationsfehler. Es war deshalb nur zwei Wochen lang im Handel. Dem Großhändler ist bekannt, wer die Ware bezogen hat: Eisenwarengeschäfte, Baumärkte und einige Verleihfirmen. Im westlichen Teil des Bundesstaates sind es insgesamt siebzehn Stellen, aber in King County nur vier. Es ist eine recht teure Leiter, deshalb bezahlt man sie mit einem Scheck oder mit der Kreditkarte. Keine einzige von ihnen wurde bar bezahlt. Das haben wir bereits festgestellt."

„Mit den Einzelhändlern haben Sie also schon gesprochen?" fragte Boldt erwartungsvoll.

„Na klar", erwiderte LaMoia. „Wir haben die Verkaufsbelege angefordert. Morgen oder übermorgen wissen wir über jede einzelne Leiter Bescheid. Dann können wir den jeweiligen Käufer anhand des Girokontos oder der Kreditkartennummer ermitteln."

Das war saubere Arbeit, und der Sergeant dankte LaMoia dafür. Die Sache mit der Leiter klang seiner Meinung nach sehr vielversprechend. Vielleicht führte sie zu dem Erfolg, den sie so dringend brauchten.

„Es ist allerdings damit zu rechnen, daß der Täter die Leiter geklaut hat", fügte LaMoia hinzu. „Dann wäre zu fragen, wo und zu welchem

Zeitpunkt das geschehen ist. Wir kriegen bestimmt noch manches raus, Sergeant. Das können Sie mir glauben. Ich hab da so ein Gefühl."

In diesem Moment platzte Daphne herein. Ihr Gesicht war gerötet. An Boldt und LaMoia gewandt, sprudelte sie hervor: „Steven Garman behält irgend etwas für sich. Er weiß mehr, als er zugibt."

ALS BEN nach Hause kam, war es schon spät. Er schloß die Tür von innen ab, noch bevor er den Geruch wahrnahm. Zuerst registrierte er ihn ganz beiläufig, ein störendes Element in den vertrauten Gerüchen und Geräuschen des Hauses.

Der beißende, salzige Geruch gehörte jedoch nicht hierher. Das war etwas ganz anderes als der gewohnte Alkoholgestank und der Duft der Mädchen. Es war der Geruch aus dem Inneren des Wohnmobils.

Als Ben dies begriff, spürte er, wie ihn jemand an der Schulter packte. Er stieß einen Schrei aus und rannte auf die Treppe zu. Hinter ihm sagte eine tiefe, zornig klingende Stimme etwas, das er nicht verstand. Instinktiv wollte er auf sein Zimmer stürzen, die Tür zuschließen, aus dem Fenster steigen und zu Emily rennen.

Ben warf einen Blick über die Schulter. Nick, der Fahrer des Wohnmobils, war schneller, als Bens Stiefvater es in nüchternem Zustand war. „Ich will mein Geld, du kleiner..." Ben spürte die Angst am ganzen Körper und stolperte auf der Treppe. Der Mann, der dicht hinter ihm war, stieß ein Grunzen aus.

Nick griff mit seiner intakten Hand nach Bens linkem Knöchel und brachte den Jungen zu Fall. Ben schlug mit dem Kinn auf den Stufen auf. In seinem Mund breitete sich der metallene Geschmack von Blut aus. Mit dem Mut der Verzweiflung zog er das rechte Bein an und versetzte dem Angreifer einen Tritt an die Stirn. Augenblicklich ließ ihn der Mann los.

Sobald Ben auf der Treppe Fuß gefaßt hatte, stürmte er hinauf. Als er oben ankam, hörte er, daß der Mann direkt hinter ihm war. Er schaute sich nicht um, schrie auch nicht, sondern rannte einfach weiter.

Das ganze Haus bebte, als die Hintertür zugeschlagen wurde. Eine vertraute Stimme rief: „Junge, wo bist du?"

In Bens Ohren hatte diese Stimme noch nie so angenehm geklungen. Die Schritte seines Verfolgers waren jetzt nicht mehr zu hören. „Hilfe!" rief Ben.

„Was zum Teufel machen Sie hier?" rief Jack, als er am Fuß der Treppe ankam. „Verschwinden Sie schleunigst aus meinem Haus!"

„Ihr Junge hat mein Geld geklaut!“ brüllte der Eindringling.

Nick stand auf der Treppe und schaute auf Bens Stiefvater hinunter. In seinem Gürtel steckte eine Waffe.

„Daddy!“ rief Ben unwillkürlich. Von einem Beschützerinstinkt gepackt, ließ er sich mit den Beinen voran die Treppe hinabgleiten und brachte Nick aus dem Gleichgewicht. Der Mann stürzte auf Jack zu, der das Schauspiel begaffte.

Die Männer gingen aufeinander los und wälzten sich als Knäuel auf dem Boden. Bens Rutschpartie auf der Treppe ging weiter, bis er am Geländer einen Halt fand. Nick drosch ungehemmt auf Bens Stiefvater ein; bei jedem Schlag rief er: „Ich ... will ... mein ... Geld!“

Als Nick einen Blick über die Schulter warf, bemerkte er den Jungen. Ben wurde ganz flau im Magen. Der Mann versperrte ihm mit einem katzenartigen Sprung den Weg zur Tür. Verzweifelt warf Ben eine Lampe nach ihm und streckte die Hand nach der Tür zur Toilette aus. Das war sein einziger Ausweg. Er packte den Türknauf und drehte daran.

Nick wollte sich auf ihn stürzen, doch Ben trat nach ihm, schob sich in den dunklen Raum, zog die Tür zu und hielt den Türknauf mit aller Kraft fest. Dieser drehte sich trotzdem, und die Tür ging einen Spaltbreit auf. Sogleich schob sich die verbrannte Hand mit der glänzenden rosafarbenen Haut hindurch.

Mit seinem ganzen Gewicht warf sich Ben gegen die Tür, wodurch die Hand eingequetscht wurde. Nick stieß ein fürchterliches Gebrüll aus und wich zurück. Ben knallte die Tür zu und sank auf die Falltür, die zu einem unterirdischen Schacht führte.

Sein Stiefvater hatte ihn immer wieder davor gewarnt, den Schacht zu betreten. Die schrecklichen Dinge, die er erzählte, hatten den Jungen aber nicht von dem Verlies fernhalten können. Als Jack schließlich die Falltür zugenagelt hatte, war es Ben trotzdem gelungen, sie so weit zu öffnen, daß er hindurchschlüpfen konnte. Seine Neugier war jedoch rasch geschwunden, als er dort nichts als dicke Spinnweben vorfand und einen entsetzlichen Gestank ertragen mußte. Das war vor über einem Jahr gewesen, aber Ben konnte sich immer noch an den üblen Gestank erinnern.

Plötzlich krachte es; dann herrschte völlige Stille. Ist er tot? dachte Ben. Er rüttelte an der Falltür, um sie mitsamt den locker sitzenden Nägeln aufzubekommen. Sie bewegte sich. Er schlüpfte hindurch und machte die Tür hinter sich zu.

Das Verlies war etwa einen Meter hoch, weshalb Ben nur kriechend vorankam. Am anderen Ende war ein grauer, staubdurchsetzter Lichtschein zu sehen. Der Modergeruch war widerlich. Ben krabbelte auf die dunkelste Ecke zu und geriet sogleich in ein klebriges Spinnennetz.

Er erstarrte, als er über sich Schritte hörte. Als nächstes vernahm er, daß die Toilettentür geöffnet wurde. „Junge, jetzt kannst du was erleben!" rief Nick mit dröhnender Stimme. Die Falltür quietschte, als der Mann sich auf sie stellte. Nick war also gefährlich nah.

Ben arbeitete sich weiter ins Dunkel vor. Er war überzeugt, daß sein Stiefvater nicht mehr lebte und daß er auch bald tot sein würde. Als die Falltür aufgeklappt wurde, drang Helligkeit von hinten zu ihm. „Mich kannst du nicht verarschen, Junge!" schrie Nick.

Ganz langsam und vorsichtig legte sich Ben auf den staubigen Kies. Er mußte sich verstecken. Etwas anderes blieb ihm nicht übrig.

Der Belag war uneben, der Kies mit getrocknetem Schlamm vermischt. Ben preßte sich ganz flach auf den Boden. Nick hob die Klappe und kam nach unten. Nervös schaute Ben zu der offenen Luke und dem Lichtschein hinüber.

Mit einemmal blieb der Blick des Jungen hängen. Nicht an den vor ihm liegenden Kieselsteinen und auch nicht an den Füßen des Mannes, die Schritt für Schritt näher kamen. Ben richtete seine ganze Aufmerksamkeit auf einen metallenen Gegenstand, der direkt vor seinem Gesicht lag. Es war ein goldener Ring.

Er begriff sofort. Das war der Ehering seiner Mutter. Und seine Mutter lag hier begraben. Davon war er jetzt fest überzeugt.

Wutentbrannt und von Schmerz und Leid gepeinigt, sprang Ben auf und rannte gebückt durch den Schacht. Den Ring trug er bei sich. Er stürzte auf Nick zu und rannte ihn um. Dann stieg er durch die Falltür und stürmte ins Wohnzimmer.

Sein Stiefvater kam gerade zu sich. Er war übel zugerichtet und noch ziemlich benommen. Ben blieb abrupt stehen und schaute auf ihn hinunter. Er war enttäuscht darüber, daß Jack noch lebte. Ben streckte seinem Stiefvater den Ring entgegen, so daß dieser ihn genau sehen konnte. Dann nahm er einen Anlauf und trat dem Mann mit aller Kraft ins Gesicht. Jacks Kopf flog nach hinten und knallte auf den Boden.

Ben rannte aus dem Haus. Die Nummer 911 rief er erst an, als er eine mehrere Häuserblocks entfernte Telefonzelle erreicht hatte. Das Aufzeichnungsgerät hielt fest, wie eine entsetzte Stimme sagte: „Ich möchte einen Mord melden. Er hat meine Mutter umgebracht! Ihre Leiche liegt in einem Schacht!"

Diese jugendliche Stimme wurde jetzt zum zweiten Mal im Kommunikationszentrum des Polizeipräsidiums von Seattle aufgenommen. Die computergestützte Einsatzleitung beauftragte einen in der Nähe der Universität befindlichen Streifenwagen mit der Angelegenheit. Als der Polizist die von dem Jungen angegebene Adresse aufsuchte, entdeckte er im Wohnzimmer des Hauses einen bewußtlosen Mann, der offenbar niedergeschlagen worden war. Der Beamte nahm den Mann in Gewahrsam und schaute im Kellergeschoß nach Anhaltspunkten für einen Mord.

Ein kleiner Junge rannte währenddessen durch die Nacht.

ALS MAN in dem Schacht eine verweste weibliche Leiche entdeckt hatte, war Sergeant Lou Boldt einer von vielen Beamten, die die Protokolle zu Gesicht bekamen. Boldt war überzeugt, daß man den Verdächtigen nur ein paar Stunden lang zu vernehmen brauche, um ihn zu einem Geständnis zu bewegen. Der Sergeant interessierte sich für Fälle dieser Art, aber wegen der Brandstiftungen konnte er sich nicht näher mit der Sache befassen. Aufgrund von Aussagen der Nachbarn suchte die Polizei nach dem minderjährigen Stiefsohn des Verdächtigen. Offenbar war er der Anrufer gewesen, dessen Angaben zur Entdeckung der Leiche geführt hatten.

Boldt verließ sein Büro und suchte Bernie Lofgrin im Polizeilabor auf. Lofgrin hatte inzwischen die zerschmolzene grüne Plastikmasse genauer untersucht, die dem ersten Schreiben an Garman beigefügt gewesen war. Das Ergebnis war aufschlußreich. Der Brandstifter hatte seiner Drohung mit zerschmolzenen, aus einem Monopoly-Spiel stammenden Plastikhäuschen Nachdruck verliehen. Boldt versuchte, Daphne zu erreichen, weil er hoffte, sie könnte ihm zu dem Fund einige psychologische Erläuterungen geben. Sie meldete sich jedoch nicht.

DAPHNE klopfte an die Tür des purpurfarbenen Hauses. Dann trat sie rasch vom Eingang zurück und schaute die Auffahrt entlang. Da erblickte sie einen Jungen im Alter von zehn oder zwölf Jahren. Dieser verschwand schleunigst um die Ecke des Hauses, als er Daphne zu Gesicht bekommen hatte.

Die Haustür ging auf, und Emily Richland erschien in einem schwarzen Hosenanzug und einer gelben, mit Stickereien verzierten Robe.

„War das eben Ihr Sohn?“ fragte Daphne.

„Nein“, erwiderte die Frau. „Lassen Sie den Jungen aus dem Spiel.“

Daphne näherte sich Emily Richland. Die Wahrsagerin zog sich ins Haus zurück. „Ich habe nichts von Ihnen gehört“, bemerkte Daphne.

„Er hat sich nicht gemeldet...“

„Und woher soll ich das wissen?“ fragte Daphne.

„Ich hätte Sie ja gegebenenfalls angerufen.“

„Tatsächlich? Das bezweifle ich sehr.“ Daphne drängte sich ins Haus. „Wo ist der Junge? Versuchen Sie bloß nicht, mich an der Nase herumzuführen! Sonst nehme ich Sie und den Jungen aufs Präsidium mit!“

„Sie haben ja nicht alle Tassen im Schrank! Der Mann hat sich nicht mehr gemeldet. Ich hätte Sie sonst angerufen.“

„Sie verdienen Ihren Lebensunterhalt damit, daß Sie den Leuten etwas vorflunkern. Wie soll ich Ihnen da vertrauen? Der Junge ist offensichtlich Ihr Helfershelfer.“ Daphne hatte gemerkt, daß sie die Frau mit Hinweisen auf den Jungen unter Druck setzen konnte. „Ist er von zu Hause abgehauen?“

Emily schaute erbost drein. „Lassen Sie ihn bloß in Ruhe!“

„Im Präsidium gibt es Beamte, die sich gern mal mit dem Jungen unterhalten möchten.“

„Lassen Sie die Finger von ihm!“

„Dann unterstützen Sie mich gefälligst.“ Daphne zog ein Foto von Steven Garman hervor und zeigte es der Wahrsagerin. „Ist das der Mann?“ fragte sie.

Emily schüttelte den Kopf. „Aber nein.“

„Sind Sie sicher? Würden Sie das vor Gericht beeiden?“ Daphne schaute sich das Gesicht der Frau genau an. Was sie dort erkannte, war entmutigend. Die Wahrsagerin hatte den auf dem Foto abgebildeten Mann tatsächlich noch nie gesehen. Daphne war niedergeschmettert. Sie hatte sich eingebildet, Garman sei der Besucher gewesen.

„Das ist er nicht. Er hat kaum eine Ähnlichkeit mit dem Mann, der hier war.“

Daphne zog einen Hundertdollarschein hervor. „Ich brauche eine genaue Beschreibung. Letztes Mal haben Sie mir nämlich so manches verschwiegen.“ Emily schaute sich den Geldschein an, zögerte aber, ihn anzunehmen. „Vielleicht kann der Junge da ein bißchen aushelfen?“ fügte Daphne hinzu.

Die Wahrsagerin fuhr zusammen. Dann nahm sie das Geld. Anschließend lieferte sie eine exakte Beschreibung ihres Kunden. Daphne konnte sich den Mann gut vorstellen: seinen tonsurartigen

Haarschnitt, den kräftigen Körperbau, die Versatzstücke, mit denen er sich als Rodeoreiter ausgab. Je mehr sie erfuhr, desto skeptischer wurde sie. Mit einem Verdächtigen, der Platon zitierte, war dieser Mann wohl kaum identisch. Gab es also zwei Verdächtige? Handelte es sich um eine Verschwörung?

WIEDER war ein Zettel eingetroffen. Garman hatte ihn wie die beiden anderen im Präsidium abgeliefert. Sobald Boldt Zeit dazu fand, fuhr er nach Hause, um Liz darauf vorzubereiten, daß er eine lange Nacht vor sich hatte. Da Liz ihm nicht wie sonst entgegenkam, kaum daß er die Haustür schloß, schaute er im Bad nach ihr. Er legte seine Hände an die Innenseite der Wanne, um festzustellen, ob diese noch warm war. Doch sie war ganz kalt, und er bereute seine Tat sogleich. Vertrauen war das Fundament ihrer Ehe gewesen, aber er war eben so weit gegangen, daß er sogar die Badewanne betastete.

Schuldbewußt verließ er das Bad und fand Liz im Arbeitszimmer. Zur Begrüßung küßte er sie auf die Wange. Nachdem sie die Kinder gemeinsam zu Bett gebracht hatten, setzte sich Boldt an den mit Post – hauptsächlich Rechnungen – übersäten Küchentisch und aß ein aufgewärmtes Abendessen.

„Hör mal", sagte Liz und öffnete nebenbei einen Umschlag, „ich dachte, ich könnte Miles vielleicht hier bei dir lassen und das Wochenende oben auf der Hütte verbringen."

Diese Mitteilung kam für Lou Boldt völlig überraschend. „Ganz allein?" stieß er hervor.

„Nein, mit meinem Liebhaber", erwiderte sie schnippisch. Boldt fragte sich, ob hinter ihrer sarkastischen Antwort vielleicht doch etwas Wahres steckte. „Ich bin fix und fertig", eröffnete ihm Liz. „Am Wochenende ganz für mich zu sein wäre genau das Richtige. Sarah würde ich natürlich mitnehmen. Und ein gutes Buch." Sie machte eine vage Geste, die den ganzen Raum einschließen sollte, und fügte noch hinzu: „Ich will nicht von dir weg, sondern von alldem hier." Trotzdem war Boldt überzeugt, daß sie ihn meinte. Und Miles, der mit seinen dreieinhalb Jahren eine echte Plage sein konnte.

„Ehrlich gesagt: Es ist nicht gerade der beste Zeitpunkt", erwiderte er. Er hatte drei Wochen hintereinander kein Wochenende freigehabt. „Dieser Fall..."

„Ach, sei doch nicht so", fuhr Liz dazwischen. „Marina wird dir helfen." Marina schaute gewöhnlich nach den Kindern. „Du kannst doch nicht an allen Wochenenden durcharbeiten."

Boldt ging zum Küchentisch, um sich ein Glas Wasser einzugießen. Er merkte sofort, daß das Fenster viel sauberer war als sonst. Das fiel ihm auf, weil das Fensterputzen normalerweise seine Aufgabe war. Er hatte seine Pflichten vernachlässigt, aber er konnte sich nicht vorstellen, daß Liz die Fenster geputzt hatte. Das bedeutete, daß diese Arbeit gegen Bezahlung erledigt worden war, und dies wiederum mochte der Grund dafür sein, daß sie schlechter Laune war. Wenn er seinen häuslichen Pflichten nicht nachkam, mußte sie jemanden kommen lassen, und darüber ärgerte sie sich maßlos. „Ist es wegen der Fenster? Liegt es daran? Weißt du, ich hatte vor..." Weiter kam Boldt nicht.

„Nein, es ist nicht wegen der Fenster. Sondern weil da etwas falsch lief. Es war so..."

„Daß die Fenster geputzt wurden, war doch bestimmt nicht falsch! Sie sehen jetzt wirklich erstklassig aus." Boldt wollte die Sache von der lustigen Seite sehen und sie auf diese Weise etwas milder stimmen.

„Es war ein Irrtum. Ich hatte gar keinen Fensterputzer bestellt. Der Typ hätte woanders arbeiten sollen, eine Straße weiter, und er kam irrtümlicherweise hierher."

Boldt hatte den Verdacht, daß da vielleicht eine krumme Tour gelaufen war. „Hat er versucht, bei dir abzukassieren?"

„Nein. Wir klärten die Sache. Er nahm seine Leiter und verschwand. Er benahm sich sehr ordentlich. Und er hat ja keine schlechte Arbeit geleistet."

„Es ist jedenfalls besser als das, was dein normaler Fensterputzer zuwege bringt." Damit meinte er sich.

Liz stand auf, unterdrückte ein leichtes Grinsen, ging auf ihren Mann zu und legte die Arme um seinen Hals. „Wie kommt es nur, daß ich dir nicht sehr lange böse sein kann?"

Lou Boldt fühlte sich so wohl wie schon lange nicht mehr. Er schlang seine Arme um ihre Hüften und zog Liz an sich. Er spürte ihren Atem an seinem Hals. „Ich sehne mich nach dir", sagte er.

„Lou, ich brauche dieses Wochenende wirklich. Sonst hätte ich das nicht ins Gespräch gebracht."

Boldt nickte, wenn auch widerstrebend. Er kannte seine Frau gut genug, um zu wissen, daß sich bald etwas ändern mußte, daß eine Entscheidung bevorstand. Er lehnte sich zurück und schaute sie an. Sie sah müde aus. In ihm regte sich Mitgefühl.

„Ich werde mich um Miles kümmern", versicherte Boldt.

Liz küßte ihn auf die Lippen. „Wir sprechen uns aus", sagte sie. „Wir werden uns schon einigen." Boldt zwang sich zu einem Lächeln. Dann ließen sie einander los.

Als er gerade zum Kühlschrank gehen wollte, hörte er Miles im Nebenzimmer rufen: „Da-a-ddy." Es klang sehnsüchtig und rührte Boldt zutiefst. An der Küchentür blieb er abrupt stehen und wandte sich seiner Frau zu. In seiner Brust regte sich Besorgnis. „Wie alt war er?" fragte er.

Liz hatte eben den Teekessel mit Wasser gefüllt und wollte ihn auf den Herd stellen. „Von wem redest du denn?"

„Wie alt war dieser Fensterputzer?" fragte er mit Nachdruck. Sein Körper hatte inzwischen auf den Gedanken reagiert. Boldt spürte, wie eine fiebrige Hitze in ihm aufstieg. „Der Kerl hatte eine Leiter?" stieß er hervor.

Mit zitternder Hand stellte Liz den Teekessel auf die Herdplatte. „Etwa Mitte Zwanzig, Anfang Dreißig. Mager."

„Und sein Gesicht?"

„Keine Ahnung. Er stand auf der Leiter, und ich war drüben bei der Garage. Er hatte außerdem die Kapuze seines Sweatshirts auf. Wir wechselten nur ein paar Worte, dann ging ich ins Haus, und er verschwand. Stimmt da etwas nicht, Lou?" Liz streckte die Hand nach dem Bedienungsknopf aus, um das Gas anzudrehen.

Boldt sah plötzlich nur noch den Bedienungsknopf, und dieser kam ihm wie der Abzug einer Waffe vor. „Finger weg!" brüllte er.

Liz fuhr zurück. Das Entsetzen stand ihr ins Gesicht geschrieben. Miles wurde auch von der Angst gepackt und rief: „Daddy!"

„Nichts anrühren!" warnte er sie. „Und bleib, wo du bist." Er rannte nach draußen, und sein Gehirn arbeitete dabei auf Hochtouren. Ein Fensterputzer. Eine Leiter.

Da es draußen bereits dunkel war, lief er zu seinem Wagen und holte seine Stablampe. Als er um das Haus herumging, fiel der grelle weiße Lichtschein fächerförmig auf das Gras und hinterließ Schatten, die sich bewegten. In all den Dienstjahren war sein Zuhause von Gefährdungen stets verschont geblieben. Es hatte zwar anonyme Anrufe gegeben, aber das war rasch abgestellt worden. So nahe hatte sich noch niemand herangewagt.

Der Sergeant nahm die ans Haus grenzende Rasenfläche in Augenschein. Ihm war, als ticke gerade eine Zeitbombe. Er sah die Flammen vor sich, die alles Leben auslöschten.

Das Licht der Taschenlampe fiel auf zwei Abdrücke im Grasboden, zwei parallel verlaufende Rechtecke. Boldt erkannte in ihnen das ominöse Muster. Er rannte fluchend auf die Rückseite des Hauses zu. Liz starrte durch das frisch geputzte Küchenfenster zu ihm heraus.

„Wir müssen die Kinder wegschaffen!" schrie Boldt, als er drinnen ankam. Er rannte zum Kinderzimmer, wo Sarah in ihrem Bettchen lag. „Du nimmst Miles!" rief er Liz zu, die in panischer Angst an ihm vorbeilief.

Die durch die lauten Rufe aufgeschreckte Sarah fing an zu weinen. Liz blieb an der Tür zum Kinderzimmer stehen und streckte die Hand nach dem Lichtschalter aus. Boldt bemerkte dies gerade noch rechtzeitig.

„Halt!" brüllte er. „Nichts anfassen! Und achte auf Drähte!"

Liz begriff plötzlich. „Eine Bombe?" stieß sie hervor.

„Hol den Jungen! Wir gehen durch die Hintertür hinaus. Wir sind beide durch den rückwärtigen Eingang reingekommen, also muß er in Ordnung sein. Aber beeil dich!"

Boldt packte seine Tochter, nahm sie in seine Arme und drückte ihren duftenden Körper an sich. An der Tür zur Küche stieß er auf Liz, die Miles bei sich hatte. Sie keuchte vor Angst. „Nichts wie raus!" sagte sie mit heiserer Stimme.

Sie eilten quer durch die Küche zum Hinterausgang und gingen die Stufen hinunter. „Nein!" rief Boldt, als Liz auf ihren Wagen zuhielt. Er ging zu ihr. „Wir machen einen gemütlichen Spaziergang. Ganz ruhig. Okay?"

Ihr liefen Tränen über die Wangen. Sie nickte und blickte um sich.

So ruhig wie möglich gingen sie zu einem nahe gelegenen Lebensmittelladen. Dort benutzte Boldt das an der Vorderfront des Geschäfts angebrachte Münztelefon. Er hielt Sarah auf einem Arm, und seine Frau und Miles standen neben ihm, wobei Liz sich an ihn lehnte. Schon bei dieser Berührung spürte er einen Kloß im Hals.

Boldt rief Lieutenant Shoswitz zu Hause an. Er erläuterte die Verdachtsmomente und forderte den Bombenräumdienst, ein Löschfahrzeug sowie die Spurensicherung an. Er schlug vor, die umliegenden Häuser zu räumen. Shoswitz lehnte dies mit der Begründung ab, man müsse stichhaltige Beweise haben, bevor man „so viel Aufmerksamkeit" errege.

Boldt erinnerte sich an die Bemerkung von Daphne, die meisten überführten Brandstifter hätten zugegeben, daß sie sich den Brand angeschaut hatten. Die Vorstellung, später beim Brand dabeizusein, sei ein wichtiges Motiv für die Brandstiftung. Boldt beschloß, einen Freund zu bitten, Liz und die Kinder beim Lebensmittelladen abzuholen. In Gedanken entwickelte er bereits einen Plan. Er war wieder durch und durch Polizist. Die Angst, die er als Vater gehabt hatte, war verschwunden.

Die Leiter hatte am Nachmittag auf Boldts Grundstück gestanden. Wenn am Haus Manipulationen vorgenommen worden waren, konnte es sehr wohl sein, daß der Brandstifter das Haus beobachtete. Von seinem Standort aus hatte er vielleicht gesehen, daß die Familie weggegangen war, vielleicht aber auch nicht. Es war durchaus möglich, daß er sich immer noch in der Gegend aufhielt. Boldt trug Shoswitz diese Überlegung vor. Liz, die alles mithörte, erbleichte.

Die beiden Beamten kamen überein, die verschiedenen Einheiten in Bereitschaft zu halten, aber erst dann an Ort und Stelle einzusetzen, wenn die Polizei die gesamte Gegend abgeriegelt hatte. Daraufhin wollten sie das Fahndungsnetz immer enger ziehen und den Brandstifter so in die Enge treiben.

Zwanzig Minuten später saßen Liz und die Kinder im Auto des Freundes, bei dem sie übernachten sollten. Boldt und Liz gaben einander durch das offene Wagenfenster einen innigen Kuß. Als die roten Schlußlichter in der Dunkelheit verschwanden, wußte Boldt in seinem tiefsten Inneren: Falls es eine Affäre gegeben hatte, dann war sie jetzt vorüber. Seine Familie war nicht auseinandergebrochen; der Vorfall hatte sie wieder zusammengeführt.

Um 21.15 Uhr hatten zivile Polizeifahrzeuge im Umkreis von etwa einem Kilometer an den Straßenkreuzungen Position bezogen. Ein schwarzer Lieferwagen des Emergency Response Team, einer Spezialeinheit, setzte neun geschulte Einsatzkräfte an der südwestlichen Ecke des Woodland Park Zoo ab, da man der Auffassung war, daß der Verdächtige mit großer Wahrscheinlichkeit diesen Fluchtweg wählen würde. Die Beamten waren alle bewaffnet und mit im Helm integrierten Sprechfunk- und Nachtsichtgeräten ausgestattet.

Boldt stieg in den Laderaum eines kastanienbraunen Lieferwagens, der die Aufschrift REPARATURSERVICE trug und in einigen hundert Meter Entfernung von seinem Haus auf einem Hügel geparkt war. Drinnen befand sich die örtliche Einsatzleitung mit der Funkleitstelle. Shoswitz und zwei weitere Beamte saßen auf Bürostühlen, die am Boden festgeschraubt waren.

Boldt schaute auf seine Uhr. Einfallsreiche Polizeireporter waren sehr wohl imstande, auch geschützte Funkfrequenzen abzuhören. Seiner Schätzung nach würde die Operation noch eine Viertelstunde lang geheim bleiben. Boldt merkte sich die Zeit genau: Es war 21.23 Uhr.

„Sind wir soweit?" fragte der Einsatzleiter den Lieutenant.

Shoswitz schaute durch das düstere rote Licht, welches das Innere des Lieferwagens erfüllte, zu Boldt hinüber. Der Sergeant nickte.

Der für die Funkleitstelle zuständige Beamte wandte sich dem Mikrofon zu: „Achtung! An alle Einheiten..."

Boldt schloß die Augen und hörte sich den Funksprechverkehr an. Er malte sich aus, was jetzt draußen in der dunklen Nacht geschehen würde.

Während die Bewohner der Gegend vor den Fernsehern saßen, bewegten sich die Leute von der Spezialeinheit und uniformierte Polizisten lautlos über ihren Rasen. Ohne daß jemand etwas merkte, schlichen sie über die Gartenwege und um die Garagen. Ein neunjähriger Junge meldete sich allerdings aus seinem Schlafzimmer und behauptete, er habe eben auf dem Hinterhof einen Polizisten aus der Serie „Die Ninja-Cops" gesehen. Sein Vater rief ihm von unten her zu, er solle doch endlich schlafen.

Das Netz aus Polizeibeamten zog sich immer enger zusammen. Den Mittelpunkt bildete das Haus von Lou Boldt.

Eine der Stimmen, die Boldt in dem nahezu konstanten Sprechfunkverkehr vernahm, war die von Cole Robbie, einem Mitglied der Spezialeinheit. Der 1,85 Meter große Mann trug bei diesem Einsatz schwarze Kleidung. Als er über die Hinterhöfe schlich, verdoppelte sich sein Pulsschlag, denn er wußte, daß viele Bewohner dieser Gegend Waffen besaßen; er wußte außerdem, daß er einen unbekannten Täter schnappen sollte, der möglicherweise ein Mörder war.

Robbie stieg über einen Zaun und gelangte in eine Gasse. Der Sprechfunkverkehr dröhnte in seinem Ohr. Er stellte ihn leiser, versuchte aber weiterhin, alles für ihn Wichtige mitzubekommen.

An seinem Handgelenk fing seine Armbanduhr an zu vibrieren. Robbie trat aus dem Dunkel und warf einen Blick nach links, dann nach rechts. In dreißig Meter Entfernung standen seine Teamkameraden. Sie gaben keine Handzeichen, also ging es weiter.

In vier Minuten würde seine Armbanduhr erneut vibrieren, und er würde wieder den Blickkontakt mit seinen Kameraden suchen. Robbie ging geräuschlos weiter. Vor ihm lag der Teil des Parks, der als wahrscheinlicher Fluchtweg des Tatverdächtigen galt. Unter den Bäumen war es stockfinster. Wenn sie dort entlanggingen, konnte es keinen Blickkontakt mehr geben. Robbies Herz schlug noch schneller. Die Sache machte ihm Spaß.

Boldt beugte sich in dem roten Dämmerlicht vor, damit er erkennen konnte, was ihm der Einsatzleiter Tito Lee gerade zeigte.

„Die Spezialeinheit soll auf dieser Linie in Stellung gehen", erklärte Lee, den Finger auf eine Karte gerichtet. „Das wird in fünf bis zehn Minuten der Fall sein. Dann haben wir zwischen Phinney Way und dem Zoo eine Abriegelung. Die Streifenwagen haben im festgelegten Umkreis Position bezogen."

„Was war das gerade für eine Frauenstimme?" fragte Boldt.

„Wir haben eine verdeckt arbeitende Beamtin eingesetzt. Sie bewegt sich in einem Fahrzeug, in dem wir normalerweise streunende Tiere abtransportieren, hinauf zur Westseite. Sie fährt ganz langsam, so als wäre sie hinter etwas her, was ja auch stimmt." Lee grinste. „Dadurch erhalten wir auf der bewußten Straße Verstärkung. Sie wird zu Ihrer Wohngegend fahren. Dort wird sie aussteigen, von Haus zu Haus gehen und sich nach einem Dobermann erkundigen, der angeblich umherstreunt."

„Ist sie allein?" fragte Boldt beunruhigt.

Shoswitz hörte plötzlich interessiert zu. „Wer ist allein?" wollte er wissen.

„Connie Branslonovich", erwiderte Lee. „Sie gibt sich als Hundefängerin aus."

„Bei einer derartigen Operation darf niemand ohne Partner unterwegs sein." Shoswitz war plötzlich sehr besorgt. „Rufen Sie die Beamtin sofort zurück."

Lee konnte die Frau jedoch per Funk nicht erreichen. Sie befand sich offenbar nicht in ihrem Fahrzeug.

„Gibt es eine andere Möglichkeit, mit ihr Kontakt aufzunehmen?" fragte der Einsatzleiter den Funkexperten.

Dieser blickte Lee bekümmert an. „Sie hat ein Walkie-Talkie bei sich, das sie aber nicht verwenden darf."

Boldt begriff, daß die Beamtin ein Gerät bei sich führte, das nicht auf den geschützten Frequenzen betrieben werden konnte. Dieser technische Mangel bewirkte, daß sie jetzt isoliert war.

Der Sergeant brauchte kein Hellseher zu sein, um zu der Überzeugung zu gelangen, daß Connie Branslonovich in Gefahr war. Er war sich dessen sicher. Beklommen stieg Boldt aus dem Lieferwagen und machte sich selbst auf die Suche nach ihr.

Cole Robbie fand die unter den Bäumen herrschende Dunkelheit angenehm. Kurz zuvor war er angewiesen worden, sein Nachtsichtgerät zu benutzen. Dadurch sah er jetzt alles in einer grünen und schwarzen Tönung und als ein paar graue Schatten. Baumstämme ragten wie schwarze Maiskolben aus dem Waldboden. Er sah nicht mehr drei-, sondern lediglich zweidimensional. Bewegungen waren nur verschwommen, rasche Bewegungen manchmal überhaupt nicht wahrnehmbar.

Rechts von ihm ein Handzeichen. Robbie bemerkte es, erwiderte es und gab es an den Beamten weiter, der sich links von ihm aufhielt. Er stellte fest, daß die Abstände größer wurden. Bald wären sie so weit voneinander entfernt, daß sie sich nicht mehr per Handzeichen verständigen könnten. Durch Patzer dieser Art wurden Einsätze beeinträchtigt. Solche Fehler konnten dazu führen, daß jemand ums Leben kam.

Weiter nördlich grenzte der Park an einen bebauten Hang, der zum Green Lake abfiel. Robbie nahm ab und zu Licht aus Häusern wahr, das ihn durch das Nachtsichtgerät vorübergehend blendete und ein grelles weißes Loch in die grüne und schwarze Tönung fraß. Er schob den Apparat auf seine Stirn. Frühere Erfahrungen mit „Golfbällen" – so nannten die Männer der Spezialeinheit diese lästigen Blendwirkungen – hatten ihn gelehrt, das Gerät möglichst nicht zu verwenden, wenn es irgendwo künstliches Licht gab. Robbie beschloß, es nur alle vier Minuten wegen der Handzeichen zu gebrauchen und ansonsten im Dunkel zu bleiben.

Ein schwaches Glitzern gelben Lichts hoch oben in einem fernen Baum erregte Robbies Aufmerksamkeit. Sofort blieb er stehen. Stammte das Licht von einem Flugzeug? Von einer Person? Er hatte es nicht genau lokalisieren können. Dann sah er wieder einen Lichtschimmer in einer Entfernung von etwa fünfzig Metern und in gut zehn Meter Höhe.

Robbie drückte an dem Sprechfunkgerät, das an seinem Gürtel befestigt war, einen kleinen Knopf. „Hier ist Nummer drei", meldete er sich im Flüsterton. „Sichtkontakt mit einem verdächtigen Objekt. Entfernung fünfzig Meter. Elf Uhr. Höhe zirka zwölf Meter. Erbitte Instruktionen."

Die Stimme des Kommandanten der Spezialeinheit drang an Robbies Ohr: „Alle sofort stehenbleiben." Als der Kommandant mit der Einsatzleitung Rücksprache hielt, waren nur Pfeifgeräusche zu hören. Robbie blieb, wo er war, und starrte auf die verdächtige Stelle.

Wegen seiner Abneigung gegen das Nachtsichtgerät war Robbie das einzige Mitglied der Spezialeinheit, das nicht völlig geblendet wurde, als der Feuersturm losbrach. Er war daher auch der einzige Beamte, der die umherwirbelnde brennende Gestalt so klar wie einen in Flammen stehenden Weihnachtsbaum vor Augen hatte. Als er auf die in einen orangefarbenen Lichtschein getauchte lebende Puppe zurannte, die wie ein ungeübter Tänzer zappelte, hörte er, daß diese mit einer weiblichen Stimme schrie, die ihm bekannt vorkam. Es war tatsächlich eine Frau. Eine Frau, die vor Schmerz und Entsetzen schrie, weil das Feuer sie vernichtete. Je näher Robbie herankam, desto mehr war er davon überzeugt, daß er Connie Branslonovichs Stimme hörte.

BOLDT entdeckte den Tierfänger-Transporter in einiger Entfernung von seinem Haus auf dem Hügel, zwei Häuserblocks vom Woodland Park und der mutmaßlichen Fluchtroute des Brandstifters entfernt.

Er suchte die Straße in beiden Richtungen nach Connie Branslonovich ab, konnte sie aber nicht entdecken. Dann blieb er stehen und schaute auf sein eigenes Haus hinunter. Der Brandstifter legte bestimmt Wert darauf, das Haus voll im Blick zu haben, und dafür bot die Kuppe des Hügels die beste Möglichkeit. Nicht ohne Grund war der Transporter an dieser Stelle geparkt. Die Kollegin hatte rasch erkannt, daß die Anhöhe der richtige Ort war.

Boldt trottete mit eingezogenen Schultern bergauf. Er hatte ein schlechtes Gefühl bei dieser Sache. Jemandem, der sich verstecken wollte, mußte der jenseits von Greenwood gelegene Park einen einladenden Anblick bieten. Connie Branslonovich war vielleicht auf denselben Gedanken gekommen, und als Tierfängerin hatte sie einen guten Vorwand dafür, ein bewaldetcs Gebiet zu durchstreifen.

Boldt mied die Straßen und durchquerte Greenwood auf dem kürzesten Weg. Plötzlich hatte er es sehr eilig und erreichte den Park im Laufschritt.

Er hörte Connie Branslonovich, schon bevor er sah, wie der Lichtstrahl ihrer Taschenlampe zwischen den Baumstämmen umhertastete. Die Polizistin bewegte sich vor ihm durch den Park, in einer Entfernung von zirka dreißig Metern. Wie ein Bluthund war sie dem Brandstifter auf den Fersen.

„Hallo! Sind Sie die Hundefängerin?“ rief er, um die Undercover-Rolle der Kollegin nicht zu gefährden. „Sie suchen einen Dobermann?“ Connie Branslonovich schien ihn nicht zu hören.

Noch bevor er wieder Luft holen konnte, explodierte der Erdboden rechts neben ihr, worauf eine purpurfarbene Feuersäule aufstieg. Die Beamtin mußte über einen Draht gestolpert oder auf einen Zünder getreten sein.

Connie Branslonovich stand sofort in Flammen, ebenso ein benachbarter Baum. Sie drehte sich mit einem durchdringenden Schmerzensschrei im Kreis herum. Als die Rinde des Baumstamms explodierte und Harz wie Benzin verbrannte, wurde Boldt von der Druckwelle der hochschießenden Flammen von den Füßen gerissen und meterweit durch die Luft geschleudert, ehe er auf dem Rücken landete. Der Sergeant war völlig geblendet und konnte sich nicht bewegen. In seinen Ohren gellte der Todesschrei seiner Kollegin.

In der Ferne heulten Sirenen.

Boldt gelang es, an seine Waffe heranzukommen. Er richtete den Lauf zum Himmel hinauf und gab drei Schüsse ab. Wenn er Glück hatte, würde ihn jemand hören und ihn finden, bevor der ganze Wald mitsamt ihm verbrannt war.

COLE ROBBIE sah, wie sich die Frau, in Flammen gehüllt, im Kreis drehte. Kaum hörte er die drei Schüsse, da fing er bereits an zu rennen. Dort ist noch jemand, dachte er.

Im selben Moment nahm er links von dem Inferno einen schwachen Schatten wahr. Eine Gestalt bewegte sich von dem Feuer weg. Robbie sah sie nur ganz undeutlich, weil der Feuerschein so grell war, daß der Polizist beim Hinschauen wie vom Blitzlicht einer Kamera geblendet wurde und um sich herum nur noch einen gespenstischen Wirrwarr schwarzer Gebilde wahrnahm.

Sobald Robbie wieder sehen konnte, bewegte auch er sich nach links und erblickte erneut eine menschliche Gestalt. Sie kam direkt auf ihn zu. Robbie drückte den kleinen Knopf an seinem Sprechfunkgerät. „Hier ist Nummer drei“, sagte er beklommen. „Habe den Verdächtigen gesehen. Verfolge ihn zu Fuß. Vor Schußwaffeneinsatz Personen identifizieren.“

Der Verdächtige kam immer näher, schlug dann aber einen Haken. Robbie kniete nieder und griff nach seiner Waffe. Als in der Dunkelheit plötzlich die Strahlen von Taschenlampen zu sehen waren, wurde ihm jedoch klar, daß er allenfalls Warnschüsse abgeben durfte, da seine Teamkameraden nicht weit weg waren. Robbie erhob sich und setzte die Verfolgung fort. Da er ein schneller Läufer war, verringerte sich die Entfernung immer mehr, doch auf einmal war der Verdächtige nicht mehr zu sehen. Er hatte sich vermutlich hinter einem Baum versteckt. Robbie warf sich auf den Waldboden, weil er damit rechnete, daß der Verdächtige auf ihn schießen würde. Im Flüsterton sagte er in sein Sprechfunkgerät: „Hier ist Nummer drei. Taschenlampen ausschalten. Infrarot verwenden, aber nicht schießen. Verstanden?"

„Verstanden, Nummer drei", erwiderte der Kommandant.

Die Waffen der Spezialeinheit waren mit hochempfindlichen Sensoren ausgestattet, die dem Schützen Wärmequellen anzeigten. Mit Hilfe dieser Infrarotausrüstung konnten auch bewegliche Ziele bei Nacht präzise getroffen werden. Jetzt sollte der Wald mit der Zieleinrichtung abgesucht werden, um einen Menschen ausfindig zu machen, und zwar möglichst den Verdächtigen. Sollte Robbie feststellen, daß rote Lichtpunkte auf ihn gerichtet waren, dann würde er seinen Kameraden mitteilen: „Falsche Zielansprache."

Mit hellwachen Sinnen erhob sich Robbie und schlich los.

Der Verdächtige kam ganz unerwartet von oben. Er ließ sich aus dem Dunkel auf Robbie fallen. Seine Hände griffen nach Robbies Kopf. Die eine Hand packte das Kinn, die andere drückte fest gegen den Nacken. Robbie lag mit dem Gesicht nach unten auf dem Boden und war vom Aufprall noch ganz benommen. Er wußte, daß ihm dieser Griff mit einem Ruck das Genick brechen sollte. Robbie konnte dies vereiteln, wenn er die Richtung erahnte, in welcher die Bewegung erfolgen würde. Gott steh mir bei! dachte er und drückte sein Kinn in dem Moment nach links, in dem der Verdächtige mit seinen Händen eine identische Bewegung machte.

Das entsetzliche Krachen, das der Mann hörte, bevor er den vermeintlich querschnittgelähmten oder tödlich verletzten Polizisten liegenließ, stammte nicht von Robbies Nacken, sondern von seinem Kiefer. Robbie würde in den folgenden acht Wochen mit Hilfe eines Strohhalms trinken müssen, aber er würde am Leben bleiben und gehen können. Und er würde für den Rest seines Lebens daran denken, daß er seiner Entscheidung die Bitte um Gottes Hilfe vorangestellt hatte.

Der Verdächtige verschwand im Gehölz, und zwar in Richtung des Feuers. Möglicherweise wußte er, daß die wärmeempfindlichen Sensoren nutzlos waren, wenn sie auf Flammen dieser Art gerichtet waren, aber vielleicht war da auch nur eine Portion Glück im Spiel.

NACHDEM Boldt die drei Schüsse abgegeben hatte, wälzte er sich auf den Bauch und erhob sich auf die Knie. Als er die näher kommenden Sirenen hörte, stand er auf. Er bewegte seine Gliedmaßen und stellte fest, daß er weitgehend unversehrt war. Er hatte zwar jede Menge Hautabschürfungen und Quetschungen davongetragen, brauchte aber deswegen noch lange nicht die Notaufnahme aufzusuchen.

Die Löschtrupps hatten den Brand bald unter Kontrolle. Das Feuer, das als grelles Inferno begonnen hatte, war seltsamerweise rasch in sich zusammengefallen und zu einem Schwelbrand im Unterholz geworden. Am Brandort wurde kein Zünder entdeckt und auch kein Gefäß, in dem sich ein Brandbeschleuniger befunden haben mochte.

Die Leute vom Bombenräumdienst und von der Spurensicherung sowie die Brandstiftungsexperten samt Steven Garman versammelten sich gegen 23.45 Uhr vor Boldts Haus. Dreißig Minuten zuvor waren die Feuerwehrwagen aus dem Woodland Park abgerückt. Die Bombenentschärfer suchten mit ihren Hunden alle Türen, Fenster, Lichtschalter und Fußböden nach Zündern ab, fanden aber keinen.

Um ein Uhr morgens machten sich Bernie Lofgrins Spurensicherungsleute an die Arbeit. Sie fingen mit dem Rasen bei Boldts Haus an. Dort nahmen sie Gipsabdrücke von den Vertiefungen, die die Leiter hinterlassen hatte. Nach dreistündiger intensiver Überprüfung des Hauses zog Lofgrin seinen Freund beiseite und teilte ihm mit, daß es „sauber" sei. Was die Reinlichkeit betraf, konnte man dies nach der vorausgegangenen Invasion aber keineswegs behaupten. Eine noch gründlichere Untersuchung sollte bei Tageslicht stattfinden. Obwohl man nichts Verdächtiges hatte entdecken können, wurde Boldt angewiesen, anderswo zu übernachten.

„Weil Ihre Frau nach Hause kam, konnte der Kerl seine Absichten wohl nicht verwirklichen", meinte Garman, der ebenfalls an der Besprechung teilnahm.

„Das könnte erklären, wieso Leiterabdrücke vorhanden sind, aber kein Brandbeschleuniger", stimmte Lofgrin zu.

„Was im Wald passiert ist, läßt sich dadurch aber nicht erklären", gab Boldt zu bedenken.

„Unter Umständen schon", schaltete sich der Brandstiftungsexperte Neil Bahan ein. „Der Brandstifter hat dort vielleicht auf die Gelegenheit für einen erneuten Besuch gewartet. Weil er die Sache zu Ende bringen wollte."

Boldt war nicht wohl in seiner Haut.

Dreißig Minuten später hatte auch der letzte von ihnen das Haus verlassen. Als Boldt die Tür fest verriegelt hatte, rief er den Freund an, bei dem Liz und die Kinder warteten. Das Klingeln weckte alle Bewohner auf. Boldt sprach fast eine halbe Stunde lang mit seiner Frau und setzte sie so genau wie möglich ins Bild. „Ich glaube, es ist das beste, wenn du auf die Hütte fährst", meinte er schließlich.

„Du jagst mir ja richtig Angst ein."

„Tut mir leid."

„Möchtest du dort mal vorbeikommen?" fragte sie. „Und mit mir schlafen?"

Er konnte sich nichts Schöneres vorstellen, als von seiner Frau gebeten zu werden, mit ihr zu schlafen, sie in den Armen zu halten und ihr beizustehen. Genau das sagte er ihr auch.

„Aber dann bleibst du auch über Nacht", erwiderte Liz.

„Ich könnte doch beim besten Willen keinen Schlaf finden. Ich werde in die Stadt fahren und versuchen, der Sache auf den Grund zu kommen."

„Ich will dir mal was sagen: Mir wäre es lieber, wenn er das Haus angezündet hätte und uns jetzt in Ruhe ließe."

Boldt schwieg lange.

„Ich weiß, was dein Schweigen bedeutet", meldete sich Liz wieder. „Du denkst, daß er es nicht auf das Haus abgesehen hat, sondern auf dich. Hab ich recht?"

„Wir haben keine Ahnung, was er im Sinn hat. Wir wissen kaum etwas."

„Das ist ja nicht zu fassen! Was sollen wir denn tun?" rief Liz ins Telefon.

„Kannst du Urlaub bekommen?"

„Ich hab noch mehrere Wochen gut. Mir wär's aber lieber, wenn du jetzt bei uns bliebest."

„Die Ortspolizei wird die Straße im Auge behalten und die Hütte ebenfalls."

„Ich liebe dich!" stieß sie hervor. „Für immer und ewig."

„Wir stehen das durch", tröstete Boldt sie. „Und dann denken wir mal nach und versuchen zu begreifen, was in den vergangenen Monaten schiefgelaufen ist."

„Wir brauchen eine Aussprache", bestätigte Liz. Für Boldt klang das wie ein Geständnis, und dies zerriß ihm fast das Herz.

„Ja, das stimmt." Er schluckte hart.

„Da staune ich aber...", murmelte Liz. „Hab ich dir schon mal gesagt, wie sehr ich über dich staune? Was für ein großartiger Mann du bist?"

„Ich liebe dich, Elizabeth."

„Versuche zu schlafen."

Sie legten auf.

Boldt ignorierte alle Anweisungen, blieb vorerst zu Hause und nahm in der alten Wanne ein ausgedehntes heißes Bad. Als er fertig war, zog er den Stöpsel heraus. Zehn Minuten später war die Wanne erst halb leer. Er suchte überall nach einer Saugpumpe, fand aber keine. Im ganzen Haus keine einzige Saugpumpe!

Auch in der Küche war das Wasser in dem mit Geschirr gefüllten Spülbecken nicht abgeflossen. Aber das übersah Boldt, als er sich auf den Weg in die Stadt machte.

# SIEBENTES KAPITEL

Am Morgen nach dem fehlgeschlagenen Versuch, den Brandstifter zu schnappen, hatten die Suchtrupps den Park längst verlassen. Lediglich ein gelb-schwarzes polizeiliches Absperrband war noch da. Die Leute von der Spurensicherung hatten Anweisung, beim ersten Tageslicht weiterzumachen.

Boldt traf schon vor ihnen ein. Als er unter dem Absperrband durchschlüpfte, war noch kein Mensch zu sehen. Durch das Geäst über ihm drang die orangerote Glut eines atemberaubenden Sonnenaufgangs. Der Sergeant zwängte sich zwischen den Gräsern und Büschen hindurch und mied den Trampelpfad, den diensteifrige Feuerwehrleute und Streifenpolizisten Stunden zuvor geschaffen hatten.

Das verbrannte Stück Wald sah wie ein schwärendes Krebsgeschwür aus. Auf dem Weg dorthin paßte Boldt auf, ob nicht irgendwo ein Beweisstück herumlag. Er beschrieb immer enger werdende Kreisbewegungen um den eigentlichen Brandort. Dieser hatte einen Durchmesser von etwa vier Metern und war von weißer Asche bedeckt. Zwei hohe Bäume waren stehengeblieben, aber ihre Rinde war weitgehend verbrannt. Um nachzuvollziehen, was der Brandstifter vermutlich vorgehabt hatte, versuchte Boldt, von diesem Standort aus sein Haus zu Gesicht zu bekommen. Als ihm dies nicht gelang, blickte er nach oben.

Dieser eine Blick bestätigte dem Sergeant zur Genüge, daß der Brandstifter auf einem der beiden Bäume gesessen haben mußte. Als Connie Branslonovich unten aufgetaucht war, hatte er die Brandbombe geworfen. Boldt schaute sich die beiden Bäume genau an. Da die Aststummel des einen besser erreichbar waren, stieg er an diesem hinauf. Bald befand er sich fünf Meter über dem Boden. Beim Weiterklettern achtete er darauf, was von dort aus zu sehen war. Auf einmal erblickte er in einer Entfernung von 400 Metern das Dach seines eigenen Hauses. Boldt konzentrierte sich wieder aufs Klettern und spähte nach dem nächsten Ast. Dabei fiel sein Blick auf Buchstaben und Zahlen, die erst vor kurzem in die Rinde geritzt worden waren: DAN. 3, 27.

Der Sergeant starrte die Kerben minutenlang an. Ein Adrenalinstoß ließ sein Herz schneller schlagen. Genau an dieser Stelle hatte der Brandstifter gesessen!

Als Boldt am Fuß des Baumes ankam, zückte er sein Handy und rief LaMoia an. „Wir treffen uns am Haus von Dorothy Enwright. Bringen Sie Sportschuhe mit."

„Wieso denn Sportschuhe?" wollte der auf sein Aussehen bedachte Detective wissen.

„Weil Sie mit Cowboystiefeln nicht auf Bäume klettern können."

„ES SIND zwei Bibelstellen", sagte Daphne. „Die erste ist Daniel 3, Vers 27: ‚Nun drängten auch die Satrapen, Präfekten, Statthalter und die königlichen Räte herbei. Sie sahen sich die Männer an und fanden, daß das Feuer keine Macht über ihren Körper gehabt hatte. Kein Haar auf ihrem Kopf war versengt...'" Die Psychologin verstummte.

„Präfekten, Statthalter – das zielt offenbar auf die Polizei und die Feuerwehr ab", meinte sie dann. „Der andere Verweis, der in der Nähe von Dorothy Enwrights Haus gefunden wurde, bezieht sich auf Ezechiel 24, Vers 13. Hier geht es um Strafe: ‚Wegen deiner Schandtaten und deiner Unreinheit – weil ich dich rein machen wollte, du aber nicht frei wurdest von deiner Unreinheit – sollst du nicht mehr rein werden, bis ich meinen Zorn an dir gestillt habe.'"

„Der Kerl ist völlig durchgeknallt", bemerkte LaMoia.

Er und Boldt hatten Fichtenharz an der Kleidung und an den Händen. Die eingeritzten Bibelstellen zu finden war längst nicht so schwierig gewesen, wie sie befürchtet hatten. Sie hatten in der Umgebung der Häuser von Dorothy Enwright und Melissa Heifitz nach der höchsten Erhebung Ausschau gehalten und dort nach großen, leicht zu besteigenden Bäumen gesucht. LaMoia hatte die zweite Bibelstelle entdeckt.

„Interessanterweise haben wir nun die Bestätigung, daß sich die fragliche Person – wie von uns vermutet – die Brände anschaute", sagte die Psychologin. „Eine Überraschung sind jedoch die Bibelstellen. Die Zitate, die anfangs auftauchten, legten den Schluß nahe, daß wir es mit einem belesenen, gebildeten Mann zu tun haben. Die Bibelverse lassen jedoch eher vermuten, daß dieser Mann schwer gestört ist."

„Ein Bekloppter!" rief LaMoia, dem Daphnes Abneigung gegen solche Bezeichnungen bekannt war, und setzte dabei ein spöttisches Lächeln auf.

Boldt ignorierte LaMoia. „Und was ergibt sich daraus für uns?"

„Dem Zitat, das gestern eintraf, war statt geschmolzener Plastikmasse geschmolzenes Metall beigefügt", bemerkte Daphne. „Denken Sie mal an die Figuren, die Sie als Kind beim Monopoly verwendeten..."

„Die waren aus Metall!" rief LaMoia.

„Die Figuren waren aus Metall", bestätigte Daphne. An Boldt gewandt, erklärte sie: „Und Sie sind eine überaus wichtige Figur bei den Ermittlungen. Der Brandstifter hat klarzustellen versucht, daß Sie aktiv am Spiel beteiligt sind – im Gegensatz zu den bisherigen Opfern in den niedergebrannten Häusern. Shoswitz hat Ihren Namen bei jeder Pressekonferenz herumposaunt."

LaMoia fluchte vor sich hin.

Die Psychologin war noch nicht fertig: „Der Brandstifter hat sich entschlossen, den leitenden Ermittler auszuschalten. Dies deutet darauf hin, daß er noch mehr vorhat und daß er dazu Zeit braucht. Aber was mag das sein? Will er weitere Frauen umbringen? Schwer zu sagen. Wir müssen jedoch darauf gefaßt sein, daß er noch etwas anstellt."

Boldt erhob sich und ging auf und ab. Ein Monster! dachte er.

„Ich schlage vor, daß wir uns ins Zeug legen und jeden nur möglichen Aspekt dieses Falles sorgfältig untersuchen", schloß Daphne.

„Ich schiebe jetzt schon Tag für Tag achtzehn Stunden Dienst", jammerte LaMoia. „Ich habe jede Menge Arbeit zu erledigen, und nebenbei kriege ich das Haar voller Harz und die Hosen voller Fichtennadeln. Kommen Sie mir bloß nicht damit, daß ich mich ins Zeug legen soll!"

Daphne warf dem Detective einen erbosten Blick zu.

„Beruhigen Sie sich, John", sagte Boldt. „Was haben Sie denn so alles herausbekommen? Ist etwas Brauchbares dabei?"

„Allerdings." LaMoia zog sein Notizbuch hervor und schlug es auf. „Zuerst etwas zu diesen Belegen. Wir haben herausgefunden, daß über achtzig Werner-Leitern dieser Art gekauft wurden, und zwar per Kreditkarte oder per Scheck. Spätestens übermorgen werde ich die Namen der Kontoinhaber bekommen." LaMoia wartete darauf, daß Boldt etwas dazu sagte. Als dies nicht geschah, blätterte er weiter und fuhr fort: „Nun zu den Autos. Das war unergiebig. Den Mazda von

Melissa Heifitz nahm das Autohaus an sich. Dorothy Enwrights Ford gelangte zu deren Exmann."

„Ist das alles?"

„Das Beste kommt noch", erwiderte LaMoia. „Kollegin Matthews und ihre Informantin haben behauptet, der Typ habe etwas mit der Air Force zu tun. Ein ATF-Mann meint, wenn es sich tatsächlich um Raketentreibstoff handle, müsse er von einer Qualität sein, wie sie das Militär verwendet. Und wenn es militärischer Raketentreibstoff ist, stamme er wahrscheinlich von der Air Force. Wie jemand an hochwertigen Raketentreibstoff der Air Force herankommen kann, ist dem ATF-Mann genauso schleierhaft wie mir." Nach einer Pause fuhr LaMoia fort: „Daß es südlich von Tacoma den Luftwaffenstützpunkt McChord gibt, interessierte ihn nicht besonders. Tatsache ist aber, daß McChord ein wichtiger Transportknotenpunkt ist. Vielleicht wird dort auch Raketentreibstoff umgeschlagen. Denkbar wäre es. Man sollte sich näher damit befassen."

„Tun Sie das", wies ihn Boldt an.

Der Sergeant hatte den kleinen Ausreißer, der die Mordkommission alarmiert hatte, nicht aus dem Gedächtnis gestrichen. Er war nur von ihm abgelenkt worden, zuerst durch die geschmolzenen Monopoly-Teile und dann durch den versuchten Anschlag auf sein eigenes Haus. Aber sooft er in sein Auto gestiegen und durch die Straßen gefahren war, hatte er an den Jungen gedacht.

Als Dixons vorläufiger Befund auf Boldts Schreibtisch kam, wurde der Sergeant wieder an den Jungen erinnert. Ein Leichenfund in einem Kellerloch war kein alltäglicher Vorfall. Die Zeitungen hatten darüber berichtet, und eine Rundfunkstation war sogar auf mysteriöse Weise an den aufgezeichneten Notruf des Jungen herangekommen und hatte ihn gesendet. Eine Gruppierung gegen häusliche Gewalt empörte sich über die große Zahl verschwundener Frauen und kritisierte, daß diese Fälle selten gründlich untersucht würden. Dixon hielt es für erforderlich, eine Pressekonferenz abzuhalten, und er wollte einen erfahrenen Polizisten dabeihaben.

Als Tina Zyslanski, eine für die Öffentlichkeitsarbeit zuständige Kollegin, mit der Sozialarbeiterin Susan Prescott in Boldts Büro erschien, erklärte sich der Sergeant trotz seiner knapp bemessenen Zeit zu einer Unterredung bereit. Susan Prescott wollte über den Leichenfund reden. Der Junge! dachte Boldt wieder.

Er führte die beiden ins Konferenzzimmer.

„Es ist meine Aufgabe, den Jungen, von dem der Anruf stammt, ausfindig zu machen“, begann Susan Prescott. „Ich hoffe, daß bei der Beweisaufnahme ein Anhaltspunkt auftaucht, wo wir ihn finden können. Vermutlich ist er traumatisiert, ganz allein und sehr verängstigt. Mit jedem Tag, an dem er nicht in der Obhut von fürsorglichen Erwachsenen ist, vergrößert sich die Wahrscheinlichkeit, daß er vor die Hunde geht: daß er bei den Obdachlosen landet oder bei einer Bande, die Kinderpornos herstellt, oder daß er mit Drogen in Berührung kommt.“

„Ich habe einen Sohn, Mrs. Prescott, und auch ich verfolge diese Angelegenheit mit großer Sorge.“

„Dann gestatten Sie mir bitte, daß ich das Haus, in dem der Junge gewohnt hat, betrete“, bat sie.

„Der Tatort ist abgesperrt“, erläuterte Tina Zyslanski. „Das Sozialamt möchte aber Zugang haben.“

„Sie wissen vermutlich, daß der Hauptverdächtige ärztlich betreut werden mußte, bevor er in Polizeigewahrsam genommen werden konnte?“ fragte Susan Prescott.

Boldt war nicht mit allen Einzelheiten des Falles vertraut, da er ihn einem Mitarbeiter übertragen hatte. Er wollte dies aber nicht gern zugeben.

„Daß der Verdächtige von einem Kind so zugerichtet wurde, ist ausgeschlossen“, fügte Susan Prescott hinzu. „Das bedeutet, daß eine weitere Person dabei war, und wir vom Jugendamt sind um die Sicherheit des Kindes sehr besorgt.“

„Ich habe nichts dagegen, wenn Sie das Haus betreten“, stimmte Boldt zu. „Der zuständige Beamte wird Sie begleiten und ...“

„Und mich im Auge behalten“, ergänzte die Sozialarbeiterin. „Das stört mich nicht. Daß es eine Verbindung zur Drogenszene geben könnte, beunruhigt uns am meisten. Ist Ihnen bekannt, daß es zuvor schon einen Notruf gegeben hat?“

„Davon weiß ich nichts“, räumte Boldt ein.

„Der erste Anruf kam am 5. Oktober von einem kleinen Jungen, der seinen Namen nicht nannte. Die Adresse stimmt mit dem Fundort der Leiche überein. Es war derselbe Junge. Und es war kein Scherz, wie der Sachbearbeiter damals annahm. Der Junge wollte einen Drogendeal melden, den er auf dem Flughafen beobachtet hatte.“

„Auf dem Flughafen?“ In Boldts Kopf schrillte eine Alarmglocke. „Ein Drogendeal auf dem Flughafen?“ rief er. Daphnes Wahrsagerin hatte von einem Drogendeal berichtet, an dem der Mann mit der verbrannten Hand beteiligt gewesen war. „Mrs. Prescott", sagte der Sergeant, „ich glaube, Sie sind Ihrem kleinen Ausreißer ein ganzes Stück näher gekommen."

Daphne Matthews Wagen war schräg gegenüber dem purpurfarbenen Haus geparkt. Um 15.07 Uhr kam ein kleiner Junge den Gehsteig entlang und ging zur Rückseite des Gebäudes. Da er nicht mehr zum Vorschein kam, war er vermutlich durch die Hintertür hineingegangen. Daphne schaute die neben ihr sitzende Susan Prescott an. „Sind Sie soweit?"

„Von mir aus kann's losgehen", antwortete die Sozialarbeiterin.

Daphne stieg aus. Sie überlegte sich immer noch, ob es nicht eine andere Möglichkeit gab. Emily den Jungen wegzunehmen und ihn in den Gewahrsam einer Behörde zu bringen war ihr zuwider. Doch Boldt brauchte einen Zeugen. Daphne war bedrückt und traurig.

Susan ging zur Vordertür und klopfte laut. Daphne stieg währenddessen auf die rückwärtige Veranda und stellte sich an der Hintertür auf. Sie hörte, wie Susan und Emily miteinander redeten. Die Lautstärke nahm schon bald zu. Emily widersetzte sich und schrie so laut, daß Daphne die Worte genau hören konnte: „Kommt überhaupt nicht in Frage, daß Sie ihn mitnehmen!"

Daphne nahm die breitbeinige Haltung eines Boxers ein, um für den bevorstehenden Zusammenstoß gewappnet zu sein.

„Ich stand also dort", erzählte Daphne, „und er schoß mit gesenktem Kopf durch die Hintertür wie ein geölter Blitz."

Die Psychologin hatte jetzt in Boldts Hotelzimmer ihr zweites Bier vor sich. Das Zimmer war nichts Besonderes. Die Polizeibehörde kam dafür auf, bis der Sergeant wieder in sein eigenes Haus zurückkehren durfte.

„Ich packte ihn, und er wehrte sich wie wild. Armes Kerlchen. Und jetzt haben wir den Salat! Wir wissen zwar, wer er ist, aber er redet kein Wort mit uns. Er heißt Benjamin Santori."

„Immerhin ein Anfang", fand Boldt, der Optimismus verbreiten wollte.

„Für uns ist es ein Anfang, für ihn das Ende", gab sie zurück. „Lou, er ist erst zwölf! Seine Mutter wurde ermordet. Und auf dem Flughafen wurde er Zeuge einer verdächtigen Transaktion. Emily schützte ihn vor uns und vor den Gerichten. Kann man ihr das verübeln?"

„Steigern Sie sich da nur nicht so rein", riet ihr Boldt.

„Er weinte. Emily ebenfalls. Es war schrecklich." Daphne verstummte. „Was haben Sie denn da?" fragte sie den Sergeant und deutete auf einen kleinen Karton, der in der Kochnische des Zimmers stand.

„Das hat Dorothy Enwright am Tag des Brandes in einem Haushaltswarengeschäft gekauft. LaMoia hat das zusammengetragen." Es handelte sich um eine Rolle silberfarbenes Klebeband, eine Flasche Rohrreiniger, eine Saugpumpe und ein Paar Gummihandschuhe. „Vielleicht liefert uns das einen Hinweis."

„Mit Susans Erlaubnis darf sich der Junge bei mir aufhalten", bemerkte Daphne. „Andernfalls würde er in irgendeiner Pension untergebracht, und das möchte ich ihm nicht zumuten. Er wird nicht weglaufen. Wir haben ihm nämlich angedroht, wenn das geschähe, würden wir Emilys Laden dichtmachen und sie einsperren. Natürlich möchte er ihr das nicht antun. Sie sehen jetzt, was für tolle Arbeit ich leiste! Einen Zwölfjährigen setze ich unter Druck!"

„Es ist immer eine schwierige Arbeit", entgegnete Boldt. „Besonders dann, wenn Kinder betroffen sind. Aber in diesem Fall könnte der Junge einen entscheidenden Beitrag zur Aufklärung leisten."

In diesem Moment klingelte Boldts Handy. Er meldete sich und hörte aufmerksam zu. Als das Gespräch endete, hatte er heftiges Herzklopfen.

Daphne entging seine Aufgeregtheit nicht. „Was ist los?" fragte sie.

Boldt holte tief Luft, und dann schaute er ihr ins Gesicht. „LaMoia hat die Einzelheiten über die Käufer der Leitern bekommen. Steven Garman hat vor zwei Jahren eine Werner-Leiter erstanden."

ALS BOLDT sich zu Garmans Wohnung aufmachte, bestand Daphne darauf, ihm in ihrem Wagen zu folgen. LaMoia traf zwei Minuten nach ihnen dort ein. Als sie zu dritt zur Haustür gingen, hielt sich am Straßenrand ein Streifenwagen in Bereitschaft.

Garman trug eine Lesebrille, einen Baumwollpulli und Bluejeans. An seinem Gürtel hing der Piepser. „Guten Abend", grüßte er mit völlig unbesorgt klingender Stimme.

Bei manchen Gelegenheiten unterhielt sich Boldt zuerst ein bißchen, um ein Einvernehmen herzustellen. An diesem Abend fackelte er jedoch nicht lange. „Sie haben eine 7,30 Meter lange Ausziehleiter der Firma Werner gekauft."

„Ja, vorletzten Sommer", erwiderte Garman mit einem Kopfnicken. „Ihr Burschen arbeitet gründlich, das muß man euch lassen."

Boldt und LaMoia, die von Garmans Offenherzigkeit überrascht waren, warfen einander einen Blick zu. „Wir möchten uns diese Leiter mal anschauen“, sagte LaMoia zu dem Brandinspektor.

„Sie können gern hereinkommen“, bot Garman an und öffnete dabei die Tür ganz weit, „aber eine Leiter der Firma Werner werden Sie nicht finden. Sie wurde gestohlen, und zwar vor sechs oder sieben Monaten. Sagen Sie mal, wollen Sie lieber im Präsidium weiterreden, oder können wir das hier regeln?“

Boldt war ein bißchen perplex, weil der Feuerwehrmann seinen nächsten Schritt vorwegnahm. Der Sergeant hatte vorgehabt, Garman ins Präsidium zu schaffen, ihn in die Mangel zu nehmen und einzuschüchtern. Jetzt zweifelte er aber daran, ob das bei einem Mann funktionieren würde, der selbst Ermittlungen durchführte und Verdächtige verhörte.

„Hier geht's auch“, antwortete Boldt.

LaMoia las Garman von einem Kärtchen seine Rechte vor. Garman lächelte und machte selbst die entsprechenden Lippenbewegungen. Boldt hätte dem Kerl am liebsten eine reingehauen. Garman war zu selbstgefällig, zu gelassen. Schon bevor sie anfingen, wußte Boldt, daß sie bei diesem Typen nicht viel erreichen würden. Er und Daphne setzten sich auf eine Couch, die schon bessere Tage gesehen hatte. Garman nahm im Sessel Platz, und LaMoia holte sich aus der Küche einen Stuhl.

Eine Stunde lang redeten sie immer wieder über dasselbe Thema und versuchten, Garman in Widersprüche zu verwickeln. Was der Brandexperte von sich gab, klang jedoch absolut überzeugend. Daphne gelang es schließlich, etwas aus ihm herauszukriegen. „Erzählen Sie uns doch ein bißchen über Ihre Zeit bei der Air Force“, forderte sie Garman auf.

Dieser nickte. „Ich war zwei Jahre auf der Grand Forks Air Force Base stationiert und sechs in Minot. Damals war ich verheiratet. Ich war jung. Mir ging's prima.“

LaMoia grinste. „Dort sind Raketen stationiert, nicht wahr?“

Garman zog die Augenbrauen zusammen und drehte seinen Sessel so herum, daß er LaMoia direkt vor sich hatte. „Schlagen Sie's doch nach, dann haben Sie was zu tun.“ Die Zuständigkeiten waren festgelegt worden, und zwar von Garman selbst. Mit Daphne arbeitete er zusammen, zu Boldt hielt er respektvolle Distanz, und mit LaMoia legte er sich an.

„Und Ihre Ehe?“ erkundigte sich Daphne.

„Diese Frage ist nicht zulässig“, erwiderte Garman.

„Ich bin doch keine Staatsanwältin.“

Garman starrte sie an. „Was für eine Funktion Sie ausüben, ist ja noch gar nicht genau geklärt worden. Wenn ich mich recht erinnere, sind Sie der Frage ausgewichen."

„Schlagen Sie's doch nach, dann haben Sie was zu tun", sagte LaMoia.

Dies brachte Garman für kurze Zeit aus der Fassung.

Boldt wurde etwas zuversichtlicher. „Die Leiter hat man Ihnen also gestohlen", hakte er nach.

„Wenn Sie wollen, beantworte ich das noch einmal", erwiderte Garman und schaute alle drei an. „Mein Kleinlaster war es, der gestohlen wurde. Und der sah prima aus. Ein Ford mit Schalensitzen und elektrischen Fensterhebern. Und die Leiter war drin, außerdem verschiedene Ausrüstungsstücke für den Einsatz und mein Klemmbrett." Er schaute zu LaMoia hinüber. „Womöglich habe ich das Fahrzeug selbst gestohlen und irgendwo abgestellt, um es später bei diesen Brandstiftungen verwenden zu können."

Sie machten noch vierzig Minuten lang weiter, ohne daß etwas Brauchbares herauskam. Garman hatte bei dieser Vernehmung den Sieg davongetragen, aber es würden noch weitere Gespräche folgen. Er war derjenige, der für die Brandstiftungen am ehesten in Frage kam, und Boldt war nicht gewillt, ihn in Ruhe zu lassen.

Schon eine halbe Stunde bevor sie sich verabschiedeten, setzte die Überwachung von Garman ein, und sie ging rund um die Uhr. Steven Garman war der Hauptverdächtige.

FÜR BEN war eine Welt zusammengebrochen. Zuerst hatte der Kerl versucht, ihn umzubringen, und dann war die Leiche seiner Mutter entdeckt worden. Ihm war, als träume er, alles lag weit weg und war doch sehr nahe.

Die Tage nach dem Vorfall im Keller waren mit die besten seines Lebens gewesen. Emily hatte ihm ein eigenes Zimmer zugewiesen. Sie hatte für ihn gekocht und ihm sogar ein Sandwich für die Schule mitgegeben. Ben hatte ihr nicht erzählt, daß er während dieser Zeit gar nicht in die Schule gegangen war, weil er Angst gehabt hatte, das blauweiße Wohnmobil könne wiederkommen. Die fünfhundert Dollar hatte er gar nicht bei sich. Sie waren zu Hause in seinem Zimmer versteckt, und er hatte nicht die Absicht, dorthin zurückzukehren.

Abends spielte er mit Emily Karten, oder sie beschäftigten sich mit einem Puzzle. Bevor er zu Bett ging, las sie ihm immer etwas vor.

Als dann die Polizei auftauchte, erschrak er zu Tode. Anfangs weigerte er sich, etwas auszusagen, weil er überzeugt war, daß die Polizei über die fünfhundert Dollar Bescheid wußte. Aber schließlich stellte ihn Daphne Matthews vor die Wahl, entweder in eine Jugendverwahranstalt zu gehen oder in ihrem Hausboot zu wohnen. Da hatte Ben den Mund aufgemacht, und das Eis war gebrochen. Es zeigte sich, daß Daphne eine nette Frau war, mit der man reden konnte.

Dennoch vermißte er Emily mit solch schmerzlichen Empfindungen, wie er sie zuletzt nach der Entdeckung der Leiche seiner Mutter gespürt hatte.

Er saß in Daphnes Hausboot auf einer Couch und hatte den Fernseher auf den Kanal Nickelodeon eingestellt. In den vergangenen zwei Tagen war er nur auf der Toilette allein gewesen. Daphne holte ihn nachmittags von der „Schule“ ab, einem umzäunten Gebäude, in dem Jugendliche verwahrt wurden. Danach aßen sie eine Kleinigkeit und fuhren durch die Gegend.

Das Hausboot war klein, aber Ben gefiel es ganz gut. Die Wände waren dünn. Nach dem Abendessen führte Daphne oft Telefongespräche, wenn sie annahm, daß Ben etwas las. Doch in Wirklichkeit hörte er mit. Meistens redete sie mit jemandem, der Owen hieß, und Ben begriff, daß sie Probleme hatten. Zweimal fing Daphne nach dem Auflegen zu weinen an. Daß Polizeibeamte weinten, war für Ben etwas völlig Neues.

BOLDT stand unter einem ungeheuren Druck. Es gab so viele Aspekte zu berücksichtigen: Da war der Air-Force-Mann mit der verbrannten Hand, von dem die Wahrsagerin gesprochen hatte; der Raketentreibstoff, der nach Angaben des ATF-Labors als Beschleuniger in Frage kam, und schließlich die Tatsache, daß Garman eine Werner-Leiter gekauft hatte. Boldts Aufgabe bestand darin, die Ermittlungen zu koordinieren und voranzutreiben, aber zwei Vorfälle erschwerten ihm diese Arbeit.

Am Tag nach Garmans Vernehmung traf ein weiterer Brief mit einem Zitat und einem Stück grüner Plastikmasse ein. Boldt fragte sich, ob Garman mit der Polizei ein verwegenes Spielchen trieb oder ob er an der Sache vielleicht doch nur passiv beteiligt war.

Am selben Tag erhielt Daphne einen Anruf, worauf sie sogleich in Boldts Büro stürmte. „Emily hat mich angerufen! Nick, der Typ mit der verbrannten Hand, hat eben einen Termin vereinbart! Er kommt heute um siebzehn Uhr, also in zwei Stunden. Schaffen wir das?“

Der Sergeant spürte, wie sich sein Magen zusammenzog. Innerhalb von zwei Stunden mußte das gesamte Team, das eine Woche zuvor im Einsatz gewesen war, erneut bereitstehen. Connie Branslonovich war noch keine sieben Tage unter der Erde, und wenn er an ihr Ende dachte, durchfuhr ihn ein Schauer. „Wir werden unser möglichstes tun."

Um 16.49 Uhr verließ ein kahlköpfiger Mann, der khakifarbene Freizeitkleidung und Sportschuhe trug, das purpurfarbene Haus an der 21st Avenue East durch die Vordertür. Mit einer kleinen braunen Ledertasche in der Hand marschierte er zu einem unauffälligen Kombi und fuhr weg. Das Kondensatormikrofon und das Funkgerät, die sich zuvor in der Tasche befunden hatten, waren jetzt an der Unterseite von Emilys Wahrsagetisch befestigt. Der kastanienbraune Lieferwagen der Einsatzleitung parkte in der nächsten Querstraße.

Zwei verdeckt operierende Mitglieder des Bombenräumdienstes waren mit einem Abschleppfahrzeug im Einsatz und hievten gerade ganz gemächlich ein falsch geparktes Auto auf die Ladefläche. Von ihrem Standort in der Nähe der Zufahrt zu dem purpurfarbenen Haus konnten sie rasch zu dem hellblauen Kleinlaster mit dem weißen Camper-Aufbau gelangen, der gleich eintreffen sollte.

Boldt, Bobbie Gaynes und Daphne saßen auf der anderen Straßenseite in einem cremefarbenen Krankentransporter, dessen Fenster verhängt waren. Der Sergeant hatte sein Handy griffbereit. Vor ihm standen zwei tragbare Funkgeräte. Mit dem einen konnten sie sich auf der gesicherten Sprechfunkfrequenz verständigen; das andere stellte eine Verbindung zu Emilys Haus her. Auf dem Boden lagen zwei Gewehre.

Ein Motorradfahrer und zwei Zivilfahrzeuge standen in den umliegenden Straßen bereit. Sie sollten dem Kleinlaster folgen, wenn er die Gegend verließ.

Um 16.47 Uhr meldete sich der Motorradfahrer über Sprechfunk: „Fahrzeug des Verdächtigen mit Washingtoner Kennzeichen 124 B76 hat soeben Checkpoint Bravo passiert, fährt in westlicher Richtung."

Boldt schaute auf seine Uhr. „Er ist pünktlich", stellte er fest.

„124 B76 ist auf den Namen Nicholas Trenton Hall registriert, wohnhaft in der 232. Straße in Parkland, Hausnummer 26", war aus der Zentrale zu hören.

„Läßt sich feststellen, ob er bei der Air Force war?" erkundigte sich Daphne.

Boldt gab die Anfrage weiter. Man teilte ihm mit, daß sogleich Nachforschungen angestellt würden. Innerhalb von dreißig Sekunden konnte der Sergeant Daphne mitteilen: „Er gehörte der Air Force acht

Jahre lang an und war in den letzten drei Jahren als Zivilangestellter auf dem Stützpunkt Chief Joseph."

„Seine Entlassung hatte etwas mit der Handverletzung zu tun. Jede Wette!"

Boldt schaute durchs Fenster und verfolgte, wie der Verdächtige eintraf. Nicholas Hall stieg aus seinem Kleinlaster und ging auf das Haus zu. Die Farben der Neonreklame zeichneten sich auf seinem Gesicht ab. Er betätigte die Türglocke und schaute sich dann mißtrauisch um. Sein Argwohn richtete sich insbesondere gegen die beiden Männer, die gerade ein Auto auf ihr Abschleppfahrzeug hievten.

Daß mit seiner Hand etwas nicht stimmte, war sogar aus der Ferne zu erkennen. Boldt griff nach einem Fernglas. Er erblickte ein zusammenhängendes rotes Stück, aus dem drei Fingernägel wuchsen. Zweifel überfielen ihn. Konnte dieser Mann auf Bäume klettern? War er imstande, Bibelstellen in Baumstämme zu ritzen?

Hall stand immer noch am Eingang des Hauses und beobachtete das Abschleppfahrzeug.

Die drei Polizisten im Krankentransporter hörten von Emily ein schwaches „Willkommen", als sie ihren Besucher begrüßte. Das etwa fünf Meter hinter ihr befindliche Mikrofon fing ihre Äußerungen auf.

> EMILY: „Kommen Sie rein."
>
> HALL: „Haben Sie in dieser Gegend früher auch schon Abschleppfahrzeuge gesehen?"
>
> EMILY: „Ständig. Aber Ihnen kann ja in meiner Auffahrt nichts passieren."

„Die Frau ist echt cool", murmelte Daphne vor sich hin.

Hall ging hinein. Als Emily mit ihm auf das Mikrofon zuging, wurde ihre Stimme lauter.

Daphne zeigte auf die Geräte. „Jetzt geht's los!"

> HALL: „Ich möchte, daß Sie einen Termin überprüfen: nächste Woche Donnerstag. Das läßt sich doch machen, nicht wahr?"

Daphne sprach leise in ein Walkie-Talkie: „Schauen Sie sich die Sternkarten an, und teilen Sie ihm mit, das sei ein ungünstiger Tag. Ein früherer Termin wäre besser."

> EMILY: „Nächste Woche haben wir einen abnehmenden Mond. Für geschäftliche Dinge ist das keine günstige Zeit. Sie sagten doch, es gehe um etwas Geschäftliches und nicht um etwas Privates?"

HALL: „Ist das von Bedeutung?“
EMILY: „Aber ja.“

Daphne wandte sich zu ihren Kollegen um: „Das ist interessant. Wie kann jemand, der Platon zitiert, auf diesen Unsinn hereinfallen?“

Boldt gab dazu keinen Kommentar ab. Halls Gespräch mit der Wahrsagerin war erst ein Anfang. Sie brauchten konkrete Anhaltspunkte, die es rechtfertigten, seinen Kleinlaster und seine Wohnung zu durchsuchen. Der Sergeant war nervös und voller Ungeduld. Ohne hinreichende Gründe konnte er nicht losschlagen.

HALL: „Es ist was Geschäftliches.“

„Bingo!“ rief Daphne. In das Sprechfunkgerät sagte sie: „Versuchen Sie, mehr aus ihm herauszukriegen.“

EMILY: „Um was für ein Geschäft es sich handelt, ist für die Prognose nicht unwichtig. Für Verkäufe ist ein abnehmender Mond besonders ungünstig. Geht es um Verhandlungen, dann sind die Auswirkungen nicht so schwerwiegend. Wenn es sich aber um Verkäufe handelt, würde ich vorschlagen, den Termin vorzuziehen.“ (Geraschel von Papier) „Die nächsten zwei oder drei Tage wären dafür viel geeigneter.“

HALL: „Wie kommt es, daß Sie vorher vom Mond überhaupt nichts gesagt haben?“

EMILY: „Da gab es keinen abnehmenden Mond. Letztes Mal stand alles gut für Sie.“ (Pause) „Es geht also um einen Verkauf, nicht wahr?“

HALL: „Ja, das könnte man sagen.“

Daphne sprach wieder ins Walkie-Talkie: „Wie viele Leute sind daran beteiligt? Wo spielt sich das ab?“

EMILY (sich räuspernd): „Mars und Venus stehen gut für Sie. Aber Pluto ist weit weg. Das wirkt sich auf Zahlen aus. Bei diesem Verkauf ist keine große Zahl von Personen beteiligt, nicht wahr?“ (Pause) „Nur eine weitere Person. Stimmt’s?“

HALL: „Sie überraschen mich.“

EMILY: „Autos. Es ist dunkel. Viele geparkte Autos. Laute Geräusche. Was ist das bloß für ein Lärm? Ein Gebrüll wie von Tieren ...“

HALL: „Düsenflugzeuge.“

EMILY: „Ach ja, der Flughafen!" (Pause) „Da ist keine Gruppe von Leuten beteiligt, sondern nur eine weitere Person. Stimmt's?"

HALL: „Keine Gruppe."

Boldt beugte sich vor. „Das ist der Drogendeal auf dem Flughafen, den der Junge gemeldet hat."

EMILY: „Morgen oder übermorgen, spätestens in drei Tagen."

HALL: „Letztes Mal haben Sie was übersehen. Deswegen wär' ich fast nicht wiedergekommen."

EMILY (nach langer Pause): „Ich sehe etwas, das nicht zu Ihren geschäftlichen Dingen gehört. Irgend etwas fehlt. Haben Sie etwas verloren?"

HALL: „Es wurde gestohlen. Ein Junge hat mir 'nen Haufen Geld geklaut. Aus meinem Fahrzeug." (Pause) „Dieses Geld will ich zurückhaben."

Daphne und Boldt schauten einander an. „Ben", sagte sie.

Der Sergeant nickte. „Kein Wunder, daß er Angst vor uns hat. Er meint, wir seien hinter ihm her."

„Emily kennt die ganze Geschichte. Ben hat ihr alles erzählt."

Boldt sprach aus, was ihm gerade durch den Kopf ging: „Hall ist bei der Air Force. Es waren keine Drogen, es war Raketentreibstoff." Das Schweigen, das daraufhin in dem Krankentransporter herrschte, wurde durch die aus dem Lautsprecher dringenden Worte beendet.

HALL: „Ich dachte, Sie seien Hellseherin! Wieso haben Sie mich nicht gewarnt?"

EMILY: „Sie haben mich wegen eines bestimmten Datums befragt. Das war alles."

HALL: „Also gut, dann frag ich Sie jetzt nach Komplikationen."

EMILY: „Und ich weise Sie darauf hin, daß mit dem abnehmenden Mond..."

HALL: „Lassen Sie doch den blöden Mond aus dem Spiel! Wie ist's mit Komplikationen?"

Daphne mischte sich wieder ein: „Dieser Stimmungsumschwung ist bedenklich." Sie sprach ins Walkie-Talkie: „Besänftigen Sie ihn. Machen Sie vage Versprechungen."

HALL: „Wie sind die Aussichten, wenn ich's schon in den nächsten Tagen mache?"

EMILY: „Die Sterne stehen günstig." (Pause) „Keine Komplikationen, wenn Sie rasch handeln. Dieser Junge, wer er auch sein mag, wird Ihnen keine Probleme mehr bereiten."

HALL: „Er hat mein Geld." (Pause) „Hören Sie mal, können Sie mir nicht helfen, es zu finden?" (Pause) „Sie würden eine Erfolgsprämie kriegen."

Boldt war davon sehr angetan. „Das wäre nicht schlecht! Das würde ihn von Ben ablenken, und wir hätten einen Grund, gegen ihn einzuschreiten."

Daphne wandte sich dem Sprechfunkgerät zu. „Wenn Sie wissen, wo das Geld ist, könnten Sie jetzt eine Vision bekommen. Sagen Sie's ihm. Wir alle wollen doch, daß Ben nicht mehr gefährdet ist."

Sie hielten den Atem an und warteten darauf, wie Emily sich entscheiden würde.

EMILY: „Ich sehe ein braunes Haus. Es ist klein."

HALL: „Da wohnt der Junge!"

EMILY: „Dort ist das Geld." (Pause) „Im Zimmer des Jungen. Eine Schachtel. Eine Plastikschachtel. Haben Sie einen Moment Geduld." (Pause) „Länglich..."

HALL: „Eine Zigarrenkiste? Etwas in dieser Art?"

EMILY: „Eine Plastikdose für Pausenbrote? Ich hab's: eine Videokassettenhülle!"

HALL (mit aufgeregter Stimme; das Rücken eines Stuhles war ebenfalls zu hören): „Was wollen Sie dafür?"

Daphne riet über Sprechfunk: „Verlangen Sie nichts."

EMILY: „Die Sterndeutung kostet zehn Dollar."

HALL: „Sie bekommen zwanzig." (Pause) „Ich will sehen, daß ich die Sache innerhalb der nächsten drei Tage erledigen kann. Dann komm ich noch mal bei Ihnen vorbei."

„Sollen wir die Verfolgung aufnehmen?" fragte Bobbie Gaynes.

„Nein, wir fahren ihm voraus", antwortete Boldt. „Wir kennen ja sein Ziel. Er ist hinter dem Geld her."

DIE JACKSON STREET EAST war eine Sackgasse, die einen steilen Hügel hinaufführte. Das Haus der Santoris grenzte auf der Rückseite an den Frink Park.

Der cremefarbene Krankentransporter war bei der nächsten Kreuzung südlich der Jackson Street East geparkt, ein Überwachungsfahrzeug bei der nächsten Kreuzung im Norden. Die Mitglieder der

Spezialeinheit hielten sich im Park auf für den Fall, daß Hall zu Fuß die Flucht ergreifen sollte.

Die Koordinationsstelle teilte mit, daß das blau-weiße Fahrzeug auf der Jackson Street East angehalten habe, und zwar einen halben Häuserblock vom Anwesen der Santoris entfernt. Jetzt saß der Verdächtige in der Falle. Boldt überprüfte seine Waffe und schickte sich an, den Transporter zu verlassen.

„Ich komme mit", sagte Daphne und holte ihre Pistole aus ihrer Handtasche.

Bevor Boldt Einwände erheben konnte, fügte sie hinzu: „Lou, ich muß von Anfang an alles über diesen Kerl erfahren. Falls ich dabei bin, wenn er geschnappt wird, sind wir schon im Vorteil."

Boldt widersprach nicht. Je mehr sie über Hall erfuhren, desto besser. „Einverstanden. Wir machen das gemeinsam, Daphne", erwiderte der Sergeant. „Aber ich übernehme die Führung."

Boldt verstaute ein Sprechfunkgerät in seiner Manteltasche und steckte den Knopf ins Ohr. Der Koordinator gab durch, daß die Spezialeinheit ihren Einsatzort erreicht habe; der Kleinlaster sei ohne Insassen aufgefunden worden.

Boldt und Daphne marschierten den Hügel hinauf, zweigten jedoch ab, bevor sie das Haus erreichten, und gingen auf ein zerfallenes Gartenhäuschen zu, das sich auf der Rückseite befand. Die Tür war durch ein angenageltes Holzstück gesichert. Der Sergeant öffnete sie lautlos und zog Daphne nach drinnen.

Dort war es staubig und feucht; überall gab es Schimmel und Spinnweben. Da die Tür einen Spaltbreit offenstand, hatten sie das Haus im Blick.

An einem Fenster bewegte sich ein Schatten vorbei. „Er ist drin!" stieß Daphne aufgeregt hervor.

Sie hörten, wie Hall die Treppe hinuntereilte. Die Hintertür ging auf.

Boldt zog seine Waffe. „Sind Sie soweit?" flüsterte er.

Der Verdächtige kam aus dem dunklen Haus und schloß die Tür.

Boldt drückte am Walkie-Talkie dreimal auf einen Knopf. Dann trat er die Tür des Schuppens mit dem Fuß auf und rief: „Polizei! Hinlegen!"

Hall streckte die Hände aus und warf sich zu Boden.

„Diese soldatischen Typen gehorchen aufs Wort", meinte Daphne trocken.

# ACHTES KAPITEL

Nicholas Hall durchlief die übliche Prozedur: Man nahm seine Fingerabdrücke und gab ihm anstelle seiner Zivilkleidung einen orangefarbenen Overall. Auf Anordnung von Boldt mußte er Handschellen und Fußfesseln tragen.

Sicherheitshalber wurde der Festgenommene gleich dreimal über seine Rechte aufgeklärt, doch den ihm zustehenden rechtlichen Beistand verlangte er dabei nicht. Daphne und Boldt lösten einander in dem kleinen Vernehmungsraum A der Mordkommission ab. Der Sergeant übernahm die erste einstündige Vernehmung und spielte dabei den Grobian. Im Unterschied zu ihm gab sich Daphne teilnahmsvoll. Dann war Boldt wieder an der Reihe. In der vierten Stunde gelang es Daphne, Hall aus der Reserve zu locken, indem sie ihm erzählte, hartgesottene Typen wie Boldt sähen es nicht gern, wenn eine Frau diesen Männerjob verrichte.

„Ich muß mir hier viel gefallen lassen, weil man in mir nur die Frau sieht“, teilte sie Hall mit. „Ich bin nicht so wie sie, und deshalb mißtrauen sie mir“, fügte sie hinzu und dachte dabei an die deformierte Hand des Mannes.

„Das kenne ich.“

Dies war erst der vierte vollständige Satz, den Hall von sich gegeben hatte. Daphne spürte ein Prickeln. „Die Leute halten Sie wohl wegen Ihrer Hand für einen absonderlichen Menschen.“

„Da haben Sie recht.“

Sie nickte mitfühlend. Dann streckte sie die Hand aus und kratzte sich am Nacken, was ein mit Boldt verabredetes Zeichen war, das dieser durch die verspiegelte Glasscheibe sehen konnte.

Der Sergeant platzte erbost herein. „Jetzt bin ich an der Reihe! Verschwinden Sie gefälligst!“

„Kommt nicht in Frage“, widersetzte sich Daphne. „Mit Ihnen will er nicht sprechen.“

„Was er will, ist mir völlig egal“, schimpfte Boldt. „Er hat eine Frau umgebracht und im Keller verscharrt...“

„So ein Quatsch!“ rief Hall. Seine Handschellen klirrten auf der Tischplatte.

„Sergeant, Sie stören mich bei der Arbeit“, wies Daphne Boldt zurecht. „Nick und ich sind noch nicht fertig.“

„Sie kriegen sowieso nichts aus ihm raus“, entgegnete Boldt. „Den knöpfe ich mir jetzt vor.“

„Verlassen Sie sofort den Raum!“ verlangte Daphne.

Der Sergeant warf ihnen einen finsteren Blick zu und ging hinaus.

„Ich habe niemanden umgebracht“, beteuerte Hall.

„Es gibt Anzeichen dafür, daß Sie sich schon vorher in dem Haus aufgehalten haben“, informierte sie ihn. „Was hatten Sie dort zu suchen? Wollten Sie Spuren verwischen?“

„Ich war nie zuvor dort“, behauptete Hall. „Das müssen Sie mir glauben.“

„Was ist denn mit Ihrer Hand?“ fragte Daphne, die wußte, daß er darunter litt. „Sagen Sie mir bitte, was mit ihr passiert ist.“

„Nein! Eben war von Mord die Rede, aber ich habe nie...“

„Und jetzt ist von Ihrer Hand die Rede“, unterbrach sie ihn. „Glauben Sie denn, daß ich gegen Sie arbeite? Möglicherweise wurde die Frau mit bloßen Händen erwürgt. Das könnte für Sie sehr wichtig sein.“

„Stimmt das wirklich?“ fragte Hall.

„Es ist eine Möglichkeit, wie ich schon sagte. Und nun zu Ihrer Hand. Wann ist das passiert?“

„Vor drei Jahren“, antwortete Hall. „Es war ein Unfall. Ich war beim Militär.“

„Und was passierte da?“

„Ein Sprengkörper mit Phosphor explodierte vorzeitig.“

Daphne starrte seine Hand einen Moment lang an und merkte, daß auch er hinschaute. „Wieso waren Sie in dem Haus?“

Er wandte den Blick ab. „Ein Junge hatte mir Geld geklaut.“

Die Psychologin hörte dies mit Genugtuung und dachte: Weiter so!

„Ich bekam einen Hinweis, daß das Geld in dem Haus sei“, fuhr Hall fort. „Ich hatte es bei mir, als ich geschnappt wurde. Es gehört mir!“

„Wissen Sie, was die Leute von der Spurensicherung fanden, als die Leiche entdeckt wurde?“ fragte Daphne. „Unten in dem Kellerloch?“ Sie holte tief Luft. „Sie fanden Ihre Fingerabdrücke, Nick. Dort, wo die Leiche lag.“

Hall hatte einen starren Gesichtsausdruck, teils weil er schockiert war, teils weil er merkte, daß er in der Klemme saß. „Hören Sie mal, Sie bringen da etwas durcheinander“, sagte er rasch. „Ich war schon mal dort. Letzte Woche.“

„Sie behaupten jetzt, Sie seien letzte Woche zufälligerweise dort gewesen? Damit ist natürlich alles geklärt!" stieß Daphne in sarkastischem Ton hervor. „Und ich habe überhaupt keine Fragen mehr!" Sie schaute ihn durchdringend an. „Was hatten Sie dort unten zu suchen, Nick? Haben Sie die Frau umgebracht?"

„Nein, nein, nein", erwiderte Hall unter heftigem Kopfschütteln.

„Dann reden Sie endlich!"

„Ich war auf dem Flughafen, weil ich da was Geschäftliches zu erledigen hatte. Irgendein Rotzbengel klaute mir fünfhundert Mäuse. Er ließ aber seinen Geldbeutel mit seiner Adresse in meinem Wagen liegen. Als ich das erste Mal aufkreuzte, versteckte er sich in dem Kellerloch. Heute abend ging ich zum zweiten Mal hin und holte das Geld."

Daphnes Puls schlug schneller. „Was für Geschäfte waren das?" fragte sie.

„Ich bekam ab und zu einen Anruf von einem bestimmten Burschen. Der kannte sich auf meinem Stützpunkt besser aus als ich. Das kann ich beschwören. Ich bin nie mit ihm zusammengetroffen. Deshalb weiß ich nicht, wie er aussieht."

Daphne überlief es kalt. Es war also noch eine weitere Person beteiligt.

Hall legte seine rosafarbene Flosse auf den Tisch. „Mit 120 Dollar Versehrtenrente pro Monat werde ich vom Staat abgespeist! Um was für einen Job soll ich mich denn bewerben? Auf so einen wie mich hat man gerade gewartet!" Seine Lippen verzogen sich zu einem Grinsen, das ihr einen Schrecken einjagte.

„Um was ging es bei dem Geschäft am Flughafen?" fragte sie.

„Nicht um Drogen", betonte er.

„Sondern um etwas, das auf dem Stützpunkt verfügbar war", setzte Daphne hinzu.

„Ich hatte Zugang zu bestimmten Dingen und er nicht. Belassen wir's dabei."

„Da bin ich anderer Meinung. Begreifen Sie denn nicht, worauf es mir ankommt? Ihre Story muß glaubhaft sein. Ich weiß nicht, was Sie verkauft haben, aber in die Todeszelle kommen Sie deswegen nicht. Doch wenn Sie des Mordes überführt werden, dann schon."

Sein Blick wurde abweisend. „Ich möchte einen Anwalt. Ich beantworte keine Fragen mehr."

„Wenn es so ist, werde ich Sie auch nichts mehr fragen", teilte ihm Daphne mit. „Wenn Sie in die Todeszelle kommen wollen – bitte sehr."

Seine Ketten rasselten, aber er äußerte sich nicht. Entsetzen hatte ihn gepackt. Daphne hielt es für besser, wenn Boldt sich ihn jetzt vornahm.

John LaMoia näherte sich dem hinter der Beobachtungsscheibe stehenden Sergeant. „Ich habe Ihnen was zu berichten", eröffnete er ihm.

Boldt ließ sich nicht gern stören, nicht einmal von LaMoia. „Ich bin sehr beschäftigt, Detective", brummte er streng.

„Es geht um den Raketentreibstoff." LaMoia ließ sich nicht abwimmeln. „Der Verdächtige hat..."

Boldt hörte vor Erschöpfung gar nicht hin. Er war in Gedanken ganz woanders. Er dachte an seine Frau. Jeden Abend telefonierte er mit Liz. Sie war zwar dankbar dafür, daß er seine Familie in Sicherheit gebracht hatte, aber das Alleinsein auf der Hütte behagte ihr immer weniger. Inzwischen hatte sie neun Tage dort verbracht. Die dortige Polizei hatte zwei Beamte abgestellt, die rund um die Uhr aufpaßten. Liz fühlte sich wie eine Gefangene.

Boldt erzählte ihr kaum etwas von den Ermittlungen. Sie redeten über ihren gemeinsamen Bekanntenkreis und ihre gesellschaftlichen Verpflichtungen. Ein Vizepräsident der Bank, bei der Liz arbeitete, veranstaltete eine Dinner Party, und Liz meinte, sie sollten daran teilnehmen. Boldt haßte die Festessen der Bank, da er mit dem vornehmen Klüngel wenig gemein hatte.

Er hatte widerstrebend zugesagt, und dann hatte Liz die Bombe platzen lassen: „Ich muß am Dienstag in die Stadt. Frag mich nicht, wieso. Es muß einfach sein." Eifersucht war in ihm aufgestiegen, und er hätte sie beinahe zur Rede gestellt. Doch eigentlich wollte Boldt den Grund lieber nicht so genau kennen.

LaMoias Stimme holte ihn in die Gegenwart zurück. „Wir haben folgendes herausgefunden: In ihrer unendlichen Weisheit beschloß die Air Force, das Titanraketenprogramm phasenweise einzustellen. Der Treibstoff der Raketen bestand damals aus zwei Flüssigkeiten, die spontan zündeten, wenn sie miteinander in Berührung kamen. Bei dieser chemischen Reaktion wurde Sauerstoff erzeugt, was für Verbrennungsvorgänge, die sich bis in den Weltraum hinein abspielten, ideal war. Man spricht von einem hypergolischen, also aus zwei Komponenten bestehenden Raketentreibstoff, der selbständig zündet, wenn er mit einem Sauerstoffträger in Berührung kommt. Das Wichtige ist: Nur wenn man beide Komponenten hat, geschieht etwas. Die Air Force brachte die Komponenten an getrennten Lagerplätzen unter, die möglichst weit voneinander entfernt waren. Man erwog offenbar auch, die Bestände zu vernichten, aber irgendein Schlaukopf kam auf den Gedanken, wir könnten das Zeug eventuell an andere Länder verkaufen. Also wurde es eingelagert. Die eine Komponente ging nach

Idaho, die andere nach Kalifornien; oder die eine nach Texas, die andere nach Nevada. Dann begannen die Stützpunktschließungen. Die Bestände wurden umhergeschoben wie Schachfiguren. An diesem Punkt wird die Sache etwas undurchsichtig, aber es hat den Anschein, daß beide Komponenten durch eine Unachtsamkeit auf ein und denselben Stützpunkt gelangten: nämlich auf die Chief Joseph Air Force Base."

„Die wurde ebenfalls geschlossen", warf Boldt ein.

„Nicht vollständig. Die Anlage mit ihren Lagerbeständen blieb bestehen. Ein paar Leute wurden als Verwaltungspersonal weiterbeschäftigt, und einige wenige Militärpolizisten bewachten das Gelände. Aber ansonsten spielte sich dort nichts mehr ab."

„Leichte Beute."

„Besonders wenn der Job von Insidern erledigt wird."

„Und Nicholas Hall war auf diesem Stützpunkt Militärpolizist?" fragte der Sergeant.

„Stimmt genau. Er verscherbelte das Zeug und betrieb so seine private Altersvorsorge."

Boldt atmete tief durch. „Gute Arbeit, John", lobte er.

„Das meine ich auch. Als Belohnung möchte ich mir Hall zehn Minuten lang vorknöpfen. Okay?"

Daphne, die in diesem Moment aus dem Vernehmungsraum kam, hörte LaMoias Worte. „Wir sollten ihm ein bißchen Ruhe gönnen", wandte sie ein.

LaMoia hatte sich bei früheren Vernehmungen als unglaublich tüchtig erwiesen. Er war eine Art Geheimwaffe. Boldt entsprach LaMoias Wunsch, warnte aber den Detective: „Rühren Sie ihn nicht an."

Daphne blieb nur noch übrig, LaMoia zu raten: „Stellen Sie ihm keine Fragen. Begnügen Sie sich mit Feststellungen."

LaMoia stolzierte zum Vernehmungsraum. Über den Lautsprecher, der unterhalb der verspiegelten Scheibe angebracht war, hörten Boldt und Daphne, was er zu Hall sagte: „Nicky, beim Handballspiel bist du bestimmt kein As!" Der Detective stieß den freien Stuhl mit dem Fuß vom Schreibtisch weg und setzte sich. „In einer Fabrik, die Fausthandschuhe herstellt, kannst du aber jederzeit einen Job als Prüfer bekommen." LaMoia ließ seine garstigen Bemerkungen wirken und starrte eine Weile vor sich hin. „Wie lief's denn draußen auf der Chief Joseph Base, als die anderen weg waren?" fragte er dann und ignorierte dabei Daphnes Ratschlag.

Der Verdächtige wurde merklich blaß, antwortete aber nicht.

„Was könntest du denn sonst noch machen?“ fragte LaMoia. „Den Straßenverkehr könntest du regeln! Wie wär's denn damit: Nicky als Verkehrspolizist?“ Er musterte sein Gegenüber. „Gegen Geld würdest du sogar dein Vaterland verraten, da bin ich ganz sicher.“

LaMoia knallte die Hand so laut auf die Tischplatte, daß der Lautsprecher Störgeräusche produzierte. „Du warst als Bewacher auf dem Stützpunkt. Und du hast beschlossen, nebenher ein paar Dollar herauszuschlagen. Du darfst jetzt nicht den Kopf schütteln, Freundchen, ich weiß nämlich Bescheid über dich. Nicken darfst du, das ist in Ordnung. Aber lüg mich bloß nicht an!

Vielleicht sollte ich was zu meiner Person sagen“, fuhr LaMoia fort. „Ich bin der Typ, der sich von denen dort draußen nichts vorschreiben läßt. Ich bin derjenige, der hier die ganze Drecksarbeit macht. Ich bin derjenige, der überallhin Kontakte hat. Wenn ich dem Gefängnispersonal einen Auftrag gebe, dann wird er auch ausgeführt. Wenn ich es möchte, wirft der Koch Kakerlaken in die Suppe. Ich bin einer, der im Nu Freundschaften schließt. Das zeigt sich auch jetzt, nicht wahr? Wie wär's denn mit einem kleinen Kopfnicken, Nicky?“

Daß der Verdächtige nickte, überraschte Boldt nicht, denn er hatte Ähnliches schon dutzendemal erlebt.

Daphne hingegen war offensichtlich erstaunt. „Selbst wenn ich LaMoia zum Gegenstand einer wissenschaftlichen Untersuchung machte, könnte ich seine Vorgehensweise nicht verständlich darlegen. Er ist verabscheuungswürdig, aber gleichzeitig ist er ganz große Klasse.“

Hall brach erstmals sein Schweigen. „Er rief mich an.“

LaMoia gebärdete sich plötzlich wie ein Kumpan. „Nicky, du sagst uns jetzt alles, was wir wissen wollen, und dann hast du gute Chancen rauszukommen. Versprechen kann ich nichts. Eines steht jedoch fest: Wir können dir das Leben zur Hölle machen. Du hast die Wahl, Nicky: Willst du raus oder nicht? Entscheide dich rasch.“ LaMoia schlug erneut auf die Tischplatte. „Die Uhr läuft, Nicky Hall. Gleich ist's zu spät.“

„Das ist ja nicht zu fassen! Es wird funktionieren!“ meinte Daphne überrascht.

LaMoia knallte wieder die Hand auf den Tisch. „Die Zeit ist abgelaufen, Bürschchen. Wofür hast du dich entschieden? Wenn du nicht auspackst, steh ich auf und geh. Also, laß mal hören ...“

„Er wußte, daß beide Komponenten auf dem Stützpunkt gelagert waren“, berichtete Hall.

„Aha.“ LaMoia legte die Füße auf den Tisch und lehnte sich zurück. „Ich bin ganz Ohr, Nicky. Red weiter.“

„Ich war dort als Militärpolizist beschäftigt", berichtete Hall. „Jahrelang fuhr ich an den Gebäuden vorbei, ohne zu wissen, was da eigentlich drin war."

Der Detective wandte den Kopf der Glasscheibe zu und setzte ein breites Grinsen auf.

„Manchmal kann ich LaMoia nicht ausstehen", bekannte Daphne.

„Das kann ich mir denken", erwiderte Boldt.

DER FERNSEHKANAL KOMO meldete die Festnahme von Nicholas Hall als erster. Lokale Radiosender griffen die Neuigkeit wenige Minuten später auf. In den Zeitungen machte die Sache Schlagzeilen. Doch während allgemein Euphorie herrschte, erhielt Boldt einen Dämpfer, als am Montag nach der Festnahme ein Memo von Lofgrin eintraf:

> Die Körpergröße und das Gewicht von Nicholas Hall stimmen nicht mit unserer am 4. Oktober erstellten Auswertung der Leiterabdrücke überein. Der Verdächtige ist gut zwölf Kilo schwerer und ungefähr zehn Zentimeter größer als die Person, die auf der Leiter stand. Im übrigen war die Person, die die Bibelstellen in die Baumrinden ritzte, Rechtshänder. Da Hall an der rechten Hand behindert ist, kommt er als Verdächtiger kaum in Betracht.
>
> Sollte es noch Fragen geben, stehe ich gern zur Verfügung.
>
> Bernie

SIE HATTEN den falschen Mann erwischt. Er mochte ein Helfershelfer sein, aber der Mann, den die Zeitungen den „Gelehrten" nannten, war er nicht. Boldt und Daphne hatten dies schon im Verlauf von LaMoias Vernehmung geargwöhnt, als Hall detaillierte Angaben über den Diebstahl, den Transport und den Verkauf des binären Raketentreibstoffs machte. Schlimmer noch: Bei einer Durchsuchung seines Wohnmobils hatte man kein Schreibpapier und keine Leiter gefunden. Positiv an den diesbezüglichen Ermittlungen war, daß Bernie Lofgrin vorhatte, die beim Abfassen der Drohbriefe verwendete Kugelschreiberfarbmasse zu untersuchen, weil er hoffte, daß sich ein dazu passender Kuli in Halls Besitz befand.

Boldt ahnte jedoch den wahren Sachverhalt: Der Feuerteufel war weiterhin auf freiem Fuß.

Der Sergeant war völlig niedergeschlagen und frustriert. So nah war er dem Ziel gewesen und hatte es doch nicht erreicht. Er sehnte sich danach, seine Frau und die Kinder wieder bei sich zu haben.

Die Ermittlungen gingen weiter. Boldt beschloß, sich Ben Santori vorzuknöpfen, um herauszubekommen, was der Junge tatsächlich wußte. Kinder sahen manchmal mehr als Erwachsene. Vielleicht gab es eine Spur zu dem Komplizen. Eine Gegenüberstellung könnte dem Gedächtnis des Jungen vielleicht auf die Sprünge helfen.

BEN VERMISSTE Emily. Ständig schaffte man ihn zu Susan Prescott oder zum Unterricht in die Verwahranstalt, und die Abende verbrachte er dann mit Daphne. Das einzige, was ihn vom Davonlaufen abhielt, war Daphnes Drohung, Emilys Geschäft dichtzumachen.

Als Daphne mitten im Unterricht auftauchte, wußte Ben, daß es Probleme geben würde. Sie sprach mit dem Lehrer, und Ben wurde daraufhin vom Unterricht befreit. Als er in der Eingangshalle mit Daphne zusammentraf, hatte er Herzklopfen.

„Sergeant Boldt und ich möchten dich um einen Gefallen bitten, Ben."

„Den Sergeant kann ich nicht leiden."

„Das solltest du nicht sagen, denn es kann nur von Vorteil sein, wenn er auf deiner Seite steht."

Ben wollte es zwar nicht zugeben, aber Daphne mochte er tatsächlich. Sie tat ihm auch irgendwie leid, weil sie ständig nur arbeitete und telefonierte. „Um was für einen Gefallen?"

„Sergeant Boldt möchte dir einige Fragen stellen und ein paar Fotos zeigen. Vielleicht macht er auch eine Gegenüberstellung."

„Und wenn ich keine Lust dazu habe?" fragte der Junge trotzig.

„Dann werde ich dich dazu überreden", antwortete Daphne.

„Und wie wollen Sie das machen?"

„Indem ich dir etwas dafür biete. Zum Beispiel ein Treffen mit Emily."

Ben hätte sich beinahe ganz spontan einverstanden erklärt, aber dann hielt er seine Gefühle doch im Zaum, um sich keine Blöße zu geben. Also zuckte er nur mit den Schultern und verließ mit Daphne das Gebäude.

„Sind Sie geschieden?" fragte er sie auf dem Weg zu ihrem Auto.

„Nein", erwiderte sie verwundert.

„Meine Mutter wurde geschieden, bevor sie ihn kennenlernte." Ben hatte Daphne nicht viel über sich erzählt, aber sie schien ganz gut Bescheid zu wissen. Anfangs hatte er befürchtet, die Polizei sei wegen der fünfhundert Dollar hinter ihm her. Inzwischen wußte er, daß es mit Nick zusammenhing.

„Scheidungen sind heutzutage nichts Besonderes“, meinte sie. „Das spricht nicht gegen deine Mutter.“ Sie stiegen ins Auto.

„Ich hatte gedacht, sie sei fortgegangen“, sagte er mit rauher Stimme. Daphne ließ den Motor an, schaute aber zu Ben hinüber, bevor sie den Gang einlegte. „Irgendwie stimmte das ja auch“, setzte Ben hinzu. Er merkte, daß er kurz davor war zu weinen. „Er sagte, sie hätte mich verlassen. Und ich glaubte ihm.“ Ben seufzte gequält.

„Ben, du bist alt genug, um zu begreifen, daß Typen wie Jack Santori schlimme Dinge tun. Sie fügen anderen Leuten Schaden zu. Darüber zu reden kann eine Hilfe sein.“

Ben dachte an seine Mutter, die in dem feuchten, kalten Kellerloch gelegen hatte. Als Daphne den Arm ausstreckte und Ben an sich zog, spürte er ihre Wärme. Ben begrub sein Gesicht an ihrer Brust und verlor die Kontrolle über sich. Erinnerungen stiegen in ihm auf und Gefühle, von denen er nichts geahnt hatte. Er sah seine Mutter, ihr zerschundenes Gesicht und ihr geschwollenes Auge, und er erinnerte sich an ihre flehentliche Bitte: „Du sagst deswegen kein Wort zu ihm, ja? Du bist doch mein lieber Schatz. Du tust, was ich dir sage, ja?“ Er wußte, daß sie ihn immer in Schutz genommen hatte.

„Er hat sie umgebracht“, stieß er schluchzend hervor. Daphne drückte ihn noch fester an sich. „Er hat meine Mutter getötet und in das Kellerloch geworfen.“

„Du bist in Sicherheit, Ben“, versuchte ihn Daphne zu beruhigen. „Emily, Susan und ich – wir kümmern uns um dich. Mit uns kannst du reden. Dir passiert nichts.“

„Ich habe Angst“, erwiderte er und gestand damit zum ersten Mal das schreckliche Gefühl ein, das ihn schon so lange heimsuchte.

„Ich auch“, entgegnete Daphne. „Aber weißt du: Angst zu haben ist völlig in Ordnung.“

DASS der große Mann Sergeant Boldt war, wußte Ben. Der Mann, der mit ihm auf das Hausboot kam, hieß Danny, und dieser entpuppte sich als eine Art Künstler. Er stellte an der kleinen Bar, die Daphnes Bordküche von dem winzigen Wohnzimmer trennte, seinen Zeichenblock auf.

Daphne schob die Videokassette, die Boldt mitgebracht hatte, in den Rekorder und schaltete den Fernseher an. Zur Erläuterung sagte der Sergeant: „Gleich wirst du fünf Männer sehen, die Seite an Seite dastehen ...“

„Ich weiß, was eine Gegenüberstellung ist“, unterbrach ihn Ben.

Boldt warf Daphne einen Blick zu, und diese bat den Jungen in freundlichem Ton, nicht dazwischenzureden; die beiden Männer hätten eine Aufgabe zu erledigen, und das müsse auf eine ganz bestimmte Weise geschehen. Dann führten sie ihm das Video vor. Es war wie im Fernsehen: Ben sah fünf Männer in einer Reihe dastehen, die Hände auf dem Rücken. Er sah einen kleinen, bärtigen Kerl. Neben ihm stand ein etwas größerer blonder Bursche. Dann kam Nick, dann ein weiterer großgewachsener Typ und schließlich einer, der Nick ein bißchen ähnelte.

„Der Kerl in der Mitte", sagte Ben.

„Bist du absolut sicher?" fragte Boldt.

„Sein Name ist Nick. Er fährt einen hellblauen Kleinlaster mit einem weißen Camper-Aufbau. Drinnen lag eine Waffe."

„Hast du in dem Wohnmobil Drogen gesehen?" fragte der Sergeant.

„Ich glaube, es war dieses Zeug, aus dem Drogen gemacht werden. Es sah milchig aus, und es war in Plastikkanistern. Buchstaben und Zahlen waren draufgeschrieben, so'n chemischer Formelkram."

„Jetzt wollen wir mal über den Mann reden, der auf dem Flughafen war", meinte Boldt. „Bei deinem Notruf hast du gesagt, es habe sich um einen Drogendeal gehandelt. Das stimmt doch, mein Sohn?"

„Ich bin nicht Ihr Sohn."

„Ben, wie viele Leute waren dabei?" erkundigte sich Daphne.

Da die Frage von ihr kam, reagierte Ben anders. „Zwei", antwortete er. „Nick und dieser andere Typ."

„Sergeant Boldt braucht eine Personenbeschreibung", sagte Daphne.

„Sein Gesicht hab ich nicht gesehen. Er stand ein Stück weit weg bei den Autos. Es war dunkel."

Der Künstler, der in der Nähe von Ben auf einem Barhocker saß, fing an zu zeichnen. Ben sah verblüfft zu, wie das Innere des Parkhauses Gestalt annahm.

„War er größer oder kleiner als die Autos?" fragte Boldt.

„Größer", antwortete Ben.

„So groß wie ich? So groß wie Danny?" fragte der Sergeant und deutete auf den Künstler, der die Autos schattierte und die Zeichnung auf diese Weise noch realistischer gestaltete.

„So groß wie Sie war er nicht", sagte Ben zu Boldt. „Und schlanker war er auch."

Daphne lächelte, und der Sergeant schaute sie mißbilligend an.

Der Künstler arbeitete eifrig. Auf dem Blatt entstanden zwischen zwei Autos die Umrisse einer Gestalt. „Er stand etwas weiter hinten", teilte Ben dem Mann mit. „Und er war ein bißchen größer." Der Junge konnte es kaum glauben, wie durch die Skizze alles erneut Wirklichkeit wurde. Er wußte genau, was an der Zeichnung nicht stimmte. Er wartete, bis der Künstler noch mehr von dem Mann zu Papier gebracht hatte. Dann sagte er: „Sein Kopf war nicht so breit. Der war schmaler. Er trug 'ne Brille. Mit großen Gläsern." Der Künstler änderte die Form des Kopfes, bis sie genau stimmte. „Er hatte eine Mütze auf", fügte Ben hinzu. „So 'ne wollene."

„Eine Strickmütze?" erkundigte sich Boldt.

„Ja. Und den Rollkragen seines Pullis hatte er bis ans Kinn hochgezogen."

Ben staunte darüber, wie rasch der Künstler auf jede Bemerkung einging und das Bild ergänzte.

„Nein, so stimmt es nicht. Ich glaube, es war doch kein Rollkragen." Der Künstler radierte den Kragen weg, und kurz darauf sah der Kopf des Mannes ganz anders aus. „Das ist Spitze! Das ist er!" rief Ben. Danny hatte dem Mann ein Sweatshirt mit einer Kapuze verpaßt, die unter dem Kinn fest zusammengezurrt war. Durch die Kapuze und die Brille war das Gesicht des Mannes weitgehend verdeckt. „So sah er aus!"

„War auf seiner Bekleidung irgend etwas aufgedruckt?" erkundigte sich Boldt. „Der Name eines Sportclubs oder einer Stadt?"

Ben machte die Augen zu, und die Zeichnung wurde plötzlich Wirklichkeit. Er roch wieder die Abgase und hörte den Flugzeuglärm. Der Kerl hatte den Kopf bewegt und einen Blick auf das Fahrzeug geworfen, in dem Ben sich versteckt hatte. An seinen Zähnen hatte etwas gefunkelt. „In seinem Mund – da glitzert etwas."

„Eine Zahnspange?" fragte Boldt.

„Ich weiß nicht", antwortete Ben mit zusammengekniffenen Augen. „Ich sehe es nicht genau."

„Was tut der Mann?" wollte der Sergeant wissen.

Ben berichtete, wie der Mann auf das Wohnmobil zugegangen war, wie er selbst, von Angst gepackt, in die Truhe zurückgekrochen war und schließlich gehört hatte, wie die Wagentür wieder geschlossen wurde. Dann erwähnte er, wie schrecklich es gewesen war, zum zweitenmal eingesperrt zu sein.

„Fiel irgendwann Licht auf ihn, als er auf das Wohnmobil zuging?" fragte Daphne mit ruhiger Stimme. „Versuche bitte, dich daran zu erinnern." Wie zuvor im Auto, hatte ihre Stimme auch jetzt eine beruhigende Wirkung auf Ben, und einen Moment lang hatte er den

Eindruck, er könne ein bißchen von dem Gesicht des Mannes sehen.

„Ich weiß nicht recht...“, murmelte er.

„Versuche es weiter“, spornte sie ihn an. „Ich weiß, daß du Angst gehabt hast, Ben. Er kam also auf dich zu. Und es gab mehr Licht.“

„Die Scheinwerfer von einem Auto.“ In seinem Kopf tauchte ein Bild auf. „Ich glaube, er trägt eine Maske. Eine weiße, glänzende Schutzmaske. Aus Hartplastik, so ähnlich wie bei einem Hockeytorwart.“

„Er hat sein Gesicht unkenntlich gemacht“, sagte Boldt mit enttäuschter Stimme.

Der Künstler hielt seine Skizze in die Höhe. Sie zeigte den Kopf und die Schultern des Mannes. Die Kapuze bedeckte den größten Teil seines Gesichts. Er trug eine große dunkle Brille und eine Schutzmaske.

„Das ist er!“ flüsterte Ben. Er wollte nicht mit lauter Stimme reden, da das Bild so wirklichkeitsgetreu war, daß er fast meinte, der Kerl könne ihn hören.

## NEUNTES KAPITEL

Als Boldt nach der Befragung von Ben sein Hotel betrat, überreichte ihm der Portier eine braune Papiertüte. Der Sergeant nahm sie mit auf sein Zimmer, wo er sie öffnete. Sie enthielt eine Nachricht von LaMoia und mehrere Gegenstände, die Melissa Heifitz am Tag des Feuers in einem Eisenwarengeschäft gekauft hatte.

Der Sergeant untersuchte den Inhalt der Tüte: ein Druckluftbehälter mit der Bezeichnung E-Z FLUSH, Gummihandschuhe und ein als Aufsatz für einen Mop verwendbarer Schwamm.

Boldt hielt sich jetzt die zweite Woche im Hotel auf. Die von Dorothy Enwright stammenden Gegenstände befanden sich inzwischen in der unteren Schublade einer Kommode. Er holte sie heraus und stellte Vergleiche an. Beide Frauen hatten Handschuhe erstanden. Dorothy Enwright hatte eine Flasche Rohrreiniger und eine Saugpumpe gekauft, Melissa Heifitz eine Druckluftpatrone, mit der man stark verstopfte Abwasserrohre säuberte. Boldt erinnerte sich, daß in der Nacht, in der seine Familie evakuiert worden war, der Abfluß seiner eigenen Badewanne nicht in Ordnung gewesen war.

Verstopfte Abwasserrohre. Zwischen den beiden Todesopfern und ihm selbst gab es eine Gemeinsamkeit!

Boldt rief Bernie Lofgrin zu Hause an. „Ist es denkbar, daß die Zündung etwas mit den Abwasserrohren zu tun hat? Mit verstopften Rohren?“

Nach einem langen Schweigen erwiderte Lofgrin: „Ich überlege noch. Mit den Abwasserrohren ...“

„Das eine Opfer kaufte am Tag des Brandes eine Saugpumpe, das andere ...“

„Eine Saugpumpe!“ unterbrach ihn der Spurensicherungsexperte ganz aufgeregt. „Warte bitte einen Moment.“ Boldt hörte, wie Lofgrin den Namen seiner Frau rief. Dann kam er zurück zum Telefon.

„Ich habe hier ein illustriertes Handbuch für Heimwerker“, sagte er. „Es enthält den Aufriß eines Hauses, der das Sanitärinstallationssystem sichtbar macht. Unten ist eine Sickergrube, in die das Abwasser aus Toilette, Spüle und Badewanne über Fallrohre fließt. Von den Fallrohren führen außerdem Lüftungsleitungen senkrecht nach oben, die über dem Dach münden. Das Brauchwasser und die darin enthaltenen Abfälle schaffen in der Leitung ein Vakuum“, erklärte Lofgrin. „Um den Abfluß zu ermöglichen, muß den Abwasserrohren Luft zugeführt werden. Stell dir mal einen Trinkhalm vor, auf dessen oberes Ende du den Finger hältst. Solange du draufdrückst, bleibt die Flüssigkeit in dem Halm. Nimmst du den Finger weg, dringt Luft ein, und die Flüssigkeit läuft ab. Genauso ist es in einem Haus. Da das Abwasser übelriechende Stoffe enthält, gehen die Lüftungsrohre durchs Dach ins Freie. Bei jedem Haus gibt es mindestens zwei davon, Lou, verstehst du?“

„Ich begreife nicht, worauf du hinauswillst“, gab Boldt zu.

„Wenigstens zwei Lüftungsrohre gibt es also, und der hypergolische Treibstoff hat zwei Komponenten. Stell dir vor, man versiegelt die Lüftungsrohre mit einer dünnen Membran. Etwa mit Wachspapier oder Plastikfolie. Auf der einen Seite wird die erste, auf der anderen die zweite Komponente hineingegossen. Daß Badewasser abgelassen oder eine Waschmaschine in Betrieb genommen wird, könnte schon genügen, um die dünnen Trennwände zu zerreißen. Die beiden Komponenten kommen spätestens im Hauptfallrohr miteinander in Berührung. Man zieht den Stöpsel der Badewanne oder betätigt die Spülung der Toilette, und auf einmal verwandeln sich sämtliche Sanitärinstallationen des Hauses in Raketendüsen. Das Porzellan schmilzt – das hätte mir auffallen müssen. Porzellan schmilzt nicht leicht, es sei denn, es befindet sich in unmittelbarer Nähe des Brandherdes. Sämtliche Installationen aus Porzellan waren am eigentlichen Verbrennungsprozeß beteiligt. Das ist die Lösung, Lou!“

„Hat er sich in die Häuser eingeschlichen?“

„Um die Explosion vorzubereiten, mußte er sie gar nicht betreten!“ rief Lofgrin. „Er konnte alles vom Dach aus machen. Er putzte einige Fenster, dann stieg er aufs Dach und präparierte die Lüftungsrohre. Das war schnell erledigt.“ Lofgrin fiel etwas ein, das Boldt in diesem Moment ebenfalls durch den Kopf ging. „Lou! Die Lüftungsrohre in deinem Haus! Hat er die vielleicht auch präpariert? Das könnte uns den Beweis liefern!“ Lofgrin war offenbar sehr angetan von dieser Vorstellung. Boldt hingegen packte das Entsetzen.

„Gib mir vierzig Minuten Zeit“, bat Lofgrin. „Ich muß ein großes Team zusammenstellen.“

DER MANN, der als erster auf dem Dachfirst des Hauses anlangte, trug Feuerwehrkleidung. Über ein an seiner Schutzkleidung befestigtes Walkie-Talkie stand er ständig in Sprechverbindung mit Boldt. Lofgrin, Boldt und die anderen standen hinter einer Absperrung auf dem Gehsteig. Die sechs angrenzenden Häuser waren geräumt worden. Streifenwagen blockierten auf der Straße die Zufahrt.

„Ich muß dich warnen“, wandte sich Lofgrin an Boldt. „Wir werden bestimmt hypergolischen Treibstoff finden. Wir wissen doch, daß der Täter auf einen Baum kletterte und das Haus beobachtete. Er wollte das Schauspiel genießen!“

„Ich bin fix und fertig“, gestand der Sergeant.

„Stell dir mal vor, wie Rick dort droben zumute ist“, erwiderte Lofgrin und zeigte dabei auf das Dach hinauf. „Wenn die Komponenten in Bewegung geraten, bleiben ihm zwanzig Sekunden, um vom Dach runterzukommen. Schafft er das nicht, fliegt er mehrere hundert Meter hoch in die Luft.“ Der Mann hatte eine mit Glasfaseroptik ausgestattete Sonde bei sich, etwa so groß wie ein Radiergummi an einem Bleistift. Sie hing an einem biegsamen Aluminiumkabel, das den Durchmesser eines Schnürsenkels hatte. Rick sollte die Sonde in die Lüftungsrohre einführen und berichten, was er auf dem Leuchtschirm erblickte.

„Rick, versuchen Sie's mal mit einem der rückwärtigen Lüftungsrohre“, wies Lofgrin den Mann über das Walkie-Talkie an. „Haben Sie verstanden?“

„Verstanden“, antwortete Rick, und Boldt schaute zu, wie er das Dach überquerte.

„Ich bin jetzt beim letzten Rohr auf der anderen Seite“, teilte der Mann über Sprechfunk mit.

„Das ist die Küche“, bemerkte der Sergeant.

„Vorsicht, Rick. Es kann gefährlich werden“, warnte Lofgrin.

Boldt konnte Rick nicht sehen, und das mißfiel ihm. Er hörte Ricks Mitteilung, daß er dabei sei, die Sonde in das Rohr zu schieben.

„Schön langsam“, ermahnte ihn Lofgrin.

„Hab verstanden“, erwiderte der Mann auf dem Dach. „Sie bewegt sich jetzt nach unten.“ Nach einer Weile rief er: „Hoppla! In 45 Zentimeter Tiefe sehe ich eine durchscheinende Membran.“

„Stopp!“ brüllte Lofgrin in das Walkie-Talkie. Er winkte eine seiner Assistentinnen zu sich. Sie hielt einen grauen Plastik-Werkzeugkasten in der rechten Hand. „Gehen Sie durch den Hintereingang in die Küche“, wies Lofgrin sie an. „Melden Sie mir, ob eine Membran oder noch ein anderer Fremdkörper in dem senkrecht verlaufenden Rohr steckt und, wenn ja, in welcher Höhe er sich befindet. Gehen Sie ganz langsam vor.“

„Verstanden“, antwortete die Frau und verschwand.

„Wieso schickst du sie hinein?“ erkundigte sich Boldt.

„Wir müssen das Rohr von unten her überprüfen. Rick kommt wegen der Membran nicht weiter, also machen wir’s andersrum. Auf diese Weise bekommen wir vielleicht heraus, wie wir das Zeug unschädlich machen können.“

„Und wie soll das geschehen?“

„Meiner Meinung nach gibt es verschiedene Möglichkeiten. Bei der ersten setze ich voraus, daß sich die Komponenten in zwei verschiedenen Rohren befinden, die unten mit einer dünnen Membran versehen sind. Die anderen Rohre sind verstopft. Sobald jemand eine Saugpumpe verwendet, gehen die Membranen gleichzeitig entzwei, und das Haus fliegt in die Luft. Bei der zweiten Möglichkeit befinden sich beide Komponenten im selben Rohr und werden lediglich durch eine Membran getrennt. Auch dieses Rohr ist unten durch eine Membran versiegelt. Wir wissen nicht, was der Kerl tatsächlich gemacht hat, aber wir dürfen auf keinen Fall eine der Membranen zerstören. Eine dritte Möglichkeit käme unter Umständen auch noch in Betracht“, ergänzte Lofgrin. „Casterstein hat etwas entdeckt, was als Detonator verwendet werden kann: ein Druckventil.“

„Welche Folgen hätte das?“

„Wir wissen, daß der Kerl auf einem Baum saß und das Haus beobachtete. Von dort aus hätte er das Druckventil aktivieren können. Um das zu erreichen, brauchte er nur ein ferngesteuertes Spielzeug entsprechend umzubauen. Ist das Druckventil nicht in Betrieb, dann funktioniert die Abwasserleitung zwar nicht besonders gut, aber das

Haus geht nicht in die Luft. Ist es jedoch in Betrieb, dann kommt der große Knall, sobald jemand die Klospülung betätigt. Dasselbe passiert, wenn eine Saugpumpe eingesetzt wird. Falls sich beide Komponenten im selben Rohr befinden und wir daran herumfummeln, werden wir was erleben!"

Die folgenden Minuten verstrichen quälend langsam. Schließlich meldete sich die Assistentin: „Okay, ich sehe jetzt die Stelle, an der ein senkrechtes Rohr beginnt."

„Gut. Überprüfen Sie es, aber ganz vorsichtig."

Lofgrin strich nervös über die Bartstoppeln an seinem Kinn. „Sie untersucht jetzt das Lüftungsrohr. Ist eine Sperre drin und macht sie die kaputt..." Er führte den Satz nicht zu Ende.

Die Stimme der Frau klang angespannt, als sie berichtete: „Jetzt 77 Zentimeter. Stärker werdende Kondensation an der Rohrinnenseite."

„Wir sind nahe dran", sagte Lofgrin zu Boldt. „Es ist ungefähr so, als bewege man eine Nadel auf einen Luftballon zu, den man aber auf keinen Fall zum Platzen bringen möchte."

Dem Sergeant wurde heiß. Er wischte sich die Stirn.

Die Frau setzte die Untersuchung zentimeterweise fort. Bei jeder neuen Meldung fuhr Boldt zusammen.

„Jetzt 83 Zentimeter. 84 Zentimeter. Ein leicht reflektierender schwarzer Gegenstand ist zu sehen. Es handelt sich um einen Fremdkörper. Ich wiederhole: Ein Fremdkörper blockiert das Rohr. Er besteht aus schwarzem Plastikmaterial." Boldt spürte ein Prickeln auf seiner Kopfhaut. „Ein Bombenexperte sollte sich das mal ansehen. Das Ding ist mit einem Dichtungsring aus Gummi befestigt. Es scheint ein Detonator zu sein."

„Ich wußte es!" rief Lofgrin dem Sergeant zu. „Ich kriege mein Riesengehalt nicht umsonst!"

Boldt begriff sehr wohl, was sein Freund damit sagen wollte: Die Bezahlung war miserabel. „Was geschieht jetzt?" fragte er.

„Wir schicken einen Bombenexperten hinein. Der soll sich das mal ansehen. Dann versuchen wir, die Sache zu neutralisieren. Hier geht es um ein Rohr von zehn Zentimeter Durchmesser, das auf eine Länge von fünfeinhalb Metern mit hypergolischem Treibstoff gefüllt ist. Das ist mit Apollo 11 vergleichbar!"

Boldt bekam wacklige Knie. „Und dort hielt sich meine Familie auf", flüsterte er.

Die nächsten dreißig Minuten schleppten sich dahin. Der Bombenexperte bestätigte das Vorhandensein eines Detonators. Eine Saugpumpe wurde aufs Dach geschafft. Alle verfolgten mit äußerster Anspannung, wie die obere Membran absichtlich durchstoßen und der Inhalt des Lüftungsrohrs vorsichtig abgepumpt wurde.

Eine andere von Lofgrins Assistentinnen kam herbei und redete mit ihrem Chef. „Silber und Blau“, berichtete Lofgrin stolz.

„Wie bitte?“ fragte Boldt nach.

„Wir haben an den Fenstern, die der Täter geputzt hat, Fasern sichergestellt. Weißt du noch, was für Gewebefasern du beim Haus von Melissa Heifitz in der Nähe der Leiterabdrücke gefunden hast? Es handelte sich um eine Mischung aus Baumwolle und Kunstfasern. Silber und Blau. Woran erinnern dich diese Farben?“

„An die Seahawks“, antwortete Boldt. Die Vereinsfarben des Footballteams von Seattle waren Silber und Blau.

„Volltreffer“, sagte Lofgrin. „Von welchen Textilien diese Fasern stammen, mußt du herausbekommen. Das ist dein Job. Aber jetzt haben wir die Gewebefasern, und wir können sie mit Beweisstücken vergleichen, die du uns lieferst. Mit Hilfe der Fasern kann der Bursche überführt werden, Lou!“

Boldt schaute angespannt zum Dach des Hauses hinauf. „Schon kapiert, Bernie.“

Es wurde beschlossen, oberhalb des Detonators ein Loch in die Wand von Boldts Küche zu bohren, die zweite Treibstoffkomponente abzusaugen und zum Schluß den Detonator zu entfernen. Als diese Anordnung durchgegeben wurde, erhellte eine schmale purpurfarbene Feuersäule den Nachthimmel, die durch die Wolken nach oben schoß. Der Brandherd war etwa sechs Kilometer entfernt in Ballard. Was zu vernehmen war, hörte sich an wie der Lärm eines startenden Düsenflugzeugs. Wenige Minuten danach war in der Ferne Sirenengeheul zu hören.

„Wir kommen hier schon zurecht, Lou“, sagte Lofgrin. „Sieh du lieber nach, ob der Kerl irgendwo mit einem Schnitzmesser auf einem Baum sitzt.“

Eigentlich wollte Boldt nicht von seinem Haus weggehen, tat es dann aber doch.

Die Beweisaufnahme am Tatort in Ballard zog sich bis drei Uhr morgens hin. Offenbar war eine weitere Frau umgebracht worden. Dem Vernehmen nach ließen die drei großen Fernsehanstalten Aufnahmeteams aus New York kommen, die die Brandorte filmen sollten.

Als der Sergeant am frühen Morgen an seinem Haus vorbeifuhr, stellte er fest, daß es noch intakt war. Wenigstens darum brauchte er sich im Moment keine Sorgen mehr zu machen. Erleichtert fuhr er ins Büro weiter und schlief dort vor Erschöpfung an seinem Schreibtisch ein.

Um sieben Uhr morgens wurde er von John LaMoia geweckt. „Sie wissen doch, daß Garman uns erzählte, sein Kleinlaster sei ihm gestohlen worden, samt der Werner-Leiter“, sprudelte er hervor. „Es stimmt, daß er einen Kleinlaster hatte. Er hat ihn aber nie als gestohlen gemeldet. Und was noch toller ist: Er hat die Versicherung nicht in Anspruch genommen.“

Boldt wartete, bis er einen klaren Kopf hatte. „Wir nehmen ihn fest“, beschloß er nach kurzem Überlegen.

LaMoia strahlte. „Schöner Tag heute, nicht wahr, Chef?“

Draußen goß es in Strömen.

Als Boldt und LaMoia zu Garmans Wohnung fuhren, folgte ihnen in kurzer Entfernung ein Streifenwagen. Die beiden hörten sich im Autoradio die Nachrichten an. Das neueste Opfer war als Veronica DeLatario identifiziert worden. Boldt konnte die Frau beschreiben, ohne sie je gesehen zu haben: dunkles Haar, gute Figur, Mutter eines Jungen im Alter zwischen acht und elf Jahren. Die Rundfunkreporter warfen der Polizei vor, sie habe mit Nicholas Hall den falschen Mann festgenommen. Außerdem nahmen sie die Notdienste unter Beschuß, weil sich diese beim Haus eines Polizeisergeants – „eines Kollegen“ – im Großeinsatz befunden hätten, während ein Serienbrandstifter Veronica DeLatario „aufgelauert“ habe. Die Polizei habe am Vortag ein weiteres Schreiben erhalten, dem ein Stück grüne Plastikmasse beigefügt war, und sie habe „nichts unternommen“.

LaMoia wollte sich dies nicht mehr länger anhören und suchte einen Sender, der Jazz im Programm hatte.

In diesem Moment klingelte Boldts Handy. Es war Daphne.

„Haben Sie ein Radio zur Verfügung?“

„Ja, das Autoradio.“

„Legen Sie Ihren Sicherheitsgurt an, und stellen Sie den Sender Komo ein. Dort ist Garman gerade dabei, ein öffentliches Geständnis abzulegen.“

Der Sergeant kam mit dem Auto beinahe von der Straße ab. „Garman ist geständig“, informierte er LaMoia und suchte den Sender. Dort redete Garman ganz unverfroren über seine Verbrechen.

Als sie 15 Minuten später vor Garmans Wohnung anhielten, war dieser immer noch im Radio zu hören. LaMoia ging zum Eingang, rief „Polizei!“, wich einen Schritt zurück und trat die Tür auf.

Steven Garman saß friedlich in einem Sessel, in der Hand einen Telefonhörer. „Sieht so aus, als würde ich jetzt abgeholt", sagte er ins Telefon.

Obwohl Boldt eine Stinkwut hatte, ging er ganz gelassen zu Garman hin, nahm ihm den Hörer aus der Hand und legte ihn auf die Gabel. LaMoia las Garman seine Rechte vor.

„Wenn Sie mich früher geschnappt hätten, hätte es weniger Opfer gegeben", giftete Garman Boldt an. „Damit werden Sie leben müssen, Sergeant."

„Mag sein", erwiderte Boldt. „Aber Sie werden die Todesstrafe bekommen, und da bin ich doch noch besser dran."

IN EINER überfüllten Pressekonferenz gab der Polizeichef kurz darauf bekannt, daß Garman sich in Polizeigewahrsam befinde. Im fünften Stock wurde gefeiert. Boldt gab sich mit Rücksicht auf seine Mitarbeiter Mühe, vergnügt zu erscheinen. Als er in dem Trubel LaMoia und Daphne Matthews zu Gesicht bekam, merkte er ihnen sofort an, daß sie ebenfalls Vorbehalte hatten. Garman hatte einen der berüchtigtsten Strafverteidiger der Stadt hinzugezogen und verweigerte die Aussage. Zwar lag das Geständnis auf Band aufgezeichnet vor, aber es war sehr vage und ging nicht ins Detail.

Bernie Lofgrin und sein Spurensicherungsteam nahmen an der Feier nicht teil. Vielmehr durchsuchten sie Garmans Wohnung gerade nach Beweismitteln. Boldt war in Gedanken versunken, als ein Anruf von Lofgrin kam.

„Ich habe schlechte und gute Nachrichten", begann Lofgrin. „Welche willst du zuerst hören?"

„In Garmans Wohnung gibt's nichts Belastendes", sagte Boldt aufs Geratewohl.

„Richtig", bestätigte Lofgrin. „Kein hypergolischer Treibstoff, keine Werner-Leiter, keine Ausrüstung zum Fensterputzen, keine blau und silbern getönten Fasern. Wenn wir Garmans Labor ausfindig machen wollen, müssen wir anderswo suchen."

„Mist!" fluchte Boldt. Als er aufschaute, sah er Daphne in der Nähe stehen. Der Stapel Fotos, den sie in der Hand hielt, machte ihn neugierig. Sie deutete auf das Konferenzzimmer und ging weg.

„Offen gestanden, Lou: Mir ist nicht recht wohl bei dieser Sache", fuhr Lofgrin fort. „Das Ganze ist allzu sauber. Man hätte erwarten dürfen, daß irgendein Überbleibsel vorhanden ist: etwa ein Stück Rinde oder ein Federmesser."

„Garman ist ein Ermittler", rief ihm Boldt in Erinnerung. „Wenn sich das Labor anderswo befindet, ist er schlau genug, sich umzuziehen und darauf zu achten, daß er keine Indizien mit nach Hause bringt. Er hat gestanden. Vielleicht wußte er, daß es uns nicht gelingen würde, ihm etwas nachzuweisen. Möglicherweise ist das für ihn nur ein Spiel."

„Wenn das so ist, dann ist er momentan der Gewinner. Ich glaube, daß die Kugelschreiberfarbmasse noch am ehesten als Beweismittel in Frage käme. Wir müssen in seiner Wohnung den Kuli finden, mit dem die Zettel geschrieben wurden."

„Bernie, ich brauche eine Spur zu seinem Labor. Du mußt irgend etwas finden, das einen Hinweis liefert. Wenn du das schaffst, kann ich nach Hause gehen und ausschlafen."

„Dann solltest du erst mal eine Kanne Kaffee trinken."

Boldt legte auf und dachte an seine Frau. Während er 18 Stunden täglich Dienst geschoben hatte, war sie einen Tag lang in der Stadt gewesen und dann, soweit er wußte, wieder auf die Hütte zurückgekehrt. Mit ihm hatte sie dabei keine Verbindung aufgenommen. Er hatte versucht, sie über ihr Handy zu erreichen, aber nur ihren Anrufbeantworter zu hören bekommen und ihr eine Nachricht hinterlassen: „Die Luft ist rein, Schatz. Das Haus steht uns wieder zur Verfügung. Ich vermisse euch sehr. Kommt schnell zurück."

Boldt ging gemächlich den langen Korridor zum Konferenzzimmer entlang und bemühte sich, seine Gedanken zu ordnen.

Daphne saß unter dem grellen Lichtschein der Neonröhren allein an dem Tisch. Sie führte den Sergeant zu dem Stadtplan, in den sie mehrere Stecknadeln gedrückt hatte. „Dorothy Enwright, Melissa Heifitz, Veronica DeLatario: Sie wohnten alle im selben Stadtviertel. Was steckt dahinter?"

Boldt betrachtete den Stadtplan. „Er wohnt selbst dort, deshalb verfügte er auch über die erforderlichen Ortskenntnisse."

Sie schürzte die Lippen. „Hören Sie mal: Es trifft zwar zu, daß Psychopathen meist in wenigen Kilometern Entfernung von ihrer Wohnung aktiv werden. Garmans Persönlichkeitsprofil stimmt jedoch mit dem eines Psychopathen überhaupt nicht überein. Ich habe mir das sogenannte Geständnis angehört. Ich muß Sie darauf aufmerksam machen, daß wir es mit einem ganz schlauen Burschen zu tun haben. Bei genauem Zuhören merkt man, daß das meiste leeres Gerede ist. Garman gesteht im Grunde überhaupt nichts. Würde ein intelligenter Mann wie er in seinem eigenen Viertel Frauen umbringen? Ich bezweifle es, Lou."

Die Psychologin schaute ihn lange schweigend an. „Auf der Leiter kann er nicht gestanden haben, weil er dafür zu groß und zu schwer ist", fuhr sie schließlich fort. „Bei Hall war es genauso. Wann werden wir endlich einsehen, daß wir wieder den falschen Mann erwischt haben?"

„Es einzusehen ist eine Sache, es der Öffentlichkeit bekanntzugeben eine ganz andere", erwiderte der Sergeant. „Shoswitz will nichts davon wissen. Die hohen Tiere brüsten sich gerade auf allen Sendern, daß wir den Hauptverantwortlichen geschnappt haben."

„Ich weiß. Aber wir können da nicht mitmachen. Wir glauben beide nicht, daß Garman diese Brände gelegt hat. Es kann ein weiteres Feuer geben. Der Täter läuft frei herum, aber Garman versucht, ihn zu decken. Wieso?"

„Weil er jemanden beschützen will", antwortete Boldt.

„Sehen Sie mal." Daphne zeigte ihm ein Foto. „Das ist seine Exfrau." Boldts Blick fiel auf ein lächelndes Gesicht.

Die Psychologin zog ein Foto von Dorothy Enwright hervor und bemerkte: „Sie gleichen sich wie ein Ei dem anderen." Die Ähnlichkeit war in der Tat verblüffend. „Und hier ist ein Foto von Melissa Heifitz." Es wies ebenfalls deutliche Übereinstimmungen auf. „Lou, dieses Aussehen ist für ihn der Auslöser."

„Dann könnte Garman also doch der Täter sein? Glauben Sie das tatsächlich?"

„Keine Spur!" wehrte Daphne ab. „Da ist eine dritte Person im Spiel. Jemand, von dessen Existenz wir überhaupt nichts wußten – bis jetzt."

DETECTIVE BOBBIE GAYNES legte in ihrem kleinen Büro den Telefonhörer auf. „Nach Lofgrins Angaben wurde bei den silbernen Fasern Textilfarbe verwendet", sagte sie zu Boldt. „Das darunter befindliche Blau ist die eigentliche Farbe des Stoffes. Außerdem ist das Mischungsverhältnis bei den im Handel befindlichen Seahawk-Pullis nicht sechzig zu vierzig; sie bestehen zu zwanzig Prozent aus Polyester und zu achtzig Prozent aus Baumwolle. Sie kommen also nicht in Frage."

„Was bleibt dann noch übrig?" fragte Boldt.

„Der Stoff könnte von einer Siebdruckfirma stammen, die Frotteekleidung weiterverarbeitet", erwiderte die Polizistin. „Aus diesem unaufgeschnittenen Baumwollmischgewebe werden in der Regel Handtücher und Bademäntel hergestellt. Wir müssen jetzt herausfinden, welche Firmen Stoffe in dieser Farbe und in diesem Mischungsverhältnis herstellen; eine weitere Möglichkeit wäre, daß wir

Nachforschungen anstellen, welche Siebdruckfirmen diesen Stoff eingekauft haben. Das Dumme daran ist, daß es allein in der Gegend von Seattle 697 Siebdruckfirmen gibt.“

„Das würden wir nie schaffen“, bemerkte Boldt. „Ich schlage vor, daß wir jetzt unsere spontanen Einfälle zu einzelnen Punkten sammeln.“

Bobbie Gaynes machte den Anfang: „Baumwollfasern.“

„Silberfarben, der Stoff blau.“

„Die Farben der Seahawks.“

„Siebdruck.“

„Auftragsarbeit.“

Der Sergeant nickte langsam. Auftragsarbeit. Wieso hatte das seinen Gedankengang unterbrochen? Er merkte sich das Wort und sagte nur: „Machen wir weiter.“

„Fasern dieser Art wurden an Ihren Fenstern gefunden sowie in der Nähe der Leiter, die sich bei Melissa Heifitz’ Haus befand“, bemerkte Bobbie Gaynes.

„Fensterreinigung“, murmelte Boldt.

„Vielleicht ein Lappen, ein Fetzen von einem Handtuch.“

In diesem Moment platzte LaMoia herein. Er war ziemlich erregt.

Boldt hielt abwehrend die Hand in die Höhe. „Wir sind mitten in einem Brainstorming“, erklärte er.

Der Detective nickte. „Ich beteilige mich.“

Boldt fing wieder von vorne an. „Fasern in der Nähe der Leiter.“

„Fensterputzen. Reinigungsmittel“, fiel Bobbie Gaynes ein.

„Fensterputzen“, betonte LaMoia in bedeutungsschwerem Ton.

„Glas“, warf Boldt ein.

„Ein Wischer.“

„Glas“, wiederholte LaMoia. „Autofenster“, fügte er dann hinzu. „Die Autos der Frauen!“

Boldts Kopf ging ruckartig in die Höhe.

„Die Autos“, sagte LaMoia noch einmal. „Erinnern Sie sich an meinen Ermittlungsauftrag? In dem Laborbericht hieß es, in den Autos habe sich eine Menge Baumwollfasern befunden. Der Sache muß ich unbedingt nachgehen.“

„Dann mal los“, stimmte Boldt zu, und LaMoia verschwand.

Es war keine sehr lange Fahrt, aber Daphne kam sie endlos vor. Der Sergeant wußte nichts von dem bevorstehenden Treffen. Daphne und Ben hatten insgeheim eine Absprache getroffen; Daphnes Zusage, daß er Emily wiedersehen dürfe, hatte Ben dazu bewogen, mit der Polizei zusammenzuarbeiten.

In Emilys Haus konnte das Treffen nicht stattfinden, da Daphne sich Sorgen wegen des Brandstifters machte. In den Medien hatte es Hinweise gegeben, daß eine ortsansässige Wahrsagerin die Ermittlungen unterstütze und daß ein zwölfjähriger Junge als Zeuge ausgesagt habe. Daphne wollte keine Risiken eingehen.

Daß Daphne ein Wiedersehen arrangiert hatte, wäre bei Boldt bestimmt auf scharfe Kritik gestoßen. Weit schlimmer als ein Rüffel von Boldt erschien ihr jedoch, daß die eben erst aufgebaute Beziehung zu Ben wieder zerbrechen könnte. Daphne fragte sich, ob sie den Jungen vielleicht benutzte, um besser darüber hinwegzukommen, daß es mit Owen Adler keine gemeinsame Zukunft gab. In den vergangenen Tagen hatte sie tatsächlich so gut wie gar nicht an Owen gedacht. Sie hatte sich freigemacht von ihm, und das wirkte sich rundum positiv aus. Doch wenn sie Ben verlieren würde, wäre die Welt schrecklich leer.

Daphne traute Emily nicht. Diese Frau machte sich den Aberglauben, die Ängste und die Hoffnungen der Leute zunutze. Sie führte die Menschen hinters Licht. Am schlimmsten war, daß der Junge mit allen Fasern seines Herzens an ihr hing. Bens Augen leuchteten, wenn nur ihr Name fiel. Daphne merkte, daß sie auf Emily eifersüchtig war.

Der Martin-Luther-King-Boulevard war eine vierspurige Straße, die durch ein heruntergekommenes Viertel führte. Eine steile Erhebung trennte diese Gegend von den Enklaven der Wohlhabenden am Lake Washington. Ben zeigte auf den in der Ferne erkennbaren Park, wo eine Reihe von Betonobelisken wie Stützen einer Autobahnbrücke aufragten. Daphne folgte Bens Angaben und hielt schließlich auf seine Anweisung hin am Straßenrand an.

Der steile Gehweg mündete in einen breiten Radweg, der zur Mitte des Parks führte. Ben ging schnell. „Bleib in meiner Nähe", ermahnte ihn Daphne.

Noch bevor der Junge Daphne zurufen konnte: „Da ist sie!", fing er unwillkürlich an zu rennen. Er fegte los wie ein Wirbelwind.

Emily wandte sich um. Vielleicht hatte sie seine Schritte gehört, vielleicht aber auch mit ihrem sechsten Sinn geahnt, daß Ben sich näherte. In ihrem Gesicht lag ein Lächeln des Entzückens, und sie breitete die Arme aus.

Daphne ließ den Jungen vorausrennen. Nach allem, was die beiden hatten durchmachen müssen, wollte sie ihnen einen Augenblick der Ungestörtheit gönnen. Sie schlenderte den Radweg entlang und wunderte sich über eine Reihe von kniehohen Steinpfosten, die auf beiden Seiten aufgestellt waren. Sie ging zum ersten der Pfosten und bewunderte die Keramikverkleidung des Sockels.

Auf einer Kachel war eine merkwürdige Strichmännchenzeichnung zu sehen, die an alte indianische Piktogramme erinnerte. Um die Kachel herum zog sich eine Inschrift: KRUMM IST DER PFAD ZUR EWIGKEIT. NIETZSCHE. Daphne ging zum nächsten Pfosten. Wieder eine primitive Zeichnung und ein Zitat. Unter Herzklopfen eilte sie weiter und las Worte, die sich längst in ihr Gedächtnis eingegraben hatten: PLÖTZLICH EIN GEISTESBLITZ, EIN FUNKE, DER AUF DIE SEELE ÜBERSPRINGT. PLATON. Genau dieses Zitat war zusammen mit einem Stück geschmolzener grüner Plastikmasse angekommen. Daphne rannte von einem Pfosten zum anderen. Es gab ein Dutzend von diesen Zeichnungen und Zitaten. An einer Stelle blieb sie stehen und starrte die Inschrift an: DIE HÄLFTE DER AUFGABE HAT DERJENIGE BEREITS ERLEDIGT, DER DEN ANFANG GEMACHT HAT.

Auf dem Zettel, der am Tag des Enwright-Brandes eingetroffen war, hatte genau dies gestanden. Der „Gelehrte“! Er war durch diesen Park gegangen oder geradelt. Dem gestörten Mann, der auf Bäumen Bibelverweise hinterließ, hatte die Psychologin keine literarische Bildung zugetraut. Durch diesen Fund verschmolzen die beiden Personen zu einer einzigen: Es handelte sich um einen Plagiator mit wenig Bildung, um einen Soziopathen, der bestimmte Frauen verbrennen wollte.

Dann fiel Daphne etwas ein, das noch viel wichtiger war: Der Brandstifter wohnte irgendwo in dieser Gegend.

„Komm her, Ben!“ rief sie. „Wir müssen sofort weg!“

IM UNTERGESCHOSS des Harborview Medical Center wartete Boldt auf Dr. Ronald Dixon, den Leichenbeschauer von King County, als Dr. Roy McClure, Liz' Internist, auf ihn zukam.

Die beiden Männer schüttelten einander die Hand.

McClure setzte sich neben Boldt auf die Couch. „Wie kommen Sie zurecht?“ fragte er mitfühlend.

„Es zehrt ganz schön an den Nerven“, erwiderte der Sergeant.

„Das glaube ich Ihnen. Der eigentliche Kampf spielt sich auf der psychischen Ebene ab. Die innere Einstellung ist das wichtigste. Wie geht's den Kindern?“

„Denen geht's gut, soviel ich weiß“, antwortete Boldt. „Um genau zu sein: Ich habe sie eine ganze Weile nicht gesehen. Sie sind bei Liz.“

„Das verstehe ich durchaus“, entgegnete McClure.

„Hören Sie mal, Dr. McClure, ich habe das Gefühl, daß wir von zwei ganz verschiedenen Dingen reden."

„Diesen Eindruck werden Sie immer wieder haben. Ihnen wird alles sinnlos vorkommen. Sie könnten versucht sein, sich in Ihrer Arbeit zu vergraben, aber das klügste ist, offen darüber zu reden. Sie müssen Liz nach Kräften unterstützen."

„Ich habe eben über meine Arbeit geredet", stellte Boldt fest. Er war so müde, daß er keine Lust zu einer Plauderei hatte. Ihm wäre es lieber gewesen, wenn McClure ihn in Ruhe gelassen hätte.

„Und ich spreche von Elizabeth."

Was Boldt zusammenfahren ließ, waren nicht so sehr die Worte des Arztes; es war vielmehr der unheilvolle Ton, in dem er sprach. Der Sergeant spürte, wie sich Übelkeit in seinem Magen breitmachte. „Von Liz? Was soll das heißen?"

„Lou, ich spreche von dem Lymphom, das Liz hat. Es geht um das Leben Ihrer Frau. Um Ihre Kinder. Und um Sie. Ich wollte wissen, wie Sie und Ihre Familie damit zurechtkommen."

Boldt dröhnten die Ohren, als hätte jemand in dem Raum eine Explosion ausgelöst. Er bemühte sich, etwas zu erwidern, bekam aber kein Wort heraus. Er war wie gelähmt. Tränen rannen ihm über die Wangen.

Als ihn der Arzt an der Schulter packte, kam Boldt wieder zu sich. „Sie hat Ihnen also nichts gesagt", folgerte McClure.

Der Sergeant schüttelte den Kopf. „Ist es...?" Er brachte das Wort nicht heraus, aber der Gesichtsausdruck des Arztes lieferte ihm die Bestätigung. Boldt fiel ein, wie traurig Liz in der Badewanne ausgesehen hatte, und er erinnerte sich an ihren Wunsch, eine Zeitlang mit den Kindern allein zu sein. Die Einzelheiten ergaben plötzlich einen Sinn.

„Es entwickelten sich rasch Metastasen", erklärte McClure. „Als wir die Lymphknotengeschwulst entdeckten, hatte sie bereits einen hohen Malignitätsgrad erreicht."

Die Tränen flossen in Strömen über Boldts Gesicht. Ich träume das nur, sagte er sich, es ist ein Alptraum. Er meinte, er würde aufwachen und feststellen, daß er in Harborview war und Dixon zu einem Gespräch erwartete. „Und die Bäder?" murmelte er.

„Die machen die Schmerzen etwas erträglicher", antwortete der Arzt. „Sie hat sehr schlimme Schmerzen."

BOLDT fuhr geradewegs nach Hause. Seine Schultern zitterten, und seine Lippen bebten. Die Zeit schien stillzustehen, aber in seinem Inneren spürte er, daß sie unweigerlich ablief. Schuldgefühle plagten ihn, weil er Liz mißtraut hatte. Er fuhr sich mit dem Hemdsärmel über die Augen.

Jeder ungenutzt verstreichende Augenblick schien eine vertane Chance zu sein. Verpaßte Gelegenheiten hatte es viele gegeben, seit Boldt das Zusammenleben als Selbstverständlichkeit betrachtet hatte. Sie waren auseinandergedriftet und hatten sich wieder gefunden, wie Boote, die bei Ebbe und Flut unterwegs waren. Boldt spürte, wie sich Zorn, Liebe und Entsetzen zu einer Lawine von Gefühlen vereinten, die über ihn hinwegrollte.

Er drückte die Hände an die Ohren, weil er die Worte des Arztes, die in seinem Kopf herumgingen, nicht mehr hören wollte. Er wollte aufwachen und den Alptraum loswerden.

Als Boldt sein Haus erreichte, öffnete Marina, die Kinderbetreuerin, die Tür. Das Lächeln auf ihrem Gesicht verschwand schnell. „Was ist mit Ihnen, Mr. Boldt?" fragte sie mit besorgter Miene.

„Ist meine Frau da?"

Marina schüttelte den Kopf. „Bei der Arbeit."

Ging Liz schon wieder ihrer Arbeit nach? Boldt wußte nicht einmal mehr, was für ein Wochentag gerade war. „Und die Kinder?"

Wie auf ein Stichwort hin kam Miles um die Ecke geschossen. Er rief „Daddy!" und lief seinem Vater mit ausgestreckten Armen entgegen. Boldt fing ihn auf und brach in Tränen aus. „Alles okay?" stieß Marina hervor.

Miles legte die Arme um den Hals seines Vaters und schmiegte sich an. Boldt nickte. Er war erschöpft. Eine Welt ohne Liz konnte er sich nicht vorstellen. Er wollte sie von hier wegbringen; irgendwie meinte er, Liz könne ihre Krankheit hinter sich lassen, wenn sie verreisten.

Sein Piepser meldete sich. Boldt öffnete sein Jackett und betrachtete das Gerät. Es schien an einer anderen Person festgemacht zu sein. Doch der Piepser brachte ihn wieder zu sich. Wieder einmal mußte er sich entscheiden, was ihm wichtiger war: sein Job oder seine Ehe. Trotz all der Überlegungen und der Gewissensbisse der vorangegangenen Stunde konnte er den Piepser jetzt nicht einfach in den Mülleimer werfen. Der Sergeant war überzeugt, daß der Brandstifter immer noch frei herumlief.

Boldt griff nach dem Piepser, der an seinem Gürtel befestigt war. Wie kannst du nur? fragte eine innere Stimme. Eine Antwort darauf fand er nicht gleich. Daß er seinem Team, der Stadt und den unschuldigen Menschen gegenüber eine Verantwortung hatte, kam ihm in diesem Moment nicht in den Sinn. Er wußte nur, daß er sich melden würde und daß es wieder etwas Dringliches geben würde, dem er nachgehen mußte.

Boldt spürte, wie sich seine Kehle zusammenzog. Mühsam brachte er die Worte heraus: „Sagen Sie meiner Frau, daß ich hier war und daß sie mich über mein Handy erreichen kann." Dann wandte er sich traurig ab, ging langsam zu seinem Wagen und setzte sich hinein.

Der Sergeant nahm über das Sprechfunkgerät in seinem Auto Verbindung mit seiner Dienststelle auf. „Eine Nachricht von Detective LaMoia", teilte ihm der diensthabende Beamte mit. „Sie lautet: ‚Müssen dringend miteinander reden.'"

Boldt drückte auf die Sprechtaste. „Richten Sie ihm aus, daß ich komme."

Er kam sich wie ein Verräter und Betrüger vor. Auf dem Weg in die Stadt hielt er bei einer Kirche an und ging hinein. Zu seiner Überraschung fühlte er sich danach viel besser.

ALS SICH die Fahrstuhltür im fünften Stock des Polizeipräsidiums öffnete, wurde der bedrückenden Stille, die in Boldts gemarterter Psyche herrschte, ein Ende gesetzt. Mehrere Reporter schrien gleichzeitig auf ihn ein und hielten ihm Mikrofone entgegen. Im blendenden Licht der Fernsehscheinwerfer kämpfte sich Shoswitz zu Boldt durch. Er geleitete den Sergeant zur Tür der Mordkommission und rief dabei: „Kein Kommentar!"

Als Boldt mit Shoswitz durch die Tür ging, stürzten seine Mitarbeiter herbei: Bobbie Gaynes, LaMoia, der Spurensicherungsexperte Lofgrin sowie einige uniformierte Beamte und Daphne Matthews.

„Was ist los?" fragte Boldt, als die Gruppe das Konferenzzimmer betrat.

„Wieder ein Zettel!" teilte ihm der genervte Shoswitz mit.

„Den hat ein Reporter heute morgen in Garmans Post entdeckt", fügte Daphne hinzu.

„Der ‚Gelehrte' läuft nach wie vor frei herum!" stieß Shoswitz hervor.

Der Sergeant schaute ihn nur an und schüttelte den Kopf. „Lassen Sie uns bitte allein", sagte er zu Shoswitz und den anderen Anwesenden. Er packte Daphne am Ellbogen, um sie zurückzuhalten. „John, Sie bleiben auch", wies er LaMoia an. Als die anderen den Raum verlassen hatten, schloß Boldt die Tür.

„Steht etwas Wichtiges auf dem Zettel?" fragte der Sergeant.

Daphne drehte ihm bei ihrer Erwiderung den Rücken zu: „Etwas Wichtiges? Ich habe Mist gebaut. Er ist kein gebildeter Mensch. Das

Täterprofil ist wertlos." Boldt schob seine eigenen Sorgen beiseite. Er merkte, daß Daphne sehr aufgebracht war. Sie berichtete von der Entdeckung, die sie im Park gemacht hatte. „Das Täterprofil ist falsch", betonte sie noch einmal. „Der Mann ist ein ungebildeter Soziopath. Ich gehe jede Wette ein, daß er sich aus irgendeinem Grund an Garman rächen will."

„Das paßt zu dem, was wir herausgefunden haben", sagte LaMoia. „In Garmans Steuererklärungen aus den siebziger Jahren sind zwei abhängige Angehörige angegeben."

„Zwei?" wiederholte Boldt und wunderte sich insgeheim über die Beziehungen des Detective. „Garman hat also ein Kind." Er wandte sich an Daphne: „Als Vater würde er wohl für sein Kind einstehen, meinen Sie nicht auch?"

„Und das Kind hat vielleicht seiner Wut gegen den Vater freien Lauf gelassen", fügte die Psychologin hinzu. „Unter bestimmten Umständen kann ein Kind die Mutter symbolisch töten, indem es Frauen umbringt, die ihr ähnlich sehen. Es kann dem Vater Drohbriefe schicken. Es kann die Taten in der Wohngegend des Vaters ausführen und dazu etwas verwenden, das es vom Vater her kennt: Feuer."

Boldt fröstelte. „Das muß eine schreckliche Wut sein."

Sie nickte. „Vielleicht ist Garman lediglich ein allzu fürsorglicher Vater. Er dachte vielleicht, die Morde würden aufhören, wenn er die Schuld auf sich nähme und ins Gefängnis ginge."

„Wie ist das zu verstehen?" erkundigte sich Boldt.

„Es hat etwas mit einem Vorfall in North Dakota zu tun", ergänzte LaMoia. „Dort gab es einen gewaltigen Brand."

„Und wo ist mein Anwalt?" fragte Steven Garman, als Boldt und Daphne durch die Zellentür kamen. LaMoia blieb auf der anderen Seite des Gitters. „In Abwesenheit meines Anwalts werde ich mich nicht äußern."

Daphne und Boldt setzten sich ihm gegenüber auf die Pritsche. Die beiden hatten vereinbart, daß die Psychologin als erste das Schweigen brechen sollte. Danach würden sie sich abwechseln.

Sie schwiegen fast fünf Minuten lang. Der Untersuchungshäftling wurde immer nervöser. „Die Schrift auf den Zetteln stimmt nicht mit Ihrer Handschrift überein", begann Daphne schließlich.

„Die Person, die die Brände legte, wiegt siebenundzwanzig Kilo weniger als Sie", teilte der Sergeant Garman daraufhin mit.

LaMoia meldete sich ebenfalls: „Alle Zitate stammen aus ein und derselben Quelle. Sagen Sie uns doch, woher die Zitate stammen."

Garmans Blick wanderte von einem zum anderen.

„Den Diebstahl Ihres Kleinlasters haben Sie nicht gemeldet", bemerkte Boldt.

„Ihnen kam angeblich ein Fahrzeug im Wert von siebentausend Dollar abhanden, aber von der Versicherung wollten Sie kein Geld", warf LaMoia ein.

Garman fing an zu schwitzen. „Ich möchte meinen Anwalt sprechen."

„Wir haben ihn verständigt; er wird schon noch kommen", vertröstete ihn Boldt. „Erzählen Sie uns mal ein bißchen was von dem Brand", forderte er Garman auf, wobei er sich absichtlich vage ausdrückte.

„Von welchem?" Garman lächelte schwach. „Ich habe ja eine ganze Menge gesehen."

„Von dem Brand auf dem Luftwaffenstützpunkt in North Dakota", schaltete sich Daphne wieder ein.

„Ihr Wohnwagen brannte den Berichten zufolge völlig aus", bemerkte LaMoia. „Das wurde als Unfall angesehen. Sidney Fidler, den Sie ja kennen, sprach jedoch mit einigen Leuten, die sich an den Brand erinnerten. Sie sagten, das Seltsame daran sei gewesen, daß der Brand beim Löschen noch viel schlimmer wurde. Da muß hypergolischer Raketentreibstoff im Spiel gewesen sein, Garman. Und Sie begreifen sicherlich, daß uns das neugierig macht."

Garmans Blick wanderte unstet umher.

„War Diana nicht treu?" fragte Daphne. „War das der Grund?"

Garman saß mit offenem Mund da. „So ein Quatsch!" herrschte er sie erbost an.

Daphne warf Boldt einen Blick zu und nickte ein bißchen. LaMoia hatte kurz vor der Vernehmung den Namen von Garmans Sohn herausgefunden, und zwar in Krankenversicherungsunterlagen, in denen gravierende Vorgänge festgehalten waren.

„Jonathan Carlyle Garman wurde am 14. Juni 1983 in das Hospital des Stützpunkts Grand Forks eingeliefert", sagte Boldt mit leiser Stimme. „Verbrennungen dritten Grades am Gesicht und am Oberkörper. Anschließend sieben Monate Wiederherstellungschirurgie."

„Geben Sie zu, daß Sie Diana weh tun wollten, aber nicht dem Jungen", bat Daphne Garman flehentlich.

„Mein Gott!" Garman stöhnte. Er senkte den Kopf und bedeckte das Gesicht mit seinen großen Händen. Sein Rücken bebte, als er zu weinen begann. „Sie nahm ihn mit", sagte er schluchzend. „Verschwand einfach mit ihm. Aber nicht, weil sie ihn liebte, sondern weil er zuviel wußte und weil sie ihm so viel Schlimmes angetan hatte ..."

„Wir sind nicht hier, um über Sie zu richten", flüsterte Daphne. „Uns kommt es nur darauf an, Jonathan ausfindig zu machen. Der Junge braucht unsere Hilfe."

Garman hörte nicht auf zu schluchzen. Die Zeit verging unendlich langsam, der Abend nahte und mit ihm die Möglichkeit, daß es zu einem weiteren Brand und einem weiteren Todesfall kam.

Ein Jonathan Garman war der Telefongesellschaft nicht bekannt. In der Datenbank der Verkehrsbehörde gab es keinen Hinweis auf die Ausstellung eines Führerscheins. Bei anderen Stellen wurde zwar ebenfalls nachgeforscht, aber es hatte den Anschein, daß der Brandstifter entweder nie mit der Bürokratie in Berührung gekommen war oder einen Decknamen verwendet hatte.

„Ich wollte doch nicht, daß es so weit kommt!" brachte Garman schließlich schluchzend hervor. „Sie war der Prostitution nachgegangen und hatte den Jungen mit hineingezogen."

Boldt stieß einen langen Seufzer aus und lehnte sich zurück. Manchmal war es für ihn alles andere als angenehm, wenn er die Wahrheit zu hören bekam.

Auf dem Gang waren Schritte zu hören. Die drei Beamten schauten in diese Richtung. Der Wärter reichte Boldt eine Nachricht.

Der Sergeant warf einen Blick auf den Zettel. „Von einer Autowaschanlage", sagte er.

AM SELBEN Nachmittag kam man im Labor zu dem Ergebnis, daß die in den Autos der beiden ersten Brandopfer gefundenen blau-silbernen Fasern nicht nur miteinander übereinstimmten, sondern außerdem auch noch mit denen, die in der Nähe von Boldts Küchenfenster und beim Heifitz-Brand gefunden worden waren. Das FBI-Kriminallabor hatte Unterlagen über die chemische Zusammensetzung vieler Farben, so daß man den Hersteller ermitteln konnte. Lofgrins Assistenten stellten fest, daß im Nordwesten Amerikas lediglich fünf Siebdruckfirmen den silbernen Farbstoff bezogen hatten.

Die letzte Firma, mit der sie Verbindung aufnahmen, hatte ihren Sitz in Coeur d'Alene, Idaho. Der Inhaber konnte sich wegen der Farbkombination gleich wieder an den Auftrag erinnern: Die Firma Lux-Wash and Detailing in Seattle hatte 1500 Handtücher bestellt. Diese waren mit dem Logo von Lux-Wash versehen worden. Die Rückseite hatte man mit dem Slogan GO SEAHAWKS! bedruckt.

Als Boldt das von hektischer Aktivität erfüllte Konferenzzimmer erreichte, ließ er sich auf einen Stuhl fallen. „Es kämen also nicht weniger als tausendfünfhundert Kunden von Lux-Wash in Frage“, sagte er zu Bobbie Gaynes.

„Ich glaube nicht, daß es sich um einen Kunden handelt“, erwiderte die Polizistin. „Das ist nämlich ein Yuppie-Treffpunkt. Die Autowäsche kostet elf Dollar. Der Kunde nimmt im Aufenthaltsraum Platz, trinkt einen Espresso und schaut zu, wie sein Wagen durch die automatische Anlage rollt. Die Mannschaft poliert die Autos mit diesen Werbetüchern. Wir überprüfen gerade die Lohnsteuerunterlagen.“

„Vielleicht hat er dort gar keine feste Anstellung“, gab Daphne zu bedenken. „Wahrscheinlich ist das ein Teilzeitjob, bei dem bar bezahlt wird. Womöglich hat er in mehreren Waschanlagen gearbeitet, um zu Geld zu kommen.“

„Haben wir eine Liste der Waschanlagen, die kompletten Service bieten?“ erkundigte sich Boldt.

„Haben wir!“ rief ein uniformierter Streifenpolizist. „In unserem Zuständigkeitsbereich gibt es sieben, und zwei davon gehören der Firma Lux-Wash.“

„Er ist also ständig unterwegs?“ wollte Shoswitz wissen.

„Notgedrungen“, antwortete Daphne. „Und zwar wegen seines Aussehens. Es fällt ihm schwer, Bekanntschaften zu schließen und irgendwo heimisch zu werden.“

Daß die Psychologin den Verdächtigen so genau kannte, fand Boldt fast unheimlich. „Bei der Plastikmaske, die unser junger Zeuge angeblich sah, handelte es sich in Wirklichkeit um die Gesichtshaut des Mannes. Sein Gesicht ist stark entstellt“, teilte er den Anwesenden mit.

„Wir sorgen für eine geheime Videoüberwachung der Anlagen der Firma Lux-Wash“, kündigte Shoswitz an.

In dem Raum klingelten immer wieder die Telefone. Bei jedem Läuten hoffte Boldt, daß Elizabeth die Anruferin sei. Schließlich fiel ihm ein, daß er gar nicht darum gebeten hatte, seine Anrufe ins Konferenzzimmer durchzustellen.

Auf eine Vertreterin der Staatsanwaltschaft wurde der Sergeant erst aufmerksam, als diese zum erstenmal das Wort ergriff. „Welches Beweismaterial haben wir gegen diesen Mann?“ fragte sie und schaute dabei Boldt und Daphne an. „Hoffentlich etwas Besseres als diese Tücher. Wenn wir den Kerl in die Todeszelle bringen wollen, brauchen wir handfeste Beweise. Sie müßten beispielsweise dafür sorgen, daß er Sie zu diesem gestohlenen Treibstoff hinführt.“ Die Frau war nicht feindselig, aber sie fragte so bohrend, daß es Boldt rasch zuviel wurde.

Daphne zog die Augenbrauen hoch. Da Boldt die Psychologin inzwischen gut genug kannte, fragte er sie: „Sie haben einen Plan, nicht wahr?“

Daphne nickte mit unbeweglicher, ernster Miene. Sie holte ein Exemplar des Personalverzeichnisses der Abteilung hervor und schlug es auf. Ein Foto der Streifenpolizistin Marianne Martinelli war zu sehen. Daneben legte sie ein Foto von Steven Garmans früherer Ehefrau Diana. Zwischen den beiden Gesichtern bestand eine unübersehbare Ähnlichkeit.

„Mit etwas Glück können wir ihm genau bis zu seinem nächsten Opfer folgen, nämlich zu der Polizistin Marianne Martinelli“, sagte Daphne in optimistischem Ton zu Boldt. „Sie ist der richtige Lockvogel für diesen Mistkerl. Wenn sie in der Waschanlage auftaucht, wird er anbeißen, und wir können ihn führen, wohin wir wollen. Er schaut in den Fahrzeugpapieren nach der Adresse, nicht wahr? Das vermuten wir doch. Also kriegt er eine Adresse. Dann taucht er mit seiner Fensterputz-Ausrüstung auf und hat notfalls die Ausrede parat, er habe die falsche Adresse erwischt. Und wir haben ihn genau da, wo wir ihn haben wollen, mitsamt seinen Chemikalien. Wir können ihn schnappen.“

„Und die Kollegin Martinelli kriegt ein Magengeschwür“, prophezeite Bobbie Gaynes.

„Kennt hier jemand Marianne Martinelli?“ fragte Boldt mit lauter Stimme. Alle Anwesenden richteten den Blick auf John LaMoia.

LaMoia sah wie die Katze aus, die beim Sahneschlecken ertappt worden ist. Er zog unschuldig die Achseln hoch. „Sie und ihr Mann lebten eine Weile getrennt. Wir gingen ein paarmal miteinander aus. Was ist da schon dabei?“

„Setzen Sie Ihren Charme ein, John“, wies ihn Boldt an. „Wir brauchen eine Freiwillige.“

DIE EREIGNISSE der folgenden neunzig Minuten überschlugen sich. Um 13.17 Uhr machte die Funkleitstelle den Sergeant darauf aufmerksam, daß in der Waschanlage der Firma Lux-Wash in Greenwood eine verdächtige Person aufgetaucht sei. Der Mann sei schmächtig gebaut und wiege etwa sechzig Kilo. Sein Gesicht habe er mit einer Kapuze und einer Sonnenbrille verdeckt.

Auf dem Weg zu der Waschanlage fuhr Boldt zu Hause vorbei, um für Liz eine Nachricht zu hinterlassen. Als er die Küche betrat, brach er in Tränen aus. Alles, was er sah, erinnerte ihn an seine Frau. Er dachte an ihre Gespräche, an die gemeinsamen Urlaubstage, an die Geburtstagsfeiern, auch an ihre Intimitäten. Irgendwie konnte er sich nur an die schönen Zeiten erinnern. Er weinte nicht nur wegen Liz, sondern auch seinetwegen, denn er empfand Selbstmitleid und Furcht. Er bat Gott, ihm das Geschehen begreiflich zu machen, und entschuldigte sich dafür, daß er jahrelang nicht gebetet hatte. Dabei fragte er sich, ob Bitten wohl erhört würden, wenn jemand so lange nicht gebetet hatte.

Wie sollte er Liz beibringen, daß er Bescheid wußte? Boldt überlegte, ob es überhaupt richtig war, daß er die Tatsachen schon kannte. Vielleicht brauchte seine Frau zuerst einmal Zeit, um selbst mit der neuen Situation zurechtzukommen, bevor sie ihm etwas mitteilte? Er hatte keine Vorstellung, wie Menschen reagierten, wenn sie erfuhren, daß der Tod nahte.

Er trocknete seine Tränen und trat in den grellen Sonnenschein hinaus. Vor dem Haus ließ Marinas Mann gerade seine Frau und Boldts Kinder aussteigen. Der Sergeant wurde für eine Weile von dem Schicksalsschlag abgelenkt. Er begrüßte Miles und Marina und gab Sarah einen Kuß. Als ihm wieder Tränen in die Augen traten, ging Boldt zu seinem Wagen und fuhr los. Sein kleiner Sohn winkte ihm betrübt nach.

## ZEHNTES KAPITEL

„Was meinen Sie dazu?“ fragte Daphne den Sergeant. Sie standen sechs Häuserblocks von der Waschanlage entfernt am hintersten Ende eines Parkplatzes, der zu einem aufgelassenen Supermarkt gehörte. Über seinen Ohrknopf konnte Boldt den Sprechfunkverkehr des Überwachungsteams ständig verfolgen.

Daphnes Frage bezog sich auf das Auto. Auf der Beifahrerseite lagen einige Arbeitsblätter, die Ben in der Schule bekommen hatte. Auf dem Armaturenbrett stand ein Spielzeugmüllauto, und daneben lag eine Plastikfigur aus einer Kinderfernsehserie. Auf dem Rücksitz befanden sich ein Paar abgewetzte Kindersportschuhe und ein Rucksack von Ben, den Daphne ausgeliehen hatte, ohne ihn vorher zu fragen.

„Er soll den Eindruck bekommen, daß die Frau ein Kind hat. Neben der Ähnlichkeit der Frau mit seiner Mutter wird der vermeintliche Sohn ein Auslöser sein“, erläuterte Daphne.

„Sie haben mich überzeugt“, erwiderte der Sergeant. Er betrachtete das Äußere des Autos. „Jetzt müssen wir nur noch dafür sorgen, daß der Wagen schmutzig ist."

Um 15.05 Uhr fuhr die mit Jeans, einem Sweatshirt und Turnschuhen bekleidete Polizistin Martinelli in einem Ford Explorer in die Waschanlage. Ihre Ankunft war so vorausberechnet, daß der Verdächtige das Innere des Wagens zu säubern hatte.

In dem kastanienbraunen Überwachungsfahrzeug der Polizei leuchtete der Videomonitor auf. Aus dem für Marianne Martinelli reservierten Funkkanal rauschte es zuerst nur. Dann war plötzlich die Stimme der Polizistin zu hören: „Ich bin drin." Auf dem Monitor erschien ein Teil des Wageninneren aus der Froschperspektive.

Das Mikrofon der Polizistin fing eine Männerstimme ein, die ihr mitteilte: „Wir dürfen Ihre persönlichen Sachen nicht anfassen. Wenn wir innen staubsaugen sollen, müssen Sie die Sachen selbst ein bißchen wegräumen."

„Lassen Sie alles, wie es ist", wies Daphne die Polizistin über Sprechfunk an.

„Es wird wohl auch so gehen", sagte Marianne Martinelli zu dem Mann.

Die Insassen des kastanienbraunen Lieferwagens konnten mitverfolgen, wie zwei Arbeitskräfte den Boden des Autos reinigten. Über Sprechfunk wurde gemeldet, daß Martinelli jetzt auf den Aufenthaltsraum zuging.

Als ein Mann mit einem Putzlappen in der einen Hand und einer Spraydose in der anderen auf den Fahrersitz kletterte, schaute Boldt wie gebannt auf den Monitor. Das unscharfe Videobild zeigte die Schultern und den Hinterkopf der Arbeitskraft. „Zeig uns dein Gesicht, Freundchen", murmelte Boldt vor sich hin.

„Los!" sagte Daphne zu der Polizistin und malte sich aus, wie diese zu dem Wagen zurückkehrte, als hätte sie etwas vergessen. „Denken Sie daran, daß Sie eine überbeschäftigte Mutter sind, die ziemlich kopflos ist."

Weisungsgemäß stolzierte die Polizistin mit dem lässigen Gang einer hochnäsigen Dame auf Jonathan Garman zu. „Junger Mann", sagte sie gebieterisch mit erhobener Hand, ging näher an ihn heran und richtete den Blick auf sein mit einer Sonnenbrille verdecktes Gesicht.

Statt normaler Haut befand sich dort Gewebe, das nach den schweren Verbrennungen transplantiert worden war. Jonathan Garmans Nase sah aus, als sei sie von einem erstsemestrigen Kunststudenten aus Lehm geformt worden. Außer der Nase und den oberen Wangenpartien war nichts sichtbar. Marianne Martinelli konnte sich das Narbengewebe vorstellen, das die Mundöffnung umgab. Der junge Mann duckte sich ängstlich. Als er zu der Frau aufschaute, zuckte er zusammen.

In einem möglichst herablassenden Ton sagte sie zu ihm: „Mein Engelchen hat auf dem Armaturenbrett mit Eiscreme rumgeschmiert. Auf der Beifahrerseite. Seien Sie ein lieber Junge und machen Sie's sauber."

Sie ging noch näher an Garman heran. „Sie erledigen das, nicht wahr?" Die Frau fummelte in ihrer Handtasche herum und holte eine Dollarnote heraus. Sie drückte ihm den Geldschein in die Hand. Nach Daphnes Einschätzung würde er vor jedem körperlichen Kontakt mit der Frau zurückschrecken. Er würde sie wegen dieser Berührung und wegen ihres herablassenden Tons verachten. „Eiscreme auf dem Armaturenbrett", wiederholte Marianne Martinelli. „Haben Sie verstanden?"

„Armaturenbrett mit Eiscreme verschmiert", bestätigte Garman mit einer Stimme, die sich anhörte wie grobes Schmirgelpapier auf bloßem Metall. Martinelli lief es kalt über den Rücken.

„Genau", erwiderte sie und schlenderte mit arrogantem Getue davon. Sie blickte nicht zurück. Die Stimme hatte ihr einen Schreck eingejagt.

Boldt und Daphne schauten zu, wie Jonathan Garman eilends in den Ford stieg. Einige Sekunden lang starrte er das Foto von Ben an, das am Blendschutz befestigt war. Er reinigte das Armaturenbrett und kam schließlich in die Nähe des Handschuhfachs. Dort befanden sich die Fahrzeugpapiere, auf denen die Adresse des von der Polizei angemieteten Hauses eingetragen war – 114 Lakewood Avenue South. Das Handschuhfach öffnen! forderte Daphne den Mann insgeheim auf.

„Wir haben Probleme", sagte der Sergeant, als der Verdächtige den Fahrersitz verließ und auf die hintere Sitzbank kletterte. Dort wischte er eifrig mit einem Lappen die Scheiben. Dann stieß Garman die gegenüberliegende Tür auf und kroch rückwärts aus dem Fahrzeug, wobei er immer noch mit dem Lappen umherwischte.

Die Psychologin saß wie versteinert da. Sie mußten sich später die Videoaufzeichnung der im Wagen befindlichen Kamera ansehen. Nach Daphnes Beobachtung hatte sich Garman aber nicht am Handschuhfach zu schaffen gemacht. Daß sie ihn falsch eingeschätzt hatte, hielt sie jedoch für ausgeschlossen. „Ist ja nicht zu fassen", murmelte sie vor sich hin.

Der Sergeant war ebenfalls perplex. Er schaute Daphne nicht an; was das bedeutete, wußte sie. „Wir machen weiter wie geplant", bemerkte Boldt. „Wir passen auf, was er macht, und bleiben ihm auf den Fersen. Wir kommen schon noch ans Ziel."

„Tut mir leid", sagte Daphne mit leiser Stimme. Boldt hatte den Eindruck, daß die Entschuldigung nicht ihm galt, sondern der Frau, die Jonathan Garmans nächstes Opfer sein würde.

ALS BEN und Susan Prescott in dem Hausboot eine Stunde lang gewartet hatten, wurden sie unruhig. Daphne war immer noch nicht eingetroffen, und Susan wollte den Jungen nicht allein auf dem Boot zurücklassen.

Sie schlug Ben vor, mit ihr aufs Polizeipräsidium zu gehen. „Ich kann nicht länger hierbleiben und auf dich aufpassen. Du wirst dort auf Daphne warten müssen."

„Ich warte hier auf sie", beharrte er.

„Treib es nicht zu weit, Bürschchen. Du gehst entweder mit aufs Präsidium, oder du kommst in die Verwahranstalt. Du kannst es dir aussuchen."

„Aufs Präsidium", lenkte Ben ein, dem schon der Gedanke an die Anstalt Angst einjagte.

Als Ben und Susan die Mordkommission durch den überwachten Eingang betraten, fanden sie dort ein geschäftiges Treiben vor. Überall liefen Polizisten umher, und bei manchen war die Dienstwaffe zu sehen, was Ben cool fand. Susan zeigte auf einen an der Wand stehenden Stuhl und forderte Ben auf, sich zu setzen. Dann ging sie den Korridor entlang und suchte nach Daphne.

Endlich war Ben wieder unbeaufsichtigt. Er war in Gedanken immer noch bei Emily. Was würde passieren, wenn ich einfach aufstünde und hinausginge? überlegte er.

Er vergewisserte sich, daß er die fünf Dollar noch in der Tasche hatte, die Daphne ihm für den Notfall gegeben hatte. Er ließ sich von dem Stuhl gleiten und blickte sich um. Susan war nicht zu sehen. Ruhig schlenderte der Junge auf den Ausgang zu. Es sah aus, als wäre er auf dem Weg zur Toilette. Sobald er um die Ecke gebogen war, fing er an zu rennen.

UM 16.43 UHR klingelte das Telefon im Haus 114 Lakewood Avenue South. Die Streifenpolizistin Marianne Martinelli nahm zögernd den Hörer in die Hand.

Der Anruf kam von Boldt. „Der Verdächtige hält sich weiterhin in der Waschanlage auf. Wir nehmen an, daß er bis 17 Uhr dort bleiben wird. Danach wird er sich unter ständiger Überwachung befinden, und wir werden Ihnen seinen jeweiligen Aufenthaltsort mitteilen."

„Verstanden", erwiderte Martinelli.

„UPS wird Ihnen ein Paket von uns bringen", teilte ihr der Sergeant mit. „Es enthält einen Schlagstock, einen Feuerwehrhelm und eine Sauerstoffflasche. Sollte er das Haus beobachten, müssen Sie es verlassen und vorher alle Lichter löschen."

„In Ordnung."

„Wir überwachen das Haus", fügte Boldt hinzu. „Wenn er aufkreuzt, schnappen wir ihn."

Der Lieferwagen von UPS traf um 16.45 Uhr ein. John LaMoia, der braune Arbeitskleidung trug, klopfte an die Tür. Er ließ sich die Sendung von Martinelli quittieren. Für den Fall, daß jemand zuschauen sollte, inszenierten die beiden anschließend eine kleine Aufführung. Martinelli hielt einen Rucksack in die Höhe, den sie anscheinend verschicken wollte. LaMoia ging zum Lieferwagen zurück und holte einen Versandkarton. Die Polizistin beschriftete den Aufkleber, und der Rucksack wurde in dem Karton untergebracht.

In Bens Rucksack befanden sich die Videoaufnahmen, die in dem Ford mit der versteckten Kamera gemacht worden waren. Sie sollten Aufschluß darüber geben, was Garman im Inneren des Autos getan hatte. LaMoia nahm das Paket in Empfang und fuhr weg.

Als Marianne Martinelli wieder im Haus war, hörte sie über Sprechfunk, daß Jonathan Garman die Waschanlage soeben verlassen hatte.

> ÜBERWACHUNGSTEAM 1: „Wir haben ein Problem. Der Verdächtige fährt nicht mit dem Auto, sondern mit einem Fahrrad. In östlicher Richtung. Er trägt ein blaues Sweatshirt mit Kapuze sowie Jeans und benutzt ein graues Mountainbike. Er hat eine Sonnenbrille auf."
>
> BOLDT: „Verstanden. Folgen Sie ihm."

DAPHNE und Boldt hielten sich immer noch in dem kastanienbraunen Lieferwagen auf, der zwei Häuserblocks entfernt geparkt war. Der Einsatzleiter gab den verschiedenen Überwachungsteams in barschem Ton Anweisungen. Garman fuhr sehr schnell. Autos überholte er rechts, und wenn eine Ampel Rot zeigte, fuhr er über den Zebrastreifen. Das Überwachungsteam hatte Mühe, ihm auf der Spur zu bleiben. Garman fuhr in südlicher Richtung über die Montlake Bridge. Dann kam eine steile, kurvenreiche Straße, auf der die Polizisten zweimal den Blickkontakt verloren. Ohne es zu ahnen, bereitete Jonathan Garman seinen Verfolgern größte Schwierigkeiten.

Als Boldt einen Hubschrauber anforderte, merkte Daphne, daß sie in der Patsche saßen. Der Hubschraubereinsatz nützte jedoch nichts mehr, denn der Verdächtige bog in eine Sackgasse ein, fuhr zwischen den Absperrungspfosten hindurch und radelte auf dem Gehsteig weiter. Er flitzte einen Hang hinab und verschwand in einem leichten Nieselregen, der der Luft und dem Himmel eine graue Färbung gab.

Als Garmans Verschwinden über Sprechfunk gemeldet wurde, war Boldt außer sich. „Er hat was gemerkt! Er weiß Bescheid!"

„Das bezweifle ich", widersprach Daphne. „In keiner der Meldungen war davon die Rede, daß er Verdacht geschöpft haben könnte. Er fährt zu einem bestimmten Ziel. Vielleicht ist es das Wohnmobil, vielleicht sein Labor. Etwas anderes läßt sich da nicht hineindeuten."

Dann kam der Tropfen, der das Faß zum Überlaufen brachte. Als der Lieferwagen rumpelnd durch die Stadt fuhr, drehte sich der Einsatzleiter um und sagte zu Daphne: „Matthews, eine Meldung vom Präsidium: Ein Junge namens Ben ist flüchtig."

Daphne schnappte nach Luft. „Blasen Sie die Sache ab!"

Lou Boldt war voller widerstrebender Gefühle. Da die Videoaufnahmen aus der Waschanlage keinerlei Hinweis dafür lieferten, daß sich Garman für das Handschuhfach interessiert hatte, gab es keine Rechtfertigung für eine Überwachungsoperation. Shoswitz brauchte jetzt einen Sündenbock, und den mußte er nicht lange suchen.

Der Sergeant stand im Büro seines Vorgesetzten. Er machte sich darauf gefaßt, daß er zu Kreuze kriechen mußte. Sie hatten einen Brandinspektor in Gewahrsam, der die Brandstiftungen gestanden hatte. Bei der Vernehmung hatte Steven Garman außerdem zugegeben, daß er den Wohnwagen seiner von ihm getrennt lebenden Frau angezündet hatte. Bei diesem Feuer war sein Sohn bis zur Unkenntlichkeit entstellt worden, und viele sahen darin den Beweis, daß Steven Garman zu allem fähig sei. Unter Hinweis auf Garmans Geständnis hatten die hohen Tiere bereits öffentlich verkündet, die Schreckensherrschaft des „Gelehrten" sei nun zu Ende und es werde keine weiteren Brände mehr geben.

„Ich weiß nicht, wie ich mich entscheiden soll", sagte Shoswitz. „Diese Geschichte mit Jonathan Garman kommt zu einem verdammt späten Zeitpunkt." Indem er auf die Zimmerdecke zeigte, fügte er hinzu: „Und die Herrschaften über uns werden sie uns nicht abkaufen.

Wir haben nichts in der Hand, sondern stehen da wie der Ochse vorm Berg. Alles absolute Fehlanzeige. Nur ein Bursche, der in einer Waschanlage die Scheiben saubermacht."

„Wir haben immerhin die Tücher, die Fasern", rief Boldt seinem Vorgesetzten in Erinnerung.

„Tausend lumpige Tücher kamen über sechs Monate hinweg in Umlauf!" polterte Shoswitz los. „Hören Sie: Das Beste, was wir machen können, ist, die Sache fallenzulassen. Wir ziehen Martinelli ab und schicken sie nach Hause. Wir danken allen Beteiligten, verstecken den Einsatz irgendwo im Budget und hoffen, daß niemand neugierige Fragen stellen wird."

„Ich bin der Meinung, daß die Überwachung noch bis morgen früh fortgesetzt werden sollte."

„Haben Sie sich die Videoaufnahmen angesehen?" fragte der Lieutenant. „Für das Handschuhfach zeigte er nicht das geringste Interesse."

„Er hat vielleicht Zugang zu Computern und ermittelt die Halterin des Wagens anhand des Nummernschildes", wandte Boldt ein. „Lassen Sie mir mein Team noch einen Tag lang. LaMoia, Bahan, Gaynes und Fidler – nur bis morgen. Die Lieferwagen, die Techniker und die Überstunden können Sie meinetwegen streichen."

„Abgelehnt!" erwiderte Shoswitz barsch. „Bahan und Fidler bleiben, wo sie sind. Die sollen aus Garman senior etwas Gerichtsverwertbares herausholen. Was Sie und die übrigen betrifft: Ich weiß von nichts. Ich möchte aber auch nicht, daß mir etwas zu Ohren kommt. Nach meinem Kenntnisstand beschäftigen Sie sich damit, Beweismittel gegen Steven Garman beizubringen. Und seinen Sohn brauchen Sie möglicherweise als Zeugen. Er könnte derjenige sein, der der Staatsanwaltschaft beweiskräftiges Belastungsmaterial liefert im Hinblick auf die Brandstiftung, die Steven Garman in North Dakota verübte."

„Lieutenant, Jonathan Garman ist der ‚Gelehrte'. Sein Vater deckt ihn, das ist alles."

„Und das gelingt ihm auch prima." Er schaute Boldt ins Gesicht. „Machen Sie sich auf die Suche nach Ihrem Zeugen. Schaffen Sie ihn her, und dann befassen wir uns mit ihm. Vielleicht wendet sich dann das Blatt. Aber bis dahin lassen Sie nichts verlauten! Es darf kein hysterisches Geschrei geben, daß der ‚Gelehrte' immer noch frei herumläuft. Wenn Sie die Sache verpatzen, tragen Sie ganz allein die Verantwortung."

Boldt nickte. „Bin sowieso ganz allein“, murmelte er bedrückt, als er zur Tür ging. Er dachte dabei an Liz. Seine Ohren dröhnten, und seine rechte Hand hatte er zur Faust geballt.

„Wo ist er?“ wollte Daphne wissen.

Ben schaute durch das Guckloch in der Wand von Emilys Küche. Er konnte nicht bis zur Haustür sehen, erkannte aber Daphnes Stimme. Ihm wurde schwer ums Herz. Wie kam es nur, daß er bei allem, was er tat, jemanden enttäuschte?

„Ben? Der ist nicht hier“, wehrte Emily ab.

„Ich habe genügend Indizien, um das Haus zu durchsuchen“, entgegnete Daphne. „Deshalb werde ich auch gleich damit anfangen.“

Das reichte Ben. Er stieg aus dem Toilettenfenster und rannte los. Er war überzeugt, daß die Polizei auch bei ihm zu Hause vorbeischauen würde. Er konnte seinen Schlafsack aus seinem Zimmer holen und zu der Baumfestung hochklettern. Am Morgen wollte er dann zu Emily zurückkehren.

Es regnete, aber der Junge spürte die Tropfen kaum. Patschend stürmte er die Gehsteige und Gassen entlang und überquerte vertraute Hinterhöfe. Ben lief, als stünde sein Leben auf dem Spiel. Er rannte um seiner Freiheit willen.

Bernie Lofgrin hielt den Sergeant auf dem Gang an. „Bei der Kugelschreiberfarbmasse kommen wir voran“, teilte er Boldt mit. Dieser war auf dem Weg zum Kommunikationszentrum, wo er eine Einschränkung der Überwachung des Hauses 114 Lakewood Avenue South veranlassen wollte, in welchem Marianne Martinelli den Lockvogel spielte. Boldt wollte LaMoia weiterhin dort belassen, Gaynes jedoch zu dem Park beordern, in dem Daphne die Zitate entdeckt hatte. Diese beiden Stellen boten seiner Meinung nach die besten Chancen, Garmans Spur wiederzufinden.

„Um einen Bic, einen Parker, einen Paper Mate oder eine sonstige Marke, die überall erhältlich ist, handelt es sich bei dem Kugelschreiber nicht“, fuhr Lofgrin fort. „Das trifft sich gut. Wir sind jetzt dabei, die chemischen Bestandteile der Farbmasse aufzulisten ...“

„Dafür bin ich dir dankbar, aber Shoswitz hat die Sache abgeblasen.“

Lofgrin sah ganz niedergeschmettert aus. „Paß mal auf: Das FBI verfügt über die einschlägigen Unterlagen. Es hat chromatografische Auswertungen von allen Tinten und Farbmassen, die heutzutage hergestellt werden. Bring mir das Schreibgerät, das dieser Kerl bei sich hat, dann kann ich nachweisen, daß er diese Zettel geschrieben hat."

„Er ist uns entwischt, Bernie."

„Auf dem Fahrrad. Ich hab's gehört." Lofgrin schaute auf seine Uhr. „Gehst du nach Hause?"

„Ist nicht drin." Boldt wäre gern nach Hause gegangen, aber er wollte Liz auf keinen Fall zur Rede stellen. Er wollte seiner Frau gern zur Seite stehen, aber daß sie krank war, mußte sie ihm mitteilen und nicht er ihr.

Die Abenddämmerung senkte sich herab. Bald würde es dunkel sein, und die Überwachung wäre dann noch schwieriger. Daphne hatte den Lieferwagen vierzig Minuten zuvor verlassen, und Boldt hatte seither nichts von ihr gehört.

Der Sergeant machte sich rasch wieder auf den Weg zum Kommunikationszentrum. Er hoffte inständig, daß sein Piepser sich nicht meldete, denn das konnte bedeuten, daß ein weiterer Brand ausgebrochen und wieder eine Frau ums Leben gekommen war. Dies würde zwar beweisen, daß er mit seiner Vermutung recht hatte, der „Gelehrte" sei immer noch auf freiem Fuß. Aber der Preis dafür war ihm zu hoch.

DAPHNE setzte sich im Labor auf einen Stuhl, schob die Kassette aus Bens Rucksack in einen Videorekorder und drückte die Abspieltaste.

Sie sah, wie Jonathan Garman in das Fahrzeug stieg, wie sein Blick auf dem Foto von Ben verweilte, wie er dann die Scheiben mit seiner Sprühflasche bespritzte und mit dem Tuch abwischte. Er reinigte die Windschutzscheibe, die Seitenfenster und das Armaturenbrett. Anschließend kletterte Garman auf den Rücksitz und behandelte die Heckscheibe. Er beugte sich seitwärts, wobei er weitgehend aus dem Bild verschwand, und tauchte dann mit einem Aschenbecher auf, dessen Inhalt er in einen unsichtbaren Müllsack kippte. Er kroch rückwärts aus dem Auto und schloß die Tür.

Die ganze Zeit über warf er keinen Blick in das Handschuhfach.

Daphne spielte das Band zurück und schaute es ein zweites Mal an. Zu dem momentanen Verschwinden des Verdächtigen kam es, als er sich auf dem Rücksitz befand, und dies war für Daphne belanglos.

Die Psychologin nahm das Band wieder an sich. Sie hatte einen bitteren Geschmack im Mund und kam sich wie eine Versagerin vor. Auf dem Gang lief ihr ein Laborangestellter nach und gab ihr Bens Rucksack, der liegengeblieben war. Dies brachte ihr den Jungen in Erinnerung und eine weitere Enttäuschung. Sie trug den Rucksack zu ihrem Wagen und warf ihn auf den Beifahrersitz.

Daphne fuhr mit Scheinwerferlicht durch den Regen. Es war früher Abend. Als eine Ampel auf Gelb schaltete, hatte ihr Auto etwas zuviel Tempo. Sie bremste stark, und der Wagen kam zum Stehen.

Der Rucksack flog dabei vom Beifahrersitz und landete auf der Bodenmatte. Daphne beugte sich hinüber und zerrte ihn an einem der beiden Tragegurte auf den Sitz zurück.

Nun schaltete die Ampel wieder auf Grün, aber Daphne achtete nicht darauf. Ihre ganze Aufmerksamkeit galt dem Rucksack. Er hatte auf dem Rücksitz des Ford gelegen. Der Rucksack besaß ein Klarsichtfensterchen, in dem eine Karte mit Bens Namen und seiner Adresse steckte.

Jonathan Garman hatte das Handschuhfach nicht zu öffnen brauchen. Die Anschrift hatte er auf dem Rücksitz in Erfahrung bringen können. Wenn Garman ein Haus beobachtete, dann war es nicht das an der Lakewood Avenue South gelegene Gebäude, sondern vielmehr das Haus der Santoris in der Jackson Street East.

Als Daphne den Wagen wendete, machte sie sich Vorwürfe, weil sie das Haus in der Jackson Street East, das dem verängstigten Jungen durchaus als Versteck dienen mochte, nicht überprüft hatte.

Einen Block vom Haus der Santoris entfernt parkte sie den Wagen. Zuerst wollte Daphne über ihr Handy Verstärkung anfordern, überlegte es sich dann aber anders. An diesem Tag wollte sie keine zweite Blamage riskieren.

Sie griff nach der in ihrer Handtasche steckenden Dienstwaffe, holte tief Luft und stieg aus. Auf der Hügelkuppe befand sich ein kleiner Park mit hohen Bäumen. Dort würde sich Garman wohl verstecken.

Sie ging zur Rückseite des Hauses. Das Glas, das Nicholas Hall bei seinem Eindringen zerschlagen hatte, war mit Plastikfolie abgedeckt. Daphne schob die Abdeckung beiseite und öffnete die Tür.

Sie schaute sich in der schäbigen Küche um und hatte plötzlich den Verdacht, daß die Wasserhähne ebenso wie die Toiletten das Feuer auslösen konnten. Doch wenn Lofgrin recht hatte, dann hatten die Elektroleitungen nichts damit zu tun. Sie schaltete das Licht an. Nichts passierte. Daphne bezweifelte, daß der Mann Zeit gehabt hatte, den Brandsatz anzubringen. Er würde wohl am Abend erkunden, was in dem Haus vor sich ging, und am Morgen als Fensterputzer aufkreuzen.

Daphne ging von Zimmer zu Zimmer und rief nach Ben. Ein Schauder durchfuhr sie. Sie hatte das Gefühl, daß Garman das Haus beobachtete.

Ben hörte, wie die Hintertür des Hauses zugeschlagen wurde. Sogleich steckte er den Kopf durch die Fensteröffnung des grob zusammengezimmerten Baumhauses. Jack Santori, der immer noch in Haft saß, konnte es nicht sein. Der Junge sah, wie in der Küche das Licht anging und wenige Sekunden danach im Wohnzimmer.

Ben hatte sich in dem Baumhaus ausgestreckt und auf den nächsten Morgen gewartet. Er wollte zu Emily zurückkehren und ihr vorschlagen, sie sollten gemeinsam verschwinden und einen neuen Anfang machen. Er hatte vor Aufregung nicht einschlafen können, weshalb er einfach im Dunkel dagelegen und die Zeit hatte verstreichen lassen. Und dann hatte er das Geräusch gehört.

In seinem Zimmer ging das Licht an. Was geschah da bloß?

Ben kroch auf den Hauptast hinaus, um einen Blick in sein Zimmer zu werfen. Als das weiße Scheinwerferlicht eines Autos die Baumwipfel streifte, hielt er kurz inne und wartete darauf, daß der Wagen sich entfernte.

In diesem Moment erblickte er den Mann, der ganz in der Nähe auf einem Baum hockte.

Ben rang nach Luft. Als er keuchend ausatmete, wurde der Mann auf ihn aufmerksam. Der Kerl saß auf derselben Höhe, etwa neun Meter vom Boden entfernt, auf dem übernächsten Baum. Ben erkannte ihn sofort wieder. Er trug ein Sweatshirt mit Kapuze, hatte die Sonnenbrille jetzt aber nicht auf.

Das Scheinwerferlicht verschwand. Dunkelheit umgab den Mann. Ben bewegte sich so schnell wie nie zuvor, glitt von Ast zu Ast nach unten. Als er einen Blick nach links warf, merkte er, daß der Mann ebenfalls von seinem Baum stieg, und zwar schneller als er.

Der Typ schaute genauso drein wie Jack Santori, wenn er abends mieser Laune war. Ben ahnte, daß der Kerl ihm etwas antun wollte, und er bemühte sich, möglichst rasch nach unten zu kommen. Der Mann würde gleich den drittletzten Ast erreichen, aber er selbst war noch fünf Meter vom Boden entfernt.

Was Ben dann tat, beruhte nicht auf einer bewußten Entscheidung, sondern resultierte eher aus seinem Überlebenswillen. Sein Instinkt trieb Ben dazu, mit ausgestreckten Armen von dem Baum zu springen. Dabei stieß er einen Schrei aus. Der Junge schlug hart auf dem Boden auf, brach sich aber nichts. Und wenn sein Glasauge beim Aufprall nicht herausgefallen wäre, hätte er vielleicht die Idee, die er dann in die Tat umsetzte, gar nicht gehabt. Doch Ben hatte dieses Spiel schon so oft gespielt, daß es ihm unwillkürlich wieder einfiel. Er stellte sich tot.

Der Junge hielt den Atem an, riß die Augen weit auf und machte keine Anstalten, das Blut abzuwischen, das ihm aus der Nase lief. Den Atem anzuhalten war das schwierigste, aber auch das wichtigste bei diesem Täuschungsmanöver. Sein Brustkorb durfte sich nicht bewegen.

Als Ben auf der Erde landete, war der Mann ebenfalls unten angekommen. Er rannte herbei, um den Burschen genauer zu betrachten. Er kam in dem Moment bei dem regungslos daliegenden Jungen an, als Daphnes Stimme durch die Bäume drang. „Ben? Ben?“ rief sie. Der Mann blickte erbost in die Richtung, aus der die Stimme kam. Dann beugte er sich nieder, schaute Ben ins Gesicht und zuckte zusammen, als er die leere Augenhöhle erblickte. Er stieß den Jungen mit der Spitze seines Schuhes an, um festzustellen, ob er noch lebte. Die beiden starrten einander an. Ben konnte das Gesicht des Mannes genau sehen. Dieser meinte offenbar, der Junge habe sich bei seinem Sturz das Genick gebrochen. Der gesichtslose Mann hatte künstliche Augenschlitze – wie ein Halloween-Kürbis. Als die Hintertür des Hauses zugeworfen wurde, machte er sich davon. Ben hörte, wie er auf den kleinen Park zuging. Bald darauf hörte er das Rasseln einer Fahrradkette. Er setzte sich auf und nahm zwischen den Bäumen die Umrisse des davonradelnden Mannes wahr. Der Junge wischte sich die blutige Nase mit dem Ärmel ab und lief zu dem Schuppen hinter dem Haus. Sein Rad war noch da. Er beschloß, dem Kerl nachzufahren.

Ben redete sich ein, er tue das für Emily und um ihrer gemeinsamen Zukunft willen. Und um Daphne zu helfen. In Wirklichkeit tat er es, um die Schuld, die er mit dem Entwenden des Geldes auf sich geladen hatte, zu sühnen. Er wollte ein Held sein, und nun hatte er die Chance dazu. Er ließ sein Glasauge liegen, stieg auf sein Fahrrad und flitzte den zur Straße führenden Weg entlang.

## ELFTES KAPITEL

Der Mann mit dem künstlichen Gesicht fuhr schnell. Ben gab sich große Mühe, aber es war, als versuche er, ein Gespenst zu verfolgen.

Sie fuhren unter der Schnellstraße hindurch und gelangten in den International District. Der Mann bog in den Airport Way ein und trat jetzt in die Pedale, als wäre er bei einem Rennen. Der Abstand vergrößerte sich, und der Mann wurde immer kleiner.

Ben verlor jegliche Hoffnung. Da hörte er den Laster, der sich schnell von hinten näherte.

Er hatte schon hundertmal vorgehabt, dieses Manöver auszuführen, aber nie den Mut dazu besessen. Nun strampelte er mit aller Kraft, erhob sich aus dem Sattel und schaute über seine linke Schulter, wobei er den Kopf so verdrehte, daß er mit dem rechten Auge nach hinten sehen konnte. Das Fahrzeug war größer als ein Kleinlaster, aber kleiner als ein Kipper. Es kam näher.

Ben bemühte sich nach Leibeskräften, dieselbe Geschwindigkeit zu erreichen wie der Laster. Er legte immer mehr zu. Das Tempo mußte genau übereinstimmen. Wenn das Timing nicht stimmte, dann... Ben streckte den Arm aus und hielt sich an dem Lkw fest. Und sofort schoß er wie eine Rakete die Straße entlang.

Das Fahrzeug beschleunigte. Ben klammerte sich mit aller Kraft fest. Die Gestalt, die vor dem Laster herfuhr, wurde immer größer. Der Fahrtwind fegte über das lächelnde Gesicht des Jungen. Er wäre am liebsten in Jubelgeschrei ausgebrochen, um allen zu zeigen, was für ein toller Bursche er war. Er kam sich stark und heldenhaft vor.

Da bog der gesichtslose Mann plötzlich nach rechts ab. Er hielt vor einem Gebäude an und stieg von seinem Rad. Der Laster brauste zusammen mit dem Jungen an ihm vorbei. Ben blickte sich rasch um und merkte sich die Stelle. SB-LAGERRÄUME stand auf einem Schild am Zaun.

Ben schaute wieder nach vorn. Die Straße wurde schlechter und war mit Schlaglöchern übersät. Er mußte ständig versuchen, ihnen auszuweichen. Bei einem dieser Manöver legte er sich zu weit nach rechts, und seine Hand rutschte vom Lenker. Er griff mit der anderen Hand nach der Lenkstange und betätigte die hintere Felgenbremse. Da fing das Vorderrad an zu vibrieren und machte sich selbständig. Der Laster rumpelte ohne Ben weiter. Das Fahrrad prallte gegen das Bankett, und Ben flog im hohen Bogen durch die Luft. Er landete auf einem Grasstreifen auf dem Hintern, mit dem Rücken zur Straße.

Ben schwirrte der Kopf. Er betastete seine Arme und Beine. Nichts gebrochen, stellte er an diesem Abend zum zweitenmal fest. Er schaute sich um. Die Lagerhalle war weniger als einen Kilometer entfernt.

„SCHAU dir das mal an", sagte Lofgrin stolz und streckte Boldt zwei graphische Darstellungen entgegen. „Die eine wurde von der FBI-Datenbank heruntergeladen. Bei der anderen handelt es sich um eine chromatographische Auswertung der Kugelschreiberfarbmasse, mit der der ‚Gelehrte' seine Zettel schrieb." Die beiden Darstellungen stimmten überein.

Boldt erwiderte in einem fast flehentlichen Ton: „Und nun erzähl mir bloß noch, daß ein solcher Kuli in Seattle nicht von Hunderttausenden verwendet wird."

„So ist es aber. Der Kuli stammt von einer Firma, die billige Werbegeschenke herstellt. Derartige Firmen inserieren in Magazinen und bieten an, das Logo des Bestellers auf die Artikel zu drucken. Golfclubs, Heimwerkermärkte und Autoverleiher machen davon Gebrauch."

„Wie groß ist diese Zielgruppe, Bernie? Wie viele Kunden mag es in Seattle geben?"

„Wie viele? Woher soll ich das wissen? Ich kümmere mich um die Analysen. Das ist meine Aufgabe. Bei der betreffenden Firma anzurufen ist deine Sache."

„Den Anruf wirst du machen, Bernie. Heute noch – gleich jetzt!"

Zum erstenmal seit Tagen lächelte Boldt.

BEN DRÜCKTE sein Gesicht gegen den Maschendrahtzaun, der das Gelände der Lagerhalle umgab. Der Mann hatte offenbar eine Steckkarte verwendet, um durch das elektronisch gesicherte Tor zu gelangen. Ben wollte zwar wissen, wohin der Kerl gegangen war, aber am meisten interessierte er sich jetzt für das Münztelefon, das vor der Tür mit der Aufschrift BÜRO hing.

Das Telefon zog ihn an. Er wollte über den Zaun klettern, rasch den Vorplatz überqueren, Daphne anrufen und ihr sagen, wo sich der Kerl aufhielt. Er würde dastehen wie eine Eins. Dann über den Zaun zurück und im Höllentempo weg. Ganz einfach.

Ben vergewisserte sich, daß keine Fahrzeuge in der Nähe waren, und fing an zu klettern.

Daß der Zaun so sehr klapperte, überraschte den Jungen und jagte ihm eine Heidenangst ein. Je mehr Lärm entstand, desto schneller kletterte er; je schneller er kletterte, desto stärker wurde das Klappern. Als er endlich den Scheitelpunkt erreicht hatte, schob er ein Bein auf die andere Seite hinüber. Der Draht kniff ihn in den Oberschenkel. Mitten in dem Schrei, den er ausstieß, befahl ihm sein Verstand, sofort damit aufzuhören. Ben kletterte auf der anderen Seite hinab und ließ sich auf den Asphalt fallen.

Na so was! dachte er und rannte auf das Telefon zu. Der Kerl muß stocktaub sein, wenn er diesen Krach nicht gehört hat! So ein Schwachkopf!

Er wählte wieder die Nummer 911.

„Notdienst", meldete sich eine Männerstimme.

„Hier spricht Ben – Ben Santori. Sie müssen Daphne Matthews benachrichtigen. Sie ist Polizistin."

„Tut mir leid, mein Junge, wir können ..."

„Passen Sie auf! Sie ist bei mir zu Hause", stieß Ben hervor. „S-a-n-t-o-r-i", buchstabierte er und fügte hinzu: „Rufen Sie Daphne Matthews an. Sagen Sie ihr, daß ich den Mann ohne Gesicht verfolgt habe. Es ist sehr wichtig ..." Ben verstummte. Er hörte etwas. Es klang wie ein Garagentor. Dann kam wieder ein Geräusch wie von einem Tor, das geschlossen wurde. Er knallte den Hörer auf die Gabel. Der Mann ohne Gesicht hatte doch gehört, wie er über den Zaun geklettert war. Und jetzt sah er nach.

Die Räume, in denen die Kunden Gegenstände selbständig einlagern konnten, waren in langen Reihen angeordnet. Ben befand sich an der Ecke der Halle, nicht weit vom Tor entfernt. Er sah, daß es auf der anderen Seite ebenfalls eine Umzäunung gab, und er überlegte, ob es nicht sicherer wäre, weit weg vom Eingang nach draußen zu klettern. Er schlich an der Schmalseite des Gebäudes entlang. Dann blieb er stehen und horchte. Sein Herz klopfte wie wild.

Auf einmal sah er zu seiner Rechten den langen, schmalen Schatten eines Mannes auf dem Asphalt. Es war der Mann ohne Gesicht.

Er war auf der Suche nach ihm.

BERNIE LOFGRIN teilte Boldt mit, die Werbeartikelfirma habe auf der Kundenliste vier Besteller von Kugelschreibern aus dem Großraum Seattle gefunden, nämlich eine Golfanlage, eine chemische Reinigung, eine SB-Lagerhalle und ein japanisches Restaurant.

Ohne zu zögern, entschied sich Boldt für die Lagerhalle.

Er beschloß, das Gebäude überwachen zu lassen, fuhr aber zuerst einmal allein hin, um es in Augenschein zu nehmen. Der Sergeant hielt in einer Entfernung von drei Häuserblocks auf dem Airport Way an. Dann schaltete er sein Handy ab, damit es nicht läutete, wenn er gerade herumstöberte.

Er machte sich zu Fuß auf den Weg. In hundert Meter Entfernung war das Lagerhallenschild undeutlich zu erkennen. Mit jedem Schritt verstärkte sich bei Boldt die Vermutung, daß Garman den von seinem Vater gestohlenen Kleinlaster dort abgestellt hatte und daß sich dort sein Labor befand. Eine SB-Lagerhalle gewährte völlige Anonymität. Daß Garman dort eine unbekannte Menge Raketentreibstoff eingelagert haben konnte, wirkte sich auf Boldts Nerven nicht gerade beruhigend aus.

Angespannt ging der Sergeant am Zaun entlang. Vielleicht trieb sich Garman gerade in der Halle herum. Wenn Daphne recht hatte und Garman in der Waschanlage doch angebissen hatte, dann bereitete er eine weitere Brandstiftung vor. Und was war dafür besser geeignet, als eine SB-Lagerhalle mitten in der Nacht aufzusuchen?

DAPHNE fragte sich, was sie im Haus der Santoris eigentlich zu suchen hatte. Seit sie irgendeinen Bengel aus der Gegend in dem Wäldchen hatte schreien hören, waren 15 Minuten vergangen. Und zu jenem Zeitpunkt war sie tatsächlich auf den Gedanken verfallen, es könne Ben gewesen sein.

Das Läuten des Telefons jagte Daphne einen Schrecken ein. Sie nahm ab. „Hallo?"

„Ist Daphne Matthews zu sprechen?"

Sie wußte nicht, wie sie darauf reagieren sollte. Sie spielte ja die Rolle der Marianne Martinelli, und ihr fiel ein, daß sich Garman möglicherweise mit einem Anruf davon überzeugen wollte, daß sein Opfer tatsächlich in diesem Haus wohnte.

„Ich bin Marianne", antwortete sie. „Kann ich Ihnen behilflich sein?"

„Hier ist das Kommunikationszentrum", sagte der Mann. „Ich suche..."

„Hier spricht Matthews", unterbrach ihn Daphne.

„Tatsächlich?"

„Ich bin Lieutenant Matthews, Polizei von Seattle."

„Okay. Ich habe da von einem Jungen eine seltsame Nachricht erhalten", teilte ihr der Mann mit und las ihr Bens Worte vor. „Wir haben das auf Band aufgezeichnet."

„Haben Sie feststellen können, von wo der Anruf kam?" rief Daphne.

„Ja." Er gab ihr die Adresse.

Daphne rannte aus dem Haus der Santoris. Sie wollte zuerst einmal herausfinden, was da los war, bevor sie zur Unterstützung einen Streifenwagen anforderte und den Jungen womöglich in eine schwierige Situation brachte.

BOLDT blieb stehen, zog seine Dienstwaffe aus dem Halfter, vergewisserte sich, daß sie geladen war, und steckte sie wieder ein.

Die Inspektion der Waffe brachte ihn durcheinander. Angesichts der Erkrankung von Liz war es für die Kinder von größter Wichtigkeit, daß er gesund blieb. Zum ersten Mal begriff er, wieso Liz ihn gedrängt hatte, den Außendienst aufzugeben. Wie lange wußte sie schon, daß sie Krebs hatte? Wieso schlich er allein auf einer verlassenen Straße herum und suchte nach einem Lagerraum, in dem sich das Labor eines Serienbrandstifters befinden konnte? Wenn er an die Verantwortung seiner Familie gegenüber dachte, erschien ihm sein Vorgehen leichtsinnig.

Der Sergeant trat in eine dunkle Ecke, zog sein Handy hervor und forderte als Verstärkung zwei nichtuniformierte Doppelstreifen in Zivilfahrzeugen an. Wenn er die Sache in Angriff nahm, dann wollte er sie auch richtig anpacken.

Boldt steckte das Handy wieder ein. Nun war ihm etwas wohler zumute. In diesem Moment brauste ein roter Honda vorüber. Er bremste und kam einige hundert Meter hinter der SB-Lagerhalle zum Stehen. Das mußte Daphne sein. Was hatte sie vor?

Boldt rannte zu ihr hinüber.

BEN KAUERTE sich in seinem Versteck zusammen, als der Mann ohne Gesicht zu dem Zaun ging und daran rüttelte. Der Mann schaute sich um und marschierte dann wie ein Soldat an der ersten Reihe von Lagerräumen entlang. Dabei kam er bis auf fünf Meter an Ben heran, der den Atem anhielt. Wenige Minuten später bog der Mann am anderen Ende der Reihe um die Ecke. Ben nahm an, daß er alle Reihen inspizieren würde. Insgesamt gab es etwa 15.

Ben wagte es nicht, sein Versteck zu verlassen und zum Zaun zu rennen. Als er nach einigen Minuten wieder das Geräusch eines zufallenden Garagentors hörte, sagte er sich jedoch, daß der Mann in seinen eigenen Lagerraum zurückgegangen sein mußte. Ben wartete eine Weile. Nichts tat sich. War das Schließen des Tores vielleicht ein Trick gewesen? Wollte ihn der Mann glauben machen, er könne jetzt gefahrlos zum Zaun rennen?

Diese Überlegung brachte Ben dazu, in seinem Versteck zu verharren. Erst als er sah, wie Daphnes roter Honda draußen vorbeifuhr, wurde ihm klar, daß er endlich etwas unternehmen mußte. Wo war der riesige Pulk von Polizeifahrzeugen, der in Filmen bei solchen Anlässen auftauchte? Und wo waren die Hubschrauber? War Daphne allein? Hatte man seinen Anruf falsch verstanden?

Und was würde passieren, wenn der gesichtslose Mann sie sah?

Ben kam zu dem Schluß, daß ihm jetzt nichts anderes übrigblieb, als zu handeln. Er rannte nicht zum Tor, sondern nach rechts, an dem Büro vorbei und um die Ecke. Dort lief er dem Mann geradewegs in die Arme. Diese umspannten ihn wie ein Schraubstock. Als der Junge die weiße, glänzende Haut und die tiefen Augenhöhlen erblickte, begann sich alles um ihn herum zu drehen. Bevor er in Ohnmacht fiel, vernahm er noch die Stimme des Mannes. „Du?" krächzte dieser, als hätte er ebenfalls ein Gespenst erblickt.

DAPHNE versteckte sich an der Ecke des Geländes hinter einem Mietanhänger. Als Boldt plötzlich auf sie zukroch, bekam sie einen Riesenschreck.

„Ich hätte beinahe auf Sie geschossen!" stieß sie hervor.

Der Sergeant ging auf diese Bemerkung nicht ein, sondern richtete seine ganze Aufmerksamkeit auf die Halle. „Ich habe mein Sprechfunkgerät nicht benutzt", sagte er. „Sie konnten also gar nicht wissen, was ich vorhatte."

„Von Ben kam ein Notruf", informierte ihn Daphne und erläuterte die Einzelheiten.

„Er ist also da drin?" fragte Boldt ungläubig.

„Er behauptete, er habe Garman bis hierher verfolgt", flüsterte Daphne mit erstickter Stimme. „Wieso sollte er das tun, Lou?"

Boldt hielt den Blick weiter auf die Halle gerichtet. „Wenn Garman auch da drin ist, müssen wir auf alles gefaßt sein."

„Ich gehe rein."

„Blödsinn!" knurrte Boldt. „Ich habe Verstärkung angefordert. Wir warten ab, bis er rauskommt, lassen ihn ins Netz gehen und schnappen ihn auf neutralem Boden."

„Garman interessiert mich weniger", wandte Daphne ein. „Mir geht es um Ben. Wir müssen ihn rausholen. Tun wir das nicht, kann es zu einer Geiselnahme kommen."

Boldt packte sie am Arm. „Wir wissen gar nicht, ob der Junge überhaupt da drin ist, und das gleiche gilt für Garman. Was Ben berichtet hat und was tatsächlich vor sich geht, sind zwei Paar Stiefel."

„Wenn Sie damit sagen wollen, daß wir die Lage erkunden sollten, bin ich dabei", bemerkte Daphne.

Boldt ließ sie los. „Wir haben rausgefunden, daß Garman am Lake Washington unter dem Namen Babcock in einer Pension wohnt", teilte ihr der Sergeant mit. „Wenn er hier denselben Namen verwendet hat, müßte dieser im Büro eingetragen sein, und wir könnten herausbekommen, welchen Lagerraum er gemietet hat."

„Der Kerl interessiert mich nicht", entgegnete Daphne. „Wir müssen Ben rausholen."

„Kommt nicht in Frage“, weigerte sich Boldt.

Daphne wandte langsam den Kopf und schaute Boldt ins Gesicht. „Dann tut's mir leid.“ Plötzlich versetzte sie ihm einen Stoß, der ihn aus dem Gleichgewicht brachte. Mit wenigen Sätzen war sie am Zaun. Behende wie eine Katze kletterte sie an dem Maschendraht hinauf und hatte den Zaun im Nu überwunden. Dann verschwand sie im Dunkel.

„ICH HAB nie 'nen kleinen Bruder gehabt“, sagte Garman, als Ben zu sich kam. „Ich heiße Jonny.“

Ben saß in einer Ecke der Box auf dem Zementboden. Seine Handgelenke klebten aneinander, ebenso die Sohlen seiner Turnschuhe. Er konnte die Lippen nicht öffnen.

„Superkleber“, bemerkte Jonny. „Dagegen kannst du nichts ausrichten. Du reißt dir nur die Haut auf, und dann muß ich noch mal Kleber draufschmieren. Bleib also lieber still sitzen.“

Die Kapuze des Sweatshirts hing jetzt auf seinem Rücken. Die Haut auf seinem Gesicht war wie weicher weißer Ton, aber sein gelblichrostfarbenes Ohr sah wie eine große verschorfte Wunde aus. Ben brauchte ein paar Minuten, um sich daran zu gewöhnen, daß er nicht durch den Mund ausatmen konnte. Jedesmal, wenn ihn die Angst überkam, wurde ihm schwindlig, und alles verschwamm vor seinen Augen.

Jonny lötete etwas zusammen. Eine Grubenlampe machte ein zischendes Geräusch und verbreitete einen grellen Lichtschein. „Ich will dir nicht weh tun“, sagte der Mann, als könne er Bens Gedanken lesen. „Aber du hättest mir nicht nachfahren dürfen, das ist dir wohl klar, oder?“

Ben nickte. Er hatte immer noch große Angst. Der Kerl bastelte an Drähten herum, die aus einem Stück Plastikrohr heraushingen. Es sah aus, als stelle er eine Art Bombe her.

„Warum bist du mir gefolgt?“ fragte er. „Wegen meinem Gesicht?“

Ben verneinte die Frage mit heftigem Kopfschütteln. Er traute sich nicht, dem Mann in die Augen zu schauen, und spürte schon wieder ein Schwindelgefühl. „Deinetwegen muß ich jetzt alles zusammenpacken und verschwinden“, hörte er ihn sagen. „Du bleibst hier. Einem Kind hab ich noch nie was zuleide getan.“

Ben wandte den Blick von dem Mann ab, weil er sich unwohl fühlte, wenn er ihn nur anschaute. In dem Raum war ein Kleinlaster abgestellt; außerdem befanden sich da zwei Ölfässer mit der Aufschrift USAF sowie eine Menge schwarze Plastikrohre. An der Wand hingen zwei Bilder: eine Postkarte mit einem Jesusbild und ein etwas größeres

Bild von einer Frau, die auf dem Scheiterhaufen verbrannt wurde.

Ben dachte an Gott und fing an zu beten. Er gelobte Gott, er werde ein anständiges Leben führen und Emily oder der Person, die sich letzten Endes um ihn kümmern würde, stets gehorchen. Er versprach, immer gut aufzupassen und respektvoll zu sein. Die Gebete sprudelten nur so aus ihm hervor.

Vor seinem geistigen Auge sah der Junge Daphnes roten Wagen vorüberfahren. Er hoffte inständig, daß es sich tatsächlich um Daphnes Auto gehandelt hatte. Ben senkte den Kopf. Er wollte nicht, daß der Mann sah, wie er weinte.

Boldt kletterte über den Maschendrahtzaun und rannte hinter Daphne her, die gerade bei dem Büro um die Ecke bog.

Daphne war gut in Form. Sie trainierte täglich und war eine hervorragende Läuferin. Boldt abzuhängen wäre für sie ein leichtes gewesen. Sie war jedoch darauf aus, Ben ausfindig zu machen, und deshalb bewegte sie sich langsam voran und musterte ihre Umgebung. Der Sergeant stieß sie von hinten an. „Weiter! Weiter!“ flüsterte er eindringlich und schob sie zur Ecke des Gebäudes. Daphne warf Boldt einen erbosten Blick zu, ließ ihn jedoch gewähren. An einem geschützten Mauervorsprung machte er halt und zischte: „So ein Blödsinn!“

„Verflucht noch mal: Er ist hier! Auch wenn Sie es mir nicht glauben wollen!“

„Also gut, dann suchen wir ihn eben.“ Boldt schaute sich genau um. „Wir überprüfen die einzelnen Reihen gemeinsam. Diese Anlage ist ja wie ein riesiger Supermarkt. Wir können den Jungen nur finden, wenn wir systematisch vorgehen.“

Daphne nickte schwach. Boldt hatte das Gefühl, daß sie schon wieder drauf und dran war, einfach auf eigene Faust loszustürmen. Wenn sie durch die Anlage rannte, konnte das für alle den Tod bedeuten. Deshalb redete er weiter auf sie ein: „Ich möchte Sie daran erinnern, daß Garman über Raketentreibstoff verfügt. Denken Sie mal darüber nach.“

„Hab verstanden. Also, machen wir weiter.“

„Okay“, gab der Sergeant nach, wünschte aber insgeheim, daß die Verstärkung bald einträfe: „Wir gehen zur ersten Reihe von Lagerräumen und halten dabei die Waffe griffbereit. Wir bewegen uns leise und langsam voran, jeder auf einer Seite. Dann gehen wir um die Ecke, nehmen Blickkontakt miteinander auf, bewegen uns zur nächsten Reihe hinüber und fangen dort von vorne an. Wir achten auf Stimmen und Geräusche, aber auch auf Stolperdrähte, Sensoren und dergleichen. Wir müssen auf alles gefaßt sein."

Ganz systematisch inspizierten sie eine Reihe nach der anderen. Als sie die dritte Reihe hinter sich gelassen hatten, wurde ihnen klar, wo Garman sich aufhielt. Auf die vor ihnen liegenden Lagerräume fiel ein fahler Lichtschein, der rechts von Boldt seinen Ausgangspunkt hatte. Am anderen Ende tauchte Daphne auf. Sie bewegten sich aufeinander zu, indem sie geduckt von einem Raum zum anderen schlichen. Nach knapp einer Minute stand der Sergeant auf der einen und Daphne auf der anderen Seite des Tores, aus dessen Ritzen der Lichtschein drang. Boldt versuchte, aus dem von drinnen kommenden Geräusch schlau zu werden, und dabei schlug ihm das Herz bis zum Hals. Es hörte sich an wie das Fauchen einer Katze und wie Wasser, das zu kochen begann. Dem Sergeant wurde klar, daß es in Wirklichkeit die Stimme von Jonathan Garman war, der bei dem Feuer in North Dakota auch Verbrennungen am Kehlkopf davongetragen hatte.

Boldt und Daphne zogen sich Schritt für Schritt ans Ende der Lagerraumreihe zurück. Der Sergeant zeigte zum Büro hinüber. Wenige Minuten später trafen sie sich dort.

„Wir stellen uns mal darauf ein, daß es sich um Garman handelt", sagte der Sergeant mit leiser Stimme. „Wenn Ben sich nicht versteckt hält..."

„...dann ist er mit in Garmans Lagerraum", folgerte Daphne.

Boldt sah erschöpft aus. „Wir warten ab. Das ist sicherer. An einem Ort, an dem er möglicherweise eine Menge hochexplosiver Stoffe eingelagert hat, können wir Garman nicht schnappen. Wenn der Kleinlaster seines Vaters hier abgestellt ist, was ich glaube, dann haben wir ein weiteres Problem. Er wird vermutlich morgen früh von hier wegfahren, um am Haus der Santoris an ein paar Fenstern rumzufummeln. In Wirklichkeit wird er das Haus, das er für Marianne Martinellis Wohnsitz hält, für den Brand vorbereiten. Wir müssen uns überlegen, wie wir Garman von dem Kleinlaster und dem Material trennen können. Wir können erst dann gegen ihn vorgehen, wenn er den Raketentreibstoff nicht mehr griffbereit hat."

„Von dem Kleinlaster werden Sie ihn nicht wegbekommen", meinte Daphne.

„Da könnten Sie recht haben", entgegnete Boldt. „Und deswegen wird das Ihre Aufgabe sein. Lassen Sie sich was einfallen. Und jetzt bleiben Sie bitte hier. Ich schaue mal, ob die Verstärkung eingetroffen ist."

Der Sergeant verschwand in der Dunkelheit.

DAPHNE hatte einen Einfall, nachdem sie sich schließlich an einer finsteren Stelle mit angewinkelten Beinen auf dem Asphalt niedergelassen hatte. Boldt übersah sie völlig und ging an ihr vorbei.

„Hier bin ich", flüsterte sie. Der Sergeant zog sie hoch und führte sie zur Vorderfront des Büros. Dort konnten sie reden.

„Garman wird die ganze Nacht hierbleiben", meinte Daphne.

„Er wird wohl erst am Morgen aufbrechen", pflichtete Boldt ihr bei.

„Jetzt ist der Zeitpunkt, etwas zu unternehmen", befand die Psychologin. „Ich glaube, daß Garman aufgeben wird, wenn er entsprechend beeinflußt wird. Von entscheidender Bedeutung wäre dabei sein Vater. Jonathan Garman tut das alles, weil er seinem Vater etwas beweisen will. Der Vater haßt Jonathans Mutter genauso wie der junge Mann. Wenn man dem Ehemann glauben darf, hatte sie laufend mit wildfremden Männern Geschlechtsverkehr, manchmal sogar in Gegenwart ihres Sohnes. Jonathan Garman versucht, seinem Vater zu zeigen, daß er etwas fertigbringt, was dieser nicht geschafft hat: diese Frau umzubringen; sie zu verbrennen. Wenn wir Steven Garman hierherschaffen und direkt vor den Lagerraum stellen, wird Jonathan rauskommen."

„Dem Lagerraum darf sich höchstens die Spezialeinheit nähern, und das auch nur dann, wenn Jonathan Garman weit weg ist", widersprach der Sergeant. „Was Sie eben gesagt haben, bringt uns nicht weiter. Wir sollten uns auf die Frage konzentrieren, wie wir ihn so weit wie möglich von dem Fahrzeug weglocken können."

Ein tieffliegender Jet dröhnte über ihnen. Daphne überlegte, ob sie sich das Landemanöver eines Düsenflugzeugs zunutze machen und den Lagerraum stürmen konnten. Aber sie verwarf den Gedanken, als ihr einfiel, daß Ben bei einer derartigen Aktion in einem Inferno purpurroter Flammen umkommen konnte. „Ich weiß jetzt, wie wir ihn aus dem Kleinlaster rauskriegen", verkündete sie plötzlich. „Mit Hilfe eines Feuers. Denn das übt auf Garman eine unwiderstehliche Wirkung aus."

## ZWÖLFTES KAPITEL

In dem Zeitraum zwischen zwei und fünf Uhr morgens wurde eine 67 Streifenpolizisten, 24 Feuerwehrleute sowie vier Brandexperten umfassende Sondereinheit zusammengestellt, deren Aufgabe darin bestand, eine stillgelegte Maschinenhalle niederzubrennen und im

Süden des International District den morgendlichen Verkehr so umzuleiten, daß die Fahrzeuge in der Nähe des Brandplatzes vorbeikamen. Das abbruchreife Gebäude war der Stadt vom Eigentümer, der im Gegenzug gewisse Steuernachlässe erwartete, als Feuerwehr-Übungsgelände angeboten worden.

Gegen die von Boldt vorgeschlagene Operation hatte Lieutenant Shoswitz sofort Einwände erhoben. Er behauptete, der Sergeant habe keinen eindeutigen Beweis, daß sich Garman in dem Lagerraum aufhalte. Dieses Hindernis wurde um zwei Uhr morgens ausgeräumt, als Boldt nach Rücksprache mit dem Manager der SB-Lagerhalle das Büro betrat, die Sicherheitsvorkehrungen außer Betrieb setzte und sodann die Bestätigung fand, daß Jonny Babcock (also Garman) den Lagerraum 311 gemietet hatte – jenen Raum, aus dem Licht gedrungen war und aus dem er die Stimme vernommen hatte. In diesem Lagerraum ging um 1.15 Uhr das Licht aus, aber das Tor wurde nicht geöffnet, und niemand kam heraus. Zu diesem Zeitpunkt wurde der Lagerraum von fünf Personen sowie einer mit Infrarotsensoren ausgestatteten Videokamera überwacht.

Boldt spürte nicht die geringste Müdigkeit, sondern mußte sich bei mehreren Gelegenheiten sogar etwas bremsen, damit keine Unklarheiten entstanden. Die annähernd hundert an der „Operation Inferno" beteiligten Personen waren das Orchester. Lou Boldt war der Dirigent. Shoswitz, Bahan, Fidler und drei FBI-Spezialagenten hatten zusammen mit zwei Nachrichtentechnikern in der örtlichen FBI-Niederlassung Station bezogen. Dutzende von Sprechfunkgeräten und Handys waren mit dieser Zentrale verbunden.

Um sechs Uhr morgens hatten Polizisten, die als Angestellte der Telefongesellschaft, Passanten, Bauarbeiter und Müllmänner auftraten, ihre Plätze eingenommen. Am Airport Way wurden alle wichtigen Kreuzungen überwacht.

Um acht Uhr betrat ein FBI-Spezialagent das Büro der SB-Lagerhalle, nahm hinter dem Schreibtisch Platz und tat so, als ginge er seiner gewohnten Arbeit nach. Um 8.12 Uhr wurde gemeldet, daß sich im Lagerraum 311 etwas rühre. Boldt wurde verständigt. Das Tor öffnete sich, ein weißer Kleinlaster fuhr aus dem Raum und hielt an. Ein Mann stieg aus und verschloß das Tor. Er trug eine Sonnenbrille und hatte die Kapuze seines Sweatshirts fest zusammengezurrt. Er setzte sich wieder ans Steuer und fuhr in nördlicher Richtung auf die Stadt zu.

„Hier spricht Birdman", meldete sich eine leise Stimme in Boldts Ohrknopf. Sie kam aus einem Hubschrauber der Verkehrspolizei, der zur Überwachung eingesetzt wurde. „Ich schaue durch die Windschutzscheibe hinunter. Eine Geisel ist nicht zu sehen. Auf der Ladefläche des Fahrzeugs befinden sich zwei 250-Liter-Fässer und verschiedene Kisten. Eine Plane wurde nicht angebracht."

Zwei 250-Liter-Fässer! dachte Boldt. Entweder wollte Garman sein Lager räumen, oder er plante einen gewaltigen Schlag.

Der Verkehr kam nur langsam voran. Garmans genauer Aufenthaltsort wurde alle zwanzig Sekunden durchgegeben. Bei der stillgelegten Maschinenhalle standen drei mit Drehleitern ausgestattete Fahrzeuge und zwei Löschfahrzeuge mit blinkenden Warnlichtern bereit. Die Schläuche waren schon ausgerollt. Im Inneren des Gebäudes wurden die Brandsätze und die Zündkabel noch einmal überprüft.

Der mit einem Overall bekleidete Sergeant stand schräg gegenüber der Maschinenhalle auf einem Stück Ödland und riß den Boden mit einer Spitzhacke auf. Die drei bei ihm stehenden Männer, zu denen auch Detective John LaMoia gehörte, trugen ebenfalls Overalls und waren mit Schaufeln ausgerüstet.

„Los!" befahl Boldt. „Er ist nur noch achthundert Meter entfernt und kommt näher."

Eifrig begann LaMoia zu schaufeln. Boldts Hände waren feucht, aber das lag nicht an dem leichten Nieselregen, der wenige Minuten zuvor eingesetzt hatte. In der ausgebeulten rechten Tasche des Overalls steckte seine Dienstwaffe.

SOBALD Garmans Fahrzeug die Lagerhalle hinter sich gelassen hatte, bezogen zwei Angehörige des Bombenräumdienstes vor dem Lagerraum 311 Position. Sie wurden von dem Techniker Danny Kotch und der Psychologin Daphne Matthews begleitet.

Kotch arbeitete geschickt. Er schob ein mit einem Objektiv versehenes Glasfaserkabel durch den Spalt unterhalb des Tores. Auf dem winzigen Monitor des Technikers erschienen Bilder aus dem Inneren des Lagerraums.

Daphne rang nach Luft, als sie Ben gefesselt in der Ecke liegen sah. Er war nicht geknebelt, und ihr war unverständlich, wieso er sich so still verhalten hatte.

„Hörst du mich, Ben?" rief sie.

Der Junge blickte mit seinem intakten Auge suchend um sich. Daphne brach in Tränen aus. „Schnell! Holen Sie ihn raus!" wies sie die Männer mit stockender Stimme an.

Ein Polizist in Zivil, der ein Sprechfunkgerät in der Hand hatte, rannte herbei. „Matthews“, rief er, „Sie werden gebraucht!“ Die Entscheidung, zu welchem Zeitpunkt die Lagerhalle angezündet werden sollte, lag allein bei Daphne. Boldt war klar, daß sie über die psychologischen Auswirkungen am besten Bescheid wußte, und deshalb bestand er darauf, daß sie den Befehl erteilte.

Daphne griff nach dem Sprechfunkgerät. „Hat der Verdächtige das Gebäude jetzt genau im Blick?“ fragte sie.

„Er ist achthundert Meter entfernt und kommt näher“, lautete die Antwort der Einsatzleitung.

„Wenn er das Gebäude voll im Blickfeld hat, soll es angezündet werden“, ordnete Daphne an. „Er muß sehen können, muß miterleben können, wie es in Flammen aufgeht. Wenn sich das vor seinen Augen abspielt, wird er aussteigen und zuschauen, wie der Brand bekämpft wird.“

„Noch hundert Meter“, wurde ihr von der Einsatzleitung mitgeteilt. „Dann hat er das Gebäude voll im Blick.“

„NOCH dreißig Sekunden bis zur Zündung“, vernahm Boldt aus seinem Ohrknopf. „Der Verdächtige ist vierhundert Meter entfernt und kommt näher.“ Von jeder Kreuzung, die Garman passierte, war sein Auftauchen sogleich gemeldet worden.

Die vier Autos, die vor Garmans Kleinlaster herfuhren, wurden von nichtuniformierten Mitgliedern der Sondereinheit gesteuert. Geplant war außerdem, daß vier Autos Garmans Fahrzeug folgen sollten. Die erste Panne gab es, als ein Chevrolet bei Rot einbog und sich hinter den Kleinlaster klemmte.

Der Sprechfunkverkehr war daraufhin äußerst lebhaft.

WAGEN EINS: „Einsatzleitung, wir haben einen ungebetenen Gast. Eben hat sich irgend so ein Idiot dazwischengedrängt.“

SHOSWITZ: „Der muß sofort wieder verschwinden.“

EINSATZLEITUNG: „Okay, Wagen eins. Sie fabrizieren einen schönen Auffahrunfall, damit er anhalten muß. Und Sie, Williamson, kommen dazu, nachdem es gekracht hat. Sie schaffen den Zivilisten aus der Gefahrenzone. Verstanden?“

DER NICHTUNIFORMIERTE Polizist, der sich hinter dem Chevy befand, sollte diesen in dem Moment rammen, in dem das Feuer ausbrach. Er sollte dann zu dem Fahrer des Chevy rennen und sich für den Zusammenstoß entschuldigen. Einer der Polizisten, die sich als Bautrupp ausgaben, sollte als „Augenzeuge“ herbeikommen.

Boldt stellte seine Buddelei ein und schaute sich um. Der weiße Kleinlaster kam in dem dichten Verkehr langsam näher. „Noch zehn Sekunden", sagte er in sein Mikrofon. „Noch fünf..."

VOR DEM Lagerraum 311 setzte der ferngesteuerte Roboter des Bombenräumdienstes einen Bolzenschneider ein, um das am Tor angebrachte Vorhängeschloß zu knacken. Der Greifer des Roboters entfernte das Schloß und schob das Tor hoch.

Obwohl in dem Lagerraum angeblich keine Drähte gespannt waren, hielten alle den Atem an. Das Tor schob sich jedoch nach oben, ohne daß eine Explosion stattfand.

Ein Mann in einem Schutzanzug kroch sofort durch den Spalt ins Innere. Daphne Matthews setzte sich über die Vorschriften hinweg; sie durchbrach die Absperrung, rannte los und kroch direkt hinter dem Bombenexperten in den Lagerraum.

In dem Moment, in dem aus nördlicher Richtung dumpfe Explosionen zu hören waren, nahm sie Ben in die Arme und drückte ihn an sich.

„Er braucht Erste Hilfe!" rief Daphne. Die Lippen des Jungen waren zugeklebt, und er sah aus, als würde er gleich in Ohnmacht fallen.

NACHEINANDER ertönten fünf Explosionen. Einen sechsten Knall gab es, als der Chevy von hinten gerammt wurde.

Aus dem Gebäude schossen sofort blaue und orangefarbene Flammen empor, die bis zum Himmel hinaufzüngelten. Die staunenden Autofahrer traten auf die Bremse.

Boldt lehnte sich auf seine Spitzhacke. Er hatte den Blick auf den Fahrer des Kleinlasters gerichtet. Anhalten! beschwor er den Mann. Steig aus und betrachte das Schauspiel! Die motorisierten Verkehrsteilnehmer waren eineinhalb Blocks von dem brennenden Gebäude entfernt, doch die Feuerwehrleute ließen neugierige Fußgänger bis zu einem abgesperrten Bereich herankommen, der nur einen halben Block vom Brandort entfernt war. Die sieben Gaffer, die sich dort bereits eingefunden hatten, waren ausnahmslos Polizeibeamte.

Teil des Manövers war es, daß einer der vorausfahrenden Wagen am Straßenrand anhielt. Sein Lenker stieg aus und lief auf das Feuer zu, um es genau zu betrachten. Boldt hoffte, daß Garman diesem Beispiel folgen würde. Doch zu seinem Entsetzen stieg Garman nicht aus, sondern zog es vor, sich den Brand von seinem Fahrzeug aus anzusehen. Einige der hinter Garman befindlichen Autos begannen ein Hupkonzert.

Die Räder des Kleinlasters drehten sich jetzt langsam, so, als wolle Garman weiterfahren. Boldt ahnte, daß sich der Mann von dem Feuer angezogen fühlte, daß er aber gleichzeitig an seine Ladung dachte und an sein nächstes Vorhaben. Der Sergeant hatte den sehnlichen Wunsch, daß der Mann dabliebe.

Als Feuerwehrleute mit der Brandbekämpfung begannen, wurde das Prasseln noch lauter. Jonathan Garman fuhr an den Straßenrand und stieg aus. Er schaute sich um und musterte die Umgebung. Will er herausfinden, ob er im Halteverbot steht? überlegte Boldt. Oder hat er gemerkt, daß etwas nicht stimmt? Der Verdächtige drückte die Wagentür zu und ging zur Vorderseite des Kleinlasters, um den Brand genauer betrachten zu können.

Wie ein Arbeiter, der sich das Feuer nicht entgehen lassen wollte, lief LaMoia mit der Schaufel in der Hand an Boldt vorbei. Garman beachtete ihn nicht. Mit einer seltsamen zeitlupenartigen Bewegung reckte er den Hals und genoß die Gewalt und die Pracht des Feuers. Er machte ein paar Schritte von seinem Fahrzeug weg. Er lehnte sich immer wieder entzückt vor, wobei auf seinem Gesicht eine kindhafte Schadenfreude lag. Das lodernde Feuer verwandelte sich in einen Funken- und Ascheregen, und Boldt hatte den Eindruck, daß Garman sich vor Lachen krümmte und seinen seltsamen Mund zu einem Grinsen verzog.

Dann wandte sich Garman um und warf einen Blick auf das Geschehen auf der Straße. Der Undercover-Polizist hatte sich vergeblich bemüht, den Fahrer des Chevy zum Wegfahren zu bewegen. Da er mit einem Schußwechsel rechnete, versuchte er nun, den Mann wegzuzerren. Dabei öffnete sich das Jackett des Beamten, und sein Pistolenhalfter war zu erkennen.

Garmans Hochstimmung verflog. Ihm ging ein Licht auf. Er betrachtete die 15 Personen in seiner unmittelbaren Umgebung und schien zu merken, daß sie allesamt Polizisten waren. Er trat zwei Schritte zurück zu seinem Fahrzeug und dessen Ladung.

Boldt zog seine Pistole und lief auf Garman zu. Aus seinem Ohrknopf erfuhr er, daß ein Scharfschütze einen gezielten Schuß abgeben wollte. Von Shoswitz kam der Befehl, Garman zu schnappen.

Der Schuß ging durch Garmans Schulter hindurch. Blut spritzte auf den Laster, aber dem Mann war nichts anzumerken. Er riß die Tür auf und setzte sich ans Steuer.

Der Kleinlaster fuhr ruckartig los und krachte gegen das Auto, das vor ihm abgestellt war. Als Garman das Steuer herumgedreht hatte und auf den Gehsteig fuhr, war Boldt bis auf wenige Schritte an das Fahrzeug herangekommen. Ein Scharfschütze gab einen weiteren Schuß ab, der die Scheibe der Fahrertür zerschmetterte. Boldt machte einen Satz auf den Laster zu. Er erwischte das Trittbrett mit den Fußspitzen, verlor aber seine Pistole, als er mit der rechten Hand Halt suchte.

Garman trat aufs Gas. Die Hinterreifen quietschten, als er über ein Stück Ödland auf das brennende Gebäude zufuhr.

Boldt wußte nicht, daß der vorhandene Raketentreibstoff ausreichte, um drei Häuserblocks niederzubrennen. Er wußte nur, daß Miles und Sarah jetzt mehr denn je einen Vater brauchten, daß er jedoch auf dem Laster dem Inferno entgegenfuhr.

Garman wandte sein weißes, ausdrucksloses Gesicht dem Sergeant zu. Seine braunen Augen waren von transplantierten Hautstücken umgeben. Sie schauten einander einen Moment lang an. Boldt schob seinen Oberkörper mit einem Ruck durch die Fensteröffnung und griff nach der Gangschaltung, aber Garman versetzte ihm einen schmerzhaften Schlag. Der Sergeant wand sich ein Stück weiter in die Fahrerkabine, drückte Garman vom Fahrersitz weg und steckte seinen Arm durch das Lenkrad, so daß sich dieses nicht mehr bewegen ließ. Als das Fahrzeug über das Ödland holperte, stieß Boldt mit dem Kopf gegen das Dach der Kabine. Da der Kleinlaster dabei seine Fahrtrichtung ein wenig änderte, rammte er eines der beiden Löschfahrzeuge. Es war, als kollidiere er mit einer Backsteinmauer. Der Kleinlaster flog nach rechts und ratterte wieder auf das brennende Gebäude zu. Boldt spürte, daß sein Arm gebrochen war. Der Schmerz war so stark, daß ihm fast schwarz vor den Augen wurde, und einen Moment stockte ihm der Atem.

Sie fuhren genau auf den Haupteingang der brennenden Maschinenhalle zu. In was bin ich da bloß hineingeraten? dachte der Sergeant. Meine Zeit ist noch nicht gekommen.

Garman drückte seine klauenartigen Finger in Boldts Gesicht und versuchte, ihn zurückzudrängen. Als er den Fuß auf das Gaspedal bekam, steigerte sich das Tempo.

Der Sergeant überwand den Schmerz und griff mit seinem gebrochenen Arm nach dem Zündschlüssel. Garman richtete seine Aufmerksamkeit auf den weißen Eimer, der auf dem Boden stand. Boldt konnte sich denken, daß der Eimer Raketentreibstoff enthielt. Der junge Mann beugte sich vor, um nach dem Behälter zu greifen. Da packte ihn Boldt an der Kapuze des Sweatshirts und schleuderte seinen Kopf mit letzter Kraft hin und her. Als Garmans Schädel gegen die Heckscheibe knallte, schrie er laut auf und griff nach seinem Ohr.

Boldt streckte seinen gebrochenen Arm noch weiter aus, bis seine Finger den Zündschlüssel erreichten. Er drehte ihn herum, und der Motor ging aus.

Der Kleinlaster kam 15 Meter vor dem brennenden Gebäude zum Stehen. Die Hitze war so groß, daß der Lack auf der Motorhaube Blasen warf. Das Führerhaus verwandelte sich sofort in einen Backofen.

Aus Löschschläuchen wurden Hunderte von Litern Wasser auf das Fahrzeug gespritzt. Das geschah mit einer solchen Gewalt, daß Boldt hochgerissen und weiter in das Führerhaus gedrückt wurde, wo er auf Garman zu liegen kam. Der Sergeant spürte, wie kräftige Hände seine Beine packten. „Festhalten!“ rief eine Stimme. Der Kleinlaster kippte fast um, als er seitlich von einem Feuerwehrfahrzeug gerammt wurde, das ihn vom Brandplatz wegzudrücken versuchte. Der Helfer hielt Boldt weiterhin fest.

Als der Kleinlaster endgültig zum Stillstand kam, war er zwanzig Meter von dem Inferno entfernt. Überall wurden Befehle gebrüllt. Für Boldt hörte sich das an, als wäre das totale Chaos ausgebrochen. Er spürte, wie Garman unter ihm weggezogen wurde. „Laßt ihn nicht entkommen!“ rief er. „Nehmt ihn fest!“

Garman schaffte es jedoch, sich zu Boden fallen zu lassen. Die Helfer hatten in ihren dicken Handschuhen nichts als das Sweatshirt. Der Brandstifter machte eine doppelte Rolle, und Boldt versicherte Daphne später, Garman habe ihn dabei einen Moment lang angeschaut. Der Sergeant behauptete, er habe in diesen Augen keine Reue, keine Furcht und keinen Überlebenswillen entdeckt.

Jonny Garman erhob sich. Er schaute kurz zu der Kette von bewaffneten Polizisten hinüber, die im Laufschritt näher kam, warf Boldt einen Blick zu und wandte sich um. Dann lief er wie ein Sprinter in das brennende Gebäude. Als die Flammen ihn umgaben, gellten seine Schreie gen Himmel, und dann war nur noch der flackernde orangefarbene Feuerschein zu sehen.

DAPHNE war froh, daß es regnete. Da würde es kaum auffallen, wenn sie Tränen vergoß.

„Es ist nicht nötig, daß Sie mit reinkommen“, sagte Ben.

„Ich begleite dich nur bis zur Haustür“, erwiderte sie.

Daß sich der Junge so auf das Wiedersehen mit Emily freute, tat Daphne weh. Sie wünschte sich insgeheim, daß er es sich anders überlegte und sie darum bat, bei ihr bleiben zu dürfen. Die erlesensten

Dinge im Leben sind wie Zugvögel, dachte Daphne. Man genießt ihre Schönheit, und dann sind sie plötzlich fort.

Die Scheibenwischer bewegten sich im Gleichtakt hin und her. „Es ist ja kein Abschied für immer", sagte Ben, als könne er ihre Gedanken lesen.

Sie spürte, daß Ben sie nachdenklich betrachtete. War es für ihn vielleicht auch ein Verlust?

„Weißt du, Ben, manchmal taucht im Leben eine Person auf, die etwas ganz Besonderes an sich hat. Ohne daß man es ahnt, bringt sie zum Vorschein, was in einem steckt. Sie zeigt einem eine Richtung, die man vorher nicht wahrgenommen hat. Verstehst du, was ich meine?"

„Ich glaub schon", antwortete er.

„Ich will damit sagen, daß du für mich eine solche Person bist. Ich kann dir gar nicht sagen, wie sehr du mir geholfen hast. Du bist ein toller Bursche!"

„Das kapier' ich nicht. Ich hab doch immer nur Scheiße gebaut!"

„So etwas sagt man nicht."

Der Junge verkniff sich ein Grinsen. „Sie sind okay. Ich weiß, daß Sie mächtig geackert haben, damit jetzt alles klappt. Und das finde ich echt cool."

„Wenn du mal Hilfe brauchst, rufst du mich an, nicht wahr?" bat Daphne und bemühte sich vergebens, nicht zu weinen. „In dir steckt viel Gutes, Ben. Laß andere daran teilhaben." Endlich traute sie sich, ihm in die Augen zu schauen. Der Junge fing ebenfalls zu weinen an. Auf eine etwas egoistische Weise freute sie sich darüber.

Vor dem purpurfarbenen Haus hielt Daphne an. Ben holte seinen Rucksack und seine Bücher vom Rücksitz. „Sie und Susan helfen mir also beim Umzug?"

„Ja." Daphne sah, wie Emily die Haustür öffnete und winkte. „Ich steige lieber nicht aus", sagte sie. Jetzt versuchte sie nicht mehr, die Tränen zurückzuhalten. Das Geräusch der Scheibenwischer wirkte beruhigend, ihr Rhythmus einschläfernd.

„Also dann ...", sagte Ben. Er beugte sich vor und küßte Daphne auf die Wange. Seine Freude, Emily wiederzusehen, hatte bereits die Oberhand gewonnen. Daphne nickte und schniefte. Der Junge stieß die Tür auf und stieg aus.

„Ben!" rief sie in einem so scharfen Ton, daß es wie „Peng!" klang.

Der im Regen stehende Junge streckte den Kopf ins Auto herein.

„Sag Emily, sie soll das scheußliche Haus neu streichen!" Daphne brachte endlich ein Lächeln zuwege.

„So etwas sagt man nicht“, erwiderte Ben. Sein Blick verriet ihr jedoch, wie es um ihn stand. Sie würde diesen Blick nie vergessen.

Er schloß die Tür und lief durch den Regen auf das Haus zu.

DIE DAHLIA LOUNGE war voll besetzt. Das Ehepaar Boldt saß am Empfang auf zwei Barhockern und wartete darauf, daß ein Tisch frei wurde. Liz trank einen Fruchtsaft, und Boldt hatte sich ausnahmsweise einen Wodka pur genehmigt. Sie sah umwerfend aus. Ihn juckte der Gipsverband.

„Er hatte all sein Zeug rausgeschafft, denn er wußte wohl, daß wir ihn ausfindig machen würden, wenn der Junge redete. Er wollte aber dem Jungen nichts zuleide tun.“

„Das ist also jetzt zwei Wochen her.“ Sie betrachtete ihn. In diesen zwei Wochen hatte er, als sie schlief, an ihrer Seite wach gelegen und ihr Haar gestreichelt. In diesen zwei Wochen hatten sie über Dinge geredet, die sie schon immer zur Sprache bringen wollten. Sie hatten sich überlegt, wieso erst etwas so Gravierendes geschehen mußte, bevor zwei Menschen so offen miteinander redeten. Boldt fand es unfair, aber Liz betrachtete es als einen Segen.

Die Schmerzen waren schlimmer geworden. Sie hatten beschlossen, einen Abend lang auszugehen, solange dies noch möglich war.

„Was geschieht jetzt mit dem Jungen?“ erkundigte sich Liz.

„Daphne setzte sich sehr für ihn ein. Er wird sich vorerst bei der Wahrsagerin aufhalten. Vielleicht bleibt er sogar längere Zeit bei ihr. Das ist eine ganz gute Lösung.“

Liz stimmte ihm zu. Sie erhoben ihre Gläser und stießen an.

„Was ist denn der Grund dafür, daß wir zum Abendessen ausgehen?“ fragte sie.

„Braucht man dafür einen Grund?“

„Wenn man ausgerechnet dieses Lokal besucht, dann schon. Also, was steckt dahinter?“

Boldt schnaubte und trank sich mit einem Schluck Wodka Mut zu. „Ich werde mich um die Stelle eines Lieutenants bewerben.“

Liz beugte sich zu ihm hinüber und küßte ihn auf die Wange. Als sie die Lippenstiftspuren wegwischen wollte, drehte Boldt den Kopf weg.

„Ich möchte, daß das dranbleibt“, sagte er.

„Es sieht ein bißchen lächerlich aus.“

„Das ist mir egal.“ Er hob sein leeres Glas in die Höhe und bestellte sich noch einen Wodka.

„Ich fahre“, bestimmte Liz.

„Du fährst."

Sie sahen einander in die Augen. Liz mußte schließlich unwillkürlich lächeln, und Boldt tat es ihr nach.

„Ganz schön verrückt, was?" stellte sie fest.

„Ja, ziemlich bizarr." Boldt spürte, wie Tränen in ihm aufstiegen. Er kämpfte gegen sie an.

„Wir stehen das gemeinsam durch." Liz griff nach seiner Hand und drückte sie. In ihren Augen standen Tränen.

Diesmal schaffte es Boldt jedoch, ein Lächeln zu zeigen. Ihm war klar, daß sie aufeinander angewiesen waren und daß sie einander Kraft geben mußten. „Wir haben in letzter Zeit viel durchmachen müssen", bemerkte er.

„So etwas drückt auf die Tränendrüsen", erwiderte sie blinzelnd.

„Hast du Angst?" fragte er mit bebender Stimme.

„Ja", antwortete sie. „Wie könnte es auch anders sein?" Ihre Lippen zitterten, und sie schaute ihn fragend an, als wüßte er einen Ausweg.

„Ich auch", flüsterte er der schönsten Ehefrau der Welt zu.

Foto: J. Bauer

# Realitätsnähe ist das A und O

Ridley Pearsons Romane sind so dramatisch, daß sich die Frage aufdrängt, wie das Privatleben des Autors aussieht. Doch im Gegensatz zu den Hauptpersonen seiner Bücher lebt der weitgereiste Mann aus Connecticut mit seiner Frau in der ruhigen Stadt Hailey im US-Bundesstaat Idaho. In seinem idyllischen Heim schreibt er über eine aufregende, wenn auch alles andere als perfekte Welt.

Häufig ist es eine wissenschaftliche Entdeckung, die Ridley Pearson zu einem neuen Roman inspiriert. „Allerdings darf Technik lediglich ein Auslöser für die Geschichte sein und auf keinen Fall eine wichtigere Rolle spielen als die Charaktere", findet er. Zu *Bis zur Unkenntlichkeit* regte den Autor zweierlei an: Bei der Recherche für ein früheres Buch stieß er in einem gerichtsmedizinischen Labor in Kalifornien auf einen Fall von Brandstiftung und Mord. Die fortschrittlichen forensischen Methoden erlaubten es den Kriminologen, den Täter zu überführen. Den endgültigen Anstoß zum vorliegenden Roman gab ein Artikel im *Wall Street Journal* über ungewöhnlich heiße Feuer, bei denen Brandbeschleuniger im Spiel waren. Als Pearson recherchierte, welche Stoffe extrem hohe Feuertemperaturen hervorrufen, lernte er einen ehemaligen *Apollo*-Astronauten kennen. Dieser war am Abbau des Titanraketenprogramms beteiligt und steuerte wertvolle Details dazu bei, woher Raketentreibstoff zu beziehen ist.

Nichts ist Pearson so wichtig, wie das berufliche und private Umfeld seiner Romanfiguren so wirklichkeitsgetreu wie möglich zu schildern. „Nur so kann man überzeugend Spannung hervorrufen", meint der Autor.

KEN FOLLETT

# DIE BRÜCKEN DER FREIHEIT

Mack und Lizzie wachsen in einem Ort in Schottland auf, in dem sich alles um den Kohlenbergbau dreht. Aufgrund ihrer unterschiedlichen Herkunft trennen sich ihre Wege. Doch beide haben etwas gemeinsam: Sie sind mit ihrem Leben unzufrieden. Mack will nicht ewig in Leibeigenschaft im Bergwerk schuften. Lizzie möchte aus ihrer Ehe mit einem ungeliebten Mann ausbrechen. Bei dem Versuch, in Amerika ein neues Leben zu beginnen, treffen sich die beiden schließlich wieder.
Wird es ihnen im Land der unbegrenzten Freiheit gelingen, ihre Ketten abzuwerfen?

# PROLOG

In der ersten Zeit nach meinem Einzug in High Glen House habe ich viel im Garten gearbeitet, und dabei fand ich das Halseisen.

Das Haus war sehr baufällig und der Garten eine Wildnis. Zwanzig Jahre lang hatte hier eine kauzige alte Dame gelebt und der Fassade nicht einen Pinselstrich Farbe gegönnt. Nach ihrem Tod erstand ich es von ihrem Sohn, der in Kirkburn, der nächsten Stadt – ungefähr achtzig Kilometer von hier –, eine Toyota-Niederlassung besitzt.

Sie werden sich fragen, was einen Menschen wie mich dazu veranlaßt, achtzig Kilometer von der Zivilisation entfernt eine solche Bruchbude zu kaufen. Ich liebe ganz einfach dieses schottische Tal. In den Wäldern ringsum gibt es scheues Wild, und oben auf dem Kamm des Berges nisten die Adler. Die Hälfte meiner Arbeitszeit draußen im Garten verging damit, daß ich, auf meinen Spaten gestützt, die blaugrünen Hänge betrachtete.

Ich habe natürlich trotzdem einiges umgegraben. Das Toilettenhäuschen war nicht gerade eine Augenweide, weshalb ich es hinter ein paar Sträuchern verbergen wollte. Beim Ausheben des Grabens stieß ich auf eine Kiste.

Sie war nicht sehr groß, und sie war obendrein völlig schmucklos, aus schlichtem Holz, das mit rostigen Nägeln zusammengehalten wurde. Ich brach sie mit meinem Spaten auf.

Darin entdeckte ich einen Beutel aus Wachstuch. In ihm befand sich ein Eisenring mit einem Durchmesser von ungefähr fünfzehn Zentimetern. Zunächst hielt ich ihn für ein Teil von einem Karren oder einem Pflug. Aber warum hatte man ihn dann sorgfältig in Wachstuch eingewickelt, damit er erhalten blieb? Der Ring hatte einen Sprung und war verbogen. Allmählich erkannte ich darin ein Halseisen, wie man es Gefangenen umzulegen pflegte. Der Gefangene war entkommen, und bei seiner Befreiung war das Eisen mit schwerem Schmiedewerkzeug gebrochen und verbogen worden.

Ich nahm ihn mit ins Haus. Als ich ihn mit einem alten Lumpen polierte, kam eine Inschrift zum Vorschein. Der Text lautete:

*Dieser Mann ist das Eigentum von Sir George Jamisson aus Fife*
*A. D. 1767*

Jetzt liegt der Ring hier auf meinem Schreibtisch, gleich neben dem PC. Oft nehme ich ihn in die Hand, drehe ihn hin und her und lese die Inschrift nochmals. Wenn dieser Eisenring reden könnte, denke ich bei mir – was würde er wohl erzählen?

# 1

Schnee bedeckte die bewaldeten Höhen von High Glen. Mit dem scharfen Wind, der von der Nordsee her über das Land heulte, fegten Graupel- und Hagelschauer heran.

Die Zwillinge Malachi und Esther McAsh gingen an diesem Morgen über einen Zickzackpfad, der am östlichen Abhang der Schlucht entlangführte, zur Kirche. Malachi, den alle Mack nannten, trug einen karierten Umhang und Kniehosen aus Tweed, doch unterhalb der Knie waren seine Beine bloß. Die nackten Füße in den Holzschuhen waren eiskalt, aber Mack war jung und heißblütig und störte sich nicht daran.

Der Weg, den sie eingeschlagen hatten, war nicht der kürzeste zur Kirche, doch High Glen begeisterte ihn immer wieder. Hier hatte er drei Jahre lang ein Adlerpärchen bei der Aufzucht seiner Brut beobachtet. Wie die Adler hatte er die Lachse des Lairds, des Gutsherrn, aus dem fischreichen Wasser gestohlen, und wie die Hirsche hatte er sich still und reglos zwischen den Bäumen verborgen, wenn die Wildhüter kamen.

Der Laird von High Glen war eine Frau, Lady Hallim, eine Witwe, die eine Tochter hatte. Das Land auf der anderen Seite des Berges gehörte Sir George Jamisson und beherbergte eine andere Welt. Dort hatten Ingenieure große Löcher in die Flanken des Berges gerissen; von Menschenhand aufgehäufte Schlackehalden entstellten das Tal. Schwere Kohlenkarren durchpflügten die schlammige Straße. Dort lag das Dorf namens Heugh, das aus einer langen Reihe Steinhäuschen bestand, die sich wie eine Treppe den Hügel hinaufzog. Hier lebten die Zwillinge.

Mack und Esther boten die männliche und die weibliche Version ein und desselben Bildes: Beide hatten sie blondes, vom Kohlenstaub geschwärztes Haar und auffallend blaßgrüne Augen. Beide waren untersetzt, hatten ein breites Kreuz und starke, muskulöse Arme und Beine. Beide waren eigensinnig und streitsüchtig.

Die Streitsucht war eine Familientradition. Der Vater der Zwillinge war von rebellischer Natur gewesen, stets bereit, sich mit der Regierung und jedweder anderen Autorität anzulegen. Die Mutter hatte vor ihrer Heirat bei Lady Hallim gearbeitet und sich mit der Oberklasse identifiziert. In einem bitterkalten Winter war Vater am schwarzen Auswurf gestorben, jenem Husten, der so viele Bergarbeiter dahinraffte. Mutter bekam eine Lungenentzündung und folgte Vater innerhalb weniger Wochen in den Tod. Die Streitereien wurden fortgesetzt, gewöhnlich an den Samstagabenden in „Mrs. Wheighels Salon", der einzigen Schenke in dem Dörfchen Heugh.

Die Gutsarbeiter waren der gleichen Meinung wie Mutter. Sie sagten, der König sei von Gott eingesetzt und deshalb habe ihm das Volk zu gehorchen. Die Grubenarbeiter hatten inzwischen schon neuere Ideen gehört. John Locke und andere Philosophen meinten, die Autorität einer Regierung setze die Zustimmung des Volkes voraus. Diese Theorie gefiel Mack.

Nur wenige Kumpel in Heugh konnten lesen. Macks Mutter hatte es gekonnt, und ihr Sohn hatte sie so lange bearbeitet, bis sie es ihm auch beibrachte. Bei Mrs. Wheighel wurde Mack deshalb jedesmal aufgefordert, aus politischen Journalen vorzulesen. Die Zeitungen waren immer schon mehrere Wochen alt, doch die Männer und Frauen aus dem Dorf lauschten begierig den Berichten über Streiks, Proteste und Aufstände.

Nach einem Samstagabendstreit bei Mrs. Wheighel hatte Mack den Brief geschrieben. Sie hatten lange darüber diskutiert, über jedes einzelne Wort, denn keiner der Bergarbeiter hatte je einen Brief geschrieben. Adressat war Caspar Gordonson, ein Anwalt in London, der in seinen Zeitungsartikeln über die Regierung herzog.

Gestern nun war die Antwort gekommen, und das war das Aufregendste, was Mack in seinem bisherigen Dasein widerfahren war. Es wird mein ganzes Leben auf den Kopf stellen, dachte er. Vielleicht macht es mich sogar frei ...

Als Kind hatte er Davey Patch beneidet, der, Messer, Bindfaden und Balladen feilbietend, von Dorf zu Dorf zog. Was dem kleinen Mack an Daveys Leben so wunderbar erschienen war, war der Umstand, daß der Hausierer erst bei Sonnenaufgang aufstehen mußte und sich schlafen legen konnte, wenn er müde war. Mack war seit seinem siebten Lebensjahr kurz vor zwei Uhr morgens von seiner Mutter wach gerüttelt worden, hatte dann fünfzehn Stunden lang in der Grube geschuftet und war nach Feierabend um fünf Uhr nachmittags wieder nach Hause gewankt, wo er dann nicht selten über seinem Porridge eingeschlafen war.

Hausierer zu werden, wünschte Mack sich schon lange nicht mehr, doch die Sehnsucht nach einem anderen Leben beherrschte ihn nach wie vor. Der Brief in seiner Hand bedeutete, daß seine Träume vielleicht in Erfüllung gehen würden.

„Ich weiß immer noch nicht genau, ob es richtig ist, ihn in der Kirche vorzulesen“, sagte Esther, als sie über den gefrorenen Berg wanderten. „Ratchett wird vor Wut schäumen.“ Harry Ratchett war der Obersteiger, der Mann, der die Grube im Auftrag des Besitzers leitete. „Vielleicht erzählt er es sogar Sir George, und was werden sie dann mit dir machen?“

„Warum sollte ich den Brief für mich behalten?“ fragte Mack. „Dann würde er doch gar keinen Sinn erfüllen.“ Er schaute seine Zwillingsschwester von der Seite an. Sie wirkte besorgt. Eine Woge der Zuneigung überkam ihn. Was immer auch geschehen mochte – Esther würde auf seiner Seite stehen.

„Gib ihnen bloß keinen Anlaß, dich zu bestrafen!“ bat Esther ängstlich.

„Ich bin nicht der einzige, den dieser Brief betrifft. Da sind mindestens noch fünf andere, die gern von hier fortgehen würden, wenn sie wüßten, daß das geht. Ich will ja nur mitteilen, was das Gesetz besagt – was soll daran falsch sein?“

„Es ist unvorsichtig.“

„*Aye,* das ist es“, gab er zu. „Aber ich mach's trotzdem!“

Sie überquerten eine Bergkuppe und stiegen auf der anderen Seite hinab ins Tal der Gruben. Kurz darauf kam auch schon die kleine Steinkirche in Sicht. Vor dem Kirchenportal stand eine geschlossene Kutsche. Mehrere Damen in Reifröcken und Pelzen stiegen aus.

Esther packte Mack am Arm und deutete auf die Brücke. Auf einem großen braunen Jagdpferd ritt der Besitzer des Bergwerks heran – Sir George Jamisson, der Laird des Tales.

Seit fünf Jahren hatte man Jamisson hier nicht mehr gesehen. Er lebte in London, eine einwöchige Schiffsreise entfernt. Einst war er ein kleiner Krämer in Edinburgh gewesen, erzählten sich die Leute, der in einem Eckladen Kerzen und Gin verkauft hatte. Dann war ein junger Verwandter von ihm kinderlos gestorben. Jamisson hatte das Schloß und die Kohlengruben geerbt und darauf ein geschäftliches Imperium errichtet, das sich bis in so unvorstellbar ferne Gegenden wie Barbados und Virginia erstreckte. Und mit dem Wohlstand war die Würde gekommen: Jamisson war inzwischen Baron, Friedensrichter und Ratsherr von Wapping und in dieser Eigenschaft verantwortlich für Recht und Ordnung im Londoner Hafenviertel.

„Das war's dann wohl", sagte Esther erleichtert. „Jetzt kannst du deinen Brief nicht mehr vorlesen. Nicht vor dem Laird persönlich!"

„Ganz im Gegenteil", gab Mack halsstarrig zurück. „Das ist sogar noch viel besser!"

Lizzie Hallim weigerte sich, mit der Kutsche zur Kirche zu fahren. Die Straße war mit Schlaglöchern übersät, und die Insassen würden durchfroren, voller blauer Flecken und obendrein wahrscheinlich zu spät ankommen. Lizzie ließ sich nicht davon abbringen, zur Kirche zu reiten.

Ihre Mutter trieb dergleichen undamenhaftes Benehmen regelmäßig zur Verzweiflung. „Wie willst du jemals einen Mann bekommen, wenn du dich immer so unweiblich benimmst?" fragte sie nicht zum erstenmal.

„Ich kriege einen Mann, sobald ich einen will", antwortete Lizzie wie immer. Und es stimmte: die Männer verliebten sich reihenweise in sie. „Hauptsache, ich finde einen, in dessen Gesellschaft ich es länger als eine halbe Stunde aushalte."

„Hauptsache, es findet sich einer, den du mit deinem Benehmen nicht verschreckst", murmelte ihre Mutter verhalten.

Lizzie lachte. Sie hatten beide recht.

„In deiner Jugend hat der Mann im Haus gefehlt", meinte ihre Mutter. „Deshalb bist du so ein Wildfang geworden." Sie stieg in die Kutsche, und damit war die Diskussion fürs erste beendet.

Über den gekiesten Vorplatz von Jamisson Castle ging Lizzie zu den Pferdeställen. Ihr Vater war gestorben, als sie drei Jahre alt war. Er hatte ihnen keinen Penny hinterlassen. Jahrelang hatte sich Mutter irgendwie durchgewurstelt, hatte immer wieder neue Hypotheken auf den Hallimschen Besitz aufgenommen und darauf gewartet, daß Lizzie erwachsen würde und einen reichen Mann heiratete. Lizzie war nun zwanzig Jahre alt, und es wurde Zeit, daß sie ihre Bestimmung erfüllte.

Hierin lag zweifellos der Grund dafür, daß die Jamissons nach all diesen Jahren wieder einmal ihren schottischen Besitz besuchten und Lizzie mit ihrer Mutter – ihre nur fünfzehn Kilometer entfernt lebenden Nachbarn – als Hausgäste geladen hatten. Anlaß für die Einladung war der einundzwanzigste Geburtstag des jüngeren Jamisson-Sohns Jay, doch dahinter steckte die Absicht, Lizzie mit Robert, dem älteren, zu verheiraten. Mutter war dafür, weil Robert einst ein großes Vermögen erben würde. Sir George war dafür, weil er den Hallimschen Besitz den Ländereien der Jamissons zuschlagen wollte.

Lizzie sah Robert im Stallhof stehen, wo er darauf wartete, daß die Pferde gesattelt wurden. Er ähnelte dem Porträt seiner Mutter, das in der Schloßhalle hing; es zeigte eine ernste, unauffällige Frau mit hübschem Haar, hellen Augen und einem entschlossenen Zug um den Mund. Lizzie war nicht in ihn verliebt, aber sie wußte, was von ihr erwartet wurde.

„Es ist wirklich höchst pflichtvergessen, daß Sie in London leben", sagte sie in der Absicht, ihn ein wenig zu necken.

„Pflichtvergessen?" Er runzelte die Stirn. „Wieso?"

„Sie lassen uns hier ohne Nachbarn." Er sah noch immer aus, als begriffe er nicht. Anscheinend besaß er nicht allzuviel Humor. „Wenn Sie nicht da sind", erklärte Lizzie, „gibt's zwischen hier und Edinburgh keine Menschenseele mehr."

„Abgesehen von hundert Bergarbeiterfamilien und mehreren Dörfern voller Pächter", bemerkte jemand hinter ihr.

„Sie wissen genau, was ich meine", entgegnete Lizzie, während sie sich umdrehte. Mit der ihr eigenen Direktheit fragte sie: „Wer sind Sie?"

„Jay Jamisson", antwortete der junge Mann mit einer Verbeugung. „Wie konnten Sie das vergessen?"

„Ach so!" Sie hatte gehört, daß er gestern am späten Abend angekommen war, doch sie hatte ihn nicht wiedererkannt. „Ich erinnere mich an Sie", sagte sie.

„Hallo, Jay. Willkommen auf Schloß Jamisson", begrüßte Robert ihn.

Jay setzte eine verdrießliche Miene auf. „Du brauchst noch nicht den Gutsbesitzer hervorzukehren, Robert. Du magst ja der ältere Sohn sein, aber noch hast du den Kasten hier nicht geerbt."

„Meine Glückwünsche zu Ihrem einundzwanzigsten Geburtstag", sagte Lizzie.

„Danke."

Robert fragte ungeduldig: „Willst du mit uns zur Kirche reiten?“

Lizzie sah Haß in Jays Augen, aber seine Stimme blieb neutral. „Ja. Ich hab mir ein Pferd satteln lassen.“

„Dann wird's Zeit, daß wir uns auf den Weg machen.“ Robert wandte sich dem Stall zu und rief: „Beeilung da drinnen!“

„Alles bereit, Sir!“ rief ein Stallbursche. Im nächsten Augenblick wurden auch schon drei Pferde herausgeführt: ein schwarzes Pony, eine braune Stute und ein grauer Wallach.

Lizzie bestieg das schwarze Pony, dem ein Damensattel auflag, und ritt aus dem Hof hinaus. Die beiden Brüder folgten ihr, Jay auf dem Wallach, Robert auf der Stute. Der frisch gefallene Schnee ließ den Untergrund trügerisch sicher erscheinen, deckte er doch die oft fußtiefen Löcher zu, welche die Pferde zum Stolpern brachten. „Reiten wir durch den Wald!“ schlug Lizzie vor. „Dort ist der Boden nicht so uneben.“ Ohne auf Zustimmung zu warten, lenkte sie ihr Pferd von der Straße fort, hinein in den uralten Forst.

Unter den hohen Kiefern gab es kein Gestrüpp. Lizzie trieb ihr Pony zu einem leichten Galopp an. Wenige Augenblicke später stob der Graue an ihr vorbei. Als Lizzie aufblickte, gewahrte sie ein herausforderndes Grinsen in Jays Miene: Er wollte mit ihr um die Wette reiten. Sie stieß einen Begeisterungsschrei aus und trat ihrem Pony in die Flanke. In dem schwierigen Terrain tat sich das weniger schwerfällige Pony mit seinen kurzen Beinen leichter, so daß Lizzie langsam, aber sicher einen kleinen Vorsprung gewann. Erst als das Hufgetrappel von Jays Wallach nicht mehr zu hören war, hielt sie an.

Jay hatte sie bald eingeholt, doch von Robert war weit und breit nichts zu sehen. Sie und Jay ritten im Schritt weiter, Seite an Seite, immer noch atemlos. Sie musterte ihn mit einem kritischen Seitenblick. Alicia, seine Mutter und die zweite Frau von Sir George, war eine blonde Kokotte. Jay hatte nicht nur ihre blauen Augen, sondern auch ihr gewinnendes Lächeln geerbt.

„Was treiben Sie denn so in London?“ fragte Lizzie.

„Ich gehöre dem Dritten Regiment der Fußgarde an.“ Und mit unüberhörbarem Stolz in seiner Stimme fügte er hinzu: „Bin kürzlich erst zum Captain befördert worden.“

„Und was, Captain Jamisson, habt ihr tapferen Soldaten derzeit zu tun?“ fragte sie spöttisch. „Herrscht vielleicht Krieg in London?“

„Wir haben alle Hände voll zu tun, den Mob in seine Schranken zu weisen.“

„Und wie stellen Sie das an?“

„Ich eskortiere zum Beispiel Verbrecher zum Galgen und sorge dafür, daß ihre Spießgesellen sie nicht befreien."

„Sieh an, er befördert Engländer vom Leben zum Tode! Sie haben das Zeug zum schottischen Volkshelden, Jay!"

Ihr Spott schien Jay nicht zu stören. „Eines Tages", antwortete er gelassen, „würde ich gern meinen Abschied nehmen und nach Übersee gehen."

„Ach ja? Warum?"

„Weil in diesem Lande hier ein jüngerer Sohn nichts gilt. In den Kolonien ist alles anders. Die Menschen dort sind freier und nehmen das Leben leichter. Man wird so genommen, wie man ist. Meine Familie besitzt eine Zuckerrohrplantage auf Barbados. Ich hoffe, daß mein Vater sie mir zu meinem einundzwanzigsten Geburtstag überschreibt."

Lizzie empfand bitteren Neid. „Sie Glückspilz!" sagte sie. „Nichts täte ich lieber, als in ein anderes Land zu ziehen."

„Das Leben da draußen ist ziemlich rauh", erwiderte Jay. „Ihnen würden sicher verschiedene Annehmlichkeiten fehlen: Läden, Opernaufführungen, die neueste französische Mode und so weiter."

„Das kann mir alles gestohlen bleiben!" rief Lizzie voller Verachtung. „Ich hasse diese Kleider!" Sie trug einen gerafften Rock und ein eng geschnürtes Mieder. „Am liebsten würde ich mich anziehen wie ein Mann – Hose, Hemd, Reitstiefel..."

Jay lachte. „Das ginge vermutlich sogar auf Barbados ein bißchen zu weit."

Ein paar Meter oberhalb der Brücke erreichten sie den Waldrand. Am anderen Ufer waren Grubenarbeiter zu erkennen, die im Gänsemarsch zur Kirche gingen.

Lizzie bekam den Gedanken an Barbados nicht aus dem Kopf. Wenn ich durch Robert nach Barbados kommen könnte, dachte sie, würde ich ihn auf der Stelle heiraten!

DIE KLEINE Kirche war randvoll. Die Kumpel und Pächter wahrten gebührenden Abstand von der Familie Jamisson und ihren Gästen, als fürchteten sie, die feinen Kleider zu berühren und sie mit Kohlenstaub oder Kuhdung zu beschmutzen.

Gegenüber Esther hatte Mack den Helden hervorgekehrt, doch innerlich war er voller Furcht. Die Grubenbesitzer hatten das Recht, Bergarbeiter auspeitschen zu lassen. Sir George Jamisson war obendrein Richter, was bedeutete, daß er andere Menschen an den Galgen bringen konnte. Vorübergehend dachte Mack ernsthaft an einen Rückzieher. Dann stimmte die Gemeinde das erste Lied an, und der harmonische Gesang der Kumpel erfüllte die Kirche. Mack hörte hinter sich den schwellenden Tenor Jimmy Lees, des besten Sängers im Dorf. Der Gesang ließ ihn an High Glen denken, an seinen Traum von der Freiheit. Er beschloß, seinen Plan wie vorgesehen auszuführen.

Der Pastor, Reverend John York, war ein sanfter Mann von vierzig Jahren mit schütterem Haar. Er sprach zögernd, sichtlich befangen vom Glanz des hohen Besuchs. In seiner Predigt ging es um die Wahrheit. Wie wird er reagieren, wenn ich den Brief vorlese? dachte Mack. Er ist Pfarrer und von daher auch unabhängig vom dem, was Sir George vielleicht sagen mag, der Gerechtigkeit verpflichtet – oder?

Mack beobachtete die Menschen aus dem Schloß. Die Angehörigen der Familie Jamisson waren ihm zum größten Teil bekannt. Er kannte auch einige der Gäste der Jamissons. Lady Hallim und ihre Tochter Lizzie waren ihm vertraut. Macks Mutter war ja früher einmal Zofe in High Glen House gewesen, dem Wohnsitz der Hallims, und nach ihrer Heirat an Sonntagnachmittagen des öfteren dorthin zurückgekehrt, um ihre alten Freundinnen zu besuchen und stolz ihre Zwillinge vorzuführen. Bei diesen Gelegenheiten hatten Mack und Esther mit Lizzie gespielt. Das Mädchen war ein richtiges kleines Luder gewesen: dickköpfig, rechthaberisch und verwöhnt. Einmal hatte Mack sie geküßt, worauf sie ihn so heftig an den Haaren gezogen hatte, daß er zu weinen anfing. Allzusehr schien sie sich nicht verändert zu haben: sie hatte ein koboldhaftes Gesicht und einen dunkelbraunen Lockenkopf. In ihren dunklen Augen saß der Schalk.

Zusätzlich zu dem herkömmlichen presbyterianischen Gottesdienst stand heute eine Taufe an: Macks Cousine Jen hatte ihr viertes Kind geboren. Jen stand neben dem Taufbecken. Sie sah müde aus. Sie war gerade dreißig, doch nach vier Geburten und 23 Jahren Arbeit unter Tage schon ausgebrannt. Nachdem Reverend York den Kopf des Babys mit Wasser benetzt hatte, wiederholte Jens Mann Saul jene Worte, mit denen die Söhne aller schottischen Bergleute zu Sklaven gemacht wurden: „Ich gelobe, daß dieses Kind in Sir George Jamissons Gruben arbeiten wird – als Knabe und als Mann, bis ihn seine Kräfte verlassen oder bis zu seinem Tode.“

Das war das Stichwort für Mack. Er stand auf.

An diesem Punkt der Taufzeremonie trat normalerweise Obersteiger Harry Ratchett vor und überreichte dem Vater das „Handgeld“, die traditionelle Bezahlung für das geleistete Versprechen. Die Summe betrug zehn Pfund. Zu Macks Überraschung war es jedoch Sir George, der das Ritual diesmal persönlich durchführen wollte.

Sir George schritt auf das Taufbecken zu. Mack trat in den Mittelgang der kleinen Kirche und sagte mit lauter Stimme: „Das Handgeld hat keine Bedeutung mehr.“

Es herrschte betroffenes Schweigen.

„Diese Zeremonie hat keine bindende Kraft“, fuhr Mack fort. „Der Junge kann dem Bergwerk nicht versprochen werden. Man darf ein Kind nicht versklaven.“

„Setzen Sie sich hin, Sie junger Narr!“ herrschte Sir George ihn an.

„Setzen *Sie* sich hin!“ gab er in forschem Ton zurück, der die Gemeindemitglieder die Luft anhalten ließ. Er deutete mit dem Zeigefinger auf Pfarrer York. „Sie sprachen in Ihrer Predigt doch über die Wahrheit, Pastor. Werden Sie jetzt auch dafür einstehen?“

Der Gottesmann sah Mack beunruhigt an. „Sie kennen doch gewiß das schottische Recht“, antwortete York in einem Ton, der erkennen ließ, daß er sich um Verständnis bemühte. „Der Arbeiter in der Kohlengrube ist Eigentum des Bergwerksbesitzers. Nach einem Jahr und einem Tag in der Grube verliert er seine Freiheit.“

„*Aye*“, bestätigte Mack. „Das ist schlimm, aber es ist Gesetz. Ich sage jedoch, daß das Gesetz keine Kinder versklavt – und ich kann es auch beweisen.“

„Wir brauchen das Geld, Mack!“ protestierte Saul.

„Nimm es ruhig an, Saul“, sagte Mack. „Dein Junge wird bis zu seinem einundzwanzigsten Geburtstag für Sir George arbeiten, und das ist die zehn Pfund durchaus wert. Doch danach ...“ Er hob die Stimme: „Danach ist er frei!“

Sir George lief purpurrot an. „Um Sie kümmere ich mich nach dem Gottesdienst“, sagte er wütend. Er überreichte Saul die Geldbörse und wandte sich dann an den Pfarrer. „Bitte fahren Sie fort, Pastor York!“

Eine Stimme hinter Mack unterbrach ihn: „Nein, nein – noch nicht!“

Mack drehte sich um. Es war Jimmy Lee, der junge Bergmann mit der schönen Stimme. Er war schon einmal davongelaufen und trug zur Strafe einen Eisenring um den Hals, auf dem die Worte *Dieser Mann ist das Eigentum von Sir George Jamisson aus Fife* eingraviert waren.

„Sie können jetzt nicht einfach aufhören“, sagte Jimmy. „Ich werde nächste Woche einundzwanzig. Ich möchte wissen, ob ich freikommen kann.“

„Davon kann überhaupt keine Rede sein!“ fauchte Sir George.

Esther zerrte an Macks Ärmel. „Der Brief!“ zischte sie. „Zeig ihnen den Brief!“

„Dies ist der Brief eines Londoner Rechtsanwalts, bei dem ich mich erkundigt habe“, erklärte Mack daraufhin. „Ich les ihn vor: ‚Für die Handgeld-Zeremonie findet sich weder im englischen noch im schottischen Recht eine Grundlage. Eltern können nicht verkaufen, was ihnen nicht gehört, schon gar nicht die Freiheit eines erwachsenen Mannes. Sie können ihre Kinder bis zu deren einundzwanzigstem Geburtstag zur Arbeit in den Bergwerken zwingen, doch danach …‘“ Mack hielt inne, um den Effekt zu erhöhen, und las die folgenden Worte besonders langsam: „‚… doch danach sind die jungen Männer frei und können gehen.‘“

Es entstand Unruhe. Alle wollten etwas sagen, hundert Menschen gleichzeitig. Mack hob die Hand, und prompt verstummten die Leute wieder. „Laßt mich noch eine Zeile vorlesen“, sagte er. „‚Sobald ein Mann erwachsen ist, untersteht er wie jeder andere Schotte auch dem Gesetz: Nach einem Jahr und einem Tag Arbeit *als Erwachsener* verliert er seine Freiheit.‘“

Empörung und Enttäuschung machten sich breit. Die meisten von ihnen waren nicht freier als zuvor.

Sir George fragte: „Wer ist dieser sogenannte Rechtsanwalt?“

„Er heißt Caspar Gordonson“, erwiderte Mack.

„Ein in der Wolle gefärbter Radikaler“, erklärte Sir George verächtlich. „Ein Spießgeselle von John Wilkes.“ Den Namen Wilkes kannten alle. Der gefeierte Führer der Liberalen lebte im Pariser Exil, drohte jedoch ständig mit seiner Rückkehr und dem Kampf gegen die Regierung.

Nun erhob sich Robert Jamisson. Auch sein Gesicht war vom Zorn gerötet. Er nahm Mack den Brief aus der Hand. „Ich zeige Ihnen jetzt, was ich von Ihrem Rechtsanwalt halte.“

Er riß den Brief mittendurch.

Die Kumpel hielten die Luft an. Auf diesem Papier stand ihre Zukunft. Dies wiederum brachte Mack in Rage. „Sie müssen große Angst haben, sonst hätten Sie diesen Brief nicht zerrissen“, sagte er zu Robert. „Das Gesetz dieses Landes können Sie nicht so leicht in Stücke reißen.“

Robert Jamisson erschrak und wußte im ersten Moment nicht, wie er auf diese schlagfertige Antwort reagieren sollte. Nach kurzem Zögern sagte er nur ein Wort: „Raus!"

Mack sah Pastor York an. Kein Laie besaß das Recht, ein Gemeindemitglied aus der Kirche zu weisen. „Ist dies ein Haus Gottes, oder gehört es Sir George?" wollte Mack wissen.

Es war ein kritischer Augenblick, und es zeigte sich, daß Pastor York ihm nicht gewachsen war. „Sie gehen jetzt am besten, McAsh", antwortete er.

Mack wußte, daß es töricht war, aber er konnte sich eine Erwiderung nicht verkneifen. „Ich danke Ihnen für Ihre Predigt über die Wahrheit, Pastor. Ich werde sie niemals vergessen!"

Er wandte sich zum Gehen. Auch Esther stand auf, um ihn zu begleiten. Durch den Mittelgang schritten sie auf den Ausgang zu. Da erhob sich hinter ihnen ein dritter. Es war Jimmy Lee. Ein oder zwei andere standen zögernd auf, und plötzlich erhoben sich alle. Als Mack erkannte, daß er nicht mehr allein war, fühlte er sich von der Gemeinschaft getragen und spürte, daß er einen großen Sieg errungen hatte. Tränen stiegen ihm in die Augen. Draußen auf dem Friedhof sammelten sie sich um ihn.

„Den Brief hätte er nicht zerreißen dürfen", sagte Jimmy empört. „Das war ein Fehler." Andere stimmten ihm zu.

Mack fragte sich, was er mit seinem Auftritt tatsächlich erreicht hatte. Die Jamissons hatten sich brüsk geweigert, das Gesetz anzuerkennen. Angenommen, sie stellten sich stur – was konnten die Bergarbeiter dagegen schon unternehmen?

In diesem Moment schoß eine kleine Gestalt im schwarzen Pelzmantel durch das Kirchenportal und lief geradewegs auf Mack zu. Es war Lizzie Hallim. Ihre schwarzen Augen funkelten. „Wie können Sie es wagen, in diesem Ton zu dem Laird und seinem Sohn zu sprechen?"

„Wie können die beiden es wagen, uns zu versklaven, obwohl das Gesetz es ihnen ausdrücklich verbietet?"

Unter den Arbeitern erhob sich zustimmendes Gemurmel.

Lizzie sah in die Runde. „Ihr könnt von Glück reden, daß ihr eine bezahlte Arbeit habt", sagte sie. „Und ihr solltet Sir George dafür dankbar sein, daß er euch und euren Familien ein Auskommen gibt."

Mack senkte die Stimme und fragte in forschendem Ton: „Sind Sie schon einmal in einer Kohlengrube gewesen, Miß Hallim?"

„Machen Sie sich doch nicht lächerlich!" erwiderte Lizzie.

„Sollten Sie einmal die Gelegenheit dazu haben, dann garantiere ich Ihnen eines: Sie werden keinen von uns mehr für glücklich halten.“

Er spürte einen schmerzhaften Ellbogenstoß in seiner Seite. Es war Esther, die ihm auf diese Weise zu verstehen gab, daß er aufpassen mußte.

„Wir werden über das, was Sie uns gesagt haben, nachdenken, Miß Hallim, und danken Ihnen sehr für Ihren guten Rat“, sagte Esther.

Lizzie nickte herablassend. Sie wandte sich an Mack. „Sie sollten mehr auf Ihre Schwester hören. Esther hat ein besseres Gespür als Sie.“

„Das ist der erste richtige Satz, den Sie heute zu mir gesagt haben.“

„Mack, halt jetzt den Rand!“ zischte Esther.

Lizzie grinste, und plötzlich war ihre Arroganz wie fortgeblasen. Sie war wie verwandelt, eine nette, fröhliche junge Frau. „Diesen Ausdruck habe ich schon lange nicht mehr gehört“, sagte sie und lachte – und Mack mußte unwillkürlich mitlachen. Noch immer kichernd, wandte Lizzie sich zum Gehen. Mack sah ihr nach.

„Mein Gott“, sagte er. „Was für eine Frau!“

ALS JAY JAMISSON die Kirche verließ, sprach ihn kein einziger Bergarbeiter an. Sie hatten sich am Rand des Friedhofs zusammengerottet und waren in ein heftiges Streitgespräch verwickelt. Jay ärgerte sich furchtbar darüber, daß sie ihm mit ihrem Auftritt seinen Ehrentag verdarben. Eilig ging er durch das Schneetreiben zu den Pferden, die ein Stallknecht für sie bereithielt. Robert war schon dort, doch Lizzie fehlte noch. „Wo ist Miß Hallim?“ fragte Jay den Stallknecht.

„Dort drüben, beim Portal, Mr. Jay.“

Jetzt entdeckte Jay sie. Sie unterhielt sich angeregt mit dem Pastor.

Robert tippte ihm mit dem Zeigefinger auf die Brust. „Hör mir mal gut zu, Jay“, sagte er. „Laß die Pfoten von Elizabeth, verstanden? Du wirst sie nicht heiraten, Jay. Sie gehört mir!“

Jay genoß das seltene Vergnügen, seinen Bruder so verwundbar zu sehen. „Miß Hallim ist Gast in unserem Hause – ich kann sie doch nicht wie Luft behandeln.“

Ein störrischer Zug lag um Roberts Mund. „Willst du, daß ich mit Vater darüber spreche?“

Das waren die Zauberworte, die viele Streitereien in ihrer Jugend beendet hatten, denn beide Brüder wußten nur zu genau, daß Vater immer nur Robert recht geben würde.

„Schon gut, schon gut“, sagte Jay. „Ich halt mich aus deiner

Brautwerbung heraus." Er schwang sich auf sein Pferd und ritt davon. Sollte doch Robert Lizzie zum Schloß eskortieren!

Schloß Jamisson war eine hohe Festung aus grauem Stein mit Türmen. Es war vor siebzig Jahren errichtet worden, nachdem die erste Kohlengrube im Tal den Hausherrn reich gemacht hatte. Die riesigen, zugigen Räume im Erdgeschoß – Halle, Speisesaal, Salon – waren einfach nicht warm zu bekommen. In jedem Schlafzimmer wurde reichlich Kohle verheizt, was jedoch kaum etwas daran änderte, daß die Gemächer kalt und klamm waren.

Jay ritt zu den Ställen und übergab den Wallach dem Stallknecht. Dann betrat er die große Halle, einen riesigen, düsteren Raum mit noch dunkleren Ecken, die vom Kerzenlicht kaum erreicht wurden. Über dem Kamin hing das Porträt von Roberts Mutter Olivia, der ersten Frau Sir Georges. Jay haßte das Gemälde. Da hing sie nun, feierlich und fromm, und schaute an ihrer langen Nase vorbei auf die Nachwelt herab. Mit 29 Jahren war sie an einem plötzlichen Fieber gestorben. Vater hatte ein zweites Mal geheiratet, seine erste Liebe aber nie vergessen können. Alicia, die Mutter seines zweiten Sohnes, behandelte er wie eine Mätresse; sie war nur ein Spielzeug für ihn, und Jay hatte manchmal das Gefühl, er selbst sei nichts weiter als ein illegitimer Sohn. Robert war der Erstgeborene, der Erbe, der Liebling.

Ein Diener brachte Jay einen Becher Glühwein. Dankbar schlürfte er ein paar Schlucke und hoffte insgeheim, sie könnten ihn von der nervösen Spannung befreien, die sich in seiner Magengrube breitgemacht hatte. Heute war der Tag, an dem Vater die Entscheidung über sein Erbteil bekanntgeben wollte.

Er wußte, daß er nicht die Hälfte des väterlichen Vermögens bekommen würde, ja noch nicht einmal ein Zehntel. Das Gut und die ertragreichen Gruben würde Robert erhalten, ebenso die Handelsflotte, für die er schon jetzt verantwortlich war. Er war ein Duplikat seines Vaters, ein cleverer, aber herzloser und geiziger Mann. Jay hingegen war umgänglich und verschwenderisch. Vater haßte Menschen, die zuviel Geld ausgaben; vor allem, wenn es sein eigenes war. Erst vor Monaten hatte Jay die Situation durch Spielschulden in Höhe von 900 Pfund noch verschlimmert. Er hatte seine Mutter gebeten, Vater um die Begleichung zu ersuchen. Sir George konnte es ohne weiteres verschmerzen. Dennoch hatte er getobt, als wolle man ihm ein Bein amputieren. Inzwischen waren schon wieder neue Spielschulden aufgelaufen, von denen Sir George noch gar nichts wußte.

Ein paar Minuten später kehrte Sir George zurück. Er ließ sich von einem Diener aus dem Mantel helfen. „Benachrichtigen Sie sofort Ratchett", sagte er zu dem Mann. „Ich möchte, daß die Brücke rund um die Uhr von zwei Mann bewacht wird. Wenn McAsh versucht, das Tal zu verlassen, soll er sofort festgenommen werden."

„Und was ist, wenn McAsh über den Berg geht?" fragte Jay.

„Bei diesem Wetter? Soll er's ruhig versuchen! Aber ich denke, er wird es gar nicht schaffen."

Lady Hallim traf als nächste ein. Sie hatte dunkles Haar und dunkle Augen wie ihre Tochter, doch nichts von deren Feuer und Temperament.

„Darf ich Ihnen Ihren Mantel abnehmen?" fragte Jay und half ihr aus dem schweren Pelz. „Möchten Sie vielleicht einen Becher Glühwein?"

„O ja, gerne, Jay. Sie sind wirklich ein sehr netter junger Mann."

Nun kamen auch die anderen Kirchgänger nach Hause. Sie rieben sich die Hände warm. Robert bemühte sich verbissen, die Konversation mit Lizzie nicht abreißen zu lassen. Sir George begann eine geschäftliche Unterhaltung mit Henry Drome, einem Glasgower Kaufmann aus der Verwandtschaft seiner ersten Frau. Gekommen waren indessen noch verschiedene andere Gäste, hauptsächlich Verwandte und ein oder zwei Nachbarn. Die meisten Gespräche drehten sich um Malachi McAsh und den Brief.

Es dauerte nicht lange, als plötzlich Lizzies Stimme deutlich das Stimmengewirr übertönte. „Aber warum denn nicht?" sagte sie. „Ich möchte das mit eigenen Augen kennenlernen."

„Ein Kohlenbergwerk ist nicht der richtige Ort für eine Lady, glauben Sie mir!" entgegnete Robert mit ernstem Ton.

„Verstehe ich das recht?" mischte sich Sir George ein. „Miß Hallim möchte ein Bergwerk von innen sehen?"

„Ganz abgesehen von anderen Erwägungen, würde allein die Frauenkleidung erhebliche Probleme mit sich bringen", erklärte Robert.

„Dann verkleide ich mich eben als Mann!" versetzte Lizzie.

Sir George lachte. „Ich kenne ein paar Mädchen, denen ich das zutrauen würde. Aber Sie, meine Teuerste, sind doch viel zu hübsch dafür." Die anderen lachten pflichtgemäß.

„Sind alle Becher gefüllt?" Ohne eine Antwort abzuwarten, fuhr Sir George fort: „Laßt uns auf meinen Sohn James Jamisson trinken. Er feiert heute seinen einundzwanzigsten Geburtstag. Auf dein Wohl, Jay!"

Man prostete dem jungen Mann zu. Dann zogen sich die Damen zurück, um sich fürs Dinner zurechtzumachen. Die Männer wandten sich wieder geschäftlichen Themen zu. „Die Nachrichten aus Amerika gefallen mir ganz und gar nicht", sagte Henry Drome. „Wenn das stimmt, könnten wir am Ende schwer draufzahlen müssen."

Jay wußte, worüber der Mann sprach. Die englische Regierung hatte – sehr zum Unmut der Siedler – verschiedene Gebrauchsgüter, die in die amerikanischen Kolonien eingeführt wurden, mit Steuern belegt, unter anderem Tee, Papier, Glas, Blei und Malerfarben.

„Die Stadtversammlung von Boston hat bereits einen Boykott aller britischen Importe beschlossen. Sie verzichten auf Tee und haben sich sogar darauf geeinigt, bei der Trauerkleidung zu sparen, damit sie nicht mehr soviel schwarzes Tuch benötigen."

„Die Kolonisten sind eine gottverdammte Räuberbande!" polterte Sir George.

„Am schlimmsten sind die Kerle in Virginia", sagte Drome. „Diese Tabakpflanzer begleichen niemals ihre Schulden."

„Wem sagst du das?" erwiderte Sir George. „Ich hatte gerade wieder den Fall eines Pflanzers, der seine Verbindlichkeiten nicht einhalten kann – und da sitze ich nun mit einer bankrotten Pflanzung namens Mockjack Hall."

„Gott sei Dank gibt es keine Einfuhrzölle auf Sklaven", warf Drome ein. Jahr für Jahr verurteilten die Gerichte mehrere hundert Menschen zur Deportation nach Amerika. Die Regierung zahlte dem Reeder, der den Transport übernahm, fünf Pfund pro Kopf. Neun von zehn Verurteilten überquerten den Atlantik auf einem Jamisson-Schiff. Doch die Bezahlung seitens der Regierung war nicht die einzige Geldquelle. Drüben angekommen, waren die Sträflinge zu sieben Jahren unbezahlter Arbeit verpflichtet, was zur Folge hatte, daß man sie als „7-Jahre-Sklaven" verkaufen konnte. Es war ein äußerst lukratives Gewerbe.

„*Aye*", sagte Sir George und leerte seinen Becher. „Aber selbst damit wäre es vorbei, wenn die Kolonisten ihren Willen durchsetzten." Er wandte sich Robert zu und fragte in scherzhaftem Ton: „Na, was hältst du von der kleinen Hallim, he? Ein ungeschliffenes Juwel, wenn du mich fragst..."

„Elizabeth ist sehr lebhaft", gab Robert zweideutig zurück. „Sie wäre eine anstrengende Ehefrau."

„Nichts geht über eine feurige Stute!" entgegnete Sir George. „Es gäbe viel schlimmere..." Er senkte die Stimme: „Lady Hallim verwaltet das Gut treuhänderisch bis zur Hochzeit ihrer Tochter. Da das Eigentum einer Frau in den Besitz ihres Mannes übergeht, gehört das Gut vom Hochzeitstag an dir. Unter High Glen müssen Millionen Tonnen Kohle lagern – alle Flöze laufen in diese Richtung. Das Mädchen hockt auf einem Vermögen."

Robert blieb stur: „Ich weiß nicht, wie sehr sie mich mag."

„Ich verrate dir jetzt ein Geheimnis", erklärte Sir George. „Du weißt, daß sie das gesamte Gut verpfändet hat? Ich weiß zufällig, daß ihr Gläubiger nicht bereit ist, die Laufzeit zu verlängern. Du siehst also, lieber Robert, daß die junge Dame es sich gar nicht leisten kann, dir einen Korb zu geben."

Die Damen kamen zurück, und man begab sich zum Dinner. Auf dem langen Tisch standen erlesene Speisen: Wildbret- und Rinderkeulen, Schinken, ein großer geräucherter Lachs und verschiedene Pasteten. Dennoch brachte Jay kaum einen Bissen hinunter. Ob er mir die Pflanzung auf Barbados überschreiben wird? fragte er sich ständig. Und wenn nicht – was bekomme ich dann?

Man hatte sich gegen drei Uhr nachmittags zum Essen niedergelassen. Als der Winternachmittag allmählich in den Abend überging, zogen sich die Damen zurück. Ein Diener brachte eine Portweinflasche, Gläser, eine Tabaksdose und ein Kästchen mit Tonpfeifen. Die Männer rauchten und tranken.

Schließlich erhob sich Sir George vom Tisch. „Jetzt holen wir die Damen! Wir wollen Jay sein Geburtstagsgeschenk überreichen", sagte er.

Man traf sich in der Halle. Sir George führte die Gesellschaft durch das Hauptportal hinaus. „Hier", sagte Sir George, an Jay gewandt, „dein Geburtstagsgeschenk."

Auf dem Hof stand, von einem Stallknecht gehalten, das schönste Pferd, das Jay je gesehen hatte. Es war ein ungefähr zwei Jahre alter Schimmelhengst mit den schmalen Zügen eines Arabers. Jay war noch ganz hingerissen vor Bewunderung, als plötzlich die Stimme seiner Mutter wie ein Messer durch seine Gedanken schnitt. „Ist das alles?" fragte sie.

„Also, Alicia!" sagte Sir George. „Ich hoffe doch, du bist nicht undankbar ..."

*„Ist das alles?"* wiederholte sie.

„Ja", gestand Sir George.

Jay war noch gar nicht auf die Idee gekommen, daß er den Hengst anstelle der Pflanzung auf Barbados erhalten sollte. Seine Verbitterung war so groß, daß er kein Wort über die Lippen brachte.

Seine Mutter sprach an seiner Statt. „Das ist dein Sohn!“ rief sie mit schriller Stimme. „Er hat ein Recht auf seinen Anteil – so gib ihm doch in Gottes Namen die Pflanzung auf Barbados!“

„Die gehört mir!“ protestierte Robert.

Jay hatte sich so weit gefaßt, daß er wieder sprechen konnte. „Die Plantage ist nie richtig geleitet worden“, sagte er. „Ich hatte vor, sie wie ein Regiment zu führen. Die Nigger sollen härter arbeiten, dann wirft sie auch wieder ordentlich Profit ab.“

„Glaubst du wirklich, daß dir das gelingen könnte?“ fragte sein Vater.

„Jawohl, das glaube ich!“ sagte Jay im Brustton der Überzeugung.

„Aber ich nicht!“ erwiderte Sir George streng. „Ich glaube, du hast nicht die leiseste Ahnung, wie man eine Plantage oder ein anderes Unternehmen leitet. Nach meiner Meinung bist du in der Armee, wo man dir sagt, was du zu tun hast, am besten aufgehoben.“

Noch ein Tiefschlag. Jay betrachtete den wunderschönen Schimmel. „Ich werde dieses Pferd niemals reiten“, sagte er. „Führt es weg!“

„Warum muß Robert denn alles bekommen?“ fragte Alicia.

„Um seiner Mutter willen“, antwortete Sir George.

Alicia starrte ihren Ehemann an. „Schande über dich!“ rief sie voller Zorn, drehte sich um und verschwand im Haus.

DIE MCASH-ZWILLINGE lebten auf knapp zehn Quadratmeter Fläche in einem Einzimmerhäuschen. Auf der einen Seite befand sich eine Feuerstelle, auf der anderen standen in zwei mit Vorhängen abgetrennten Nischen die Betten. Ihr Wasser bezogen sie aus einem Bergbach hinter der Häuserzeile.

Den ganzen Rückweg über hatte sich Mack den Kopf über die Ereignisse in der Kirche zerbrochen, aber kein Wort darüber verloren, und Esther hatte taktvoll auf neugierige Fragen verzichtet. Bevor sie am Morgen aufgebrochen waren, hatten sie ein Stück Speck zum Kochen aufgesetzt. Nun, bei ihrer Heimkehr, duftete das ganze Haus danach und hellte die Stimmung der Zwillinge ein wenig auf. Esther schnippelte einen Kohlkopf in den Topf. Nachdem sie gegessen hatten, fragte Esther: „Also, was hast du vor?“

Mack wußte, daß es nur eine einzige Antwort gab. „Ich muß fort von hier. Nach alldem, was heute geschehen ist, kann ich nicht bleiben. Mein Stolz läßt das nicht zu.“ Er versuchte ruhig zu bleiben, aber seine Stimme zitterte vor Erregung. „Wenn ich jetzt nicht gehe, komme ich nie hier raus – und jammere den Rest meines Lebens darüber, daß ich es nicht getan habe.“

Esther nickte traurig. „Wenn sie dich erwischen, legen sie dir ein Eisenhalsband um wie Jimmy Lee und bringen dich zurück."

Mack zuckte zusammen. Wie ein Hund mit einem Halsband herumlaufen zu müssen war eine bei allen Kumpeln gefürchtete Demütigung. „Ich bin cleverer als Jimmy Lee", sagte er. „Als ihm das Geld ausging, hat er versucht, in einer Grube in Clackmannan Arbeit zu bekommen. Der Grubenbesitzer hat ihn dann verraten."

„Du brauchst doch etwas zu essen. Wie willst du dir deinen Lebensunterhalt verdienen?"

„Ich sehe zu, daß ich nach Edinburgh komme", sagte Mack. „Und dort heuere ich auf einem Schiff an. Ich hab gehört, daß auf den Kohlenschiffen ständig junge, kräftige Männer gebraucht werden. In drei Tagen bin ich außer Landes."

„Auf ein Schiff!" staunte Esther. Keiner der beiden hatte je eines gesehen. „Wo kommst du denn dann hin?"

„Nach London, denke ich." Die meisten Kohlenschiffe aus Edinburgh fuhren nach London. „Ich will dorthin, wo ein Mann frei sein kann. Stell dir das doch mal vor: Du lebst, wie es dir gefällt. Du bist dein eigener Herr und niemandes Sklave mehr – wäre das nicht toll?"

Heiße Tränen rollten über Esthers Wangen. „Wann willst du gehen?"

„Am Dienstag werde ich zweiundzwanzig. Wenn ich Mittwoch wieder hinuntergehe, habe ich ein Jahr und einen Tag nach meinem einundzwanzigsten Geburtstag gearbeitet und bin für immer Sklave. Ich werde also am Dienstag abend verschwinden."

Mit leiser Stimme erklärte sie: „Ich komme mit."

Das war eine Überraschung. „Das ist ja was ganz Neues! Davon hast du bisher nichts gesagt."

„Was glaubst du eigentlich, warum ich nicht geheiratet habe?" fragte sie. „Weil ich dann Kinder kriege und nie aus dem Elend hier rauskomme."

Es stimmte. Er sah die Verzweiflung in ihren Augen, und es tat ihm weh, ihr eine Absage erteilen zu müssen. Aber er hatte keine andere Wahl. Die Flucht zu zweit war wesentlich schwieriger als für einen Mann allein. „Bleib noch eine Weile hier, Esther", sagte er. „Sobald ich Arbeit habe, spare ich Geld und lasse dich holen."

„Wirklich? Spucke und schwöre!"

„Spucken und schwören soll ich?" Als Kinder hatten sie damit ihre Abkommen besiegelt.

„Ja, ich will es!“

Er spuckte in die Rechte, streckte sie über den Tisch und nahm ihre harte Hand in die seine. „Ich schwöre, daß ich dich holen lasse.“

„Danke“, sagte sie.

## 2

Für den folgenden Morgen war eine Hirschjagd geplant, und Jay beschloß, sich daran zu beteiligen. Er wollte töten.

Er setzte sich auf die Treppen vor dem Schloß und versah den Schießmechanismus seines Gewehrs mit einem neuen keilförmigen Feuerstein, den er mit einem Pfropf aus weichem Leder befestigte.

„Guten Morgen, Jay!“ Das war die Stimme seiner Mutter.

Er stand auf und gab ihr einen Begrüßungskuß. Sie wirkte müde und traurig. „Du hast schlecht geschlafen, wie?“ fragte er mitfühlend.

Sie nickte. „Ich hätte deinen Vater nicht so verdammen dürfen.“

Jay zögerte. „Du mußt ihn doch mal geliebt haben – irgendwann ...“

Alicia seufzte. „Ich weiß es nicht. Er sah gut aus, war reich, war ein Baronet. Ja, ich wollte seine Frau sein.“

„Aber jetzt haßt du ihn.“

„Seitdem er anfing, ständig deinen Bruder vorzuziehen. Gehen wir doch ein paar Schritte.“ Sie trug eine pelzbesetzte Jacke mit Kapuze, Jay einen karierten Mantel. Gemeinsam schritten sie über den Rasen.

„Was hat meinen Vater nur dazu gebracht?“ fragte Jay. „Warum haßt er mich?“

Alicia berührte seine Wange. „Er haßt dich nicht“, sagte sie. „Obwohl es entschuldbar ist, daß du dir das einbildest.“

„Und warum behandelt er mich dann so miserabel?“

„Dein Vater, Jay, war ein armer Mann, als er damals Olivia Drome heiratete. Deshalb glaubt er, daß er alles, was ihm gehört, Olivia verdankt und daß es eine Art Beleidigung ihres Andenkens wäre, wenn er dir davon etwas vermachen würde.“

Jay schüttelte den Kopf. Als sie das Schloßtor erreichten, sagte seine Mutter: „Ich habe die ganze Nacht nach einer Lösung gesucht, mit der du leben kannst. Bisher ist mir noch keine eingefallen. Aufgegeben habe ich jedenfalls noch nicht. – Guten Morgen, Miß Hallim!“

Lizzie kam die große Treppe vor dem Eingang herunter. In ihrem

Jagdgewand mit schwarzer Fellkappe und kleinen Lederstiefeln sah sie aus wie eine hübsche Elfe. Sie lächelte. „Guten Morgen!“

Ihr Anblick munterte Jay auf. „Begleiten Sie uns?“ fragte er.

„Ich lasse mir doch keine Jagd entgehen!“

„Ausgezeichnet!“ rief er. „Ihre Anwesenheit wird einer ansonsten eher ruppigen Männerveranstaltung Stil und Schwung verleihen.“

„Verlassen Sie sich nicht darauf.“

„Ich gehe ins Haus“, sagte Alicia. „Viel Glück auf der Jagd, ihr beiden!“

„Es tut mir so leid, daß Ihr Geburtstag so ein Reinfall war“, bemerkte Lizzie, nachdem sich Jays Mutter entfernt hatte, und drückte ihm mitfühlend den Arm. „Vielleicht können Sie Ihre Probleme heute vormittag ein, zwei Stunden lang vergessen.“

Er konnte nicht umhin, ihr Lächeln zu erwidern. „Ich werde mein Bestes tun“, versicherte er.

Ein Wildhüter mit zwei irischen Wolfshunden an der Leine kam um die Ecke. Lizzie ging ihm entgegen, um die Tiere zu streicheln.

Kurz darauf erschien auch der Rest der Jagdgesellschaft vor dem Tor des Herrenhauses: Robert, Sir George und Henry Drome. Jay starrte seinen Bruder an, aber der wich seinen Blicken aus. Sir George nickte Jay höflich zu.

Stallknechte führten die Ponys vor. Hochlandponys waren auf unebenem Gelände trittsicherer als größere Pferde. Die Jagdgesellschaft saß auf und verließ den Hof.

Auf dem Weg hinab ins Tal verfiel Jay, der nun nicht mehr abgelenkt wurde, sogleich wieder in ein dumpfes Brüten über die Zurückweisung, die er von seiten seines Vaters erfahren hatte. Er wünschte Robert zur Hölle. *Käme er heute bei einem Jagdunfall ums Leben, wäre ich fein heraus.* Er tastete nach dem Lauf des Gewehrs, das an einem Riemen über seiner Schulter hing. *Man kann es so anstellen, daß es wie ein Unfall aussieht.* In seinen Tagträumereien ermordete er seinen Bruder, und als er sich der Ungeheuerlichkeit dieser Gedanken bewußt wurde, überkam ihn ein wohliger Schauer. Wenn Vater mich fair behandelt hätte, wäre ich nie auf solche Gedanken gekommen, dachte er.

Sie waren ungefähr fünf Kilometer weit geritten, als die Wildhüter oberhalb der Baumgrenze auf einem Hang ein Rudel von zwanzig oder dreißig Hirschkühen entdeckten. Die Jagdgesellschaft machte halt, und Jay zog sein Fernglas heraus. Hirschkühe hatten sehr schmackhaftes Fleisch, doch jagte man der prächtigen Geweihe wegen lieber die großen männlichen Tiere. Jay suchte den Berghang hinter den Hirschkühen ab und entdeckte schon bald, was er suchte. „Seht!“ rief er aus und deutete in die entsprechende Richtung. „Zwei Hirsche – nein, drei! Oberhalb des Rudels!“

„Ich sehe sie“, sagte Lizzie, „gleich hinter der ersten Kuppe. Und dahinter steht noch ein vierter, man sieht bloß das Geweih!“

Ihr Gesicht war vor Aufregung gerötet, was sie noch hübscher machte. Sie war hier in ihrem Element – mit Pferden und Hunden draußen im Gelände. Jay sah sich nach seinem Bruder um. Robert fühlte sich offenbar nicht wohl in seiner Haut. Anstatt in der Kälte hier draußen auf dem Pony säße er jetzt lieber in seinem Kontor, dachte Jay. Und einen solchen Mann soll Lizzie heiraten! Was für ein verschwendetes Leben …

Er versuchte sich die beiden aus dem Kopf zu schlagen und konzentrierte sich wieder auf das Wild. Mit dem Fernrohr suchte er den Hang nach möglichen Pirschwegen ab. Um zu vermeiden, daß die Tiere die menschliche Witterung aufnahmen, durfte man sich ihnen nur gegen den Wind nähern.

Lizzie hatte sich bereits eine Strecke ausgedacht. „Vor ungefähr einem halben Kilometer sind wir an einer tief eingeschnittenen Bachschlucht vorbeigekommen“, sagte sie. „Dort können wir unbemerkt aufsteigen und dann über den Kamm weitergehen.“

Sir George war einverstanden. Sie machten kehrt, ließen am unteren Ende der Schlucht die Ponys zurück und begannen mit dem Aufstieg. Oben angelangt, arbeiteten sie sich hinter einem Grat, der sie vor den Blicken der Tiere schützte, weiter voran. Die Wildhüter hatten die Führung übernommen. Plötzlich fielen sie auf die Knie und krochen auf allen vieren weiter. Die anderen folgten ihrem Beispiel. Jay spürte eine innere Erregung: Das Jagdfieber und die Hoffnung auf einen gelungenen Blattschuß hatten ihn gepackt.

Noch immer kriechend, scherte er aus und spähte vorsichtig über einen Felsen. Er sah die Hirsche – vier braune Flecken, gut verteilt über den grünen Hang. Einer der Wildhüter hob warnend die Hand, und alle erstarrten und rechneten schon mit dem Getrappel davonstiebender Hufe. Aber die Hirsche rührten sich nicht von der Stelle, so daß die Jagdgesellschaft kurze Zeit später ihren mühevollen Weg fortsetzen konnte.

Sir George und der Oberwildhüter glitten hinter einen Felsvorsprung und riskierten einen Blick über die Kante. Danach kehrten sie zu den anderen zurück, und Sir George gab seine Anweisungen.

„Wir haben vier Hirsche und fünf Gewehre", sagte er mit leiser Stimme. „Ich werde daher erst schießen, wenn einer von euch sein Ziel verfehlt hat. Henry, du nimmst das Tier hier auf der rechten Seite. Du, Robert, das zweite von rechts: Es ist das nächste und von daher am leichtesten zu treffen. Der dritte Hirsch ist deiner, Jay. Sie, Miß Hallim, nehmen den vierten ins Visier. Er ist zwar am weitesten entfernt, hat aber auch den besten Kopf – und Sie sind ja eine gute Schützin. Den ersten Schuß überlassen wir Miß Hallim, einverstanden?"

Die Jäger schwärmten aus. Jay kroch wieder ein Stück bergauf und arbeitete sich bis zu einem verkrüppelten Strauch vor. Er hob den Kopf und überblickte den Hang. Der ihm zugewiesene Hirsch war noch jung, sein Geweih noch klein. Auch die anderen Hirsche und die Jäger konnte Jay von seiner Warte aus sehen: zu seiner Linken Lizzie, die noch immer in Bewegung war, und ganz rechts außen Henry; Sir George, die Wildhüter mit den Hunden und sein Bruder befanden sich im Gebiet rechts unterhalb von ihm. Robert war vielleicht 25 Meter entfernt und bot ein leichtes Ziel.

Der Gedanke, daß er drauf und dran war, seinen Bruder umzubringen, ließ einmal mehr seinen Herzschlag stocken. Er nahm sich sein Gewehr vor, schüttete Pulver in die Zündpfanne neben dem Zündloch, schloß den Deckel und spannte den Hahn.

Er drehte sich um und ließ seinen Blick über den Abhang schweifen. Die Hirsche ästen in friedvoller Unwissenheit. Alle Jäger bis auf Lizzie hatten bereits eine Schußposition gefunden. Jay nahm zunächst das für ihn bestimmte Tier ins Visier – doch dann schwenkte er den Gewehrlauf langsam nach rechts, bis er auf Roberts Rücken gerichtet war. Sein Vater würde sich vermutlich denken können, wie es wirklich geschehen war, aber Gewißheit würde er nie bekommen.

Lizzies Schuß sollte das Signal für alle sein. Jay bemühte sich, ruhig und gleichmäßig zu atmen, doch sein Herz klopfte wie rasend, und sein Atem ging stoßweise. Mach schnell, Lizzie, bitte!

Am Rande seines Gesichtsfelds nahm er ganz in seiner Nähe eine Bewegung wahr, doch bevor er aufblicken konnte, hörte er den Knall von Lizzies Schuß. Jay zielte auf Roberts Rückgrat und krümmte den Finger um den Abzug. Der Schuß löste sich, doch im selben Moment traf ein schwerer Stiefel den Lauf seines Gewehrs und riß ihn nach oben. Die Kugel ging in die Luft und richtete keinen Schaden an. Furcht und Schuldbewußtsein überkamen Jay. Er sah auf und blickte in das wutverzerrte Gesicht seines Vaters.

„Du mieser kleiner Mörder!" zischte Sir George.

Der Tag im Freien hatte Lizzie sehr müde gemacht. Kurz nach dem Abendbrot ließ sie die anderen wissen, daß sie zu Bett gehen wolle. Da Robert gerade nicht im Zimmer war, sprang Jay höflich auf, um ihr den Weg nach oben mit einer Kerze zu beleuchten. Kaum hatten sie die steinerne Treppe betreten, sagte er leise: „Wenn Sie wollen, bringe ich Sie in die Kohlengrube."

Mit einem Schlag war Lizzie wieder hellwach. „Wann geht's denn los?"

„Noch heute nacht. Die Hauer beginnen um Mitternacht mit der Arbeit, die Träger ein oder zwei Stunden später."

Lizzie konnte das nicht verstehen. „Warum arbeiten sie nachts?"

„Sie arbeiten auch tagsüber, bis zum späten Nachmittag."

„Ich hatte bislang keine Ahnung, daß die Kumpel so lange arbeiten müssen", meinte Lizzie bestürzt.

„Halten Sie sich um Mitternacht bereit", sagte Jay. „Sie müssen sich wieder als Mann verkleiden. Kommen Sie dann rüber auf den Stallhof. Ich werde dort mit zwei gesattelten Pferden auf Sie warten." Er überließ ihr die Kerze. „Bis Mitternacht!" flüsterte er.

Lizzie ging in ihr Schlafzimmer. Ihr fiel auf, daß Jay sich wieder gefangen hatte und guten Mutes war. Oben auf dem Berg hatte es erneut eine heftige Auseinandersetzung zwischen ihm und seinem Vater gegeben. Niemand hatte mitbekommen, worum es genau gegangen war. Jay hatte seinen Hirsch verfehlt, und Sir George war auf einmal ganz weiß im Gesicht gewesen vor Wut. Lizzie hatte ihren Hirsch mit einem sauberen Blattschuß erlegt. Sowohl Robert als auch Henry hatten die ihnen zugedachten Tiere aber nur angeschossen. Roberts Hirsch war noch ein paar Meter gelaufen und dann zusammengebrochen, so daß sein Jäger ihm mühelos den Fangschuß geben konnte. Henrys Hirsch war dagegen geflohen und erst nach einer Weile von den Hunden aufgespürt worden.

Lizzie schlüpfte aus ihrem Kleid. Dann wickelte sie sich in eine Decke und setzte sich vor das prasselnde Feuer. Jay ist so unterhaltsam, dachte sie. Und er sieht nicht schlecht aus.

Es klopfte an der Tür, und ihre Mutter kam herein. Ihr schlechtes Gewissen ließ Lizzie zusammenzucken. Ich hoffe, sie wird nicht allzu lange mit mir reden wollen, dachte sie. Aber sie hatte noch Zeit; es war noch nicht einmal elf.

Lady Hallim nahm die Nadeln aus Lizzies Haar und begann es zu bürsten. Wenn Mutter sie frisierte, fühlte sie sich immer in ihre Kindheit zurückversetzt. „Du mußt Robert die Chance geben, um dich zu werben. Auf dem Weg zur Kirche gestern bist du mit Jay vorausgeritten und hast ihn einfach stehenlassen. Und heute abend hast du dich just in dem Augenblick zurückgezogen, als Robert nicht im Zimmer war. Er bekam also keine Gelegenheit, dich hinaufzubegleiten."

Lizzie liebte ihre Mutter und hätte ihr gern alle Wünsche erfüllt. Aber sie konnte einfach nicht die Tochter sein, wie ihre Mutter sie sich vorstellte.

„Tut mir leid, Mutter", sagte sie. „An solche Dinge denke ich einfach nicht."

„Sag mal, Kind... Magst du Robert?"

„Im Notfall würde ich ihn schon nehmen."

Lady Hallim legte die Bürste ab und setzte sich Lizzie gegenüber. „Daß wir uns in einer Notlage befinden, ist nicht mehr von der Hand zu weisen. Man will uns kein Geld mehr leihen. Es besteht die Gefahr, daß man uns Hallim House und das Gut wegnimmt."

Lizzie erschrak. „Wer ist ‚man'?"

Mutters Blick war unbestimmt. „Nun ja, der Mann, der mir immer die Kredite vermittelt, war der Rechtsanwalt deines Vaters. Wie er es genau anstellt, weiß ich gar nicht."

„Soll das heißen, daß wir unser Gut verlieren?"

„Nein, mein Kind – nicht, wenn du Robert Jamisson heiratest."

Lady Hallim erhob sich und küßte ihre Tochter. „Gute Nacht, mein Kind. Schlaf gut."

„Gute Nacht, Mutter."

Nachdenklich starrte Lizzie ins lodernde Feuer. Sie wußte seit Jahren, daß es ihr Schicksal war, das Gut der Familie durch die Hochzeit mit einem reichen Mann zu retten. Die Aussicht, in Kürze verheiratet zu sein, entsetzte sie; doch was konnte sie tun? Ich kann doch nicht zulassen, daß Mutters Gläubiger uns aus dem Haus werfen, dachte sie.

Lizzie steckte ihr ungebärdiges Haar auf und legte die gleiche Verkleidung an wie am Abend zuvor: Hose, Reitstiefel, Leinenhemd und Überzieher. Auf den Kopf setzte sie sich einen Dreispitz. Mit Ruß aus dem Kamin schwärzte sie ihre Haut, und zum Schutz gegen die Kälte streifte sie sich Fellhandschuhe über, die überdies ihre zarten Hände verbargen. Außerdem legte sie ein Schottentuch um, das nicht nur wärmte, sondern auch ihre Schulterpartie breiter erscheinen ließ.

Als es Mitternacht schlug, nahm sie eine Kerze zur Hand und schlich die Treppen hinunter. Jay wartete bereits auf sie. Er hielt zwei Pferde am Zügel. Lizzie empfand eine merkwürdige Freude, als Jay sie im Mondlicht anlächelte und ihr wortlos die Zügel des kleineren Pferdes übergab. Dann ging er voraus. Er benutzte einen schmalen Pfad, der auf der Rückseite des Gebäudes aus dem Hof hinausführte.

Als sie die Straße erreichten, nahm Jay die Hülle von einer Laterne, die er mitgenommen hatte, und sie bestiegen ihre Pferde.

Je näher sie den Gruben kamen, desto aufgeregter und neugieriger wurde Lizzie. Auf jeden Fall weiß ich bald, wie es da unten aussieht, dachte sie, und McAsh kann mich nicht mehr mit meiner Unwissenheit aufziehen...

Der Schachteingang war nur daran erkennbar, daß da ein Pferd unermüdlich im Kreis herum trottete und eine Trommel drehte. Beim Näherkommen sah Lizzie, daß die Trommel ein Seil aufspulte, das Wassereimer aus der Grube zog.

„Es steht immer Wasser in der Grube", erklärte Jay. „Es sickert aus der Erde."

Sie banden die Pferde an und begaben sich zum Eingang. Der Schacht war ungefähr sechs Quadratmeter breit und wurde von einer steilen, im Zickzack abwärts führenden Holztreppe gesäumt, deren unteres Ende nicht zu sehen war. Ein Geländer fehlte.

Lizzie überkam ein kurzer Anfall von Panik. „Wie tief ist es?" fragte sie mit zitternder Stimme.

„Um die siebzig Meter", sagte Jay.

Lizzie biß die Zähne zusammen und fragte: „Worauf warten wir noch?"

Jay ging voran und beleuchtete die Treppe für sie. In der Schachtmitte stießen die wassergefüllten Holzeimer, die hinaufgezogen wurden, gegen die leeren, die nach unten sanken, wodurch Lizzie des öfteren einen eiskalten Guß abbekam.

Nachdem sie schon eine ganze Weile unterwegs waren, gönnte Jay ihnen eine Verschnaufpause. Um sich ihre Müdigkeit nicht anmerken zu lassen, begann Lizzie ein Gespräch. „Sie kennen sich im Bergbau offenbar recht gut aus."

„Bei uns in der Familie wird ständig über den Kohlenbergbau geredet. Er ist ja unsere wichtigste Einnahmequelle. Außerdem habe ich vor sechs Jahren einmal einen ganzen Sommer lang Harry Ratchett begleitet, den Obersteiger. Ich hoffte, Vater würde mir eines Tages die Leitung der Gruben übertragen. War natürlich ein Irrtum!"

Lizzie bedauerte ihn aufrichtig.

Sie gingen weiter. Einige Minuten später endete die Treppe auf einer kleinen Plattform, von der aus zwei waagerechte Stollen abzweigten. Jay nahm Lizzies Hand. Er gab ihre Hand auch nicht wieder frei, als er sich nach vorne wandte und seine Begleiterin tiefer in den Stollen hineinführte. Lizzie hatte jedoch keine Zeit, sich darüber Gedanken zu machen, denn der Weg forderte ihre volle Aufmerksamkeit. Sie stapfte durch dicke Schichten Kohlenstaub, der allgegenwärtig war und auch die Luft erfüllte. Die Stollendecke war niedrig, so daß sie stets gebückt gehen mußte.

Auf beiden Seiten des Stollens flackerte jetzt in Nischen zwischen breiten Säulen Kerzenlicht.

„Jeder Kumpel bearbeitet einen knapp vier Meter langen Abschnitt, den man als ‚Strecke' bezeichnet", erklärte Jay. „Zwischen den Strecken lassen sie jeweils eine Kohlensäule stehen, welche die Decke stützt."

Erst jetzt machte Lizzie sich klar, daß sich über ihren Köpfen 70 Meter Erde und Fels türmten. Ein Anfall von Panik drohte sie zu überwältigen, doch es gelang ihr, ihn niederzukämpfen. Unwillkürlich drückte sie Jays Hand, und er erwiderte den Druck. Sie gestand sich ein, daß sie überhaupt nichts dagegen hatte.

Nach einer Weile erreichten sie eine Stelle, wo ein Mann Kohle schürfte. Zu Lizzies Überraschung bearbeitete der Kumpel die Kohlenader auf der Seite liegend in Fußhöhe. Eine Kerze in einem hölzernen Halter warf ein flackerndes Licht auf seinen Arbeitsplatz, und trotz seiner unbequemen Lage schwang er die Picke kraftvoll. Mit jedem Schlag hieb er die Spitze tiefer in die Kohle hinein und hebelte große Brocken heraus. Als Lizzie näher hinsah, erkannte sie zu ihrem Schrecken, daß der Mann in einem Rinnsal lag, das aus der Kohle sickerte und sich in den kleinen Abflußgraben im Hauptstollen ergoß. Sie tauchte die Finger ins Wasser. Es war eiskalt. Lizzie schauderte.

Der Stollen war nicht eben, sondern paßte sich dem natürlichen Auf und Ab der kohleführenden Schicht an. Jay blieb stehen und deutete nach vorn, wo ein Kumpel mit einer Kerze hantierte, und sagte: „Er überprüft den Stollen auf Grubengas."

Lizzie ließ seine Hand los und setzte sich auf einen Felsen, um ihren durch die gebückte Haltung strapazierten Rücken ein wenig zu entlasten. „Was ist ‚Grubengas'?" fragte sie.

„Ein leicht entzündbares Gas. Das Gas ist leichter als Luft, deshalb sammelt es sich unter der Decke. Es ist die Hauptursache für ‚schlagende Wetter'. Das sind Explosionen in Kohlenbergwerken."

Lizzie kam das komisch vor. „Warum benutzt er eine Kerze, wenn das Gas explosiv ist?“

„Anders kann man es nicht entdecken. Es ist unsichtbar und geruchlos. Bei einer geringen Menge bildet sich um die Flamme herum ein blauer Ring.“

„Und wenn es mehr ist?“

„Dann bläst es uns alle ins Jenseits.“

Lizzie hatte das Gefühl, der letzte Strohhalm schwimme ihr davon. Sie war schmutzig, hatte den Mund voller Kohlenstaub – und nun mußte sie auch noch erfahren, daß sie jederzeit einer Explosion zum Opfer fallen konnte! Sie war jedoch fest entschlossen, sich ihre Angst nicht anmerken zu lassen, und achtete darauf, daß ihre Stimme so normal wie möglich klang. „Und wenn er Grubengas feststellt – was dann? Wie wird man es wieder los?“

„Man zündet es an. Ein Kumpel ist für die Feuerüberwachung zuständig. In dieser Grube ist es, glaube ich, McAsh, der junge Unruhestifter.“

Lizzie bemerkte, daß Jays Gesicht rußgeschwärzt war und sich nicht mehr von dem eines Kumpels unterschied. Er sah so komisch aus, daß sie unwillkürlich lächeln mußte.

„Was ist?“ fragte er.

„Ihr Gesicht ist schwarz!“

Er grinste. „Und Ihres? Was glauben Sie?“

„O nein!“ Sie begriff, daß sie genauso aussehen mußte wie er, und lachte.

„Sie sind immer noch bildhübsch“, sagte Jay und küßte sie.

Lizzie war überrascht, verzog aber keine Miene: Es hatte ihr gefallen.

Inzwischen erschienen, mit Kerzen und großen Holzschaufeln bewaffnet, auch die ersten Träger an ihren Arbeitsplätzen unter Tage. Und nun erlebte Lizzie ihren bislang größten Schreck. Die Träger waren zum allergrößten Teil Trägerinnen. „Warum ist das Frauenarbeit?“ fragte sie ungläubig ihren Begleiter.

„Ein Kumpel wird nach dem Gewicht der Kohle bezahlt, die er am Schachteingang abliefert“, erklärte Jay. „Wenn er einen eigenen Träger bezahlen müßte, wäre dessen Lohn für die Familie des Hauses verloren. Er läßt also seine Frau und seine Kinder als Träger mitarbeiten, damit er die volle Summe behalten kann.“

Es dauerte nicht lange, und die ersten Körbe waren gefüllt. Lizzie beobachtete, wie zwei Frauen mit vereinten Kräften einer dritten den schweren Korb auf den gebeugten Rücken wuchteten. Die Beladene stöhnte unter dem Gewicht. Dann machte sie sich langsam auf den Weg durch den Stollen. An vielen Stellen mußte sie sich doppelt so tief bücken wie jemand ohne Traglast. Lizzie fragte sich, wie die Frau die steile, 70 Meter hohe Treppe hinaufkommen sollte. „Ist der Korb wirklich so schwer, wie er aussieht?“ fragte sie.

Einer der Bergarbeiter hatte die Frage gehört. „Ein solcher Korb faßt ungefähr hundertvierzig Pfund Kohle. Wollen Sie mal anheben, junger Mann? Oder probieren Sie’s doch mal mit einem leichteren – so einem, wie ihn diese halbe Portion da trägt.“

Ein Mädchen von vielleicht zehn oder elf Jahren – es trug ein schlichtes Wollkleid und ein Kopftuch – kam auf sie zu. Auf ihrem Rücken schleppte die Kleine einen halbvollen Kohlenkorb.

„Ja, bitte“, sagte sie. „Lassen Sie mich mal heben!“

Der Kumpel hielt das Mädchen an, und eine seiner Trägerinnen hob ihm den Korb von den Schultern. Die Trägerin hievte den Korb auf Lizzies Rücken.

Obwohl Lizzie auf einiges gefaßt war, erwies sich der Korb als erheblich schwerer, als sie gedacht hatte. Ihre Beine gaben nach. Der Kumpel hatte offenbar damit gerechnet und fing sie auf, während die Trägerin sie wieder von der schweren Last befreite.

Lizzie spürte unterdessen, wie sich eine schwielige Hand über dem Leinenhemd an ihre rechte Brust preßte. Der Hauer räusperte sich überrascht. Er half Lizzie wieder auf die Beine, hielt sie an den Schultern fest und sah sie erstaunt an. „Miß Hallim!“ flüsterte er.

Da erkannte Lizzie, daß der Mann niemand anderes war als Malachi McAsh.

Einen verzauberten Augenblick lang sahen sie einander an. Doch da übertönte auf einmal eine andere Stimme den allgemeinen Lärm. „Mack!“ rief eine Frau. „Schau dir das an!“

Die Frau mit dem schwarzen Gesicht hielt eine Kerze unter die Stollendecke. McAsh blickte sich nach ihr um. Dann inspizierte er die Kerzenflamme und sagte: „Du hast recht, Esther.“ Er drehte sich um und wandte sich an die Arbeiter und Arbeiterinnen im Stollen: „Es hat sich etwas Grubengas entwickelt. Für einen Alarm reicht es noch nicht aus – jetzt jedenfalls noch nicht. Wir müssen das noch an anderen Stellen überprüfen und sehen, wie weit es geht.“

Jay nahm Lizzies Arm. „Ich glaube, wir haben genug gesehen“, murmelte er.

So schnell sie konnten, liefen sie zum Eingangsschacht zurück. In der Grube herrschte nun ein reges Kommen und Gehen, und viele

Trägerinnen waren in ihrem Stollen unterwegs. Mit ihren gewaltigen Traglasten kamen sie nur langsam voran.

Schließlich erreichten sie den Schacht und machten sich an den Aufstieg. Während Lizzie nach einer Weile eine Verschnaufpause einlegen mußte, blieben die Trägerinnen nie stehen. Sie fühlte sich gedemütigt und voller Schuld, als sie die kleinen Mädchen mit ihren schweren Körben an sich vorbeiziehen sah. Einige von ihnen weinten vor Schmerzen und Erschöpfung. All die Gefühle der Nacht vereinten sich in namenloser Wut. „Ich schwöre", sagte sie mit Inbrunst, „daß ich, solange ich lebe, niemals zulassen werde, daß auf meinem Grund und Boden Kohle gefördert wird."

Ehe Jay darauf antworten konnte, läutete eine Glocke.

„Alarm!" sagte er. „Sie haben offenbar noch mehr Grubengas festgestellt."

Stöhnend rappelte Lizzie sich auf.

„Ich trage Sie", erklärte Jay. Ohne weitere Umstände hob er sie auf, legte sie sich über die Schulter und setzte den Aufstieg fort.

DAS GRUBENGAS verbreitete sich mit rasender Geschwindigkeit. Mack mußte seine Überprüfungen einstellen, weil die Gefahr bestand, daß sich das Gas entzündete, ehe die Stollen geräumt waren.

Die Evakuierung der Grube hatte jetzt allerhöchste Priorität. Er läutete heftig die Handglocke und zählte leise bis zwölf. Als er aufhörte, waren alle Bergarbeiter bereits auf dem Weg zur Treppe.

Alles war auf der Flucht, nur er selbst und seine beiden Trägerinnen blieben vorerst zurück. Es waren seine Schwester Esther und seine Cousine Annie. Mit ihren Kohlenschaufeln hoben die beiden Frauen, so schnell sie konnten, am Stollenboden eine flache Mulde aus, die so lang und so breit war, daß ein ausgewachsener Mann sich hineinlegen konnte. Mack schnappte sich unterdessen ein in Öltuch eingeschnürtes Paket, das an der Decke seiner Strecke hing, und rannte zum Hauptschacht.

Er erreichte den Stolleneingang. Vor ihm rannten die letzten Nachzügler die Treppe hinauf. Macks Aufgabe bestand nun darin, das Gas zu entfernen, und dies war nur möglich, indem man es abfackelte. Er mußte es in Brand setzen. Daß es gerade an diesem Tag geschah, war ein böser Zufall. Es war sein Geburtstag. Es war eine Ironie des Schicksals, daß er ausgerechnet an seinem letzten Tag als Bergmann noch einmal sein Leben riskieren mußte, um das Bergwerk zu retten, das er nie wieder betreten wollte.

Wenn es nicht gelang, das Grubengas abzufackeln, mußte das Bergwerk geschlossen werden. Und die Schließung einer Grube bedeutete für die Menschen im Kohlengebiet das gleiche wie eine Mißernte für ein Bauerndorf: Hungersnot.

Er trat auf die Plattform hinaus, riß die wasserdichte Verpackung von dem Bündel, das er bei sich trug, und holte eine große, aus trockenen Zweigen und Lumpen gefertigte Fackel heraus, ein Knäuel aus derber Schnur sowie eine vergrößerte Version der halbkugeligen Kerzenhalter, wie sie von den Bergleuten benutzt wurden. Mack steckte die Fackel in den Halter, knüpfte die Schnur an den Untersatz und entzündete mit einer Kerze die Fackel, welche sofort Feuer fing. Hier draußen bedeutete das keine Gefahr, denn das Gas konnte nach oben entweichen. Der nächste Schritt bestand jedoch darin, die brennende Fackel in den Stollen zu bekommen.

Langsam ließ sich Mack in den Abwasserteich auf dem Schachtgrund hinab. Die mit dem eiskalten Wasser durchtränkten Kleider und Haare bedeuteten einen kleinen zusätzlichen Schutz vor möglichen Verbrennungen. Dann lief er wieder in den Schacht und spulte die Schnur ab. Als er bei Esther und Annie anlangte, erkannte er im Licht einer auf dem Boden stehenden Kerze, daß alles fertig war. Die Mulde war ausgehoben. Esther tauchte eine Decke in den Entwässerungsgraben und wickelte Mack darin ein. Zitternd vor Kälte legte er sich in die Mulde, das Ende der Schnur noch immer in der Hand. Annie kniete neben ihm nieder und küßte ihn – womit er nicht gerechnet hatte – voll auf die Lippen. Dann deckte sie die Mulde mit einem schweren Brett ab und schloß ihn ein.

Er zählte bis hundert, um ihnen genug Zeit zum Verlassen des Stollens zu geben. Das Herz klopfte ihm bis zum Hals, als es soweit war: Er begann die Schnur einzuziehen – und zog damit die brennende Fackel in den Stollen, welcher zur Hälfte mit explosivem Gas gefüllt war.

JAY SETZTE Lizzie am oberen Ende der Treppe vor dem Schachteingang ab. Mit der Morgendämmerung war erst in einigen Stunden zu rechnen. Unter den letzten Bergarbeitern und Trägerinnen, die aus dem Schacht stiegen, erkannte Lizzie Jen, Macks Cousine, deren Kind am Sonntag getauft worden war. Die Kerze in Kopfhöhe haltend, lief Jen zwischen den Bergleuten hin und her und rief immer wieder: „Wullie! Wullie!“ Endlich entdeckte sie ihren Mann und wechselte hastig ein paar angstvolle Worte mit ihm. Dann schrie sie „Nein!“, rannte zur Treppe und kletterte wieder hinunter in den Schacht.

Der Ehemann lief ihr nach, blieb am Schachteingang stehen, blickte sich um. Er war außer sich vor Aufregung und Sorge.

„Was ist passiert?“ fragte Lizzie.

„Wir können unseren Jungen nicht finden.“ Seine Stimme zitterte. „Jen glaubt, daß er noch unten im Stollen ist.“

STÜCK für Stück zog Mack die brennende Fackel näher an sich und das Gas heran. Um sich von seiner Furcht zu befreien, dachte er an Annie. Sie waren gemeinsam aufgewachsen und hatten einander immer gemocht. Nie zuvor hatte sie ihn vor anderen Leuten geküßt, unter vier Augen dagegen um so öfter.

Es half nichts. Die furchtbare Angst ließ sich nicht vertreiben. Er wußte, daß Brandwunden die reinste Folter waren. Wenn ich diese Nacht überlebe, gelobte er sich, werde ich noch am gleichen Tag das Tal verlassen, so wahr mir Gott helfe!

Aus der Länge der Schnur, die sich zwischen seinen Fingern angesammelt hatte, konnte er schließen, daß die Fackel mittlerweile ungefähr die Hälfte des Weges zu ihm zurückgelegt hatte. Gleich knallt’s, dachte er. Und dann hörte er eine Stimme.

Er erschrak. Es war die angsterfüllte Stimme eines kleinen Kindes.

„Hallo! Hallo! Wo seid ihr?“

Mack wußte sofort, was geschehen war. Als kleiner Junge war er während der fünfzehnstündigen Arbeitszeit im Stollen nicht selten, von Müdigkeit überwältigt, eingeschlafen. Dem Kind war das gleiche passiert. Es hatte den Alarm verschlafen. Mack schob das Brett beiseite und sprang aus seiner Mulde. Die brennende Fackel erleuchtete die Szenerie, so daß er den aus einem Seitenstollen auftauchenden Jungen sofort erkannte. Es war Wullie, der Sohn seiner Cousine Jen.

Mack stürzte auf ihn zu und befreite sich im Gehen von der nassen Decke. Er wickelte den Jungen in die Decke, hob ihn auf, klemmte ihn sich unter den Arm und rannte los.

Als er an der brennenden Fackel vorbeikam, hörte er sich brüllen: „Noch nicht! Noch nicht!“, als könne er mit der schieren Kraft seines Willens die Explosion hinauszögern.

Der Junge war nicht schwer, aber es war schwer, gebückt zu rennen. Der unebene Boden tat das Seine. Hinter der Kurve war vom Licht der Fackel nichts mehr zu sehen. Mit der freien Hand tastete er sich an der Stollenwand entlang, bis vor ihnen endlich die Kerzenflamme am Ausgang schimmerte. Mack hörte Jens Stimme. „Wullie!“ rief sie. „Wullie!“

„Ich hab ihn bei mir, Jen!“ rief er zurück und rannte wieder los. „Raus mit dir! Die Treppe hoch!“

Aber Jen hörte nicht auf ihn. Sie kam auf ihn zu.

Mit dem freien Arm riß er sie mit, rannte zum Ausgang.

Da explodierte das Gas. Mack spürte einen furchtbaren Schlag in den Rücken. Er verlor den Boden unter den Füßen, verlor Jen und Wullie, flog durch die Luft. Eine sengende Hitzewelle schwappte über ihn hinweg. Dann stürzte er kopfüber in eiskaltes Wasser und merkte, daß er in den Abflußteich am Schachtgrund gefallen war.

Er tauchte auf und rieb sich das Wasser aus den Augen. Die hölzerne Plattform und die Treppe brannten an mehreren Stellen, und die Flammen verbreiteten einen flackernden Lichtschein. Mack entdeckte Jen, die ebenfalls in den Teich gefallen war. Er packte sie und stemmte sie aus dem Wasser. Dann fand er eine weitere treibende Gestalt. Es war Wullie. Er fischte den kleinen Körper auf, hievte ihn neben seine Mutter auf die Plattform und kletterte selber hinaus.

„Los jetzt, die Treppe rauf!“ drängte er. „Es kann noch eine Nachexplosion kommen.“

Oben angekommen, fühlte er sich ganz zerschlagen. Sofort war er von einer Menschentraube umgeben. Man schüttelte ihm die Hand, gratulierte ihm. Dann bildete sich eine Gasse für Jay Jamisson und seinen Begleiter.

„Gut gemacht, McAsh“, sagte Jay. „Meine Familie weiß Ihren Mut zu würdigen.“

„Gibt es kein anderes Mittel gegen das Grubengas?“ fragte Lizzie.

„Nein“, versetzte Jay.

„Natürlich gibt es eines!“ widersprach Mack empört. Er holte tief Luft. „Man braucht nur Lüftungsschächte anzulegen, durch die das Gas entweichen kann. Dann kommt es gar nicht erst zu solchen gefährlichen Konzentrationen. Die Jamissons wissen das längst. Man hat es ihnen oft genug gesagt.“

„Hören Sie, McAsh“, mahnte Jay. „Verderben Sie nicht gleich wieder alles durch Ihre Anmaßung! Sie bekommen sonst ernsthafte Schwierigkeiten.“

„Ich habe keine Schwierigkeiten mehr“, erwiderte Mack. „Heute ist mein zweiundzwanzigster Geburtstag. Ich habe also noch nicht die volle Zeit von einem Jahr und einem Tag hier gearbeitet, noch nicht ganz. Und ich werde es auch niemals tun.“ Die Menge verstummte plötzlich. „Ich kündige, Mr. Jamisson. Leben Sie wohl!“ Mit diesen Worten kehrte er Jay den Rücken und ging.

Als Lizzie und Jay ins Schloß zurückkehrten, waren Bedienstete gerade dabei, Feuer zu machen. Lizzie, schwarz von Kohlenstaub und fast hilflos vor Müdigkeit, flüsterte Jay ein Dankeschön zu und taumelte die Treppe hinauf. Jay befahl, eine Badewanne und heißes Wasser in sein Zimmer zu schaffen, und als alles gerichtet war, setzte er sich hinein und schrubbte sich den schwarzen Staub von der Haut.

Er war nicht müde. Er wollte mit irgend jemand über das nächtliche Abenteuer reden. Jay dachte an seine Mutter. Er rasierte sich, zog sich frische Kleider an und machte sich auf den Weg zu ihr. Wie erwartet, war sie bereits wach. Sie nippte an einer Tasse Schokolade. Er gab ihr einen Kuß und ließ sich auf einen Stuhl sinken.

„Warum bist du schon so früh auf den Beinen?“ fragte sie.

„Ich war noch gar nicht im Bett. Ich war in der Grube.“

„Mit Lizzie Hallim, wie?“

Sie ist wirklich klug, dachte Jay liebevoll. „Woher weißt du das?“

„Ich konnte es mir denken. Sie wollte ja unbedingt hinunter.“

„Es war ein ungünstiger Tag für einen Besuch dort unten. Es kam zu einer Explosion.“

„O Gott! Ist euch etwas passiert?“

„Nein. Wir waren schon draußen, als es knallte.“

Alicia beruhigte sich. „Und wie war Lizzies Eindruck?“

„Sie will niemals zulassen, daß auf dem Grund und Boden der Hallims Kohle gefördert wird. Das hat sie geschworen.“

Alicia lachte. „Wenn Robert mit ihr verheiratet ist, kann er gegen ihren Willen entscheiden – theoretisch zumindest. Aber sag einmal, Jay, macht die Brautwerbung deiner Meinung nach Fortschritte?“

„Flirten ist nicht gerade Roberts Stärke“, antwortete Jay verächtlich.

„Dann wird sie ihn vielleicht gar nicht heiraten.“

„Lady Hallim hat Probleme mit der Verlängerung ihrer Hypotheken. Vater hat das so arrangiert.“

„Ach ja? Oh, wie verschlagen er ist!“

Jay seufzte. „Miß Hallim ist ein wunderbares Mädchen. Sie hätte etwas Besseres verdient als Robert.“

Alicia legte ihm die Hand aufs Knie. „Ja, noch gehört sie Robert nicht. Vielleicht heiratet sie dich. Du bist in sie verliebt, das merke ich doch.“

Jay zuckte die Schultern. „Aber heiraten? Wie stellst du dir das vor?“

„Du wärest dann der Laird von High Glen. Du würdest die Ländereien profitabel machen, so daß ihr auch ohne Kohlenförderung gut davon leben könntet."

„Und die Hypotheken?"

„Es sollte dir keinerlei Schwierigkeiten machen, die Laufzeiten zu verlängern. Und dann, nach einiger Zeit..."

„Was?"

„Nun, Lizzie ist ein sehr impulsives Mädchen. Heute gelobt sie, daß auf dem Grund und Boden der Hallims niemals Bergbau betrieben werden soll. Wer weiß, was morgen kommt!"

Jay verzog das Gesicht zu einer Grimasse. Ich wäre lieber ein Zuckerrohrpflanzer auf Barbados als ein Bergwerksbesitzer in Schottland, dachte er bei sich. Aber er wollte auch Lizzie.

„Was ist da gestern auf der Jagd passiert?" fragte Alicia.

Der Themenwechsel kam so schlagartig, daß Jay völlig verblüfft war.

„Du hast etwas getan, was Vater schwer getroffen hat. Was war es?"

Jay hatte seine Mutter noch nie täuschen können. „Ich habe versucht, Robert zu erschießen", bekannte er kläglich.

„O Jay, das ist schlimm!" sagte Alicia.

Er senkte den Kopf. Alicia stand neben seinem Stuhl und zog seinen Kopf an ihre Brust. „Mein armer Junge", sagte sie.

ALS JAY das Zimmer seiner Mutter verließ, verflüchtigten sich seine Gewissensbisse bereits wieder. Er war auf einmal sehr hungrig. Unten im Speisesaal saßen sein Vater und Robert am Tisch, aßen dicke Scheiben gebratenen Schinken und unterhielten sich mit dem Obersteiger Harry Ratchett. Ratchett war gekommen, um über die Grubengasexplosion zu berichten.

Sir George sah Jay streng an. „Wie ich höre, warst du letzte Nacht in der Grube von Heugh. Wer war dein Begleiter?"

„Lizzie Hallim", gestand Jay.

Robert lief rot an. „Du Mistkerl! Du weißt doch genau, daß Vater es nicht erlaubt hat."

Sir George drohte ihm mit dem Finger. „Hüte dich, meine Befehle zu mißachten!"

„Kümmere dich lieber um McAsh, und laß mich in Ruhe", sagte Jay in dem Versuch, Vaters Zorn auf jemand anderen zu lenken. „Er hat überall herumerzählt, daß er noch heute den Dienst quittieren will."

Harry Ratchett schaltete sich ein. „Sie sollten McAsh vielleicht besser laufenlassen, Sir George", sagte er. „Der Mann ist ein Unruhestifter. Wir können froh sein, wenn wir ihn los sind."

„Nichts da!" erwiderte Sir George. „Wenn er ungeschoren davonkommt, bildet sich hier bald jeder junge Kumpel ein, daß er nach Lust und Laune davonlaufen kann."

„Man könnte ihn auspeitschen lassen", sagte Robert.

Ratchett war mit diesem Vorschlag offenbar nicht sehr glücklich. „Dieses Recht ist schon seit vielen Jahren von keinem Grubenbesitzer mehr ausgeübt worden, Sir George", gab er zu bedenken. „Und abgesehen davon: Wer soll die Peitsche schwingen?"

„Also, wie verfahren wir jetzt mit solchen Unruhestiftern?" fragte Robert ungeduldig.

Sir George lächelte. „Wir stecken sie in den Göpel", antwortete er.

MACK ging nach Hause, zog die nassen Kleider aus, machte Feuer und legte sich ins Bett. Er war wie gerädert und infolge der Explosion immer noch ein wenig benommen.

Die anderen Bergleute waren nach der Explosion wieder in den Stollen zurückgekehrt. Esther und Annie waren im Bergwerk geblieben, um die von Mack gehauene Kohle auf die Halde zu schleppen. Sie waren nicht bereit, auf den Lohn für die gemeinsame harte Arbeit zu verzichten.

Als Mack aufwachte, wußte er, daß ein entscheidender Tag angebrochen war, konnte aber im ersten Moment nicht mehr sagen, warum. Dann fiel es ihm wieder ein: Heute verlasse ich das Tal, dachte er. Wenn er auf den ersten Blick als entflohener Kumpel erkennbar war, würde er freilich nicht weit kommen. Er mußte sich zunächst einmal gründlich waschen. Mack heizte kräftig ein und füllte mehrfach draußen am Bach das Wasserfaß. Während das Wasser über dem Feuer warm wurde, holte er die Zinnwanne herein, die draußen vor der Hintertür an einem großen Nagel hing. Er schüttete das heiße Wasser in die Wanne, setzte sich hinein und begann sich einzuseifen und mit einer harten Bürste abzuschrubben.

Er saß noch in der Wanne, als plötzlich Annie hereinkam.

An der Tür blieb sie kurz stehen. Sie wirkte unsicher und beunruhigt.

Mack hielt ihr die Bürste hin. „Würdest du mir den Rücken waschen?"

Sie kam zu ihm, nahm die Bürste und begann seinen Rücken zu schrubben. Nach einer Weile hielt sie inne. „Geh nicht weg, Mack!" bat sie. „Laß mich nicht allein."

Er hatte so etwas schon befürchtet; der Kuß auf die Lippen war eine Vorwarnung gewesen. Er mochte seine Cousine, aber er wollte nicht sein ganzes Leben mit Annie verbringen, vor allem nicht, wenn es bedeutete, in Heugh bleiben zu müssen.

„Ich muß gehen“, sagte er. „Du wirst mir fehlen, Annie, aber ich muß fort!“

Sie ging neben der Wanne in die Hocke. „Liebst du mich, Mack?“

„Ich mag dich, Annie, aber von Liebe habe ich nie zu dir gesprochen.“

„Bleib hier und laß uns heiraten“, bat Annie.

„Wenn ich heirate, sitze ich bis an mein Lebensende hier fest“, wandte Mack ein.

Annie stand auf und zog ihr Kleid aus. Darunter war sie nackt – die Unterwäsche war für Sonntage reserviert. Ihr Körper war schlank und fest. Zu seiner Verwunderung stieg sie zu ihm in die Wanne.

„Sag, daß du bleibst!“ flehte sie ihn an.

„Nein“, sagte er, aber seine Stimme war kaum mehr als ein Flüstern.

Sie senkte den Körper auf ihn hinab. „Sag ja!“ bat sie.

In diesem Augenblick flog mit einem Krachen die Tür auf. Vier Männer stürmten in den kleinen Raum: Robert Jamisson, Harry Ratchett und zwei Aufseher der Jamissons. Robert war mit einem Degen und zwei Pistolen bewaffnet, einer der Aufseher trug eine Muskete.

Annie ließ von Mack ab und sprang aus der Wanne. Auch Mack erhob sich schwankend. Ihm schwindelte, und er hatte Angst.

Der Aufseher mit der Muskete gaffte Annie an. „Kuscheliges Cousinchen“, sagte er mit einem lüsternen Grinsen im Gesicht. Mack kannte den Mann. Er hieß McAlistair. Auch der andere, ein bulliger Schläger namens Tanner, war ihm bekannt.

Mack bezwang seinen Zorn. „Ich bin ein freier Mann und habe kein Gesetz gebrochen“, begann er, an Robert gewandt. „Was tun Sie hier in meinem Haus?“

McAlistair glotzte nach wie vor Annie an. „Was für ein schöner Anblick!“ sagte er mit belegter Stimme.

Mack drehte sich zu ihm um und erwiderte leise: „Wenn du sie anfaßt, dann reiße ich dir eigenhändig den Kopf ab!“

McAlistair trat einen Schritt zurück. Tanner war größer und draufgängerischer. Er streckte die Hand aus und grabschte Annie an den Busen.

Mack handelte ohne Vorbedacht. In Sekundenschnelle sprang er aus der Badewanne, packte Tanner am Unterarm und stieß dessen

Hand, ehe die anderen reagieren konnten, ins Kohlenfeuer. „Lauf weg, Annie!“ schrie er.

Tanner brüllte auf. „Laß mich frei!“ kreischte er. „Bitte!“

Annie schnappte sich ihr Kleid und verschwand durch die Hintertür. Im gleichen Augenblick traf Mack der Kolben einer Muskete am Hinterkopf. Harry Ratchett umklammerte Mack von hinten und hielt seine Arme fest. Ehe Mack sich befreien konnte, war die Spitze von Robert Jamissons Degen an seiner Kehle.

Nach einer kurzen Pause befahl Robert: „Fesselt ihn!“

Sie warfen ihn quer über den Rücken eines Pferdes und bedeckten seine Blöße mit einer Decke. Dann brachten sie ihn nach Schloß Jamisson und sperrten ihn, noch immer nackt und an Händen und Füßen gefesselt, in die Vorratskammer. Dort lag er dann, umgeben von Hirsch-, Rinder- und Schweinekadavern, auf den Steinfliesen und zitterte vor Kälte. Sein Kopf schmerzte von dem Musketenhieb. Es war schiere Dummheit, daß er sich nicht sofort aus dem Staub gemacht hatte. Sie werden mich wahrscheinlich nach Edinburgh bringen und mir dort wegen der Attacke auf die Aufseher den Prozeß machen, dachte er. Nur zu deutlich stand ihm vor Augen, daß man für ein solches Vergehen gehängt werden konnte.

DAS LICHT, das durch die Türritzen fiel, wurde allmählich schwächer. Der Tag neigte sich dem Abend zu, der Abend wurde zur Nacht. Als sie ihn holten, hatte die Uhr im Stallhof gerade elf geschlagen. Diesmal waren sie zu sechst.

Davy Taggart, der Schmied, der die Werkzeuge der Grubenarbeiter herstellte, legte Mack einen Eisenkragen um den Hals, wie auch Jimmy Lee einen trug. Dies war die schlimmste Erniedrigung: ein für alle Welt sichtbares Zeichen, daß der Träger das persönliche Eigentum eines anderen Mannes war.

Sie nahmen ihm die Fesseln ab und warfen ihm ein paar Kleider zu: eine Hose, ein fadenscheiniges Flanellhemd und ein geripptes Wams. Mack zog sich rasch an. Die Aufseher fesselten ihm neuerlich die Hände und setzten ihn auf ein Pferd. Dann ritten sie zur Grube.

Kurz vor Mitternacht, ein paar Minuten vor Beginn der Mittwochschicht, erreichten sie den Schacht. Der Pferdeknecht war gerade dabei, ein frisches Pferd für die Eimerkette einzuspannen. Mack erkannte jetzt, was sie mit ihm vorhatten: Er mußte in den Göpel. Er wollte auf die Knie fallen und um Gnade flehen, doch der Gedanke an den Triumph seiner Peiniger hielt ihn davon ab. „Ihr habt kein Recht dazu!“ brüllte er. Die Aufseher lachten ihn aus.

Sie stellten ihn in die morastige Bahn, auf der Tag und Nacht die Grubenpferde ihre Kreise zogen. Sie schirrten ihn entgegen der Laufrichtung an, so daß er dem Pferd Auge in Auge gegenüberstand. Dann gab der Pferdeknecht dem Tier die Peitsche, so daß es loszutrotten begann.

Und Mack lief rückwärts. Schon nach einigen Schritten wäre er beinahe gestolpert, und das Pferd kam ihm bedrohlich nahe. Die Peitsche knallte. Mack fiel das Rückwärtslaufen schon etwas leichter, doch mit der Übung kam der Übermut: Er glitt auf dem teilweise vereisten Schlamm aus, und sofort war das Pferd über ihm. Die Mähre trat ihn in den Bauch, traf seinen Oberschenkel und blieb stehen.

Sie zerrten Mack hoch und trieben das Pferd wieder an. Der Tritt in den Bauch hatte ihm die Luft genommen, und sein linkes Bein war geschwächt. Mack biß die Zähne zusammen und versuchte, einen Rhythmus zu finden. Kälte und Schmerzen ließen seine Sinne allmählich abstumpfen. Er hatte nichts anderes mehr im Kopf, als auf den Beinen zu bleiben und den Huftritten zu entgehen.

Gegen Mitternacht erlebte Mack die Ankunft der Hauer. Auf dem Weg hinauf zum Schacht unterhielten sie sich angeregt. Doch als sie vor dem Grubeneingang Mack erblickten, verstummten sie.

Mack verlor allmählich jegliches Zeitgefühl. Die Trägerinnen und Träger, die sich auf dem Weg hinauf zum Schacht lebhaft unterhielten, verstummten, als sie Macks ansichtig wurden, genauso wie zuvor die Männer. Nur Annie schrie: „O Gott, sie haben Mack in den Göpel gesteckt!“ Wenig später erschien Esther. Ehe die Aufseher einschreiten konnten, brachte sie das Pferd zum Stehen und hielt Mack eine Flasche mit heißer, gesüßter Milch an die Lippen. Es schmeckte wie das Lebenselixier schlechthin, und er stürzte so schnell so viel in sich hinein, daß er beinahe daran erstickt wäre. Noch bevor Esther von den Aufsehern weggezerrt wurde, gelang es ihm, die Flasche auszutrinken.

Die Nacht schleppte sich dahin, als dauere sie ein ganzes Jahr. Irgendwann merkte er, daß es wieder hell war.

Ein Pony kam die Anhöhe herauf. Aus dem Augenwinkel sah Mack, daß der Reiter absaß und ihn anstarrte. Es war Lizzie Hallim. Will sie sich über mich lustig machen? fragte er sich. Doch als er einen zweiten Blick auf ihr Koboldgesicht erhaschte, war da von Hohn und Spott keine Spur zu erkennen, sondern nur Mitleid, Wut und noch etwas anderes, auf das er sich keinen Reim machen konnte.

Ein zweites Pferd kam den Weg herauf. Robert saß ab. Mack konnte nicht verstehen, was er zu Lizzie sagte, hörte aber den gereizten Ton. Lizzies Antwort war dagegen klar verständlich: „Das ist doch barbarisch!“ Während die beiden noch miteinander stritten, tauchten aus dem Treppenschacht die ersten Kumpel auf. Doch anders als sonst traten sie nicht sofort den Heimweg an, sondern versammelten sich um das Göpelwerk und sahen dem grausamen Schauspiel schweigend zu. Dann kamen auch die Frauen dazu: Nach dem Ausleeren ihrer Körbe verschwanden sie nicht wieder im Schacht, sondern schlossen sich der schweigenden Menge an.

Robert befahl dem Stallknecht, das Pferd anzuhalten.

Nun konnte auch Mack endlich stehenbleiben. Er wollte sich stolz und ungebeugt zeigen, aber die Beine versagten ihm den Dienst. Er fiel auf die Knie.

Robert Jamisson sagte so laut, daß alle Umstehenden es hören konnten: „Nun, McAsh, Sie sagten doch gestern, daß Ihnen noch ein Tag Arbeit bis zur Versklavung fehlt, nicht wahr? Diesen Tag haben Sie jetzt hinter sich. Selbst nach Ihren eigenen unsinnigen Regeln sind Sie jetzt persönliches Eigentum meines Vaters!“ Er drehte sich um und setzte zu einer Rede an die versammelte Menge an.

Doch Robert Jamisson kam nicht mehr zu Wort, denn in diesem Augenblick begann Jimmy Lee zu singen.

Jimmy stimmte ein berühmtes Kirchenlied an, das allen wohlvertraut war. Sein reiner Tenor klang weit hinaus über das Tal. Die anderen fielen mit ein. Bald schwoll der Gesang zu einem hundertstimmigen Chor an. Robert wandte sich ab. Er war hilflos. Wütend stapfte er durch den Matsch zu seinem Pferd und ließ Lizzie, klein und unbeugsam in ihrem Widerspruch, allein zurück. Er saß auf und ritt voller Ingrimm den Berg hinunter. Hinter ihm erfüllte der Chor der Bergarbeiter wie ein brausender Gewittersturm die Luft mit einem Lied über den Sieg der Freiheit für alle Menschen.

## 3

Als Jay am Morgen erwachte, wußte er, daß er um Lizzies Hand anhalten wollte. Erst tags zuvor hatte ihm seine Mutter diese Idee in den Kopf gesetzt. Es kam ihm alles ganz natürlich, ja unvermeidlich vor.

Zu seinem Verdruß mußte Jay feststellen, daß Lizzie schon früh am Morgen ausgeritten war. Er brannte darauf, sie zu sehen, und hielt das tatenlose Warten auf dem Schloßhof nicht aus. Er ging zu den Ställen und sah sich den weißen Hengst näher an, den sein Vater ihm zum Geburtstag geschenkt hatte. Das Tier hieß Blizzard – Schneesturm. Jay hatte zwar gelobt, sich niemals auf dieses Pferd zu setzen, doch die Versuchung war einfach zu groß. Er ritt nach High Glen und galoppierte über die Wiese neben dem Fluß. Er kam sich vor wie auf dem Rücken eines Adlers, der mit ihm durch die Lüfte segelte.

Als Jay wieder zu Hause ankam, traf er im Stallhof mit Robert zusammen, der zur gleichen Zeit zurückkam. Sein Bruder war in schlechter Stimmung. Wütend warf er einem Pferdeknecht die Zügel zu und stampfte ins Schloß.

Jay führte gerade Blizzard in den Stall, als Lizzie zurückkehrte. Auch sie war wütend, doch machten sie der Hauch Zornesröte auf ihren Wangen und das Funkeln in ihren Augen nur noch hübscher. Jay starrte sie an; er war wie verzaubert. Ich will dieses Mädchen besitzen, dachte er. Lizzie sprang vom Pferd und sagte: „Ich weiß, daß Menschen, die sich schlecht benommen haben, bestraft werden müssen, aber von Folter halte ich überhaupt nichts. Wie denken Sie darüber?“

Jay sah nichts Unrechtes darin, daß man Verbrecher folterte, aber er wußte seine Meinung für sich zu behalten. „Sie haben völlig recht“, sagte er. „Waren Sie oben am Schacht?“

„Es war furchtbar! Ich habe Robert gebeten, den Mann freizulassen, aber er weigerte sich.“

Also hatten die beiden sich gestritten. Jay ließ sich seine Freude nicht anmerken. Schön, dachte er mit wachsender Begeisterung. Meine Chancen steigen von Minute zu Minute...

Gemeinsam schritten sie über den Hof aufs Hauptgebäude zu. In der Halle unterhielten sich Robert und Sir George. „Es war ein Akt dreister Befehlsverweigerung“, sagte Robert. „Wir dürfen auf keinen Fall zulassen, daß McAsh davon profitiert.“

Lizzie räusperte sich verärgert, und Jay sah eine Gelegenheit, Punkte bei ihr zu sammeln. „Ich meine, wir sollten uns überlegen, ob wir McAsh jetzt nicht laufenlassen können“, sagte er zu seinem Vater.

„Er hat sich offen gegen uns gestellt!“ protestierte Robert. „Das können wir einfach nicht durchgehen lassen!“

„Er hat ja längst dafür gebüßt“, warf Lizzie ein. „Er ist auf barbarische Weise bestraft worden.“

„Nein, Elizabeth, barbarisch war das nicht“, entgegnete Sir George. „Sie müssen wissen, diese Leute empfinden Schmerzen nicht so wie wir.“ Er wandte sich an Robert: „Die Bergleute wissen jetzt, daß sie an ihrem einundzwanzigsten Geburtstag nicht einfach gehen können. Ich frage mich, ob wir ihn jetzt nicht still und leise verschwinden lassen sollten.“

Robert war damit nicht zufrieden. „Sieht trotzdem nicht gut aus.“

„Dann sorg doch selber dafür, daß es besser aussieht“, erwiderte sein Vater. „Die Wache bleibt auf der Brücke. McAsh wird dann wahrscheinlich über die Berge fliehen – wir verzichten lediglich auf eine Verfolgung. Ich hab nichts dagegen, wenn die Leute glauben, er sei entkommen. Hauptsache, sie bilden sich nicht ein, er sei im Recht gewesen.“

„Na gut“, sagte Robert. Er verschwand im hinteren Teil des Hauses. Seine Laune schien sich nicht sonderlich gebessert zu haben. Sir George ging in sein Arbeitszimmer. Lizzie fiel Jay um den Hals. „Sie haben es geschafft!“ jubelte sie. „Sie haben ihn befreit!“ Vor lauter Begeisterung gab sie ihm einen Kuß.

Es war eine geradezu skandalöse Unverfrorenheit. Jay war im ersten Moment schockiert, fand aber rasch wieder zu sich. Er legte Lizzie die Arme um die Taille und zog sie an sich. Dann beugte er sich zu ihr, und sie küßten einander erneut. Jay erkannte, nicht ohne Beklommenheit, daß jetzt der richtige Zeitpunkt für den Heiratsantrag gekommen war.

„Lizzie ... Du kannst Robert jetzt nicht heiraten.“

Lizzie legte den Kopf auf seine Brust. „Nein, natürlich kann ich ihn jetzt nicht heiraten.“

„Weil ...“

„Weil ich dich heirate, deshalb. Oder irre ich mich?“

Jay wollte seinen Ohren kaum trauen. „Wie? Nein, nein, du irrst dich bestimmt nicht.“

„Nun darfst du mich wieder küssen.“

Etwas benommen neigte er den Kopf. Er hörte nicht, wie die Tür aufging. Plötzlich brüllte Robert ihm ins Ohr: „Was, zur Hölle, geht denn hier vor?“

„Schon gut, schon gut, Bruder“, sagte Jay. „Lizzie hat sich für mich entschieden. Wir wollen heiraten.“

„Du hirnverbrannter Narr!“ schimpfte Sir George ein paar Minuten später. „Wovon willst du leben? Du hast doch nichts!“

Die Familien hatten sich getrennt, um die unerhörte Neuigkeit zunächst einmal im privaten Kreis zu erörtern. Lady Hallim und Lizzie waren hinaufgegangen. Sir George, Jay und Alicia hatten sich im Arbeitszimmer des Hausherrn versammelt. Robert war wutentbrannt davongestürmt.

Jay war nicht bereit, das auf sich sitzen zu lassen. Er dachte an den Vorschlag seiner Mutter und sagte: „Ich bin überzeugt, daß ich High Glen besser führen kann als Lady Hallim. Das Gut sollte wahrlich genug abwerfen, um uns ein anständiges Auskommen zu bescheren."

„Jay kann neue Hypotheken aufnehmen", warf seine Mutter ein.

Sir George sah sie verblüfft an. „Du stehst wohl auf seiner Seite, wie?"

„Du hast ihm alles abgeschlagen. Er soll sich alles selbst erkämpfen und aufbauen, genauso wie du einst. Nun gut – jetzt kämpft er eben, und sein erster Sieg besteht darin, daß er Lizzie Hallim gewonnen hat. Das kannst du ihm kaum übelnehmen."

Ein verschlagener Zug lag auf seinem Gesicht. „Auf jeden Fall wird die Kohle von High Glen bald im Familienbesitz sein."

„O nein, das wird sie nicht", sagte Alicia. „Du wirst doch keine Gruben auf Jays Land errichten, oder? Warum solltest du?"

„Stell dich doch nicht so dumm, Alicia! Unter High Glen liegt ein Vermögen. Es wäre ja geradezu eine Sünde, die Kohle dort liegen zu lassen!"

„Vielleicht zieht Jay es vor, die Schürfrechte anderweitig zu vergeben. Nach den Beleidigungen, die er sich zu seinem einundzwanzigsten Geburtstag von dir hat anhören müssen, ist er dir nichts mehr schuldig – oder?"

„Ich bin sein Vater, verdammt noch mal!"

„Dann benimm dich endlich entsprechend! Gratuliere ihm zu seiner Verlobung. Richte ihnen eine schöne große Hochzeit aus!"

Sir George starrte seine Frau an. „Ist das alles, was du von mir willst?"

„Nein, noch nicht ganz."

„Das hätte ich mir denken können. Was noch?"

„Sein Hochzeitsgeschenk: Barbados."

„Barbados ist längst Robert versprochen", sagte sein Vater.

Alicia ging zur Tür, und Jay folgte ihr. „Wenn du Jays Kohle willst, mußt du ihm etwas dafür geben. Und er will die Pflanzung. Gibst du sie ihm nicht, bekommst du auch keine Kohle, das ist doch ganz einfach. Und dir bleibt noch genug Zeit, darüber nachzudenken." Sie verließ das Zimmer. Jay begleitete sie.

In der Halle flüsterte er ihr zu: „Du warst großartig! Aber Lizzie wird nicht zulassen, daß auf High Glen geschürft wird."

„Ich weiß, ich weiß", erwiderte seine Mutter ungeduldig. „Darum kümmern wir uns, wenn es soweit ist."

ALS LIZZIE die Treppe herunterkam, trug sie einen Pelzumhang, der so groß war, daß sie ihn zweimal hätte um sich wickeln können. Sie brauchte ein wenig frische Luft. Die Atmosphäre im Schloß war zum Zerreißen gespannt. Lizzie trat vor das Schloßtor. Die Wolkendecke hatte sich aufgelockert, und der Mond schien. Lizzie hatte keine Mühe, den Weg zu finden. Sie überquerte die Zufahrt zum Schloß und schritt über den sanft abfallenden Rasen zum Fluß hinab.

Sie empfand keine Reue über die Absage an Robert. Er hat mich nie geliebt, dachte sie. Von Verzweiflung über die verlorene Liebe keine Spur. Er regt sich bloß maßlos darüber auf, daß ihm sein Bruder ein Schnippchen geschlagen hat. „Du wirst es dein Leben lang bereuen", hatte ihr Robert gesagt. Sie verdrängte die Gedanken an ihn. Ich bin am Ziel, dachte sie. Ich habe nicht Robert bekommen, sondern Jay...

Sie kam zum Flußufer. Kein harmloser Bergbach durchzog das Tal, sondern ein tiefes, reißendes, fast dreißig Meter breites Gewässer. Das Mondlicht schimmerte silbern auf der unruhigen Oberfläche.

Sie starrte ins strömende Wasser. Auf einmal bemerkte sie am anderen Ufer eine Bewegung. Im ersten Moment dachte sie, es wäre ein Hirsch. Sekunden später begriff sie: Es war ein Mensch mit einem Bündel auf dem Kopf. Er ging zum Ufer. Dann glitt er ins Wasser.

In dem Bündel mußten seine Kleider sein. Doch wer schwamm mitten im Winter um diese nachtschlafende Zeit durch den Fluß? War es vielleicht McAsh, der die Wachen auf der Brücke umgehen wollte? Sie schauderte unwillkürlich unter dem dicken Pelz. Das Wasser mußte bitterkalt sein.

Lizzie blieb reglos stehen und verfolgte den Kopf des Schwimmers auf seinem Weg durch den Fluß. Die starke Strömung zwang ihn in eine Diagonale, doch seine Geschwindigkeit blieb gleichmäßig; er war offenbar sehr kräftig. Es war abzusehen, daß er ungefähr zwanzig Meter flußaufwärts von Lizzies Standort ans Ufer kommen würde.

Er hatte ungefähr die Mitte des Flusses erreicht, als das Unglück geschah. Lizzie sah einen großen Baumstamm im Wasser, der von hinten her auf den Schwimmer zuschoß. Ein dicker Ast traf ihn am Kopf, und seine Arme verhedderten sich im Gewirr der Zweige. Plötzlich verschwand der Kopf unter Wasser. Lizzie hielt den Atem an. Von dem Schwimmer war nichts zu sehen. „Du darfst nicht ertrinken, bitte!" flüsterte sie. Sie war noch immer wie gelähmt von ihrer Unentschlossenheit, als der Schwimmer ein paar Meter hinter dem treibenden Baumstamm wieder auftauchte.

Lizzie ging ans Ufer. „Hierher!" rief sie. „Ich zieh Sie raus!" Er schien sie nicht zu hören. Und wieder rief Lizzie ihm zu: „Hierher! Ich helfe Ihnen!" Der Schwimmer rang nach Luft, hustete, keuchte – aber er hatte Lizzie jetzt wahrgenommen und hielt auf sie zu.

Lizzie Hallim kniete auf dem vereisten Uferschlamm und achtete nicht auf ihr Seidenkleid und den teuren Pelz. Als der Schwimmer in Reichweite kam, streckte sie die Hand aus, doch seine Hände fuchtelten nur ziellos durch die Luft. Zuerst bekam sie ihn am Handgelenk zu fassen, dann packte sie mit beiden Händen den Arm und zog und zog. Halb auf der Uferböschung, halb noch im Wasser kippte der nackte Mann auf die Seite und brach zusammen. Lizzie faßte ihn jetzt unter den Armen, stemmte ihre Füße mit den feinen Schuhen tief in den Schlamm und wuchtete ihn hoch. Der Mann half mit Händen und Füßen ein wenig nach, und endlich, endlich glitt er heraus aus dem Wasser und kam auf der Böschung zu liegen. Lizzie starrte ihn an. Halbtot, nackt und pudelnaß lag er vor ihr wie ein Meeresungeheuer. Und jetzt bestätigte sich auch ihre Vermutung: Der Mann, dem sie das Leben gerettet hatte, war Malachi McAsh.

Der Unglückliche lag vor ihr auf dem Rücken und schlotterte unkontrollierbar am ganzen Leibe. Sie kniete neben ihm nieder und öffnete das durchnäßte Kleiderbündel auf seinem Kopf. Dann legte sie ihm die Hand auf die Schulter. Er war kalt wie ein Grab. „Stehen Sie auf!" sagte sie mit Nachdruck, doch Mack rührte sich nicht. Lizzie schüttelte ihn. Sie packte ihn mit beiden Händen, doch gegen seinen Willen konnte sie ihn nicht aufrichten. „Mack, ich flehe Sie an! Sie dürfen jetzt nicht sterben!" Ein Schluchzen mischte sich in ihre Stimme.

Langsam erhob er sich auf alle viere. Mit Lizzies Hilfe kam er auf die Füße. Er klammerte sich an sie, und wieder überkam Lizzie jenes starke Gefühl der Intimität, als wäre sie seine Geliebte.

Sie trug mehrere Unterröcke aus Leinen unter ihrem Kleid: Auf einen davon konnte sie verzichten. „Können Sie jetzt allein stehen?" fragte sie. Er hustete heftig und nickte dabei. Sie ließ ihn los, hob ihr Kleid und zog sich mit ein paar raschen Bewegungen einen Unterrock aus. Dann begann Lizzie seinen Körper abzurubbeln.

Sie trocknete ihm das Gesicht und die Haare ab, dann seinen breiten Rücken und die festen, derben Hinterbacken. Sie kniete nieder und rieb seine Beine ab. Sie stand auf, drehte ihn um und wollte seine Brust abtrocknen. Es war das erste Mal, daß sie einen nackten Mann sah. Sie hätte eigentlich entsetzt und schockiert sein müssen, aber dem war nicht so.

Es war ihr klar, daß er, wenn er jetzt die feuchten Kleider anzog, wahrscheinlich schon bei Tagesanbruch mit einer Lungenentzündung darniederliegen würde, die seinen Tod bedeutete. Aber nackt konnte er auch nicht herumlaufen.

Einer Eingebung folgend, schlüpfte Lizzie aus ihrem Umhang. Groß, wie er war, würde er Mack passen. Es war ein teures Stück, und es war keineswegs sicher, daß sie jemals wieder etwas Vergleichbares bekommen würde. Aber er würde Mack das Leben retten. Lizzie weigerte sich, darüber nachzudenken, wie sie ihrer Mutter den Verlust erklären sollte. „Ziehen Sie den Umhang an, und nehmen Sie Ihre Kleider so mit. Sie müssen erst richtig trocknen." Ohne auf seine Zustimmung zu warten, legte sie ihm den Pelzumhang um die Schultern. Er war so groß, daß er Macks gesamten Körper umhüllte.

Lizzie hob sein Bündel auf und holte die Stiefel heraus. Dabei stieß sie mit der Hand an etwas Hartes. Sie zog es heraus. Es war das Halseisen. Es war durchtrennt und aufgebogen worden. „Wie haben Sie denn das fertiggebracht?" fragte sie.

Mack war dabei, sich die Stiefel anzuziehen. „Ich bin in die Bergwerksschmiede eingebrochen und habe Taggarts Werkzeug benutzt."

„Warum nehmen Sie es mit?"

In seinem Blick funkelte die heiße Wut. „Damit ich es nie vergesse", sagte er bitter. „Niemals!" Mack nahm ihr den Sack aus der Hand. Er wollte gehen.

„Die Aufseher werden Sie nicht verfolgen", sagte sie.

Er musterte sie kritisch. „Woher wollen Sie das wissen?"

„Sir George meinte, er sei froh, wenn er mit einem Unruhestifter wie Ihnen nichts mehr zu tun habe. Die Bergleute sollen aber nicht wissen, daß er Sie ziehen läßt – deshalb wird die Brücke nach wie vor bewacht. Er rechnet jedoch damit, daß Sie sich irgendwie davonstehlen werden, und wird nichts unternehmen, Sie wieder einzufangen."

Erleichterung zeichnete sich auf seinem müden Antlitz ab. „Gott sei Dank!" Er reichte ihr die Hand. Sie schlug ein, doch zu Lizzies Erstaunen hob er ihre Hand an seine Lippen und küßte sie. Dann ging er fort.

UNTER seinen Stiefeln knirschten die vereisten Pfützen. Im Mondlicht schritt Malachi McAsh die Straße entlang, die das Tal hinunterführte. Unter Lizzie Hallims Pelzumhang war ihm rasch warm geworden.

Was für eine bemerkenswerte Frau! Mutig hat sie meine Herausforderung angenommen und sich die Grube von innen angesehen, dachte er. *Und heute nacht hat sie mir das Leben gerettet.* Er bedauerte sehr, daß er sie wahrscheinlich nie wiedersehen würde.

Er war sehr müde. Glücklicherweise brauchte er in dieser Nacht nicht sehr weit zu gehen. Sein Ziel war das Haus des Bruders seiner Mutter, Onkel Eb in Craigie, einem Bergarbeiterdorf zehn Kilometer weiter flußabwärts. Dort wollte er Unterschlupf suchen, ausschlafen und frische Kräfte sammeln. Am Vormittag würde er sich auf den Weg nach Edinburgh machen und dort mit dem erstbesten Schiff, auf dem man ihn anheuerte, abreisen. Ihm war jedes Ziel recht.

Die Straße unter seinen Füßen war nicht mehr als ein Feldweg, voller Matsch und vereistem Schlamm. Und doch überkam Mack so etwas wie ein feierlicher Ernst angesichts seines Aufbruchs. Nicht nur, daß er das einzige Zuhause verließ, das er je gekannt hatte. Er verließ Esther, seine Freundin und Mitstreiterin, obwohl er hoffte, sie in nicht allzu langer Zeit nachholen zu können. Und er verließ Annie.

Und dennoch hatte er schon immer gewußt, daß es eines Tages geschehen würde. Seit er denken konnte, hatte er von Flucht geträumt. Es war ein erhebendes Gefühl: Ich habe es geschafft. Ich bin frei!

## 4

Mack liebte die Stadt. London war voller Sehenswürdigkeiten und Überraschungen. Er mochte den verlockenden Duft aus den vielen Kaffeehäusern in der Stadt. Er staunte über die bunten Farben der Kleider – Männer und Frauen trugen leuchtendes Gelb, Violett, Smaragdgrün, Scharlachrot, Himmelblau … Er versuchte, den Horden von halbnackten Kindern auszuweichen, die bettelnd und stehlend durch die Straßen vagabundierten. Mack besuchte Stierkämpfe und Versteigerungen, kostete Bananen, Ingwer und Rotwein. Alles war aufregend, doch das beste war, daß er frei darüber entscheiden konnte, wo er hinging und was er tat.

Natürlich mußte er sich seinen Lebensunterhalt verdienen, und das war alles andere als leicht. In London wimmelte es von hungernden

Familien, die aus ländlichen Gebieten stammten, in denen sie sich nach zwei aufeinanderfolgenden Mißernten nicht mehr hatten ernähren können. Es gab Tausende von Seidenwebern mit Handwebstühlen, die, wie Mack von Dermot wußte, durch die Errichtung neuer Fabriken im Norden des Landes ihre Arbeit verloren hatten. Dermot war selber Weber. Er lebte mit seiner Frau und fünf Kindern in zwei kleinen Zimmern in Spitalfields. Um über die Runden zu kommen, mußten sie Dermots Arbeitszimmer untervermieten – an Mack. Er schlief dort auf dem Boden neben dem großen stillstehenden Webstuhl.

Mack und Dermot gingen gemeinsam auf Arbeitssuche. An diesem Tag hatten sie als Träger gearbeitet und auf dem Markt am Kai von Billingsgate riesige Fischkörbe geschleppt. Am Abend gingen sie zum „Bären", einer geräumigen Schenke an der Strand mit weißgekalkten Wänden. Die Luft war warm und rauchgeschwängert. Sie bestellten sich jeder ein Glas Ale.

„Sehen wir doch mal hinten raus", schlug Dermot vor.

Mack war nicht zum erstenmal hier und wußte, daß im Hinterhof Hundekämpfe und allerlei andere Unterhaltungen stattfanden. An diesem Abend war ein von zahlreichen Öllampen erhellter Boxring aufgestellt worden. Ein Zwerg in einem seidenen Anzug wandte sich großsprecherisch an die versammelten Trinker: „He, Männer, ein Pfund für jeden, der den ‚Bullen von Bermondsey' k. o. schlägt!"

„Du würdest mit dem garantiert fertig", sagte Dermot zu Mack.

Der Bulle von Bermondsey hatte außer Hosen und schweren Stiefeln nichts am Leib. Sein Kopf trug die Spuren vieler Kämpfe. Er war groß und schwer, wirkte aber auch ziemlich tumb und langsam. „Kann schon sein", erwiderte Mack. Ein Pfund war eine Menge Geld.

Dermot packte den Zwerg am Arm und sagte: „He, hier ist ein Kunde für dich!"

„Ein Kämpfer!" brüllte der Zwerg, und die Zuschauer grölten und applaudierten.

Mack legte seinen Umhang ab.

„Du mußt damit rechnen, daß er auf dich losgeht, sobald du den Ring betreten hast", erklärte Dermot.

Der Ring bestand aus alten hölzernen Faßdauben. Kaum hatte Mack das Bein gehoben, um über das Seil zu steigen, stürmte der Bulle von Bermondsey auch schon auf ihn los.

Mack war darauf vorbereitet und wich einen Schritt zurück. Der wuchtige Fausthieb des Bullen streifte seine Stirn. Das Publikum hielt den Atem an. Mack stieg rasch in den Ring und trat seinem Gegner gegen das Schienbein. Der Bulle geriet ins Stolpern. Die Zuschauer jubelten.

Noch ehe der Bulle sein Gleichgewicht wiederfinden konnte, versetzte Mack ihm zwei Schläge gegen den Kopf, einen links und einen rechts, und ließ unmittelbar darauf einen harten Aufwärtshaken gegen das Kinn folgen. Die Beine des Bullen gaben nach, die Augäpfel verdrehten sich. Er torkelte noch zwei Schritte zurück und fiel dann flach auf den Rücken.

Der Kampf war zu Ende. Die Menge tobte vor Begeisterung.

Der Zwerg fummelte einen Goldsovereign aus einer Innentasche seines Hemdes und reichte ihn Mack mit finsterer Miene.

Neben Mack tauchte plötzlich ein anderer Mann auf. Er hatte ein grob geschnittenes Gesicht und trug auffallend teure Kleider. „Das war nicht schlecht", sagte er. „Am kommenden Samstag organisiere ich einen Preiskampf im ‚Pelikan' in Shadwell. Sie können innerhalb von ein paar Minuten zwanzig Pfund gewinnen. Ist das ein Angebot? Ich möchte Sie gegen Rees Preece, den ‚Walisischen Berg', aufstellen."

Macks Blick fiel auf den hilflosen Fleischberg im Ring. „Nein", antwortete er.

Der Kampforganisator zuckte mit den Schultern. „Wenn Sie auf das Geld verzichten können..."

Mack mußte an seine Zwillingsschwester Esther denken, die noch immer fünfzehn Stunden am Tag Kohlenkörbe aus der Grube von Heugh ans Tageslicht beförderte. Für zwanzig Pfund konnte sie nach London reisen. „Gut, ich mach's", sagte er.

In einer Mietkutsche ratterten Lizzie Hallim und ihre Mutter nordwärts durch die Londoner Innenstadt. Lizzie war aufgeregt und glücklich: Sie wollten sich ein Haus ansehen und würden Jay dort treffen.

„Sir George muß seine Meinung geändert haben", sagte Lady Hallim. „Er holt uns nach London, plant eine große Hochzeit und erklärt sich bereit, die Miete für euer gemeinsames Heim zu übernehmen. Hat er vielleicht dir gegenüber irgendwelche Wünsche angemeldet?"

Lizzie lachte. „Was könnte ich ihm schon geben? Vielleicht will er von mir nichts weiter, als daß ich seinen Sohn glücklich mache."

„Woran nicht der geringste Zweifel bestehen dürfte. So, da sind wir!"

Die Kutsche hielt an. Die Chapel Street in Holborn war eine

ruhige, elegante Wohngegend. Lizzie stieg aus und betrachtete das Haus Nr. 12. Es gefiel ihr auf Anhieb. Es verfügte über vier Stockwerke und ein Kellergeschoß und hatte hohe, geschmackvolle Fenster. Allerdings waren zwei Fensterscheiben zerbrochen, und auf die schimmernde, schwarz gestrichene Eingangstür hatte jemand die Zahl 45 geschmiert. Ehe Lizzie sich dazu äußern konnte, fuhr eine zweite Kutsche vor, und Jay sprang heraus. Er trug einen hellblauen Anzug mit Goldknöpfen, und eine blaue Schleife hielt sein langes blondes Haar zusammen.

Er küßte Lizzie und half seiner Mutter aus der Kutsche, dann klopfte er an die Tür. „Es gehört einem Branntwein-Importeur, der für ein Jahr nach Frankreich gezogen ist", sagte er.

Kurz darauf öffnete ein älterer Mann die Tür, der Hausmeister.

„Wer hat die Fenster eingeschlagen?" fragte ihn Jay sofort.

„Die Hutmacher", sagte der Mann, als sie eintraten. Lizzie hatte in der Zeitung gelesen, daß die Hutmacher streikten, ebenso wie die Schneider und die Messerschleifer.

„Warum streiken sie?" fragte Lizzie.

„Um bessere Löhne, Miß", antwortete der Hausmeister. „Und wer kann es ihnen verdenken? Der Preis für einen Laib Brot ist von vier Penny auf acht und einen Farthing gestiegen."

„Zeigen Sie uns das Haus, Mann!" gab Jay mißmutig zurück.

Lizzie hätte gerne gewußt, was die Zahl 45 bedeutete, aber fürs erste gewann ihr Interesse am Haus die Oberhand. Aufgeregt lief sie durchs ganze Gebäude. Das Mobiliar war neu und teuer, der Salon ein großer, heller Raum. Sobald erst einmal gründlich gelüftet wäre, versprach das Haus ein sehr angenehmes Domizil zu werden.

Jay und Lizzie eilten voraus. Im Dachgeschoß waren sie allein. Lizzie umarmte Jay und küßte ihn gierig. Sie hörten Schritte auf der Treppe und rissen sich schwer atmend voneinander los.

Lizzie wandte sich ab und blickte aus einem der kleinen Kammerfenster hinaus. „Was hat die Zahl 45 zu bedeuten?" fragte sie Jay.

„Das hängt alles mit dem Renegaten John Wilkes zusammen", erklärte er. „Er war Herausgeber einer Zeitschrift. In Nummer 45 hieß er den König praktisch einen Lügner. Er floh nach Paris, doch inzwischen ist er wieder hier und stiftet neuerliche Unruhe unter den einfachen Leuten."

„Stimmt es, daß die Armen sich kein Brot mehr leisten können?"

„In ganz Europa ist das Getreide zur Zeit knapp. Da läßt es sich gar nicht vermeiden, daß die Preise steigen. Und die Arbeitslosigkeit ist eine Folge der Blockade englischer Waren durch die amerikanischen Kolonien."

„Für die Hutmacher und Schneider dürfte das ein schwacher Trost sein."

Lady Hallim und Alicia betraten das Zimmer. „Nun, Lizzie, gefällt Ihnen das Haus?" fragte Alicia.

„O ja, großartig!"

„Dann sollt ihr es haben!"

Lizzie strahlte, und Jay drückte ihren Arm.

Sie verließen das Zimmer. Auf der Treppe fiel Lizzie ein, daß sie Jay etwas zeigen wollte. Sie zog ein Flugblatt aus der Tasche, das sie auf der Straße gefunden und eigens für ihn mitgenommen hatte: „Hier, lies das mal!" sagte sie.

TAG DER ATTRAKTIONEN IM „PELIKAN" ZU SHADWELL!
EIN FAUSTKAMPF – UM ZWANZIG PFUND!!
REES PREECE, DER WALISISCHE BERG,
GEGEN
MACK MCASH, DEN KILLERKUMPEL AUS SCHOTTLAND!
AM NÄCHSTEN SAMSTAG UM DREI UHR NACHMITTAGS.

„Das also ist aus ihm geworden", sagte Jay. „Ein Preisboxer!"

„Ich habe noch nie einen Preiskampf gesehen", erwiderte Lizzie nachdenklich.

Jay lachte. „Na hoffentlich! Da hat eine Lady auch nichts zu suchen!"

„In einem Kohlenbergwerk auch nicht. Trotzdem hast du mich mitgenommen."

Lizzie war enttäuscht. Jay schien sein Wagemut verlassen zu haben. Aber das soll mich nicht hindern, dachte sie, wenn er mich nicht mitnimmt, gehe ich eben allein hin.

LIZZIE rückte ihre Perücke zurecht und betrachtete sich im Spiegel. Ein junger Mann blickte sie an. Das Geheimnis bestand in einer hauchdünnen Schicht Kaminruß, der Wangen und Oberlippe leicht verdunkelte und so ein rasiertes Männergesicht vortäuschte. Ein schweres Wams drückte ihre Brüste flach; die Rockschöße des Jacketts verbargen die weiblichen Rundungen von Hüften und Gesäß; die Füße steckten in kniehohen Stiefeln; Hut und Männerperücke vervollständigten die Illusion.

Lizzie öffnete die Tür ihres Schlafzimmers. Sie logierte mit ihrer

Mutter in einem kleinen Gästehaus auf dem Anwesen von Sir George am Grosvenor Square. Lizzie lief leichtfüßig die Treppe hinunter und schlüpfte zur Hintertür hinaus. Sie hielt eine Sänfte an und sagte mit tiefer Stimme: „Zum ‚Pelikan', und zwar ein bißchen dalli!"

Vor einem großen Gasthaus unmittelbar am Themseufer, auf dessen hölzernem Aushängeschild ein grob gemalter Pelikan prangte, hielten die Sänftenträger an. Im Hof der Taverne wimmelte es von lärmenden, aufgeregten Menschen: Arbeitern mit Halstuch und Stiefeln, besseren Herren in Westen, Arbeiterinnen mit Schals um den Hals und Holzschuhen an den Füßen. Lizzies Spannung wuchs.

Sie betrat die Taverne. An der Bar schlug sie mit der Faust auf den Schanktisch und rief: „Einen Krug starkes Ale!" Lizzie genoß den herrischen Ton. Sie ging hinaus und nahm ihren Bierkrug mit. Sie erkannte McAsh sofort. Er stand am Ring und unterhielt sich mit einem anderen Mann. Er machte einen finster entschlossenen Eindruck.

Sein Gegner Rees Preece verdiente seinen Spitznamen der „Walisische Berg". Er war der größte Mann, den Lizzie je gesehen hatte, gut dreißig Zentimeter größer als Mack. Das Gesicht verriet Boshaftigkeit und Verschlagenheit. Ein Schauer des Entsetzens durchfuhr sie, als ihr der Gedanke durch den Kopf schoß, Mack könne schwer verwundet oder sogar umgebracht werden. Am liebsten wäre sie sofort gegangen, aber sie schaffte es einfach nicht, sich loszureißen.

Und dann ging es völlig unvermittelt los. Die beiden Männer attackierten einander wie Stiere; sie boxten, traten und schlugen wild aufeinander ein. Die Menge brüllte, und Lizzie merkte plötzlich, daß sie selber schrie.

Preece stürzte auf Mack los. Mack sprang zurück, wich dem Schlag aus und ging im nächsten Augenblick zum Gegenangriff über. Ein furchtbarer Fausthieb traf Preece am Kopf. Die Zuschauer schrien und johlten. Preece schien zu zögern, als habe ihn der Schlag überrascht, und Lizzie dachte, daß er Macks Körperkräfte bisher möglicherweise unterschätzt hatte. Vielleicht konnte Mack diesen Riesen doch bezwingen.

Preece schüttelte sich wie ein Hund. Dann stürmte er mit gesenktem Kopf auf Mack los und deckte ihn mit einem Hagel von Schlägen ein. Mack duckte sich, tauchte seitwärts ab, doch irgendwie schaffte es sein Gegner doch, ihn in die Enge zu treiben und mehrere schwere Treffer zu landen. Mack reagierte mit einem weiteren wuchtigen Schlag gegen Preeces Kopf, was zur Folge hatte, daß der Riese erneut innehielt.

Lizzie hörte Macks Freund mit irischem Akzent brüllen: „Los, Mack, gib ihm den Rest!“ Sie stellte fest, daß sich Mack immer dann, wenn er seinen Gegner getroffen hatte, zurückhielt und Preece damit die Chance gab, sich zu erholen.

Im Ring ging es plötzlich wieder hoch her. Preece mußte ein, zwei, drei schwere Schläge einstecken. Dann traf ihn ein Tritt an den Oberschenkel und ließ ihn ins Taumeln geraten. Lizzie sah ihn schon zusammenbrechen, doch die Hoffnung trog. Im entscheidenden Augenblick hielt sich Mack zurück und wartete darauf, daß der Riese in die Knie ging.

Und so gelang es Preece zu Lizzies Entsetzen auch diesmal wieder, neue Kräfte zu sammeln. Urplötzlich schlug er Mack in die Magengrube. Der beugte sich vor und rang nach Luft, worauf Preece ihm mit aller Kraft einen Kopfstoß versetzte. Macks Beine versagten den Dienst, er brach zusammen. Er lag bereits flach auf dem Boden, als Preece ihm noch einmal gegen den Kopf trat. Erst nach einem weiteren Tritt sprangen die Sekundanten beider Kämpfer in den Ring und zerrten Preece von seinem Opfer fort.

Lizzie fürchtete, daß Mack die Tortur nicht überlebt hatte. Sie drängte sich durch die Menge und trat in den Ring. Neben dem am Boden Liegenden kniete der irische Sekundant. Macks Augen waren geschlossen, doch er atmete. „Gott sei Dank!“ rief sie. „Er lebt!“

Der Ire starrte sie an und fragte: „Wer sind Sie eigentlich, Sie männlicher Sopran?“ Sie hatte vergessen, ihre Stimme zu verstellen.

„Ein Freund“, sagte sie. „Kommen Sie, tragen wir ihn ins Haus.“

Der Mann faßte Mack unter die Arme. Zwei Zuschauer ergriffen die Beine. Sie hoben Mack hoch und schleppten ihn unter Lizzies Führung ins Gasthaus. Mit ihrer arrogantesten Männerstimme rief Lizzie: „He, Wirt, zeigen Sie mir Ihr bestes Zimmer, schnell!“

Eine Frau trat hinter dem Schanktisch hervor. „Hier entlang“, sagte sie. Sie führte sie nach oben in ein Schlafzimmer, das auf den Hof hinausging. Der Raum war sauber, das Himmelbett ordentlich bezogen. Die Männer legten Mack aufs Bett und verabschiedeten sich sodann.

Macks Gesicht war blutverschmiert und verquollen. Sie knöpfte ihm das Hemd auf und sah, daß seine Brust mit Wunden und Prellungen übersät war.

„Ich bin Dermot Riley“, sagte der Ire. „Mack wohnt bei mir.“

„Mein Name ist Elizabeth Hallim“, erwiderte Lizzie. „Mack und ich kannten uns schon als Kinder.“ Sie verzichtete darauf, ihre männliche

Garderobe zu begründen. „Wir sollten seine Wunden reinigen. Seien Sie so gut, und besorgen Sie uns eine Schüssel mit heißem Wasser."

Riley ging und ließ Lizzie mit dem ohnmächtigen Mann allein. Zögernd legte sie ihm die Hand auf die Brust. Die Haut war warm, die Muskeln darunter hart. Sie spürte das Herz. Es schlug kräftig und regelmäßig.

Mack öffnete die Augen. „Wo bin ich? Wer sind Sie?"

„Sie haben an einem Preiskampf teilgenommen und verloren", sagte Lizzie.

Er starrte sie sekundenlang wortlos an. Dann verzog er seinen Mund zu einem Grinsen. „Lizzie Hallim! Mal wieder als Mann verkleidet..."

„Es geht Ihnen besser! Gott sei Dank!"

„Es ist sehr freundlich von Ihnen, daß Sie sich um mich kümmern." Sein Blick war kaum zu deuten.

„Ich..., ich weiß auch nicht, warum", erwiderte sie verlegen. „Sie sind ein einfacher Bergarbeiter, der nicht weiß, wo er hingehört." Zu ihrem Entsetzen spürte sie, daß ihr Tränen über die Wangen liefen. „Es ist kein Vergnügen, mit ansehen zu müssen, wie ein Freund zu Brei geschlagen wird", sagte sie stockend.

Mack sah sie an. „Lizzie Hallim", meinte er voller Staunen. „Ob ich jemals klug aus Ihnen werde?"

## 5

Als Mack am nächsten Morgen aufwachte, brannte sein gepeinigter Körper wie Feuer. Alles tat ihm weh – von den Zehen bis hinauf in den brummenden Schädel. Das Gesicht war mit Wunden und blauen Flecken übersät.

Trotz allem war er guter Stimmung. Als er erkannt hatte, wer es war, der da neben ihm auf der Bettkante saß, war er von dem kaum zu bändigenden Wunsch überfallen worden, sie zu umarmen. Sie hatte ihm gesagt, daß sie Jay Jamisson heiraten wolle, und er hatte sich auf die Zunge gebissen, um ihr nicht ins Gesicht zu schreien, was für eine Idiotin sie sei. Es ging ihn nichts an.

Nach dem Frühstück machten sich Mack und Dermot auf Arbeitssuche. Es war kein guter Tag. Sie liefen von einem Londoner Lebensmittelmarkt zum anderen und boten ihre Arbeitskraft als Träger an.

Dennoch gab es für die vielen Arbeitssuchenden nicht genug zu tun. Am Spätnachmittag waren sie so müde, als hätten sie den ganzen Tag gearbeitet, und standen doch mit leeren Händen da.

Sie bogen gerade auf die Strand ein, als eine kleine Gestalt aus einer Seitengasse hervorschoß und mit Dermot zusammenstieß. Es war ein ungefähr dreizehn Jahre altes Mädchen, spindeldürr, in Lumpen gekleidet und völlig verängstigt. Hinter der Kleinen her jagte ein stämmiger junger Mann in teurer, aber unordentlicher Kleidung. Sie rutschte aus, fiel zu Boden, und ihr Verfolger war über ihr.

Das Mädchen kreischte vor Entsetzen. Der Mann tobte vor Wut. Er riß den kleinen Körper hoch und schlug das Kind zweimal brutal ins Gesicht, erst rechts, dann links. Dann trat er ihm mit dem Stiefel gegen die schmale Brust.

Jetzt sah Mack rot. Er packte den Schläger an Kragen und Hosenboden und hob ihn hoch.

„Nehmen Sie Ihre dreckigen Pfoten weg!“ schrie der Mann.

Mack setzte ihn wieder auf den Boden. „Lassen Sie das Kind in Ruhe!“ sagte er.

Dermot half dem Mädchen auf, hielt es aber mit sanfter Gewalt fest.

„Das ist eine gemeine Diebin!“ erwiderte der Mann aggressiv.

„Sonst nichts?“ fragte Mack. „Ich dachte, die Kleine hätte den König ermordet, so, wie Sie mit ihr umgehen. Ist ja auch egal, was sie getan hat. Sie haben sie jetzt genug bestraft.“

Der Mann sah ihn an. „Lange überleben Sie hier in London nicht, wenn Sie solchen Rotznasen wie der hier Ihr Vertrauen schenken.“ Mit diesen Worten wandte er sich ab und ging.

„Danke, Schotte“, sagte das Mädchen. „Du hast mir das Leben gerettet!“ Daß Mack Schotte war, erkannten die Londoner, sobald er den Mund aufmachte.

Mack musterte das Mädchen. Es hatte dunkle, kurze Haare. Das hübsche Gesicht begann nach den erlittenen Schlägen bereits an mehreren Stellen anzuschwellen. In den Augen lag der wissende Blick einer Erwachsenen. „Tut dir das weh?“ fragte er.

„Ja, natürlich!“ Sie hielt sich die Seite. „Du hättest dieses Arschloch abmurksen sollen!“

„Was hast du ihm getan?“

„Hab versucht, ihn zu beklau’n, als er Cora vögeln wollte.“

Mack nickte. Daß Prostituierte manchmal Komplizen hatten, die die Freier beraubten, hatte er schon gehört.

„Möchtest du etwas zu trinken?“ fragte er.

„Au ja! Für 'n Gin küss' ich 'n Papst!"

Auf der anderen Seite der Straße lag der „Bär". Sie gingen hinüber. Mack besorgte drei Krüge Bier, und sie suchten sich eine stille Ecke zum Trinken.

Am schnellsten trank das Mädchen. Nach ein paar Zügen war der Krug fast leer. „Bist ein guter Kerl, Schotte", sagte sie.

„Ich heiße Mack", erwiderte er. „Und das hier ist Dermot."

„Ich heiße Peggy. Die Leute nennen mich die ‚Schnelle Peg'."

Mack sah auf und erblickte eine junge Frau, deren Kleid die Farbe einer Apfelsine hatte.

„Hallo, Cora!" rief Peg. „Ein schöner Prinz aus Schottland hat mir das Leben gerettet. Darf ich vorstellen? Das ist Jock McKnock."

Lächelnd wandte sich Cora an Mack: „Vielen Dank, daß du ihr geholfen hast. Hoffentlich hast du dir nicht dabei diese blauen Flecken im Gesicht geholt."

Mack schüttelte den Kopf. „Nein, das war eine andere Schlägerei."

Cora setzte sich neben ihn. Sie war ungefähr zwanzig Jahre alt, hatte ein engelhaftes Gesicht und einen Schopf feuerroter Haare. So jung, so hübsch – und schon eine Hure, dachte Mack. Ein Jammer! Sie hatte ein schweres, aromatisches Parfüm aufgelegt. Es duftete nach Sandelholz und Zimt. „Was führt dich nach London, Schotte?"

„Ich suche Arbeit."

„Schon was gefunden?"

„Nicht viel."

Cora schüttelte den Kopf. „Ein beschissener Winter, kalt wie in der Gruft, und der Brotpreis wahnsinnig hoch ... Es gibt zu viele Männer wie euch zwei."

„Deshalb fing mein Papa vor zwei Jahren mi'm Klauen an", warf Peg ein. „Hat sich bloß dumm angestellt dabei. Hat mi'm Sheriff sein' Kragen getanzt."

„Er wurde gehängt, meint sie", erklärte Dermot.

„Ich kenne wen, der draußen in den Docks Kohlenlöscher sucht", sagte Cora. „Sie müssen die Schiffe entladen."

„Ich nehme jede Arbeit an", meinte Mack und dachte an Esther.

„Die Kohlenlöschertrupps werden allesamt von Gastwirten unten in Wapping angeführt. Einen von denen kenne ich, Sidney Lennox von der ‚Sonne'. Ein verlogenes, übellauniges und stets besoffenes Schwein. Aber die anderen sind genauso. Ihr habt keine Wahl."

„Bringst du uns zur ‚Sonne'?"

„Auf deine Verantwortung", meinte Cora.

Ein warmer Nebel aus Schweißdunst und Kohlenstaub erfüllte den stickigen Stauraum im Holzbauch des Schiffes. Mack stand auf einem Kohlenberg und schaufelte dicke Brocken in einen Sack. Es war eine brutale Schufterei. Dennoch war er guten Mutes. Er verdiente Geld – und war kein Sklave mehr.

Es war Samstag nachmittag, und das Schiff, die *Black Swan* aus Newcastle, war schon fast leer. Die *Black Swan* war das zweite Schiff, das sie in dieser Woche löschten. Sie bekamen einen Penny pro Mann für jeweils zwanzig Sack Kohlen. Nach seiner Kalkulation konnte heute abend jeder mit ungefähr sechs Pfund rechnen.

Es gab allerdings Abzüge. Sidney Lennox, der Vermittler oder „Unternehmer", stellte den Arbeitern an Bord immer große Mengen an Bier und Gin zur Verfügung. Um den Flüssigkeitsverlust durch das ständige Schwitzen auszugleichen, waren sie gezwungen, viel zu trinken, doch Lennox gab ihnen mehr als nötig, und die meisten Männer tranken dementsprechend über den Durst. Mack konnte also nicht genau sagen, wieviel Geld unter dem Strich übrigbleiben würde, wenn er am Abend in der „Sonne" ausbezahlt wurde. Und dennoch, wenn es so weitergeht, kann ich Esther in ein paar Wochen nachkommen lassen, dachte er. Die Aussicht, in naher Zukunft auch seine Zwillingsschwester aus der Sklaverei befreien zu können, versetzte ihn in Hochstimmung.

Die letzten Kohlenbrocken wurden in Säcken verstaut und diese auf einen Frachtkahn verladen, der sie an Land bringen würde. Mack reckte seinen schmerzenden Rücken und schulterte die Schaufel. Die kalte Luft an Deck traf ihn wie ein Schlag. Er zog sein Hemd an und legte sich den Pelzumhang um, den Lizzie Hallim ihm geschenkt hatte. Nachdem der Löschtrupp das Ufer erreicht hatte, machten sich die Männer sogleich auf den Weg zur „Sonne", wo ihnen ihr Lohn ausbezahlt werden sollte.

Die „Sonne" war eine wilde Kneipe für See- und Schauerleute. Das qualmende Feuer gab nur wenig Wärme. Der Wirt, Sidney Lennox, war ein Spieler, und so war sein Etablissement auch eine Spielhölle. Der einzige Lichtblick an diesem finsteren Ort war die „schwarze Mary", die afrikanische Köchin, die herzhafte Eintopfgerichte kochte, die bei den Gästen sehr beliebt waren.

Mack und Dermot trafen als erste ein. Peg saß in der Bar und rauchte eine Tonpfeife mit Virginiatabak. Die „Sonne" war ihr Zuhause. Sie schlief in einer Ecke der Schankstube auf dem Fußboden. Lennox war nicht nur Unternehmer, sondern auch Hehler, und Peg verkaufte ihm ihr Diebesgut. Als sie Mack erblickte, sagte sie fröhlich: „Hallo, Schotte! Wieder 'n paar Jungfrauen gerettet, he?“

„Nein, heute nicht.“ Er grinste. Er setzte sich neben Peg. Irgendwie seltsam, mit einer Diebin befreundet zu sein, dachte Mack. Aber er wußte, was Peg zur Diebin machte. Ihre Alternative hieß: Klauen oder Verhungern.

Mack hatte kein Geld für das Abendessen, doch Lennox gab den Kohlenlöschern Kredit und verrechnete diesen mit dem Lohn. Die schwarze Mary brachte ihm seine Suppe, in der auch ein paar Austern schwammen, dazu eine Scheibe Brot und einen Krug Dunkelbier. Wie ein Wolf fiel Mack darüber her.

Allmählich trudelten auch die anderen Kohlenlöscher ein. Lennox war nirgends zu sehen, und das war recht ungewöhnlich. Wahrscheinlich läßt Lennox uns nur warten, damit wir noch möglichst viel Geld vertrinken und verfressen, dachte er.

Ungefähr eine Stunde später erschien Cora in der Schankstube. Sie trug ein senffarbenes Kostüm mit schwarzen Säumen und sah glänzend aus. Alle Männer grüßten sie, doch zu Macks Überraschung setzte sie sich ausgerechnet neben ihn.

Erst gegen Mitternacht erschien Lennox. Er hatte einen Ledersack mit Münzen und zwei Pistolen bei sich, die letzteren offensichtlich zum Schutz gegen Räuber. Lennox war ein griesgrämiger Mann von ungefähr dreißig Jahren. Um seinen Mund lag ein grausamer Zug. Lennox zog sich in einer Ecke einen Tisch zurecht, stellte den Sack darauf ab und legte die Pistolen daneben. Dann übertönte seine rauhe Stimme die allgemeine Unruhe. „Jeder Mann hat diese Woche ein Pfund und elf Pence verdient, abzüglich der Zeche hier im Haus.“

Mack traute seinen Ohren nicht. Sie hatten zwei Schiffe entladen und an die dreißigtausend Säcke gefüllt. „Augenblick! Wie haben Sie das berechnet?“ meldete sich Mack zu Wort.

Lennox blickte erbost auf. „Ihr habt dreißigtausend Säcke gefüllt, das sind pro Mann sechs Pfund und fünf Pence brutto. Davon werden fünfzehn Shilling pro Tag für Getränke abgezogen …“

„Was?“ unterbrach ihn Mack. „Fünfzehn Shilling pro Tag?“ Das waren drei Viertel ihrer Gesamteinkünfte!

„Meine Kommission beläuft sich auf sechzehn Pence pro Mann und Schiff“, fuhr Lennox fort. „Weitere sechzehn Pence kostet das Trinkgeld für den Kapitän, die Miete für die Schaufel kommt auf sechs Pence pro Tag …“

Mack explodierte. „Miete für die Schaufel?"

„Sie sind neu hier und kennen die Spielregeln noch nicht, McAsh", knurrte Lennox. „Und jetzt halten Sie Ihre verdammte Klappe, sonst bekommt überhaupt keiner was!"

Mack war außer sich, aber ihm war klar, daß Lennox dieses System nicht erst an diesem Tag erfunden hatte. Es bestand mit Sicherheit schon länger, und die Männer hatten es offenbar akzeptiert. Mack zuckte mit den Schultern und schwieg. Sein Protest war jedoch auf fruchtbaren Boden gefallen. Dermot Riley war es, der als nächster die Stimme erhob. „Ich habe keine fünfzehn Shilling am Tag versoffen", sagte er.

„Ob ihr's nun sauft oder nicht: Ihr zahlt fünfzehn Shilling für die Getränke. So ist die Regel", erwiderte Lennox wütend.

Mack ging auf den Tisch zu. „Nun ja, ich habe da auch eine Regel", sagte er. „Ich bezahle nämlich keine Getränke, die ich weder bestellt noch getrunken habe. Ich kann Ihnen genau sagen, was ich Ihnen schuldig bin."

„Ich auch", meinte ein anderer. Es war Charlie Smith, ein in England geborener Neger.

„Du kannst von Glück reden, daß du überhaupt Geld kriegst, du Nigger."

„Sie werden diesen Tisch nicht verlassen, ohne Ihre Schulden bei uns beglichen zu haben", sagte Mack zu Lennox.

Lennox schielte nach seinen Pistolen.

Mit einer schnellen Bewegung wischte Mack die beiden Waffen vom Tisch. „Mich abknallen und dann abhauen kommt auch nicht in Frage, Sie verdammter Dieb!" fauchte er den Wirt an.

Lennox sah aus wie eine in die Enge getriebene Bulldogge. Ein haßerfüllter Blick traf Mack. „Das werden Sie mir büßen, McAsh, das schwöre ich Ihnen bei Gott!"

„Kommen Sie, Lennox, die Männer wollen lediglich ihren gerechten Lohn", sagte er sanft.

Lennox ließ sich nicht besänftigen, aber er gab nach. Mit finsterer Miene begann er, das Geld auszuzahlen.

Hoch erfreut kehrte Mack dem Zahltisch den Rücken. Er hatte drei Pfund und neun Shilling bekommen. Selbst wenn er die Hälfte für Esther zurücklegte, blieb ihm noch ein hübsches Sümmchen übrig.

Während der letzte Mann bezahlt wurde, hob Mack Lennox' Pistolen vom Boden auf, blies das Schießpulver aus den Schlössern, so daß sie unbrauchbar waren, und legte sie auf den Tisch.

Lennox nahm die entladenen Pistolen an sich, packte den fast leeren Geldsack und stand auf. Die Gespräche im Raum erstarben. „Geht jetzt nach Hause, alle!“ rief er den Kohlenlöschern gehässig zu. „Und untersteht euch, am Montag wieder hier aufzukreuzen. Ich habe keine Arbeit mehr für euch. Ihr seid entlassen!“

AM FRÜHEN Sonntag morgen stand Mack auf und rüttelte Dermot wach. „Wir müssen bis morgen früh für unseren Trupp Arbeit finden“, sagte Mack.

Dermot stand auf. Bridget, seine Frau, blieb liegen und murmelte: „Zieht euch aber was Anständiges an, wenn ihr bei einem Unternehmer Eindruck machen wollt!“ Dermot zog eine alte rote Weste an und ließ Mack das blaue Seidenhalstuch, das er sich einst zur Hochzeit gekauft hatte. Zunächst schauten sie bei Charlie Smith vorbei. Charlie arbeitete schon seit fünf Jahren als Kohlenlöscher und kannte Gott und die Welt. Er zog sich seinen besten Blaurock über und schloß sich ihnen an. Gemeinsam gingen sie nach Wapping.

Die Straßen im Hafenviertel waren fast menschenleer. Das braune Wasser der Themse schwappte träge gegen die verlassenen Kais, und am Ufer tummelten sich die Ratten. Zunächst versuchten die drei Männer ihr Glück in der „Bratpfanne“, die nur ein paar Meter von der „Sonne“ entfernt lag. Der Wirt stand im Hof und kochte einen Schinken. Der Geruch ließ Mack das Wasser im Munde zusammenlaufen.

Fröhlich begrüßte Charlie den Wirt: „Hallo, Harry, wie geht's?“

Der Mann sah sie mißmutig an. „Was wollt ihr von mir, Jungs?“

„Arbeit“, antwortete Charlie. „Haben Sie morgen ein Kohlenschiff zu entladen?“

„Hab ich. Und ich hab auch 'n Trupp, der das macht, vielen Dank.“

Sie gingen. „Was war denn mit dem los?“ fragte Dermot. „Hat uns angesehen, als wären wir Aussätzige.“

„Hatte wohl zuviel Gin gestern abend“, mutmaßte Charlie. „Gehen wir zu Buck Delaney im ‚Schwan‘. Der hat meistens zwei oder drei Trupps gleichzeitig für sich arbeiten.“

Sie fanden den irischen Wirt in seinem Privatzimmer, von dem aus man den Hof überblicken konnte. „Ich geb euch mal 'nen Tip, Jungs“, sagte er. „Alle Unternehmer in der Stadt wissen, was gestern abend in der ‚Sonne‘ passiert ist. Nicht einer von ihnen wird euch anstellen, dafür hat Sidney Lennox gesorgt.“

Macks Zuversicht schwand. „Was kann uns daran hindern, selbst mit den Kapitänen über Löschaufträge zu verhandeln?“ fragte Mack.

„Alles", erwiderte Delaney. „Es gibt einfach zu viele Leute, die mit dem gegenwärtigen System viel Geld verdienen." Er schüttelte den Kopf. „Sie sind nicht der erste, der dagegen protestiert, McAsh – und sicher auch nicht der letzte."

Resigniert wandte Mack sich zum Gehen. Dermot und Charlie folgten ihm. Die drei setzten sich an einen der Schanktische und bestellten sich Bier und Brot zum Frühstück. Caspar Gordonson fiel Mack ein, der radikale Anwalt, mit dessen Brief über die gesetzlichen Rechte der Grubenarbeiter alles begonnen hatte. Wenn ich an diesen Gordonson rankäme, würde ich ihm sagen, was solche „gesetzlichen Rechte" wert sind, dachte er.

Er griff nach seinem Bierkrug – und erstarrte mitten in der Bewegung, die den Krug zum Mund führte. Caspar Gordonson lebt doch in London, dachte er. Ich komme an ihn ran, wenn ich will. Vielleicht wird Gordonson unser Anwalt, der Anwalt der Kohlenlöscher. Immerhin ist er Advokat und schreibt dauernd über die englische Freiheit: Eigentlich müßte er uns helfen. Es war auf jeden Fall einen Versuch wert.

GORDONSON wohnte in einem dreistöckigen Backsteingebäude neben einem großen Gasthaus in der Fleet Street. Mack hatte sich das Haus eines Rechtsanwalts als einen Ort voller staubiger Dokumente vorgestellt, wo das lauteste Geräusch das langsame Kratzen der Federkiele war. Gordonsons Domizil erinnerte dagegen eher an eine Druckerei. Im Flur stapelten sich verschnürte Bündel mit Flugblättern und Zeitschriften. Der mechanische Lärm aus dem Kellergeschoß ließ vermuten, daß unten eine Druckmaschine lief.

Der Diener ging in ein Zimmer und ließ die drei Männer im Flur davor warten. Innen ertönte eine laute, schrille Stimme: „McAsh? Nie gehört! Aber egal…"

Sekunden später erschien ein Mann im Türrahmen. Er beäugte die drei Kohlenlöscher durch dicke Brillengläser. „Ich entsinne mich nicht, Sie jemals gesehen zu haben", sagte er. „Was wollen Sie von mir?"

„Malachi McAsh, bekannt als Mack. Ich war Kumpel im Kohlenbergwerk von Heugh in der Nähe von Edinburgh, bis ich einen Brief von Ihnen erhielt, in dem Sie mir schrieben, ich sei ein freier Mann."

Gordonsons Miene hellte sich auf; er wußte Bescheid. „Ja, der freiheitsliebende Bergmann… Also Sie sind das! Lassen Sie sich die Hand drücken, Mann…"

Mack stellte ihm Dermot und Charlie vor.

„Kommen Sie herein, meine Herren!" Sie folgten ihm in ein unordentliches Büro, dessen Wände ringsum mit Bücherregalen vollgestellt waren. Gordonson sagte zu seinem Diener: „Kaffee für alle!" Dann wandte er sich wieder an Mack. „Was war denn nun so falsch an meinem Rat, McAsh?"

Mack erzählte ihm, was sich in Heugh zugetragen hatte und wie er nach London gekommen war. Als Mack fertig war, kam der Kaffee.

„Die Jamissons kenne ich schon lange – das ist ein geiziges, herzloses und brutales Pack", sagte Gordonson. „Was haben Sie dann in London getan?"

„Ich wurde Kohlenlöscher." Mack erzählte von den Begebenheiten in der „Sonne" am vergangenen Abend.

„Die Bezahlung der Kohlenlöscher mit alkoholischen Getränken ist ein uralter Skandal", meinte Gordonson. „Das Parlament hat schon vor zehn Jahren ein Gesetz verabschiedet, das derartige Praktiken untersagt. Aber es wurde nie durchgesetzt. Die Regierung hat Angst vor einer Unterbrechung der Kohlenversorgung."

„Ich verstehe", unterbrach ihn Mack ungeduldig. „Sollte mich auch wundern, wenn das Gesetz Leuten wie mir helfen würde."

„Das Gesetz ist wie ein Werkzeug: Es arbeitet für alle jene, die sich seiner bedienen", widersprach Gordonson. „Es könnte auch für Sie arbeiten. Angenommen, es gelingt Ihnen, ein neues Entladesystem für die Kohlenschiffe zu entwickeln."

Auf diese Antwort hatte Mack gehofft. „Das wäre gar nicht so schwierig", sagte er. „Die Männer könnten einen der Ihren zum Truppführer wählen und direkt mit den Kapitänen verhandeln lassen. Das Geld würde gleich nach Erhalt geteilt."

„Das ist alles schon einmal versucht worden", warf Charlie Smith mit trauriger Stimme ein. „Aber es hat nie geklappt. Weil die alten Unternehmer verhindern, daß die neuen Trupps Arbeit bekommen."

„Und warum soll das diesmal anders sein?" fragte Mack.

„Weil es jetzt einen John Wilkes gibt", erklärte Gordonson.

Wilkes war der Verteidiger der Freiheit, aber er lebte im Exil. „In Paris kann er uns kaum helfen", entgegnete Mack deshalb.

„Er ist zurückgekommen. Er bewirbt sich um einen Sitz im Parlament."

Das war eine Überraschung. „Was uns das helfen soll, weiß ich immer noch nicht", meinte Mack.

„Wilkes wird sich auf die Seite der Kohlenlöscher schlagen, und die Regierung wird die Unternehmer unterstützen. Eine solche Auseinandersetzung, bei der die Arbeiter eindeutig im Recht sind, kann Wilkes nur nützen."

„Woher wissen Sie denn, wie Wilkes sich verhalten wird?"

Gordonson lächelte. „Ich bin sein Wahlberater."

## 6

Jay Jamissons Hochzeitstag war kalt und feucht. Von seinem Schlafzimmer am Grosvenor Square konnte er den Hyde Park sehen, wo sein Regiment biwakierte. Bodennebel lag über dem Gelände.

Er wandte sich vom Fenster ab. Chip Marlborough, sein Trauzeuge, hielt ihm den neuen Überrock hin, und Jay schlüpfte mit einem brummigen „Danke!" hinein. Chip war wie er Hauptmann in der Dritten Fußgarde. Sein Vater war Lord Arebury, der mit Jays Vater geschäftliche Verbindungen unterhielt.

„Hast du dich auch um die Pferde gekümmert?" fragte Jay besorgt.

„Selbstverständlich!" erklärte Chip.

Die Dritte Fußgarde war zwar ein Infanterieregiment, doch traten ihre Offiziere immer beritten auf. Zu Jays Verantwortung zählte die Oberaufsicht über die Pferde. Für seine Hochzeit hatte er zwei Tage Sonderurlaub bekommen, und schon machte er sich Sorgen, daß die Tiere unterdessen nicht ordnungsgemäß behandelt werden könnten.

Sein Hochzeitsurlaub war so kurz, weil sich das Regiment im aktiven Einsatz befand. Dabei konnte von einem Krieg keine Rede sein. Doch die Bevölkerung von London war so rastlos und unberechenbar, daß zur Niederschlagung möglicher Unruhen ständig Truppen in Bereitschaft gehalten wurden.

„Ich hoffe, das Regiment muß während meiner Abwesenheit nicht ausrücken", meinte Jay. „Wäre mein übliches Pech, wenn ich den Einsatz versäumen würde."

„Hör auf zu jammern!" Chip goß aus einer Karaffe Brandy in zwei bereitstehende Gläser. „Auf die Liebe!" sagte er.

„Auf die Liebe!" antwortete Jay.

Von der Straße her war zu hören, daß Kutschen vor dem Haus vorfuhren. „Gehen wir hinunter", schlug Jay vor.

Der Salon war ein großes, geräumiges Zimmer, dessen Mobiliar von Thomas Chippendale stammte. Jays Eltern und sein Bruder waren eingetroffen und alle für den bevorstehenden Kirchgang gekleidet. Ein

Diener schenkte Kaffee ein. Jay und Chip nahmen sich jeder eine Tasse. Doch ehe sie sie zum Munde führen konnten, flog die Tür auf, und wie ein Wirbelwind stürmte Lizzie herein. „Wie könnt ihr es wagen?" rief sie. Lizzies Gesicht war vor Empörung gerötet, ihre Augen funkelten. Sie trug ein einfaches weißes Hochzeitskleid und auf dem Kopf ein weißes Hütchen. Sie sah geradezu hinreißend aus. „Die Hochzeit ist abgesagt!" sagte Lizzie.

„Nein!" schrie Jay. Das halte ich nicht aus, dachte er.

Hinter ihr rauschte nun, sichtlich mitgenommen, Lady Hallim in den Salon. „Lizzie, hör auf!" flehte sie. „Ich bitte dich!"

Nun griff Jays Mutter ein. „Lizzie, liebe Lizzie, was in aller Welt ist denn geschehen?"

„Das da!" Sie wedelte mit mehreren Briefbogen, die sie in der Hand hielt.

Lady Hallim rang die Hände. „Das ist ein Brief meines Gutsverwalters", erklärte sie.

„Und darin steht, daß Prospektoren im Auftrag der Jamissons auf dem Gut der Hallims Probebohrungen vornehmen", ergänzte Lizzie.

„O nein!" protestierte Jay. Jetzt wußte er, was geschehen war. Sein rastloser Vater war so versessen auf Lizzies Kohle, daß er nicht einmal bis zum Hochzeitstag hatte warten können. Diese Erkenntnis brachte Jay derart in Harnisch, daß er Sir George anschrie: „Du verdammter Idiot!"

Das war schon recht starker Tobak aus dem Munde eines Sohnes. Sir George lief rot an, und seine Augen traten aus den Höhlen. „Dann sagt eben diese verfluchte Hochzeit ab!" brüllte er.

Alicia meldete sich zu Wort: „Es handelt sich gewiß um ein Versehen. Sicher haben Sir Georges Prospektoren ihren Auftrag nicht richtig verstanden. Lady Hallim, bitte bringen Sie Lizzie zurück ins Gästehaus. Wir werden uns unterdessen um eine Lösung des Problems bemühen."

Chip Marlborough hüstelte. „Wenn Sie mich bitte entschuldigen würden", sagte er und ging zur Tür. Mit sanftem Nachdruck führte Alicia Lizzie und Lady Hallim hinaus. Sie schloß die Tür und drehte sich um. „Ohne die Hochzeit bekommst du keine Kohle", sagte sie zu Sir George.

Es dauerte eine Weile, bis die Drohung Wirkung zeigte. Jay fürchtete einen Wutausbruch seines Vaters. Doch nach einer Weile fügte sich dieser und fragte resigniert: „Was willst du, Alicia?"

„Zuerst muß Jay mit Lizzie sprechen und sie davon überzeugen, daß er von den Prospektoren und ihrem Treiben keine Ahnung hatte. Wenn ihm das gelingt, kann die Hochzeit wie geplant stattfinden. Mit der Zeit wird es Jay gelingen, Lizzie umzustimmen."

Sir George schüttelte den Kopf. „Ich kann nicht so lange warten."

„Warum denn nicht?"

Sir George sah Robert an. Der zuckte mit den Schultern. „Ich habe selber Schulden. Du weißt ja, daß wir immer mit geborgtem Geld gearbeitet haben. Unser Hauptgläubiger ist Lord Arebury. In der Vergangenheit haben wir gutes Geld verdient, wovon natürlich auch er profitiert hat. Aber seit Beginn der Unruhen in den Kolonien haben wir empfindliche Einbußen im Amerikahandel hinnehmen müssen. Unser größter Schuldner ist bankrott und hat uns eine unverkäufliche Tabakpflanzung in Virginia hinterlassen."

Für Jay war dieses Eingeständnis unerhört. Allmählich dämmerte ihm, warum sein Vater sich wegen der Spielschulden so aufgeregt hatte.

„Lord Arebury will sein Geld zurück. Wenn ich das Gut der Hallims nicht bekomme, steht meine gesamte berufliche Existenz auf dem Spiel."

Nach dieser Eröffnung herrschte bestürztes Schweigen. Erst nach einer längeren Pause fand Alicia ihre Sprache wieder. „Dann gibt es in der Tat nur eine Lösung", sagte sie. „Auf High Glen muß Kohle geschürft werden, ohne daß Lizzie davon erfährt."

„Und wie sollen wir das anstellen?" fragte Sir George.

„Schick sie und Jay fort. In ein anderes Land."

Was für eine raffinierte Idee, dachte Jay, doch er hatte Bedenken: „Lady Hallim können wir nichts vormachen. Und sie wird es Lizzie sagen."

Alicia schüttelte den Kopf. „Nein, das wird sie nicht. Sie ist zu allem bereit, um diese Ehe durchzusetzen. Wenn wir ihr sagen, sie soll den Mund halten, dann wird sie es auch tun."

„Und wo sollen wir hin?" fragte Jay. „In welches Land?"

„Barbados", sagte seine Mutter.

„Nein!" protestierte Robert. „Die Pflanzung gehört mir."

Alicia sah Sir George fragend an. „Stimmt das?"

Sir George nickte. „Ich habe sie ihm vor drei Jahren überschreiben lassen."

Die nächste böse Überraschung. Nur eine war noch nicht bereit, die Flinte ins Korn zu werfen, und das war Alicia. „Was ist das für eine Liegenschaft in Virginia, George?" fragte sie.

„Sie heißt Mockjack Hall. Eine Tabakpflanzung, ungefähr tausend Morgen groß, mit fünfzig Sklaven. Warum fragst du?“

„Du könntest sie Jay geben.“

Jays Herz schlug höher. Virginia! Das wäre der Neubeginn, der mir schon so lange vorschwebt. Und Lizzie wird jubeln, wenn sie davon erfährt...

Sir Georges Augen verengten sich. „Aber ich kann ihm kein Geld geben“, sagte er. „Wenn er die Plantage wieder flottmachen will, wird er sich das erforderliche Kapital leihen müssen.“

„Aber du wirst Lady Hallims Hypothekenzinsen übernehmen müssen, George“, mahnte Alicia. „Sonst besteht die Gefahr, daß man ihr High Glen wegnimmt.“

„Das läßt sich machen, wenn erst einmal das Geld aus dem Kohlenabbau fließt.“ Sir George ging schon in die Einzelheiten. „Die beiden müßten sofort nach Virginia abreisen, innerhalb von ein paar Wochen. Ich muß bald an die Kohle ran. Das könnte klappen. Gut, so machen wir's!“

Mit einem triumphierenden Lächeln wandte sich Alicia an ihren Sohn. Sie umarmte und küßte ihn. „Gott segne dich, mein lieber Junge“, sagte sie. „Jetzt geh du zu Lizzie, und sag ihr, daß dir und deiner Familie diese Panne sehr leid tue und dein Vater dir zur Hochzeit Mockjack Hall schenke.“

Jay drückte sie an sich und flüsterte ihr ins Ohr: „Das hast du großartig gemacht, Mutter. Danke!“

Er ging. Draußen, auf dem Weg durch den Garten, schwankte er zwischen Hochstimmung und Beklommenheit. Er hatte bekommen, was er sich immer erträumt hatte. Es wäre ihm lieber gewesen, ans Ziel zu gelangen, ohne seine Braut täuschen zu müssen, aber es ging nun einmal nicht anders. Hätte ich mich geweigert, so stünde ich jetzt ohne eigenen Besitz da – und würde wahrscheinlich auch Lizzie verlieren.

PUNKT zwölf Uhr mittags am dritten Tag war der Laderaum der *Durham Primrose* leer. Mack blickte in die Runde. Er konnte es kaum fassen. Sie hatten alles allein geschafft. Ohne Unternehmer.

Sie hatten am Flußufer gewartet und sich ein Kohlenschiff ausgesucht, das um die Tagesmitte herum einlief, als die anderen Löschertrupps bereits beschäftigt waren. Mack und Charlie waren auf den Fluß hinausgerudert und hatten dem Kapitän ihre Dienste angeboten. Sie seien sofort einsatzbereit. Der Kapitän, der wußte, daß ein regulärer Löschtrupp frühestens am nächsten Morgen verfügbar sein würde, hatte sofort eingewilligt.

In Erwartung des vollen Lohns arbeiteten die Männer, wie es schien, noch schneller als sonst. Nach 48 Stunden war das Schiff entladen.

Mack verhandelte mit dem Steuermann. Das Beiboot hatte eine Kapazität von fünfhundert Säcken. Ihre Zahlen deckten sich. Dann gingen sie gemeinsam zur Kajüte des Kapitäns.

„Ihr seid schneller als die normalen Trupps. Wieviel Kohle war's?"

„Elftausendneunhundertundsieben Sack", sagte der Steuermann, und Mack nickte. Der Kapitän öffnete nun eine Truhe, die in der Ecke stand. Neugierig sah Mack, wie er der Truhe eine kleinere Kassette entnahm, sie auf den Tisch stellte und öffnete. „Ich schulde Ihnen genau neununddreißig Pfund und vierzehn Shilling", sagte er. Er zahlte den Betrag aus und gab Mack einen Leinenbeutel zum Transport des Arbeitslohns. Mack empfand ein tiefes Gefühl der Befriedigung, als er das Geld in der Hand hielt. Jeder Kohlenlöscher seines Trupps hatte fast zwei Pfund und zehn Shilling verdient – das war in zwei Tagen mehr Geld, als sie bei Lennox in der ganzen Woche verdienten. Noch wichtiger war jedoch, daß sie damit bewiesen hatten, daß sie für ihre Rechte einstehen und der Gerechtigkeit Geltung verschaffen konnten.

Mack zahlte seine Leute aus. Dann kehrte er in Dermots Begleitung nach Spitalfields zurück. Als er sein Zimmer betrat, erwartete ihn eine angenehme Überraschung. Auf dem dreibeinigen Schemel saß in einem nußbraunen Mantel Cora, Pegs rothaarige Freundin. Sie wippte mit ihren wohlgeformten Beinen und trug ein flottes Hütchen auf dem Kopf. Sie hatte seinen Umhang, der normalerweise auf der Strohmatratze lag, vom Bett aufgenommen und streichelte den Pelz. „Wo hast du den denn her?" fragte sie.

„Den hat mir eine feine Dame geschenkt", antwortete Mack grinsend. „Was treibst du denn hier?"

„Ich wollte dich besuchen", sagte Cora. „Wenn du dir das Gesicht wäschst, darfst du mit mir ausgehen – vorausgesetzt natürlich, du bist nicht schon mit irgendwelchen feinen Damen zum Tee verabredet."

Mack nahm sein Stück Seife und ging hinunter in den Hof. Cora begleitete ihn und sah ihm dabei zu, wie er den Oberkörper entblößte und sich den Kohlenstaub von der Haut schrubbte. Dann lieh er sich von Dermot ein frisches Hemd und nahm Coras Arm.

Sie wandten sich nach Westen und gingen mitten durch die City. Er genoß es, Cora an seinem Arm zu haben. Wegen ihrer auffallenden

Haarfarbe und der eleganten Garderobe erregte sie große Aufmerksamkeit. Mack spürte, daß ihn die neidischen Blicke anderer Männer verfolgten.

Vor einem der größten Häuser von allen fuhren unentwegt Kutschen vor und lieferten Gäste ab. Offenbar feierte man dort ein Fest. Die Villa war strahlend hell erleuchtet, und das Portal war mit Blumen geschmückt. „Muß eine Hochzeit sein“, bemerkte Cora.

Sie blieben stehen und sahen eine weitere Kutsche vorfahren. Es war die von Jay Jamisson. Er half seiner Braut aus der Kutsche, und die Umstehenden jubelten dem jungen Paar zu und klatschten in die Hände.

Lizzie erkannte Mack. Ihre Blicke begegneten sich, und einen Moment lang verharrte Lizzie wie vom Blitz getroffen. Er lächelte und winkte ihr zu. Da wandte die Braut rasch den Blick von ihm ab und eilte hastig ins Haus.

„Sie ist hübsch“, stellte Cora fest. „Kennst du sie?“

„Von ihr habe ich den Pelz“, sagte Mack. „Sie verschenkt sich an Jay Jamisson, diesen eitlen Schwächling.“

„Du bildest dir wohl ein, als deine Frau hätte sie's besser“, erwiderte Cora sarkastisch.

„Hätte sie auch“, sagte Mack ernsthaft. „Wollen wir gehen?“

AM TAG nach der Hochzeit bezogen Jay und Lizzie das Haus in der Chapel Street. Zum erstenmal saßen sie allein am Abendbrottisch. Außer ihnen waren nur noch die Hausangestellten anwesend. Zum erstenmal gingen sie Hand in Hand hinauf, zogen sich gemeinsam aus und gingen in ihr eigenes Bett. Zum erstenmal wachten sie gemeinsam im eigenen Haus auf.

Lizzie stand auf und ging zum Fenster. Es war kalt, aber die Sonne schien. Gedämpftes Glockenläuten war zu hören: Es war ein Tag des peinlichen Gerichts. Ein oder mehrere Verbrecher sollten an diesem Vormittag gehenkt werden.

Sie drehte sich um und sah Jay an: „Bring mich zu dieser Hinrichtung!“

Sein Blick verriet, wie wenig er von diesem Vorschlag hielt. „Eine schaurige Bitte. Warum willst du dahin?“

Das war eine gute Frage. Lizzies Gefühle waren gemischt. Es war nicht die feine Art, aus dem Tod einen Zeitvertreib zu machen. Doch ihre Neugier war stärker als alles andere. „Ich möchte wissen, wie so etwas vonstatten geht“, erklärte sie.

„Wir könnten vielleicht ein Zimmer mieten, von dem aus man den Richtplatz überblicken kann. Das tun viele“, schlug Jay vor.

„O nein!“ protestierte sie. „Ich will mitten unter den Zuschauern sein.“

„Frauen unseres Standes mischen sich nicht unters Volk!“

„Dann verkleide ich mich eben als Mann.“ Lizzie grinste ihn an und sprang aufs Bett. „Sei doch nicht so ein Frosch! Los, komm schon! Auf zum Galgen!“

Jay mußte unwillkürlich lachen. „Na gut!“ sagte er.

In der Tyburn Street wimmelte es von Menschen. Der Galgen stand am Ende der Straße, am Rande des Hydeparks. Fliegende Händler verkauften heiße Würstchen und Gin und boten Schriften feil, in denen, wie sie behaupteten, die letzten Worte der Verurteilten abgedruckt waren.

Mit Cora an der Hand schob sich Mack durch die Menge. Cora hatte unbedingt hingehen wollen. Eine Freundin von ihr zählte zu den Delinquenten. Sie hieß Dolly Macaroni und war wegen Urkundenfälschung verurteilt worden.

Der Galgen bestand lediglich aus drei Pfosten mit Querbalken, an denen bereits fünf mit Schlingen versehene Stricke hingen. Neben dem Galgen standen ein Kaplan und eine Handvoll offizielle Vertreter des Gerichts. Mit Musketen bewaffnete Soldaten hielten die Menge auf Distanz.

Weiter unten in der Tyburn Street war ein Getöse zu vernehmen, das allmählich näher kam.

„Sie kommen!“ rief Cora.

Der Zug mit den Delinquenten wurde von einer Abteilung berittener Wachen angeführt, an deren Spitze der Marschall der städtischen Polizei stand. Ein Trupp mit Schlagstöcken bewehrter Konstabler folgte und danach ein hoher, von Ackergäulen gezogener vierrädriger Karren mit den Verurteilten. Die Nachhut bildeten bewaffnete Wachen.

An Armen und Händen gefesselt, hockten fünf Menschen auf Kisten, bei denen es sich wahrscheinlich um Särge handelte: drei Männer, ein ungefähr fünfzehnjähriger Junge und eine Frau. „Das ist Dolly“, sagte Cora und fing an zu weinen.

Mit der Faszination des Grauens starrte Mack die fünf Delinquenten an. Einer der Männer war betrunken, die beiden anderen wirkten renitent. Dolly betete laut, und der Junge weinte.

Unter dem Schafott hielt der Karren an. Die beiden nüchternen Männer wurden von einer anderen Gruppe begrüßt, die ebenfalls in der ersten Reihe stand. An ihrem Dialekt erkannte Mack, daß es sich um Iren handelte. Einer der Verurteilten rief: „Sorgt dafür, daß meine Leiche nicht den Chirurgen in die Hände fällt!"

„Er muß ein Mörder sein", erklärte Cora. „Mörderleichen gehören den Chirurgen. Sie schneiden sie auf und schauen nach, was drin ist."

Mack schauderte.

Der Henker kletterte auf den Karren. Nacheinander legte er jedem der Verurteilten eine Schlinge um den Hals. Der Priester stieg nun ebenfalls auf den Karren und sprach mit den Delinquenten. Dann verband der Henker ihnen die Augen mit Tuchstreifen und kletterte vom Karren, auf dem sich jetzt nur noch die fünf Unglückseligen befanden. Der Henker gab den Pferden die Peitsche.

Lizzie schrie unwillkürlich auf. „Nein!"

Nochmals schlug der Henker auf die Pferde ein. Der Karren wurde unter den Verurteilten fortgezogen, so daß sie, einer nach dem anderen, ins Bodenlose stürzten. Beim Anblick der fünf Leichen empfand Lizzie eine abgrundtiefe Verachtung für sich selbst und die gaffende Menge um sich herum.

Der Sheriff wollte die Toten gerade herunterschneiden, als ein Tumult ausbrach. Die irischen Zuschauer sprangen vor und versuchten, an den Wachen vorbei, das Schafott zu stürmen. Die Konstabler hinderten sie daran und wurden dabei von den Wachen unterstützt. Schon floß das erste Blut.

„Das habe ich befürchtet", sagte Jay. „Sehen wir zu, daß wir schleunigst hier fortkommen!"

Viele Umstehende hatten die gleiche Idee. In dem entstehenden Durcheinander kam es rasch zu tätlichen Auseinandersetzungen. Jay versuchte sich mit Gewalt aus dem Gedränge zu befreien, und Lizzie hielt sich dicht hinter ihm. Die Iren hatten das Schafott inzwischen gestürmt. Einige von ihnen wehrten die Konstabler ab, andere versuchten, die Leichen ihrer Freunde vom Galgen zu schneiden.

Dann ließ das heftige Gedränge um Lizzie und Jay ohne ersichtlichen Grund plötzlich nach. Lizzie erblickte eine Lücke. „Jay, komm, hier entlang!" rief sie, drehte sich noch einmal nach ihm um, um sicher zu sein, daß er ihr auch folgte, und rannte los. Doch kaum war sie durchgeschlüpft, schloß sich die Lücke wieder. „Jay!" schrie sie. „Jay!" Er rief ihr etwas zu, aber Sekunden später konnte sie ihn schon nicht mehr sehen.

Jetzt war sie völlig auf sich allein gestellt. Sie biß die Zähne zusammen und versuchte, sich zwischen einem kleinen Mann und einer vollbusigen Matrone hindurchzuquetschen. „Pfoten weg, junger Mann!“ rief die dicke Frau, doch Lizzie ließ nicht locker, kam durch und probierte es gleich noch einmal.

Dann sah sie plötzlich ein bekanntes Gesicht: McAsh. In seiner Begleitung befand sich die Rothaarige, die schon am Grosvenor Square an seiner Seite gestanden hatte. „Mack!“ rief sie freudig. Mack erkannte sie. In diesem Moment traf Lizzie ein harter Ellenbogen ins Auge, so daß sie sekundenlang nichts sehen konnte. Als ihre Sehkraft zurückkehrte, waren Mack und seine Begleiterin verschwunden.

Es blieb ihr nichts anderes übrig, als mit eigenen Kräften weiterzukämpfen. Schließlich erreichte sie eine Hauswand, arbeitete sich bis zur nächsten Ecke vor und schlüpfte in eine Gasse zwischen zwei Gebäuden. Sie lehnte sich an die Hausmauer und rang nach Luft. Hoffentlich ist Jay nichts passiert, dachte sie. Sie spähte um die Ecke, um nach ihm Ausschau zu halten, konnte ihn jedoch nirgends sehen. Statt dessen fielen ihr zwei Männer auf, die sie unverwandt anstarrten.

Der eine war mittleren Alters, fett und unrasiert, der andere ein Jugendlicher von vielleicht achtzehn Jahren. Sie wollte fortlaufen, kam aber nicht mehr dazu. Die beiden stürzten auf sie zu und warfen sie zu Boden. Sie rissen ihr den Hut und die Männerperücke vom Kopf und streiften ihr die Schuhe mit den Silberschnallen von den Füßen. Dann durchsuchten sie ihre Taschen. Der ältere Mann sagte: „Der Mantel ist auch nicht schlecht. Fast neu.“

Sie zerrten ihr den Mantel und die Weste vom Leibe. Lizzie wehrte sich, doch das einzige, was sie damit erreichte, war, daß ihr Hemd zerriß. Hastig bedeckte sie ihre Brüste mit dem Hemdfetzen, aber es war bereits zu spät. „He, das is' ja 'ne Sie!“ schrie der Jüngere.

Der Dicke glotzte sie an und leckte sich die Lippen. „Die werd' ich mir vorknöpfen!“

Lizzie schrie vor Angst, so laut sie konnte, hatte jedoch große Zweifel, ob man sie bei dem Lärm, der draußen auf der Straße herrschte, überhaupt hören konnte.

Dann war auf einmal McAsh da. Lizzie erkannte sein Gesicht und sah eine erhobene Faust: der Schlag traf den Dicken seitlich am Kopf. Der Mann geriet ins Taumeln. Nach dem zweiten Faustschlag sackte er zusammen und gab keinen Mucks mehr von sich.

Der junge Kerl rappelte sich auf und wollte das Weite suchen, doch versetzte ihm Mack mit geballter Kraft von unten her einen Kinnhaken. Bewußtlos brach der Bursche über seinem Komplizen zusammen.

Lizzie stand auf. Schluchzend fiel sie Mack um den Hals: „Du hast mich gerettet. Ich danke dir, Mack, ich bin dir unendlich dankbar!"

Er drückte sie an sich. „Auch du hast mich einmal gerettet, weißt du noch? Damals, als du mich aus dem Fluß gezogen hast", sagte er und lächelte dabei ein wenig schief. „Ich bin dein Schutzengel, und du bist meiner."

Sie löste sich aus seiner Umarmung. „Ich muß meinen Mann finden", sagte sie zu Mack, als der ihr in den Mantel half. „Hilfst du mir suchen?"

„Natürlich." Er reichte ihr Perücke und Hut, Geldkatze und Uhr.

„Wo ist deine rothaarige Freundin?" fragte Lizzie.

„Ich habe sie in Sicherheit gebracht, bevor ich mich um dich kümmerte."

„Ach ja?" Eine unsinnige Empörung ergriff von Lizzie Besitz. Eine bissige Bemerkung lag ihr auf den Lippen, doch dann mußte sie unwillkürlich lachen. „Nochmals vielen Dank dafür, daß du mich gerettet hast", sagte sie, beugte sich vor, drückte ihm einen Kuß auf die Lippen und ging auf die Straße zurück.

Jay stand am Eingang der Gasse und beobachtete sie.

„O Jay!" rief sie. „Gott sei Dank ist dir nichts passiert! Die beiden Kerle da auf dem Boden haben mich überfallen und beraubt."

„Es war von Anfang an idiotisch, überhaupt hierherzukommen. Ich hab's doch gewußt." Er nahm sie am Arm und führte sie auf die Straße zurück.

„McAsh hat sie niedergeschlagen und mich gerettet", sagte Lizzie.

„Das ist noch lange kein Grund, ihn zu küssen", erwiderte ihr Mann.

## 7

Am Tag der Gerichtsverhandlung gegen John Wilkes tat Jays Regiment Dienst im Palasthof. Der Held der Reformpartei war vor Jahren wegen Verleumdung verurteilt worden und hatte sich nach Frankreich abgesetzt. Nach seiner Rückkehr warf man ihm sogleich wieder vor, ein Gesetzesbrecher zu sein. Doch während sich das juristische Verfahren gegen ihn hinzog, kandidierte er bei einer Nachwahl im Wahlkreis Middlesex und gewann mit klarer Mehrheit. Seinen Sitz im Parlament hatte er allerdings noch nicht eingenommen, und die Regierung hoffte, ihn durch eine rechtzeitige gerichtliche Verurteilung noch daran hindern zu können.

Jay zügelte sein Pferd und ließ seinen Blick über die Menge schweifen. Mehrere hundert Anhänger Wilkes' hatten sich vor Westminster Hall, dem Ort der Gerichtsverhandlung, zusammengerottet. Jays Regiment sollte im Falle von Unruhen für Ordnung sorgen. Ein kleines Wachbataillon von vierzig Offizieren unter der Führung von Oberst Cranbrough bildete einen dünnen rot-weißen Kordon zwischen dem Gerichtsgebäude und dem Mob.

Cranbrough unterstand den Richtern von Westminster, die von dem blinden Reformrichter Sir John Fielding repräsentiert wurden. Der Nachmittag neigte sich bereits dem Ende zu, als Jay von Sidney Lennox angesprochen wurde.

Das Herz rutschte ihm in die Hose. Lennox wollte sein Geld. Jay konnte ihm aber nichts zahlen. Er versuchte es auf die forsche Tour. „He, Lennox, was treiben Sie denn hier? Wußte gar nicht, daß Sie zur Wilkes-Bande gehören!"

„John Wilkes kann sich zum Teufel scheren", erwiderte Lennox. „Ich komme wegen der hundertfünfzig Pfund, die Sie mir schulden."

Allein bei der Vorstellung, Vater könnte von den neuen Spielschulden Wind bekommen, wurde ihm schwach in den Knien. Er würde alles tun, um das zu vermeiden. „Ich muß Sie wohl bitten, sich noch ein wenig zu gedulden", sagte er; es war ein schwacher Versuch, eine Art überlegene Lässigkeit zu demonstrieren.

Lennox ging auf seine Bemerkung nicht direkt ein. „Ich glaube, Sie kennen einen Mann namens McAsh", begann er.

„Leider ja."

„Er hat – mit Hilfe von Caspar Gordonson – seine eigene Kohlenlöschergang aufgemacht. Die beiden stiften eine Menge Unfrieden."

„Das überrascht mich ganz und gar nicht," sagte Jay.

„McAsh ist nicht das einzige Problem", fuhr Lennox fort. „Dermot Riley und Charlie Smith, seine beiden Kumpane, haben mittlerweile auch ihre eigenen Trupps. Das Beispiel macht Schule. Wenn wir diesem Treiben nicht Einhalt gebieten, wird es unser Gewerbe ruinieren."

„Sei's drum – mein Problem ist das nicht."

„Aber Sie könnten mir helfen. Es wäre mir einiges Geld wert. Hundertfünfzig Pfund."

Die Aussicht auf eine Tilgung seiner Schulden kam Jay vor wie eine göttliche Fügung. „Was soll ich tun?“ fragte er mißtrauisch.

„Ich möchte, daß die Schiffseigner McAsh und seine Trupps nicht mehr anheuern. Der größte und einflußreichste von ihnen ist Ihr Vater. Wenn er sich beteiligt, hat das Signalwirkung. Er zieht die anderen mit.“

Jay runzelte die Stirn. Er hatte nicht den geringsten Einfluß auf seinen Vater. Die Menge war unruhig geworden, was darauf hindeutete, daß Wilkes das Gerichtsgebäude verließ. Hastig sprang Jay aufs Pferd. „Ich sehe, was ich tun kann!“ rief er Lennox zu und trabte davon.

Er suchte Chip Marlborough auf, der ihn aufklärte, was los war. „Das Gericht hat es abgelehnt, Wilkes gegen Kaution auf freien Fuß zu setzen, und ihn ins Gefängnis des Oberhofgerichts eingewiesen.“

Der Oberst musterte seine Offiziere und wandte sich an Jay: „Sagen Sie Ihren Leuten, daß niemand schießt…, es sei denn, Sir John erteilt ausdrücklich den Befehl dazu.“

Eine Kutsche erschien in der Toreinfahrt. Das wütende Gebrüll der Demonstranten konnte einem das Blut in den Adern gefrieren lassen. Jay spürte die Angst wie einen Stich. Die Anhänger Wilkes’ rannten über die Westminster Bridge. Jay fiel ein, daß die Kutsche auf dem Weg zum Gefängnis, das in Surrey lag, ebenfalls den Fluß überqueren mußte. Surrey war ein eigener Bezirk, und die dortige Obrigkeit hatte nicht um militärische Unterstützung gebeten. Hilflos sah Jay der Kutsche nach. Noch ehe sie das andere Themseufer erreicht hatte, hielten Demonstranten sie an und spannten die Pferde aus. Jay sah, wie ein Dutzend kräftige Kerle zwischen die Riemen des Pferdegeschirrs traten und die Kutsche wieder Richtung Westminster zogen.

Nachdem sie die Brücke überquert hatten, zogen die Demonstranten die Kutsche auf die Straße, die nach Osten führte. An seine Leute gewandt, rief Cranbrough: „Folgt in sicherem Abstand!“

Die Kutsche wurde in die Stadtmitte gezogen. Erst in Spitalfields hielten die Demonstranten an. Wilkes stieg aus und verschwand im Gasthaus „Die drei Tonnen“, im Eilschritt gefolgt von Sir John Fielding, der in einer eigenen Kutsche hinterhergefahren war, in Begleitung von zwei Helfern, die ihn führten und ständig über die Geschehnisse auf dem laufenden hielten.

Nach einer Weile zeigte sich Wilkes in einem Fenster im ersten Stock und begann eine Rede zu halten. Er bat die Menge, Ruhe und Ordnung zu bewahren. Er war noch nicht am Ende, als Fieldings

Assistent das Gasthaus verließ und neuerlich mit Oberst Cranbrough sprach. Der gab die Neuigkeiten flüsternd an seine Hauptleute weiter. Man hatte eine Vereinbarung getroffen: Wilkes würde durch einen Hinterausgang entkommen und sich noch am gleichen Abend freiwillig im Gefängnis des Oberhofgerichts einfinden.

Wilkes beendete seine Rede, verneigte sich und verschwand. Die Menge zerstreute sich allmählich. Sir John verließ das Gasthaus und schüttelte Cranbrough die Hand. „Das haben Sie und Ihre Leute großartig gemacht, Oberst. Ich möchte mich bei Ihnen bedanken. Wir haben Blutvergießen vermieden, und dem Recht wird dennoch Genüge getan.“ Er macht gute Miene zum bösen Spiel, dachte Jay. In Wirklichkeit hat der Mob das Gesetz verhöhnt und verlacht.

NACHDEM er seine Leute nach Hause geschickt und sich vergewissert hatte, daß die Pferde gut versorgt waren, fiel Jay wieder Lennox' Vorschlag ein. Also beschloß er, auf dem Heimweg im Haus am Grosvenor Square vorbeizuschauen.

Es war schon spät. Die Familie hatte das Abendessen bereits eingenommen. Sir George befand sich in dem kleinen Studierzimmer im rückwärtigen Teil des Hauses, trank Wein und gähnte. Vor ihm lag eine Liste mit Melassepreisen. Jay setzte sich und sagte: „Das Gericht hat es abgelehnt, Wilkes gegen Kaution laufenzulassen.“

„Ich hörte es. Was führt dich zu so später Stunde zu mir?“

„Wußtest du schon, daß Malachi McAsh inzwischen in London aufgetaucht ist? Er schürt Unruhe unter den Kohlenlöschern.“

„Dazu gehört nicht viel. Das ist eine renitente Bande.“

„Man hat mich gebeten, im Namen der Unternehmer bei dir vorstellig zu werden. Dieser McAsh und seine Freunde haben unabhängige Löschertrupps gegründet. Die Unternehmer appellieren daher an die Loyalität der Schiffseigner. Ihr sollt diesen neuen Trupps keine Arbeit geben. Und sie meinen, wenn du mit gutem Beispiel vorangingest ...“

„Ich weiß nicht, ob ich mich da einmischen soll. Es geht uns eigentlich nichts an.“

In diesem Augenblick hämmerte jemand vehement gegen die Eingangstür. Jay trat in die Halle hinaus, um nach dem Rechten zu sehen. Ein Diener eilte an ihm vorbei. Draußen stand ein stämmiger Arbeiter. „Zünd Kerzen an!“ befahl er dem Diener. „Kerzen für Wilkes!“

Nun erschien auch Sir George in der Halle.

„Ich hab schon davon gehört“, sagte Jay. „Sie zwingen die Leute, in alle Fenster Kerzen zu stellen – zum Zeichen der Verbundenheit mit Wilkes."

„Zünden Sie jetzt Kerzen für Wilkes an oder nicht?" fragte der Mann.

Sir Georges Gesicht lief rot an. „Scheren Sie sich zum Teufel!" brüllte er und schlug dem Mann die Tür vor der Nase zu.

Dann begab er sich wieder in sein Studierzimmer. Jay folgte ihm. Kaum hatten sie sich gesetzt, hörten sie das Geräusch von splitterndem Glas. Sie sprangen sofort wieder auf und rannten in das Speisezimmer im vorderen Teil des Hauses. Bei einem der beiden Fenster war eine Scheibe eingeworfen. Auf dem gewienerten Parkettboden lag ein Stein. Sie starrten noch immer fassungslos auf den Schaden, als ein zweiter Stein krachend durch die Scheibe des zweiten Fensters flog.

Sir George ging zurück in die Halle und sprach mit dem Diener: „Alle Bewohner sollen sich in den hinteren Teil des Hauses begeben, damit es keine Verletzten gibt!"

Jay sah, daß sein Vater vor Wut kochte. Er schlug alle Bedenken in den Wind und sagte: „Ich glaube, Vater, es ist jetzt wirklich an der Zeit, entschiedener gegen dieses Lumpenpack vorzugehen."

„Wovon redest du, verdammt noch mal?"

„Ich dachte an McAsh und die Kohlenlöscher. Wenn man diesen Kerlen einmal gestattet, gegen die Obrigkeit aufzubegehren, dann tun sie's immer wieder. Am besten, man erstickt so etwas gleich im Keim und zeigt den Leuten, wo sie hingehören."

Sir George zögerte, verzog das Gesicht und sagte dann: „Du hast recht, absolut! Wir fangen gleich morgen damit an!"

MACK fühlte sich auf seinem Marsch über die Wapping High Street wie ein König. Aus allen Wirtshaustüren, aus Fenstern, Höfen und von den Dächern herab winkten die Menschen ihm zu und riefen seinen Namen. Am Themseufer blieb er stehen und blickte über den breiten grauen Fluß. Es war Flut, und es hatten bereits mehrere neue Schiffe Anker geworfen. Er sah sich nach einem Bootsbesitzer um, der ihn hinausrudern konnte. Das Schiff, zu dem Mack sich bringen ließ, war die *Whitehaven Jack*. Der Kapitän stand auf dem Achterdeck und befand sich in Begleitung eines jungen Gentlemans mit Degen und Perücke.

„Kapitän – Sir. Einen guten Tag Ihnen beiden."

„Guten Tag", erwiderte der Kapitän in höflichem Ton. „Das hier ist Mr. Tallow, der Sohn des Schiffseigners. Was führt Sie zu mir?"

„Möchten Sie, daß Ihr Schiff morgen von einem schnellen, nüchternen Löschtrupp entladen wird?"

„Ja“, sagte der Kapitän.

„Nein“, widersprach Tallow. „Sie sind McAsh, oder? Wir wollen Sie nicht. Kein Mensch hier auf dem Fluß wird Ihren, Rileys oder Charlie Smith' Trupp anheuern“, sagte er gehässig. „Sie sind ein Unruhestifter, und alle sind gewarnt.“

Mack war sofort klar, daß er vor einem ernsten Problem stand, und ihm wurde kalt ums Herz. Er hatte gewußt, daß Lennox und die anderen Unternehmer früher oder später gegen ihn vorgehen würden, aber er hatte nicht damit gerechnet, daß sie bei den Schiffseignern Unterstützung fanden.

„Ich bedauere Ihre Entscheidung“, sagte Mack in ruhigem Ton zu Tallow. „Sie ist schlecht für die Männer und schlecht für die Eigner. Ich wünsche Ihnen einen guten Tag.“

Mack ließ sich ans Ufer zurückrudern und begab sich in „St. Luke's Coffeehouse“, sein inoffizielles Hauptquartier. Cora saß an einem Tisch und aß ein Butterbrot. Es war ihr Frühstück, obwohl es schon Nachmittag war. Mack setzte sich zu ihr. „Was ist los mit dir?“ fragte sie ohne Umschweife.

Er erzählte es ihr. Er war gerade mit seiner Geschichte fertig, als Dermot und Charlie auftauchten. Mack hatte sich noch der schwachen Hoffnung hingegeben, daß es ihnen vielleicht besser ergangen sei als ihm, doch ihre Mienen belehrten ihn eines anderen. Dermot sagte in seinem schweren irischen Tonfall: „Die Schiffseigner haben sich gegen uns verschworen. Wir sind am Ende, Mack.“

Daß sein Freund bereit war, die Flinte ins Korn zu werfen, ärgerte Mack mehr als die Verschwörung. „Am Ende?“ wiederholte er voller Verachtung. „Bist du ein Mann, Dermot, oder eine Memme?“

„Was können wir denn noch tun?“ fragte Dermot.

„Wir könnten einen Streik organisieren. Alle Kohlenlöscher wollen zu unserem System überwechseln. Wir könnten sie dazu überreden, nicht mehr für die alten Unternehmer zu arbeiten. Dann wird den Kapitänen und Eignern gar nichts anderes übrigbleiben, als die neuen Trupps anzuheuern.“

Dermot war skeptisch. „Angenommen, sie weigern sich nach wie vor? Ewig können wir nicht durchhalten.“

„Die Eigner auch nicht – London braucht seine Kohle!“

Dermot runzelte die Stirn. Dann hellte sich seine Miene auf. „Auf die alte Tour will ich nicht mehr malochen, das steht fest. Also mache ich mit.“

„Gut!“ sagte Mack erleichtert.

„Als allererstes müssen wir die Männer überzeugen“, meinte Dermot.

„Ja, das stimmt“, pflichtete ihm Mack bei. „Wir werden eine Versammlung einberufen. Die Trupps, die heute arbeiten, werden aufhören, sobald es dunkel wird. Ihr zwei geht los, klappert die Schenken in der High Street ab und sagt den Leuten Bescheid.“

„Aber hier können wir die Versammlung nicht abhalten“, wandte Charlie ein. „Der Raum ist nicht groß genug. Es sind ja insgesamt an die fünfzig Trupps.“

„Der ‚Fröhliche Seemann‘ hat einen großen Innenhof“, sagte Dermot „Und außerdem ist der Wirt kein Unternehmer.“

„Einverstanden“, meinte Mack. „Die Leute sollen eine Stunde nach Einbruch der Dunkelheit dort sein.“

Die beiden machten sich auf den Weg.

Unvermittelt tauchte Peg auf, blaß, mager und übermüdet wie immer. „Hast du schon gefrühstückt, Peg?“ fragte Mack.

„Nein“, sagte sie und setzte sich. „Ich hätte gerne einen Gin.“

Mack winkte dem Kellner. „Eine Schüssel Porridge mit Sahne, bitte.“

Peg zog ein Gesicht, als das Essen kam, machte sich aber mit Heißhunger darüber her.

Ihre Schüssel war noch nicht leer, als plötzlich Caspar Gordonson das Kaffeehaus betrat. Mack freute sich über sein Erscheinen. Er berichtete ihm in groben Zügen über die Ereignisse des Tages.

Je länger Mack sprach, desto besorgter wurde Gordonsons Miene. „Unsere Herrschenden haben Angst. In Wirklichkeit suchen sie nach einem Vorwand, Truppen auf die Straße zu schicken und auf das Volk zu schießen. Ich habe Sie da hineingezogen, Mack“, sagte er. „Wenn Sie dabei umkommen, belastet Ihr Tod mein Gewissen.“

Seine Sorge steckte Mack an. So, wie Gordonson sich für ihn verantwortlich fühlte, fühlte er sich für die Kohlenlöscher verantwortlich. „Was sollen wir Ihrer Meinung nach tun?“ fragte er Gordonson.

„Wenn sich Ihre Leute für den Streik entscheiden, wird Ihre Aufgabe darin bestehen, für die erforderliche Disziplin zu sorgen. Es dürfen keine Schiffe angezündet, keine Streikbrecher ermordet und keine Unternehmerschenken belagert werden. Die Männer verehren Sie“, erklärte Gordonson, „und das vergrößert Ihr persönliches Risiko. Sie sind ein Rädelsführer. Die Regierung könnte Sie aufhängen und damit den Streik brechen.“

„Was raten Sie mir?“

„Kehren Sie nicht mehr in Ihre gegenwärtige Wohnung zurück, und teilen Sie Ihre neue Adresse nur absoluten Vertrauenspersonen mit."

„Du kannst zu mir ziehen", bot Cora an.

Mack rang sich ein Lächeln ab. „Einverstanden."

„Lassen Sie sich tagsüber nicht in der Öffentlichkeit blicken", fuhr Gordonson fort. „Erscheinen Sie nur auf Versammlungen, und verschwinden Sie danach gleich wieder. Sie müssen zum Phantom werden."

Cora erhob sich. Zu Macks Überraschung kam Peg auf ihn zu und schlang die Arme um ihn. „Paß auf, Schotte!" sagte sie.

Die allgemeine Sorge um seine Person rührte Mack.

Cora küßte ihn auf den Mund und schlenderte hinaus. Peg folgte ihr. Kurz darauf verließen auch Mack und Gordonson das Kaffeehaus und begaben sich zum „Fröhlichen Seemann". Zu Macks Verblüffung war der Hof brechend voll. Es gab ungefähr achthundert Kohlenlöscher in London, und mindestens die Hälfte von ihnen war gekommen. Irgend jemand hatte hastig eine einfache Rednertribüne aufgebaut. Die Nachricht von seiner Ankunft verbreitete sich rasch, und die Männer begannen ihm zuzujubeln. Als er die Rednertribüne erreichte, tobten sie vor Begeisterung. Er hob die Hände und bat um Ruhe, aber es half nicht. Jemand schrie seinen Namen, und andere brüllten: „Wilkes und die Freiheit!" Und dann setzte sich allmählich ein Sprechchor durch und übertönte alles andere: „Streik! Streik! Streik!"

ZUR FRÜHSTÜCKSZEIT erhielt Jay Jamisson eine Botschaft von seinem Vater. Sie war charakteristisch kurz: *Komm Punkt 12 Uhr in mein Büro. G. J.*

Jay bekam sofort ein schlechtes Gewissen. Vater hat von meiner Vereinbarung mit Lennox Wind bekommen, dachte er. Am Anfang war alles genau nach Plan verlaufen. Die Schiffseigner weigerten sich, die neuen Kohlenlöschertrupps zu beschäftigen. Im Gegenzug hatte der Schankwirt vereinbarungsgemäß Jays Schuldscheine zurückgegeben. Doch inzwischen streikten die Kohlenlöscher, weshalb bereits seit einer Woche keine Kohle mehr in London angelandet worden war.

Die Kirchenglocken schlugen zwölf, als Jay das Lagerhaus der Jamissons am Themseufer betrat. Die staubige Luft war schwer von aromatischen Gerüchen – nach Zimt und Kaffee, Rum und Portwein,

Pfeffer und Orangen. Er stieg über die baufällige Holztreppe hinauf ins Kontor, durchquerte einen großen Vorraum, in dem die Schreiber und Buchhalter arbeiteten, und betrat das Büro seines Vaters, ein Eckzimmer voller Karten und Schiffsbilder.

„Guten Tag, Vater“, sagte er.

„Sir Philip Armstrong möchte mit mir sprechen.“ Armstrong war die rechte Hand des Ministers Viscount Weymouth.

„Was will er von dir?“

„Er möchte, daß dieser Kohlenstreik aufhört, und weiß, daß wir ihn ausgelöst haben. Er muß jeden Augenblick hiersein.“

„Wieso kommt er her?“ Normalerweise bestellten so hochstehende Persönlichkeiten die Leute, mit denen sie reden wollten, in ihr Büro nach Whitehall.

„Aus Gründen der Geheimhaltung, nehme ich an.“

Die Tür ging auf, und Armstrong trat ein. Jay und Sir George erhoben sich. Armstrong hielt die Nase erkennbar hoch, als wolle er damit zum Ausdruck bringen, daß er gemeinhin nicht in den Sumpf des gewöhnlichen Geschäftslebens hinabstieg. Sir George schüttelte Armstrong die Hand und bat ihn, Platz zu nehmen.

„Der Streik muß aufhören“, erklärte Armstrong ohne Umschweife. „Die Kohlenlöscher haben schon die Hälfte aller Gewerbebetriebe in London lahmgelegt.“

„Aber warum sind Sie zu mir gekommen, Sir Philip?“

„Weil Sie meines Wissens einer der ersten Schiffseigner waren, die mit den Kohlenlöschern auf Konfrontationskurs gingen und damit den Streik provozierten. Darf ich fragen, warum Sie das getan haben?“

Sir George sah Jay an. Der schluckte nervös und sagte: „Ich wurde von den Unternehmern angesprochen, die die Kohlenlöschergangs organisieren. Mein Vater und ich wollten die herkömmliche Ordnung an den Docks nicht zerstören lassen.“

„Das sehe ich ein“, erwiderte Armstrong. „Kennen Sie die Rädelsführer?“

„Der wichtigste Mann heißt Malachi McAsh. Wie es der Zufall will, war er früher Hauer im Kohlenbergwerk meines Vaters.“

„Ich möchte, daß dieser McAsh verhaftet und nach dem Aufruhrgesetz von 1714 eines Kapitalverbrechens angeklagt wird“, erklärte Armstrong. „Die Anklage muß allerdings gut begründet sein. Wir brauchen einen echten Aufruhr, der für jedermann sichtbar von streikenden Arbeitern angeführt wird. Sie müssen mit Feuerwaffen gegen die Offiziere der Krone vorgehen. Wir brauchen Tote und Verwundete."

Jay verstand das nicht. Sollte das heißen, daß die Jamissons so einen Aufruhr organisieren sollten?

Sein Vater hatte keine Verständnisprobleme. „Sie haben sich sehr deutlich ausgedrückt, Sir Philip." Er wandte sich an seinen Sohn: „Kennst du McAshs Aufenthaltsort?"

„Nein", erwiderte Jay, fügte jedoch hastig hinzu: „Aber ich kann ihn bestimmt herausfinden."

IM MORGENGRAUEN weckte Mack Cora und liebte sie. Ihr Körper war warm und entspannt, ihre Haut weich. Zum Schluß stieß sie einen kleinen Schrei aus – und schlief wieder ein. Mack betrachtete sie. Ihr Gesicht war von vollendeter Schönheit – fein geschnitten und ebenmäßig. Aber ihr Lebenswandel bekümmerte ihn immer mehr.

Er seufzte und stand auf. Coras Wohnung lag im Oberstock eines baufälligen Hauses auf dem Gelände einer Kohlenhandlung. Die Wohnung hatte zwei Zimmer. In einem stand ein großes Bett, im anderen ein Tisch mit mehreren Stühlen. Ansonsten enthielt das Schlafzimmer Coras farbenfrohe Garderobe, für die sie alles Geld ausgab, das sie erübrigen konnte.

Er wusch sich das Gesicht, zog sich rasch an und ging. Ein paar Minuten später war er bei Dermot, dessen Familie gerade am Frühstückstisch saß.

„Du hast Post", sagte Dermot und reichte ihm einen verschlossenen Brief. Er stammte von Esther.

„Wo sehen wir uns heute?" fragte Dermot. Mack und seine engsten Mitarbeiter trafen sich jeden Tag an einem anderen Ort.

„Im Hinterzimmer der Schenke ‚Zur Königin'", antwortete Mack.

„Ich sag's den anderen." Dermot setzte seinen Hut auf und ging.

Esthers Brief war voller Neuigkeiten. Die Jamissons waren dabei, auf dem Gelände von High Glen eine neue Kohlengrube zu eröffnen. Die Arbeiten gingen zügig voran, und Esther sollte dort als Trägerin anfangen. Für Mack war dies eine unerwartete Nachricht, schließlich hatte er selbst gehört, wie Lizzie Hallim gesagt hatte, daß sie einer Kohlenförderung auf High Glen niemals zustimmen würde. Esther selbst war nach wie vor fest entschlossen, Heugh zu verlassen, sobald Macks Ersparnisse es zuließen.

Mack hatte ein schlechtes Gewissen, als er sich auf den Weg zur vereinbarten Schenke machte. Seine Leute warteten bereits auf ihn. Sie kamen sofort zur Sache. Ein Kohlenlöscher berichtete, daß mit der Morgenflut zwei Kohlenschiffe eingetroffen seien.

Mack wandte sich an Charlie Smith. „Geh an Bord, und rede mit den Kapitänen, Charlie. Sag ihnen, daß wir streiken und daß sie sich noch etwas gedulden sollen. Wir hoffen, daß die Schiffseigner bald ihren Widerstand gegen die neuen Löschertrupps aufgeben." Charlie empfahl sich, um seinen Auftrag zu erledigen.

Caspar Gordonson erschien. „Ein Lastkahnverband mit Kohle für London ist auf dem Lea-Fluß gesichtet worden. Er wird noch am Nachmittag die Schleuse von Enfield erreichen."

„Gut. Wir müssen die Schleuse besetzen und verhindern, daß die Kähne durchkommen. Ich gehe selber hin. Ein Dutzend zuverlässige Männer kommen mit."

„Er ist abgetaucht", sagte Sidney Lennox. „Er hat seine Unterkunft verlassen, und kein Mensch weiß, wohin er sich verdrückt hat."

Jay war verzweifelt. In Gegenwart von Sir Philip Armstrong hatte er seinem Vater gesagt, er könne McAshs Aufenthaltsort herausfinden. Sir George würde ihn mit beißendem Spott überschütten, wenn er sein Versprechen nicht einhielt. „Irgend jemand muß doch wissen, wo er pennt", jammerte Jay. „Hat McAsh eine Frau?"

„Ja – Cora. Aber die schweigt wie ein Grab."

„Es muß doch noch andere geben."

„Da wäre noch diese Halbwüchsige", sagte Lennox nachdenklich. „Peg. Sie und Cora klauen zusammen. Ich frage mich, ob ..."

Gegen Mitternacht wimmelte es in „Lord Archers Kaffeehaus" von Offizieren, Gentlemen und Huren. Jay mußte seinem Vater McAshs Adresse präsentieren. Und so hockte er nun mit Chip Marlborough im Lord Archer und hoffte darauf, Cora zu begegnen. Mehrere Mädchen hatten sie im Laufe des Abends bereits angesprochen, aber keines von ihnen paßte zu Coras Beschreibung. Am anderen Ende der Schankstube saß Sidney Lennox. Er rauchte eine Pfeife und beteiligte sich mit geringem Einsatz an einem Kartenglücksspiel.

Jay hatte die Hoffnung schon fast aufgegeben. Wahrscheinlich würden sie es morgen oder sogar übermorgen noch einmal versuchen müssen. Er malte sich gerade aus, wie schön es wäre, zu Lizzie ins warme Bett zu steigen, als Cora die Schankstube betrat.

Jay hatte keine Zweifel, daß sie die richtige war. Sie war mit Abstand das hübscheste Mädchen im Raum, und die Farbe ihrer Haare entsprach tatsächlich der der Flammen im Kamin, ganz so, wie man es ihm beschrieben hatte. Jay schaute zu Lennox hinüber. Der Wirt nickte langsam, einmal, zweimal.

Jay wandte sich Cora zu und lächelte sie an. Sie lächelte zurück, und schon war sie bei ihnen. „Ich war eigentlich der Meinung, daß ich schon alle schönen Frauen Londons kenne, doch ich habe mich geirrt", sagte Jay galant. „Mein Name ist Hauptmann Jonathan. Dies hier ist Hauptmann Chip." Er hatte beschlossen, einen Decknamen zu benutzen.

„Ich heiße Cora", sagte sie und musterte die beiden jungen Männer von oben bis unten. „Welch attraktives Paar! Ich kann wirklich nicht sagen, welcher der beiden Hauptmänner mir besser gefällt."

„Meine Familie ist edlerer Abstammung als Jonathans", sagte Chip.

„Dafür ist meine Familie wohlhabender", konterte Jay.

„Wenn Sie schon so wohlhabend sind, könnten Sie mich eigentlich zu einem Brandy einladen."

Jay winkte dem Kellner und bot Cora einen Platz an. Sie sah ihn fragend an: „Kennen wir uns?"

Jay erschrak. Er konnte sich nicht entsinnen, sie je gesehen zu haben. „Ich glaube nicht", sagte er. „Wie dem auch sei, jetzt haben wir die Gelegenheit, uns richtig kennenzulernen." Er legte den Arm über die Lehne der Bank und streichelte ihren Hals. Cora schloß die Augen, als genösse sie die Berührung, und Jays Befürchtungen begannen sich zu zerstreuen.

Der Brandy kam, und Cora leerte das Glas in einem Zug. „Komm, mein Junge!" sagte sie zu Jay. Sie stand auf und ging zur Tür. Jay folgte ihr.

Draußen führte sie ihn in die Kolonnaden von Covent Garden und lotste ihn in eine dunkle Seitengasse. Dort fielen sie einander in die Arme und küßten sich. Lennox und ihr gemeinsamer Plan waren mit einem Schlag vergessen: Cora war willig und warm, und er wollte sie. Ihre Hände waren überall. Sie knöpften seine Weste auf und strichen über seine Brust.

Da ertönte hinter ihnen ein Schrei wie von einem Kind. Cora erschrak, stieß Jay von sich und versuchte fortzulaufen, doch noch ehe sie den ersten Schritt tun konnte, war Chip Marlborough bei ihr und packte sie.

Jay drehte sich um und sah, daß Lennox sich bemühte, ein Kind festzuhalten, das sich mit verzweifelten Verrenkungen aus seinem Griff zu befreien suchte und dabei einige Gegenstände fallen ließ. Im

Sternenlicht erkannte Jay seine Geldkatze und seine Taschenuhr. Das Kind gab seinen Widerstand auf, und Lennox erklärte: „Ihr zwei kommt vor Gericht. Taschendiebe werden gehängt!“

Die meisten reichen und mächtigen Männer waren auch als Richter tätig, und Sir George bildete da keine Ausnahme. Er hatte zwar nie eine öffentliche Gerichtsverhandlung geleitet, besaß jedoch das Recht, in seinem eigenen Haus zu verhandeln. Da er auf Jay wartete, war er noch nicht zu Bett gegangen.

„Ich habe gegen zehn mit euch gerechnet“, sagte er verdrießlich, als sie endlich alle zusammen in den Salon des Hauses am Grosvenor Square marschierten.

„Dann war das alles ein abgekartetes Spiel, ihr widerlichen Schweine!“ rief Cora wütend.

„Halten Sie den Mund, oder ich lasse Sie erst einmal rund um den Platz peitschen“, erwiderte Sir George. Er nahm einen Bogen Papier zur Hand und tauchte einen Gänsekiel in ein bereitstehendes Tintenfaß. „Jay Jamisson, Esquire, ist der Ankläger. Er gibt an, daß er bestohlen wurde. Die Beklagte heißt...“

„Peggy Knapp, Sir.“

„Wie heißt die Frau?“

„Cora Higgins“, antwortete Cora.

„Die Taschendiebin heißt Peggy Knapp, ihre Komplizin Cora Higgins. Zeugen des Verbrechens sind...“

„Sidney Lennox, Schankwirt der ‚Sonne‘ in Wapping.“

„Angeklagte, haben Sie etwas zu sagen?“

„Ich bin nicht ihre Komplizin“, behauptete Cora. „Ich habe die Kleine mein Lebtag noch nicht gesehen. Ich ging mit einem hübschen jungen Mann spazieren, das ist alles.“

„Die beiden sind ein Team, Sir George“, sagte Lennox. „Ich habe sie oft miteinander beobachtet.“

„Das genügt mir“, entschied Sir George. „Ihr werdet wegen Taschendiebstahls ins Gefängnis von Newgate eingeliefert. Hauptmann Marlborough, seien Sie so gut und führen Sie diese Frau hinaus, nur für ein paar Minuten. Aber passen Sie gut auf sie auf!“

Chip tat, wie ihm geheißen, und machte die Tür hinter sich zu. Dann wandte sich Sir George an Peg. „Nun, mein Kind, weißt du eigentlich, welche Strafe auf Taschendiebstahl steht?“

„Die Halskrause des Sheriffs“, flüsterte sie.

„Wenn das heißt der Galgen, so hast du recht. Aber weißt du auch, daß manche Menschen mit einflußreichen Freunden nicht gehängt, sondern statt dessen nach Amerika geschickt werden?“

Das Kind nickte.

„Was würdest du sagen, wenn ich als dein einflußreicher Freund aufträte und mich für dich verwenden würde?“

Sie sah zu ihm auf. Ein Hoffnungsschimmer lag auf ihrem Gesicht.

„Du mußt mir allerdings einen Gefallen tun. Du mußt uns verraten, wo Mack McAsh wohnt.“

Eine Zeitlang herrschte absolute Stille im Salon.

„In der Dachstube über dem Kohlenlager in der Wapping High Street“, sagte Peg schließlich und brach in Tränen aus.

## 8

Als Mack aufwachte, war er zu seiner Überraschung allein. Bisher war Cora noch nie die ganze Nacht über weggeblieben.

Den Vormittag verbrachte er in St. Luke's Coffeehouse, wo er Nachrichten empfing. Niemand hatte etwas von Cora gesehen oder gehört.

Am Nachmittag ging er zum Covent Garden und befragte in den Schenken und Kaffeehäusern Kellner und Huren. Ein Kellner im Lord Archer hatte beobachtet, wie Cora mit einem jungen Betrunkenen, der offenbar recht betucht war, das Lokal verlassen hatte. Von jenem Zeitpunkt an fehlte jede Spur von ihr.

Es war schon dunkel, als Mack sich wieder auf den Heimweg machte. Insgeheim hoffte er, sie bei seiner Rückkehr in ihrer Wohnung vorzufinden, doch als er ankam, waren die Zimmer dunkel und leer.

Er zündete eine Kerze an und setzte sich gedankenverloren auf einen Stuhl. Er aß ein wenig Brot und Käse und las ein Buch, das Gordonson ihm geliehen hatte, einen Roman mit dem Titel „Tristram Shandy“. Aber er konnte sich nicht konzentrieren. Später am Abend kam draußen vor dem Haus plötzlich Unruhe auf. Er ging zum Fenster und sah hinaus. Zehn Pferdekarren holperten über die Straße auf das Kohlenlager zu, gefolgt von einer lärmenden Menschenmenge, die an jeder Straßenecke und jeder Schenkentür neuen Zulauf gewann. Die Szenerie hatte alle Anzeichen eines geplanten Aufruhrs.

Mack fluchte und rannte die Treppe hinunter. Wenn ich mit den

Kutschern rede und sie dazu bringe, die Karren nicht zu entladen, kann ich Gewalt vielleicht noch verhindern, dachte er.

Als er unten war, bog gerade der erste Kohlenkarren auf das Gelände des Lagerplatzes ein. Mehrere Männer sprangen vom Bock und fingen ohne Vorwarnung an, die Menge mit Kohlen zu bewerfen.

„Aufhören!“ brüllte er und sprang mit erhobenen Händen zwischen die Kohlenlöscher und die Lastkarren. Die Männer erkannten ihn und hielten inne. Zu seiner Erleichterung befand sich auch Charlie Smith unter den Demonstranten. „Sorg um Gottes willen für Ordnung hier, Charlie!“ beschwor er ihn. „Ich rede mit diesen Leuten!“

„Ruhe bewahren!“ rief Charlie. „Überlaßt Mack erst einmal die Sache!“

Mack ging auf den ersten Karren zu und fragte: „Wer ist hier verantwortlich?“

Im Schein des Mondes trat eine Gestalt vor und sagte: „Ich.“

Mack erkannte Sidney Lennox. Wieso versuchte Lennox, eine Kohlenhandlung mit Nachschub zu beliefern?

Er entdeckte den Eigentümer der Kohlenhandlung, Jack Cooper. „Jack, schließ um Gottes willen die Tore von deinem Hof“, bat Mack. „Sonst gibt es noch Mord und Totschlag.“

Cooper sah ihn trotzig an: „Ich muß meinen Lebensunterhalt verdienen.“

Mack ahnte, woher der Wind wehte. Aufgebracht wandte er sich an Lennox: „Sie haben ihn gekauft. Warum?“

Das laute Klingeln einer Handglocke unterbrach sie. Mack drehte sich um und sah drei Gestalten an einem Fenster im Obergeschoß der „Bratpfanne“ stehen. Der Mann in der Mitte trug Perücke und Degen und war daher als Autoritätsperson zu erkennen. „Ich, Roland MacPherson, Friedensrichter in Wapping, erkläre hiermit den Ausnahmezustand.“ Er verlas den betreffenden Absatz des Aufruhrgesetzes von 1714.

Nach Erklärung des Ausnahmezustands mußte jeder innerhalb von einer Stunde den Schauplatz räumen. Zuwiderhandlungen wurden mit dem Tode bestraft.

Wo kommt der Richter so schnell her, fragte sich Mack und beantwortete die Frage gleich selbst. Das Ganze ist ein abgekartetes Spiel. Wahrscheinlich wollen sie einen Aufruhr provozieren, um die Kohlenlöscher in ein schlechtes Licht zu rücken. Sie suchen nach einem Vorwand, die Rädelsführer zu hängen. Daß diese Sache direkt unterhalb meiner Wohnung stattfindet, kann kein Zufall sein. Irgendwie müssen sie meine Adresse herausgefunden haben. Wer hat mich verraten?

Er wandte sich an die wütenden Kohlenlöscher, die inzwischen die offenen Tore des Lagerplatzes umringt hatten. „Hört mir zu, Leute!“ begann er. „Es ist ein Komplott! Wir sollen zu einem Aufruhr provoziert werden. Wenn wir jetzt alle friedlich nach Hause gehen, schlagen wir unseren Feinden ein Schnippchen. Bleiben wir hier und kämpfen, sind wir verloren.“

Ein unzufriedenes Murren war die Antwort.

„Er hat recht!“ schrie Charlie Smith. „Seht doch, wer hier steht – Sidney Lennox! Daß der nichts Gutes im Schilde führt, weiß doch wohl ein jeder!“

Einige Kohlenlöscher nickten zustimmend, und Mack dachte, vielleicht gelingt es uns ja doch noch, sie zu überzeugen. Doch dann hörte er Lennox rufen: „Packt ihn euch!“

Mehrere Männer gingen auf Mack los. Die Männer, die ihn angegriffen hatten, wurden von den Kohlenlöschern beiseite gerissen. Als er wieder auf seinen Beinen stand, sah er sich um. Lennox war verschwunden. Die Kohlenlöscher und die Streikbrecher, die auf den Karren gesessen hatten, lieferten sich überall auf der schmalen Straße erbitterte Kämpfe. Er packte Charlie am Ärmel. „Wir versuchen, das Kohlenlager zu besetzen und die anderen auszusperren“, raunte er ihm zu. „Sag es den Männern!“

Charlie rannte von einem zum anderen und gab den Befehl weiter. „In den Hof! Schließt die Tore, und laßt die Kerle nicht rein!“ In diesem Moment hörte Mack zu seinem Entsetzen einen Musketenschuß krachen.

Den ersten Schüssen folgte ein abgehacktes Stakkato weiterer Feuersalven. Mack schrie auf vor Empörung, als er mehrere Kohlenlöscher tot oder verwundet zu Boden sinken sah. Ich habe einen Sturm ausgelöst, den ich nicht mehr beherrschen kann, dachte er.

Die meisten Kohlenlöscher waren jetzt auf dem Lagerplatz. Mack sah noch eine Chance zur Abkühlung der Gemüter, sofern es nur gelang, die hohen Holztore zu schließen. Er kämpfte sich durch das Getümmel zu einem der Tore durch und begann es zuzuschieben. Einige Kohlenlöscher kamen ihm zu Hilfe. Mack glaubte schon, am Ziel zu sein, als sich ein Kohlenkarren in den verbliebenen Zwischenraum schob und das Tor blockierte. Keuchend rief Mack: „Weg mit dem Karren! Schiebt ihn fort!“

Ungefähr ein Dutzend Kohlenlöscher zog den Karren wieder aus dem Hof der Kohlenhandlung heraus, während andere die Tore zuschoben. „Schiebt, schiebt! Nicht lockerlassen!“ rief Mack seinen Kollegen zu. Zentimeter um Zentimeter rollte der Karren zurück, und mit haarsträubender Langsamkeit begann sich der noch offene Spalt zwischen den beiden Torflügeln zu schließen.

Doch da vernahm Mack ein Geräusch, das mit einem Schlag all seine Hoffnungen zunichte machte: die Schritte einer Soldatenkolonne im Anmarsch.

Die Wachsoldaten marschierten die Wapping High Street hinauf. Ihre rot-weißen Uniformen schimmerten im Mondlicht. An der Spitze der Kolonne ritt Jay Jamisson. Der so lange herbeigesehnte erste Kampfeinsatz stand ihm nun endlich unmittelbar bevor. Sein Herz klopfte heftig. Der Lärm der von Lennox provozierten Schlacht war bereits zu hören: Männergeschrei, Pferdegewieher, Musketenschüsse.

Viele der Demonstranten waren angesichts der heranrückenden Soldaten geflohen. Einige jedoch warfen Kohlenbrocken nach ihnen. Diese ließen sich davon jedoch nicht beirren, marschierten, wie vorgesehen, bis zu den Toren des Lagerplatzes und gingen dort in Schußposition.

Jay hob seinen Degen. Die Kohlenlöscher saßen auf dem Hof in der Falle. Sie boten ein Ziel wie Hühner in einem Stall.

Plötzlich erschien auf der Mauer eine breitschultrige Gestalt. Der Mondschein erhellte ihr Gesicht. Es war McAsh. „Halt!“ schrie er. „Nicht schießen!“

Fahr zur Hölle! dachte Jay. Er senkte den Degen und rief: „Feuer!“

Die Musketen krachten ohrenbetäubend. Zehn oder zwölf Kohlenlöscher stürzten zu Boden. Einige schrien vor Schmerzen, andere waren totenstill. McAsh sprang von der Mauer und kniete neben dem reglosen, blutüberströmten Körper eines Negers nieder. Als er aufsah, traf sein Blick Jay, und seine wutverzerrte Miene ließ dem Befehlshaber der Soldaten das Blut in den Adern gefrieren.

„Attacke!“ schrie Jay. Er hatte fest damit gerechnet, daß die Kohlenlöscher fliehen würden. Statt dessen wichen sie Degen- und Musketenhieben aus und suchten den Nahkampf. Sie wehrten sich mit Knüppeln, Kohlenklumpen, Fäusten und Füßen, und Jay mußte entsetzt mit ansehen, wie einige Uniformierte zu Boden gingen.

Plötzlich tauchte McAsh unmittelbar vor ihm auf. Jay hob seinen Degen. McAsh duckte sich und schnellte um das Pferd herum, so daß er sich unvermittelt links von Jay befand. McAsh sprang auf, griff Jay am Ärmel und zerrte daran. Mit grausamer Konsequenz glitt Jay seitwärts aus dem Sattel. Mit einem letzten kräftigen Ruck zog McAsh ihn endgültig von seinem Pferd herunter.

Im nächsten Augenblick spürte Jay McAshs Hände an seiner Gurgel. Er holte mit dem Degen aus. Wild fuchtelte er damit in der Luft herum, traf auch auf irgendeinen Widerstand und dachte schon, er habe seinen Gegner getroffen. Aber der eisenharte Griff um seinen Hals wurde nicht schwächer. Als er McAsh in die Augen blickte, sah er dort die reine Mordlust.

Erst jetzt wurde einer seiner Leute auf die Notlage seines Befehlshabers aufmerksam. Er schwang seine Muskete. Der schwere Holzkolben traf Macks Kopf so hart, daß man den Schlag über den Kampfeslärm hinweg hören konnte. Für Sekundenbruchteile verstärkte sich der Würgegriff. Doch dann verdrehte Mack die Augen, seine Hände glitten von Jays Hals, und er brach bewußtlos zusammen.

Jay stützte sich auf seinen Degen und rang nach Luft. Als sein Blick auf den Mann fiel, der zusammengekrümmt vor ihm auf dem Boden lag, empfand er nichts als tiefe Befriedigung.

IN DEN frühen Morgenstunden kam Jay endlich nach Hause. Er war über und über mit Blut und Dreck verschmiert. Lizzie war so froh über seine Wiederkehr, daß sie ihn sofort umarmte und an sich drückte, obwohl sie damit ihr weißes Seidenkleid ruinierte.

Sie weckte das Personal und bestellte heißes Wasser. Während Jay ihr stockend berichtete, was in Wapping vorgefallen war, half sie ihm aus seiner verschmutzten Uniform und wusch seine Wunden. Später – sie lagen Seite an Seite in ihrem großen Ehebett – fragte Lizzie: „Glaubst du, daß man McAsh hängen wird?"

„Ich hoffe es jedenfalls. Wir haben Zeugen, die gesehen haben, daß er die Menge zur Gewalt aufrief und unsere Offiziere angriff."

Lizzie runzelte die Stirn. „Mir kam er nie sonderlich gewalttätig vor."

Ein selbstzufriedenes Grinsen lag auf Jays Miene. „Da kannst du sogar recht haben. Aber so, wie wir das eingefädelt haben, hatte er keine andere Wahl."

„Was willst du damit sagen?"

„Sir Philip Armstrong wollte McAsh wegen Aufruhrs verhaften lassen. Also haben Lennox und ich einen Aufruhr arrangiert."

Lizzie war entsetzt. „Ist Sir Philip mit eurer Arbeit zufrieden?"

„Und ob! Auch Oberst Cranbrough war von meiner Vorgehensweise beeindruckt. Ich kann jetzt mit tadellosem Ruf aus der Armee ausscheiden."

Jay liebte sie dann, doch Lizzie war zu beunruhigt, um seine Zärtlichkeiten genießen zu können. Wenige Minuten später war er tief eingeschlafen. Lizzie fand auch jetzt keine Ruhe. Zum zweitenmal war sie von der Einstellung ihres Mannes zu Recht und Gerechtigkeit tief erschüttert. Sie war froh, daß sie in einem Monat London verlassen würden. Waren die Segel erst einmal gesetzt, würden sie Lennox niemals wiedersehen.

Lizzie konnte nicht schlafen. Auf McAsh wartete der Galgen. An jenem Vormittag an der Tyburn Street hatte sie bereits die Hinrichtung von ihr völlig unbekannten Menschen empört. Den Gedanken, daß nun einem Spielkameraden aus Kindertagen das gleiche Schicksal bevorstand, konnte sie nicht ertragen.

Als sich das erste Morgenlicht an den Rändern der Vorhänge abzeichnete, stand sie auf. Sie wollte mit dem Packen für die bevorstehende Reise anfangen. Als die Dienstboten erschienen, trug sie ihnen auf, die großen wasserdichten Seetruhen herbeizuschaffen, und begann ihre Hochzeitsgeschenke einzupacken: Tischtücher, Besteck, Porzellan- und Glasgeschirr, Kochtöpfe und Küchenmesser.

Jay tat alles weh, als er aufwachte, und entsprechend schlecht war seine Laune. Zum Frühstück genehmigte er sich einen Brandy, dann ging er zu seinem Regiment. Kurz nachdem er das Haus verlassen hatte, kam Lizzies Mutter zu Besuch.

„Mit welchem Schiff werdet ihr reisen?" fragte Mutter.

„Mit der *Rosebud*. Sie gehört den Jamissons."

„Und wie kommt ihr zu der Plantage?"

„Seeschiffe können den Rappahannock River bis hinauf nach Fredericksburg fahren. Und von dort sind es nur noch fünfzehn Kilometer bis Mockjack Hall." Lizzie spürte, daß sich ihre Mutter Sorgen machte. „Keine Angst, Mutter", sagte sie.

„Nehmt euch ein eigenes Trinkwasserfaß mit, und behaltet es in euerer Kabine nur für euch allein, nicht für die Mannschaft. Ich werde euch auch eine kleine Truhe mit Arznei zusammenstellen."

„Danke, Mutter!" Wurde das Schiff durch widrige Winde vom Kurs abgetrieben, konnten drei Monate vergehen, bis sie ihr Ziel erreichten, und die Gefahr einer Erkrankung würde entsprechend wachsen. Doch sie und Jay waren jung, kräftig und kerngesund. Sie würden die Fahrt schon überleben.

Lizzie freute sich ungemein auf das bevorstehende Abenteuer. Sie konnte es kaum erwarten, Amerika kennenzulernen – einen neuen Erdteil, wo alles anders war. Jedesmal, wenn sie daran dachte, spürte sie ein erwartungsvolles Prickeln.

Lizzie legte gerade ihre Lieblingsbücher in eine der Seekisten: „Robinson Crusoe", „Tom Jones", „Roderick Random", als ein Diener anklopfte und sagte, ein Caspar Gordonson warte unten auf sie.

Sie wußte, daß sie ihn nicht empfangen sollte. Doch wie immer obsiegte ihre Neugier, und so trug sie dem Diener auf, den Gast in den Salon zu führen. Wohl fühlen sollte er sich in ihrem Haus allerdings nicht.

„Was führt Sie zu mir?" fragte sie ihn, als sie den Salon betrat. Zu ihrer Überraschung erwies sich der Anwalt nicht als der aggressive Besserwisser, mit dem sie gerechnet hatte. Vor ihr stand vielmehr ein schmuddeliger, kurzsichtiger Mann mit einer Fistelstimme und dem Auftreten eines schusseligen Schullehrers.

„Mack McAsh wurde nach dem Aufruhrgesetz angeklagt und ins Gefängnis von Newgate eingeliefert. In drei Wochen findet der Prozeß gegen ihn statt. Auf sein Vergehen steht die Todesstrafe."

Die Erinnerung traf Lizzie wie ein Schlag, aber sie ließ sich nichts anmerken. „Das weiß ich", sagte sie kühl. „Es ist eine Tragödie."

„Sie müssen ein schlechtes Gewissen haben", sagte Gordonson.

„Sie unverschämter Lümmel!" fuhr Lizzie ihn an. „Von wem hat denn McAsh diese fixe Idee, er sei ein freier Mann? Wer hat ihm denn gesagt, daß er Rechte habe? Das waren doch Sie! Wenn hier jemand ein schlechtes Gewissen haben sollte, dann Sie!"

„Das habe ich auch", gab der Anwalt leise zurück.

Seine Bescheidenheit besänftigte sie. Tränen stiegen ihr in die Augen, aber sie unterdrückte sie. „Glauben Sie, daß Mack vom König begnadigt wird?"

„Das hängt davon ab, wer sich für ihn einsetzt. Einflußreiche Freunde sind das A und O in unserem Rechtssystem. Ich werde natürlich dafür kämpfen, daß man ihn am Leben läßt, aber meine Worte gelten nicht viel. Wenn aber Sie sich für ihn einsetzen würden –"

„Das kann ich doch nicht!" protestierte Lizzie. „Mein Ehemann ist schließlich der Ankläger. Ich würde ihm ja geradezu in den Rücken fallen! Aber ich werde etwas anderes tun, warten Sie ... Ich schreibe an Mr. York, den Pastor von Heugh. Ich werde ihn bitten, nach London zu kommen und sich bei der Gerichtsverhandlung für Mack zu verwenden."

„Ich glaube nicht, daß sich das Gericht von seiner Aussage sonderlich beeindrucken lassen wird", sagte Gordonson und wandte sich zur Tür. „Sie können Ihre Meinung jederzeit ändern. Sollten Sie sich dazu durchringen, so kommen Sie bitte zur Verhandlung. Sie findet morgen in drei Wochen im Old Bailey statt. Denken Sie daran, daß es um Kopf und Kragen geht."

Er ging, und Lizzie ließ ihren Tränen freien Lauf.

Mack war im Gefängnis von Newgate in einer Gemeinschaftszelle untergebracht. Beim Aufwachen stellte er fest, daß die Zelle ungefähr so groß war wie Coras Wohnung. Es war kalt, und es stank. Mindestens dreißig andere Personen waren auf engstem Raum mit ihm zusammengepfercht – Männer, Frauen und Kinder, dazu ein Hund und ein Schwein.

Es herrschte ein ständiges Kommen und Gehen. Im Morgengrauen hatten einige die Zelle verlassen. Wie Mack bald erfuhr, handelte es sich um Häftlingsfrauen, die die Wächter bestochen hatten und dafür die Nächte bei ihren Männern verbringen durften. Für alle, die in der Lage waren, die entsprechenden Wucherpreise zu bezahlen, beschafften die Wärter Lebensmittel, Bier, Gin und Zeitungen. Einige Gefangene besuchten andere in ihren Zellen. Es war offenbar alles erlaubt – nur kostete eben auch alles seinen Preis.

Am Hinterkopf hatte Mack eine blutverkrustete Beule, und seine Gemütsverfassung war schlichtweg elend. Man wird mich des Hochverrats, des Aufruhrs oder sogar des Mordes beschuldigen und wahrscheinlich zum Tod am Galgen verurteilen, dachte er. Für Esther gab es nun keine Chance mehr, jemals ihr Heimatdorf zu verlassen.

Seine Stimmung befand sich auf einem Tiefpunkt, als ein Aufseher die Tür aufsperrte und Cora hereinkam. Obwohl ihr Gesicht schmutzig und ihr rotes Kleid zerrissen war, sah sie schön aus, und alle Häftlinge starrten sie mit großen Augen an.

Mack sprang auf und schloß sie in die Arme. „Was ist passiert?" fragte er.

„Sie haben mich wegen Taschendiebstahls eingelocht", antwortete Cora, „doch in Wirklichkeit ging es nur um dich. Es war eine Falle. Der Kerl sah aus wie ein x-beliebiger junger Reicher, entpuppte sich am Ende jedoch als Jay Jamisson. Sie haben uns geschnappt und seinem Vater vorgeführt. Taschendiebe werden normalerweise aufgehängt. Sie haben Peg jedoch die Begnadigung zugesagt – gegen die Preisgabe deines Verstecks."

„So sind sie also dahintergekommen!"

Mack erzählte ihr von der Straßenschlacht. Als er fertig war, sagte sie: „Herr im Himmel, McAsh, dich zu kennen ist ganz schön riskant."

Sie hat recht, dachte er, wer mich kennt, fällt über kurz oder lang auf die Nase.

„Du mußt mit Peg reden", drängte Cora. „Sie denkt, daß du eine furchtbare Wut auf sie hast."

Sie klopfte an die Tür. Ein Aufseher kam und öffnete. Cora drückte ihm eine Münze in die Hand, wies mit dem Daumen auf Mack und sagte: „Er gehört zu mir." Der Gefängniswärter nickte und ließ die beiden hinaus.

Cora führte Mack durch einen langen Flur zu einer anderen Tür. Sie betraten einen Raum, der Macks Zelle sehr ähnelte. Peg saß in einer Ecke auf dem Fußboden. Als sie Mack erblickte, stand sie verängstigt auf. „Es tut mir so leid", sagte sie. Ihre Augen füllten sich mit Tränen. „Ich habe dich verraten", flüsterte Peg.

„Sei doch kein Dummerchen!" redete Mack ihr zu und nahm sie in die Arme. Der kleine magere Körper zuckte. Das Mädchen schluchzte und schluchzte.

## 9

Am Tag der Gerichtsverhandlung wurden die Gefangenen um fünf Uhr morgens geweckt. Mack, Cora, Peg und zwanzig andere Angeklagte wurden gefesselt aus dem Gefängnis geführt. Ihr Marsch führte zum Old Bailey, wo Caspar Gordonson schon auf sie wartete. Der Anwalt erklärte ihnen die Funktionen der anwesenden Persönlichkeiten. Auf dem Hof vor dem Gebäude drängten sich bereits die Menschen: Ankläger, Zeugen, Geschworene, Advokaten, Freunde und Verwandte.

Die Gefangenen wurden durch den Hof geführt und gelangten in den Anklageraum. Innen befand sich, deutlich erhöht, die Richterbank, rechts und links davon sah man die mit Geländern begrenzten Geschworenenplätze sowie kleine Logen für Gerichtsbeamte und privilegierte Zuschauer.

Die ersten Fälle wurden schnell abgehandelt, und es gab nur wenige Verfahren, die länger als dreißig Minuten in Anspruch nahmen. Am Nachmittag kamen Cora und Peg an die Reihe. Jay Jamisson sagte aus, Cora habe ihn auf der Straße in ein Gespräch verwickelt und Peg ihm dabei die Taschen geleert. Als Zeugen benannte er Sidney Lennox. Da weder Cora noch Peg seiner Darstellung der Ereignisse widersprachen, trat Sir George in den Zeugenstand, erklärte dem Gericht, daß die beiden bei der Festnahme eines anderen Kriminellen behilflich gewesen seien, und bat den Richter, sie nicht zum Tod durch den Strang, sondern zur Deportation zu verurteilen.

Der Richter nickte verständnisvoll, doch auch in diesem Fall sollte das Urteil erst am Abend verkündet werden.

Ein paar Minuten später wurde Macks Verfahren eröffnet. Ankläger war Augustus Pym, ein Rechtsanwalt.

„Er hat viele Regierungsaufträge", flüsterte Gordonson Mack zu. „Sie müssen ihm eine Menge Geld dafür zahlen, daß er sie in diesem Fall vertritt."

Pym begann mit seinem Vortrag. „Am fraglichen Tag wurde die Kohlenhandlung von Mr. Jack Cooper – besser bekannt als ‚Black Jack' – in der Wapping High Street mit Kohle beliefert. Die Lieferanten wurden von einer Gruppe streikender Kohlenlöscher angegriffen. Daraufhin wurde der für Wapping zuständige Richter alarmiert. Mr. Roland MacPherson, Friedensrichter, erschien am Ort des Geschehens und erklärte den Ausnahmezustand. Die Kohlenlöscher weigerten sich jedoch, sich zu zerstreuen. Mr. MacPherson rief dann, wie es sein Recht und seine Pflicht war, die Truppen zu Hilfe. Eine Abteilung der Dritten Fußgarde unter dem Kommando von Hauptmann Jamisson sorgte für Ordnung. Der Angeklagte befand sich unter den Verhafteten. Erster Zeuge der Krone ist Mr. Jack Cooper."

Black Jack sagte aus, daß er Kohle eingekauft hatte, die weiter flußabwärts, in Rochester, gelöscht und dann in Karren nach London gebracht worden war.

„Gehörte das Schiff möglicherweise Sir George Jamisson?" fragte Mack, der seine eigene Verteidigung übernommen hatte.

„Weiß ich nicht."

„Wer hatte Ihnen den Tip gegeben, daß in Rochester Kohle zu kaufen war?"

„Sidney Lennox."

„Ein Freund der Jamissons."

„Davon weiß ich nichts."

Pyms nächster Zeuge war Roland MacPherson. Der Friedensrichter bestätigte unter Eid, daß er die entsprechende Bestimmung des Aufruhrgesetzes verlesen habe. Die Menge habe aber seiner Aufforderung zur Auflösung der Demonstration nicht Folge geleistet.

„Sie sind sehr schnell zur Stelle gewesen“, sagte Mack. „Wer hat Sie holen lassen?“

„Harold Nipper, der Wirt der ‚Bratpfanne‘.“

„Wo hielten Sie sich auf, als er Sie holen ließ?“

„Im Hinterzimmer seiner Schenke. Ich wußte, daß ein Kohlentransport unterwegs war, und befürchtete, daß es zu Ausschreitungen kommen könnte.“

„Wer hat Sie vorgewarnt?“

„Sidney Lennox.“

„Oho!“ entfuhr es einem der Geschworenen.

Mack merkte sich das Gesicht. War er vielleicht ein potentieller Verbündeter?

Zuletzt rief Pym Jay Jamisson in den Zeugenstand. Jay sagte, er habe an jenem Abend eine Abteilung der Fußgarde im Londoner Tower befehligt.

Der kritische Geschworene unterbrach ihn: „Ist der Tower Ihr übliches Quartier?“

Jay sah den Richter an. Der war sichtlich verärgert über den Geschworenen und sagte mit unverkennbarem Widerwillen: „Sie müssen die Fragen des Gerichts beantworten, Hauptmann!“

„Nein.“

„Wo sind Sie normalerweise stationiert?“

„Zur Zeit im Hydepark.“

„Auf der anderen Seite der Stadt also. Und warum waren Sie gerade in dieser Nacht im Tower einquartiert?“

„Ich nehme an, daß meine vorgesetzten Offiziere Ausschreitungen befürchteten.“

„Sidney Lennox wird sie wohl vorgewarnt haben“, bemerkte der Geschworene und erntete damit Gelächter.

Wahrheitsgemäß sagte Jay aus, daß beim Eintreffen seiner Abteilung die Straßenschlacht bereits in vollem Gang gewesen sei. Er berichtete, wie Mack ihn angegriffen hatte.

„Glauben Sie, daß Ausschreitungen dieser Art die Bevölkerung gegen die Kohlenlöscher aufbringen werden?“ fragte Mack.

„Ja, davon bin ich überzeugt.“

„Also kann man davon ausgehen, daß die Behörden nach einem Aufruhr drastische Maßnahmen zur Beendigung des Streiks ergreifen werden, und wenn der Streik vorüber ist, können die Kohlenschiffe der Familie Jamisson wieder entladen werden, nicht wahr? Sie können dann wieder Ihre Kohle verkaufen?“

Jetzt erst erkannte Jay, worauf Mack hinauswollte, aber es war zu spät. „Ja."

„Das Ende des Streiks bringt Ihnen eine Menge Geld ein. Haben Sie deshalb gemeinsam mit Sidney Lennox den Aufruhr provoziert?"

„Nein, das habe ich nicht!" erwiderte Jay.

„Die Krone hat keine weiteren Zeugen", sagte Pym.

Nun mußte Mack seine Verteidigung vorbringen. Der Richter ließ keine Gelegenheit ungenutzt, ihn bei den Geschworenen in schlechtes Licht zu setzen.

„Ich habe keinen Aufruhr angezettelt", erklärte Mack. „Ich habe mich lediglich geweigert, mir von den Unternehmern meinen Lohn stehlen zu lassen. Das ist mein Verbrechen. Wer hat denn den ganzen Aufruhr inszeniert?" Er drehte sich wieder um und sprach die Geschworenen direkt an: „Sie kennen inzwischen die Antwort, nicht wahr?"

Mack hatte sein Bestes getan. Jetzt lag sein Leben in den Händen anderer. Angstvoll beobachtete er die Geschworenen, die nun über sein Schicksal berieten. Sie schienen ihm nicht besonders gewogen zu sein. Sie stritten sich. Nach einiger Zeit zuckte der kritische Geschworene mit den Schultern und beteiligte sich kaum noch an der Debatte. Schließlich erhob sich der Sprecher der Geschworenen und ging zur Richterbank.

„Sind Sie zu einer Entscheidung gekommen?" fragte der Richter.

„Jawohl."

„Und wie lautet sie?"

„Schuldig im Sinne der Anklage."

LIZZIE konnte an nichts anderes mehr denken als an den Prozeß. Um drei Uhr aß sie zu Mittag, und da Jay den ganzen Tag im Gericht war, leistete ihre Mutter ihr Gesellschaft.

„Du hast zugenommen, mein Kind", sagte Lady Hallim. „Hast du in letzter Zeit zu gut gegessen?"

„Ganz im Gegenteil", erwiderte Lizzie. „Mir wird manchmal sogar schlecht beim Essen. Ich glaube, ich habe Reisefieber. Und dann auch noch dieser furchtbare Prozeß."

„Der geht dich gar nichts an", sagte Lady Hallim schroff. „Dutzende von Menschen werden jedes Jahr wegen weit weniger schlimmer Verbrechen gehängt."

Es klopfte an der Eßzimmertür, und ein Diener trat ein. „Reverend York gibt sich die Ehre, Madam", sagte er.

„Warum kommt er zu uns?“ fragte Lizzie nervös. „Er soll doch im Old Bailey aussagen. Führen Sie ihn herein, schnell!“

Der Pastor betrat das Zimmer. Ehe Lizzie ihn fragen konnte, warum er nicht bei der Gerichtsverhandlung war, machte er eine Bemerkung, die Lizzies Gedanken vorübergehend von Mack ablenkte. „Lady Hallim – Mrs. Jamisson. Ich bin erst vor ein paar Stunden in London eingetroffen und wollte Ihnen beiden zum schnellstmöglichen Zeitpunkt mein Mitgefühl ausdrücken.“

„Nein!“ stöhnte Lizzies Mutter und preßte die Lippen zusammen.

Lizzie warf ihrer Mutter einen erstaunten Blick zu und fragte: „Wovon sprechen Sie, Mr. York?“

„Von dem Grubenunglück natürlich.“

„Davon weiß ich gar nichts ... im Gegensatz zu meiner Mutter, wie mir scheint ...“

„In Ihrer Grube ist eine Stollendecke eingestürzt und hat zwanzig Menschen unter sich begraben.“

„Das ist ja furchtbar!“ Lizzie rang nach Luft. Vor ihrem inneren Auge sah sie zwanzig neue Gräber auf dem kleinen Friedhof neben der Brücke. Und dann fragte sie den Pastor: „Was meinen Sie mit ‚Ihrer Grube‘?“

„Nun, die Grube auf High Glen ... Ich meine diejenige, die nach Ihrer Hochzeit mit Mr. Jamisson eröffnet wurde.“

Die kalte Wut überkam Lizzie, und sie fuhr ihre Mutter an: „Du hast das gewußt, was?“

Lady Hallim hatte wenigstens noch den Anstand, die Beschämte hervorzukehren. „Wir hatten keine andere Wahl, mein Schatz. Wir dachten, du würdest es nie erfahren. Du reist ja jetzt bald nach Amerika ...“ Sie brach in Tränen aus.

Doch sie konnten Lizzies Zorn nicht besänftigen. „Ich würde es nie erfahren, habt ihr geglaubt. Ich traue meinen Ohren nicht mehr ...“ Eine schlimme Ahnung überfiel Lizzie, und sie wandte sich an den Pastor: „Macks Zwillingsschwester ...“

„Ja, sie ist unter den Todesopfern. Es tut mir so leid ...“

„O nein!“ Esther war tot – und Mack kurz davor, zum Tode verurteilt zu werden. Der Gedanke an Mack holte Lizzie in die Gegenwart zurück. „Heute findet der Prozeß gegen Mack statt“, sagte sie.

Pastor York erschrak. „Oje, ich wußte es nicht genau. Bin ich zu spät gekommen?“

„Vielleicht noch nicht. Aber Sie müssen sofort zum Gericht! Ich begleite Sie.“

„Nein, bitte nicht“, bat Mutter.

Lizzie antwortete in bewußt strengem Ton: „Versuche nicht, mich zurückzuhalten, Mutter! Ich werde persönlich um Macks Leben bitten. Wir haben die Schwester umgebracht – vielleicht können wir den Bruder retten.“

„Ich komme auch mit“, erklärte Lady Hallim daraufhin.

Der Gerichtssaal war voller Menschen. Sie zwängten sich durch das Gedränge und hielten Ausschau nach Gordonson und Mack. An dem niedrigen Geländer, das den Innenbereich umschloß, konnte Lizzie die beiden endlich entdecken. Sie rief ihnen etwas zu, worauf Gordonson aufstand und ihr durch eine Pforte entgegenkam.

Zur gleichen Zeit tauchten auch Sir George und Jay auf.

Lizzie beachtete sie nicht und wandte sich an Gordonson: „Dies hier ist Pastor York aus unserem Heimatdorf in Schottland. Er ist gekommen, weil er das Gericht um Gnade für Mack bitten will. Außerdem werde ich persönlich das Gericht um Gnade bitten.“

„Ich danke Ihnen!“ erwiderte Gordonson, und man spürte, daß ihm ein Stein vom Herzen fiel.

„Ich habe versucht, sie zurückzuhalten, Sir George!“ erklärte Lady Hallim.

Jay packte Lizzie fest am Arm. „Du darfst nichts tun, was deinem Ehemann schadet!“ tobte er. „Das ist treulos!“

„Treulos?“ Voller Verachtung nahm Lizzie das Wort auf. „Wer bist du denn, daß du es wagst, an meine Treue zu appellieren? Du hast mir geschworen, daß auf meinem Grund und Boden nicht nach Kohle geschürft wird – und hast dann das genaue Gegenteil getan.“

Einen Augenblick lang sagte niemand von ihnen ein Wort.

„Du weißt also auch über das Unglück Bescheid?“ fragte Jay.

Lizzie holte tief Luft. „Ich darf euch darüber in Kenntnis setzen, daß Jay und ich vom heutigen Tag an getrennt leben werden. Unsere Ehe wird nur noch auf dem Papier existieren. Ich werde nach Schottland zurückkehren und dort in meinem Haus leben.“

Caspar Gordonson wandte sich an Jay: „Darf ich einen Vorschlag machen? Vielleicht wird sich Mrs. Jamisson dazu bewegen lassen, auf ihre Aussage zu verzichten – unter einer Bedingung: Sie selbst müssen das Gericht um Gnade für Mack bitten.“

„Kommt überhaupt nicht in Frage!“ entgegnete Jay.

„Es wäre genauso wirksam, würde Ihrer Familie aber die peinliche Szene ersparen, daß eine Ehefrau in aller Öffentlichkeit Stellung gegen ihren Mann bezieht. Statt dessen würden Sie, Mr. Jamisson, sehr großmütig erscheinen."

Jays Gesicht zuckte, und Lizzie spürte, wie er, hin und her gerissen, die möglichen Konsequenzen überdachte. Dann sagte er verdrießlich: „Ich glaube, mir bleibt nichts anderes übrig."

Sir George meldete sich wieder zu Wort. „Es gibt da eine Bedingung, auf deren Erfüllung Jay, wie ich weiß, nicht verzichten wird. Du mußt diesen Unfug mit dem getrennten Leben und dergleichen vergessen. Du mußt in jeder Form Jays Ehefrau bleiben und dich entsprechend verhalten."

„Nein!" rief sie. „Er hat mich belogen! Wie kann ich ihm da noch vertrauen?"

„Du hast keine andere Wahl", sagte ihre Mutter.

„Und warum?"

„Weil du ein Kind bekommst."

Lizzie starrte ihre Mutter an. „Und woher willst du das wissen?"

„Dein Busen ist... ist größer geworden, und vom Essen wird dir schlecht. Du bist seit zwei Monaten verheiratet. So ganz unerwartet ist das ja nun auch wieder nicht."

Lizzie war sprachlos. Ein Kind! War das möglich? Sie sah ihren Ehemann an. Er war noch immer wütend auf sie, aber es lag auch etwas Flehendes in seinem Blick. „Warum hast du mich belogen?" fragte sie ihn.

„Ich wollte es nicht, aber ich konnte nicht anders."

Bitterkeit überkam sie. Ihre Liebe zu ihm würde nie wieder sein, wie sie einmal war. Aber er war immer noch ihr Mann.

„Na gut, ich werde nicht aussagen", erklärte sie.

„MEINE Herren", rief der Ausrufer des Gerichts, „die königlichen Richter befehlen allen Anwesenden absolute Ruhe bei der Verkündung von Todesurteilen gegen die Gefangenen!"

Der Richter setzte seine schwarze Mütze auf und erhob sich.

Mack schauderte vor Ekel. Neunzehn Fälle waren verhandelt und zwölf Angeklagte schuldig gesprochen worden. Er wußte, daß Lizzie Jay gezwungen hatte, das Gericht um Gnade für ihn zu bitten. Doch was wäre, wenn der Richter beschloß, Jays Appell nicht zu berücksichtigen?

Der Richter musterte die zwölf Gefangenen, die in einer Reihe vor ihm standen. Dann begann er zu sprechen.

„Das Gesetz sagt, daß ihr dorthin zurückkehren sollt, woher ihr kamt, und von dort zum Richtplatz gebracht werdet, wo ihr am Halse aufgehängt werden sollt, bis ihr tot, tot, tot seid, und der Herr sei eurer armen Seele gnädig."

Eine furchtbare Pause folgte. Cora ergriff Macks Arm, und er spürte, wie sich ihre Finger in sein Fleisch gruben.

„Peg Knapp wird begnadigt und zur Deportation empfohlen", verkündete der Richter. „Cora Higgins wird begnadigt und zur Deportation empfohlen. Malachi McAsh wird begnadigt und zur Deportation empfohlen. Der Rest wird gehängt."

Mack legte die Arme um Cora und Peg, und sie verharrten eine Weile in dieser Stellung. Sie würden weiterleben.

Caspar Gordonson nahm Mack am Arm und sagte mit ernster Stimme: „Ich muß Ihnen eine traurige Mitteilung machen. In einem Bergwerk der Jamissons ist ein Stollen eingebrochen. Dabei sind zwanzig Menschen ums Leben gekommen."

„Esther…?"

„Es tut mir leid, Mack. Ja, Ihre Schwester war unter den Toten."

„Esther ist tot?" Es war kaum faßbar. Leben und Tod wurden an diesem Tag verteilt wie Spielkarten. Mack barg sein Gesicht in den Händen und weinte.

DER TAG der Abreise rückte rasch näher. Ohne Vorwarnung wurde eines Morgens allen zur Deportation verurteilten Häftlingen befohlen, ihre Sachen zu packen. Dann trieb man sie im Gefängnishof zusammen. Dort wurden sie mit schweren Fußeisen paarweise aneinandergeschmiedet. Macks unmittelbarer Nachbar war ein schmutziger alter Säufer namens Mad Barney. Cora machte dem Schmied schöne Augen und durfte daher mit Peg ein Paar bilden.

Mack besaß nur wenige persönliche Habseligkeiten. Abgesehen von seiner Kleidung, waren es lediglich das aufgebrochene Halseisen und der Pelzumhang, Lizzies Geschenk.

Er musterte die lange Reihe der Sträflinge im Hof und schätzte ihre Zahl auf über hundert. Ungefähr ein Viertel von ihnen waren Frauen. Außerdem gehörten ein paar Kinder ab neun Jahren dazu. Und unter den Männern befand sich auch Sidney Lennox.

Sein tiefer Fall hatte für große Befriedigung gesorgt. Obwohl der Streik niedergeschlagen worden war und die meisten Kohlenlöscher wieder arbeiteten, fand sich nicht ein einziger unter ihnen, der bereit gewesen wäre, für Lennox zu arbeiten. Er hatte dann versucht, eine Frau zum Stehlen zu zwingen, war aber von ihr der Hehlerei bezichtigt und nachfolgend vor Gericht gestellt und verurteilt worden. Die Jamissons hatten ihn vor dem Galgen gerettet.

Die großen Holztore des Gefängnisses öffneten sich weit. Draußen wartete bereits eine achtköpfige bewaffnete Eskorte. Schwerfällig setzte sich der Zug in Bewegung und gelangte auf die belebte Straße hinaus. Wegen der Fußeisen kamen sie nur langsam voran. Erst nach über einer Stunde erreichten sie schlurfend den Hafen. Auf der Themse herrschte ein geschäftiges Treiben. Es war ein warmer Frühlingsmorgen, und das Sonnenlicht brach sich auf der Oberfläche des Flusses. Ein Boot lag bereit, sie zu ihrem Schiff zu bringen, das in der Flußmitte ankerte. Mack merkte sich den Namen – es war die *Rosebud*.

„Gehört das Schiff den Jamissons?" fragte Cora.

„Die meisten Sträflingsschiffe gehören ihnen, glaube ich."

Als Mack vom schlammigen Ufer aus ins Zubringerboot stieg, war ihm klar, daß er auf Jahre hinaus britischen Boden nicht mehr betreten würde. Vielleicht war es sogar ein Abschied für immer. Mack hatte sich nach den näheren Umständen der Atlantiküberquerung erkundigt. Für alle waren die Lebensbedingungen unter Deck ungesund bis hin zur Lebensgefahr. Die Schiffseigner motivierte das Geld – sie pferchten so viele Menschen wie möglich in ihre Stauräume.

Das Schiff war ungefähr zwölf Meter lang und gut viereinhalb Meter breit. An Deck befanden sich ein Hühnerverschlag, ein kleiner Schweinestall und eine angepflockte Ziege. Mack sah aufgeschossene Taue und eingerollte Segel. Dann wurden er und Barney durch eine Luke gestoßen und mußten über eine Leiter in den Laderaum hinabsteigen.

Mack versuchte, in der Düsternis etwas zu erkennen. Die Decke des Quartiers befand sich nur zwei oder drei Zentimeter über seinem Kopf, so daß ein großer Mann hier nicht aufrecht stehen konnte. Sie war an zwei Stellen von Gittern durchbrochen, durch die ein wenig Luft und Licht in das Verlies drang – wenn auch nicht von draußen, sondern nur aus dem darüberliegenden Deck. An den Längswänden waren zahlreiche etwa einen Meter achtzig breite Holzpritschen angebracht, eine Reihe auf Taillenhöhe und die andere ein paar Zentimeter über den Holzplanken. Mit Entsetzen erkannte Mack, daß es sich bei den Pritschen um die Lager der Sträflinge handelte. Auf diesen nackten Brettern würden sie die Reise verbringen.

Die ersten Kojen waren bereits belegt. Die Sträflinge, noch immer paarweise aneinandergekettet, lagen still da. Ein Matrose dirigierte Peg und Cora auf die Pritsche neben Mack und Barney. Sie kamen sich vor wie Messer in einer Schublade. Peg konnte aufrecht sitzen, die Erwachsenen konnten es nicht. Am Ende einer Pritschenreihe entdeckte Mack ein großes, gut einen halben Meter hohes zylindrisches Tongefäß. Mack kam sehr bald dahinter, daß es als Toilette diente.

„Wie lange dauert es nach Virginia?“ fragte Peg.

„Sieben Wochen“, erwiderte Mack. „Wenn wir Glück haben!“

Lizzie sah zu, wie ihre Seetruhe in die große Kabine im Heck der *Rosebud* getragen wurde. Für sie und Jay war das Eignerquartier reserviert, ein Schlaf- und ein Aufenthaltsraum.

Noch vor wenigen Wochen war Lizzie voller Vorfreude auf die Reise gewesen. Amerika – das war einer der Gründe dafür, daß sie Jay geheiratet hatte. Doch als sie dann von dem Kuhhandel erfuhr, auf den Jay sich eingelassen hatte, verlor der Traum einiges von seinem verheißungsvollen Glanz.

Sie tat so, als sei ihr Jay so lieb wie eh und je, doch ihr Körper sagte ihr die Wahrheit. Wenn er in der Nacht zu ihr kam und sie berührte, reagierte sie anders als früher und empfand nur noch ein schales, unbefriedigendes Gefühl. Angesichts ihrer Schwangerschaft waren jedoch alle Enttäuschungen zweitrangig und leichter zu ertragen. Ich werde das Kind vorbehaltlos lieben, dachte sie. Und es wird in Virginia aufwachsen.

Sie setzte gerade ihren Hut ab, als jemand an die Kabinentür klopfte. Ein drahtiger Mann im blauen Mantel und mit einem Dreispitz auf dem Kopf trat ein und verneigte sich. „Silas Bone, Steuermann, zu Ihren Diensten“, sagte er.

„Ich wünsche Ihnen einen guten Tag, Bone“, erwiderte Jay steif und um die Würde bemüht, die dem Sohn des Schiffseigners anstand. „Sind meine Pferde an Bord?“

„Jawohl, Sir.“

„Dann zeigen Sie mir mal, wie sie untergebracht sind.“

„Ich komme mit“, sagte Lizzie.

Sie verließen die Kabine und gingen über das Deck bis zu einer offenen Luke. Flink wie ein Affe hangelte sich der Steuermann die steile Leiter hinunter. Jay und Lizzie folgten ihm ins zweite Unterdeck. Jays Lieblingspferde, die beiden Grauen und Blizzard, sein Geburtstagsgeschenk, standen in schmalen Boxen. Alle drei hatten sie breite Gurte unter dem Bauch, die an einem Deckenhaken befestigt waren. Auf diese Weise wurde verhindert, daß sie bei schwerem Seegang das Gleichgewicht verloren und umfielen. Zum Schutz der Hufe hatte man die Bodenplanken in den Boxen mit Sand bestreut. Die Tiere waren nervös. Jay tätschelte sie eine Weile und sprach dabei beruhigend auf sie ein.

Lizzie wurde ungeduldig und schlenderte auf eine schwere offenstehende Tür zu. Bone folgte ihr. „Dort vorne ist das Sträflingsquartier“, sagte er. „Das ist kein Ort für eine Lady.“

Er hatte die magischen Worte gesprochen, die mit absoluter Sicherheit zur Folge hatten, daß Lizzie nicht lockerlassen würde. „Mr. Bone, dieses Schiff gehört meinem Schwiegervater, und ich werde überallhin gehen, wo es mir gefällt. Ist das klar?“

„*Aye, aye*, Mrs. Jamisson!“

Lizzie brannte darauf, das Sträflingsquartier zu sehen, denn es war möglich, daß McAsh an Bord war. Sie duckte sich unter einem Deckenbalken, schob die Tür noch ein Stückchen weiter auf und betrat den Hauptstauraum des Schiffes. Nachdem sich ihre Augen an das Zwielicht gewöhnt hatten, erkannte sie an den Wänden Bretterverschläge, die wie Halterungen für Fässer aussahen. Auf dem Verschlag neben ihr bewegte sich etwas, und es klirrte wie von einer Kette. Erschrocken fuhr sie auf und erkannte zu ihrem Entsetzen, daß auf dem Brett zwei Menschen lagen, die an den Knöcheln aneinandergekettet waren. Und dann sah sie das nächste Paar, Schulter an Schulter mit dem ersten, und gleich daneben das dritte…

„Lizzie Jamisson!“ raunte eine Stimme.

Sie erkannte den schottischen Tonfall: Es war Mack. Sie ging ein paar Schritte in den schmalen Gang zwischen den Pritschen hinein und fragte: „Mack, wo sind Sie?“ Ein Arm reckte sich ihr entgegen, gespenstisch grau im trüben Licht. Sie drückte Macks harte Hand. „Das ist ja furchtbar“, sagte sie. „Was kann ich tun?“

„Zur Zeit überhaupt nichts“, antwortete Mack.

Sie erkannte Cora neben ihm und Peg neben Cora. „Vielleicht kann ich dafür sorgen, daß ihr genug zu essen und zu trinken bekommt“, versprach sie.

„Ja, das wäre nett.“

Lizzie drehte sich um und hastete hinaus. Ein empörter Protest lag ihr auf den Lippen. Das Schiff würde jedoch in Kürze Segel setzen. Was immer sie sagen würde – es würde nichts mehr ändern.

„Die Pferde sind sehr gut untergebracht“, bemerkte Jay zufrieden.

„Besser als die Menschen, ja!“ Diese Bemerkung konnte sich Lizzie nun doch nicht verkneifen.

„Ach ja, das erinnert mich an etwas!“ sagte Jay. „Bone, da unten im

Stauraum befindet sich ein Häftling namens Sidney Lennox. Lassen Sie ihm die Eisen abnehmen, und geben Sie ihm eine Kabine, bitte."

„*Aye-aye, Sir.*"

„Wieso ist denn dieser Lennox dabei?" fragte Lizzie bestürzt.

„Er wurde der Hehlerei überführt. Doch unsere Familie hat sich seiner in der Vergangenheit gelegentlich bedient. Wir können ihn daher nicht einfach fallenlassen."

Lizzie wandte sich ab. Was für ein Pech, daß er nun auch deportiert wurde. Würde Jay denn nie seinem bösen Einfluß entkommen?

Ein paar Minuten später standen Lizzie und Jay am Bug und sahen, wie sich das Schiff mit der einsetzenden Ebbe flußabwärts bewegte. Eine frische Abendbrise strich Lizzie um die Wangen. Als die St.-Pauls-Kathedrale hinter den Silhouetten der Speicherhäuser verschwand, fragte sie: „Ob wir London je wiedersehen werden?"

## 10

Ein aufgeregter Schrei oben an Deck war auch in ihrem Verlies zu hören. „Peilung fünfunddreißig Faden, Captain – Sand und Ried!"

Die Mannschaft applaudierte lauthals. „Was ist ein Faden?" fragte Peg.

„Sechs Fuß Wassertiefe", erklärte Mack müde, aber erleichtert. „Es bedeutet, daß wir uns dem Land nähern."

Er hatte kaum noch damit gerechnet, daß er es schaffen würde. Fünfundzwanzig Gefangene waren während der Überfahrt gestorben, obwohl sie nicht hatten hungern müssen: Lizzie hatte offenbar ihr Versprechen eingehalten und dafür gesorgt, daß es genug zu essen und zu trinken gab. Das Trinkwasser war freilich dreckig und abgestanden und die nur aus Pökelfleisch und Brot bestehende Verpflegung so eintönig gewesen, daß man auf die Dauer unweigerlich krank davon wurde.

Peg, schon immer mager, war nur noch Haut und Knochen. Cora war sichtlich gealtert. Der einst so üppige Körper war hager und von Geschwüren entstellt. Mack war heilfroh, daß die beiden überhaupt noch am Leben waren.

Etwas später hörte er eine weitere Peilung: „Achtzehn Faden und weißer Sand." Dann endlich ertönte der Ruf: „Land ahoi!"

In dieser Nacht ankerte die *Rosebud* in ruhigem Wasser. Der

Matrose, der den Gefangenen ihre Rationen an Pökelfleisch und abgestandenem Wasser brachte, war eines der freundlicheren Crewmitglieder. Er hieß Beau Bell. Er verriet den Gefangenen, daß sie vor Kap Henry, unweit von Hampton in Virginia, lagen.

„Was passiert in Virginia eigentlich mit uns, Mack?" fragte Peg.

„Man wird uns verkaufen, und wir werden für den Käufer arbeiten müssen."

„Dann sind wir also praktisch Sklaven?" fragte Peg mit Furcht in der Stimme.

„Aber nur sieben Jahre lang."

„Sieben Jahre!" wiederholte Peg enttäuscht. „Dann bin ich ja längst erwachsen."

Am nächsten Morgen lichtete das Schiff den Anker, und Mack spürte, wie es vor einem kräftigen Wind dahinrauschte. Am Abend erfuhr er, daß sie kurz vor der Mündung des Rappahannock River lagen. Macks Fieber war zurückgegangen. Er war daher stark genug, um an einem der regelmäßigen Deckgänge teilzunehmen. So sah er zum erstenmal Amerika.

Die Ufer des Flusses waren von dichten Wäldern und bebauten Feldern gesäumt. Gelegentlich sah man einen Landungssteg in den Fluß ragen, und dort stand dann immer ein großes Haus. Mack fiel auf, daß die meisten Menschen auf den Feldern Neger waren.

Der erste Eindruck sollte für die nächsten vier Tage auch der einzige bleiben. Als das Schiff endlich wieder Anker warf, erfuhren die Sträflinge, daß man Fredericksburg erreicht habe, das Ziel der Reise. Sie waren acht Wochen lang unterwegs gewesen.

Die Stadt war um einen großen Felsvorsprung herum errichtet worden. Ein paar hundert Menschen mochten hier leben. Der Ort war demnach nicht viel größer als Macks Heimatdorf Heugh, machte jedoch den Eindruck einer freundlichen, wohlhabenden Gemeinde. Die Häuser waren aus Holz und weiß und grün gestrichen. Ein Stück weiter flußaufwärts lag am anderen Ufer ein weiteres Städtchen, das, wie Mack erfuhr, Falmouth hieß.

Die Sträflinge bekamen Seife und wurden aufgefordert, sich zu waschen. Ein Barbier kam an Bord, schnitt ihnen die Haare und rasierte sie. Diejenigen, deren Kleidung zu zerschlissen war, erhielten Ersatzkleider. Ihre Dankbarkeit hielt sich jedoch in Grenzen, als sie erkannten, daß es sich dabei um die Kleider der während der Reise Verstorbenen handelte.

Am gleichen Nachmittag kamen zwei fremde Männer zu ihnen und unterzogen sie einer kritischen Musterung. Beau Bell flüsterte Mack zu, sie seien „Seelentreiber“, und erklärte ihm, was das bedeutete: Die Männer kauften Sklaven, Vertragssklaven und Sträflinge, gleich gruppenweise ein und trieben sie wie Schafherden landeinwärts, um sie auf entlegenen Farmen zu verkaufen. Als sie sich wieder entfernten, hatten sie keinen Kauf abgeschlossen. Bell erklärte, daß am nächsten Tag ein Pferderennen stattfinde und die wohlhabenden Farmer aus der Umgebung deshalb in die Stadt kommen würden. Am Ende des Tages wären dann die meisten Sträflinge verkauft. Den Rest würden die Seelentreiber zu einem Spottpreis anbieten.

Am Abend gab es ein gutes Mahl, einen Eintopf mit Schweinefleisch, Reis und Kartoffeln. Während der Fahrt hatte es immer nur einmal täglich, am Abend, zu essen gegeben. Diesmal bekamen sie ein Frühstück mit Porridge, Sirup und einen Schuß Rum mit Wasser. Trotz der ungewissen Zukunft, die ihnen bevorstand, waren die Sträflinge bester Laune, als sie, noch immer angekettet, die Leiter hinaufkletterten und an Deck humpelten.

In Begleitung eines hochgewachsenen, grauhaarigen Negers kam ein dickbäuchiger Mann mit einem Strohhut auf dem Kopf an Bord. Die beiden sahen sich die Sträflinge kritisch an, suchten die jüngsten und stärksten Männer aus. Daß Mack sich schließlich unter den vierzehn oder fünfzehn Auserwählten befand, war unvermeidbar. Frauen und Kinder waren nicht darunter.

Als die Männer ihre Auswahl getroffen hatten, sagte der Kapitän: „So, ihr geht gleich mit diesen Herren mit.“

Peg fing an zu weinen. „Nimm mich doch mit!“ jammerte sie.

Mack schloß sie in die Arme. Er hatte gewußt, daß es so kommen würde, und es brach ihm fast das Herz. Er drückte sie an sich, dann löste er sich von ihr. „Versuch, wenn irgend möglich, bei Cora zu bleiben!“ sagte er.

Cora küßte ihn mit verzweifelter Leidenschaft. Heiße Tränen rannen ihr die Wangen hinunter. „Versuch uns zu finden, Mack, um Gottes willen!“ bat sie ihn flehentlich.

„Ich werde mein Bestes tun. Ich verspreche es euch!“

Der dicke Mann fuhr grob dazwischen: „Komm jetzt, du Heißsporn!“

Sie stießen ihn über die Gangway auf den Kai, und Mack drehte sich noch einmal nach Peg und Cora um. Die beiden standen eng umschlungen an Bord, weinten und sahen ihm nach. Dann verlor er sie aus den Augen.

Es war ein eigenartiges Gefühl, wieder festen Boden unter den Füßen zu haben. Mack schlurfte in seinen Ketten die Hauptstraße entlang und nahm gierig die Eindrücke auf, die von allen Seiten auf ihn einstürmten: Das war also Amerika! In der Stadtmitte befanden sich eine Kirche, ein Marktplatz, ein Pranger und ein Galgen. Auf beiden Seiten der Straße standen Häuser in großzügigen Abständen voneinander.

Nach einem halben Kilometer erreichten sie die letzten Häuser der Stadt. An einer Furt durchwateten sie den Fluß und setzten ihren Weg auf dem anderen Ufer fort. Auf einem holprigen Pfad ging es durch den Wald. Mack arbeitete sich zu dem Neger vor und sagte: „Mein Name ist Malachi McAsh, aber man nennt mich Mack."

Der Mann hielt seine Augen streng geradeaus gerichtet, antwortete aber in freundlichem Ton. „Ich heiße Kobe."

„Der Dicke mit dem Strohhut – gehören wir jetzt ihm?"

„Nein. Bill Sowerby ist nur der Verwalter. Wir hatten den Auftrag, unter den Sträflingen an Bord der *Rosebud* die besten Farmarbeiter auszusuchen."

„Wer hat uns gekauft?"

„Gekauft hat euch strenggenommen niemand. Mr. Jay Jamisson hat nämlich beschlossen, euch zu behalten. Ihr sollt auf Mockjack Hall arbeiten, seiner eigenen Pflanzung."

Also gehöre ich schon wieder dieser Familie, dachte Mack wütend. Ich werde wieder abhauen, darauf können sie Gift nehmen.

Mack mußte an Peg und Cora denken. „Auf der *Rosebud* waren eine Frau und ein Mädchen, mit denen ich befreundet bin", sagte er. „Meinst du, daß ich herausfinden kann, wer sie gekauft hat?"

Kobe lachte traurig. „Jeder hier sucht irgend jemanden, von dem er durch den Verkauf getrennt wurde."

Mack ließ nicht locker. „Das Mädchen heißt Peg. Sie ist erst dreizehn. Sie hat keine Eltern mehr."

„Wenn du verkauft bist, hast du keine Eltern mehr. Das ist immer so."

Sie marschierten ungefähr fünfzehn Kilometer. Es ging nur langsam voran, da sie alle noch Fußfesseln trugen. Sowerby, der Verwalter, ritt auf einem Pferd, hatte es aber ganz offensichtlich nicht eilig und nahm immer wieder einen tiefen Zug aus einer Flasche.

Der Weg führte an dem Fluß entlang, der sich durch einen dichten Wald schlängelte. Mack grübelte darüber nach, wann er Lizzie wiedersehen würde. Ihre Gegenwart würde ihm ein kleiner Trost sein.

Gegen Mittag erreichten sie die Plantage der Jamissons. Über eine mit Bäumen bestandene Wiese führte ein Fußweg zu einem Flecken mit aufgewühlter Erde, auf dem ungefähr zwölf Hütten standen. Zwei schon etwas ältere schwarze Frauen kochten über offenen Feuerstellen, und vier oder fünf nackte Kinder spielten im Dreck. Die Hütten waren aus einfachen Brettern zusammengezimmert. In den mit Läden versehenen Fensteröffnungen waren keine Scheiben.

Sowerby wechselte ein paar Worte mit Kobe und verschwand.

Kobe wandte sich an die Sträflinge: „Das sind eure Quartiere. In jeder Hütte wohnen sechs Mann. Bevor wir uns ausruhen können, haben wir noch eine Aufgabe zu erledigen. Kommt mit!"

Kobe führte sie auf einen Pfad, der sich zwischen grünen Weizenfeldern, hohen Maispflanzen und aromatisch duftenden Tabakstauden hindurchzog. Auf allen Feldern waren Männer und Frauen an der Arbeit. Schließlich erreichten sie eine große Rasenfläche. Der Weg führte, leicht ansteigend, zu einem großzügig angelegten, aber baufälligen Schindelhaus, dessen schmutzige graue Farbe an vielen Stellen abblätterte. Dies ist wahrscheinlich Mockjack Hall, dachte Mack. Kobe führte sie um das Haus herum. Auf der Rückseite waren mehrere Nebengebäude, darunter auch eine Schmiede, untergebracht. Der Schmied, ein Neger, den Kobe mit „Cass" anredete, machte sich sofort daran, die Sträflinge von ihren Fußfesseln zu befreien.

Als endlich die Ketten von seinen Füßen fielen, kostete es Mack Überwindung, sich nicht sofort auf und davon zu machen.

Er kämpfte noch gegen seinen inneren Drang zur Flucht, als Kobe sich wieder an die Sträflinge wandte: „Nun, da ihr von euren Fesseln befreit seid, überlegen einige von euch bestimmt schon, wie weit sie's bis Sonnenuntergang schaffen." Er machte eine Pause, um seinen Worten Gewicht zu verschaffen, und fuhr dann fort: „Wer abhaut, wird in den meisten Fällen wieder eingefangen und streng bestraft. Zuerst gibt's die Peitsche, aber das ist noch der harmlosere Teil. Ihr bekommt einen Eisenkragen um den Hals. Das schlimmste ist aber, daß eure Strafzeit verlängert wird. Wir haben hier Leute, die so oft ausgebüchst sind, daß sie erst mit Hundert freikommen." Er blickte in die Runde, sah Mack an und sagte abschließend: „Wenn ihr das Risiko auf euch nehmen wollt, dann kann ich nur sagen: Viel Glück!"

ZUM FRÜHSTÜCK kochten die alten Frauen ein Maisgericht, das *Hominy* genannt und in Holzschüsseln abgefüllt wurde. Sträflinge und Sklaven aßen den Brei mit den Händen.

Insgesamt gab es ungefähr vierzig Plantagenarbeiter auf Mockjack

Hall. Man führte sie ein oder zwei Meilen weit auf die Felder hinaus, bis sie eine erntereife Tabakplantage erreichten. Zunächst wurden sie in drei Gruppen aufgeteilt. Die erste Gruppe erhielt scharfe Messer und den Auftrag, die reifen Pflanzen abzuschneiden. Die zweite Gruppe ging auf ein Feld, auf dem die Pflanzen am Tag vorher bereits abgeschnitten worden waren. Den Neuankömmlingen wurde gezeigt, wie man die Stengel der auf dem Boden liegenden Stauden spaltete und auf langen Holzspießen aufreihte. Mack kam in die dritte Gruppe, deren Aufgabe es war, die vollen Spieße über die Felder in den Tabakschuppen zu tragen. Dort wurden sie unter der hohen Decke aufgehängt und an der Luft getrocknet.

Es war ein langer, heißer Sommertag. Mack mußte immer wieder feststellen, daß Frauen und Kinder schneller waren als er. Krankheit, Unterernährung und der Mangel an körperlicher Tätigkeit hatten ihn geschwächt. Bill Sowerby trug eine Peitsche, machte aber nach Macks Beobachtungen keinen Gebrauch davon.

Zur Mittagszeit bekamen sie grobes Maisbrot zu essen. Obwohl es ihn nicht sonderlich überraschte, war Mack bestürzt, als er während des Essens plötzlich die vertraute Gestalt von Sidney Lennox entdeckte. Er trug neue Kleider und ließ sich von Sowerby die Plantage zeigen.

Bei Sonnenuntergang waren sie ziemlich erschöpft. Sie durften aber noch nicht in ihre Hütten zurückkehren, sondern wurden zum Tabakschuppen geführt, der unterdessen vom Schein Dutzender von Kerzen erleuchtet war. Nach einem hastigen Abendessen ging die Arbeit weiter. Sie streiften die Blätter von den angetrockneten Pflanzen, entfernten die dicke zentrale Blattrippe und preßten die Blätter zu Bündeln zusammen. Nach Macks Einschätzung war Mitternacht bereits vorüber, als die Kerzen gelöscht wurden. Jetzt endlich durften sie in ihre Hütten gehen. Mack schlief sofort ein.

Er hatte das Gefühl, nur wenige Sekunden geschlafen zu haben, als man ihn auch schon wieder wachschüttelte. Müde rappelte er sich auf, torkelte hinaus und verleibte sich, an die Hüttenwand gelehnt, seine Portion Maisbrei ein. Kaum hatte er die letzte Handvoll in den Mund gestopft, da mußten sie bereits zur Arbeit aufbrechen.

Im frühen Morgenlicht erreichten sie das Feld – und Mack erblickte auf einmal Lizzie. Sie saß auf einem Schimmel und trug ein lockeres Leinenkleid und einen großen Hut. Mack entging nicht, daß sie zugenommen hatte. Doch dann wurde ihm klar, daß Lizzie nicht einfach dick wurde, sondern schwanger sein mußte. Sie wird einen Sohn bekommen, dachte er, einen jungen Jamisson, und er wird ebenso grausam, geizig und herzlos sein wie die ganze Sippe.

Lizzie sah ihn an. Anfangs erkannte sie ihn nicht richtig, doch dann zuckte sie zusammen und hatte keine Zweifel mehr. Die Veränderungen, welche die Reise in seiner äußeren Erscheinung bewirkt hatte, mochten sie erschreckt haben.

Lizzie wandte sich wortlos ab und ließ ihr Pferd antraben. Einen Augenblick später verschwand sie im Wald.

MOCKJACK HALL war ein großes Haus mit breiter Vorderfront. Von der mit Säulen eingefaßten Veranda bot sich ein weiter Blick über die Rasenfläche, die zum trüben Rappahannock River hin abfiel. Vor vielen Jahren waren die Wände einmal weiß und die Fensterläden grün gestrichen worden. Inzwischen blätterte der Anstrich ab, und die Farben waren zu einem eintönigen Grau verblichen. Im Haupthaus befanden sich große Empfangsräume – ein Salon, ein Eßzimmer und sogar ein Ballsaal – und im Oberstock geräumige Schlafzimmer, doch war das gesamte Interieur renovierungsbedürftig.

Jay fühlte sich trotz alledem zufrieden, als er von der Veranda aus sein Gut überblickte. Sein Land umfaßte tausend Morgen bebauter Ackerfläche, bewaldete Hügel, muntere Bäche und große Teiche. Und es gehörte ihm – nicht seinem Vater, nicht seiner Familie, sondern ihm allein. Endlich war er Gutsbesitzer aus eigenem Recht.

Jay hoffte auf eine glanzvolle gesellschaftliche Karriere in Virginia. Bis jetzt wußte er noch nicht genau, wie die Kolonialverwaltung funktionierte. Immerhin hatte er schon gehört, daß in Williamsburg eine Abgeordnetenversammlung tagte, die annähernd dem britischen Parlament entsprach. Bei meiner gesellschaftlichen Stellung, dachte er, sollte ich eigentlich für das Abgeordnetenhaus kandidieren können. Jeder sollte wissen, daß Jay Jamisson ein bedeutender Mann war.

Lizzie kam über den Rasen auf ihn zu. Sie ritt Blizzard. Sie reitet ihn nicht schlecht, dachte Jay, fast wie ein Mann. Erst jetzt erkannte er zu seiner Empörung, daß sie im Herrensitz auf dem Pferd saß. Als sie bei ihm ankam und den Hengst zügelte, sagte er: „Du sollst doch nicht so reiten! In Kürze wirst du des Kindes wegen das Reiten ohnehin aufgeben müssen."

„Aber jetzt noch nicht", gab Lizzie strahlend zurück. Sie war im fünften Monat und wollte erst vom sechsten an nicht mehr reiten. Sie wechselte das Thema. „Ich habe mich ein bißchen umgesehen. Das Land ist in besserem Zustand als das Haus. Sowerby ist ein Säufer, aber er hat den Betrieb aufrechterhalten. Wahrscheinlich müssen wir ihm sogar dankbar sein dafür, denn er hat schon seit fast einem Jahr keinen Lohn mehr bekommen."

„Er wird wohl noch ein bißchen warten müssen. Bargeld fehlt an allen Ecken und Enden."

„Dein Vater sagte etwas von fünfzig Farmarbeitern. In Wirklichkeit sind es gerade mal fünfundzwanzig. Ein Glück, daß wir die fünfzehn Sträflinge von der *Rosebud* bekommen haben." Sie ging sofort zum Angriff über. „Ich bedauere sehr, diesen Lennox hier zu sehen. Ich verstehe nicht, was du für einen Narren an dem Mann gefressen hast."

Jays Gefühle gegenüber Lennox waren gemischt. Seit Jay ihn aus dem Laderaum der *Rosebud* befreit hatte, war Lennox stillschweigend davon ausgegangen, daß er auf Mockjack Hall ein Auskommen finden würde, und Jay hatte es nie fertiggebracht, mit ihm darüber zu sprechen. „Sowerby braucht eine rechte Hand", sagte er.

„Lennox hat doch vom Tabakanbau keine Ahnung."

„Das kann er ja noch lernen." Jay hatte keine Lust, mit ihr über Lennox zu diskutieren. „Ich gehe wahrscheinlich in die Politik", sagte er. „Ich würde mich gerne ins Abgeordnetenhaus wählen lassen und frage mich, wie schnell sich das bewerkstelligen läßt."

„Setz dich am besten mit unseren Nachbarn in Verbindung, die können's dir sicher sagen."

Er nickte. „In einem Monat oder so geben wir ein großes Fest, zu dem wir alles einladen, was in und um Fredericksburg Rang und Namen hat."

„Ein Fest?" Lizzies Skepsis war unüberhörbar. „Können wir uns das denn leisten?"

Schon wieder stellte sie eine seiner Entscheidungen in Frage. „Die Finanzen überläßt du mir!" fuhr er sie an. „Selbstverständlich können wir Vorräte und dergleichen auf Kredit einkaufen."

Lizzie hörte noch immer nicht mit ihrer Fragerei auf. „Wäre es nicht besser, wir konzentrierten uns wenigstens die ersten ein, zwei Jahre auf die Pflanzung? Dann steht deine politische Karriere auf einer soliden wirtschaftlichen Grundlage."

„Ich bin doch nicht hierhergekommen, um Bauer zu werden", erwiderte Jay.

DER BALLSAAL war nicht groß, verfügte aber über eine ausreichende Tanzfläche und ein kleines Podest für die Musiker. Rund dreißig Paare, alle in glänzenden Satin gekleidet, tanzten. Zwei Fiedler, ein

Trommler und ein Waldhornbläser spielten ein Menuett. Dutzende von Kerzen erleuchteten die frisch gestrichenen Wände und den Blumenschmuck. Die Gäste spielten Karten, rauchten, tranken und flirteten.

Jay und Lizzie begaben sich vom Ballsaal ins Eßzimmer. Sie lächelten und nickten ihren Gästen freundlich zu. Jay trug einen neuen apfelgrünen Seidenanzug, den er sich kurz vor der Abreise in London gekauft hatte. Lizzie war ganz in Violett gekleidet, ihre Lieblingsfarbe. Jay hatte darauf spekuliert, daß ihre Garderobe die der Gäste ausstechen würde, mußte aber zu seiner Verwunderung feststellen, daß die Virginier sich genauso modisch zu kleiden wußten wie die Londoner. Das Fest hatte ein kleines Vermögen gekostet, war aber ein großer Erfolg: Alles, was Rang und Namen hatte, war erschienen.

Im Speisezimmer standen die nächsten Nachbarn der Jamissons vor dem Kamin und aßen Kuchen. Es waren Colonel Thumson und seine Frau, Bill und Suzy Delahaye sowie die Brüder Armstead, zwei Junggesellen. Die Thumsons gehörten zur höchsten gesellschaftlichen Schicht: Der Colonel war Abgeordneter in der Generalversammlung, ein ernster, ein wenig pompös wirkender Mann. Man sprach über Politik, und Thumson verriet Jay und Lizzie, worum es ging: „Der Gouverneur von Virginia ist vergangenen März gestorben. Wir warten derzeit auf seinen Nachfolger."

Jay spielte den intimen Kenner des Hofgeschehens zu London: „Der König hat Norborne Berkeley, Baron de Botetourt, ernannt. Ich glaube, der Baron hoffte, kurz nach mir abreisen zu können."

„Bis zu seiner Ankunft vertritt ihn der Präsident des Rates", erklärte Thumson.

Jay, der unbedingt zeigen wollte, daß er sich schon sehr gut in der lokalen Politik auskannte, sagte: „Ich glaube, deshalb waren die Abgeordneten so unklug, den Brief aus Massachusetts zu unterstützen." Der fragliche Brief, den die Legislative von Massachusetts an König George geschickt hatte, war ein Protest gegen die Zölle gewesen. Die Generalversammlung von Virginia hatte danach eine Resolution verabschiedet, in der sie diesen Brief ausdrücklich guthieß. Jay und die meisten Londoner Tories hielten sowohl den Brief als auch die Resolution für illoyal gegenüber der Krone.

„Ich glaube nicht, daß die Abgeordneten unklug gehandelt haben", entgegnete Thumson steif.

„Seine Majestät war gewiß dieser Meinung", erwiderte Jay. Er erklärte nicht, woher er das wußte, tat aber so, als habe es ihm der König persönlich mitgeteilt. „Ich bin ziemlich sicher, daß der neue Gouverneur eine Rücknahme der Resolution verlangen wird." Er hatte das noch am Tag seiner Abreise in London gehört.

Bill Delahaye sagte erregt: „Die Abgeordneten werden sich weigern." Suzy, seine hübsche Ehefrau, legte ihm besänftigend die Hand auf den Arm.

„Wenn die Abgeordneten sich weigern, diese Resolution zurückzunehmen, wird der Gouverneur die Versammlung auflösen müssen", meinte Jay.

Armstead schaltete sich ein: „Die Parlamente der Kolonien werden unentwegt aus dem einen oder anderen Grund aufgelöst. Sie versammeln sich dann eben formlos woanders und setzen ihre Arbeit fort."

„Aber unter diesen Umständen fehlt ihnen doch die gesetzliche Grundlage!" protestierte Jay.

„Sie haben nach wie vor die Zustimmung der Regierten", gab Thumson zu bedenken. „Und das reicht ihnen offenbar aus."

Der Gedanke, daß Regierungsautorität aus der Zustimmung der Menschen erwuchs, war für Jay gefährlicher Unsinn. „Wer so redet, würde in London eingesperrt", erklärte er.

„Ganz recht", sagte Thumson sibyllinisch.

Lizzie meldete sich zu Wort. „Haben Sie schon von unserer Obstspeise gekostet, Mrs. Thumson?"

Die Frau des Colonels reagierte mit übertriebener Begeisterung: „O ja, sie ist ausgezeichnet, wirklich delikat!"

„Oh, da ist ja Dr. Finch!" sagte Thumson. „Ich muß ein paar Worte mit ihm wechseln." Er ließ Jay stehen und schloß sich mit seiner Frau einer anderen Gruppe an.

„Sie sind erst kurze Zeit im Lande, Jamisson", meinte Bill Delahaye. „Wenn Sie eine Weile hier leben, werden Sie die Dinge vielleicht etwas anders sehen." Sein Ton war nicht unfreundlich, doch Jay war beleidigt.

„Ich versichere Ihnen, Sir, daß ich in unverbrüchlicher Treue zu meinem Souverän stehe – einerlei, wo zu leben ich mich entschlossen habe."

Delahayes Miene verdüsterte sich. „Ich verstehe", versetzte er und entfernte sich ebenfalls. Seine Frau begleitete ihn.

„Politik und Religion!" sagte Roderick Armstead. „Reden Sie auf einem Fest nie über Politik und Religion!"

GEGEN Mittag kam Jay zum Frühstück herunter. Ihm brummte der Schädel. Lizzie saß unten und aß gebratenen Schinken. Die Haussklaven räumten unterdessen auf und machten sauber.

Ein Brief an Jay war eingetroffen. Jay setzte sich und öffnete den Umschlag; doch ehe er das Schreiben lesen konnte, warf Lizzie ihm einen bösen Blick zu und sagte: „Warum nur, um alles in der Welt, hast du gestern abend diesen Streit vom Zaun gebrochen. Du hast Colonel Thumson praktisch einen Verräter genannt."

„Wie's den Anschein hat, ist er offenbar auch einer."

„Er ist ein bedeutender Landbesitzer, Abgeordneter in der Generalversammlung und Offizier a. D.! Wie, um Himmels willen, kann er ein Verräter sein?"

„Du hast ja gehört, was er von sich gab."

Sarah, die Köchin, kam herein. Jay bestellte Tee und Toast.

Lizzie behielt wie immer das letzte Wort: „Da gibst du ein Heidengeld aus, um unsere Nachbarn kennenzulernen, und schaffst es glänzend, dich bei allen unbeliebt zu machen!"

Jay betrachtete den Brief. Er stammte von einem Rechtsanwalt in Williamsburg.

> 29. August 1768
>
> Sehr geehrter Herr Jamisson,
> Ihr Vater, Sir George Jamisson, hat mich beauftragt, Ihnen zu schreiben. Ich heiße Sie in Virginia willkommen und hoffe, daß wir schon bald das Vergnügen haben werden, Sie hier in der Hauptstadt der Kolonie begrüßen zu können.

Jay war überrascht. Das klang ungewöhnlich rücksichtsvoll für seinen Vater. Wird er jetzt, wo ich so weit weg bin, auf einmal zugänglich? fragte er sich.

> Bis dahin lassen Sie mich bitte wissen, ob ich Ihnen in irgendeiner Weise behilflich sein kann. Ich weiß, daß Sie eine Pflanzung übernommen haben, die in Schwierigkeiten steckt. Erlauben Sie mir, Ihnen für den Fall, daß Sie sich um eine Hypothek bemühen wollen, meine Dienste anzubieten. Ich bin sicher, daß sich problemlos ein Geldgeber finden ließe.
>
> Ich verbleibe, Sir, Ihr demütiger und ergebener Diener
>
> Matthew Murchman

Jay lächelte. Der kommt mir gerade recht, dachte er. Reparatur und Neuausstattung des Hauses sowie das luxuriöse Fest hatten bereits dazu geführt, daß er bei den Kaufleuten der Umgebung bis über beide Ohren verschuldet war. Und Sowerby fragte unentwegt nach Saatgut, neuen Werkzeugen, Kleidung für die Sklaven, nach Seilen, Farben und so weiter. Die Liste war endlos. „Also, über das Geld brauchst du dir keine Sorgen mehr zu machen", sagte er zu Lizzie.

Sie sah ihn skeptisch an.

„Ich fahre nach Williamsburg", erklärte er.

## 11

Jay war in Williamsburg, als Lizzie einen Brief von ihrer Mutter erhielt. Das erste, was ihr auffiel, war der Absender: PFARRHAUS, ST. JOHN'S CHURCH, ABERDEEN. Was treibt Mutter denn in einem Pfarrhaus in Aberdeen? fragte sie sich.

> Meine liebe Tochter!
> So viel habe ich Dir zu erzählen! Bald nach meiner Rückkehr nach High Glen übernahm Dein Schwager Robert Jamisson die Leitung des Guts. Sir George zahlt jetzt meine Hypothekenzinsen, weshalb ich dagegen nichts einwenden kann. Robert ersuchte mich, das große Haus zu räumen und aus Ersparnisgründen in die alte Jagdhütte umzuziehen.

Ohnmächtige Wut überfiel Lizzie. Wie kann Robert es wagen, Mutter aus ihrem eigenen Haus zu werfen? Sie biß die Zähne zusammen und las weiter.

> Als nächstes ließ uns Reverend York wissen, daß er uns verlassen wolle. Fünfzehn Jahre lang war er Pastor in Heugh, und er ist mein ältester Freund. Ich sah ein, daß er das Bedürfnis verspürte, sich zu verändern. Doch nun geschah etwas gänzlich Unerwartetes. Ich erröte, mein Kind, wenn ich Dir jetzt mitteile, daß er um meine Hand anhielt!! Und ich sagte ja!! So sind wir also nun verehelicht und obendrein nach Aberdeen gezogen, von wo aus ich Dir heute schreibe. Wir führen ein ruhiges Leben, und ich bin als Mrs. York glücklicher denn je zuvor...

„Gütiger Himmel!" sagte Lizzie laut. Daß ihre Mutter noch einmal heiraten könnte, war ihr nie in den Sinn gekommen. Dabei sprach im Grunde nichts dagegen; schließlich war Mutter erst vierzig. Was

Lizzie schwer zu schaffen machte, war ein plötzliches Gefühl der Verlorenheit. Sie war stets der Mittelpunkt im Leben ihrer Mutter gewesen. Für Lizzie bedeutete dies, daß sie keine andere Heimat mehr hatte als die Plantage und keine andere Familie mehr als Jay.

Sie legte den Brief in eine Schublade, zog ihren Mantel über und ging hinaus. Die Luft war kühl. Seit ihrer Ankunft auf Mockjack Hall waren zwei Monate vergangen, und es war Mitte Oktober. Lizzie ging über den Rasen hinab zum Fluß. Sie war nun im siebten Monat. Das Reiten hatte sie inzwischen aus Furcht, sie könnte dem Kind damit schaden, aufgegeben.

Dennoch umrundete sie fast täglich die ganze Pflanzung. Sie behielt den Fortgang der Arbeiten genau im Auge, denn Jay zeigte dafür nicht das geringste Interesse. Heute war Sonntag, der freie Tag der Landarbeiter. Da Sowerby und Lennox sich irgendwo anders herumtrieben, konnte sie sich ungestört umsehen.

Die Tabakernte war in der Scheuer, doch ihre Verarbeitung stand noch an. Die Leute verdienen eine Belohnung, dachte Lizzie. Sie haben wirklich hart gearbeitet. Ihr kam der Gedanke, ein Fest für die Plantagenarbeiter zu veranstalten. Sicher, Jay würde wahrscheinlich etwas dagegen haben, aber mit seiner Rückkehr war frühestens in zwei Wochen zu rechnen – Williamsburg lag drei Tagereisen entfernt. Es konnte alles während seiner Abwesenheit über die Bühne gehen.

Sie ging am Ufer des Rappahannock entlang und bedachte ihren Plan von allen Seiten. Lizzie umrundete ein teilweise überspültes Ufergebüsch und blieb abrupt stehen. Im hüfttiefen Wasser stand, den breiten Rücken ihr zugewandt, ein Mann und wusch sich. Es war McAsh.

Lizzie sah ihn nicht zum erstenmal nackt in einem Fluß. Es war jetzt fast ein Jahr her, daß sie ihn mit ihrem Unterrock abgetrocknet hatte. Sie fand, daß er trotz der Entbehrungen der letzten Zeit noch immer die kraftvolle Anmut eines jungen wilden Tieres besaß. Als er sich die Hose anzog, blickte Mack auf, entdeckte Lizzie und erstarrte. Nachdem er den ersten Schreck überwunden hatte, sagte er: „Sie könnten sich vielleicht umdrehen."

„Sie sich vielleicht auch!" erwiderte Lizzie.

„Ich war zuerst hier."

„Und mir gehört das Land!" Es war erstaunlich, wie schnell er sie reizen konnte.

McAsh wirkte nun eher belustigt. „Ich gehöre Ihnen jetzt auch."

Mit einem Schlag war die Spannung verflogen, und sie lachten.

„Ich möchte ein Fest für die Arbeiter der Plantage geben“, sagte sie.

Er streifte sich sein Hemd über. „Was für ein Fest?“

„Was würden Sie vorschlagen?“

Er überlegte. „Das schönste für die Arbeiter wäre ein gutes Essen mit viel Fleisch. Unsere Rationen sind immer sehr dürftig. Alle mögen diese Süßkartoffeln. Und Weizenbrot – es gibt ja sonst nie etwas anderes als dieses grobe Maisbrot.“

„Und was trinken sie am liebsten?“

„Ich an Ihrer Stelle würde ihnen Apfelmost geben oder Bier. Und wie wär's mit ein bißchen Musik?“

Es war richtig lustig, mit Mack ein Fest zu planen. „Gut – aber wer soll spielen?“

„Es gibt da einen freien Neger namens Pepper Jones. Er musiziert in den Schankstuben von Fredericksburg. Sie könnten ihn anheuern. Er spielt Banjo. Ich war einmal da, weil ich Cora gesucht habe.“

„Ich werde mich wegen des Festes besser noch mit Bill Sowerby unterhalten.“

„Ja, wissen Sie denn nicht...“

„Was?“

„Daß Bill Sowerby uns verlassen hat.“

„Verlassen? Was wollen Sie damit sagen?“

„Er ist verschwunden. Vorletzte Nacht.“

Erst jetzt fiel ihr auf, daß sie Sowerby seit zwei Tagen nicht gesehen hatte. „Hat er gesagt, wann er zurückkommt?“

„Ich würde sagen, daß er gar nicht mehr zurückkommt.“

„Warum?“

„Er schuldet Sidney Lennox Geld, eine ganze Menge. Und er kann es nicht zurückzahlen.“

Lizzie war empört. „Und Lennox spielt sich seither als Verwalter auf, wie?“

„Es war bisher nur ein Arbeitstag... Aber es stimmt, ja.“

„Ich will nicht, daß er die Leitung der Plantage übernimmt!“ sagte Lizzie erregt.

„Da sprechen Sie mir aus dem Herzen!“ sagte Mack emphatisch. „Auch die anderen Arbeiter wollen ihn nicht.“

Lizzie runzelte mißtrauisch die Stirn. Jay schuldete Sowerby eine Stange Geld und hatte ihn mit der Rückzahlung bis nach der Tabakernte vertröstet. Wieso hatte der Verwalter nicht einfach gewartet? „Ich denke, daß Lennox Sowerby einfach rausgeekelt hat“, sagte sie.

Mack nickte. „Ich teile Ihre Vermutung.“

„Ich werde sofort mit ihm reden", sagte Lizzie.

„Zur Zeit ist er nicht da. Um diese Zeit am Sonntag geht er immer ins ‚Fährhaus', eine Kaschemme fünf Kilometer flußaufwärts von hier."

„Wollen Sie mich begleiten?" fragte sie.

„Selbstverständlich."

Gemeinsam gingen sie zum Haus hinauf. James, der Stallbursche, tränkte gerade die Pferde. Er und Mack zogen die kleine Kutsche heraus und spannten ein Pferd ein. Lizzie verschwand unterdessen im Haus, um sich einen Hut zu holen.

Über die Straße, die am Flußufer entlangführte, verließen sie die Plantage und erreichten nach einer Weile die Fähre. Das Fährhaus war eine Holzrahmenkonstruktion. Auf Bänken und Stühlen saßen zehn oder zwölf Gestalten. Manche spielten Karten, andere rauchten Pfeife.

Mack folgte Lizzie hinein, blieb aber, das Gesicht im Schatten, an der Tür stehen. Aus dem Hinterzimmer kommend, betrat ein Mann die Schankstube, wischte seine Hände an einem Tuch ab und fragte: „Was darf ich Ihnen bringen, Sir – oh! Eine Lady!"

„Nichts, vielen Dank", sagte Lizzie mit klarer Stimme. Im Raum wurde es schlagartig still. Sie blickte in die Runde. Die meisten Gesichter hatten sich ihr zugewandt. Lennox saß in einer Ecke und beugte sich über einen Würfelbecher mit zwei Würfeln. Auf dem Tischchen vor ihm häuften sich mehrere Stapel mit kleinen Münzen.

Sorgfältig strich er seine Münzen ein und ließ sich Zeit, bis er aufstand und seinen Hut abnahm. „Was führt Sie denn hierher, Mrs. Jamisson?"

„Wo ist Mr. Sowerby?" fragte sie spitz.

„Er ist offenbar abgehauen", antwortete Lennox.

„Warum ist er gegangen?"

„Woher soll ich das wissen?"

„Er hatte Schulden", warf der Wirt ein. „Bei Lennox!"

„Warum hat er sich von Ihnen Geld geborgt?"

„Hat er strenggenommen gar nicht. Er hat es verloren. Beim Spielen."

„Haben Sie ihn daraufhin bedroht?"

„Ich habe mein Geld verlangt", erwiderte Lennox kühl.

„Ich glaube, er hatte Angst vor Ihnen."

Ein böses Lächeln huschte über Lennox' Gesicht. „Das haben viele", sagte er, und der drohende Unterton war kaum zu überhören.

„Lassen Sie mich eines klarstellen", betonte Lizzie. „Ich bin die Herrin dieser Pflanzung, und Sie werden tun, was ich Ihnen sage.

Bis zur Rückkehr meines Gatten übernehme ich die Verwaltung der Plantage. Wenn Mr. Jamisson wieder da ist, wird er bestimmen, wer an Mr. Sowerbys Stelle tritt."

Lennox schüttelte den Kopf. „O nein", sagte er. „Ich bin Sowerbys Stellvertreter. Mr. Jamisson hat mir ausdrücklich aufgetragen, im Falle einer Erkrankung Sowerbys oder falls er sonst irgendwie ausfällt, seine Stelle zu übernehmen. Und er ist es, von dem ich meine Befehle erhalte."

Lizzie hätte vor Zorn schreien können. „Ich warne Sie, Mr. Lennox. Sie täten gut daran, sich an meine Anweisungen zu halten."

„Und wenn ich es nicht tue?" Er grinste und trat einen Schritt auf sie zu. „Wollen Sie mich vielleicht niederschlagen?" Bei diesen Worten hob er die Hand über seinen Kopf. Die Geste mochte nur als Verstärkung dessen, was er gesagt hatte, gelten, ebensogut konnte sie aber auch als Drohung gesehen werden.

Lizzie stieß einen Schreckensschrei aus und machte einen Schritt rückwärts. Plötzlich stand Mack zwischen Lennox und ihr. „Sie haben die Hand gegen eine Frau erhoben, Lennox", sagte er. „Wollen doch mal sehen, ob Sie sich das auch einem Mann gegenüber trauen."

„Sie!" rief Lennox aus. „Ich habe Sie in der Ecke gar nicht erkannt."

„Jetzt wissen Sie, wer ich bin. Was gedenken Sie zu tun?"

„Ich bin nicht hierhergekommen, um mich zu streiten", murmelte Lennox und ging wieder zu seinem Tisch. „Ich kam, um zu würfeln."

Lizzie war genauso wütend und frustriert wie am Anfang. „Gehen wir!" sagte sie zu Mack. Er hielt ihr die Tür auf, und sie gingen hinaus.

Mack setzte das Pferd in Trab und sagte: „Lennox ist rachsüchtig. Ich hätte ihn nicht so demütigen dürfen."

„Wie kann er sich an Ihnen rächen?"

„Da gibt es genug Mittel und Wege. Er ist der Verwalter."

„Ich werde es nicht zulassen", sagte Lizzie entschlossen. Sie runzelte die Stirn und überlegte. Plötzlich hatte sie eine Idee. „Ich weiß etwas: Sie können im Haus arbeiten. Sie können die Reparaturarbeiten hier im Herrenhaus übernehmen. Der Kinderflügel muß von Grund auf renoviert und frisch gestrichen werden."

„Sie ahnen ja gar nicht, was das für eine gute Nachricht ist!"

„Doch, doch. Und es gilt ja auch für mich. Ich fühle mich sicherer, wenn Sie da sind. Sie brauchen ein neues Hemd, eine Weste und Hausschuhe." Lizzie freute sich darauf, Mack neu einzukleiden. „Sie können sofort anfangen."

Ich muss mehr über den Tabakanbau lernen, dachte Lizzie, nachdem sie sich wieder beruhigt hatte. Lennox war drauf und dran, die Leitung der Plantage an sich zu reißen, und es gab nur eine Möglichkeit, ihn in die Schranken zu weisen. Sie mußte besser sein als er und Jay davon auch überzeugen.

Am nächsten Tag ließ sie wieder das Pferd einspannen und fuhr hinüber zur Plantage von Colonel Thumson. Auf dem Weg durch die Pflanzung der Thumsons fiel ihr auf, in welch prächtigem Zustand sie war. Am Anleger standen mehrere Reihen großer Fässer zum Tabaktransport, sogenannte „Schweinsköpfe". Die Sklaven wirkten fleißig und waren körperlich gut in Schuß; die Schuppen waren frisch gestrichen, die Felder vorbildlich gepflegt. Sie erkannte den Colonel schon von weitem. Er stand am anderen Ende einer Weide mit einigen Plantagenarbeitern zusammen und wies sie ein. Jay ließ sich nie auf seinen Feldern blicken und erklärte niemandem etwas.

Mrs. Thumson war eine dicke, freundliche Frau über Fünfzig. Sie schenkte Lizzie Tee ein und erkundigte sich nach dem Verlauf der Schwangerschaft. Lizzie bekannte, daß sie gelegentlich leichte Blutungen gehabt habe; worauf Mrs. Thumson die Stirn runzelte und Lizzie den Rat erteilte, sich doch ein wenig mehr Ruhe zu gönnen.

Kurz darauf gesellte sich der Colonel zu ihnen. Auch er war über Fünfzig, ein hochgewachsener Mann mit schlohweißem Haar und sehr vital für sein Alter. Er drückte ihr ein wenig steif die Hand, doch stimmte sie ihn mit ihrem Lächeln und einem Kompliment sogleich milder: „Woher kommt es, daß Ihre Pflanzung einen wesentlich besseren Eindruck macht als alle anderen hier in der Gegend?"

„Danke für das Kompliment", erwiderte er. „Im wesentlichen liegt es wohl an mir selbst. Bill Delahaye ist immer unterwegs, wissen Sie. Er läßt kein Pferderennen und keinen Hahnenkampf aus. Und John Armstead trinkt lieber, als daß er arbeitet, während sein Bruder die Nachmittage beim Würfel- oder Billardspiel im Fährhaus verbringt."

„Warum haben in letzter Zeit so viele Plantagen Bankrott gemacht?"

„Um das zu verstehen, müssen Sie das Wesen der Tabakpflanze begreifen. Sie laugt den Boden aus, und das hat nach vier, fünf Jahren einen Qualitätsverlust zur Folge. Sie müssen dann etwas anderes anbauen, Weizen oder Mais zum Beispiel, und für den Tabak neues Land finden." Es machte ihm offenbar Spaß, sie zu belehren.

„Da müßte man ja unentwegt roden."

„So ist es. Jeden Winter fällen wir Bäume und gewinnen somit neues Land für den Tabakanbau. Auch auf Mockjack Hall gibt es genug

Wald. Warum probieren Sie es nicht einmal mit Pond Copse? Der Flecken liegt nicht weit von Ihren Trockenschuppen und hat den richtigen Boden. Was mich daran erinnert…" Er sah auf die Uhr, die auf dem Kaminsims stand. „Ich muß meine Schuppen noch inspizieren, bevor es dunkel wird."

Lizzie erhob sich. „Ich muß zurück und mit meinem Verwalter reden", sagte sie.

„Überarbeiten Sie sich nicht, Mrs. Jamisson. Denken Sie an Ihr Kind!"

Lizzie lächelte. „Ich werde große Verschnaufpausen einlegen, das verspreche ich Ihnen."

AM NÄCHSTEN Morgen schickte sie Jimmy zu Lennox und bestellte diesen auf ihr Empfangszimmer.

„Wir werden Pond Copse roden, damit wir im Frühjahr neue Tabakfelder anlegen können", sagte sie, „und ich möchte, daß schon heute damit begonnen wird."

Damit hatte Lennox nicht gerechnet. „Warum?" fragte er.

„Tabakfarmer müssen den Winter dazu nutzen, neue Anbauflächen zu erschließen. Es ist dies die einzige Möglichkeit, kontinuierlich hohe Erträge zu erwirtschaften. Der Tabakanbau laugt das Land aus."

„Ach so!" erwiderte Lennox. „Aber deswegen treiben wir über Nacht Vieh auf die Tabakfelder. So wird der Boden gedüngt und auf die nächste Saison vorbereitet."

Lizzie zog die Brauen zusammen. Über Düngung hatte Thumson kein Wort verloren. „Ich weiß nicht…"

Ihr Zögern war fatal.

„Solche Dinge sind ohnehin Männersache", erklärte Lennox. „Wenn Sie das System ändern wollen, dann müssen Sie sich an Mr. Jamisson wenden."

Sie gönnte Lennox keinen Triumph, nicht einmal einen vorübergehenden. Aber es stimmte: Sie mußte warten, bis Jay wieder da war.

„Sie können jetzt gehen!" sagte sie gereizt.

Mit einem selbstzufriedenen Lächeln im Gesicht verließ Lennox das Empfangszimmer.

Den Rest des Tages zwang Lizzie sich zur Ruhe, doch am nächsten Vormittag machte sie wieder ihren gewohnten Gang über die Pflanzung.

Die Haussklaven waren zunächst ein wenig ungehalten, als sie von dem geplanten Fest erfuhren. Sie sahen auf die Feldarbeiter herab. Lizzie munterte sie auf, so daß sie am Ende doch ganz eifrig bei der Sache waren.

Am Samstag abend bereitete die Küchenbelegschaft das Festessen vor. Pepper Jones, der Banjospieler, war gegen Mittag sturzbetrunken auf Mockjack Hall eingetroffen. McAsh hatte ihm literweise Tee eingeflößt und ihn dann in eine Gästehütte gebracht, wo er seinen Rausch ausschlafen konnte. Inzwischen war er wieder halbwegs nüchtern.

Als es dunkel wurde, war alles fertig. Ein frisches Faß Most war angezapft; über dem offenen Feuer schmorten fette Schinken; in großen Wasserkesseln kochten Hunderte von Süßkartoffeln, und lange Vierpfünder-Weißbrotlaibe warteten darauf, in Scheiben geschnitten zu werden. Ungeduldig lief Lizzie auf und ab und wartete auf die Heimkehr der Sklaven.

Als der Mond aufging, kamen die alten Frauen mit Säuglingen auf dem Arm und Kleinkindern, die ihnen hinterherliefen, aus ihren Quartieren. Wahrscheinlich haben sie heute auf den entlegensten Feldern gearbeitet und brauchen deswegen so lange, dachte sie.

Als es schon über eine Stunde finster war, rang sich Lizzie zu der Erkenntnis durch, daß etwas schiefgegangen sein mußte. Verärgert ließ sie McAsh zu sich kommen und sagte: „Bringen Sie Lennox zu mir!"

Wieder verging fast eine geschlagene Stunde. Dann kehrte McAsh mit Lennox zurück. Der Verwalter hatte offensichtlich, wie jeden Abend, schon zu saufen begonnen. „Wo sind die Feldarbeiter?" fragte sie in forderndem Ton. „Sie müßten längst hiersein!"

„Ach ja?" antwortete Lennox langsam und überlegt. „Das war heute leider nicht möglich. Sie haben heute in Stafford Park Faßholz geschnitten." Stafford Park lag fünfzehn Kilometer weiter flußaufwärts. „Die Arbeit wird einige Tage in Anspruch nehmen. Wir haben deshalb an Ort und Stelle ein Lager eingerichtet. Die Arbeiter werden dort bleiben, bis wir fertig sind. Kobe ist bei ihnen."

Die reine Sabotage, dachte Lizzie. Doch solange Jay nicht im Hause war, konnte sie nichts ausrichten.

Lennox betrachtete die Speisen, die auf einfachen Tapeziertischen bereitstanden. „Wirklich schade drum", sagte er mit kaum verhohlener Freude und riß mit schmutziger Hand ein deftiges Stück Fleisch von einem Braten.

Ohne nachzudenken, packte Lizzie eine lange Tranchiergabel und stach sie Lennox in den Handrücken. „Loslassen!"

Er schrie auf vor Schmerz und ließ das Fleisch fallen. „Bist du wahnsinnig geworden, du blöde Kuh?“ kreischte er.

„Raus jetzt!“ schrie Lizzie. „Und kommen Sie mir nicht mehr unter die Augen, bevor mein Mann wieder da ist!“

Sie spürte, wie sich ihre Augen mit Tränen füllten. Da sie vor dem Personal nicht weinen wollte, drehte sie sich um und lief ins Haus. Kaum hatte sie die Tür des kleinen Salons hinter sich geschlossen, begann sie vor Wut und Verzweiflung zu schluchzen. Kurz darauf hörte sie, daß die Tür geöffnet wurde. „Es tut mir sehr leid“, sagte Mack.

Sein Mitgefühl öffnete alle Schleusen. Sekunden später spürte sie, wie er seine Arme um sie legte. Es war ungemein trostreich. Sie legte den Kopf auf seine Schulter und weinte und weinte. Mack strich ihr über das Haar und küßte ihr die Tränen vom Gesicht. Allmählich beruhigte sie sich, und ihr Kummer wich.

Dann kam ihr schlagartig zu Bewußtsein, was sie tat.

Entsetzt befreite sie sich aus seiner Umarmung. Ich bin eine verheiratete, im siebten Monat schwangere Frau und lasse mich von einem Dienstboten küssen! „Was ist nur in mich gefahren?“ fragte sie ungläubig.

„Gar nichts“, entgegnete er.

„Doch, ich fürchte schon“, sagte sie. „Und nun gehen Sie!“

Mit trauriger Miene drehte Mack sich um und verließ das Zimmer.

Es war Sonntag. Mack hatte seine neuen Kleider angezogen und war nach Fredericksburg gegangen. Pepper Jones, der im Sklavenquartier übernachtet hatte, begleitete ihn und trug sein Banjo mit sich.

Pepper war ein dünner, energischer Mann von ungefähr fünfzig Jahren. „Wieso bist du frei?“ fragte ihn Mack.

„Bin schon frei geboren“, erwiderte er. „Meine Mutter war eine Weiße. Mein Daddy war davongelaufen und wurde schon vor meiner Geburt wieder eingefangen. Ich habe ihn nie kennengelernt.“

„Stimmt das eigentlich, was Kobe immer sagt – daß alle entsprungenen Sklaven wieder geschnappt werden?“

Pepper lachte. „Ach was! Die meisten schon, da hat er recht, aber die stellen sich ja auch furchtbar dämlich an.“

„Und wenn man sich nicht dämlich anstellt?“

Pepper zuckte mit den Achseln. „Leicht ist’s nicht. Wenn du fortläufst, setzt dein Herr eine Anzeige mit deiner Beschreibung in die Zeitung. Du mußt ja von irgend etwas leben. Brauchst also einen Job, wenn du die Kolonien nicht verläßt. Und der Mann, der dich einstellen will, hat wahrscheinlich die Zeitung gelesen."

Mack überlegte. „Du sagtest, ‚wenn du die Kolonien nicht verläßt'. Was hast du damit gemeint?"

„Westlich von hier sind die Berge, und jenseits der Berge ist die reine Wildnis. Da gibt es keine Zeitungen und keine Sheriffs."

Mack hatte sich schon mit vielen Leuten über die große Wildnis unterhalten, doch Pepper war der erste, dessen Auskunft ihm verläßlich erschien. „Also kann man jenseits der Berge spurlos verschwinden, oder?"

„Ja, das stimmt. Aber man kann dort auch von den Indianern skalpiert oder von einem Berglöwen gefressen werden. Am ehesten wird man dort aber wohl den Hungertod erleiden."

„Einige haben aber auch Erfolg, oder?"

„Ja, es muß wohl auch solche geben, sonst gäbe es so ein Land wie Amerika gar nicht."

„Im Westen also", sagte Mack nachdenklich. „Wie weit ist es denn bis zu den Bergen?"

„Na, so ungefähr hundertfünfzig Kilometer, heißt es."

In der Stadt herrschte großes Gedränge. Mack und Pepper gingen in die Kneipe von Whitey Jones. Mack hatte kein Geld, doch Pepper, der von Lizzie bezahlt worden war, spendierte ihm einen Krug Ale.

„He, Whitey!" rief Pepper, während sie beieinandersaßen. „Ist dir jemals einer über den Weg gelaufen, der weiß, wie's hinter den Bergen aussieht?"

„Aber sicher!" erwiderte der Wirt. „Hier war mal ein Fallensteller, der sich da auskennt. ‚Hinter den Bergen', sagte er, ‚liegen die besten Jagdgründe der Welt.'"

„Hat er erzählt, wie man dahin kommt?" fragte Mack. „Auf welchem Weg, meine ich."

„Ja, da muß so 'ne Art Paß sein. Cumberland Gap heißt er."

„Cumberland Gap", wiederholte Mack.

„Übrigens, Mack", sagte Whitey, „du hast dich doch mal nach einem weißen Mädchen namens Cora erkundigt, oder?"

Macks Herz schlug schneller. „Ja, das stimmt. Hast du was von ihr gehört?"

„Nein, ich hab sie gesehen! Jetzt weiß ich endlich, warum du so scharf auf sie bist!" Er verdrehte die Augen. „Unten am Fluß. Sie trug einen grünen Mantel und nahm die Fähre nach Falmouth."

Mack lächelte. Der Mantel und die Tatsache, daß Cora die Fähre nahm, anstatt die Furt zu durchwaten, sprachen dafür, daß sie wieder festen Boden unter den Füßen hatte. „Woran hast du sie erkannt?" fragte er.

„Der Fährmann nannte sie beim Namen."

Mack trank sein Bier aus. „Ich werde Cora finden", sagte er. „Pepper, danke fürs Bier!"

„Viel Glück!"

FREDERICKSBURG war knapp unterhalb der Schiffbarkeitsgrenze des Rappahannock errichtet worden. Mack ging zur Furt, wo der Fluß so seicht war, daß man ihn durchwaten konnte. Er war sehr aufgeregt. Wer Cora wohl gekauft hatte? Und wie lebte sie? Ob sie wußte, was aus Peg geworden war? Sobald er die beiden gefunden und damit sein Versprechen erfüllt hatte, konnte er Fluchtpläne schmieden.

Falmouth war eine Miniaturausgabe von Fredericksburg. Die Docks, die Lagerhäuser, die Schenken und die Holzhäuser sahen genauso aus wie dort. Er betrat die erstbeste Schenke und sprach den Wirt an: „Ich suche eine junge Frau namens Cora Higgins."

„Cora? Sie wohnt in dem weißen Haus an der nächsten Straßenecke." Der Mann zog eine Uhr aus der Westentasche und sah nach der Zeit. „Sie wird jetzt wohl in der Kirche sein", sagte er.

„Ich habe die Kirche schon gesehen. Ich gehe gleich hin."

In London ist Cora nie in die Kirche gegangen, dachte Mack beim Hinausgehen. Wahrscheinlich zwingt sie ihr Besitzer dazu. Er überquerte die Straße und begab sich zu der kleinen Holzkirche.

Der Gottesdienst war gerade zu Ende, und die Gläubigen, alle im feinen Sonntagsstaat, kamen heraus.

Mack erkannte Cora sofort. Er strahlte über das ganze Gesicht. Das war die alte Cora – mit reiner Haut, schimmerndem Haar und wohlgerundeter Figur. Und sie war genauso gut gekleidet wie eh und je: Sie trug einen dunkelbraunen Mantel, einen Wollrock und teure Stiefel. Cora unterhielt sich angeregt mit einer alten Frau, die sich auf einen Stock stützte. Als er auf sie zukam, brach sie das Gespräch jäh ab. „Mack!" rief sie freudig aus. „Welch ein Wunder!"

Er breitete die Arme aus, um sie an sich zu drücken, doch Cora streckte ihm die Hand entgegen.

Mit beiden Händen ergriff er sie und sagte: „Du siehst prächtig aus!"

„Wie ist es dir ergangen?" fragte sie und entzog ihm ihre Hand.

„Ich bin auf der Plantage der Jamissons gelandet. Hast du etwas von Peg gehört?“

„Bates und Makepiece, die beiden Seelentreiber, haben sie mitgenommen.“

Das war eine Enttäuschung. „Verdammt! Es wird nicht leicht sein, sie zu finden. Und wer hat dich gekauft? So, wie du aussiehst, muß es ein anständiger Kerl sein.“

In diesem Augenblick kam ein rundlicher, teuer gekleideter Mann über Fünfzig auf sie zu, und Cora sagte: „Das ist er. Alexander Rowley, der Tabakhändler.“

Rowley gab der alten Frau die Hand und wechselte ein paar Worte mit ihr. Dann wandte er sich Mack zu.

„Darf ich vorstellen?“ sagte Cora. „Das ist Malachi McAsh, ein alter Freund von mir aus London. Mack, das ist Mr. Rowley, mein Mann.“

Sprachlos starrte Mack sie an. Besitzergreifend legte Rowley Cora den Arm um die Schultern, während er mit der freien Hand Mack begrüßte. „Wie geht es Ihnen, McAsh?“ fragte er, ehe er Cora, ohne ein weiteres Wort zu verlieren, mit sich fortzog.

Warum auch nicht? dachte Mack, als er nach Mockjack Hall zurücktrottete. Cora konnte nicht wissen, ob sie mich je wiedersehen würde. Rowley hatte sie gekauft, und Cora hatte schon gewußt, wie sie ihn um den Finger wickelte. Obwohl er Cora verstehen konnte, war er enttäuscht. In einem Anfall heilloser Panik hatte sie ihm das Versprechen abgerungen, sie zu suchen – doch kaum hatte sich ihr die Chance auf ein angenehmes Leben geboten, war Mack auch schon vergessen gewesen.

## 12

Williamsburg war klein, aber grandios. Die Duke of Gloucester Street in der Stadtmitte war über dreißig Meter breit. Am einen Ende stand das Parlamentsgebäude und am anderen das College of William and Mary. Es gab ein Theater und mehrere Läden, in denen silberne Kerzenhalter und Eßtische aus Mahagoni hergestellt und verkauft wurden. Jay stieg in der „Raleigh Tavern“ ab, einem niedrigen, weißgestrichenen Schindelbau mit Gästezimmern unter dem Dach.

Er mußte sich drei Tage gedulden, bis er bei Baron de Botetourt einen Termin bekam. Und als die Einladung endlich eintraf, bezog sie sich auf einen großen Empfang mit fünfzig weiteren Gästen. Dem neuen Gouverneur mußte offenbar noch klargemacht werden, daß Jay Jamisson in dieser feindseligen Umgebung ein wichtiger Verbündeter für ihn war.

Der Palast lag am Ende einer langen Zufahrt, die exakt in der Mitte der Duke of Gloucester Street gen Norden abzweigte. Unglücklicherweise entpuppte sich Botetourt als das genaue Gegenteil von dem, was Jay sich erhofft hatte. Virginia brauchte einen harten, strengen Gouverneur, der die aufrührerischen Pflanzer das Fürchten lehrte. Botetourt dagegen war ein dicker, freundlicher Mann mit dem Gehabe eines Winzers, der seine Kunden zur Weinprobe willkommen heißt.

Jay beobachtete ihn, als er in dem langen Ballsaal seine Gäste empfing. Auch Bill Delahaye war anwesend. Er begrüßte Jay mit Handschlag. „Was halten Sie von unserem neuen Gouverneur?"

„Ich bezweifle, daß ihm klar ist, was auf ihn zukommt", sagte Jay.

„Vielleicht ist er klüger, als er aussieht", erwiderte Delahaye.

„Hoffentlich!"

Erst gegen Ende des Empfangs – die ersten Gäste verabschiedeten sich bereits und verließen den Palast durch die Tür, die in den Garten hinausführte – drang Jay zu Gouverneur Botetourt vor. Er nahm ihn beim Ärmel und sagte mit gesenkter Stimme: „Ich möchte Ihnen versichern, daß ich absolut loyal zu Ihnen und der Krone stehe. Ich muß schon sagen, daß ich die politische Einstellung der führenden Männer dieser Kolonie empörend finde. Wann immer Sie bereit sind, den Verrätern den Garaus zu machen – ich stehe auf Ihrer Seite."

Botetourt bedachte Jay mit einem strengen Blick. „Sehr freundlich", antwortete der Gouverneur, „aber hoffen wir, daß es solch rigoroser Methoden gar nicht erst bedarf. Ich halte mehr von Verhandlungen und Überzeugungsarbeit – die Ergebnisse sind dauerhafter, nicht wahr?"

Überzeugen und Verhandeln, dachte Jay, während er in den Garten hinausging. Zu Delahaye sagte er: „Ich frage mich, wie lange er braucht, bis er begriffen hat, was hierzulande vorgeht."

„Ich glaube, das hat er schon", gab Delahaye zurück. „Er hält bloß nichts davon, die Zähne zu zeigen, bevor er zubeißt."

Schon tags darauf löste der liebenswürdige neue Gouverneur die Generalversammlung auf.

MATTHEW MURCHMAN wohnte in einem grüngestrichenen Schindelhaus an der Duke of Gloucester Street. Seine Geschäfte wickelte er im vorderen Empfangszimmer ab, umgeben von Gesetzbüchern.

Jay unterschrieb die Hypothek auf die Plantage. Die Kreditsumme empfand er als Enttäuschung: nur vierhundert Pfund Sterling! „Wer ist der Kreditgeber?“ fragte Jay.

„Ein Syndikat, Hauptmann Jamisson. So laufen die Dinge eben heutzutage. Gibt es irgendwelche Verbindlichkeiten, die ich sofort begleichen soll?“

Jay hatte ein ganzes Bündel Rechnungen mitgebracht, die seit seiner Ankunft in Virginia vor beinahe drei Monaten aufgelaufen waren. Er reichte sie Murchman, der sie rasch durchsah und dann sagte: „An die hundert Pfund. Bevor Sie die Stadt verlassen, werde ich Ihnen Quittungen dafür geben. Und lassen Sie es mich wissen, wenn Sie etwas zu kaufen wünschen, solange Sie noch hier sind.“

„Wahrscheinlich werde ich das“, erwiderte Jay. „Ein Mr. Smythe bietet eine Kutsche und ein schönes Paar Grauer zum Verkauf. Außerdem brauche ich zwei oder drei neue Sklavinnen.“

„Ich werde bekanntmachen, daß Ihre Rechnungen mir zugeleitet werden.“

ALS JAY wieder auf Mockjack Hall eintraf, war von den vierhundert Pfund nicht mehr viel übrig. Er hatte beim Kartenspiel verloren und vier Sklavenmädchen gekauft. Außerdem war es ihm nicht gelungen, bei Mr. Smythe den Kaufpreis für Kutsche und Pferde herunterzuhandeln. Immerhin war der Erlös für seine erste Tabakernte fällig; damit ließen sich dann die ausstehenden Rechnungen bezahlen.

Er befürchtete, daß Lizzie ihm den Kauf der Kutsche übelnehmen könnte, doch zu seiner Erleichterung ging sie fast kommentarlos darüber hinweg. Sie hatte offenkundig etwas anderes auf dem Herzen, und sie brannte darauf, es ihm zu erzählen. Er hatte sie kaum geküßt, als sie auch schon mit der Neuigkeit herausplatzte: „Bill Sowerby ist verschwunden.“

„Wirklich?“ Jay war überrascht; der Mann war ohne seinen Lohn gegangen. „Gut, daß wir Lennox haben, der nach dem Rechten sehen kann.“

„Ich glaube, Lennox hat ihn fortgetrieben. Anscheinend hat Sowerby beim Kartenspiel verloren und schuldet ihm nun eine Menge Geld.“

„Lennox ist ein guter Spieler.“

Sie standen noch auf der Veranda. „Du mußt dafür sorgen, daß Lennox verschwindet, Jay!“ erklärte Lizzie.

„Ich sehe nicht ein, weshalb ...“

„Er ist ein brutaler Kerl, aber das ist nicht der einzige Grund. Von der Landwirtschaft versteht er nichts und vom Tabak noch weniger. Das schlimmste ist jedoch, daß er nichts dazulernen will."

„Und wer soll dann die Leitung der Pflanzung übernehmen?"

„Wir gemeinsam."

„Ich will aber kein Bauer sein!"

„Dann überlaß die Verwaltung mir."

Jay nickte. „Du hast das alles inszeniert, um das Heft in die Hand zu kriegen, wie?"

Lizzie reagierte ganz ruhig. „Das unterstellst du mir also? Sag einmal, warum hast du mich eigentlich geheiratet?"

„Damals warst du noch hübsch", sagte er.

Lizzies Augen sprühten Feuer, aber sie sagte kein Wort, sondern drehte sich einfach um und ging ins Haus.

Kurz darauf folgte er ihr. Zu seiner Überraschung erblickte er McAsh in der Halle in Weste und Hausschuhen. Er fand Lizzie im Salon. „Was treibt McAsh hier im Haus?"

„Ich habe ihn mit den Reparaturarbeiten beauftragt. Er hat schon das Kinderzimmer gestrichen."

„Ich will diesen Kerl nicht in meinem Haus haben."

Ihre Reaktion warf ihn fast um. „Du wirst ihn ertragen müssen!" blaffte sie. „Solange Lennox hier herumstreicht, weigere ich mich, allein im Haus zu bleiben, verstanden? Und wenn McAsh geht, gehe ich auch!" Sie stürmte aus dem Zimmer.

„Schon gut!" sagte Jay zu der mit Vehemenz ins Schloß fallenden Tür.

Auf der Anrichte lag ein ungeöffneter Brief, der an ihn adressiert war. Er nahm ihn auf, erkannte die Handschrift seiner Mutter, setzte sich ans Fenster und öffnete den Umschlag.

Mein lieber Sohn,

die neue Grube auf High Glen ist nach dem Unfall wieder hergerichtet, und die Kohlenförderung wurde wiederaufgenommen. Robert hat mehrere Wochen dort verbracht, die beiden Güter konsolidiert und alles so arrangiert, daß sie nun wie ein einziger Besitz geleitet werden können.

Ich habe Deinem Vater gesagt, Du solltest einen Anteil an der Kohle bekommen, zumal das Land Dir gehört. Seine Antwort lautete, er zahle schließlich die Hypothekenzinsen. Ausschlaggebend war aber, wie ich denke, die Art, wie Du Dir die besten Sträflinge von der *Rosebud* angeeignet hast. Dein Vater schäumte vor Wut. Robert ist übrigens nach Barbados abgereist. Warum, weiß ich nicht genau. Mein Gefühl sagt mir, daß er etwas gegen Dich im Schilde führt. Er ist einfallsreich und rücksichtslos. Bleibe stets wachsam, mein Sohn.

Nachdenklich legte Jay den Brief beiseite. Er hielt die Befürchtungen seiner Mutter für etwas übertrieben. Barbados war weit, weit weg. Und selbst dann, wenn Robert nach Virginia käme, so gab es doch nichts, was er ihm, Jay, jetzt noch antun konnte, oder?

Im alten Kinderflügel des Hauses fand Mack eine Landkarte in einer alten Truhe, in der lauter angeschimmelte Bücher lagen. Er breitete sie aus und betrachtete sie. Es war eine Karte von Virginia.

Aufgeregt nahm er alle Informationen in sich auf und dachte voller Begeisterung: diese Karte ist mein Schlüssel zur Freiheit. Er entdeckte, daß der Rappahannock nur einer von mehreren Flüssen war, die Virginia von den Bergen im Westen bis zur Chesapeake Bay im Osten durchflossen. Er fand Fredericksburg am Südufer des Rappahannock. Die Entfernungen waren nicht abzuschätzen, doch Pepper Jones hatte gesagt, bis zu den Bergen seien es hundertfünfzig Kilometer. Wenn die Karte stimmte, so waren es noch einmal so viele bis zur anderen Seite des Gebirges. Ganz tief im Süden, dort wo der Cumberland River entsprang, fand er eine Stelle, die entfernt an einen Paß erinnerte.

Und da fiel ihm wieder ein, was Whitey von der Cumberland-Schlucht erzählt hatte. Das war der Weg hinaus! Es war ein weiter Weg. Doch jenseits dieses Gebirges konnte man ein freier Mann sein!

Mack faltete die Karte sorgfältig zusammen und verstaute sie wieder in der Truhe. Wenn ich doch nur Peg ausfindig machen könnte, dachte er, während er das Zimmer ausfegte. Bevor ich verschwinde, muß ich herausfinden, wo sie ist und wie es ihr geht.

Es wurde zu dunkel zum Arbeiten. Mack verließ den Kinderflügel und ging die Treppe hinunter. Als er vor die Tür trat, kam eine Gruppe aufgeregter Sklaven auf ihn zu. Die Leute scharten sich um Kobe, der eine Frau auf den Armen trug. Es war Bess, eine junge Sklavin. Ihre Augen waren geschlossen, und ihr Kittel war blutverschmiert.

Mack hielt die Tür auf und folgte Kobe dann ins Haus. Die Jamissons sitzen sicher beim Tee im Eßzimmer, dachte Mack. „Leg sie in den kleinen Salon! Ich hole unterdessen Mrs. Jamisson", sagte er.

„In den kleinen Salon?" fragte Kobe ungläubig.

Es war, außer dem Eßzimmer, der einzige Raum, in dem ein Feuer brannte. „Vertrau mir – Mrs. Jamisson würde es so wollen“, entgegnete Mack.

Er klopfte an der Eßzimmertür und trat ein. Lizzie und Jay saßen an einem kleinen runden Tisch, in dessen Mitte ein Kandelaber stand und ihre Gesichter erhellte. Sie aß Rosinen, während Jay Nüsse knackte. Mack wandte sich an Lizzie. „Bess hatte einen Unfall – Kobe hat sie in den kleinen Salon gelegt.“

„Ich komme sofort!“ erklärte Lizzie und schob ihren Stuhl zurück.

„Paß bloß auf, daß der gelbe Seidenbezug keine Blutflecke kriegt!“ schimpfte Jay.

Mack hielt die Tür auf und folgte Lizzie hinaus.

Im kleinen Salon angekommen, beugte Lizzie sich über das verletzte Mädchen. „Was ist passiert?“

„Sie hat sich geschnitten“, antwortete Kobe. „Sie hat mit einer Machete auf ein Seil eingehackt. Die Klinge ist abgeglitten und hat ihr den Bauch aufgeschlitzt.“

Lizzie vergrößerte den Riß im Kittel der Verletzten. Es sah schlimm aus. Bess blutete stark, und der Schnitt war offenbar ziemlich tief. „Einer von euch geht in die Küche und bringt mir saubere Tücher und eine Schüssel warmes Wasser.“

Mack bewunderte ihre Entschlossenheit. „Ich gehe“, erklärte er.

Kurz darauf war er wieder im kleinen Salon. Lizzie tauchte ein Tuch ins Wasser und wusch das Blut von der Haut. Je deutlicher die Wunde zu sehen war, desto schlimmer sah sie aus.

„Das kann ich nicht allein behandeln“, sagte Lizzie. „Sie braucht einen Arzt.“

Jay kam ins Zimmer, warf einen Blick auf die Verletzte und wurde blaß.

„Ich werde nach Dr. Finch senden müssen“, sagte Lizzie zu ihm.

„Wie du willst“, gab er zurück. „Ich gehe zum Fährhaus.“

Lizzies Blick ging von Kobe zu Mack. „Einer von euch muß sofort nach Fredericksburg reiten!“

„Das mache ich“, bot Kobe an. „Mack ist kein guter Reiter.“

FREDERICKSBURG lag fünfzehn Kilometer entfernt, doch Kobe kannte den Weg, und so war er nach zwei Stunden schon wieder zurück.

Als er den kleinen Salon betrat, wirkte er außer sich vor Zorn. Mack hatte ihn noch nie so wütend gesehen. „Dr. Finch ist so spät am Abend nicht bereit, wegen eines Negermädchens das Haus zu verlassen“, sagte Kobe mit bebender Stimme.

„Der Teufel hole diesen Idioten!“ entfuhr es Lizzie.

Alle wandten sich Bess zu. Ihre Haut war mit Schweißperlen bedeckt, ihr Atem nur noch ein Röcheln. Der gelbe Seidenbezug des Sofas war dunkelrot von ihrem Blut. Sie lag offenkundig im Sterben.

„Wenn der Arzt nicht kommen will, müssen wir sie eben zu ihm bringen“, sagte Lizzie entschlossen. „Wir legen sie in den Pferdewagen. Kobe, hol die Matratze aus meinem Bett, und leg sie hinten in den Wagen! Wir werden Bess darauf betten. Und bring auch Decken mit!“

Mack rannte in den Stall und spannte das Pferd ein. In der Küche holte er sich ein Kienholz und zündete damit die Laternen des Wagens an. Als er vor der Veranda vorfuhr, wartete Kobe bereits auf ihn.

Während Kobe die Matratze in den Einspänner bugsierte, ging Mack ins Haus. Lizzie zog sich gerade ihren Mantel an. „Kommen Sie etwa mit?“ fragte Mack. „Glauben Sie, daß Ihnen das in Ihrem Zustand bekommt?“

„Ich fürchte, dieser verdammte Arzt wird sich weigern, Bess zu behandeln, wenn ich nicht dabei bin.“

Mack hob Bess vorsichtig auf, trug sie hinaus und legte sie behutsam auf die Matratze. Lizzie stieg auf und ließ sich neben Bess nieder, um den Kopf des Mädchens in den Armen zu halten.

Der Weg war steinig und voller Furchen, so daß das Gefährt oft ins Schwanken geriet. Mack fürchtete, die Rüttelei könne Bess schaden, doch Lizzie trieb ihn immer wieder an: „Schneller! Fahren Sie schneller!“

Zur Zeit des Nachtessens erreichten sie Fredericksburg. Mack hielt vor Dr. Finchs Wohnhaus. Lizzie ging zur Tür, während Mack Bess in ihre Decken wickelte und vorsichtig aufhob. Sie war bewußtlos.

Die Tür wurde von Mrs. Finch geöffnet, einer mausgrauen Frau über Vierzig. Sie führte Lizzie ins Sprechzimmer, und Mack folgte ihr mit Bess. Der Doktor, ein beleibter Mann mit sehr bestimmtem Auftreten, konnte sein schlechtes Gewissen kaum verbergen, als ihm klar wurde, daß er durch seine Weigerung, eine Patientin zu besuchen, eine hochschwangere Frau zu einer langen Nachtfahrt genötigt hatte. Nachdem er sich die Wunde angesehen hatte, bat er Lizzie, es sich im Eßzimmer gemütlich zu machen. Mack begleitete sie hinaus.

Mit großer Vorsicht ließ Lizzie sich auf einen Stuhl gleiten. „Was ist?“ fragte Mack.

„Die Fahrt ist mir nicht gut bekommen. Ich habe gräßliche Rückenschmerzen. Was glauben Sie, Mack, wird Bess wieder gesund?“

„Ich weiß es nicht. Sie ist nicht sehr robust.“

Schließlich kam Dr. Finch herein. „Es ist eine böse Wunde“, meinte er, „ aber sie ist noch jung und wird es überstehen.“

„Gott sei Dank“, sagte Lizzie.

Der Doktor nickte. „Heute nacht darf sie nicht mehr reisen. Sie kann hier schlafen. Morgen können Sie sie holen lassen. Wenn sich die Wunde geschlossen hat, ziehe ich die Fäden.“

Kurze Zeit später waren sie wieder unterwegs. Solange sie noch durch die Stadt fuhren, saß Lizzie neben Mack auf dem Kutschbock. Kaum hatten sie jedoch die letzten Häuser hinter sich gelassen, legte sie sich auf die Matratze.

Mack fuhr langsam. Von Zeit zu Zeit warf er einen Blick über die Schulter. Lizzie war ruhelos, wälzte sich von einer Seite zur anderen und murmelte im Schlaf.

Sie fuhren gerade durch ein Stück Ödland, als die Stille der Nacht von einem Schrei zerrissen wurde. Es war Lizzie. Mack zerrte an den Zügeln. Noch bevor das Pferd richtig stand, war er bei ihr. Er legte einen Arm um ihre Schultern und hob sie ein wenig an.

„O Mack, es tut so weh!“ weinte sie. „Ich glaube, das Baby kommt.“

„Aber es ist doch noch gar nicht soweit...“

„Noch zwei Monate.“

Mack kannte sich in diesen Dingen nur wenig aus, aber er nahm an, daß die Geburt durch die Erschütterungen auf der Fahrt nach Fredericksburg ausgelöst worden war. „Soll ich weiterfahren? Wieviel Zeit bleibt uns?“

Sie stöhnte laut und anhaltend, dann sagte sie: „Nicht mehr viel. Ich glaube, die Rückenschmerzen, die ich vorhin hatte, waren Wehen. Das Fruchtwasser ist schon abgegangen.“

Mack hielt den großen Fleck auf der Matratze fur Blut, behielt es aber für sich.

Als der Schmerz vorüber war, zitterte sie. Mack bedeckte sie mit seinem Pelz. „Du kannst deinen Umhang zurückhaben“, bot er an, und sie lächelte schwach, bevor die nächste Wehe begann.

Als sie wieder sprechen konnte, sagte sie: „Du mußt das Baby in Empfang nehmen, wenn es herauskommt.“

Er kniete zu ihren Füßen nieder und schlug ihre Röcke hoch. Ihre Unterhosen waren klitschnaß. Er zog sie ihr aus. Lizzie hob die Beine und drückte die Füße haltsuchend gegen seine Schultern.

Das Kind kam sehr schnell. Plötzlich stöhnte Lizzie laut auf, und zwischen ihren Beinen regte sich etwas. Mack schob seine zitternden Hände darunter und spürte etwas Warmes, Schlüpfriges auf dem Weg in die Außenwelt. Schon einen Augenblick später hielt er den Kopf des Babys in den Händen. Lizzie schien sich eine Minute lang auszuruhen, dann begann sie erneut zu pressen. Mack legte die andere Hand unter die winzigen Schultern, die sich ihren Weg in die Welt bahnten. Kurz darauf erschien auch der Rest des kleinen Körpers.

Mack hielt ihn in den Händen und starrte ihn an: die geschlossenen Augen, das dunkle Haar auf dem Köpfchen, die zierlichen Glieder. „Es ist ein Mädchen", sagte er.

„Sie muß schreien!" drängte Lizzie

Mack drehte die Kleine um und versetzte ihr einen heftigen Klaps auf den Po. Nichts.

Die winzige Brust lag in seiner Handfläche. Da stimmt etwas nicht, dachte er. Es war kein Herzschlag zu spüren.

Lizzie richtete sich mühsam auf. „Gib sie mir!" befahl sie.

Mack reichte ihr das kleine Wesen.

Lizzie legte ihre Lippen auf die des Kindes und blies ihren Atem in seinen Mund. Hol endlich Luft und schrei! dachte Mack, als könne er das Neugeborene mit seiner Willenskraft zum Leben zwingen. Aber nichts geschah.

„Sie ist tot", sagte Lizzie. Sie drückte das Baby an ihre Brust und zog den Pelzumhang um den nackten kleinen Körper. „Mein Kind ist tot!" Tränen liefen über ihr Gesicht.

Mack legte seine Arme um die beiden und hielt sie fest, während Lizzie sich das Herz aus dem Leib weinte.

NACH der Totgeburt ihres kleinen Mädchens lebte Lizzie in einer Welt, die nur noch aus Grautönen, schweigenden Menschen, Regen und Nebel bestand. Sie überließ das Personal sich selbst und nahm erst einige Zeit später wahr, daß Mack inzwischen die Führung des Haushalts übernommen hatte. Die Tabakfelder überließ sie Lennox.

Sie war fest davon überzeugt, daß die Schuld allein bei ihr lag. Sie hatte nicht so oft geruht, wie man ihr empfohlen hatte; sie war am Abend der Totgeburt fünfzehn Kilometer weit im Einspänner gefahren und hatte Mack obendrein auch noch ständig zu größerer Eile gedrängt.

Mit Jay konnte sie nicht über ihren Kummer sprechen. Er hatte zunächst wütend reagiert. Er hatte Lizzie angeschrien und gedroht, Mack auspeitschen zu lassen. Doch kaum erfuhr er, daß das Kind ein Mädchen gewesen war, da verpuffte seine Wut, und er tat so, als wäre Lizzie niemals schwanger gewesen.

Eines Tages, drei Monate nach der Geburt, ging sie in den frisch gestrichenen Kinderflügel, setzte sich dort auf einen Stuhl und stellte sich vor, wie hier ein kleines Mädchen in einer Wiege lag und fröhlich vor sich hin brabbelte. Die Einbildung war so realistisch, daß ihr Tränen in die Augen traten und übers Gesicht rollten, obgleich ihr kein Laut über die Lippen kam.

In diesem Moment kam Mack herein. „Das hilft dir auch nicht weiter", sagte er schließlich mit harter Stimme.

Lizzie war schockiert. Kein Mensch hatte seit der Totgeburt auch nur ein unfreundliches Wort an sie gerichtet. „In welchem Ton redest du mit mir?"

Zu ihrer Überraschung drehte er sich zu ihr um. Er packte sie an beiden Armen und zerrte sie aus ihrem Sessel. „Sag du mir nicht, was ich darf und was ich nicht darf!" fuhr er sie an.

„Was soll ich denn bloß tun?" fragte sie.

„Was immer du willst! Fahr mit dem nächsten Schiff nach Hause, und zieh zu deiner Mutter nach Aberdeen. Schnapp dir irgendeinen Tunichtgut, und brenn mit ihm durch, nach Westen, über die Berge ..." Er machte eine Pause und sah ihr unnachgiebig ins Gesicht. „Oder entschließ dich, Jay eine gute Ehefrau zu sein, und werd' so bald wie möglich wieder schwanger."

Dieser Vorschlag überraschte sie. „Ich dachte ..."

„Was dachtest du?"

„Nichts." Sie wußte schon seit einiger Zeit, daß Mack zumindest ein bißchen in sie verliebt war. Nach dem Fiasko mit dem Fest für die Plantagenarbeiter hatte er sie so zärtlich berührt und gestreichelt, wie es ohne Liebe kaum denkbar war. Und ihre Reaktion war mehr gewesen als bloßes Trostbedürfnis. Seit sie ihr Kind verloren hatte, waren all diese Gefühle verflogen. Sie empfand keine Leidenschaft mehr, nur noch Reue und Bedauern.

Scham und Verlegenheit überkamen sie beim Gedanken an ihr einstiges Verlangen. Jay war ihr Ehemann. Er war ein Schwächling und ein Narr, und er hatte sie belogen ... Aber sie hatte ihn geheiratet und war ihm Treue schuldig.

Mack starrte ihr unverwandt ins Gesicht. Was geht in seinem Kopf vor? fragte sie sich. Und mit dem „Tunichtgut", mit dem ich durchbrennen soll, meint er wohl sich selbst ...

Zögernd streckte Mack die Hand aus und strich ihr über die Wange. Lizzie sah ihm aufmerksam ins Gesicht. Blanke Sehnsucht sprach aus seinen grünen Augen. Sie verschloß ihr Herz davor. Einem plötzlichen Impuls folgend, schlug sie ihm mit aller Kraft ins Gesicht.

Es war, als hätte sie einen Stein getroffen. Er rührte sich nicht von der Stelle, doch der Ausdruck seiner Augen veränderte sich. So bestürzt sah er aus, daß sie den überwältigenden Drang verspürte, sich zu entschuldigen und ihn in die Arme zu nehmen. Mit zitternder Stimme sagte sie: „Wage es nicht noch einmal, mich anzufassen!"

Er sagte kein Wort, doch er starrte sie voll schmerzlichem Entsetzen an. Sie konnte den Anblick seiner verletzten Miene nicht mehr ertragen; schnell eilte sie zur Tür und verließ wortlos das Zimmer.

ENTSCHLIESS *dich, Jay eine gute Ehefrau zu sein, und werd' so bald wie möglich wieder schwanger*, hatte er gesagt. Der Gedanke, mit Jay ins Bett zu gehen, war ihr inzwischen unangenehm, aber es war ihre Pflicht als Ehefrau. An diesem Abend versuchte Lizzie eine fröhliche Plauderei mit Jay in Gang zu bringen. Doch er ging nicht darauf ein.

Nach dem Essen sagte sie: „Es ist jetzt drei Monate her mit dem Baby. Ich bin wieder gesund."

„Was willst du damit sagen?"

„Mein Körper hat sich wieder erholt. Alles ist verheilt."

Er verstand sie noch immer nicht. „Warum erzählst du mir das?"

Sie gab sich Mühe, ihre Gereiztheit nicht durchklingen zu lassen, und meinte ruhig: „Ich will damit sagen, daß wir uns wieder lieben können. Besuchst du mich heute nacht in meinem Zimmer?"

Er sah sie tadelnd an und antwortete gereizt: „Solche Vorschläge bleiben gemeinhin dem Mann vorbehalten."

Sie fühlte sich verletzt und ging in ihr Zimmer hinauf. Später kam Mildred und half ihr beim Entkleiden. Während sie aus ihren Unterröcken stieg, fragte Lizzie so beiläufig wie irgend möglich: „Ist Mr. Jamisson schon zu Bett gegangen?"

„Nein, ich glaube, er ist ausgegangen."

Lizzie sah dem hübschen Mädchen ins Gesicht. Irgend etwas an ihrem Ausdruck verwirrte sie. „Mildred, verheimlichst du mir etwas?"

Mildred war noch jung – ungefähr achtzehn – und hatte keinerlei Talent zum Schwindeln. Sie wandte den Blick ab. „Nein, Mrs. Jamisson."

Sie lügt, dachte Lizzie. Aber warum?

EINE Woche später war Jay noch immer nicht in ihrem Schlafzimmer gewesen. Am siebten Abend blickte Lizzie aus ihrem Schlafzimmerfenster und sah das flackernde Licht einer Laterne über den dunklen Rasen schwanken. Sie beschloß, dem Licht zu folgen. Sie griff sich eine Stola und zog sie, während sie schon die Treppe hinuntereilte, um ihre Schultern.

Sie schlüpfte aus dem Haus und lief über den Rasen. Schon bald verschwand der Lichtschein im Wald, doch inzwischen konnte Lizzie sich denken, daß Jay – wenn er's denn war – jenen Pfad eingeschlagen hatte, der zur Hütte des Verwalters führte.

Es gab zwei Hütten: Die eine bewohnte Lennox. In der anderen hatte Sowerby gehaust; seit seinem Verschwinden stand sie leer. Aber jetzt hielt sich jemand in Sowerbys Hütte auf.

Die Tür war unverschlossen. Lizzie öffnete sie und trat ein.

Die Hütte bestand aus zwei Zimmern. Die Küche, die gleich hinter dem Eingang lag, war leer, doch aus dem Schlafzimmer dahinter drang eine leise Stimme. Auf Zehenspitzen schlich Lizzie vor, packte die Klinke, holte tief Luft und riß die Tür auf.

Jay lag in Hemd und Hose auf dem Bett. Am Fußende des Bettes stand eine Sklavin namens Felia. Sie war eines der vier Mädchen, die Jay in Williamsburg gekauft hatte – schlank und bildhübsch, mit sanften braunen Augen. Sie war splitternackt. Doch was Lizzie nie wieder in ihrem Leben vergessen würde, war der Blick des Mädchens: Es war ein hochmütiger, verächtlicher, triumphierender Blick. Du magst zwar die Herrin des Hauses sein, besagte er, aber der Herr kommt jede Nacht in mein Bett, nicht in deines...

Wie aus weiter Entfernung drang Jays Stimme an ihr Ohr. „Lizzie, o Gott!"

„Fahr zur Hölle, Jay", fluchte sie leise, drehte sich um und ging.

WIEDER in ihrem Zimmer, nahm Lizzie ihren Schlüsselbund und ging hinunter in die Waffenkammer. Sie griff nach einem Paar Taschenpistolen in einer Lederbox. Bei der Überprüfung des Inhalts fand sie ein gefülltes Pulverhorn, viele Leinenstreifen, mehrere Ersatzfeuersteine, aber keine Kugeln. Sie durchsuchte das ganze Zimmer, doch war nirgendwo auch nur eine einzige Kugel zu entdecken. Was sie fand, war ein kleiner Stapel Bleibarren. Sie nahm einen Barren und eine Kugelgußform – ein kleines, kneifzangenähnliches Gerät – an sich, verließ die Waffenkammer und schloß sorgfältig die Tür hinter sich. Sie ging in die Küche, nahm ein kurzes Messer sowie eine kleine, schwere Kasserolle aus Gußeisen heraus, die mit einer Gießtülle versehen war. Dann kehrte sie in ihr Zimmer zurück und schloß sich ein.

Sie schürte das Feuer, bis es so heiß loderte, daß sie jeweils nur ein paar Sekunden davor stehenbleiben konnte. Dann gab sie den Bleibarren in die Kasserolle und setzte sie aufs Feuer.

Es klopfte an der Tür, und der Türgriff wurde heruntergedrückt. Als er die Tür verschlossen fand, fragte Jay: „Lizzie, läßt du mich bitte ein?“

Sie beachtete ihn nicht. Er klopfte und rief noch eine Weile, dann gab er auf und ging fort.

Als das Blei geschmolzen war, goß sie rasch ein wenig davon in die Gußform. Im vorderen Teil des Werkzeugs befand sich eine runde Höhlung, die sich jetzt mit dem geschmolzenen Blei füllte. Lizzie tauchte die Form in die Wasserschüssel auf ihrem Waschtisch, so daß das Blei abkühlte und hart wurde. Dann drückte sie die beiden Griffe der Gußform zusammen, worauf sich der vordere Teil öffnete. Eine gleichmäßig geformte Kugel fiel heraus. Lizzie goß so viele Kugeln, wie das geschmolzene Blei hergab. Als sie fertig war, lud sie die beiden Pistolen und legte sie griffbereit neben ihr Bett. Noch einmal überprüfte sie, ob die Tür abgeschlossen war. Dann legte sie sich schlafen.

## 13

Mack nahm Lizzie die Ohrfeige sehr übel, ja, er haßte sie deswegen. Nach längerem Nachdenken kam er jedoch zu dem Schluß, daß Lizzie von widerstreitenden Empfindungen hin und her gerissen wurde. Sie fühlte sich zu ihm hingezogen, war aber mit einem anderen verheiratet. Sie hatte ein stark ausgeprägtes Pflichtgefühl und spürte voller Angst, wie es zusehends schwächer wurde.

Die vielen Ungewißheiten raubten ihm den Schlaf. Unruhig warf er sich von einer Seite auf die andere, als er plötzlich draußen vor der Hütte das leise Wiehern eines Pferdes vernahm. Er glitt von seinem Lager und ging in Hemd und Hose zur Hüttentür. Die Morgendämmerung hatte bereits eingesetzt, so daß er im silbrigen Licht erkennen konnte, wie zwei Frauen das Gelände betraten. Die eine von ihnen führte ein Pferd am Zügel.

Sekunden später erkannte er die größere der beiden: Es war Cora. Dann erkannte er die zweite Frau. „Peg!“ rief er voller Freude.

Das Mädchen erkannte ihn und lief auf ihn zu. Peg war einige Zentimeter gewachsen. Sie flog ihm in die Arme. „Mack, o Mack! Ich habe solche Angst!“

„Und ich dachte, ich würde dich nie wiedersehen", sagte er. „Was ist denn geschehen?"

Es war Cora, die seine Frage beantwortete: „Sie steckt tief im Schlamassel. Ein Farmer drüben am Fuß der Berge hat sie gekauft, Burgo Marler. Als er versuchte, sie zu vergewaltigen, hat sie sich mit einem Küchenmesser gewehrt… Peg wird von allen Sheriffs in der Kolonie gesucht."

Mack war entsetzt. Wenn Peg erwischt wurde, war ihr der Tod am Galgen sicher. „Wie bist du nach Fredericksburg gekommen?" fragte Mack das Mädchen.

„Zu Fuß", erwiderte Peg. „Ich war immer nur in der Dunkelheit unterwegs und fragte andere Nachtschwärmer nach dem Weg – entflohene Sklaven, Deserteure, Indianer und so weiter."

„Ich habe sie ein paar Tage in unserem Haus versteckt", fiel Cora ein. „Mein Mann ist gerade geschäftlich in Williamsburg. Doch dann kam mir zu Ohren, daß unser Sheriff die Quartiere aller Häftlinge der *Rosebud* durchsuchen lassen will."

„Dann wird er ja auch zu uns kommen!" sagte Mack.

„So ist es. Wir haben nur einen kleinen Vorsprung."

„Wieso hast du Peg dann hergebracht?"

Coras Züge verhärteten sich. „Weil sie dein Problem ist. Ich habe einen wohlhabenden Ehemann, ein hübsches Zuhause und meinen eigenen Platz in der Kirche. Ich habe nicht die geringste Lust, den Sheriff bei mir auf dem Heuboden eine Mörderin finden zu lassen!"

„Mein Gott, bist du hartherzig", sagte er aufgebracht.

„Wieso?" erwiderte Cora beleidigt. „Ich habe ihr schließlich Unterschlupf gewährt! Aber jetzt muß ich auch an mich selbst denken."

„Danke für alles, Cora", sagte Peg. „Du hast mich gerettet."

Kobe, durch die Stimmen geweckt, war vor die Hütte getreten und hatte schweigend zugesehen. Es war für Mack selbstverständlich, das Problem als nächstes mit ihm zu erörtern. „Wo könnte man das Mädchen nur verstecken? Der Sheriff und seine Schnüffler werden unsere Quartiere auf den Kopf stellen. Sie werden die Ställe durchstöbern, die Tabakschuppen, alles…"

Cora unterbrach ihn. „Hast du's schon mit Lizzie Jamisson getrieben?" fragte sie.

Die Frage ging Mack unter die Haut. „Was soll das heißen – ‚schon'? Natürlich nicht!"

„Spiel doch nicht den Naiven! Ich wette, sie giert nach dir. Würde sie vielleicht Peg verstecken – dir zuliebe?"

„Aus reiner Herzensgüte würde sie ihr vielleicht helfen“, entgegnete er betont.

In der Ferne war Hundegebell zu vernehmen. „Fremde Hunde!“ sagte Kobe. „Könnte das schon der Suchtrupp sein?“

Cora drehte sich um und bestieg ihr Pferd. „Ich verschwinde jetzt, damit sie mich hier nicht sehen. Viel Glück!“ rief sie zum Abschied leise und verschwand im nebligen Wald.

„Die Zeit wird knapp“, sagte Mack zu Peg. „Komm mit mir ins Herrenhaus, es ist unsere beste Chance.“

Gemeinsam huschten sie im grauen Licht über die Felder und den feuchten Rasen. Da es auf Mockjack unüblich war, über Nacht die Türen abzuschließen, konnte Mack Peg problemlos durch den Hintereingang ins Haus bringen. Auf Zehenspitzen stiegen sie die Treppe hinauf. Durch ein Fenster auf halber Höhe sah Mack hinaus und erspähte fünf oder sechs Gestalten mit mehreren Hunden, die vom Fluß her auf das Herrenhaus zukamen. Kurz darauf teilte sich die Gruppe: Während zwei Männer die Richtung beibehielten, schlugen die übrigen den Weg zu den Sklavenquartieren ein und nahmen die Hunde mit.

Mack schlich zu Lizzies Schlafzimmer. Er klopfte sachte an. Jay, der im Zimmer nebenan schlief, durfte unter keinen Umständen geweckt werden.

Nach einer Weile näherten sich leise Schritte. Dann war jenseits der Tür deutlich Lizzies Stimme zu vernehmen. „Wer ist da?“

„Psst! Ich bin’s, Mack!“ flüsterte er. „Mach auf!“

Er hörte, wie sich der Schlüssel im Schloß drehte. Die Tür öffnete sich. Im blassen Licht konnte Mack Lizzie erkennen. Sie trug eine Art Morgenmantel. Sie wirkte verschlafen und ein wenig verstrubbelt, was sie besonders reizvoll erscheinen ließ. „Ich hoffe, du hast eine gute Ausrede.“ Erst jetzt erblickte sie Peg. „Du bist nicht allein?“ fragte sie erstaunt.

„Peg Knapp“, sagte Mack.

„Ich erinnere mich. Wie geht es dir, Peggy?“

„Sie wurde an einen Farmer auf der anderen Seite des Flusses verkauft“, erklärte Mack. „Er hat versucht, sie zu vergewaltigen. Sie hat den Mann umgebracht.“

Lizzie nahm Peg in die Arme. „Du armes kleines Ding!“

„Der Sheriff ist hinter ihr her. Er wird gleich hier sein. Seine Leute durchsuchen gerade die Sklavenhütten. Ich möchte, daß du Peg hier versteckst, bis der Sheriff wieder fort ist. Tust du das?“

„Selbstverständlich! Für wen hältst du mich eigentlich?"

Mack fiel ein Stein vom Herzen. Er lächelte überglücklich. Mein Gott, wie ich diese Frau liebe, dachte er und spürte, wie ihm die Tränen in die Augen schossen. Da hörte er auf einmal ein Geräusch in Jays Zimmer. „Ich muß jetzt verschwinden", flüsterte er hastig. „Viel Glück!"

Er schlich zur Treppe und lief leichtfüßig die Stufen hinab. Kaum hatte er die Halle erreicht, setzte er ein höfliches Lächeln auf und öffnete die Eingangstür.

Auf der Veranda standen zwei Männer. Ihre Kleidung wies sie als wohlhabende Virginier aus: Reitstiefel, lange Westen, Dreispitze. Beide trugen sie Pistolen in Lederholstern mit Schulterband.

Mack stand breitbeinig in der Tür, um zu verhindern, daß die Besucher sofort eintraten. „Guten Morgen, meine Herren", sagte er. Sein Herz raste. Seine Stimme entspannt und ruhig klingen zu lassen kostete ihn Überwindung.

Der größere der beiden Männer sagte: „Ich bin der Bezirkssheriff von Spotsylvania und suche ein Mädchen namens Peggy Knapp. Ist Ihr Herr zu Hause?"

Mack wollte nicht, daß die beiden die Treppe hinaufgingen – so nahe der Gesuchten konnte es brenzlig werden. „Ich glaube, ich habe Mr. Jamisson schon gehört", sagte er. „Soll ich ihn herunterbitten?"

„Nein, nein – er soll sich unseretwegen nicht erst ankleiden müssen."

Mack unterdrückte einen Fluch. Doch ihm waren die Hände gebunden. „Bitte sehr, hier entlang", sagte er und führte die beiden die Treppe hinauf.

Er klopfte an. Sekunden später öffnete Jay die Tür. Er trug eine Umhängedecke über seinem Nachthemd. „Was, zum Teufel, geht denn hier vor?" fragte er gereizt.

„Ich bin Sheriff Abraham Barton, Mr. Jamisson. Entschuldigen Sie die Störung, aber wir sind auf der Suche nach der Mörderin des Farmers Burgo Marler. Sagt Ihnen der Name Peggy Knapp etwas?"

Jay musterte Mack mit kritischem Blick. „Und ob! Das Mädchen war schon immer eine Diebin. Es wundert mich gar nicht, wenn sie mittlerweile sogar einen Mord auf dem Gewissen hat. Haben Sie schon McAsh hier nach ihrem Verbleib gefragt?"

„Wann haben Sie Peggy Knapp zum letztenmal gesehen?" fragte Barton.

„Vor einem halben Jahr, als ich die *Rosebud* verließ."

Der Sheriff wandte sich wieder an Jay. „Vielleicht wird sie von den Niggern versteckt. Wir haben Hunde dabei. Wir müssen auch das Herrenhaus durchsuchen.“

Jay runzelte die Stirn. „Ich halte es für nicht sehr wahrscheinlich, daß sich die Kleine in meinem Hause aufhält. Aber sehen Sie sich ruhig überall um. Ich gebe Ihnen völlig freie Hand.“ Er schloß die Tür.

Barton wandte sich an Mack: „Wo ist das Zimmer von Mrs. Jamisson?“

Mack schluckte. „Nebenan.“ Er klopfte vorsichtig an die Tür und fragte mit belegter Stimme: „Mrs. Jamisson? Sind Sie wach?“

Nach einer Pause öffnete Lizzie die Tür. Sie spielte die Verschlafene und fragte: „Was, um alles in der Welt, wollen Sie denn hier? Um diese Stunde?“

„Der Sheriff sucht nach einer Verdächtigen.“

Lizzie machte die Tür weit auf. „Also bei mir im Zimmer ist kein Mensch!“

„Dürfen wir einen Augenblick hereinkommen?“ fragte der Sheriff.

Ein kaum wahrnehmbarer Anflug von Furcht blitzte in Lizzies Augen auf. Sie hob scheinbar gleichgültig die Schultern und sagte: „Bitte sehr!“

Die beiden Männer betraten das Zimmer. Der Sheriff spähte unter das Bett. Sein Kollege öffnete den Kleiderschrank. Lizzie setzte sich unterdessen aufs Bett, zog hastig eine Ecke des Lakens glatt und stopfte sie unter die Matratze – doch Mack hatte einen Sekundenbruchteil, bevor er wieder verhüllt wurde, einen kleinen dreckigen Fuß erkannt.

Peg lag in Lizzies Bett. Sie war so dünn, daß sich ihr Körper unter den zurückgeschlagenen Decken kaum abzeichnete.

Der Sheriff öffnete eine Truhe mit Bettzeug, der andere Mann sah sich hinter einem Wandschirm um. Würden die beiden tatsächlich das Bett abziehen?

Die gleiche Frage mußte auch Lizzie durch den Kopf gegangen sein. „Wenn Sie jetzt fertig sind, kann ich ja wohl weiterschlafen“, sagte sie und legte sich hin.

Barton starrte Lizzie und das Bett an. Nach kurzem Zögern meinte er: „Ich danke Ihnen, Mrs. Jamisson. Bitte entschuldigen Sie, daß wir Sie aus dem Schlaf gerissen haben. Wir werden jetzt die Sklavenquartiere durchsuchen.“

„Viel Glück!“ sagte Lizzie. „Und Sheriff... Wenn Sie fertig sind, kommen Sie doch bitte wieder her und bringen Ihre Männer mit! Ich lasse Ihnen ein Frühstück richten.“

WÄHREND die Fahnder mit ihren Hunden die Pflanzung durchkämmten, blieb Lizzie auf ihrem Zimmer. Peg erzählte ihr ihre Lebensgeschichte, und Lizzie war erschüttert und entsetzt. Peg war ein junges Mädchen, schlank, hübsch, frech – und Lizzies totgeborenes Kind war auch ein Mädchen gewesen.

Zur üblichen Zeit klopfte die Köchin Sarah an die Tür. Sie brachte Lizzie ihr Frühstück. Peg versteckte sich sofort wieder im Bett. Doch die Köchin sagte, als sie hereinkam, unverblümt zu Lizzie: „Ich weiß alles über Peg. Machen Sie sich keine Sorgen."

Lizzie teilte ihr Frühstück mit Peg. Das Kind schaufelte gerösteten Schinken und Rührei in sich hinein, als ob es seit Monaten nichts mehr zu essen bekommen hätte.

Als sie fertig waren, verließ der Fahndungstrupp gerade die Plantage. Lizzie und Peg beobachteten vom Fenster aus, wie die Männer über den Rasen zum Fluß hinabgingen. Dann seufzte Lizzie erleichtert auf und sagte: „Jetzt bist du in Sicherheit."

„Bei Mack bin ich immer sicher", erwiderte Peg.

„Du darfst das Zimmer hier erst verlassen, wenn wir die Gewähr haben, daß Jay und Lennox nicht da sind."

„Besteht nicht die Gefahr, daß Mr. Jamisson reinkommt?"

„Nein, er kommt nie hier rein."

Verdutzt sah Peg sie an. Sie stellte jedoch keine weitere Frage, sondern sagte: „Wenn ich alt genug bin, werde ich Mack heiraten."

Lizzie hatte das höchst merkwürdige Gefühl, daß ihr soeben eine strenge Warnung erteilt worden war.

MACK saß im Kinderflügel und überprüfte noch einmal seine Ausrüstung. Er hatte ein Knäuel Bindfaden gestohlen und besaß sechs Haken. Damit konnte er sich Fische fangen. Er hatte eine Dose mit Zunder zum Feuermachen und eine Eisenpfanne, eine Axt und ein Messer. Ebenfalls im Segeltuchsack verstaut waren sein „Robinson Crusoe" und das Halseisen, das er aus Schottland mitgebracht hatte. Inzwischen war über ein Jahr vergangen, und er war noch immer nicht frei. Aber er hatte nicht aufgegeben.

Mit Pegs Rückkehr war das letzte Hindernis beseitigt, das seiner Flucht entgegenstand. Sie war inzwischen ins Sklavenquartier übergesiedelt und schlief in einer Hütte mit anderen unverheirateten Mädchen. Mack wußte, daß es nicht ewig so weitergehen konnte. Er mußte nur noch einen genauen Termin festlegen – dann würden er und Peg sich am Ende eines Arbeitstages auf Nimmerwiedersehen davonschleichen. Im Morgengrauen des nächsten Tages konnten sie bereits gut vierzig Kilometer zurückgelegt haben.

Er starrte auf seine Karte, die Angelhaken und die Zunderdose. Es fehlte nur noch ein Schritt zur Freiheit, doch er konnte sich nicht dazu durchringen. Er hatte sich in Lizzie Jamisson verliebt und brachte es nicht über sich, sie zu verlassen.

Lizzie stand nackt vor dem großen Drehspiegel in ihrem Schlafzimmer und betrachtete ihren Körper. Zwar hatten ihre Brüste wieder die ursprüngliche Größe, doch waren sie nicht mehr so fest und hingen ein wenig tiefer herunter als zuvor. Auch mußte sie sich eingestehen, daß ihr Bauch nie mehr so flach sein würde wie früher. Ob es jemals einen anderen geben wird, der mich begehrenswert findet? Sie holte tief Luft, zog ihren Bauch ein und drückte ihren Oberkörper vor. Ja – so ungefähr sah ich vor der Schwangerschaft aus!

Da öffnete sich die Tür.

Mack stand da und brachte kein Wort hervor. Am Kamin in Lizzies Zimmer war eine Kachel zerbrochen, die Mack ersetzen sollte. „Ist Mrs. Jamisson schon auf?“ hatte er Mildred gefragt. „Ist gerade rüber zu den Ställen“, hatte Mildred geantwortet. Sie muß Mr. Jamisson verstanden haben, dachte Mack. Er wußte, daß er jetzt eine Entschuldigung stammeln und schleunigst wieder verschwinden mußte, aber seine Füße waren wie festgenagelt.

Lizzie drehte sich um und sah ihn an. Sie wirkte besorgt, und Mack fragte sich, was sie bedrücken mochte. Endlich fand er seine Stimme wieder. „Oh…, du bist wunderschön“, flüsterte er.

„Mach die Tür zu“, sagte sie.

Er tat wie ihm geheißen und war mit drei großen Schritten bei ihr. Sie fiel ihm um den Hals. Er drückte ihren nackten Körper an sich und spürte ihre weichen Brüste auf seinem Oberkörper. Er küßte ihre Lippen und weidete sich an der Gier ihres Kusses.

Dann hielt er inne. Er sah sie an. Wie dunkel ihre Augen waren, fast schwarz! „Liebst du mich?“ fragte er.

„O Mack, wie kannst du das fragen?“ Tränen traten ihr in die Augen. „Natürlich liebe ich dich. Ich liebe dich! Ich liebe dich! Ich…“

Als die erste Tabakernte endlich verkaufsfertig war, ließ Lennox vier Schweinsköpfe auf ein Flachboot verladen und brachte sie nach Fredericksburg. Zunächst mußte Lennox den Tabak in ein öffentliches Speicherhaus bringen. Ein amtlicher Inspektor würde ihm dort per

Zertifikat seine „Verkaufsbefähigung“ bescheinigen. Die als „Tabakscheine“ bekannten Zertifikate wurden in ganz Virginia als Zahlungsmittel benutzt. Ungeduldig wartete Jay auf seine Rückkehr.

Jay hatte vor, mit seinem Schein zunächst einmal die drängendsten Schulden zu begleichen. Er war heilfroh, daß Lizzie von seiner Zahlungsunfähigkeit noch nichts bemerkt hatte. Nach der Totgeburt hatte sie drei Monate lang wie in Trance gelebt. Und nachdem sie ihn dann mit Felia in flagranti erwischt hatte, war sie in zorniges Schweigen verfallen.

Heute war sie wieder ganz anders gestimmt. Sie wirkte zufriedener und beinahe freundlich. „Was gibt's Neues?“ fragte sie ihn beim Abendessen.

„Unruhen in Massachusetts“, erwiderte er. „Es gibt dort eine Gruppe von Hitzköpfen, die sich ‚Söhne der Freiheit‘ nennen. Sie waren unverschämt genug, diesem verfluchten John Wilkes in London Geld zu schicken. Inzwischen trauen sich die Zollinspektoren gar nicht mehr nach Boston. Sie haben sich an Bord der *HMS Romney* geflüchtet.“

„Das klingt ja fast nach einem Aufstand der Kolonisten.“

Jay schüttelte den Kopf. „Das einzige, was sie brauchen, ist eine Prise von jener Medizin, die wir den Kohlenlöschern verabreicht haben: ein paar ordentliche Gewehrsalven und ein paar Rädelsführer am Galgen.“

Schweigend beendeten sie die Mahlzeit. Jay steckte sich gerade seine Pfeife an, als Lennox hereinkam. „Alles in Ordnung, Lennox?“ fragte er.

„Nein, nicht ganz“, erwiderte Lennox in dem ihm eigenen anmaßenden Ton.

„Was ist denn passiert?“ fragte Lizzie ungeduldig.

„Unscr Tabak wurdc vcrbrannt, das ist passicrt.“

„Verbrannt?“ rief Jay aus. „Wieso das denn?“

„Auf Anordnung des Inspektors. Als unverkäufliche Ausschußware.“

Jay spürte ein unangenehmes Gefühl in der Magengrube. Er schluckte und sagte: „Ich wußte nicht, daß so etwas möglich ist.“

„Was hat mit dem Tabak denn nicht gestimmt?“ fragte Lizzie.

Lennox zögerte mit der Antwort – das war ungewöhnlich. „Sie haben gesagt, unser Tabak sei Kuhdreck“, sagte er kleinlaut.

„Kuhdreck – was soll das heißen?“ fragte Jay.

„Wenn man Rinder auf die Felder läßt, kann es zu einer Überdüngung des Bodens kommen, wodurch der Tabak ein starkes, unangenehmes Aroma annimmt", erklärte Lizzie kalt.

Ein furchtbarer Gedanke schoß Jay durch den Kopf. „Wieviel von unserem Tabak wurde auf diese Weise produziert?"

Lennox schwieg.

„Alles", sagte Lizzie.

Jetzt begriff Jay Jamisson, daß er ruiniert war. Die Pflanzung war mit Hypotheken belastet, und er selbst war bis über die Ohren verschuldet. Und seine gesamte Tabakernte war nicht einen roten Heller wert.

„Gott helfe mir", murmelte er und vergrub sein Gesicht in den Händen.

IN JENER Nacht klopfte Jay an Lizzies Tür. Sie saß im Nachtgewand vor dem Kamin und dachte an Mack. Ein überschäumendes Glücksgefühl hatte sich ihrer bemächtigt. Sie liebte ihn, und er liebte sie. Doch was sollten sie tun? Lizzie starrte ins Feuer.

Das Klopfen schreckte sie aus ihren Träumereien. Sie sprang auf und starrte auf die verschlossene Tür.

Sie hörte Jays Stimme: „Lizzie! Mach auf!"

Sie schwieg.

„Ich reise morgen früh nach Williamsburg und versuche, einen neuen Kredit aufzutreiben", sagte er. „Ich möchte dich vorher noch sehen."

Auch diesmal antwortete Lizzie nicht.

Seine Schritte entfernten sich. Lizzie vermutete jedoch, daß Jay noch nicht aufgeben würde. Drei Minuten später war er wieder da und rief: „Wenn du nicht sofort aufmachst, schlage ich die Tür ein!"

Mit unsicheren Schritten ging sie zu ihrem Nachttischchen und nahm die beiden Pistolen auf.

Jay hatte inzwischen damit begonnen, mit einer Axt auf die Tür einzuschlagen. Ein ohrenbetäubender Hieb folgte dem anderen. Das Türholz splitterte, und die Holzwände des Hauses erbebten. Lizzie prüfte, ob die Pistolen richtig geladen waren. Dann schüttete sie mit zittriger Hand etwas Schießpulver auf die beiden Zündpfannen, entsicherte die Waffen und spannte sie.

Die Tür flog auf. Rot im Gesicht und vor Anstrengung keuchend, stürmte Jay ins Zimmer.

Sie streckte den linken Arm aus und feuerte über seinen Kopf hinweg.

Der Knall war in dem geschlossenen Raum laut wie ein Kanonenschuß. Jay blieb abrupt stehen und hielt abwehrend die Hände hoch. Er hatte offensichtlich Angst.

„Ich habe jetzt nur noch einen Schuß, und der landet in deinem Herzen. Was willst du?“ fragte sie.

Er ließ die Axt fallen. „Dich noch einmal aufs Kreuz legen, bevor ich abreise.“

Ihr wurde übel. Sie mußte an Mack denken; er, nur er konnte sie jetzt noch lieben.

Jay packte die beiden Pistolen am Lauf, und Lizzie wehrte sich nicht, als er sie ihr aus der Hand nahm. Er entspannte den Hahn der noch geladenen Pistole und warf dann beide Waffen auf den Boden. Er schlug Lizzie in den Magen.

Vor Schreck und Schmerz schrie sie auf und krümmte sich.

„Daß du es ja nie wieder wagst, eine Waffe auf mich zu richten!“ schrie er.

Der nächste Schlag traf sie voll im Gesicht. Lizzie stürzte zu Boden.

Er versetzte ihr einen Fußtritt gegen den Kopf, und sie verlor das Bewußtsein.

LIZZIE verbrachte den nächsten Vormittag im Bett. Sie hatte so rasende Kopfschmerzen, daß sie kaum sprechen konnte. Sarah erschrak, als sie ihr das Frühstück brachte. Lizzie schlürfte ein paar Schluck Tee und schloß gleich wieder die Augen.

Als die Köchin erneut hereinkam, um das Tablett abzuholen, fragte Lizzie: „Ist Mr. Jamisson schon abgereist?“

„Ja, Madam. Mr. Lennox begleitet ihn.“

Ein paar Minuten später platzte Mack in ihr Zimmer. Zitternd vor Wut blieb er neben ihrem Bett stehen und starrte sie an. Dann tastete er mit bebenden Fingern über ihr Gesicht. Sie nahm seine Hand und küßte deren Innenseite. So saßen sie lange, ohne zu reden, beieinander. Mack hielt ihre Hand und sagte nach einer Weile: „Wenn du nicht mehr getreten werden willst, mußt du deinen Mann verlassen.“

„Ich wüßte nicht, wohin ich gehen sollte.“

„Ich schon.“ Seine Miene verriet, daß er ihr etwas zu sagen hatte, an dem ihm sehr gelegen war. „Ich werde fliehen. Peg wird mich begleiten“, fügte er hinzu. „Komm mit uns mit!“

*Schnapp dir irgendeinen Tunichtgut, und brenn mit ihm durch,* hatte er gesagt ... Was er gerade vorgeschlagen hatte, war keine bloße Andeutung mehr. „Wo wollt ihr denn hin?“ fragte sie.

„Ungefähr hundertfünfzig Kilometer westlich von hier erhebt sich ein langgestreckter Gebirgszug. Er ist ziemlich hoch, doch gibt es angeblich einen Paß – die sogenannte Cumberland-Schlucht oberhalb der Quelle des gleichnamigen Flusses. Jenseits des Gebirges ist Wildnis."

Lizzies Begeisterung wuchs. „Und wie wollt ihr da hingelangen?"

„Wenn du mitkämst, könnten wir einen Planwagen mitnehmen und wesentlich mehr Vorräte. Ich wäre dann ja kein Flüchtling, sondern ein Diener, der mit seiner Herrin und deren Mädchen unterwegs ist. In diesem Fall würde ich zunächst nach Süden fahren bis Richmond und von dort aus westwärts nach Staunton. Das ist zwar länger, aber die Straßen sind wesentlich besser."

„Und was macht ihr, wenn ihr in den Bergen seid?"

Mack lächelte. „Wir suchen uns ein Tal mit einem fischreichen Fluß und wildreichen Wäldern. Vielleicht nistet oben in den höchsten Bäumen ein Adlerpaar. Dort bauen wir uns dann ein Haus."

LIZZIE packte Decken, Wollstrümpfe, Scheren, Nadeln und Garnrollen ein. Ihre Gefühle schwankten zwischen Hochstimmung und blankem Entsetzen hin und her. Die Vorstellung, mit Mack davonzulaufen, stimmte sie überglücklich. Doch dann fielen ihr wieder die Risiken ein. Vielleicht gab es feindliche Indianer oder Banditen in der Gegend. Und was passierte, wenn sie im Winter einschneiten? Sie würden glatt verhungern!

Als sie aus dem Schlafzimmerfenster blickte, gewahrte sie den Einspänner von MacLaines Schankstube in Fredericksburg. Eine einzelne Gestalt saß auf dem Reisesitz, und hinten auf der Ablage befand sich eine Menge Gepäck. Der Kutscher hatte sich offenbar in der Pflanzung geirrt. Lizzie ging hinunter, um ihm den rechten Weg zu weisen.

Doch als sie auf die Veranda trat, erkannte sie den Gast. Es war Alicia, Jays Mutter. Sie trug Schwarz.

„Hallo Lizzie!" begrüßte ihre Schwiegermutter sie. „Sir George ist tot!"

Ein paar Minuten später, als sie bei einer Tasse Tee im kleinen Salon saßen, schilderte sie ohne jeden Seufzer den Tod ihres Mannes durch Herzversagen, und ihre Augen blieben trocken. „Wo ist Jay?" fragte sie dann.

„Er ist nach Williamsburg gereist, um neue Kredite aufzutreiben. Unsere Tabakernte wurde nicht abgenommen."

Ein Anflug von Traurigkeit huschte über Alicias Gesicht. Lizzie erkannte, daß Jay nicht nur für seine Frau, sondern auch für seine Mutter eine Enttäuschung war.

„Du wirst sicher wissen wollen, was in Sir Georges Testament stand“, sagte Alicia.

„Hatte er denn überhaupt noch so viel zu vererben? Soviel ich weiß, steckte er in geschäftlichen Schwierigkeiten.“

„Die Kohle aus High Glen hat seine Geschäfte saniert. Als er starb, war er steinreich.“

„Hat Sir George für dich gesorgt?“ fragte sie.

„O ja! Über meinen Anteil einigten wir uns glücklicherweise bereits vor der Eheschließung.“

„Und den Rest bekam Robert, nicht wahr?“

„Damit hatten wir alle gerechnet, ja. Aber mein Gatte bestimmte, daß ein Viertel seines Vermögens zu gleichen Teilen allen legitimen Enkelkindern zufallen solle, die binnen eines Jahres nach seinem Ableben das Licht der Welt erblicken. Dein Kind ist also sehr wohlhabend. Wann zeigst du mir denn den Kleinen – oder ist es eine Sie?“

„Ein kleines Mädchen“, antwortete Lizzie. „Es kam tot auf die Welt.“

Alicia fand kein Wort des Mitleids für Lizzie. „Teufel auch!“ fluchte sie. „Sieh nur zu, daß möglichst bald das nächste kommt!“

MACK hatte den Planwagen mit Saatgut, Werkzeug, Seilen, Nägeln, Maismehl und Salz beladen. Er hatte sämtliche Gewehre und alle verfügbare Munition eingepackt. Auch eine Pflugschar hatte er geladen. An ihrem Zielort wollte er den Planwagen in einen Pflug umbauen. Er hatte sich entschlossen, den Wagen mit vier Stuten zu bespannen und obendrein zwei Hengste mitzunehmen, so daß sie in absehbarer Zeit mit Fohlen rechnen konnten. Jay Jamisson wird toben, wenn er erfährt, daß seine wertvollen Pferde verschwunden sind, dachte er. Es wird ihn schwerer treffen als der Verlust seiner Frau…

Er war gerade dabei, die Vorräte auf dem Wagen festzuzurren, als Lizzie vor das Haus trat.

„Alicia ist gekommen, Jays Mutter. Sir George ist tot.“

„Dem Himmel sei Dank! Die Welt ist um einen Schurken ärmer.“

„Können wir trotzdem fahren?“

„Ich wüßte nicht, was dagegen spräche. Alicia kann uns nicht festhalten.“

„Und wenn sie zum Sheriff geht und angibt, daß wir all diese Dinge hier gestohlen haben?“ Sie deutete auf die Vorräte, die sich auf der Ladefläche türmten.

„Denk doch an unsere Ausrede! Du besuchst einen Vetter, der sich gerade in North Carolina als Farmer niedergelassen hat. Du bringst ihm Geschenke mit."

Lizzie nickte. „Ich werde dafür sorgen, daß Colonel Thumson und Suzy Delahaye diese Geschichte zu hören bekommen."

„Laß sie wissen, daß deine Schwiegermutter von deinen Plänen nichts hält und dir möglicherweise einen Strich durch die Rechnung machen will."

„Ja, das ist eine gute Idee." Zögernd fragte Lizzie: „Wann fahren wir?"

Er lächelte. „Noch vor dem Morgengrauen. Ich lasse den Wagen heute abend in unser Quartier bringen, damit wir bei der Abreise nicht zuviel Lärm machen. Wenn deine Schwiegermutter aufwacht, sind wir längst fort."

ALS MACK kam, um Lizzie abzuholen, saß sie am Fenster. Er lächelte, als er sie in ihrer Lieblingskleidung erblickte. Sie hatte ihr Haar hochgesteckt, war in Hosen und Reitstiefel geschlüpft und hatte sich Hemd und Weste übergestreift. Sie hatte aber auch daran gedacht, ein Kleid einzupacken, für den Fall, daß sie sich rasch wieder in eine wohlhabende Dame verwandeln mußte. Hand in Hand schlichen sie auf Zehenspitzen die Treppe hinunter und gingen hinaus.

Der Planwagen stand ein Stückchen weiter unterhalb am Straßenrand bereit. Peg saß schon auf ihrem Platz; sie hatte eine Decke um sich geschlungen. Alle Sklaven hatten sich eingefunden, um ihnen Lebewohl zu sagen. Lizzie küßte Mildred und Sarah, Mack verabschiedete sich mit Handschlag von Kobe. Als Mack und Lizzie auf den Planwagen kletterten, standen sie alle schweigend unter dem Sternenlicht und sahen zu.

Mack ließ die Zügel knallen und rief: „Hüa! Los mit euch!"

Die Pferde zogen an, und mit einem Ruck setzte sich das Fuhrwerk in Bewegung. Weit vor ihnen deutete ein feiner heller Streifen den heraufdämmernden Morgen an.

## 14

Als Jay Jamisson und Sidney Lennox in Williamsburg eintrafen, weilte Matthew Murchman nicht in der Stadt, und sein Diener sagte, mit seiner Rückkehr sei frühestens am folgenden Tag zu rechnen. Jay kritzelte eine kurze Nachricht auf einen Zettel, in der er

Murchman mitteilte, daß er einen neuen Kredit aufnehmen müsse und um den schnellstmöglichen Termin nachsuche. In übler Laune verließ er die Kanzlei. Seine Finanzen waren heillos zerrüttet, und er brannte darauf, endlich etwas dagegen zu unternehmen.

Gezwungen, die Zeit totzuschlagen, begab er sich am nächsten Tag zum Parlament. Nach der Auflösung durch den Gouverneur im vergangenen Jahr und den nachfolgenden Wahlen hatte sich die Versammlung neu konstituiert. In der Sitzung ging es wieder einmal um das Problem, ob das Mutterland Steuern erheben dürfe, obwohl die Kolonisten im Parlament von Westminster nicht vertreten waren. *No taxation without representation* hieß der ständig wiederholte Slogan. Diesmal gingen die Abgeordneten jedoch noch einen Schritt weiter als sonst, indem sie betonten, daß es ihr Recht sei, in ihrer Opposition gegen die Forderungen der Krone mit den Abgeordnetenversammlungen anderer Kolonien zusammenzuarbeiten.

Das kann der Gouverneur ihnen nicht durchgehen lassen, dachte Jay und behielt recht damit. Kurz vor dem Mittagessen erschien der *Sergeant-at-arms*, ein hoher Exekutivbeamter, im Saal, unterbrach die Debatte und verkündete: „Mr. Speaker, der Gouverneur befiehlt Ihre Versammlung unverzüglich in den Ratssaal!“

Jay folgte den Abgeordneten die Treppen hinauf. Gouverneur Botetourt sagte nur wenige Worte: „Ich habe von Ihren Resolutionen gehört. Sie machen es mir zur unabdingbaren Pflicht, Ihre Versammlung aufzulösen, und genau dies tue ich hiermit.“

Jay ließ sich seine Freude nicht anmerken. Er suchte die „Raleigh Tavern“ auf und bestellte sich ein Mittagessen. Zu seiner Überraschung betraten auch viele Abgeordnete die Schankstube und gingen in eines der großen Hinterzimmer. Als er aufgegessen hatte, erhob er sich und sah nach.

Er hatte sich nicht getäuscht. Die Abgeordneten diskutierten eifrig. Sie waren blind von der Rechtmäßigkeit ihres Standpunkts überzeugt und zogen daraus ein Selbstbewußtsein, das seiner Meinung nach an schieren Wahnsinn grenzte. So eingebildet waren sie, daß nicht einer protestierte, als Jay sich ganz hinten in ihrem Versammlungsraum auf einen Stuhl setzte – und dies, obwohl vielen Anwesenden seine königstreue Gesinnung durchaus nicht unbekannt war. Einer der Hitzköpfe hielt gerade eine Rede. Jay kannte ihn. Es war George Washington, ein ehemaliger Armeeoffizier, der mit Landspekulationen viel Geld verdient hatte. Er war kein großer Redner, doch er strahlte eine stahlharte Entschlossenheit aus, die ihren Eindruck auf Jay nicht verfehlte.

Washington hatte einen Plan. In den nördlichen Kolonien, meinte er, hätten einflußreiche Männer Vereinigungen gegründet, deren Mitglieder übereingekommen seien, keine britischen Waren mehr zu importieren. Wenn die Virginier echten Druck auf die Regierung in London ausüben wollten, müßten sie genau das gleiche tun.

Nicht alle Anwesenden stimmten Washington zu. Einige Abgeordnete wiesen darauf hin, daß die Kolonien im Norden stärker industrialisiert seien und viele lebenswichtige Güter selbst herstellen könnten, während der Süden nach wie vor auf Importe angewiesen sei.

Kurz darauf regte Washington an, die Ausarbeitung der technischen Details einem kleineren Ausschuß zu überlassen. Sein Vorschlag fand Zustimmung.

Jay verließ das Hinterzimmer der Schenke in heller Empörung. Im Flur kam Lennox auf ihn zu. Er hatte eine Nachricht von Murchman. Der Anwalt war zurückgekehrt und hatte Jays Notiz gelesen; es sei ihm eine Ehre, schrieb er, Mr. Jamisson am nächsten Morgen um neun Uhr empfangen zu dürfen.

SCHON vor der Zeit stand Jay vor Murchmans Haus. Er hatte nur noch eine Chance. Wenn er es jetzt nicht schaffte, neue Kredite aufzutreiben, würden seine Gläubiger die Hypothek für verfallen erklären, und er wäre nicht nur völlig mittellos, sondern hätte nicht einmal mehr ein Dach über dem Kopf.

Murchman wirkte nervös. „Ich habe Ihren Gläubiger hergebeten, damit Sie persönlich mit ihm sprechen können", sagte er.

„Gläubiger? Sie erwähnten doch etwas von einem Syndikat."

„Ja, in der Tat – eine kleine Unwahrheit, wie ich gestehen muß. Es tut mir leid. Die Person wünschte anonym zu bleiben."

„Und was veranlaßt die Person jetzt, ihr Inkognito zu lüften?"

„Das vermag ich nicht zu sagen. Ich denke, er sollte sich am besten selbst vorstellen."

Die Tür ging auf, und Jays Bruder Robert betrat die Kanzlei.

Jay fuhr überrascht von seinem Sessel auf. „Du?" fragte er. „Seit wann bist du denn hier?"

„Seit ein paar Tagen", sagte Robert.

Jay streckte ihm die Hand entgegen, und Robert drückte sie kurz.

„Dann hast du mir also das Geld geliehen?" fragte Jay.

„Nein, es war Vater", antwortete Robert.

„Gott sei Dank! Ich hatte schon die Befürchtung, irgendein Unbekannter würde sich weigern, mir noch einmal auszuhelfen."

„Vater ist allerdings nicht mehr dein Gläubiger“, sagte Robert. „Er ist tot.“

Jay plumpste vor Schreck in seinen Sessel zurück. Vater war doch noch keine Fünfzig! „Wie…?“

„Herzversagen.“

Jay sah seinen Bruder an. Ein unversöhnlicher, triumphierender Zug lag in Roberts Miene. Worüber freut der sich so, fragte sich Jay.

„Ich bin jetzt dein Gläubiger!“ erklärte Robert.

Jetzt fiel es Jay wie Schuppen von den Augen. „Du Schwein!“ flüsterte er.

Robert nickte. „Ich erkläre deine Hypothek für verfallen. Die Tabakpflanzung gehört mir. Mit High Glen habe ich es genauso gemacht: Ich habe die Hypotheken aufgekauft und nicht verlängert. Inzwischen gehört es mir.“

Nur mit Mühe brachte Jay eine Antwort hervor: „Du hast das von langer Hand geplant. Ihr wart es, du und Vater…“

„Jawohl!“

„Meine eigene Familie hat mich ruiniert.“

„Du hast dich selber ruiniert – dumm, faul und schwach, wie du bist.“

Jay ignorierte die Beleidigung. Mein eigener Vater hat mich hinterrücks in den Bankrott getrieben, dachte er. Murchmans Brief mit dem Hypothekenangebot fiel ihm ein. Das Schreiben war bereits wenige Tage nach seiner Ankunft in Virginia bei ihm eingegangen. Sir George hatte vorausgesehen, daß die Plantage in finanzielle Schwierigkeiten geraten würde, und war von vornherein darauf aus gewesen, sie Jay wieder abzunehmen. Die Ablehnung und Verachtung, die er seinem zweiten Sohn entgegenbrachte, wirkten sogar über seinen Tod hinaus.

Bereits zur Mittagszeit war er betrunken. Der Abend endete an der Bar der Raleigh Tavern. Als Jay am nächsten Morgen oben in seinem Zimmer aufwachte, konnte er beim besten Willen nicht mehr sagen, wie er dorthin gekommen war. Vermutlich hat Lennox mich raufgebracht, dachte er.

Es gab nichts mehr, wofür zu leben sich lohnte: kein Zuhause, keine Zukunft, Kinder hatte er auch nicht. Auch die Rückkehr nach England war ihm versperrt. Es war erst elf Uhr vormittags, und Jay saß schon wieder beim Brandy, als seine Mutter die Schankstube betrat.

Er erhob sich und starrte sie ängstlich an. Wie immer konnte sie seine Gedanken lesen. „Nein, Jay, ich bin kein Gespenst.“ Sie küßte ihn und setzte sich.

„Wie hast du mich gefunden?“ fragte er, nachdem er sich wieder einigermaßen gefangen hatte.

„Ich erkundigte mich in Fredericksburg nach deinem Verbleib, und man sagte mir, wo ich dich finden könne. Ich habe eine schlimme Nachricht für dich: Dein Vater ist tot.“

„Ich weiß.“

Nun war es an Alicia, überrascht zu sein. „Woher?“

„Robert ist da.“ Jay berichtete ihr, was vorgefallen war und daß inzwischen sowohl die Pflanzung als auch High Glen Robert gehörten. „Ich bin ruiniert. Ich war schon drauf und dran, mich umzubringen.“

Ihre Augen weiteten sich. „Dann hat dir Robert offenbar nicht mitgeteilt, was dein Vater im Testament festgelegt hat?“ Sie machte eine bedeutungsvolle Pause. „Alle Enkelkinder deines Vaters, die innerhalb eines Jahres nach seinem Tod das Licht der Welt erblicken, erhalten zu gleichen Teilen ein Viertel des Gesamtbesitzes. Wenn es nach Ablauf dieses Jahres noch keinen Enkel gibt, fällt alles an Robert.“

„Ein Viertel? Das ist ein Vermögen!“

„Du mußt also lediglich Lizzie wieder schwängern.“

Jay grinste gequält. „Na ja, wie man das anstellt, weiß ich wenigstens.“

„Ich wäre mir da nicht zu sicher. Sie ist mit diesem Grubenarbeiter durchgebrannt.“

„Sie hat mich verlassen? Ist mit einem Sträfling davongelaufen?“ Das war eine furchtbare Demütigung.

„Sie haben einen Planwagen und sechs von deinen Pferden mitgehen lassen.“

„Verfluchtes Diebespack! Konntest du das nicht verhindern?“

„Ich hab dem Sheriff Bescheid gesagt – aber Lizzie hat das Märchen verbreitet, sie wolle einem Vetter in North Carolina Geschenke bringen. Die Nachbarn haben dem Sheriff erzählt, ich sei nichts als eine zänkische Schwiegermutter, die Unfrieden stiften wolle.“

„Ich habe keine Ahnung, wo sie hin ist.“

„Ich weiß es. Ich bin ihnen gefolgt.“

In ungläubiger Bewunderung schüttelte er den Kopf. „Und wie hast du das angestellt?“

„Es war nicht schwer. Ich habe die Leute gefragt, ob sie einen vierspännigen Planwagen mit einem Mann, einer Frau und einem Kind gesehen hätten. Bei dem geringen Verkehr hier fällt so etwas auf.“

„Wo sind sie hin?“

„Zuerst fuhren sie nach Richmond, also gen Süden. Dann bogen sie nach Westen ab auf den sogenannten ‚Dreipässeweg‘, der in die

Berge führt. Ich wandte mich nach Osten und erreichte schließlich Williamsburg. Wenn du dich noch heute vormittag auf den Weg machst, sind sie dir nur drei Tage voraus."

„Was soll ich machen, wenn Lizzie sich weigert, zu mir zurückzukehren?" fragte er.

Finstere Entschlossenheit prägte die Züge seiner Mutter. „Es gäbe da natürlich noch eine andere Möglichkeit", sagte sie. „Du könntest in der Tat eine andere Frau schwängern, sie heiraten und an dein Erbe gelangen – vorausgesetzt, Lizzie kommt unerwartet zu Tode."

Jay starrte seine Mutter mit offenem Mund an.

„Sie wollen sich in die Wildnis absetzen, dorthin, wo sie der Arm des Gesetzes nicht erreichen kann. Da draußen kann alles mögliche passieren. Da stirbt es sich leicht – und niemand stellt dumme Fragen."

Jay schluckte. Seine Kehle war trocken, und er griff nach seinem Drink. Seine Mutter legte die flache Hand aufs Glas und sagte: „Du mußt dich auf den Weg machen. Nimm Lennox mit", riet sie ihm. „Wenn es zum Schlimmsten kommt und es dir nicht gelingt, Lizzie zur Rückkehr zu bewegen, wird er schon wissen, was zu tun ist."

Jay nickte. „Gute Idee. Das mache ich!"

DER ALTE Büffeljägerpfad, der unter der Bezeichnung Dreipässeweg bekannt war, führte – parallel zum James River, wie Lizzie anhand von Macks Karte feststellte – Kilometer um Kilometer durch die hügelige Landschaft Virginias nach Westen. Anfangs kamen sie an vielen großen Pflanzungen vorbei, die jenen in der Umgebung von Fredericksburg ähnelten, aber je weiter sie nach Westen vordrangen, desto kleiner wurden die Häuser und Ländereien. Und immer öfter führte der Weg über lange Strecken durch tiefe, unberührte Wälder.

Da sie damit rechnen mußten, verfolgt zu werden, trieben sie die Pferde bis an ihre Leistungsgrenze. Alicia Jamisson war nicht die Frau, die im Herrenhaus bei Fredericksburg tatenlos auf Jays Rückkehr warten würde. Sie hatte ihrem Sohn in Williamsburg inzwischen sicherlich längst eine Botschaft zukommen lassen und ihn über die Geschehnisse auf der Pflanzung aufgeklärt. Er war bestimmt schon hinter ihnen her. Sie hatten einige Tage Vorsprung, aber ohne Planwagen und große Mengen an Vorräten kam Jay auf jeden Fall schneller voran.

Am dritten Tag wurde die Landschaft sichtlich bergiger, und weit vor ihnen zeichnete sich im Dunst eine bläuliche Bergkette ab. Kilometer um Kilometer ging es so. Die Pferde wurden immer müder, stolperten auf dem unebenen Pfad ein ums andere Mal und wurden zusehends störrischer und langsamer. Sie reagierten nicht einmal mehr auf Peitschenhiebe.

„Was ist nur los mit ihnen?“ fragte Mack besorgt.

„Sie brauchen besseres Futter“, antwortete Lizzie. „Bislang müssen sie mit dem auskommen, was sie abends am Rastplatz abweiden können. Sie brauchen Hafer.“

Mack machte sich Vorwürfe. „Ich hätte daran denken und Hafer mitnehmen müssen, aber ich kenne mich immer noch viel zuwenig mit Pferden aus.“

Am Nachmittag erreichten sie Charlottesville, eine neue, aufstrebende Siedlung an der Kreuzung zwischen dem Dreipässeweg und dem in Nordsüdrichtung verlaufenden Seminolenpfad. Die Siedlung bestand aus kaum mehr als einem Dutzend Häusern. Lizzie sah ein Gerichtsgebäude mit einem Schandpfahl davor. Eine Schenke war an ihrem Schild zu erkennen, das mit der kunstlosen Darstellung eines Schwans versehen war.

„Hier können wir vielleicht Hafer bekommen“, sagte Lizzie.

„Nein, wir fahren besser weiter“, entschied Mack.

Lizzie verstand seine Bedenken. Die Straßenkreuzung bedeutete für Jay ein Problem, weil er nicht ohne weiteres wissen konnte, ob die Flüchtlinge weiter nach Westen gezogen oder aber nach Süden abgebogen waren. Wenn sie an der Schenke hielten und Futter kauften, erregten sie Aufmerksamkeit.

Einige Kilometer hinter Charlottesville, an einer Stelle, an der ein kaum sichtbarer Pfad ihren Weg kreuzte, beschlossen sie zu rasten. Mack machte ein Lagerfeuer, und Peg kochte Maisbrei. Den Flüchtlingen fehlte die Zeit zum Fischen und Jagen. Lizzie fand den Maisbrei völlig geschmacklos, und seine klebrige, zähflüssige Konsistenz ekelte sie. Noch im nachhinein schämte sie sich, daß man ihren Feldarbeitern jeden Tag diesen Fraß vorgesetzt hatte.

Während Mack an einem Bach ihr Geschirr spülte, fesselte Lizzie den Pferden die Vorderbeine, so daß sie in der Nacht zwar grasen, aber nicht davonlaufen konnten. Dann wickelten sich alle drei in warme Decken ein und legten sich unter dem Planwagen nebeneinander zum Schlafen nieder.

AM NÄCHSTEN Tag überquerten sie einen Gebirgszug und hielten auf die dahinterliegende Ebene zu. Lizzie und Peg lenkten den Planwagen, während Mack auf einem der freien Pferde vorausritt. Irgend etwas bedrückte Peg, sie wußte nur nicht, was. Lizzie mochte Peg.

„Was hast du auf dem Herzen?“ fragte sie das Mädchen.

„Diese Gehöfte hier draußen in den Bergen erinnern mich an Burgo Marlers Farm.“

Es muß schlimm sein, einen Menschen getötet zu haben, dachte Lizzie, spürte aber, daß es etwas anderes war, das Peg zu schaffen machte.

Es dauerte nicht lange, und das Mädchen kam heraus mit der Sprache: „Du bist in Mack verliebt, oder?“

„Ja, natürlich!“

„Aber du bist doch gerade erst deinen Ehemann losgeworden – geht das nicht ein bißchen schnell?“

Lizzie fuhr zusammen. Das war genau das, was sie in Augenblicken des Zweifels selber dachte – nur war es äußerst ärgerlich, sich diesen Vorwurf aus dem Munde einer Halbwüchsigen anhören zu müssen. „Mein Mann hat mich seit einem halben Jahr nicht mehr angerührt“, erwiderte sie. „Wie lange soll ich denn deiner Meinung nach noch warten?“

„Mack liebt mich!“

„Er liebt uns beide“, sagte Lizzie, „nur auf unterschiedliche Art. Er ist wie ein Vater zu dir. Und ich werde versuchen, wie eine Mutter zu dir zu sein, wenn du es mir erlaubst.“

„Nein!“ rief Peg zornig. „So läuft das nicht!“

Lizzie war nun wirklich am Ende ihres Lateins. Sie warf einen Blick nach vorn. Ein seichter Fluß, an dessen Ufer ein niedriges Holzhaus stand, war in Sicht gekommen. Offenbar befand sich hier eine Furt, und das Haus war eine Schenke für die Reisenden. Mack band gerade sein Pferd an einen Baum vor dem Eingang.

Sie brachte das Fuhrwerk zum Stehen. Ein großer, einfach gekleideter Mann trat vor die Tür. „Wir brauchen Hafer für unsere Pferde“, sagte Mack.

Der Mann antwortete mit einer Gegenfrage. „Wollt ihr eurem Gespann ein wenig Ruhe gönnen und auf ein Bier in meine Schenke kommen?“

Lizzie hatte plötzlich das Gefühl, ein Krug Bier wäre jetzt das erstrebenswerteste Gut auf Erden. Sie hatte etwas Geld mitgenommen. „Ja!“ sagte sie entschlossen und sprang vom Wagen.

„Ich heiße Barney Tobold“, sagte der Wirt. „Die Leute nennen mich Baz.“ Er führte sie in die Gaststube.

Die Schenke besaß nur einen einzigen Raum. Das Mobiliar bestand lediglich aus zwei Bänken und einem Tresen. Baz zapfte Bier aus einem Faß in zwei Holzkrüge. Unterdessen betrat Mack die Schenke. Er hielt seine Karte in der Hand und fragte: „Welcher Fluß ist das hier?“

„Wir nennen ihn den South River.“

„Wohin führt der Weg auf der anderen Seite?“

„Nach fünfunddreißig Kilometern kommt man in eine Ortschaft namens Staunton. Wo wollt ihr denn hin?“

„Ich möchte einen Vetter von mir besuchen.“

„In Staunton?“

Die Frage brachte Lizzie durcheinander. „Äh, ja, in der Nähe…“

Von draußen drang Pferdegetrappel an ihre Ohren. War es denkbar, daß Jay sie schon eingeholt hatte? Auch Mack machte das Geräusch nervös. „Wenn wir bis Einbruch der Dunkelheit in Staunton sein wollen, dürfen wir…“

„…keine Zeit mehr verlieren“, ergänzte Lizzie und leerte ihren Krug. Dann zog sie ihre Brieftasche hervor. „Ich möchte zahlen.“

Zwei Männer betraten die Schankstube und blinzelten ins dämmrige Licht. Am Rande ihres Blickfelds nahm Lizzie wahr, daß Peg zusammenschrak und dann den beiden Neuankömmlingen ihren Rücken zuwandte, als wolle sie ihr Gesicht vor ihnen verbergen.

„Hallo, Fremde!“ grüßte der eine fröhlich. Es war ein häßlicher Mann mit einer gebrochenen Nase und einem geschlossenen Auge. „Ich bin Chris Dobbs, besser bekannt als der einäugige Dobbo.“ Er sah Lizzie genauer an und sagte: „Eine Frau in Wildlederhosen!“

Lizzie ging nicht auf seine Bemerkung ein. „Auf Wiedersehen, Baz – und danke für Ihre Auskünfte!“

Mack verließ die Schenke, und Lizzie und Peg gingen zur Tür. Jetzt bekam Dobbs Peg zu sehen und sagte verblüfft: „He, dich kenn ich doch! Ich habe dich bei Burgo Marler gesehen, Gott hab ihn selig!“

„Kenne keinen Burgo Marler“, erwiderte Peg tapfer und ging an ihm vorbei.

„Du lieber Gott! Du mußt dieses kleine Luder sein, das ihn umgebracht hat!“

„Moment!“ sagte Lizzie. „Jenny ist seit ihrem zehnten Lebensjahr als Hausmädchen und Zofe in meiner Familie tätig. Einen Mann namens Burgo Marler hat sie nie gesehen, geschweige denn umgebracht.“

Aber so leicht ließ sich der einäugige Dobbo nicht abschütteln. „Nein, sie heißt nicht Jenny…, aber so ähnlich: Betty, Milly – oder Peggy! Ja, Peggy, genau! Peggy Knapp!“

Lizzie wurde schlecht vor Angst.

Dobbs wandte sich hilfesuchend an seinen Begleiter: „Das ist sie doch, oder?“

Der andere zuckte unsicher mit den Schultern und sagte: „Ich hab diese Peggy bei Burgo nur ein- oder zweimal gesehen.“

„Es wäre vielleicht besser, Sie blieben hier, bis wir den Sheriff in Staunton benachrichtigt haben. Ich bin sicher, daß er sehr daran interessiert sein wird, Ihre Geschichte zu überprüfen“, erklärte Baz, griff unter den Schanktisch und richtete eine Muskete auf Peg.

„Jetzt hören Sie mir mal gut zu: Ich gehe jetzt, und zwar zusammen mit diesem Mädchen. Wenn Sie die Ehefrau eines angesehenen virginischen Gentlemans erschießen, wird keine Ausrede der Welt Sie vor dem Galgen retten.“ Lizzie trat zwischen das Mädchen und die Muskete und schob Peg langsam dem Ausgang zu.

Baz spannte den Hahn. Es klickte ohrenbetäubend.

Peg zuckte unter Lizzies Händen zusammen. Bis zur Tür waren es keine drei Meter, doch als sie sie endlich erreicht hatten, schien eine Stunde vergangen zu sein. Es fiel kein Schuß. Lizzie spürte den Sonnenschein auf ihrem Gesicht. Jetzt konnte auch sie sich nicht länger zurückhalten. Sie begann zu rennen und schubste Peg vor sich her.

Mack saß bereits im Sattel. Peg sprang auf den Kutschbock, und Lizzie folgte ihr.

„Was ist denn los?“ fragte Mack.

„Laß uns verschwinden!“ rief Lizzie und schnappte sich die Zügel. „Dieser Einäugige hat Peg erkannt!“ Sie wendete das Gespann gen Osten. Wenn sie weiter nach Staunton fuhren, würden sie dem Sheriff direkt in die Arme fahren. Es gab keine andere Wahl: sie mußten zurück – auf dem gleichen Weg, auf dem sie gekommen waren.

Sie warf einen Blick zurück. Im Eingang der Schenke standen die drei Männer. Baz hielt noch immer die Muskete in der Hand.

Der Weg bog in den Wald ab, und sie waren von der Schenke aus nicht mehr zu sehen. Nach einer Weile ließ Lizzie die Pferde langsamer gehen. Mack brachte sein Tier neben ihres. „Wir haben vergessen, Hafer zu kaufen“, sagte er.

An der Stelle, an der sie am Abend zuvor ihr Nachtlager aufgeschlagen hatten, fuhren sie ein gutes Stück von der Hauptstrecke ab und versteckten den Planwagen im Wald: Sie waren jetzt Flüchtlinge vor der Justiz.

Mack studierte seine Karte. Wir müssen zurück nach Charlottesville und dort den Seminolenpfad nach Süden nehmen, beschloß er. In ein, zwei Tagen können wir dann wieder nach Westen abbiegen und kommen nie näher als bis auf siebzig Kilometer an Staunton heran. Er schlug vor, alleine nach Charlottesville vorauszureiten, um zu sehen, ob die Luft rein war. Lizzie war einverstanden.

Er ritt schnell und erreichte die Stadt noch vor Sonnenaufgang. Die Tür zum „Swan" stand offen, der Schornstein rauchte. Mack band sein Pferd an einen Busch. Dann näherte er sich vorsichtig dem Eingang der Schenke.

Die Schankstube war leer. Von irgendwoher stieg ein Geruch auf, der ihm das Wasser im Munde zusammenlaufen ließ. Hinter dem Haus fand er eine alte Frau, die Speck briet. „Ich brauche Hafer", sagte er.

Ohne von ihrer Arbeit aufzusehen, antwortete die Frau: „Gegenüber dem Gerichtsgebäude ist ein Laden."

Er ließ sein Pferd, wo es war, und ging zu Fuß den Hügel zum Gericht hinauf. Gegenüber dem hölzernen Gerichtsgebäude stand ein kleineres Haus mit einem Schild, auf dem in ungelenker Schrift das Wort SAATGUTHANDLUNG stand. Die Tür war verschlossen, doch in einem Außentoilette hinter dem Haus stand ein Mann mit freiem Oberkörper und rasierte sich. „Ich brauche Hafer", sagte Mack einmal mehr.

Brummelnd wischte sich der Mann das Gesicht ab und ließ Mack in den Laden.

„Irgendwelche Fremden in der Stadt?" fragte Mack.

„Ja – Sie!"

Mack zahlte mit Lizzies Geld und wuchtete sich die beiden Säcke auf den Rücken. Beim Hinausgehen hörte er Pferdegetrappel, und als er aufsah, erblickte er zwei Reiter, die sich von Osten her der Stadt näherten. Eilig lief er den Hügel hinunter. Die Reiter hielten vor dem Swan an. Als Mack näher kam, verlangsamte er seinen Schritt und zog sich den Hut tief ins Gesicht. Als sie absaßen, musterte er sie genauer.

Mack stieß einen verhaltenen Fluch aus. Einer von ihnen war Jay Jamisson. Jetzt hat er uns schon fast eingeholt, dachte er, und dies nur wegen dieses dummen Zwischenfalls gestern am South River.

Es kam jetzt darauf an, das Pferd zu erreichen und ungesehen zu verschwinden. In diesem Augenblick fiel ihm ein, daß er „sein" Pferd ja von Jay gestohlen hatte. Es war an einen Busch gebunden, keine drei Meter von der Stelle entfernt, an der Jay jetzt stand. Jay liebte seine Pferde. Schenkte er dem Tier auch nur einen Blick, so würde er es als sein eigenes erkennen.

Der Begleiter Jays war Lennox. Er band sein Pferd gleich neben Macks an. Eine Schweißperle rollte Mack über die Stirn ins Auge. Er blinzelte sie fort. Als sein Blick wieder klar war, betraten die zwei Männer gerade das Wirtshaus.

Er lief zu seinem Pferd, lud die Hafersäcke auf, schwang sich in den Sattel und ritt davon. Er wollte jetzt so rasch wie möglich zu Lizzie und Peg zurück, konnte aber mit den schweren Säcken nicht so schnell reiten wie auf dem Hinweg. Als er die Kreuzung erreichte, schien die Sonne bereits warm vom Himmel. Er bog vom Hauptweg ab und erreichte nach kurzer Zeit den verborgenen Lagerplatz.

„Jay ist in Charlottesville", sagte er zu Lizzie, kaum daß er ihrer ansichtig wurde.

Sie erbleichte. „So nah schon?"

„Spätestens an der Furt über den South River wird er erfahren, daß wir umgekehrt sind. Damit schrumpft unser Vorsprung auf anderthalb Tage. Wir werden den Planwagen aufgeben müssen."

„Und all unsere Vorräte!"

„Die meisten zumindest. Wir haben drei Ersatzpferde. Denen packen wir soviel auf, wie sie tragen können." Mack blickte nach Süden. Der Seitenpfad, an dem sich ihr Lager befand, führte in diese Richtung. „Anstatt nach Charlottesville zurückzukehren, sollten wir lieber diesen Weg einschlagen. Wahrscheinlich kürzt er ein Stück ab und trifft ein paar Kilometer außerhalb der Stadt wieder auf den Seminolenpfad."

Es war nicht Lizzies Art, in einer solchen Lage zu lamentieren. Ihr Mund verriet ihre Entschlossenheit. „Na gut", sagte sie grimmig, „dann laden wir mal ab!"

Am späten Vormittag waren sie wieder unterwegs.

## 15

Drei Tage lang folgten sie dem uralten Seminolenpfad nach Südwesten. Er führte sie durch majestätische Täler und über Pässe, die sich zwischen bewaldeten Bergen hindurchwanden. Sie ritten zu dritt nebeneinander, und die aneinandergebundenen Packpferde folgten ihnen. Mack ritt sich wund, verlor aber seine Fröhlichkeit nicht. Die Berge waren traumhaft schön, die Sonne schien – und er war ein freier Mann.

Am Morgen des vierten Tages erklommen sie eine Anhöhe und erblickten im dahinterliegenden Tal einen weitläufigen braunen Fluß mit zahlreichen Inseln. Am anderen Ufer standen auf engem Raum mehrere Blockhäuser. Ein breites Fährboot mit flachem Kiel lag gut vertäut an seinem Landeplatz.

Mack zügelte sein Pferd. „Das müßte, wenn mich nicht alles täuscht, der James River sein. Die Siedlung wäre dann ein Ort namens Lynch's Ferry."

Lizzie erriet seine Gedanken. „Du willst jetzt wieder nach Westen reiten."

Er nickte. „Drei Tage lang sind wir fast niemandem begegnet. Es wird Jay daher nicht leichtfallen, unsere Fährte zu verfolgen. Wenn wir hier den Fluß überqueren, sieht uns zumindest der Fährmann. Außerdem werden sich Begegnungen mit allen anderen Wichtigtuern hier vor Ort kaum vermeiden lassen."

Sie verließen den Pfad und ritten durch abschüssiges, bewaldetes Gelände zum Fluß hinunter, den sie ungefähr eine halbe Meile stromaufwärts von der Ansiedlung erreichten. Ein schmaler, ebener Weg führte mehrere Kilometer am Westufer des Flusses entlang, zweigte dann jedoch ab und umrundete eine Reihe von Anhöhen. Am Abend machten sie an einem schnell fließenden Bergbach Rast. Lizzie schoß einen kleinen Hirsch. Mack zerlegte das Tier und schnitzte einen Spieß, so daß sie sich eine Keule rösten konnten. Dann entfernte er sich, um sich die blutverschmierten Hände zu waschen, und ließ Peggy zur Bewachung des Feuers zurück.

Ein Stückchen weiter flußabwärts fand er einen kleinen Wasserfall, der sich in einen tiefen Teich ergoß. Auf einem Felsvorsprung kniete er nieder und spülte sich die Hände im herabstürzenden Wasser. Dann beschloß er spontan, ein Bad zu nehmen. Er hatte gerade seine Hose abgelegt, als er aufblickte und Lizzie entdeckte. „Jedesmal, wenn ich mich ausziehe und in einen Fluß springen will..."

„... stehe ich da und beobachte dich!"

Sie mußten beide lachen.

„Komm auch ins Wasser", schlug Mack vor.

Er sah ihr beim Ausziehen zu, und sein Herz schlug schneller. Liebevoll betrachtete er ihren Körper. Sie umarmten und küßten sich. Hand in Hand und hilflos lachend, sprangen sie von dem Felsvorsprung, und händchenhaltend tauchten sie ins Wasser ein.

Aus dem Augenwinkel nahm Mack am Ufer eine Bewegung wahr. Er wandte den Kopf und sah noch etwas Farbiges aufblitzen, doch danach war nichts mehr zu sehen. Irgendwer hatte sie beobachtet. Hatte Peggy sie überrascht, oder war das ein Fremder gewesen?

Als sie zu ihrem Lager zurückkehrten, war Peggy fort.

„Ich glaube, sie ist weggelaufen“, sagte Lizzie.

Mack kniff die Augen zusammen. „Woher willst du das wissen?“

„Sie ist eifersüchtig, weil du mich liebst. Sie hat mir erzählt, sie will dich heiraten. Das sind natürlich nur Jungmädchenträume, aber das ist ihr nicht klar. Ich nehme an, sie hat uns am Teich beobachtet und ist deshalb weggelaufen.“

Mack hatte die dumpfe Empfindung, es könnte stimmen. Jetzt wanderte dieses arme Kind mutterseelenallein durch die nachtdunklen Berge! „Wenigstens hat sie sich kein Pferd genommen. Weit kann sie also noch nicht sein. Am besten machen wir uns Fackeln, bevor wir mit der Suche beginnen. Wahrscheinlich ist sie einfach zurückgegangen.“

ZUERST gingen sie den Weg zurück, stundenlang, und leuchteten immer wieder mit ihren Fackeln zu beiden Seiten des gewundenen Pfads ins Unterholz. Peggy war nirgendwo zu finden.

Im Morgengrauen beluden sie die Pferde mit ihren Vorräten und machten sich wieder auf den Weg. Ob Peggy sich in westlicher Richtung davongemacht hatte? Mack hoffte es, bestand in diesem Fall doch die Chance, sie auf ihrem Pfad einzuholen. Aber sie ritten den ganzen Vormittag lang, ohne eine Spur von ihr zu finden.

Gegen Mittag stießen sie auf einen anderen Weg. Es war eine holprige, unbefestigte Straße, aber doch breiter als ein Planwagen. Auf dem Boden fanden sich Hufabdrücke. Die Straße verlief von Nordost nach Südwest, und am Horizont hoben sich majestätische Berge in den blauen Himmel. Das war der Weg, den sie gesucht hatten, der Weg zur Cumberland-Schlucht. Schweren Herzens wandten sie sich nach Südwesten und ritten weiter.

AM MORGEN des folgenden Tages führte Jay Jamisson sein Pferd den Abhang hinunter zum James River. Am anderen Ufer sah er die Siedlung Lynch's Ferry liegen.

Er war erschöpft und niedergeschlagen. Auch war er des schlechten Essens, der verschmutzten Klamotten, der tagelangen Reiterei und der kurzen Nächte auf der harten Erde überdrüssig. Als er an der South-River-Furt erfahren hatte, daß Lizzie dort mit ihren Komplizen zur Umkehr gezwungen worden war, hatte ihn das Jagdfieber gepackt, obgleich es ihm ein Rätsel war, wie sie mit dem Planwagen ungesehen an ihm hatten vorbeikommen können.

„Sie haben den Pfad irgendwo verlassen“, hatte der einäugige Dobbs in der Schenke am Fluß zuversichtlich behauptet. Der Mann hatte die drei Flüchtigen am Tag zuvor gesehen und in Peg Knapp die gesuchte Mörderin Burgo Marlers erkannt.

„Aber in welche Richtung sind sie gezogen – nach Norden oder nach Süden?“ hatte Jay bekümmert gefragt.

„Wenn du auf der Flucht vor dem Gesetz bist, mußt du nach Süden – dorthin, wo es keine Sheriffs, keine Gerichte und keine Richter gibt.“

Jay war da nicht so sicher. Er sagte Dobbs, was er jedem sagte: Wer die Flüchtlinge einfing, würde eine Belohnung von fünfzig englischen Pfund erhalten. Das Geld – genug, um hier draußen eine kleine Farm zu kaufen – hatte Jay von seiner Mutter bekommen. Nach ihrem Gespräch durchquerte Dobbs die Furt und ritt nach Staunton.

In der Hoffnung, Lizzie sei zunächst nach Charlottesville zurückgekehrt und von dort aus in südlicher Richtung weitergereist, war Jay in die Stadt zurückgeritten. Dort aber war der Planwagen nicht mehr gesehen worden. Jay konnte nur vermuten, daß die drei Charlottesville irgendwo umgangen und sich auf andere Weise zu dem gen Süden führenden Seminolenpfad durchgeschlagen hatten. Er setzte alles auf diese Karte und führte seinen Häschertrupp auf diese Fährte. Doch bisher war ihnen kein Mensch begegnet, der unterwegs einen Mann, eine Frau und ein junges Mädchen getroffen hatte.

Nun machte sich Jay große Hoffnungen, in Lynch's Ferry etwas Neues in Erfahrung zu bringen. Noch während er die Überfahrt bezahlte, begann er den Fährmann auszufragen. „Wir suchen drei Leute, die gemeinsam unterwegs sind: eine junge Frau, ein Schotte ungefähr gleichen Alters und ein junges Mädchen von vierzehn Jahren. Sind sie hier durchgekommen?“

Der Mann schüttelte den Kopf.

Jays Hoffnung schwand. „Ist es möglich, daß hier jemand über den Fluß kommt, ohne daß Sie es merken?“

„Das müßte schon ein sehr guter Schwimmer sein.“

Jay fluchte halblaut vor sich hin. Sechs Tage war Lizzie nicht mehr gesehen worden. Irgendwie war sie ihm entwischt. Sie hatte ihn ausgetrickst und um sein Erbe betrogen. Bei Gott, dachte er, ich jage ihr eine Kugel durch den Kopf, wenn ich sie jemals wiedersehe …

Die Fähre legte an. Als sie an Land gingen, bemerkte der Fährmann beiläufig: „Sie werden in der Schenke erwartet." Dobbs! Wie konnte der vor uns hiersein, fragte sich Jay, und was wollte dieser armselige Kerl?

Jay hatte es eilig, das Rätsel zu lösen. „Du kümmerst dich um die Pferde!" befahl er Lennox. „Ich gehe und rede mit Dobbs."

Das stattliche Gebäude längs des Anlegeplatzes war die Schenke. Dobbs saß an einem Tisch und aß Eintopf. Er schaute auf und sprach mit vollem Mund: „Ich komme, um mir diese Belohnung abzuholen, Hauptmann Jamisson. Da drüben." Er deutete mit dem Kopf in eine Ecke.

Dort saß, an einen Stuhl gefesselt, Peg Knapp.

Jay starrte sie an. Wenn das kein Riesenglück war! „Wo, zur Hölle, haben Sie die eingefangen?"

„Ich hab sie auf dem Weg südlich von Staunton gefunden. Aber sie macht den Mund nicht auf."

Jay sah, daß das Mädchen blaue Flecken im Gesicht hatte. Dobbs war offensichtlich nicht sehr freundlich mit ihr umgegangen.

„Ich sag Ihnen, was ich glaube", fuhr Dobbs fort. „Sie haben's fast bis hierher geschafft, sind aber nicht über den Fluß rüber, sondern weiter nach Westen gezogen. Irgendwo müssen sie den Planwagen stehengelassen haben. Sie sind dann zu Pferde weiter: immer am Fluß entlang bis zur Straße nach Staunton."

„Aber wie sind Sie vor uns hier angekommen, Dobbs?"

Der einäugige Dobbs grinste. „Mit dem Floß den Fluß runter."

„Die drei müssen sich gestritten haben", sagte Jay aufgeregt. „Die anderen müssen folglich nach Süden geritten sein." Er runzelte die Stirn. „Wo wollen die eigentlich hin?"

„Die Straße führt bis Fort Chiswell. Danach gibt's kaum noch besiedeltes Land. Weiter im Süden ist noch ein Ort namens Wolf Hills. Dahinter gibt's nur noch Cherokee-Indianer. Ich nehm an, daß sie von Wolf Hills aus in die Berge gehen werden, also nach Westen. Die Jäger erzählen, daß es da irgendwo einen Paß gibt, die Cumberland-Schlucht."

„Was liegt hinter den Bergen?"

„Die reine Wildnis, heißt es. Gutes Jagdgebiet. Das sogenannte Blaugrasland."

Mit einemmal war Jay alles klar. Lizzie will in einem unbesiedelten Gebiet ein neues Leben beginnen, dachte er. Aber das wird ihr nicht gelingen! Ich werde sie vorher einfangen und zurückbringen – tot oder lebendig.

„Dieses Kind allein ist nicht viel wert“, sagte er zu Dobbs. „Wenn Sie die fünfzig Pfund haben wollen, müssen Sie uns dabei helfen, auch die anderen zwei noch einzufangen.“

ZEHN Tage nachdem Peg davongelaufen war, ritten Mack und Lizzie durch eine weite, flache Ebene und erreichten den mächtigen Holston River. „Hier ist es“, sagte er zu Lizzie. „Das ist das Ende der Zivilisation.“

Schon seit mehreren Tagen hatten sie das Gefühl, beinahe allein auf der Welt zu sein. Gestern hatten sie nur einen Weißen gesehen, einen Trapper, sowie drei Indianer auf einer entfernten Anhöhe. Heute waren ihnen nur mehrere Indianergruppen begegnet. Die Rothäute hatten sich weder freundlich noch feindselig verhalten, sondern einfach nur Distanz gewahrt.

Je seltener die Gehöfte wurden, desto mehr Wild gab es – Bisons, Hirsche, Kaninchen und Millionen von eßbaren Vögeln: Truthähne, Enten, Waldschnepfen, Wachteln… Lizzie schoß mehr, als sie beide verzehren konnten.

Sie ließen die Pferde im Holston trinken und setzten sich zur Rast ans steinige Ufer. Auf der Ebene hatte sich der Pfad allmählich verlaufen, und jenseits des Stromes war nicht der geringste Hinweis auf einen Weg auszumachen. Gen Norden ragte eine hohe Bergkette in den Himmel. Das war ihr Ziel.

„Dort muß irgendwo der Paß sein“, meinte Mack.

Trotz seiner zuversichtlichen Worte war ihm angst und bange. Vor ihnen lag unerschlossenes Land. Berglöwen oder wilde Bären konnten sie überfallen. Die Indianer konnten feindselig werden. Für Besitzer eines Gewehrs gab es gegenwärtig noch Nahrung im Überfluß – doch was würde im Winter geschehen?

Mack zog seine Landkarte hervor. „Die Flußtäler erstrecken sich alle schräg von Nordosten nach Südwesten. Wir müssen nach Nordwesten gehen, im rechten Winkel zu den Flüssen und über eine ganze Reihe hoher Bergketten. Wenn uns eine Bergkette unüberwindlich erscheint, wenden wir uns wieder nach Westen und halten im Tal Ausschau nach dem nächsten Durchbruch nach Norden. Die Pässe befinden sich vielleicht nicht genau an den Stellen, wo sie auf der Karte verzeichnet sind, aber vorhanden sind sie ganz gewiß.“

„Na schön, es bleibt uns sowieso nichts anderes übrig, als einen Versuch zu wagen.“ Lizzies Miene verdüsterte sich. „Ich wünschte nur, Peggy wäre noch bei uns.“

Mack erging es nicht anders. Er und Peg hatten soviel gemeinsam durchgestanden – und einander am Ende doch verloren. Jedesmal wenn er an die Kleine dachte, kamen ihm die Tränen.

Er stand auf. „Ich möchte so schnell wie möglich fort von diesem Fluß", gab Mack zurück. „Bis hierher kann Jay uns vielleicht noch gefolgt sein – aber jetzt schütteln wir ihn endgültig ab."

Dann bemerkte er, daß sie beobachtet wurden. Am Rande seines Blickfelds war ihm eine Bewegung aufgefallen, und nun nahm er sie erneut wahr. Angespannt drehte er den Kopf.

Nur wenige Meter von ihnen entfernt standen zwei Indianer. Es waren zwei Jugendliche, beide um die siebzehn Jahre alt. Sie hatten das typisch glatte schwarze Haar und die rötliche Haut der amerikanischen Ureinwohner, und sie trugen Hirschlederhosen.

Der größere der beiden hielt ihnen einen lachsgroßen Fisch hin. „Ich will ein Messer", sagte er.

Mack nahm an, daß die beiden im Fluß gefischt hatten. „Du willst handeln?" fragte er.

Der Junge lächelte. „Ich will ein Messer."

Lizzie mischte sich ein. „Wir brauchen keinen Fisch, aber wir könnten einen Führer brauchen. Ich wette, der Junge weiß, wo der Paß ist."

Mack griff den Gedanken bereitwillig auf: „Willst du uns den Weg zeigen?"

Der Junge lächelte, doch es war klar, daß er kein Wort verstand.

„Laß mich mal versuchen", sagte Lizzie. Sie ging zu einem der Packpferde, öffnete einen Lederbeutel und zog ein Messer mit langer Klinge heraus. Es war in der Schmiede von Mockjack Hall hergestellt worden. Das große, in den Holzgriff eingebrannte „J" stand für „Jamisson". Lizzie zeigte es dem Jungen.

Er lächelte breit. „Ich kaufe es", sagte er und wollte danach greifen.

Lizzie zog es zurück. „Schau her", erklärte Lizzie, beugte sich über einen langen, flachen Stein und begann mit der Messerspitze ein Bild hineinzuritzen. Sie zog eine Zickzacklinie und deutete abwechselnd auf das Gebirge in der Ferne und auf die Linie. „Das sind die Berge."

Mack hätte nicht sagen können, ob der Junge sie verstand oder nicht.

Unterhalb der Berge zeichnete Lizzie zwei Strichmännchen, deutete auf sich selbst und Mack und erklärte: „Das sind wir. Und jetzt aufgepaßt!" Sie ritzte ein zweites Gebirge, dann ein tiefes „V", das die beiden miteinander verband. „Das ist der Paß", sagte sie mit fester Stimme. Sie deutete auf ihn. „Du bringst uns zu diesem Paß – dann bekommst du das Messer."

Der Indianer malte ein „V" in die Luft und stach mit dem Finger hindurch. „Paß", wiederholte er.

„Glaubst du, er hat es verstanden?" fragte Mack.

„Ich weiß es nicht." Lizzie zögerte, dann nahm sie ihr Pferd am Zügel und marschierte los. „Wollen wir gehen?" fragte sie den Jungen und machte eine einladende Geste.

Er gesellte sich neben sie und ging mit ihr mit.

„Halleluja!" Mack atmete auf.

Der zweite Indianer schloß sich ihnen an.

Sie schritten an einem breiten Bach entlang. Das Gelände stieg jetzt unbarmherzig an, doch der Boden war weniger uneben als zuvor, so daß die Pferde sogar ein wenig schneller gehen konnten. Mack begriff, daß die Jungen einem Pfad folgten, den nur sie sehen konnten. Unter der Führung der beiden Indianer hielten sie direkt auf die Berge zu.

Endlich hatten sie den Fuß des Gebirges erreicht. Nach einer abrupten Biegung nach Osten erkannte Mack zu seiner gewaltigen Erleichterung den Paß. „Gut gemacht, Fischjunge!" rief er fröhlich.

Sie fanden eine Furt durch den Fluß und umrundeten die vor ihnen liegende Bergkuppe, bis sie auf der anderen Seite des Massivs herauskamen. Bei Sonnenuntergang befanden sie sich in einem schmalen Tal mit einem schnellfließenden, etwa acht Meter breiten Bach, der nach Nordosten floß. Vor ihnen lag ein weiterer Gebirgszug. „Schlagen wir hier unser Lager auf", meinte Mack. „Morgen früh durchqueren wir das Tal und suchen uns den nächsten Paß."

Lizzie reichte dem größeren Jungen das Messer. „Danke, Fischjunge", sagte sie.

Mack hoffte, die Indianer würden bei ihnen bleiben. Doch die beiden machten kehrt und gingen zurück. Wenige Augenblicke später waren sie im Zwielicht verschwunden.

JAY WAR fest davon überzeugt, daß sie Lizzie an diesem Tag erwischen würden. Er trieb die Pferde unbarmherzig an. „Sie können nicht mehr weit sein", sagte er immer wieder.

In der Abenddämmerung erreichten sie den Holston River, hatten aber immer noch keine Spur von den Flüchtlingen entdeckt. Sie fesselten den Pferden die Vorderbeine und banden Peg an einen Baum, während Lennox Maisbrei fürs Abendessen kochte.

Sie waren alle sehr erschöpft. Nun verließ auch Dobbs der Mut. „Mir reicht's, ich geh wieder zurück“, sagte er. „Hier in den Bergen in die Irre zu laufen und zu verrecken ist keine fünfzig Pfund wert.“

Jay wollte ihn nicht verlieren: Dobbs war der einzige, der sich wenigstens einigermaßen in diesem Gelände zurechtfand.

„Hängen Sie noch einen Tag dran! Alle meinen, der Weg in die Berge sei nördlich von hier. Dann müßten wir doch auch den Paß finden. Vielleicht holen wir sie schon morgen ein.“

„Und vielleicht ist das Ganze nichts weiter als verdammte Zeitverschwendung!“

Lennox löffelte den Maisbrei in Schüsseln. Dobbs band Peg die Hände los, damit sie essen konnte. Als sie fertig war, fesselte er sie wieder.

Die Männer wickelten sich in ihre Decken und wechselten noch ein paar belanglose Worte. Stunde um Stunde verstrich, und der Mond ging auf. Jay schlummerte immer wieder ein. Als er irgendwann wieder einmal die Augen aufschlug, sah er ein fremdes Gesicht am Rande des Lichtkreises, den das Feuer warf. Das Gesicht war eigenartig – jung, aber exotisch, und er brauchte eine Zeitlang, bis er darauf kam, daß es einem Indianer gehören mußte.

Der Junge lächelte, doch das Lächeln galt nicht Jay, sondern Peg. Das Mädchen schnitt Grimassen. Nach einer Minute begriff Jay, daß Peg den Indianer dazu bringen wollte, sie loszubinden.

Dann entdeckte er den zweiten Indianer, auch er war noch sehr jung.

Der eine trat nun lautlos in den Lichtkreis. In der Hand hielt er einen großen Fisch, den er nun vorsichtig auf den Boden legte. Dann zog er ein Messer und beugte sich über Peg.

Lennox war schnell wie eine Schlange. Ein kurzes Handgemenge, dann hatte Lennox den Jungen überwältigt und drehte ihm den Arm auf den Rücken. Das Messer fiel auf die Erde. Der zweite Indianer verschwand.

Jay stand auf. „Ja, was haben wir denn da?“

Dobbs schaute erstaunt um sich und erklärte dann: „Bloß ein Indianerjunge, der versucht, uns auszurauben. Hängen wir ihn auf, den anderen zur Warnung!“

„Nicht sofort“, widersprach Lennox. „Halt du ihn fest, Dobbs!“ Der Einäugige übernahm den Jungen, und Lennox hob das Messer auf, das der Indianer hatte fallen lassen. „Sehen Sie sich das an: eines von unseren – in den Griff ist der Buchstabe J eingebrannt.“

Jay sah sich das Messer an. Ja, es war auf seiner Plantage hergestellt worden! „Er muß Lizzie getroffen haben!"

„Genau", stimmte Lennox ihm zu.

Lennox fuchtelte mit dem Messer vor den Augen des Indianers herum und fragte: „Wohin sind sie von hier aus gegangen, Kerlchen?"

„Kein Verkauf heute", antwortete der Indianer voller Entsetzen.

Lennox packte die linke Hand des Jungen und setzte die Messerspitze unter dem Zeigefingernagel an. „Wohin?" fragte er noch einmal – und riß den Fingernagel heraus.

Der Junge und Peg schrien gleichzeitig auf.

„Hör auf!" schrie Peg gellend. „Laß ihn in Ruhe!"

Lennox griff nach dem Ringfinger und riß auch dessen Fingernagel aus. Der Junge fing an zu schluchzen.

„Wo ist der Paß?" fragte Lennox.

„Paß", sagte der Junge und deutete mit blutender Hand gen Norden.

Jay seufzte zufrieden. „Du wirst uns hinbringen."

IM TRAUM watete Mack durch einen Fluß zu einem Ort namens Freiheit. Er watete stetig voran, doch das Ufer wollte einfach nicht näher kommen. Das Wasser wurde immer tiefer, und schließlich schlugen die Wellen über seinem Kopf zusammen. Nach Atem ringend, schreckte er aus dem Schlaf. Eines der Pferde wieherte.

„Irgendwas hat sie aufgestört", murmelte er, erhielt aber keine Antwort. Er drehte sich um und sah, daß Lizzie nicht mehr neben ihm lag. Schnell rollte er sich aus seiner Decke und stand auf.

„Lizzie?" rief er.

Da trat Jay hinter einem Baum hervor, den Lauf seiner Flinte auf Macks Herz gerichtet.

Mack erstarrte.

Gleich darauf erschien Sidney Lennox, in jeder Hand eine Pistole.

Mack war hilflos. Verzweiflung schlug über ihm zusammen wie die Wogen des Flusses in seinem Traum. Wo war Lizzie?

Der einäugige Dobbs ritt heran. Auch er trug ein Gewehr, und neben ihm, auf einem zweiten Pferd, saß Peg. Man hatte ihr die Füße unter dem Pferdebauch zusammengebunden. Neben Dobbs' Pferd ging der Fischjunge. Er war mit einem langen Seil an Dobbs' Sattel festgebunden und hatte offenbar die Kerle hergeführt. Warum seine Hände blutverschmiert waren, konnte Mack sich zunächst nicht erklären.

Jay drehte sein Gewehr um und schlug mit dem Kolben auf Mack ein. Der Hieb traf Mack seitlich im Gesicht. Mack taumelte und stürzte zu Boden. „Wo ist sie? Wo ist meine Frau?"

Mack schmeckte Blut in seinem Mund. „Ich weiß es nicht."

„Wenn du's wirklich nicht weißt, dann halte ich mich eben an dir schadlos und jage dir eine Kugel durch den Kopf!"

Da schrie Peg: „Nein! Nicht schießen – bitte!"

Jay richtete den Gewehrlauf auf Macks Kopf. Seine Stimme war nur noch ein hysterisches Kreischen: „Jetzt büßt du mir für all die Male, die du dich mir widersetzt hast!"

DAS GEWEHR schußbereit in den Händen, lag Lizzie bäuchlings auf einem Graspolster hinter einem Felsen und wartete.

Sie hatte sich diesen Fleck schon am Abend zuvor ausgesucht, nachdem sie am Flußufer die Spuren und den Dung von Hirschen gefunden hatte. Allmählich wurde es heller, und sie lag reglos da und wartete auf die Tiere, die zur Tränke kommen würden.

Zwischen den Bäumen bewegte sich etwas. Gleich darauf trat ein junger Hirsch hervor, schritt elegant auf das Ufer zu und begann zu trinken. Lizzie spannte leise ihr Gewehr. Dann drückte sie ab.

DER SCHUSS war weiter talaufwärts gefallen, vielleicht zwei- oder dreihundert Meter entfernt. Jay, der sein Gewehr noch immer auf Mack gerichtet hielt, erstarrte.

Dobbs beruhigte sein Pferd und sagte langsam und mit Betonung: „Wenn Sie jetzt schießen, Jamisson, ist sie gewarnt."

Nach kurzem Zögern senkte Jay sein Gewehr. „Ich geh und such sie. Ihr bleibt alle hier." Das Gewehr im Anschlag, verließ er die Lichtung und wandte sich flußaufwärts.

Ich muß die Kerle dazu bringen, mindestens einen Schuß abzugeben, sagte sich Mack. Ehe ihm neuerlich Bedenken kommen konnten, rannte er los.

Eine Sekunde lang herrschte verblüffte Stille. Dann fing Peg an zu schreien.

Mack rannte auf die Bäume zu und rechnete jeden Moment damit, von einer Kugel in den Rücken getroffen zu werden.

Ein Knall. Gleich danach ein zweiter!

Er spürte nichts. Die Kugeln hatten ihn verfehlt. Er blieb unvermittelt stehen, bevor weitere Schüsse abgefeuert werden konnten, und hob die Hände über den Kopf. Langsam drehte er sich um. Jetzt bist du dran, Lizzie, dachte er. Viel Glück, meine Liebste!

Jay blieb sofort stehen, als er die Schüsse hörte. Sie kamen von hinten. Lennox oder Dobbs mußten McAsh also niedergeschossen haben. Unglücklicherweise mußte die Knallerei Lizzie gewarnt haben.

Er kannte seine Frau. Geduld und Vorsicht waren nicht ihre Stärke. Wahrscheinlich kam sie inzwischen schon zurückgerannt. Erst kurz vor der Lichtung würde sie innehalten und sich einen Plan zurechtlegen.

Jay fand einen Fleck, von dem aus er dreißig oder vierzig Meter Uferstrecke überblicken konnte, und versteckte sich im Unterholz. Dann spannte er sein Gewehr. Er versuchte sich einzureden, daß er nur Wild jagte. Er mußte unterhalb der Schulter direkt aufs Herz zielen, wenn er einen sauberen Fangschuß anbringen wollte.

Lizzie kam in Sichtweite. Mal gehend, mal laufend stolperte sie das unebene Flußufer entlang. Unter dem Arm trug sie zwei Flinten.

Er zielte auf ihr Herz. Doch dann sah er sie auf einmal nackt vor sich, im Bett im Haus in der Chapel Street, während sie sich liebten. Nein, er konnte nicht auf sie schießen.

Lizzie war nur noch etwa zehn Meter von ihm entfernt, als er aus dem Unterholz trat.

Sie blieb abrupt stehen und schrie entsetzt auf.

„Hallo, Liebling“, sagte er.

Haßerfüllt sah sie ihn an. „Wieso kannst du mich nicht einfach gehen lassen? Du liebst mich doch überhaupt nicht.“

„Nein, aber ich brauche ein Kind.“

Tiefe Verachtung sprach aus ihrem Blick. „Lieber sterbe ich.“

„Ja, das ist die einzige Alternative“, gab er zurück.

Nachdem Lennox seine Pistolen auf Mack abgefeuert hatte, herrschte zunächst einmal heilloses Durcheinander.

Die Schüsse aus nächster Nähe hatten die Pferde erschreckt. Ein Tier stob davon und verschwand mit der festgebundenen Peg zwischen den Bäumen. Dobbs' Pferd bäumte sich auf, und es kostete ihn große Mühe, es wieder zu beruhigen.

Da sah der Fischjunge seine Chance gekommen.

Von hinten lief er auf Dobbs' Pferd zu, sprang auf und drängte den Reiter aus dem Sattel.

Lennox ließ die Pistolen fallen und lief auf das Pferd zu.

Mit dem ausgestreckten Fuß brachte Mack ihn zu Fall.

Dobbs war vom Pferd gerutscht, doch sein Fuß hatte sich in dem Seil verfangen, mit dem der Fischjunge am Sattel angebunden war. In völliger Panik rannte das Pferd davon.

Mit wilder Schadenfreude drehte sich Mack nun nach Lennox um. Sie waren jetzt die einzigen auf der Lichtung. Ich werde ihn töten, dachte Mack. Lennox, der sich überschlagen hatte, stand auf. Er hielt ein Messer in der Hand. Er stieß nach Mack, doch der wich der Klinge aus, trat Lennox gegen die Kniescheibe und tänzelte außer Reichweite.

Humpelnd setzte Lennox ihm nach. Diesmal täuschte er einen Messerstich nur vor. Mack wich nach der falschen Seite aus und spürte im nächsten Augenblick einen scharfen Schmerz in seiner linken Seite. Er ballte die Rechte, holte aus und traf Lennox mit aller Kraft am Kopf. Lennox blinzelte und ließ das Messer fallen.

Nun wich er zurück, und in seinem Blick lag die nackte Angst. Mack war gleich wieder bei ihm. Der nächste Schlag traf Lennox in den Bauch, der übernächste am Kopf. Lennox tappte nur noch wie trunken herum. Mack holte schon zum nächsten Schlag aus, als er Jays Stimme hörte: „Hör sofort auf, oder ich bringe sie um."

Lizzie betrat die Lichtung. Dicht hinter ihr folgte Jay und drückte ihr den Lauf seiner Flinte gegen den Hinterkopf.

Wie gelähmt starrte Mack sie an. Er sah, daß Jays Gewehr gespannt war. Jay brauchte bloß zu stolpern, und es wäre um Lizzie geschehen. Mack ließ Lennox, wo er war, und ging auf Jay zu. Noch immer beherrschte ihn blinde, rasende Wut. „Du hast nur einen Schuß", fauchte er ihn an. „Wenn du Lizzie erschießt, bring ich dich um."

„Dann erschieße ich wohl besser dich", gab Jay zurück.

„Jawohl", erwiderte Mack und ging weiter auf ihn zu. „Erschieß mich!"

Jay richtete sein Gewehr auf ihn.

Ein Triumphgefühl überkam Mack. die Flinte richtete sich nicht mehr auf Lizzie. Er ging weiter auf Jay zu.

Ein merkwürdiges Pfeifen ertönte, und plötzlich ragte ein schmales, langes Stück Holz aus Jays Wange.

Jay brüllte auf vor Schmerz und ließ das Gewehr fallen. Es ging los. Die Kugel jagte knapp an Macks Kopf vorbei.

Ein Pfeil hatte Jay ins Gesicht getroffen. Wieder dieses Pfeifen. Ein zweiter Pfeil bohrte sich in Jays Hals. Er stürzte zu Boden.

Der Fischjunge, sein Freund und Peg betraten die Lichtung, gefolgt von mehreren erwachsenen Indianern, die alle mit Pfeil und Bogen bewaffnet waren. Wahrscheinlich hat der zweite Junge Hilfe geholt, nachdem der Fischjunge gefangengenommen worden war, dachte Mack. Die Indianer mußten dann auf die durchgegangenen Pferde gestoßen sein. Was mit Dobbs geschehen war, wußte er nicht, doch er sah, daß einer der Indianer dessen Stiefel trug.

Mack ging zu Lizzie und legte seine Arme um sie. Aus dem Mund des auf dem Boden Liegenden schoß Blut.

„Er stirbt", sagte Lizzie erschüttert.

Mack nickte.

Der Fischjunge deutete auf Lennox, der noch immer am Boden kniete. Die Indianer packten ihn, warfen ihn flach auf die Erde und hielten ihn dort fest. Der Älteste unterhielt sich mit dem Fischjungen, der im Verlauf des Gesprächs mehrmals auf seine Finger verwies. Offenbar waren ihm die Nägel herausgerissen worden. Mack vermutete, daß Lennox den Jungen auf diese Weise zum Reden gebracht hatte.

Der alte Indianer zog einen Tomahawk aus seinem Gürtel. Mit einem geschmeidigen, kraftvollen Hieb hackte er Lennox die rechte Hand ab. Blut sprudelte aus dem Armstumpf, und Lennox verlor das Bewußtsein.

Der Indianer hob die abgehackte Hand auf und reichte sie mit einer formell anmutenden Geste dem Fischjungen. Der nahm sie feierlich an, drehte sich um und schleuderte sie fort. Sie flog hoch in die Luft und über die Bäume, bevor sie irgendwo im Wald landete.

„Gott möge ihnen vergeben", sagte Lizzie.

Aber das war noch nicht das Ende. Die Indianer hoben den blutenden Lennox auf und legten ihn unter einen Baum. Sie banden ein Seil um einen seiner Knöchel, warfen es über einen Ast und zogen Lennox hoch, bis er kopfüber in der Luft hing. Das Blut strömte stoßweise aus seinem Gelenk, und rasch entstand eine Lache unter ihm. Die Indianer standen um ihn herum und beobachteten die grausige Szene. Anscheinend wollten sie zusehen, wie Lennox starb.

Peg trat zu ihnen. „Wir sollten uns um die Finger des Indianerjungen kümmern", schlug sie vor.

Lizzie nickte. „Ich kümmere mich gleich drum."

„Nein", sagte Peg bestimmt. „Das mache ich!"

Lizzie suchte und fand das Salbentöpfchen sowie ein Seidentaschentuch und reichte beides Peg.

Peg holte den Fischjungen aus der Indianergruppe, die den Baum umstand. Sie ging mit ihm zum Flußufer und wusch seine Wunden.

„Mack", schluchzte Lizzie, „Jay ist tot." Sie weinte.

Mack beugte sich nieder, Jays Gesicht war kalkweiß, und seine Wunden hatten aufgehört zu bluten.

„Ich habe ihn einmal geliebt", sagte Lizzie. „Ich möchte ihn begraben."

Mack kramte einen Spaten unter ihren Werkzeugen hervor und hob eine flache Grube damit aus. Gemeinsam mit Lizzie nahm er Jays Leiche auf und bettete sie in das frische Grab. Lizzie beugte sich vor und zog die Pfeile aus den beiden Wunden. Mack bedeckte die Leiche mit Erde, und Lizzie belegte das Grab mit Steinen.

Plötzlich wollte Mack nur noch eines: fort von hier, fort von diesem blutgetränkten Ort. Er trieb die Pferde zusammen. Es waren nun insgesamt neun: die sechs von der Plantage, dazu die drei Reitpferde von Jay und seinen Komplizen. Er begann, die Vorräte wieder aufzuladen.

Jetzt rührten sich auch die Indianer wieder. Lennox schien tot zu sein. Die Eingeborenen kamen zu Mack, und der Älteste sprach auf ihn ein. Er nahm an, der Mann habe soeben verkündet, daß der Gerechtigkeit Genüge getan worden sei.

Der Fischjunge und Peggy kehrten gemeinsam vom Flußufer zurück. Mack warf einen Blick auf die Hand des Jungen: Peggy hatte ihm die beiden verletzten Finger ordentlich verbunden.

Der Fischjunge sagte etwas und löste damit ein ziemlich erregtes indianisches Wortgefecht aus. Am Ende machten sich die Indianer auf den Weg – aber ohne den Fischjungen. Schon bald waren sie in den Wäldern verschwunden.

Mack bestieg sein Pferd. Der Fischjunge band sich ein freies Tier los, saß auf und setzte sich an die Spitze ihres kleinen Zuges. Peg ritt neben ihm.

„Glaubst du, der Fischjunge will uns führen?" fragte Mack Lizzie.

„Sieht ganz so aus."

„Aber er hat uns keinen Preis genannt. Ich frage mich, was er von uns will."

Lizzies Blick ruhte auf den beiden jungen Menschen, die Seite an Seite vor ihnen her ritten. „Kannst du dir das nicht denken?" fragte sie.

„Soso." Mack wurde nachdenklich.

ES WAR ein weites Hochtal. Es lag jenseits der höchsten Gipfel. Ein breiter, fischreicher Bach mit klarem, kaltem Wasser schäumte auf dem Talgrund dahin. Die Hänge waren dicht bewaldet und barsten schier vor Wild. Oben auf dem höchsten Felsen schienen Steinadler zu nisten: Ein Pärchen flog ein und aus und brachte offenbar Futter zum Horst.

„Es erinnert mich an zu Hause“, sagte Lizzie.

„Dann nennen wir es doch High Glen“, erwiderte Mack.

An der flachsten Stelle im Tal entluden sie die Pferde. Hier wollten sie ein Haus bauen und einen Acker anlegen. Ihr Lager schlugen sie auf einer Wiese unter einem Baum mit weit ausladenden Ästen auf.

Peg und der Fischjunge suchten eine Säge und durchwühlten dabei einen Sack, als Peg auf das Halseisen stieß. Sie zerrte es heraus und starrte ihn an. „Wieso hast du denn das Ding mitgeschleppt?“ fragte sie.

Mack suchte Lizzies Blick, und unwillkürlich erinnerten sie sich beide an jene Szene damals in Schottland. Am Flußufer unterhalb von High Glen hatte Lizzie Mack dieselbe Frage gestellt.

Er gab Peg dieselbe Antwort wie Lizzie, doch diesmal ohne Bitterkeit und voller Hoffnung.

„Um niemals zu vergessen“, erklärte er lächelnd. „Niemals!“

Foto: Marc Raboy

# „Ich will unterhalten, nicht belehren."

Berühmt geworden mit Spionagethrillern, allen voran *Die Nadel*, hat Ken Follett mittlerweile mit *Die Brücken der Freiheit* seinen dritten historischen Roman vorgelegt. Diese gut recherchierten und spannenden Werke erfreuen sich großer Beliebtheit bei den Lesern. Ein Teil des Erfolgs liegt sicher darin, daß Follett sich große Mühe gibt, den Leser faktengetreu über die beschriebene Zeit zu informieren. Für *Die Brücken der Freiheit* konsultierte der Autor vier Historiker, zwei Bergwerksfachleute und einen Mitarbeiter des Schottischen Bergbaumuseums. Er besuchte Kohlenbergwerke in Schottland und bereiste den gesamten Fluchtweg, den seine Hauptfiguren Lizzie und Mack in Virginia nehmen. Doch noch wichtiger, als zu vermitteln, wie die Menschen in einer anderen historischen Epoche gelebt, gearbeitet, gewohnt und gegessen haben, findet Follett die Erkenntnis, daß die Menschen selbst sich kaum geändert haben: „Sie lieben und sie hassen sich durch alle Jahrhunderte."

In die Figur des Mack McAsh ist auch eine eigene Vorliebe des Autors mit eingeflossen – die für Politik. Zusammen mit seiner Frau Barbara, mit der er in London lebt, engagiert sich der Autor in verschiedenen politischen Initiativen. In seiner Freizeit spielt Follett als Bassist in einer Blues-Band. Zum einen liebt er die Musik, weil sie „direkt ins Blut" geht, zum anderen sieht er das gemeinsame Musizieren mit anderen als notwendigen Ausgleich zur Arbeit an einem Roman, „denn dabei bin ich gezwungen, mich auf die übrigen Bandmitglieder einzustellen und mit ihnen zu harmonieren. Als Schriftsteller ist man ja doch meist mit sich selbst allein."

Weit wie

das Meer
Nicholas Sparks

Getragen vom kräftigen Golfstrom, wird eine Flaschenpost entlang der Atlantikküste nach Norden gespült. Sie erzählt vom Verlust einer großen Liebe und enthält die Verheißung eines neuen Glücks.

# PROLOG

Die Flasche wurde an einem warmen Sommerabend über Bord geworfen, wenige Stunden bevor der Regen einsetzte. Wie alle Flaschen war sie zerbrechlich und wäre zerschellt, hätte man sie einen Meter über dem Boden fallen lassen. Sorgfältig verschlossen und den Wellen anvertraut, wurde sie indes zu einem überaus seetüchtigen Gegenstand. Sie konnte Hurrikane und tropische Stürme überstehen und auf den gefährlichsten Strömungen schaukeln. In gewisser Weise war sie das ideale Behältnis für die Nachricht, die sie beförderte, eine Nachricht, die losgeschickt worden war, um ein Versprechen einzulösen.

Wie bei allen Flaschen, die den Launen des Meers überlassen werden, war ihr Kurs unberechenbar. Winde und Strömungen spielen dabei eine bedeutende Rolle; auch Stürme und Wrackteile können die Reiseroute einer Flasche verändern. Gelegentlich verfängt sie sich in einem Fischernetz und wird Dutzende von Kilometern in die entgegengesetzte Richtung gezogen. So kann es sein, daß zwei Flaschen, die am gleichen Ort und zur gleichen Zeit ins Wasser geworfen werden, auf verschiedenen Kontinenten oder sogar auf der jeweils anderen Seite des Globus angeschwemmt werden.

Bis zum heutigen Tag benutzt die US-Marine Flaschen, um Informationen über Gezeiten und Strömungen zu sammeln oder den Verursacher von Ölspuren zu ermitteln.

Als berühmteste Flaschenpost gilt wohl die des jungen Matrosen Chunsosuke Masuyama, der 1784 als Schiffbrüchiger ohne Nahrungsmittel und ohne Wasser auf einem Korallenriff strandete. Vor seinem Tod ritzte er den Bericht über das Unglück in ein Stück Holz und steckte es in eine Flasche, die er dann verschloß. 1935, also hundertfünfzig Jahre nachdem er sie ins Meer geworfen hatte, wurde sie in dem kleinen japanischen Fischerdorf, aus dem Masuyama stammte, ans Ufer gespült.

Die Flasche aber, die an jenem warmen Sommerabend ins Meer geworfen worden war, enthielt weder den Bericht von einem Schiffbruch, noch sollte sie der Kartographierung der Meere dienen. Dafür aber barg sie eine Nachricht, die das Leben zweier Menschen verändern sollte, die sich sonst niemals begegnet wären, und deshalb kann man sie wohl als schicksalhaft bezeichnen. Gelenkt von den Winden eines Hochdrucksystems über dem Golf von Mexiko, trieb sie zunächst gemächlich in nordöstliche Richtung und gelangte so in den schnellen Golfstrom. Nach zweieinhalb Wochen lenkten starke Ostwinde sie dort wieder heraus, und die Flasche nahm jetzt Kurs auf Neuengland, wo sie fünf Tage lang im Zickzack vor der Küste von Massachusetts trieb, bis sie in das Fischernetz von John Hanes geriet, der sie inmitten Tausender zappelnder Barsche fand und beiseite warf, während er seinen Fang begutachtete. Die Flasche blieb den Rest des Nachmittags und frühen Abends im Bug liegen, während das Boot nach Cape Cod zurückfuhr. Als es gegen halb neun Uhr abends in die Bucht einlief, stolperte Banes über die Flasche und warf sie achtlos wieder über Bord.

Mehrere Tage trieb sie nun hin und her und wurde schließlich an den Strand von Chatham gespült. Nach 26 Tagen, in denen sie fast 1200 Kilometer zurückgelegt hatte, war ihre Reise beendet.

# 1. KAPITEL

Ein kalter Dezemberwind blies. Theresa Osborne blickte mit vor der Brust verschränkten Armen aufs Meer hinaus. Bei ihrer Ankunft waren noch ein paar Leute am Strand entlangspaziert, die dann aber angesichts der aufziehenden Wolken schon vor einer ganzen Weile aufgebrochen waren. Jetzt war Theresa ganz allein und betrachtete die Umgebung. Das Meer, das die Farbe des Himmels widerspiegelte, sah aus wie flüssiges Blei. Nebel zog auf, wurde dichter und verhüllte schließlich den Horizont. An einem anderen Ort zu einer anderen Zeit wäre Theresa für die erhabene Schönheit ringsum empfänglich gewesen, aber während sie dastand, wurde ihr bewußt, daß sie überhaupt nichts empfand. Sie hatte lediglich das Gefühl, als wäre sie gar nicht wirklich hier und alles nur ein Traum.

Heute morgen war sie von Boston hierhergekommen, konnte sich aber kaum mehr an die Fahrt erinnern. Beim Anblick des schäumenden und brodelnden Meeres wurde ihr klar, daß sie nicht bleiben wollte. Sie würde heimfahren, sobald sie erledigt hatte, weshalb sie gekommen war, ganz gleich, wie spät es dann sein würde.

Langsam ging sie aufs Wasser zu. Unter dem Arm trug sie eine Tasche, die sie am Morgen sorgfältig gepackt hatte. Bald würde die Flut kommen, und dann würde sie bereit sein. Nachdem sie auf einer kleinen Düne ein Fleckchen gefunden hatte, das bequem aussah, setzte sie sich in den Sand und zog den Reißverschluß der Tasche auf, wühlte darin und fand schließlich den Umschlag. Sie holte tief Luft und öffnete ihn langsam.

Drei sorgsam gefaltete Briefe waren darin; Briefe, die sie schon unzählige Male gelesen hatte.

Er hatte einen Füllfederhalter benutzt, und an mehreren Stellen waren Tintenkleckse zurückgeblieben. Das Briefpapier mit der Zeichnung eines Segelschiffs in der rechten oberen Ecke begann langsam zu verbleichen. Theresa wußte, eines Tages würden die Worte nicht mehr lesbar sein, aber sie hoffte, in Zukunft nicht mehr so oft das Bedürfnis zu haben, sie zu betrachten.

Schließlich ließ sie die Briefe so behutsam, wie sie sie herausgezogen hatte, zurück in den Umschlag gleiten. Nachdem sie ihn wieder in die Tasche gesteckt hatte, ließ sie den Blick erneut über den Strand schweifen. Von hier aus konnte sie die Stelle sehen, wo alles begonnen hatte.

SIE WAR bei Tagesanbruch joggen gegangen, am Beginn eines strahlenden Tages. Während sie lief, lauschte sie dem Kreischen der Seeschwalben und dem sanften Plätschern der Wellen, die über den Sand rollten. Obwohl sie Urlaub hatte, war sie früh genug aufgestanden, um nicht überlegen zu müssen, wohin sie laufen sollte. In wenigen Stunden würde der Strand mit Touristen bevölkert sein, die auf ihren Handtüchern in der heißen Sonne Neuenglands brieten. Cape Cod war zu dieser Jahreszeit stets überfüllt, doch die meisten Urlauber schliefen länger als gewöhnlich, und Theresa liebte es, auf dem weichen, noch ein wenig feuchten Sand zu laufen, den die zurückweichende Flut zurückließ. Sie betrachtete es als eine Art Meditation, und deshalb joggte sie am liebsten allein.

Bei aller Liebe zu ihrem Sohn war sie doch froh, Kevin nicht dabeizuhaben. Jede Mutter brauchte manchmal eine Verschnaufpause, und sie freute sich auf die unbeschwerten Tage hier. Kein abendliches Fußballspiel oder Schwimmtraining, kein Popmusikgeplärre im Hintergrund, keine Hausaufgaben, bei denen sie helfen mußte. Sie hatte Kevin vor drei Tagen zum Flughafen gebracht, damit er seinen Vater – ihren Exmann – in Kalifornien besuchen konnte, und erst nachdem sie ihn darauf hingewiesen hatte, fiel ihrem Sohn auf, daß er sie zum Abschied noch nicht geküßt hatte. „Tut mir leid, Mom", hatte er sich entschuldigt, als er die Arme um sie schlang und ihr einen Kuß gab. „Vermiß mich nicht zu sehr, okay?" Nach diesen Worten hatte er sich umgewandt, dem Flugbegleiter sein Ticket ausgehändigt und war auch schon in der Maschine verschwunden.

Theresa hatte es ihm nicht übelgenommen. Mit seinen zwölf Jahren befand sich Kevin in jener schwierigen Phase, in der es nicht cool ist, seine Mutter in der Öffentlichkeit zu küssen. Außerdem kreisten seine Gedanken um andere Dinge. Sein Vater und er würden den Grand Canyon besuchen, dann eine Woche auf einem Floß den Colorado hinunterfahren und sich schließlich Disneyland ansehen. Es war gut für Kevin, längere Zeit mit seinem Vater zu verbringen, auch wenn er Theresa in den sechs Wochen sehr fehlen würde.

David war nicht gerade der beste aller Ehemänner gewesen, dennoch war er ein guter Vater. Annette, seine zweite Frau, hatte mit dem neuen Baby alle Hände voll zu tun, aber Kevin mochte sie sehr. Er schwärmte immer von seinen Besuchen und erzählte, wieviel Spaß er gehabt habe. Manchmal war Theresa fast ein bißchen eifersüchtig, aber sie tat ihr Bestes, um es vor Kevin zu verbergen.

Sie lief in mäßigem Tempo. Deanna würde mit dem Frühstück auf sie warten – und Brian schon fort sein –, und Theresa freute sich darauf, mit ihr zu plaudern. Deanna und Brian waren ein älteres Ehepaar (beide gingen auf die Sechzig zu), doch Deanna, die Chefin vom Dienst bei der *Boston Times*, für die auch Theresa arbeitete, war ihre beste Freundin.

Deanna und Brian kamen schon seit Jahren nach Cape Cod. Die beiden wohnten immer im „Fisher House", und als Deanna erfahren hatte, daß Kevin zu seinem Vater nach Kalifornien fliegen würde, hatte sie auf einem Besuch Theresas bestanden. „Brian spielt jeden Tag Golf", hatte sie gesagt, „und überhaupt, was willst du sonst tun?" Theresa wußte, daß ihre Freundin recht hatte, und nahm die Einladung nach einigen Tagen schließlich an.

Sie mußte zugeben, daß es ein wunderschöner Ort war. Das Fisher House war ein hübsch restauriertes Kapitänshaus am Rand einer

Klippe mit Blick auf die Bucht von Cape Cod, und als sie es jetzt in der Ferne erblickte, verlangsamte sie ihren Lauf. Im Gegensatz zu anderen Joggern hielt sie nichts von einem Endspurt, sondern zog auf den letzten Metern ein gemächlicheres Tempo vor. Mit 36 erholte sich ihr Körper nicht mehr so schnell wie früher.

Während ihr Atem langsam zur Ruhe kam, überlegte sie, wie sie den Rest des Tages verbringen sollte. Sie hatte fünf Bücher mitgenommen, die sie seit einem Jahr lesen wollte. Es blieb ihr einfach nie genügend Zeit. Als freie Kolumnistin für die *Boston Times* war sie unter ständigem Termindruck, um wöchentlich ihre drei Artikel zu schreiben. Stets mit etwas Originellem aufzuwarten war nicht einfach. Ihre Kolumne „Moderne Kindererziehung“ erschien bereits in sechzig Zeitungen des Landes, aber wenn sie weitere Abnehmer bekommen wollte, konnte sie sich kaum freie Tage leisten.

Theresa verringerte ihre Geschwindigkeit nochmals, blieb schließlich ganz stehen und betrachtete eine Seeschwalbe, die über ihr am Himmel kreiste. Nach einem Augenblick zog sie Schuhe und Socken aus, ging an den Rand des Wassers und ließ die auslaufenden Wellen über ihre nackten Füße schwappen. Sie war froh, daß sie sich in den letzten Monaten die Zeit genommen hatte, mehrere zusätzliche Kolumnen zu schreiben, so daß sie ihre Arbeit wenigstens diese Woche würde vergessen können. Es war fast, als hätte sie ihr Leben wieder in der Hand und könnte noch einmal von vorne beginnen.

Sie schloß die Augen und dachte an Kevin. Wie sehr sie sich wünschte, mehr Zeit mit ihm zu verbringen! Sie wollte mit ihm zusammensitzen und mit ihm reden, Monopoly spielen oder einfach nur fernsehen, ohne ständig das Gefühl zu haben, aufstehen und etwas Wichtigeres tun zu müssen.

Das Problem war nur, daß es immer etwas zu tun gab. Geschirr mußte gespült, Wäsche gewaschen, das Badezimmer geputzt oder das Auto zur Inspektion gebracht werden. Auch wenn Kevin sie im Haushalt sehr unterstützte, war er mit Schule, Freunden und all seinen anderen Aktivitäten fast so beschäftigt wie sie selbst. Manchmal fürchtete Theresa, ihr Leben könne ihr entgleiten.

Aber wie ließ sich das alles ändern? „Mach einfach immer nur eins nach dem anderen“, sagte ihre Mutter immer, aber die hatte nicht außer Haus arbeiten und einen Sohn ohne Vater aufziehen müssen. Sie konnte nicht begreifen, welchem Druck Theresa täglich ausgesetzt war. Auch ihre jüngere Schwester Janet verstand sie nicht. Sie war seit knapp elf Jahren glücklich verheiratet, hatte drei reizende Töchter, und ihr Mann Edward verdiente genügend Geld, daß sie nicht arbeiten mußte. Manchmal dachte Theresa, ein solches Leben würde ihr behagen, auch wenn sie dann ihren Beruf aufgeben müßte.

Doch das war nicht möglich. Nicht seitdem sie von David geschieden war. Und das waren jetzt schon drei Jahre, vier sogar, wenn man das erste Jahr der Trennung hinzuzählte. Sie haßte David nicht für das, was er getan hatte, aber ihre Achtung vor ihm war erschüttert. Ehebruch war etwas, mit dem sie nicht leben konnte. Der Vertrauensbruch war irreparabel.

Seit ihrer Scheidung war sie nur selten mit Männern ausgegangen. Nicht daß sie eine unattraktive Frau gewesen wäre, ganz im Gegenteil, das wurde ihr jedenfalls oft bestätigt. Sie hatte dunkelbraunes glattes, seidiges Haar, das schulterlang geschnitten war. Ihre braunen Augen, die ihr die meisten Komplimente einbrachten, wiesen haselnußfarbene Flecken auf, die im Sonnenlicht funkelten. Da sie täglich joggte, war sie gut in Form und sah jünger aus, als sie war. Aber wenn sie sich in letzter Zeit im Spiegel betrachtete, glaubte sie zu sehen, wie das Alter sie einzuholen begann.

Ihre Freunde erklärten sie für verrückt. „Du siehst besser aus als vor Jahren“, betonten sie. Manchmal bemerkte Theresa auch, daß ihr im Supermarkt immer noch Männer nachschauten. Aber sie war eben keine 22 mehr, würde es nie wieder sein.

Beim Eintreffen der Scheidungspapiere hatte sie das Gefühl gehabt, ein kleiner Teil ihrer selbst sei gestorben. Ihr anfänglicher Zorn war in Traurigkeit und eine Art Abgestumpftheit umgeschlagen. Obwohl sie ständig in Bewegung war, schien ein Tag wie der andere, und es fiel ihr oft schwer, sie auseinanderzuhalten. Ungefähr vor einem Jahr hatte sie einmal an ihrem Schreibtisch gesessen und eine Viertelstunde darüber nachgegrübelt, was ihre letzte spontane Tat gewesen war. Es war ihr keine eingefallen.

David fehlte ihr manchmal immer noch – zumindest seine guten Seiten. Am meisten vermißte sie die Intimität, das Kuscheln und Flüstern hinter verschlossenen Türen.

Obwohl Theresa ihren Sohn über alles liebte, war es nicht die Art von Liebe, nach der sie sich sehnte. Noch immer ging sie, wenn er schon schlief, oft in sein Zimmer und setzte sich an sein Bett, nur um ihn zu betrachten. Kevin sah dann so friedlich, so unschuldig aus. Aber selbst diese wundervollen Gefühle änderten nichts an der Tatsache, daß ihr, wenn sie sein Zimmer verlassen hatte, nur ihr Kater Harvey Gesellschaft leistete.

Sie träumte davon, sich wieder zu verlieben, von jemandem in die Arme genommen zu werden, der ihr das Gefühl gab, der wichtigste Mensch für ihn zu sein. Doch es war schwer, jemand Geeigneten kennenzulernen. Die meisten Männer in den Dreißigern waren verheiratet, und die Geschiedenen suchten meist eine jüngere Frau. Außerdem mußte sie auch an Kevin denken. Sie wollte einen Mann, der ihren Sohn so behandelte, wie er es verdiente, und nicht als das unliebsame Anhängsel der Frau, die dieser Mann begehrte.

Seit der Scheidung von David war sie mit keinem Mann mehr zusammengewesen. Natürlich hatte es Gelegenheiten gegeben – jemanden fürs Bett zu finden war nicht schwer für eine attraktive Frau –, aber das war einfach nicht ihr Stil. So war sie erzogen worden, und daran wollte sie auch jetzt nichts ändern. Sex war zu wichtig, etwas zu Besonderes, um mit einem x-beliebigen geteilt zu werden.

In dieser Urlaubswoche wollte sie also etwas nur für sich tun. Bücher lesen, ein paar Briefe an Freunde schreiben, von denen sie lange nichts gehört hatte; spät zu Bett gehen, zuviel essen, morgens joggen.

Sie wollte auch durch Geschäfte bummeln, ein paar neue Kleider anprobieren und zwei oder drei kaufen, die ihrer Figur schmeichelten, nur um sich das Gefühl zu geben, noch zu leben. Und falls ein netter Typ sie zum Essen einlud, würde sie vielleicht zusagen, einfach um eine Gelegenheit zu haben, eines dieser Kleider auch zu tragen.

Von neuem Optimismus erfüllt, machte sie sich auf den Heimweg. Sie lief dicht am Wasser entlang, als sie plötzlich nahe der Stelle, wo die morgendliche Flut ihren Höchststand erreicht hatte, einen halb im Sand verborgenen großen Stein entdeckte. Merkwürdig, dachte sie, er wirkt irgendwie fehl am Platz. Beim Näherkommen fiel ihr auf, daß er auch sonderbar aussah, glatt und lang, aber erst als sie direkt davorstand, sah sie, daß es gar kein Stein, sondern eine Flasche war, die wohl von einem Touristen oder einem der Jugendlichen des Ortes achtlos liegengelassen worden war. Als sie sich bückte, stellte Theresa erstaunt fest, daß die Flasche verkorkt war. Sie hob sie auf, hielt sie gegen das Licht und entdeckte ein Papier darin.

Sie griff nach dem Korken, aber ihre Finger glitten ab, als sie versuchte, ihn herauszuziehen. So grub sie ihre kurzgeschnittenen Fingernägel in den hervorstehenden Teil des Korkens und drehte die Flasche langsam herum. Nichts. Mit der anderen Hand versuchte sie es noch einmal. Dann klemmte sie die Flasche zwischen die Knie, packte noch fester zu. Als sie schon fast aufgeben wollte, gab der Korken endlich ein wenig nach. Sie wechselte erneut den Griff ..., drehte langsam die Flasche ..., der Korken bewegte sich immer mehr ..., und plötzlich lockerte er sich und glitt heraus.

Theresa drehte die Flasche um, und das zusammengerollte Papier fiel sofort vor ihr in den Sand. Als sie sich danach bückte, sah sie, daß es mit einem Faden umwickelt war. Vorsichtig löste sie ihn.

Beim Aufrollen der Nachricht fiel ihr als erstes das Papier auf: kostbares Briefpapier, dick und fest, das die Zeichnung eines Segelschiffs in der oberen rechten Ecke aufwies. Links oben stand ein Datum: *22. Juli 1997*

Vor etwas mehr als drei Wochen.

Theresas Neugier wuchs zusehends, und so begann sie im Licht der emporsteigenden Sommersonne den Brief zu lesen, der ihr Leben für immer verändern sollte.

Meine liebste Catherine,
Du fehlst mir, mein Liebling, wie immer, aber heute ist es besonders schmerzlich, weil das Meer mir das Lied unseres Lebens gesungen hat. Ich kann Dich fast neben mir spüren und den Duft wildwachsender Blumen riechen, der mich immer an Dich erinnert. Doch in diesem Augenblick bereiten mir diese Dinge keine Freude. Deine Besuche werden immer seltener, und manchmal ist mir, als würde der größte Teil meines Ichs langsam dahinschwinden.

Dabei gebe ich mir durchaus Mühe. Nachts, wenn ich allein bin, rufe ich nach Dir, und wenn mein Schmerz am größten ist, scheinst Du immer noch einen Weg zu finden, um zu mir zurückzukehren. Gestern nacht sah ich Dich in meinen Träumen auf der Mole am Strand von Wrightsville. Der Wind zerzauste Dein Haar, und Deine Augen fingen das schwindende Sonnenlicht auf. Du bist wunderschön. Ich gehe langsam auf Dich zu und bemerke, daß auch andere Dich beobachtet haben. „Kennen Sie die Frau?“ fragen sie mich neidisch, und während Du mir zulächelst, sage ich einfach nur die Wahrheit: „Besser als mein eigenes Herz.“

Dicht vor Dir bleibe ich stehen und berühre sanft Deine Wange, und Du legst den Kopf auf die Seite und schließt die Augen. Dann aber, wie immer, schleicht ein Nebel heran, hüllt die Welt ringsum ein, umgibt uns wie eine Mauer, als wolle er unsere Flucht verhindern. Wie eine finstere Wolke deckt er alles zu, bis nur noch wir beide da sind. Dein Blick in diesen Momenten quält mich. Ich spüre Deine Traurigkeit und meine eigene Einsamkeit. Und dann breitest Du die Arme aus und weichst zurück in den Nebel, weil es

Dein Ort ist und nicht der meine. Ich will Dir folgen, doch Deine einzige Antwort ist ein Kopfschütteln, denn wir wissen beide, daß es unmöglich ist.

Und mit gebrochenem Herzen sehe ich zu, wie Du langsam entschwindest. Ich versuche verzweifelt, mich an jede Einzelheit dieses Augenblicks zu erinnern, an alles, was Dich betrifft. Aber bald, allzubald, verblaßt Dein Bild, und ich bin allein auf der Mole, und es kümmert mich nicht, was die Leute denken, wenn ich den Kopf senke und weine und weine.

Garrett

## 2. KAPITEL

„Hast du geweint?" fragte Deanna, als Theresa, Flasche und Brief in der Hand, auf die Veranda trat.

Theresa wischte sich verlegen die Augen, während ihre Freundin die Zeitung beiseite legte und sich von ihrem Stuhl erhob. Obwohl sie ziemlich korpulent war, bewegte Deanna sich flink um den Tisch.

„Bist du okay? Ist draußen etwas passiert? Bist du verletzt?" Besorgt griff sie nach Theresas Hand und stieß dabei gegen einen der Stühle. Theresa schüttelte den Kopf.

„Nein, nicht was du denkst. Ich habe nur diesen Brief gefunden und ..., er war in einer Flasche. Ich habe sie am Strand gefunden. Und als ich sie geöffnet und den Brief gelesen habe ..." Sie strich sich eine Strähne aus der Stirn. „Er hat mich einfach zutiefst berührt. Es ist albern, ich weiß."

Sie wischte sich nochmals die Augen und reichte Deanna den Brief. Diese las ihn langsam durch und blickte dann auf. Auch ihre Augen waren feucht.

„Er ist ..., er ist wunderschön", sagte sie. „Einer der bewegendsten Briefe, die ich jemals gelesen habe."

„Das fand ich auch."

Deanna strich mit den Fingern über das Papier. „Ich frage mich, wer die beiden sind. Und warum der Brief in eine Flasche gesteckt wurde."

„Keine Ahnung."

„Bist du nicht neugierig?"

Natürlich war Theresa neugierig. Sie hatte den Brief sofort ein zweites, dann ein drittes Mal gelesen. Wie mußte es sein, hatte sie sich gefragt, von jemandem so sehr geliebt zu werden?

„Ein bißchen. Aber wenn schon! Wir werden es niemals erfahren."

„Was wirst du mit dem Brief machen?"

„Ihn aufbewahren, denke ich. Ich habe noch nicht darüber nachgedacht." Theresa nippte an einem Glas Saft, das sie sich eingeschenkt hatte. „Also, was steht heute auf dem Programm?"

„Ich dachte, wir könnten vielleicht ein bißchen einkaufen gehen und dann in der Stadt zu Mittag essen. Was hältst du davon?"

„Auf genau diesen Vorschlag habe ich gehofft."

Die beiden Frauen beratschlagten, welche Geschäfte sie aufsuchen könnten. Dann erhob sich Deanna, um sich noch eine Tasse Kaffee zu holen, und Theresa sah ihr nach.

Ihre Freundin war 58, hatte ein rundes Gesicht und dichtes Haar, das langsam ergraute. Sie trug es kurz geschnitten, kleidete sich ohne jede Eitelkeit und war der großartigste Mensch, den Theresa kannte. Deanna lebte in einer Welt voller Optimismus und Humor.

Sie kam auf die Veranda zurück, setzte sich und griff erneut nach dem Brief. Während sie ihn noch einmal durchlas, hoben sich ihre Augenbrauen. „Ich habe mich gefragt..."

„Was denn?"

„Na ja, drinnen habe ich mich gefragt, ob wir den Brief nicht in deiner Kolumne für diese Woche abdrucken sollten." Deanna beugte sich über den Tisch. „Ich meine, wir sollten ihn veröffentlichen. Er ist so ergreifend. Ich kann mir gut vorstellen, daß Hunderte von Frauen ihn ausschneiden und an ihre Kühlschränke heften werden, damit ihre Männer ihn sehen, wenn sie von der Arbeit heimkommen."

„Wir wissen doch nicht einmal, wer die beiden sind. Meinst du nicht, wir müßten vorher ihre Erlaubnis einholen?"

„Ich denke, es gibt keine rechtlichen Probleme, solange wir nicht den Ort und ihre wirklichen Namen preisgeben."

„Es mag legal sein, aber ich hätte trotzdem Skrupel. Schließlich ist es doch ein sehr persönlicher Brief."

„Es ist eine Geschichte von menschlichem Interesse, Theresa. Die Leute lieben so etwas. Und vergiß nicht, dieser Garrett hat ihn in einer Flasche übers Meer geschickt. Er mußte davon ausgehen, daß er von jemandem gefunden wird."

Theresa schüttelte den Kopf. „Ich weiß nicht, Deanna..."

„Überleg's dir. Schlaf eine Nacht darüber, wenn es sein muß. Ich finde, es ist eine großartige Idee."

THERESA dachte über den Brief nach, während sie sich auszog, um zu duschen. Und sie stellte sich allerhand Fragen über den Mann, der ihn geschrieben hatte. Garrett..., ob das sein richtiger Name war? Und wer mochte Catherine sein? Seine Geliebte oder Frau offensichtlich. War sie tot, oder war etwas geschehen, das sie auseinandergebracht hatte? Niemals in ihrem Leben hatte Theresa einen Brief bekommen, der auch nur annähernd diesem gleichgekommen wäre. Weder David noch die anderen Männer, mit denen sie sich getroffen hatte, waren große Schreiber gewesen. Wie mochte der Verfasser dieses Briefes sein? War er im wirklichen Leben auch so gefühlvoll, wie seine Worte vermuten ließen?

Sie duschte ausgiebig, und mit dem kühlen Wasser, das über ihren Körper rann, wurden alle Fragen fortgespült.

Während sie sich abtrocknete, betrachtete sie sich im Spiegel. Gar nicht so schlecht für eine 36jährige mit einem halbwüchsigen Sohn, dachte sie. Ihre Brüste waren eher klein und wurden nicht schlaff wie bei vielen Frauen ihres Alters. Ihr Bauch war flach, und ihre Beine waren lang und straff von Sport und Gymnastik. Alles in allem war sie zufrieden mit ihrem Aussehen heute morgen, und der Grund dafür schienen der Urlaub und ihre Entschlossenheit zu sein, ihn auch zu genießen.

Sie legte nur wenig Schminke auf und schlüpfte in beigefarbene Shorts, eine ärmellose weiße Bluse und braune Sandalen. Es würde bald heiß und feucht sein, und sie wollte bequem gekleidet sein.

EINKAUFEN mit Deanna war ein Fall für sich.

In Provincetown angelangt, verbrachten sie den restlichen Vormittag und den frühen Nachmittag in den verschiedensten Boutiquen. Theresa kaufte drei neue Kombinationen und einen Badeanzug, bevor sie von Deanna in ein Dessousgeschäft geschleppt wurde.

Dort gab es für diese kein Halten mehr. Nicht im Hinblick auf sich selbst natürlich, sondern wegen Theresa. Sie nahm halbdurchsichtige Spitzenunterwäsche vom Ständer und hielt sie hoch, damit Theresa sie begutachten konnte.

„Sieht ganz schön heiß aus!“ lautete Deannas Kommentar.

Natürlich waren noch andere Frauen in der Nähe, während sie das hinausposaunte, und Theresa mußte einfach lachen. Deannas Ungezwungenheit war einer der Charakterzüge, die sie an ihr am meisten liebte. Es war Deanna vollkommen gleichgültig, was andere Leute dachten, und Theresa beneidete sie oft um diese Lockerheit.

Als sie nach Hause zurückkamen, saß Brian im Wohnzimmer und las Zeitung.

„Na, ihr beiden, wie war euer Tag?"

„Ausgezeichnet!" antwortete Deanna. „Wir haben in Provincetown zu Mittag gegessen und waren ein bißchen einkaufen. Und wie hast du heute gespielt?"

„Nicht schlecht. Beinahe wäre ich auf achtzig Schläge gekommen."

„Du mußt einfach noch mehr üben, damit du's zu wahrer Meisterschaft bringst."

Brian lachte. „Du hast nichts dagegen?"

„Natürlich nicht."

Höchst zufrieden, daß er diese Woche viel Zeit auf dem Golfplatz würde verbringen können, lächelte Brian und raschelte mit der Zeitung. Deanna verstand es als Zeichen, daß er gern weiterlesen wollte, und wandte sich wieder Theresa zu.

„Hast du Lust auf eine Partie Rommé?"

Sie liebte jede Art von Kartenspiel, war in zwei verschiedenen Bridge-Clubs und legte unentwegt Patiencen. Mit Theresa spielte sie aber immer Rommé, da es das einzige Spiel war, bei dem diese Gewinnchancen hatte.

„Gern."

„Na prima! Die Karten liegen draußen auf dem Tisch."

Theresa ging auf die Veranda hinaus. Deanna folgte kurz darauf mit zwei Dosen Cola und nahm ihrer Freundin gegenüber Platz. Sie mischte die Karten, teilte aus und blickte Theresa an. „Ich hatte gehofft, du würdest jemand Besonderem begegnen in dieser Woche."

„Du bist jemand Besonderer", entgegnete Theresa.

„Du weißt, was ich meine. Einen Mann, der dir den Atem raubt!"

Theresa blickte erstaunt auf. „Ich habe nach keinem Ausschau gehalten."

Sie legte die Karosechs ab, und Deanna nahm sie auf, bevor sie die Kreuzdrei ablegte. Wenn es um dieses Thema ging, hörte sie sich an wie Theresas Mutter.

„Immerhin sind es jetzt schon fast drei Jahre. Bist du überhaupt mal wieder mit Männern ausgegangen?"

„Eigentlich nicht. Nicht mehr, seit dieser Matt Soundso mir erklärt hat, er wolle keine Frau mit Kind."

Deanna runzelte die Stirn. „Männer können manchmal richtige Trottel sein, und dieser Kerl war ein Paradebeispiel. Es gibt aber eine Menge richtiger da draußen in der Welt – Männer, die sich auf der Stelle in dich verlieben könnten."

Theresa nahm die Sieben auf und legte eine Karosechs ab. „Du sagst immer so nette Dinge, Deanna. Und deshalb mag ich dich."

Deanna nahm eine Karte vom Stapel. „Aber es stimmt. Glaube mir. Ich könnte ein Dutzend Männer finden, die gern mit dir ausgehen würden."

„Das heißt noch lange nicht, daß ich sie auch mögen würde."

Deanna warf eine Pikzwei ab. „Ich glaube, du hast Angst."

„Warum sagst du das?"

„Weil ich weiß, wie sehr dich David verletzt hat. Das ist eine völlig normale Reaktion. Ein gebranntes Kind scheut das Feuer, wie schon das Sprichwort sagt."

„Mag ja sein. Doch ich bin sicher, wenn der Richtige kommt, werde ich's wissen. Ich glaube fest daran."

„Wie soll denn der Mann sein, den du suchst?"

„Ich weiß nicht ..."

„Sicher weißt du's. Jeder weiß in etwa, was er will. Fang mit dem Selbstverständlichen an, oder, wenn du's nicht kannst, mit dem, was du nicht willst – wär's dir zum Beispiel recht, wenn er zu einer Motorradgang gehörte?"

Theresa lächelte und nahm eine Karte auf. Ihr Blatt war gar nicht schlecht. Vielleicht würde sie sogar gewinnen. Sie warf den Herzbuben ab.

„Also keine Motorradgang, soviel steht fest", sagte sie und schüttelte den Kopf. Dann überlegte sie einen Augenblick. „Hm..., vor allem sollte es jemand sein, der treu ist. Und ich glaube, ich hätte gern einen Mann, der in etwa so alt ist wie ich." Sie verstummte und runzelte die Stirn.

„Und?"

„Moment – es ist nicht so leicht, wie es scheint! Ich schätze, ich hänge an den üblichen Klischees: Er soll attraktiv, intelligent, charmant und nett sein, all das, was sich eine Frau von einem Mann erträumt." Wieder hielt sie inne.

Deanna nahm den Herzbuben auf. Ihr Gesichtsausdruck verriet, daß es ihr Spaß machte, Theresa ein wenig in Verlegenheit zu bringen.

„Und?"

„Er sollte mit Kevin umgehen, als wäre er sein eigener Sohn – das liegt mir besonders am Herzen. Oh – und er müßte auch romantisch sein! Und sportlich! Ich könnte keine Achtung vor einem Mann haben, den ich beim Armdrücken schlage."

„Ist das alles?"

„Ja, alles."

„Dann laß mich mal zusammenfassen: Du willst einen treuen, charmanten, attraktiven Dreißiger, der außerdem intelligent, romantisch und sportlich ist. Und sich mit Kevin versteht, stimmt's?"

„Genau!"

Deanna holte tief Luft und legte ihr Blatt auf den Tisch. „Na ja, wenigstens bist du nicht wählerisch. Rommé!"

UM SECHS Uhr abends machten sich Brian und Deanna zu einem Strandspaziergang auf. Theresa blieb im Haus und sah ihnen vom Fenster aus nach, wie sie Hand in Hand am Wasser entlangschlenderten. Die beiden führten eine ideale Beziehung, so schien es ihr. Ihre Interessen waren völlig unterschiedlich, was sie aber trotzdem eher zu verbinden als zu entzweien schien.

Nach Sonnenuntergang fuhren sie zu dritt nach Hyannis, um in „Sam's Crabhouse" essen zu gehen. Es war brechend voll, und sie mußten eine geschlagene Stunde auf einen Tisch warten, aber die dampfenden Krebse mit Knoblauchbutter waren es wert. Sie tranken jeder zwei Glas Bier, unterhielten sich angeregt, und am Ende fragte Brian nach dem Brief in der Flasche.

„Ich habe ihn gelesen, als ich vom Golfen zurückkam. Deanna hatte ihn an den Eisschrank geheftet."

Diese warf Theresa einen Ich-hab-dir's-ja-gesagt-Blick zu, schwieg aber.

„Der ist mir ganz schön an die Nieren gegangen", fuhr Brian fort. „Er ist so traurig."

„Ich weiß. Mir ging es nicht anders, als ich ihn gelesen habe."

„Weißt du, wo Wrightsville Beach liegt?"

„Nein. Nie davon gehört."

„In North Carolina", sagte Brian und angelte eine Zigarette aus der Westentasche. „Ich war einmal zum Golfen dort. Phantastische Plätze. Etwas flach, aber gut bespielbar."

Deanna nickte lächelnd. „Bei Brian hat alles irgendwie mit Golf zu tun."

Ihr Mann zündete seine Zigarette an und inhalierte. „Wrightsville Beach liegt auf einer vorgelagerten Insel bei Wilmington. Es ist dicht bebaut. Aber die Strände sind umwerfend – weißer Sand, warmes Wasser. Ein herrliches Fleckchen, um eine Urlaubswoche zu verbringen, falls du mal nicht weißt, wohin."

Theresa antwortete nicht, und Deanna warf mit verschmitzter

Miene ein: „Jetzt wissen wir also, wo unser geheimnisvoller Briefschreiber lebt.“

Theresa zuckte die Achseln. „Vielleicht, aber sicher ist das nicht. Es könnte auch sein, daß sie den Ort gemeinsam besucht haben. Das heißt noch lange nicht, daß er dort lebt.“

Deanna schüttelte den Kopf. „So wie er den Brief geschrieben hat, ist es unwahrscheinlich, daß er nur ein- oder zweimal dort war. Ich möchte wetten, daß er in Wrightsville Beach oder Wilmington lebt.“ Sie beugte sich vor. „Hast du dir Gedanken darüber gemacht, ob der Brief veröffentlicht werden soll?“

„Nicht wirklich. Warum ist dir die Sache so wichtig?“

„Weil ich ein Gespür für gute Stories habe. Heutzutage sind die Menschen so beschäftigt, daß die Romantik einfach zu kurz kommt. Dieser Brief zeigt, daß sie noch möglich ist.“

Theresa wickelte eine Haarsträhne um den Zeigefinger, was sie immer tat, wenn sie über etwas nachgrübelte. Nach langem Schweigen antwortete sie schließlich: „Okay.“

„Du willst es tun?“

„Ja, aber wir nennen nur ihre Initialen und lassen den Teil über Wrightsville Beach weg. Und ich schreibe ein paar Zeilen als Einleitung.“

„Ich bin so froh!“ rief Deanna mit kindlicher Begeisterung. „Ich hab's gewußt! Wir faxen es gleich morgen in die Redaktion.“

Noch am selben Abend schrieb Theresa die Einleitung auf einen Bogen Briefpapier, den sie in einer Schreibtischschublade im Wohnzimmer gefunden hatte. Als sie fertig war, ging sie zu Bett. Sie schlief unruhig in dieser Nacht.

AM NÄCHSTEN Morgen fuhren Deanna und Theresa nach Chatham und ließen Brief und Einleitung nach Boston faxen. Die Kolumne sollte in der nächsten Ausgabe erscheinen.

Den restlichen Vormittag verbrachten sie auf ähnliche Weise wie den Vortag – mit Einkaufen, Ausspannen am Strand, lebhafter Konversation und einem köstlichen Abendessen. Als die *Boston Times* am nächsten Tag geliefert wurde, schlug Deanna sofort die betreffende Seite auf und las:

> Eigentlich bin ich ja im Urlaub. Aber gestern habe ich am Strand eine Flaschenpost gefunden, und der Brief darin hat mich tief bewegt. Ich konnte an nichts anderes mehr denken, und obwohl es

> kein Thema ist, über das ich normalerweise schreibe, zumal in einer Zeit, da ewig währende Liebe und Beständigkeit so selten sind, hoffe ich doch, daß Sie, liebe Leser, den Brief ebenso beeindruckend finden werden wie ich.

Der Rest des Artikels bestand aus dem Brief selbst.

„Großartig!“ sagte Deanna, als sie zu Ende gelesen hatte. „Gedruckt sieht es sogar noch besser aus, als ich erwartet hatte. Du wirst eine Menge Leserbriefe bekommen.“

„Wir werden ja sehen“, meinte Theresa, die nicht ganz so überzeugt, aber genauso gespannt wie ihre Freundin war.

# 3. *KAPITEL*

Am Samstag kehrte Theresa nach acht Tagen Urlaub nach Boston zurück.

Nachdem sie ihren Koffer ausgepackt hatte, schenkte sie sich ein Glas Wein ein und legte eine CD von John Coltrane auf. Während die Jazzklänge den Raum erfüllten, sah Theresa ihre Post durch, die wie gewöhnlich vor allem aus Rechnungen bestand. Theresa legte sie beiseite.

Ohne Kevin war die Wohnung ungewöhnlich still. Sie dachte über die beiden Urlaubswochen nach, die ihr dieses Jahr noch zur Verfügung standen. Eine davon würde sie mit Kevin am Meer verbringen, das hatte sie ihm versprochen. Blieb also noch die andere. Sie konnte sie um die Weihnachtszeit herum nehmen, aber Kevin würde dieses Jahr bei seinem Vater sein, deshalb schien das wenig sinnvoll. Vielleicht sollte sie die Woche nutzen, um die Dinge im Haus zu erledigen, die schon so lange anstanden... Doch wer wollte schon seinen Urlaub mit Tapezieren und Anstreichen zubringen?

Schließlich beschloß Theresa, die Woche fürs nächste Jahr aufzusparen, falls sich nichts Besseres ergab. Vielleicht konnte sie mit Kevin dann für einen richtig langen Aufenthalt nach Hawaii fliegen.

Sie ging zu Bett und nahm einen der Romane zur Hand, die sie für Cape Cod eingepackt hatte. Sie war eine schnelle und konzentrierte Leserin und schaffte fast hundert Seiten, ehe sie müde wurde. Gegen Mitternacht knipste sie das Licht aus. Zum zweiten Mal innerhalb von sechs Tagen träumte sie, über einen menschenleeren Strand zu laufen.

Die Post, die sich am Montagmorgen auf ihrem Schreibtisch stapelte, war überwältigend, fast zweihundert Briefe, und gegen Mittag kamen noch einmal etwa fünfzig hinzu. Deanna wies stolz auf den kleinen Berg.

„Hab ich's nicht gesagt?" meinte sie schmunzelnd.

Theresa bat, alle eventuellen Anrufe zurückzustellen, und machte sich sofort daran, die Post zu öffnen. Es waren in der Tat ausnahmslos Reaktionen auf den Brief, den sie in ihrer Kolumne veröffentlicht hatte. Die meisten stammten von Frauen, einige aber auch von Männern. Theresa war überrascht, wie ähnlich sie sich waren. Alle schrieben, wie sehr sie dieser anonyme Brief berührt habe.

Am späten Nachmittag hatte sie sich durch einen Großteil des Stapels gearbeitet und war müde. Gegen halb sechs begann sie mit einem Artikel über Kevin und ihre Gefühle als Mutter, wenn er fort war. Es lief besser, als sie erwartet hatte, und sie war fast fertig, als das Telefon läutete. Es war die Telefonistin vom Empfang.

„Ich weiß, Sie haben mich gebeten, Ihre Anrufe zurückzustellen", begann sie. „Aber da ist eine Frau, die heute schon fünf- und letzte Woche schon zweimal angerufen hat. Sie ist hartnäckig. Sie sagt, sie will so lange in der Leitung warten, bis Sie eine Minute Zeit für sie hätten. Es sei zwar ein Ferngespräch, aber sie müsse einfach mit Ihnen sprechen."

„Auf welcher Leitung ist sie?"

„Auf der Fünf."

„Danke."

Theresa drückte die entsprechende Taste. „Hallo?"

Einen Augenblick blieb es still in der Leitung. Dann meldete sich eine sanfte, melodische Stimme. „Spreche ich mit Theresa Osborne?"

„Ja, am Apparat." Theresa lehnte sich in ihren Stuhl zurück und wickelte eine Haarsträhne um den Zeigefinger.

„Haben Sie die Kolumne über die Flaschenpost geschrieben?"

„Ja. Was kann ich für Sie tun?"

Die Anruferin schwieg eine kurze Weile. „Könnten Sie mir die Namen sagen, die in dem Brief standen?"

Theresa schloß die Augen und ließ die Strähne los. „Nein, tut mir leid, das ist nicht möglich. Ich will keine Einzelheiten publik machen."

„Können Sie mir dann bitte wenigstens diese Frage beantworten: War der Brief an eine Catherine gerichtet und von einem Mann namens Garrett unterzeichnet?"

Theresa richtete sich kerzengerade in ihrem Stuhl auf. „Wer sind

Sie?" fragte sie hastig und begriff im selben Augenblick, daß sie damit gleichzeitig auch eine Antwort gegeben hatte.

„Es stimmt, nicht wahr?"

„Wer sind Sie?" wiederholte Theresa, diesmal aber etwas ruhiger. Sie hörte die Anruferin tief Atem holen, bevor diese antwortete.

„Ich heiße Michelle Turner und lebe in Norfolk, Virginia. Vor drei Jahren bin ich am Strand spazierengegangen und habe, wie Sie, einen ganz ähnlichen Brief gefunden. Nachdem ich Ihre Kolumne gelesen hatte, wußte ich, daß er von derselben Person stammt."

Theresa schwieg einen Augenblick. Das konnte doch nicht wahr sein! Vor drei Jahren?

„Auf was für einem Papier ist er geschrieben?"

„Es ist beige mit der Zeichnung eines Segelschiffs in der oberen rechten Ecke. Auf Ihrem Brief ist auch ein Segelschiff, stimmt's?"

„Ja", flüsterte Theresa.

„Ich wußte es sofort, als ich Ihre Kolumne las!" Michelles Stimme klang, als würde eine schwere Last von ihr abfallen.

„Haben Sie den Brief noch?" fragte Theresa.

„Ja. Er ist etwas anders als der, den Sie abgedruckt haben, aber die Gefühle sind die gleichen."

„Könnten Sie ihn mir faxen?"

„Natürlich", entgegnete Michelle, ohne zu zögern. „Es ist unglaublich, nicht wahr?"

„Ja", flüsterte Theresa. „Wirklich erstaunlich."

Nachdem sie ihre Faxnummer durchgegeben hatte, konnte sie sich kaum noch auf ihre Arbeit konzentrieren. Michelle mußte erst in einen Copy-Shop gehen, um den Brief zu faxen. Theresa lief die ganze Zeit ungeduldig zwischen ihrem Schreibtisch und dem Faxgerät hin und her. Sechsundvierzig Minuten später hörte sie es endlich anspringen. Es ging schnell – das Gerät brauchte nur zehn Sekunden, um eine Seite zu senden –, doch selbst diese kurze Zeit schien ihr zu lang.

Als das Gerät mit einem Piepsen das Ende des Übertragungsvorgangs ankündigte, griff Theresa nach dem Blatt und trug es, ohne es zu lesen, zu ihrem Schreibtisch.

Sie holte tief Luft. Ein rascher Blick auf die rechte obere Ecke mit dem Segelschiff bewies ihr, daß es tatsächlich derselbe Verfasser war. Sie schob das Blatt ins Licht ihrer Schreibtischlampe und begann zu lesen.

6. März 1994

Meine liebste Catherine,
wo bist Du, und warum wurden wir für immer getrennt?

Ich weiß keine Antwort auf diese Fragen, wie sehr ich auch bemüht bin zu verstehen. Der Grund ist einfach, doch mein Verstand zwingt mich, ihn aus meinen Gedanken zu verbannen, und die Angst martert mich von früh bis spät. Ich bin verloren ohne Dich. Ich bin seelenlos, heimatlos, ein einsamer Vogel, der ins Nichts fliegt.

Ich versuche mich zu erinnern, wie es war, als wir auf dem windigen Deck der *Fortuna* waren. Weißt Du noch, wie wir uns gemeinsam abgemüht haben? Wir wurden Teil des Meeres, denn wir wußten beide, daß es das Meer war, das uns zusammengeführt hat. Nachts segelten wir auf dunklen Wassern, und das Mondlicht zeigte mir Deine Schönheit. Ich betrachtete Dich voller Ehrfurcht und glaubte tief in meinem Herzen, daß wir immer zusammenbleiben würden. Wir waren füreinander bestimmt.

Doch jetzt, allein in meinem Haus, ist mir bewußt geworden, daß das Schicksal einen Menschen sowohl glücklich als auch unglücklich machen kann, und ich frage mich, warum ich mich – von allen Menschen in der Welt, die ich hätte lieben können – ausgerechnet in jemanden verlieben mußte, der mir genommen wurde.

Garrett

Nachdem sie den Brief gelesen hatte, lehnte Theresa sich in ihren Stuhl zurück und berührte mit dem Zeigefinger die Lippen. Die Geräusche des Großraumbüros schienen von weither zu kommen. Sie kramte in ihrer Handtasche nach dem Brief vom Strand auf Cape Cod und legte ihn neben die Faxkopie auf die Schreibtischplatte.

Gab es noch mehr? Was war das für ein Mann, der solche Flaschenpost verschickte? Sie wußte, sie sollte das alles nicht so wichtig nehmen, tat es aber trotzdem.

Als kleines Mädchen hatte sie an ein Ideal geglaubt – an den Prinzen oder Ritter aus den Geschichten ihrer Kindheit. Im wirklichen Leben aber existierten solche Männer nicht. Wirkliche Menschen stellten wirkliche Anforderungen, besaßen wirkliche Erwartungen, wie andere Menschen sich verhalten sollten. Und doch gab es im Hier und Heute einen Mann wie diesen – der jetzt allein war –, und dieses Wissen versetzte Theresa in eine große innere Spannung.

Allem Anschein nach war Catherine, wer immer sie auch sein mochte, entweder tot oder ohne Erklärung verschwunden. Trotzdem liebte Garrett sie noch so sehr, daß er ihr seit mindestens drei Jahren

Liebesbriefe schickte. Auf jeden Fall hatte er dadurch bewiesen, daß er fähig war, innig zu lieben und, wichtiger noch, in der Liebe auszuharren, selbst nachdem die Geliebte schon lange fort war.

Wo bist du?

Theresa wußte es nicht genau, doch er existierte. Und wenn es etwas gibt, das einem das Herz berührt, soll man versuchen, mehr darüber in Erfahrung zu bringen – das war eines der Dinge, die sie früh im Leben gelernt hatte.

Tief in ihrem Innern wußte sie, daß der Zauber, der von diesem Garrett auf sie ausstrahlte, zu nichts führen würde. Sie würde ihr Leben weiterführen – ihre Kolumne schreiben, Zeit mit Kevin verbringen, all die Dinge tun, die eine alleinerziehende Mutter eben zu tun hatte.

Und beinahe hätte Theresa damit recht behalten. Doch drei Tage später geschah etwas, das sie veranlaßte, mit einem Koffer voll Kleidern und ein paar Blättern, die vielleicht nichts bedeuteten, ins Ungewisse aufzubrechen.

Sie stieß auf einen dritten Brief von Garrett.

AN JENEM Tag hatte sie natürlich mit nichts Außergewöhnlichem gerechnet. Es war ein typischer Bostoner Hochsommertag – heiß und feucht. Theresa saß an ihrem Schreibtisch und suchte Berichte zum Thema „autistische Kinder“. Mit ihrem Computer hatte sie sich in die Bibliothek der Harvard University eingeloggt und in zwei Stunden knapp dreißig Artikel gefunden, die in den letzten drei Jahren veröffentlicht worden waren. Sechs Titel davon klangen brauchbar, und da sie auf dem Heimweg sowieso bei der Universität vorbeikam, beschloß Theresa, die betreffenden Artikel dort abzuholen.

Als sie ihren Computer ausschalten wollte, kam ihr plötzlich eine Idee. Warum eigentlich nicht? fragte sie sich. Die Chancen sind zwar gering, aber was kann ich verlieren? Sie loggte sich erneut bei Harvard ein und tippte das Wort FLASCHENPOST. Nachdem sie die Return-Taste gedrückt hatte, lehnte sie sich in ihren Stuhl zurück und wartete, daß auf dem Bildschirm die gewünschte Information erscheinen würde.

Die Antwort überraschte sie – zu diesem Thema waren in den letzten Jahren ein Dutzend verschiedener Artikel geschrieben worden. Die meisten stammten aus wissenschaftlichen Zeitschriften, und ihre Titel vermittelten den Eindruck, daß solche Flaschen hauptsächlich zur Erforschung der Meeresströmungen genutzt wurden. Drei Artikel aber schienen auch für Theresa von Interesse, und so notierte sie sich deren Titel, um sie sich gleich mit den anderen sechs aushändigen zu lassen.

Der Verkehr war dicht, und sie brauchte lange, um die Bibliothek zu erreichen und die neun Artikel zu kopieren. Sie kam spät nach Hause und ließ sich, nachdem sie beim Chinesen um die Ecke etwas zu essen bestellt hatte, auf der Couch nieder – vor sich die drei Flaschenpostartikel.

Der erste stammte aus der Märznummer des *Yankee Magazine* vom Vorjahr und berichtete von Flaschen, die in den letzten Jahren an die Küste von Neuengland gespült worden waren. Gegen Ende des Artikels stieß Theresa auf zwei interessante Absätze.

> Bei einer Flaschenpost wird der Finder gewöhnlich um Antwort gebeten. Manchmal jedoch wünscht der Absender keine Antwort. Ein solcher Brief – eine bewegende Erinnerung an eine verlorene Liebe – wurde im vergangenen Jahr an der Küste von Long Island gefunden. Hier ein Ausschnitt daraus:
>
> „Wenn ich Dich nicht in den Armen halte, spüre ich die Leere in meiner Seele. Ich ertappe mich dabei, wie ich Dein Gesicht in der Menge suche – ich weiß, es ist sinnlos, doch ich kann nicht anders. Du und ich, wir haben darüber geredet, was geschehen sollte, wenn die Umstände uns trennen würden, aber ich kann das Versprechen nicht halten, das ich Dir in jener Nacht gegeben habe. Es tut mir leid, aber niemand wird Dich jemals ersetzen können. Du – Du allein – bist immer die einzige gewesen, die ich wollte, und jetzt, da Du fort bist, verspüre ich nicht den geringsten Wunsch, einen Ersatz für Dich zu finden."

Theresa hielt inne und legte die Gabel hin.

Es kann nicht sein! Sie starrte auf die Zeilen. Es kann einfach nicht sein...

Sie fuhr sich über die Stirn und merkte, daß ihre Hände begonnen hatten zu zittern. Ein weiterer Brief? Sie suchte nach dem Namen des Autors dieses Artikels. Es war ein gewisser Arthur Shendakin, Professor für Geschichte am Boston College.

Sie sprang auf, zog das Telefonbuch aus dem Regal und blätterte hektisch darin. Es gab knapp ein Dutzend Shendakins, doch nur zwei hatten ein A als Initial des Vornamens. Theresa sah auf die Uhr. Halb zehn. Das war spät, aber nicht zu spät. Sie wählte die erste Nummer und lauschte auf das Klingeln.

Einmal.

Zweimal.

Dreimal.

Beim vierten Klingeln begann sie die Hoffnung zu verlieren, doch beim fünften wurde abgehoben.

„Hallo?“

Sie räusperte sich. „Hier ist Theresa Osborne von der *Boston Times.* Spreche ich mit Arthur Shendakin?“

„Ja“, kam die erstaunte Antwort.

„Guten Abend, Sir. Entschuldigen Sie bitte die späte Störung. Ich wollte nur wissen, ob Sie derselbe Arthur Shendakin sind, der letztes Jahr im *Yankee Magazine* einen Artikel über Flaschenpost veröffentlicht hat.“

„Ja, der bin ich. Was kann ich für Sie tun?“

Theresas Hand fühlte sich am Hörer feucht an. „Es geht um die Nachricht, die in Long Island an Land gespült wurde. Professor Shendakin, ich weiß, es ist eine ungewöhnliche Bitte, aber ich bin an einer Kopie interessiert. Es wäre mir wirklich sehr wichtig.“

„Nur eine Kopie?“

„Ja, natürlich! Ich kann Ihnen meine Faxnummer geben, oder Sie schicken mir die Kopie mit der Post.“

Shendakin zögerte, bevor er antwortete: „Ich..., ja, das läßt sich machen.“

„Danke, Professor Shendakin!“ Bevor er sich anders besinnen konnte, gab ihm Theresa die Faxnummer durch.

AM NÄCHSTEN Morgen begab sie sich in die Redaktion, während ihr der Kopf schwirrte. Die Möglichkeit, daß ein dritter Brief existieren könnte, machte es schwer, an etwas anderes zu denken. Als sie an ihrem Schreibtisch Platz genommen hatte, zwang sie sich, eine Weile zu warten, bevor sie ans Faxgerät ging. Sie schaltete ihren Computer an, telefonierte mit zwei Ärzten wegen der Kolumne über Autismus und machte sich ein paar Notizen für weitere mögliche Themen.

Als ihr schließlich nichts anderes mehr zu tun einfiel, ging sie zum Faxgerät und begann den Stapel zu durchsuchen, den die Sekretärin noch nicht sortiert hatte. In der Mitte des Papierstoßes fand Theresa ein an sie adressiertes Deckblatt mit einer anschließenden Kopie, und als sie genauer hinsah, entdeckte sie darauf das Segelschiff in der oberen rechten Ecke.

25. September 1995

Liebe Catherine,
seit meinem letzten Brief ist ein Monat vergangen, doch er schien soviel langsamer zu verstreichen. Das Leben gleitet jetzt an mir vorüber wie die Landschaft an einem Zugfenster. Ich weiß weder, wohin ich gehe, noch wann ich dort angelangt sein werde.

Selbst die Arbeit vermag den Schmerz nicht zu lindern. Ich tauche zwar weiter zu meinem Vergnügen oder gebe Tauchunterricht, aber wenn ich in meinen Laden zurückkehre, ist alles so leer ohne Dich. Ich gebe Bestellungen auf, erledige die Buchhaltung wie immer, aber manchmal blicke ich gedankenlos über die Schulter und rufe nach Dir.

Wenn ich Dich nicht in den Armen halte, spüre ich die Leere in meiner Seele. Ich ertappe mich dabei, wie ich Dein Gesicht in der Menge suche – ich weiß, es ist sinnlos, doch ich kann nicht anders. Du und ich, wir haben darüber geredet, was geschehen sollte, wenn die Umstände uns trennen würden, aber ich kann das Versprechen nicht halten, das ich Dir in jener Nacht gegeben habe. Es tut mir leid, aber niemand wird Dich jemals ersetzen können. Du – Du allein – bist immer die einzige gewesen, die ich wollte, und jetzt, da Du fort bist, verspüre ich nicht den geringsten Wunsch, einen Ersatz für Dich zu finden. Bis daß der Tod uns scheidet, flüsterten wir uns in der Kirche zu, und ich bin zu der Erkenntnis gelangt, daß die Worte bis zu dem Tag Gültigkeit haben werden, an dem auch ich von dieser Welt gehe.

Garrett

„DEANNA, hast du eine Minute Zeit? Ich muß mit dir sprechen."

Deanna blickte von ihrem Computer auf und nahm die Brille ab. „Natürlich. Was gibt's?"

Theresa legte die drei Briefe auf den Schreibtisch ihrer Freundin.

„Woher hast du die beiden Kopien?"

Nachdem Theresa es ihr erklärt hatte, begann Deanna die beiden neuen Briefe schweigend zu lesen. Derweil nahm Theresa im Sessel ihr gegenüber Platz.

„So, so", meinte Deanna nach einer Weile und legte das letzte Blatt zur Seite, „du hast wohl ein kleines Geheimnis gehabt, was?"

Theresa zuckte die Achseln.

„Es geht hier um mehr als nur um die Briefe, stimmt's?" fuhr Deanna fort. „Du interessierst dich für diesen Garrett."

Theresa dachte einen Augenblick nach. „Es ist wirklich merkwürdig.

Ich muß einfach die ganze Zeit an ihn denken und weiß nicht, warum. Ich weiß so gut wie nichts von ihm. Wer weiß, vielleicht ist er siebzig."

Deanna lehnte sich in ihren Stuhl zurück und nickte nachdenklich. „Stimmt..., aber das glaubst du nicht, oder?"

Theresa schüttelte langsam den Kopf.

„Ich auch nicht", sagte Deanna und nahm die Briefe wieder auf. „Er spricht davon, wie sie sich verliebt haben, als sie jung waren. Er gibt Tauchunterricht und schreibt über Catherine, als hätte er sie erst vor wenigen Jahren geheiratet. Ich glaube nicht, daß er alt ist."

„Ich auch nicht."

„Möchtest du wissen, was ich denke?"

„Sicher."

Deanna wählte ihre Worte behutsam. „Ich denke, du solltest nach Wilmington fahren und versuchen, diesen Garrett zu finden."

„Aber das kommt mir so..., so albern vor. Ich weiß nichts über ihn. Was wäre, wenn..."

Theresa hielt inne, und Deanna vollendete ihren Satz. „... wenn er ganz anders ist, als du ihn dir vorstellst? Theresa, ich bin überzeugt, daß er nicht so ist, wie du ihn dir ausmalst. Das ist niemals so. Aber das sollte deinen Entschluß nicht beeinflussen. Wenn du mehr herausfinden willst, dann fahr hin."

„Findest du nicht, daß die ganze Sache völlig verrückt ist?"

Deanna schüttelte den Kopf. „Ich bin älter als du und habe eine Menge mitgemacht. Und eines der Dinge, die ich im Leben gelernt habe, ist, daß man Chancen nutzen muß. Außerdem ist Kevin nicht da, und du hast dieses Jahr noch eine ganze Menge Urlaub."

Theresa wickelte eine Haarsträhne um den Zeigefinger. „Bei dir klingt alles immer so einfach."

„Es ist einfach! Schwerer wird es schon sein, ihn zu finden. Aber ich glaube, in den Briefen stecken Informationen, die uns helfen können. Was hältst du davon, wenn wir ein bißchen am Telefon recherchieren?"

Theresa zog ihren Stuhl auf die andere Seite von Deannas Schreibtisch. „Also los! Wo sollen wir anfangen?"

„Ich denke, wir können davon ausgehen, daß sein Name tatsächlich Garrett ist. So sind alle Briefe unterschrieben, und ich glaube nicht, daß er einen falschen Namen benutzt hat."

„Und er lebt höchstwahrscheinlich in Wilmington oder Wrightsville Beach oder einer angrenzenden Ortschaft", fügte Theresa hinzu.

„Da war von einem Boot die Rede..."

„*Fortuna*“, sagte Theresa. „Er schreibt, sie seien zusammen damit gesegelt. Es muß also ein Segelboot sein. Und daß er ein Geschäft für Tauchartikel hat, in dem Catherine und er gearbeitet haben.“

„Das ist doch gar kein schlechter Anfang! Vielleicht ist alles viel einfacher, als wir denken.“

Als erstes telefonierte Deanna mit dem *Wilmington Journal*, der lokalen Tageszeitung. Sie verlangte jemanden zu sprechen, der sich mit Booten auskenne, und wurde mit einem gewissen Zack Norton verbunden, der für Wassersport zuständig war. Sie fragte ihn, ob es eine Stelle gebe, die Bootsnamen registriere, was Norton mit einem klaren Nein beantwortete.

„Boote haben Kennzeichen, ähnlich wie Autos“, fuhr er fort, „aber wenn Sie den Namen des Eigners haben, können Sie vielleicht auch den Namen des Boots herausfinden, sofern er registriert ist.“

Nachdem sie sich bedankt hatte, legte Deanna auf und ging noch einmal die Anhaltspunkte durch. Sie dachte einen Augenblick nach und beschloß dann, die Auskunft anzurufen, um die Telefonnummern aller Tauchzubehörläden in der Gegend um Wilmington zu erfragen. Theresa sah, wie ihre Freundin Namen und Rufnummern von elf Geschäften notierte. Dann legte Deanna auf, und Theresa sah sie neugierig an.

„Wonach willst du fragen, wenn du anrufst?“

„Natürlich nach Garrett!“

Theresas Herzschlag setzte für eine Sekunde aus. „Einfach so?“

„Einfach so!“ Lächelnd wählte Deanna die erste Nummer und bedeutete Theresa, den Nebenhörer abzuheben. „Für den Fall, daß er's ist.“

„Atlantic Adventures“, meldete sich eine Stimme. Deanna holte tief Luft und fragte höflich, ob Garrett derzeit Tauchstunden gebe.

„Tut mir leid, Sie müssen die falsche Nummer gewählt haben“, lautete die Antwort.

Deanna entschuldigte sich, legte auf und wählte dann unbeeindruckt die nächste Nummer auf ihrer Liste. Da sie mit einer weiteren negativen Antwort gerechnet hatte, war sie erstaunt, als die Person am anderen Ende der Leitung einen Augenblick zögerte.

„Meinen Sie Garrett Blake?“

Theresa stockte der Atem, als sie den Namen hörte. Deanna bejahte hastig, woraufhin die Stimme fortfuhr: „Er arbeitet bei Island Diving. Vielleicht können aber auch wir Ihnen ein Angebot machen? Wir bieten ebenfalls Tauchunterricht an.“

„Nein", erwiderte Deanna rasch. „Tut mir leid, ich möchte Garrett haben! Ich hab's ihm versprochen." Mit einem zufriedenen Lächeln legte sie den Hörer zurück auf die Gabel. „Wir kommen der Sache näher."

„Kaum zu glauben, daß es so leicht ist... Glaubst du, es ist der richtige Garrett?"

Deanna legte den Kopf auf die Seite und zog die Augenbrauen in die Höhe. „Nun, das werden wir bald rausfinden!"

Sie rief nochmals die Auskunft an und ließ sich die Nummer der Bootsregistrierstelle von Wilmington geben, wo sie gleich darauf um eine Information bat. „Mein Mann und ich sind unlängst vor Ihrer Küste gesegelt, als unser Boot plötzlich kenterte. Ein freundlicher Herr hat uns entdeckt und zurück ans Ufer geholfen. Sein Name ist Garrett Blake, und ich glaube, sein Boot hieß *Fortuna.*"

Die Sekretärin war gerne bereit zu helfen. Deanna hörte, wie auf einer Tastatur getippt wurde, und vernahm dann ein seltsames Piepsen. Kurz darauf sagte die Frau: „Ja, hier hab ich's. Garrett Blake. Sie haben den richtigen Namen, jedenfalls nach unseren Daten. Und hier steht auch, daß das Boot *Fortuna* heißt."

Deanna bedankte sich überschwenglich und legte auf. „Garrett Blake!" sagte sie mit triumphierendem Lächeln. „Unser geheimnisvoller Schreiber heißt Garrett Blake!" Dann nahm sie erneut den Hörer auf.

„Wen rufst du jetzt noch an?"

„Mein Reisebüro. Du brauchst einen Flug und ein Hotel."

„Ich habe noch nicht mal gesagt, daß ich hinfahre."

„Oh, das wirst du!"

„Aber..."

„Nichts aber!" Nach einer kurzen Pause klang Deannas Stimme sanfter. „Theresa, bedenke – du hast nichts zu verlieren. Schlimmstenfalls fliegst du in wenigen Tagen wieder zurück. Das ist alles."

Sie blickten einander schweigend an. Um Deannas Mundwinkel spielte ein leichtes Lächeln. Theresa fühlte ihr Herz schneller schlagen, als ihr die Endgültigkeit der Entscheidung zu Bewußtsein kam. Mein Gott, ich tue es tatsächlich, dachte sie. Ich kann's nicht fassen!

Ihre Gedanken wirbelten wild durcheinander. Garrett Blake. Wilmington. Island Diving. *Fortuna.* Sie wiederholte diese Worte immer wieder, als probte sie die Rolle für ein Theaterstück.

Und als das Flugzeug am folgenden Tag in Wilmington landete, fragte sie sich noch immer, wohin das alles führen würde.

# 4. KAPITEL

Theresa wachte früh auf, sprang aus dem Bett und trat ans Fenster. Die Sonne von North Carolina kämpfte sich mit ihren ersten Strahlen schon durch den Morgendunst. Theresa zog die Balkontür auf, um frische Luft hereinzulassen.

Sie dachte daran, wie einfach es gewesen war hierherzukommen. Vor nicht einmal 48 Stunden hatten Deanna und sie noch beisammen gesessen, die Briefe studiert und telefoniert, um Garrett ausfindig zu machen. Der Plan, den sie schließlich gefaßt hatte, war einfach. Sie wollte zu Island Diving fahren und sich im Laden umsehen, in der Hoffnung, einen Blick auf Garrett Blake zu erhaschen. Sollte er etwa in ihrem Alter sein, würde sie versuchen, mit ihm ins Gespräch zu kommen.

Sie duschte und zog eine kurzärmelige weiße Bluse an, dazu Shorts und weiße Sandalen. Sie wollte lässig wirken. Als sie fertig war, blätterte sie im Telefonbuch nach der Adresse von Island Diving und notierte sie sich. Zwei tiefe Atemzüge später ging Theresa hinunter in die Hotelhalle.

Als erstes kaufte sie sich einen Stadtplan von Wilmington. Wrightsville Beach war von der Stadt aus über eine Brücke zu erreichen, und dorthin schien sich auch der Hauptverkehrsstrom zu ergießen. Als sie die richtige Straße gefunden hatte, verlangsamte Theresa das Tempo und hielt Ausschau nach dem Laden.

Es war ein älteres Holzhaus, dessen Schindeln durch Salzluft und Seewind ganz verblichen waren. Das handgemalte Ladenschild hing an zwei rostigen Metallketten, und auf den Fenstern hatten Tausende heftiger Regenschauer einen milchig-staubigen Film hinterlassen.

Theresa stieg aus dem Wagen, strich sich die Haare aus der Stirn und ging auf den Eingang zu, hielt dann aber kurz inne. Bevor sie die Tür öffnete, holte sie tief Luft, sammelte sich und trat schließlich ein.

Sie schlenderte zwischen den Regalen umher, musterte dabei jeden anwesenden Mann und stellte im stillen die Frage: Sind Sie Garrett?

An der rückwärtigen Wand fiel ihr Blick auf mehrere Zeitungsausschnitte und Berichte aus Sportmagazinen, die gerahmt über den Regalen hingen. Sie beugte sich vor, um sie näher in Augenschein zu nehmen, und plötzlich wurde ihr bewußt, daß sie auf die Antwort einer ihrer Fragen hinsichtlich des geheimnisvollen Garrett Blake gestoßen war.

Sie wußte jetzt, wie er aussah.

Der erste Artikel war dem Tauchsport gewidmet, und unter einem Foto stand zu lesen: *Garrett Blake von Island Diving bereitet einen Schüler auf den ersten Tauchversuch vor.*

Das Bild zeigte, wie er die Gurte der Druckluftflasche um die Schultern des Schülers befestigte. Er schien in den Dreißigern zu sein, hatte ein schmales Gesicht und kurzes braunes Haar, das von den vielen Stunden in der Sonne gebleicht wirkte. Er war einen halben Kopf größer als der Schüler, und das ärmellose Hemd, das er trug, ließ kräftige Armmuskeln erkennen. Weil das Foto aber ziemlich grobkörnig war, konnte Theresa die Farbe seiner Augen nicht erkennen.

Im zweiten Artikel ging es um die *Fortuna*, die aus verschiedenen Perspektiven heraus im Innern und von außen fotografiert worden war, um die Restaurationsarbeiten zu dokumentieren. Sie war, so erfuhr Theresa, 1927 in Lissabon komplett aus Holz gebaut worden. In ihrer langen, abenteuerlichen Geschichte hatte sie unter anderem im Zweiten Weltkrieg dazu gedient, die deutschen Garnisonen an der französischen Küste auszukundschaften. Schließlich war sie nach Nantucket gelangt, wo ein Geschäftsmann sie erworben hatte. Als Garrett Blake sie Ende der achtziger Jahre gekauft hatte, war sie völlig heruntergekommen. Wie dem Artikel weiter zu entnehmen war, hatten er und seine Frau Catherine sie erfolgreich restauriert ...

Catherine!

Theresa schaute auf das Datum des Artikels. April 1992. Daß Catherine gestorben war, wurde nicht erwähnt. Da aber einer der Briefe vor drei Jahren in Norfolk gefunden worden war, mußte es irgendwann im Jahr 1993 geschehen sein...

„Kann ich Ihnen behilflich sein?“

Theresa fuhr herum. Ein junger Mann lächelte sie an, und sie war froh, vorher das Foto gesehen zu haben. Dieser Mann konnte nicht Garrett sein.

„Sie ist großartig, nicht wahr?“ meinte er.

„Wer?“

„Na, die *Fortuna!* Garrett, der Ladenbesitzer, hat sie restauriert. Ein herrliches Boot, jetzt, da es wiederhergestellt ist!“

„Ist er hier? Garrett, meine ich?“

„Nein, er ist am Pier. Er wird erst kurz vor Mittag hier sein. Vielleicht kann ja ich Ihnen behilflich sein?“

„Danke, ich wollte nur ein bißchen herumstöbern."
„Gerne. Wenn ich Ihnen helfen kann, sagen Sie mir Bescheid!"
„Mach ich!" versprach Theresa, und der junge Angestellte ging zur Ladentheke zurück.
Theresa blieb noch fünf Minuten und tat, als würde sie verschiedene Artikel in den Regalen begutachten. Dann ging sie, nachdem sie dem jungen Mann zum Abschied noch einmal zugewinkt hatte, und eilte zu Fuß zum Hafen.
Die *Fortuna* war leicht zu erkennen. Die meisten Boote waren weiß gestrichen, doch sie war aus Naturholz. Als Theresa bei ihr angelangt war, konnte sie jedoch ringsum niemanden sehen. Nachdem sie vergebens nach Garrett Ausschau gehalten hatte, überprüfte sie den Namen auf der Rückseite des Boots. Es war ohne Zweifel die *Fortuna*. Theresa betrachtete sie voller Bewunderung. Sie war ein wirklich schönes Boot – schöner als alle umliegenden – und besaß auch sehr viel mehr Charakter. Theresa verstand, warum die Zeitung dem Boot einen Artikel gewidmet hatte.
Schließlich beschloß sie, es später noch einmal bei Island Diving zu versuchen. Der Verkäufer hatte sich wohl geirrt. Nach einem letzten Blick auf das Boot wandte sie sich zum Gehen.
Wenige Schritte entfernt stand ein Mann.
Garrett!
Sein Hemd war aufgrund der morgendlichen Hitze an mehreren Stellen durchgeschwitzt. Die Ärmel waren hochgekrempelt und entblößten seine kräftigen Armmuskeln. Er trug braune Shorts und Halbschuhe ohne Socken und sah wie jemand aus, der die meiste, wenn nicht all seine Zeit am Meer zubrachte.
Unwillkürlich wich Theresa einen Schritt zurück.
„Kann ich Ihnen irgendwie behilflich sein?" fragte Garrett.
Zuerst konnte sie ihn nur anstarren. Obwohl sie das Foto von ihm gesehen hatte, fand sie ihn attraktiver, als sie erwartet hatte – warum, wußte sie nicht. Er war groß und breitschultrig; nicht im herkömmlichen Sinne schön – aber es lag etwas Bezwingendes, ausgesprochen Männliches in der Art, wie er vor ihr stand.
Sie zeigte auf die *Fortuna*. „Ich habe nur Ihr Boot bewundert. Es ist wirklich umwerfend schön."
Er rieb sich die Hände, um Motorenöl zu entfernen. „Danke", erwiderte er höflich. „Sind wir uns schon mal begegnet?"
Theresa schüttelte langsam den Kopf. „Ich glaube nicht."
„Woher wußten Sie dann, daß das Boot mir gehört?"

„Oh, ich habe Ihr Foto und die Bilder vom Boot in den Zeitungsausschnitten gesehen, die in Ihrem Laden hängen“, gab sie zurück. „Der junge Angestellte meinte, Sie seien hier, und deshalb bin ich hergekommen.“

„Er hat gesagt, daß ich hier bin?“

Theresa dachte nach, um sich an die genauen Worte zu erinnern. „‚Am Pier‘, sagte er. Und ich dachte, das sei hier.“

Garrett nickte. „Ich war bei dem anderen Boot – mit dem wir zum Tauchen rausfahren.“

Ein kleines Fischerboot tutete in der Nähe. Garrett drehte sich um und winkte dem Mann am Ruder zu. Als er sich wieder Theresa zuwandte, bemerkte er, wie hübsch sie war. Er senkte den Blick und wischte sich mit einem roten Taschentuch die Stirn.

„Großartig, wie Sie das Boot restauriert haben“, sagte Theresa.

Ein Lächeln huschte über sein Gesicht. „Danke, freundlich von Ihnen.“

Theresa blickte zur *Fortuna,* dann schaute sie Garrett an. „Es geht mich ja nichts an“, sagte sie scheinbar beiläufig, „aber dürfte ich Ihnen ein paar Fragen dazu stellen?“

An seinem Gesichtsausdruck war zu erkennen, daß man diese Bitte schon öfter an ihn gerichtet hatte. „Was möchten Sie denn wissen?“

Sie bemühte sich um einen ungezwungenen Plauderton. „Zum Beispiel, ob die *Fortuna* tatsächlich in einem so schlimmen Zustand war, als Sie sie gekauft haben.“

„Schlimmer, als Sie sich vorstellen können.“ Er trat vor und deutete auf einzelne Punkte am Boot. „Teile vom Bug waren total verrottet, es gab mehrere Lecks an der Längsseite – ein Wunder, daß sie sich noch über Wasser hielt. Am Ende mußten wir einen Großteil von Rumpf und Deck ersetzen, und was von ihr übrigblieb, mußten wir abschmirgeln, versiegeln und lackieren. Das war aber nur die Außenseite. Das Innere zu erneuern dauerte noch weit länger.“

Obwohl mehrfach das Wörtchen „wir“ gefallen war, entschied Theresa, ihn nicht darauf anzusprechen. „Das muß ja eine Menge Arbeit gewesen sein.“

Sie lächelte bei diesen Worten, und Garrett fühlte, wie sein Herz schneller schlug. Verdammt, sie war wirklich umwerfend hübsch!

„Stimmt, aber es war die Sache wert. Mit ihr zu segeln macht mehr Spaß als mit anderen Booten.“

„Warum?“

„Weil sie von Menschen gebaut wurde, die damit ihren Lebensunterhalt verdient und unendlich viel Sorgfalt auf ihren Entwurf verwendet haben. Und das macht das Segeln sehr viel leichter."

„Ich vermute, Sie segeln schon lange."

„Seit meiner Kindheit."

Sie nickte und trat etwas näher ans Boot heran. „Haben Sie was dagegen?"

Er schüttelte den Kopf. „Nein, machen Sie nur!"

Theresa strich langsam mit der Hand über den Rumpf. Garrett fielen dabei ihre gute Figur und die Art und Weise auf, wie ihr dunkles glattes Haar ihre Schultern streifte. Aber nicht nur ihr Aussehen stach ihm ins Auge, sondern vor allem auch die Sicherheit, mit der sie sich bewegte, so als wüßte sie genau, was die Männer dachten, wenn sie in ihrer Nähe war.

„Wie lange haben Sie gebraucht, um sie zu restaurieren?"

„Fast ein Jahr, bis wir sie zu Wasser gelassen haben."

Wieder „wir".

Theresa warf noch einen letzten bewundernden Blick auf das Boot und kehrte dann zu Garrett zurück. Sie schwiegen eine Weile.

„Nun", sagte Theresa schließlich, „ich habe Ihre kostbare Zeit lang genug in Anspruch genommen."

„Schon okay", entgegnete er. „Ich rede gern übers Segeln."

„Das würde ich auch. Ich hab's mir immer herrlich vorgestellt."

„Das klingt ja so, als wären Sie noch nie gesegelt."

„Stimmt! Ich hatte aber auch noch nie Gelegenheit dazu."

Bei diesen Worten sah sie ihn an, und Garrett hörte sich zu seinem eigenen Erstaunen sagen: „Na ja, ich drehe meistens nach der Arbeit noch eine Runde. Wenn Sie Lust haben, dann kommen Sie doch heute abend mit."

Warum er das gesagt hatte, wußte er selbst nicht. Vielleicht war es nach all diesen Jahren der Wunsch nach weiblicher Gesellschaft – wenn auch nur für kurze Zeit. Vielleicht hatte es auch mit dem Leuchten in ihren Augen zu tun, wenn sie sprach.

Auch Theresa war ein wenig überrascht, doch sie nahm sein Angebot sofort an. „Das wäre wunderbar! Um wieviel Uhr?"

„Wie wär's mit sieben? Bei Sonnenuntergang ist es besonders schön."

„Sieben paßt mir gut! Ich bringe was zu essen mit." Sie trat von einem Fuß auf den anderen und wartete, ob er noch etwas sagen würde. Als er schwieg, rückte sie den Riemen ihrer Handtasche auf ihrer Schulter zurecht. „Dann bis heute abend. Treffpunkt hier beim Boot?"

„Genau hier!“ bestätigte er. „Ich bin sicher, es wird Ihnen gefallen.“

„Ich auch! Also bis dann!“

Damit ging sie davon. Ihr Haar flatterte im Wind. Da fiel Garrett ein, daß er etwas vergessen hatte.

„He!“ rief er hinter ihr her.

Sie drehte sich um. „Ja?“

Er kam ein paar Schritte auf sie zu. „Ich habe vergessen, nach Ihrem Namen zu fragen!“

„Ich heiße Theresa. Theresa Osborne.“

„Und ich Garrett Blake.“

„Also, Garrett, bis um sieben.“

Theresa schritt munter davon. Garrett blickte ihr nach und versuchte, Ordnung in seine widersprüchlichen Gefühle zu bekommen. Einerseits wühlte ihn das eben Geschehene auf, andererseits hatte er den Eindruck, daß etwas an der Sache nicht stimmte. Er wünschte, es gäbe etwas, das er gegen sein Schuldgefühl tun könnte. Aber natürlich gab es nichts! Hatte es nie gegeben!

DIE UHR zeigte sechs, dann sieben, aber für Garrett Blake war die Zeit stehengeblieben, seitdem Catherine vor drei Jahren vom Gehsteig auf die Straße getreten und von einem ins Schleudern geratenen Wagen erfaßt worden war, dessen Fahrer das Leben zweier Familien damit für immer verändert hatte.

In den folgenden Wochen war Garretts anfänglicher Haß und Zorn auf den Mann gewichen. Der Kummer machte ihn völlig apathisch und handlungsunfähig. Er schlief nachts nicht länger als drei Stunden und brach jedesmal in Tränen aus, wenn er Catherines Kleider im Schrank sah. Weil er sich nur noch von Kaffee und Crackern ernährte, nahm er zehn Kilo ab.

Sein Vater übernahm vorübergehend den Laden, während Garrett schweigend auf seiner Veranda saß und sich ein Leben ohne Catherine vorzustellen versuchte. Dann wünschte er oftmals, die feuchte, salzige Luft würde ihn verschlingen, damit ihm eine Zukunft in Einsamkeit erspart bliebe.

Besonders schwer machte es, daß er sich an eine Zeit ohne Catherine kaum zu erinnern vermochte. Sie hatten sich fast ihr ganzes Leben lang gekannt. In der dritten Klasse waren sie unzertrennlich gewesen, und er hatte ihr zum Valentinstag zwei Glückwunschkarten geschenkt. Danach aber war jeder seiner eigenen Wege gegangen, obwohl sie weiterhin Klassenkameraden gewesen waren. Catherine war damals dünn gewesen – und immer die Kleinste in der Klasse –, und obwohl sie in seinem Herzen auch weiterhin einen Platz besetzt hielt, bemerkte Garrett nicht, wie sie sich allmählich zu einer attraktiven jungen Frau entwickelte. Nach vier Jahren an der Universität von Chapel Hill, wo er Meeresbiologie studiert hatte, begegneten sie sich per Zufall am Strand von Wrightsville, und plötzlich wurde ihm klar, wie töricht er gewesen war. Catherine war nicht mehr das dünne kleine Schulmädchen, sondern eine bildhübsche Frau. Ihre Haare waren blond und ihre Augen geheimnisvoll, und nachdem Garrett sich wieder gefaßt und sie gefragt hatte, ob sie mit ihm ausgehen wolle, begann eine Beziehung, die schließlich zur Heirat und zu sechs wunderbaren gemeinsamen Jahren führte.

Während ihrer Hochzeitsnacht in einem mit Kerzen erleuchteten Hotelzimmer zeigte Catherine ihm die beiden Valentinskarten, die er ihr einst geschenkt hatte, und lachte, als sie das Erstaunen in seinem Gesicht sah. „Natürlich habe ich sie aufgehoben", flüsterte sie und schlang ihre Arme um ihn. „Es war das erste Mal, daß ich mich in jemanden verliebt hatte. Und ich wußte, wenn ich dir Zeit ließe, würdest du zu mir zurückkommen."

Immer wenn Garrett an sie dachte, sah er sie vor sich, wie sie in jener Nacht oder bei ihrem letzten gemeinsamen Segeltörn ausgesehen hatte. Auch jetzt erinnerte er sich deutlich an diesen Abend – an ihr lachendes Gesicht und das vom Wind zerzauste blonde Haar.

*„Fühlst du die Gischt?" schrie Catherine begeistert vom Bug herüber. Sie hielt sich an einer Leine fest und beugte sich weit über die Reling. Ihr Profil erschien als Scherenschnitt vor dem leuchtenden Abendhimmel.*

*„Sei vorsichtig!" rief Garrett zurück, das Ruder fest in der Hand.*

*Mit einem schelmischen Lächeln beugte sie sich noch ein Stück weiter hinaus.*

*„Laß das!" schrie er. Einen Augenblick lang sah es so aus, als verlöre sie den Halt. Garrett wollte ihr schon zu Hilfe eilen, als er sie wieder laut lachen hörte und sah, wie sie sich aufrichtete. Leichtfüßig wie immer kam sie zu ihm gelaufen und umarmte ihn.*

*„Habe ich dich nervös gemacht?" flüsterte sie und knabberte an seinem Ohrläppchen.*

*„Du machst mich immer nervös, wenn du so übermütig bist!"*

*„Sei nicht so brummig", neckte sie ihn. „Wollen wir nicht die Segel einholen und den Anker werfen?"*

*„Jetzt?“*

*Sie nickte. „Oder willst du lieber die ganze Nacht segeln?“ Mit einem verführerischen Blick öffnete sie die Kabinentür und verschwand. Fünf Minuten später lag das Boot vor Anker, und Garrett folgte Catherine hinein.*

Garrett stieß scharf den Atem aus. Obwohl er sich an die Ereignisse dieses Abends deutlich erinnern konnte, bemerkte er, daß es ihm mit der Zeit immer schwerer fiel, sich Catherines Bild ins Gedächtnis zu rufen. Jetzt sah er sie nur noch nachts, wenn er schlief, deutlich vor sich. Doch beim Aufwachen fühlte er sich jedesmal erschöpft und niedergeschlagen. Sein Vater versuchte zu helfen, so gut er konnte. Auch er hatte seine Frau verloren, und so wußte er, was sein Sohn durchmachte. „Es ist nicht gut, daß du ständig allein bist“, sagte er. „Du darfst dich nicht kleinkriegen lassen.“ Garrett wußte, daß sein Vater recht hatte, aber er verspürte kein Bedürfnis nach neuen Bekanntschaften.

Im Laufe der Zeit nahm er die Arbeit in seinem Laden wieder auf und bemühte sich, ein einigermaßen normales Leben zu führen. Er gewöhnte sich an sein einsames Dasein; er kochte, putzte, wusch seine Wäsche.

Nach einer Weile glaubte er, über den Tiefpunkt hinwegzusein, aber als es Zeit wurde, Catherines Sachen wegzugeben, brachte er das nicht über sich, und so nahm sein Vater die Sache in die Hand. Als Garrett von einem Tauchwochenende zurückkam, war alles, was Catherine gehört hatte, verschwunden. Ohne ihre Sachen kam ihm das Haus so leer vor, daß er keinen Grund mehr sah, dort wohnen zu bleiben. Innerhalb eines Monats verkaufte er es und zog in ein kleineres am Carolina Beach.

Obwohl sein Vater gelegentlich meinte, es scheine ihm besserzugehen, wußte Garrett doch, daß nichts mehr wie früher sein würde.

ER WAR etwas vor dem verabredeten Zeitpunkt zum Jachthafen gekommen, um die *Fortuna* startklar zu machen.

Kurz bevor er von zu Hause losgegangen war, hatte sein Vater angerufen.

„Möchtest du zum Abendessen kommen?“

Garrett hatte geantwortet, er sei heute abend zum Segeln verabredet.

„Mit einer Frau?“ hatte sein Vater nach einem kurzen Schweigen wissen wollen.

Garrett hatte ihm kurz erzählt, wie er Theresa kennengelernt hatte.
„Dein Rendezvous scheint dich nervös zu machen.“
„Es ist kein Rendezvous. Wir segeln nur.“
„Ist sie hübsch?“
„Was tut das zur Sache?“
„Nichts. Aber es hört sich trotzdem nach einem Rendezvous an.“
„Es ist aber keines!“
„Na, wenn du meinst!“

KURZ nach sieben sah Garrett sie die Mole entlangkommen. Theresa trug Shorts, dazu ein rotes, ärmelloses T-Shirt. In der einen Hand hatte sie einen kleinen Picknickkorb, in der anderen ein Sweatshirt und eine leichte Jacke. „Hallo“, rief sie, „ich hoffe, ich habe Sie nicht zu lange warten lassen!“

„Nein, nein, ich warte noch nicht lange! Kann ich Ihnen behilflich sein?“

Garrett nahm ihr Korb und Jacke ab und legte beides auf eine Sitzbank. Als er Theresas Hand ergriff, um ihr an Bord zu helfen, fühlte sie die Schwielen an seinen Fingern.

„Können wir starten?“ fragte er.

„Wann immer Sie wollen!“

„Dann nehmen Sie Platz. Ich bringe uns raus aufs Meer.“

Theresa schaute sich um, bevor sie auf der Sitzbank Platz nahm. Garrett drehte den Zündschlüssel, der Motor sprang an, und die *Fortuna* setzte sich in Bewegung.

„Ich wußte gar nicht, daß es einen Motor gibt“, sagte Theresa ein wenig erstaunt.

„Es ist nur ein kleiner“, entgegnete Garrett, „gerade stark genug, um rauszukommen.“

Langsam glitt die *Fortuna* aus dem Jachthafen, und sobald sie die Einfahrt passiert hatte, stellte Garrett den Motor ab. Er zog Handschuhe an, hißte das Hauptsegel und kehrte ans Ruder zurück. Theresa spürte, wie das Boot allmählich Fahrt aufnahm.

„Bald haben wir's geschafft“, sagte Garrett. „Wir brauchen vielleicht nicht mal zu kreuzen.“

Theresa schwieg, denn sie wußte, daß er sich konzentrieren mußte. Derweil sah sie sich genauer auf der *Fortuna* um. Wie die meisten Segelboote bestand sie aus zwei Ebenen – dem tieferliegenden Außendeck, auf dem sie sich jetzt befanden, und, etwa einen Meter höher, dem Vorderdeck mit der Kabine.

Seeschwalben zogen ihre Kreise über dem Boot, und die Segel knatterten im Wind. Das Wasser schoß vorbei. Alles schien in Bewegung zu sein.

Es war nun schon sehr viel kühler geworden, und Theresa zog das Sweatshirt über, das sie zum Glück mitgenommen hatte. Die Segel reflektierten den Sonnenuntergang und warfen ihre Schatten fast über das ganze Deck.

Gleich darauf ließen die Wellen eines größeren Schiffs die *Fortuna* hin und her schaukeln. Theresa blickte zu Garrett hinüber, der rasch das Ruder drehte. Sobald sie genügend Abstand zu dem anderen Schiff hatten, machte er eine kleine Schlaufe in die Klüverleine und legte sie um das Spill am Ruder. „Okay, das müßte gehen“, meinte er.

„Müssen Sie das Ruder nicht halten?“

„Dafür ist die Schlaufe da. Manchmal, wenn der Wind wirklich wechselhaft ist, darf man das Ruder nicht aus der Hand geben. Aber heute abend haben wir Glück mit dem Wetter. Wir könnten stundenlang in diese Richtung segeln.“

Garrett trat zu der Bank, auf der Theresa saß, und ließ sich neben ihr mit dem Rücken zum Heck nieder. Als sie den Wind auf ihrem Gesicht spürte, strich Theresa ihr Haar zurück und blickte über das Wasser.

„Es ist wirklich herrlich hier draußen!“ sagte sie und wandte Garrett wieder das Gesicht zu. „Danke fürs Mitnehmen!“

„Gern geschehen“, entgegnete er. „Es ist angenehm, von Zeit zu Zeit in netter Gesellschaft zu segeln.“

Sie lächelte. „Segeln Sie gewöhnlich allein?“

Er lehnte sich zurück und streckte die Beine aus. „Meist schon. So kann ich nach der Arbeit am besten ausspannen. Egal, wie stressig der Tag war – wenn ich erst mal draußen bin, scheint der Wind alles davonzuwehen.“

„Aber Ihre Arbeit gefällt Ihnen doch, oder?“

„Gewiß. Und ich möchte mit niemandem tauschen.“ Er hielt inne und spielte an seinem Uhrband. „Und Sie, Theresa, was tun Sie so?“

„Ich bin Kolumnistin für die *Boston Times* und schreibe über Kindererziehung.“

Sie las Erstaunen in seinen Augen – so hatte jeder Mann reagiert, mit dem sie zum ersten Mal ausgegangen war. Am besten rückst du gleich damit raus, dachte sie. „Ich habe einen Sohn“, fuhr sie deshalb fort. „Kevin ist zwölf. Er ist zur Zeit bei seinem Vater in Kalifornien. Wir sind seit einigen Jahren geschieden.“

Garrett nickte schweigend und fragte dann: „Möchten Sie das restliche Boot besichtigen?“

Sie nickte. „Gern.“

Er erhob sich und überprüfte noch einmal die Segel, bevor er Theresa in die Kabine führte. An der Wand zu ihrer Linken befand sich eine Bank, gegenüber stand ein kleiner Tisch, an dem zwei Leute Platz hatten; neben der Tür erblickte Theresa ein Waschbecken und einen Gasherd mit einem kleinen Kühlschrank darunter; geradeaus schließlich führte eine Tür zur Schlafkabine.

Die Hände in die Hüften gestemmt, stand Garrett da und ließ ihr Zeit, sich in Ruhe umzusehen.

„Von außen ahnt man gar nicht, wie geräumig es drinnen ist“, sagte Theresa nach einer Weile.

„Ich weiß.“ Garrett räusperte sich verlegen. „Verblüffend, nicht wahr?“

Er trat an ihr vorbei zum Kühlschrank und nahm eine Dose Cola heraus. „Möchten Sie etwas trinken?“

„Gern.“ Theresa strich über die Wände und fühlte die Struktur des Holzes.

Garrett reichte ihr die Dose, und ihre Hände berührten sich kurz.

Theresa öffnete die Dose und nahm einen Schluck, bevor sie sie auf den Tisch stellte. Während Garrett seine aufmachte, richtete sie ihre Aufmerksamkeit auf ein Foto, das an der Wand hing und auf dem Garrett – sehr viel jünger als heute – mit einem Speerfisch zu sehen war, den er gefangen hatte.

„Sie fischen wohl gern“, sagte sie. Garrett kam zu ihr hin, und als er neben ihr stand, spürte sie die Wärme seines Körpers. Er roch nach Salz und Wind.

„Ja, das stimmt“, sagte er ruhig. „Mein Vater war Garnelenfischer, und ich bin sozusagen auf dem Wasser aufgewachsen.“

„Wann wurde dieses Foto aufgenommen?“

„Vor etwa zehn Jahren – das heißt in den Semesterferien vor meinem letzten Studienjahr.“

Theresa betrachtete es erneut. „Ist das Ihr Vater neben Ihnen?“

„Ja.“

„Er sieht Ihnen sehr ähnlich“, meinte sie, und Garrett fragte sich, ob das als Kompliment gemeint war oder nicht. Er trat an den Tisch, und Theresa nahm ihm gegenüber Platz.

„Sie sind aufs College gegangen?“

Er sah sie an. „Ja, ich habe Meeresbiologie studiert. Nach dem

Diplom habe ich zunächst am Duke Marine Institute als Tauchspezialist gearbeitet, aber der Job war zu schlecht bezahlt. Also hab ich mich zum Tauchlehrer ausbilden lassen und an Wochenenden Unterricht gegeben. Der Laden kam erst ein paar Jahre später." Er hob eine Braue. „Und Sie?"

„Ich bin in Omaha, Nebraska, aufgewachsen und habe die Brown University besucht. Ich bin jetzt neun Jahre bei der *Boston Times*."

„Und wie gefällt Ihnen der Job als Kolumnistin?"

Sie dachte nach. „Die Bedingungen sind ideal", antwortete sie schließlich. „Ich kann Kevin von der Schule abholen, kann schreiben, was ich will. Die Arbeit ist recht gut bezahlt, aber..." Sie hielt inne. „Jetzt werden Sie wohl denken, daß ich die typische überarbeitete alleinerziehende Mutter bin, wenn Sie wissen, was ich meine."

Er nickte. „Das Leben geht oft ganz andere Wege, als wir erwartet haben, nicht wahr?"

„Das kann man wohl sagen", gab sie zurück. Erneut begegneten sich ihre Blicke. Als sie den Ausdruck seiner Augen sah, hatte sie das Gefühl, daß er nur selten mit anderen über solche Dinge redete. Sie beugte sich zu ihm vor und lächelte.

„Wie wär's jetzt mit einem kleinen Imbiß? Ich habe etwas im Korb mitgebracht."

„Wann immer Sie wollen. Möchten Sie drinnen essen oder draußen?"

„Auf jeden Fall draußen."

Jeder nahm seine Getränkedose, dann erhoben sie sich. Auf dem Weg nach oben bat Garrett Theresa, schon einmal vorauszugehen. „Lassen Sie mich nur rasch den Anker werfen", sagte er. „Dann können wir in Ruhe essen, ohne uns weiter um das Boot kümmern zu müssen."

Theresa nahm wieder auf der Sitzbank Platz und sah zu, wie die Sonne am Horizont im Meer versank. Sie packte ihren Korb aus, wickelte die Sandwiches aus dem Zellophanpapier und öffnete die Plastikschälchen mit Kartoffel- und Kohlsalat. Dabei beobachtete sie, wie Garrett die Segel einzog. Er stand mit dem Rücken zu ihr, und sie sah deutlich, wie kräftig seine Schultermuskeln waren, die durch seine schmalen Hüften noch betont wurden. Sie konnte kaum glauben, daß sie sich mit dem Mann, nach dem sie vor zwei Tagen noch von Boston aus gefahndet hatte, nun allein auf einem Segelboot befand. Das Ganze erschien ihr so unwirklich.

Nachdem das Boot zum Stillstand gekommen war, warf Garrett den Anker aus. Dann nahm er neben Theresa Platz.

„Alles in Ordnung?“ fragte sie.

Er nickte. „Allerdings dachte ich eben, daß wir auf dem Rückweg öfter kreuzen müssen, wenn der Wind wieder zunimmt.“

Theresa legte ein Sandwich auf seinen Teller und gab ihm etwas Salat. Ihr fiel auf, daß Garrett ein ganzes Stück näher bei ihr saß als zuvor.

„Heißt das, wir brauchen länger für die Rückfahrt?“

„Etwas länger, aber das ist kein Problem, es sei denn, der Wind flaut ganz plötzlich ab. Es ist selten, kann allerdings passieren.“

„Wie kommt das?“

Er lächelte amüsiert. „Nun, Winde entstehen durch Temperaturunterschiede – wenn warme Luft auf kältere stößt. Damit der Wind völlig abflaut, müssen Luft- und Wassertemperatur auf einer weiten Fläche genau identisch sein. In diesen Breiten ist die Luft tagsüber gewöhnlich heiß, doch sobald die Sonne untergeht, sinken die Temperaturen sehr schnell. Deshalb ist die Dämmerung die beste Zeit zum Segeln. Die Temperaturen verändern sich konstant.“

„Was passiert, wenn der Wind völlig abflaut?“

„Die Segel sind schlaff, und das Boot bewegt sich nicht vom Fleck. Man ist völlig machtlos.“

„Und was macht man dann?“

„Nichts! Sich zurücklehnen und die Stille genießen.“

„Hört sich gut an!“

„Ja, das tut es.“ Er wich ihrem Blick aus und fühlte sich plötzlich unwohl. „Aber genug vom Segeln! Jetzt sind Sie dran! Sie sagten, Sie waren verheiratet.“

Sie nickte. „Acht Jahre. Aber David – so heißt mein Exmann – schien irgendwie das Interesse an unserer Beziehung zu verlieren..., und dann hatte er eine Affäre. Damit konnte ich einfach nicht leben.“

„Das könnte ich auch nicht“, sagte Garrett sanft, „aber das macht es nicht leichter.“

„Nein, es war auch nicht leicht.“ Theresa hielt inne und trank einen Schluck. „Aber er ist Kevin ein liebevoller Vater, und das ist das einzige, was für mich zählt.“

Eine härtere Dünung erfaßte das Boot, und Garrett stand auf, um zu prüfen, ob der Anker hielt.

„Nun zu Ihnen“, sagte Theresa, als er sich wieder gesetzt hatte. „Erzählen Sie von sich.“

Garrett schilderte, wie er als Einzelkind in Wilmington aufgewachsen war. Er erzählte ihr, daß er seine Mutter mit zwölf Jahren verloren hatte, wie er den Laden aufgebaut hatte und wie heute sein typischer Arbeitstag ablief. Catherine aber erwähnte er mit keinem Wort.

Es dunkelte, und Nebel stieg auf. Während das Boot sanft schaukelte, stellte sich eine Art Vertrautheit zwischen ihnen ein.

Als Garrett zu Ende erzählt hatte, lehnte er sich zurück und strich sich mit den Fingern durchs Haar. Er schloß die Augen und schien den Moment des Schweigens zu genießen.

*Auf ihrem letzten gemeinsamen Segeltörn saßen Catherine und er stundenlang plaudernd beisammen und genossen das Essen und den Wein. Die See war ruhig, und das sanfte Auf und Ab der Dünung hatte etwas Tröstliches.*

*Später, nachdem sie sich geliebt hatten, lag Catherine an seiner Seite und ließ ihre Finger über seine Brust wandern.*

*„Was denkst du gerade?“ fragte er.*

*„Ich hätte nie geglaubt, daß es möglich ist, jemanden so zu lieben, wie ich dich liebe“, flüsterte sie.*

*„Ich auch nicht“, gab er sanft zurück. „Ich wüßte nicht, was ich ohne dich anfangen würde.“*

*„Versprichst du mir etwas?“*

*„Alles!“*

*„Daß du dir, falls mir etwas zustoßen sollte, irgendwann jemand anderen suchst. Versprich es mir!“*

*„Ich glaube nicht, daß ich eine andere Frau lieben könnte.“*

*„Versprich es mir trotzdem!“*

*Er zögerte noch einen Augenblick. „Gut, wenn es dich glücklich macht – ich verspreche es.“*

*Sie schmiegte sich an ihn. „Ich bin glücklich.“*

Als die Erinnerung verblaßte, räusperte sich Garrett und sagte: „Ich denke, es wird Zeit zurückzufahren.“

Ein paar Minuten später waren sie wieder unterwegs. Garrett hielt das Ruder und damit die *Fortuna* auf Kurs. Theresa stand neben ihm, eine Hand an der Reling. Lange sprach keiner von beiden, und Garrett fragte sich, was ihn so aus dem Gleichgewicht gebracht hatte.

Die Lichter der Gebäude am Ufer schienen im Nebel zu flimmern. Während sie auf die Küste zusteuerten, kamen Theresa plötzlich Zweifel, daß sie einander wiedersehen würden. In wenigen Minuten würden sie an Land sein und Abschied nehmen.

Garrett holte die Segel an etwa demselben Punkt ein, wo er sie auf dem Hinweg gehißt hatte, und warf den Motor an. Als sie den Liegeplatz im Jachthafen erreicht hatten, sprang er von Bord, um die *Fortuna* zu vertäuen.

Theresa ging zum Heck, um ihre Jacke zu holen, hielt dann aber inne. Sie überlegte kurz, nahm dann den Korb auf, schob die Jacke jedoch mit der freien Hand unter die Sitzbank. Danach ging sie nach vorn, wo Garrett ihr die Hand entgegenstreckte. Wieder spürte Theresa die Kraft darin, als er ihr auf den Steg half.

Einen Augenblick sahen sie einander an, als fragte sich jeder, was als nächstes kommen würde, doch dann deutete Garrett auf das Boot. „Ich muß es noch für die Nacht fertigmachen, und das dauert ein kleines Weilchen. Kann ich Sie zuerst zu Ihrem Wagen begleiten?“

„Gern“, entgegnete Theresa.

Als sie beim Wagen angelangt waren, beobachtete Garrett, wie sie die Tür aufschloß und sich dann wieder umwandte.

„Es war wirklich ein herrlicher Abend“, begann Theresa.

„Für mich auch.“

Ihre Blicke begegneten sich für einen Moment.

„Ich geh jetzt lieber!“ sagte Garrett hastig. „Ich muß morgen früh aus den Federn.“ Damit reichte er ihr die Hand. „Es war nett, Sie kennenzulernen, Theresa. Ich hoffe, Sie haben noch ein paar schöne Urlaubstage.“

„Danke für alles, Garrett! Und machen Sie’s gut!“

Sie setzte sich hinters Steuer und drehte den Zündschlüssel. Garrett schloß die Fahrertür und hörte, wie Theresa den Gang einlegte. Nachdem sie ihm ein letztes Mal zugelächelt hatte, sah sie in den Rückspiegel, lenkte den Wagen langsam aus der Parklücke und fuhr davon.

Garrett ging langsam zum Boot zurück und fragte sich, warum er so verstört war.

DREISSIG Minuten später lag Theresa im Bett und dachte an Garrett. Sie knipste das Licht aus, und als sich ihre Augen an die Dunkelheit gewöhnt hatten, suchte sie den Spalt zwischen den Vorhängen am Fenster. Die Mondsichel stand schon hoch am Himmel, und ein schwacher Lichtschein fiel hindurch. Sie starrte noch eine Weile darauf, bis ihr Körper ganz entspannt war und ihre Augen zufielen.

# 5. KAPITEL

„Und was war dann?“

Jeb Blake sprach mit rauher Stimme und beugte sich über seine Kaffeetasse. Er ging auf die Siebzig zu, sein schütteres Haar war fast weiß und sein Gesicht von tiefen Falten durchzogen. Er war groß und hager, und sein Adamsapfel trat hervor wie eine kleine Pflaume. Seine Arme waren tätowiert und von Narben übersät und seine Fingergelenke geschwollen von all den Jahren harter Arbeit als Garnelenfischer.

„Nichts war dann. Sie ist in ihren Wagen gestiegen und davongefahren.“

Jeb Blake, der gerade die erste der zwölf Zigaretten drehte, die er pro Tag gewöhnlich rauchte, starrte seinen Sohn an. „Na, dann war es ja wohl Zeitverschwendung!“

Garrett war verblüfft über die Offenheit seines Vaters. „Nein, Dad, war es nicht! Es waren zwei, drei nette Stunden. Ich habe mich gut unterhalten.“

„Aber du siehst sie nicht wieder?“

Garrett trank einen Schluck Kaffee und schüttelte den Kopf. „Ich glaube nicht. Sie macht hier Urlaub.“

„Für wie lange?“

„Ich weiß nicht. Ich habe nicht gefragt. Warum interessiert dich das so? Ich bin mit jemandem Segeln gewesen, und es war nett. Mehr gibt’s dazu nicht zu sagen!“

Jeb beugte sich wieder über seinen Kaffee. „Sie gefällt dir, oder?“

„Ja, Dad, das tut sie. Aber wie gesagt, ich sehe sie wohl nicht wieder. Ich weiß nicht, in welchem Hotel sie abgestiegen ist und ob sie nicht vielleicht heute schon abreist.“

„Aber wenn sie noch hier wäre und du wüßtest, wo sie wohnt – würdest du sie dann wiedersehen wollen?“

Schweigend blickte Garrett zur Seite. Jeb langte über den Tisch des Cafés und legte die Hand auf den Arm seines Sohns. „Es ist jetzt drei Jahre her, Garrett. Ich weiß, wie sehr du sie geliebt hast, aber du mußt jetzt loslassen!“

Kurz darauf hatten sie ihr Frühstück beendet. Garrett legte ein paar Dollarnoten auf den Tisch, und gemeinsam verließen Vater und Sohn das Café.

Als Garrett schließlich in seinem Laden angelangt war, gingen ihm tausend Dinge durch den Kopf. Natürlich hatte sein Vater recht. Es gab keinen Grund, weiter an den Gefühlen für Catherine auf die Weise festzuhalten, wie er es tat, doch er wußte nicht, wie er sie abstellen sollte. Catherine bedeutete ihm alles. Sie hatte ihn nur ansehen müssen, und schon war ihm gewesen, als sei mit einem Schlag alles in Ordnung. Daß einem so etwas genommen wurde, war einfach nicht fair. Warum ausgerechnet sie? Wochenlang hatte er nachts wach gelegen und sich gefragt, was gewesen wäre, wenn... Was, wenn sie eine Sekunde gezögert hätte, bevor sie die Straße überquert hatte? Was, wenn sie sich ein paar Minuten mehr Zeit beim Frühstück gelassen hätten? Tausend Wenns, die ihn keinen Schritt weitergebracht hatten.

Kurz vor elf ging Garrett vor zur Theke am Eingang des Ladens. Ian, sein junger Angestellter, telefonierte gerade und händigte ihm drei Mitteilungen aus. Die ersten beiden waren geschäftlich. Die dritte las Garrett auf dem Rückweg in sein Büro und hielt abrupt inne, als er bemerkte, von wem sie stammte. Rasch trat er in sein Büro, schloß die Tür und versicherte sich, daß er sich nicht getäuscht hatte. Dann griff er zum Telefon und wählte die angegebene Nummer.

Theresa Osborne hob beim zweiten Läuten ab.

„Hallo, hier ist Garrett! Ich lese eben, daß ich Sie zurückrufen soll."

„Hallo, Garrett! Danke für Ihren prompten Rückruf! Ich habe meine Jacke auf Ihrem Boot vergessen und wollte wissen, ob Sie sie gefunden haben."

„Nein, aber ich sehe schnell nach."

„Macht das nicht zuviel Umstände?"

„Ganz und gar nicht! Ich melde mich gleich wieder!"

Er verließ den Laden, lief zu Fuß zum Hafen und kletterte aufs Deck, wo er die Jacke schließlich halb verborgen unter der Sitzbank entdeckte.

Wieder in seinem Büro, rief er erneut das Hotel an. Diesmal hob Theresa beim ersten Läuten ab.

„Hier noch mal Garrett. Ich habe Ihre Jacke gefunden."

„Toll, danke!" Sie klang erleichtert. „Nett von Ihnen, daß Sie nachgeschaut haben. Ich bin in zwanzig Minuten bei Ihnen im Laden. Können Sie die Jacke solange aufbewahren?"

„Natürlich, gern", antwortete er. Nachdem er aufgelegt hatte, lehnte er sich in seinen Stuhl zurück und grübelte über das eben Geschehene nach. Sie war also noch nicht abgereist, dachte er, und ich werde sie wiedersehen. Was nicht hieß, daß es wichtig gewesen wäre.

Etwa zwanzig Minuten später traf Theresa ein. Sie trug Shorts und eine tief ausgeschnittene, ärmellose Bluse, die ihre Figur aufs Vorteilhafteste zur Geltung brachte. Sie lächelte und rief „hallo". Die Jacke überm Arm, steuerte Garrett auf sie zu.

„So gut wie neu", meinte er und reichte sie ihr.

„Tausend Dank!" sagte Theresa, und in ihren Augen war wieder das Leuchten, das ihn schon gestern so verwirrt hatte.

Geistesabwesend kratzte er sich am Ohr. „Gern geschehen. Der Wind muß sie unter die Sitzbank geweht haben, so daß sie kaum zu sehen war."

„Wahrscheinlich", erwiderte Theresa mit einem leichten Achselzucken und zupfte sich ihre Bluse an der Schulter zurecht. Garrett beobachtete sie dabei und sagte, was ihm gerade in den Sinn kam.

„Es war sehr nett gestern abend."

„Finde ich auch!"

Ihr Blick begegnete seinem, und er lächelte scheu.

„Sind Sie nur hergekommen, um Ihre Jacke zu holen? Oder wollen Sie auch ein bißchen Sightseeing machen?"

„Ich würde gern irgendwo eine Kleinigkeit essen." Theresa sah ihn erwartungsvoll an. „Können Sie mir was empfehlen?"

Er dachte nach. „Das ‚Hank's', direkt am Strand. Die Aussicht ist phantastisch. Und sie haben dort die besten Austern und Garnelen weit und breit."

Theresa wartete, ob er noch etwas hinzufügen wollte, aber als er schwieg, wandte sie den Blick ab und sah aus dem Fenster. Schließlich riß er sich zusammen und fand die Sprache wieder.

„Ich würde Sie gern begleiten, wenn Sie Lust auf Gesellschaft haben."

„Das habe ich, Garrett", erwiderte sie lächelnd.

Er wirkte erleichtert und führte sie durch den Laden zur Tür.

Das Hank's war so alt wie der Hafen selbst und bei Einheimischen und Touristen gleichermaßen beliebt. Trotz seiner schlichten Einrichtung – von Tausenden sandiger Schuhsohlen gescheuerte und abgeschabte Holzplanken, robuste Holztische mit Schnitzereien Hunderter früherer Gäste, riesige Fenster mit Blick auf den Atlantik – besaß es unglaublich viel Atmosphäre.

„Glauben Sie mir", sagte Garrett, als sie auf einen freien Tisch zusteuerten, „das Essen ist hervorragend, auch wenn das Drumherum nicht danach aussieht."

Als sie Platz genommen hatten, schob er zwei Bierflaschen beiseite, die noch nicht abgeräumt worden waren. Die Menükarte klemmte in einem Gewürzständer mit Spritzflaschen für Tabasco- und Ketchupsaucen. Theresa blickte sich um und stellte fest, daß fast alle Tische besetzt waren.

„Ganz schön voll", sagte sie und machte es sich bequem.

„Ist es immer. Wir haben Glück gehabt, daß wir noch einen Tisch ergattert haben."

Theresa warf einen Blick auf die Karte. „Was empfehlen Sie?"

„Mögen Sie Fisch?"

„Ich liebe ihn."

„Dann nehmen Sie Thunfisch oder Delphin. Sie sind beide köstlich."

„Delphin?"

Garrett lachte leise. „Nicht Flipper. Es ist ein Speisefisch, den wir hier einfach Delphin nennen."

„Ich glaube, ich nehme lieber Thunfisch – vorsichtshalber."

„Glauben Sie, ich hätte mir das nur ausgedacht?"

„Ich habe Sie erst gestern kennengelernt und weiß nicht, wozu Sie alles fähig sind", erwiderte Theresa verschmitzt.

„Ich bin sehr gekränkt", erwiderte er in gleichem Tonfall.

Sie lachte, und er fiel ein. Kurz darauf bemerkte er, wie sie ihre Hand über den Tisch schob, um kurz seinen Arm zu berühren. Catherine, so wurde ihm plötzlich klar, hatte das gleiche getan, um seine Aufmerksamkeit auf sich zu lenken.

„Sagen Sie mal", frotzelte Theresa, „wird man hier eigentlich bedient, oder muß man seinen Fisch selbst fangen und kochen?"

„Verdammte Nordstaatler!" sagte Garrett kopfschüttelnd. Und sie lachte wieder.

In diesem Augenblick erschien eine Kellnerin, nahm ihre Bestellung auf und brachte ihnen umgehend zwei Flaschen Bier.

„Keine Gläser?" fragte Theresa, als die Bedienung gegangen war.

„Nein. Hier geht es ziemlich rustikal zu."

„Jetzt weiß ich, warum es Ihnen so gut gefällt."

„Soll das ein Wink mit dem Zaunpfahl sein, was meinen Geschmack angeht?"

„Nur wenn Sie selbst daran zweifeln."

„Jetzt klingen Sie wie eine Psychiaterin!"

„Bin ich nicht, aber als Mutter wird man zu einer Art Expertin in Sachen menschlicher Natur."

„Tatsächlich?"

„Das sag ich jedenfalls immer zu Kevin."

Garrett nahm einen Schluck aus seiner Flasche. „Haben Sie heute schon mit ihm gesprochen?“

Sie nickte und nahm selbst einen Schluck. „Nur ein paar Minuten. Er hat Spaß. David ist immer ein guter Vater gewesen. Wann immer Kevin ihn besucht, hat er große Erwartungen.“

Garrett sah sie neugierig an. „Das klingt so, als hätten Sie Bedenken.“

„Ich hoffe nur“, entgegnete sie nach einem Zögern, „daß es später nicht zu einer Enttäuschung kommt. David und seine neue Frau haben eine Familie gegründet, und wenn das Baby ein bißchen älter wird, können David und Kevin sicher nicht mehr so leicht allein etwas unternehmen.“

Garrett beugte sich über den Tisch. „Man kann seinen Kindern Enttäuschungen im Leben nicht ersparen.“

„Das weiß ich, wirklich. Es ist nur so, daß ...“

Sie hielt inne, und Garrett vollendete ihren Satz: „... daß er Ihr Sohn ist und Sie nicht möchten, daß man ihm weh tut.“

„Genau!“

Das Bier war so kalt, daß die Flasche beschlagen war, und Theresa begann, das Etikett abzuziehen. Auch das hatte Catherine immer getan. Garrett nahm hastig einen weiteren Schluck, bemüht, sich wieder auf das Thema zu konzentrieren.

„Ich weiß nur eins: Wenn er wie Sie ist, fällt er sicher auf die Füße.“

„Wie meinen Sie das?“

Er zuckte die Achseln. „Kein Leben ist einfach – Ihres eingeschlossen. Und da er miterlebt hat, wie Sie Schwierigkeiten überwunden haben, wird er selbst lernen, sie zu bewältigen.“

„Jetzt hören Sie sich aber wie ein Psychiater an!“

„Ich sage Ihnen nur, was ich beim Erwachsenwerden gelernt habe. Als ich so alt wie Ihr Kevin war, ist meine Mutter an Krebs gestorben. Und als ich sah, wie mein Vater seinen Schmerz bewältigte, wußte ich, daß ich mein Leben weiterleben muß, ganz gleich, was geschieht.“

„Lebt Ihr Vater noch hier?“ fragte sie.

„Ja. Ich sehe ihn relativ häufig. Wir treffen uns mindestens einmal die Woche. Er versucht, mich auf dem rechten Pfad zu halten.“

Sie lächelte. „Wie die meisten Eltern.“

Bald darauf wurde das Essen serviert, bei dem sie ihr Gespräch fortsetzten. Garrett erzählte Theresa von seinen Erlebnissen beim Segeln und Tauchen. Sie lauschte fasziniert. Die Geschichten, die sie von Männern in Boston zu hören bekam, drehten sich meist um berufliche Dinge. Garrett dagegen sprach von der reichhaltigen Unterwasserwelt –

von friedlichen und riskanten Begegnungen mit den Bewohnern des Meeres. Einmal war er sogar von einem Hammerhai gejagt worden.

Im Vergleich zu gestern abend war er richtiggehend aufgetaut und sprach sehr lebhaft. Theresa fand die Veränderung reizvoll.

Nachdem die Rechnung gekommen war, legte Garrett das Geld auf den Tisch. „Gehen wir?"

„Wann immer Sie wollen. Und übrigens, danke für das Essen! Es war großartig!"

Als sie aufbrachen, rechnete Theresa damit, daß Garrett sofort in seinen Laden zurückfahren würde, und war überrascht, als er etwas anderes vorschlug. „Wie wär's mit einem Strandspaziergang?"

Sie willigte ein und ließ sich von ihm die Hafenmauer entlang zum Strand führen. Am Wasser angelangt, zogen beide ihre Schuhe aus.

„Ist es ähnlich wie an den Stränden im Norden?"

„Stellenweise schon. Aber das Wasser ist hier natürlich viel wärmer. Sind Sie niemals im Norden am Strand gewesen?"

„Ich bin noch kein einziges Mal aus North Carolina herausgekommen."

Theresa lächelte. „Dann sind Sie ja ein richtiger Globetrotter, was?"

Garrett lachte leise. „Ich habe nicht das Gefühl, daß mir etwas entgeht." Dann wechselte er das Thema. „Wie lange wollen Sie denn in Wilmington bleiben?"

„Bis Sonntag. Montag fängt meine Arbeit wieder an."

Noch fünf Tage, dachte er. „Darf ich Ihnen eine persönliche Frage stellen, Theresa?" fragte er nach ein paar Schritten.

„Das hängt von der Frage ab."

Er blieb stehen, bückte sich nach einer Muschel und reichte sie ihr. „Gibt es derzeit einen Mann in Ihrem Leben?"

Theresa nahm die Muschel entgegen. „Nein."

„Und warum nicht? Einer Frau wie Ihnen müßten die Männer doch zu Füßen liegen."

„Danke für das Kompliment", sagte sie lächelnd, während sie ihren Weg fortsetzten. „Aber das ist gar nicht so leicht, vor allem mit einem Kind." Sie hielt inne. „Und was ist mit Ihnen? Gibt es in Ihrem Leben zur Zeit eine Frau?"

Er schüttelte den Kopf. „Nein. Wohl, weil ich keiner begegnet bin, die ich ständig um mich haben möchte."

„Ist das alles?"

Es war der Augenblick der Wahrheit, und beide wußten es. Theresa spürte, wie sich ihr die Kehle zusammenschnürte.

„Ich war verheiratet", sagte Garrett. „Aber sie ist gestorben."
„Das tut mir leid."
„Vor drei Jahren. Seither habe ich mich um keine Frau mehr bemüht, nicht einmal einer nachgeschaut."
„Sie müssen manchmal sehr einsam sein."
„Das bin ich, aber ich versuche, nicht darüber nachzudenken. Ich bin sehr eingespannt mit dem Laden, das lenkt mich ab."
Als er schwieg, fragte Theresa: „Und wie war sie?"
„Catherine?" Garretts Kehle war ganz trocken. „Wollen Sie das wirklich wissen?" Wie sollte er Catherine mit Worten beschreiben? Ohne daß er es wollte, zog ihn die Vergangenheit wieder einmal in ihren Bann.

*„Hallo, Schatz", sagte Catherine und blickte von ihrer Gartenarbeit auf. „Ich hatte gar nicht so früh mit dir gerechnet."*
*„Es gab heute morgen nicht viel zu tun, und da dachte ich mir, ich schau schnell vorbei, um zu sehen, wie es dir geht."*
*„Ach, schon viel besser."*
*„Glaubst du, es war eine Grippe?"*
*„Ich weiß nicht. Vielleicht habe ich nur etwas Falsches gegessen. Kurz nachdem du gegangen bist, habe ich mich wieder stark genug gefühlt, um etwas im Garten zu arbeiten." Sie deutete auf ein frisch gegrabenes Beet mit Stiefmütterchen.*
*„Sehr schön, aber hättest du nicht etwas Erde im Beet lassen sollen?"*
*Sie wischte sich mit dem Handrücken über die Stirn und blinzelte zu ihm hinauf ins grelle Sonnenlicht.*
*„Sehe ich so schlimm aus?"*
*Ihre Knie waren schwarz, und ein dunkler Streifen lief quer über ihre Wange. Ihr Haar war zu einem unordentlichen Pferdeschwanz gebunden, aus dem sich einzelne Strähnen gelöst hatten, und ihr Gesicht war gerötet und schweißbedeckt von der Anstrengung.*
*„Du siehst perfekt aus!"*
*Catherine zog ihre Handschuhe aus und legte sie auf das Verandageländer. „Ich bin nicht perfekt, Garrett, aber trotzdem danke. Komm, laß uns rasch essen. Du mußt bald wieder im Laden sein."*

Mit einem Seufzer wandte Garrett sich wieder Theresa zu.
„Catherine war alles, was ich mir gewünscht habe. Sie war hübsch, charmant, schlagfertig, und sie hat mich in allen Dingen unterstützt.

Sie ...“ Er hielt inne, als suchte er nach Worten. „Ich weiß nicht, ob ich mich jemals an ein Leben ohne sie gewöhnen kann.“

Theresa konnte seinen Schmerz noch besser nachempfinden, als sie erwartet hatte. Es war nicht nur seine Stimme, sondern auch der Ausdruck seines Gesichts, bevor er mit seiner Schilderung begonnen hatte – als wäre er zerrissen zwischen der Schönheit und der Qual der Erinnerungen.

„Tut mir leid“, sagte Garrett. „Ich wollte mich nicht so gehenlassen.“

Instinktiv trat Theresa zu ihm heran, nahm seine Hand und drückte sie sanft. „Ihre Gefühle sagen viel über Sie aus, Garrett. Sie gehören zu den Menschen, die einen anderen für immer lieben. Das ist nichts, wofür man sich schämen muß.“

„Ich weiß. Es ist nur, daß es schon drei Jahre her ist ...“

„Eines Tages werden Sie wieder einen anderen Menschen lieben können. Wer es einmal konnte, kann es wieder. Es liegt in Ihrer Natur.“

Noch einmal drückte sie seine Hand, und Garrett spürte, wie die Berührung ihn erwärmte.

„Ich hoffe, Sie haben recht“, sagte er schließlich.

„Natürlich habe ich recht! Sie wissen doch, ich bin Mutter, oder haben Sie das vergessen?“

Er lachte leise und versuchte, die innere Anspannung zu verscheuchen. „Ich weiß. Und Sie sind bestimmt eine gute.“

Sie machten kehrt und schlenderten zum Hafen zurück. Als sie den Wagen erreicht hatten und sich auf die Fahrt zum Laden machten, war Garrett verwirrter denn je.

„Woran denken Sie?“ fragte Theresa.

Er schaltete in einen höheren Gang, während sie die Brücke zurück nach Wilmington überquerten.

„Ich dachte“, sagte er, „daß ich Sie gerne zu mir zum Abendessen einladen würde – vorausgesetzt natürlich, Sie haben nichts anderes vor.“

„Ich hatte auf diese Frage gehofft“, erwiderte sie lächelnd.

Als Garrett in die Straße zu seinem Laden einbog, war er noch immer erstaunt über sich, weil er einfach gefragt hatte.

„Können Sie gegen acht bei mir sein? Ich habe noch einiges zu tun, aber bis dahin dürfte ich fertig sein.“

„Gern!“

Er fuhr in den Hinterhof, und Theresa folgte ihm in sein Büro. Er kritzelte ihr die Wegbeschreibung auf ein Stück Papier und versuchte sich seine Verwirrung nicht anmerken zu lassen. „Es ist nicht schwer zu finden. Außerdem brauchen Sie nur nach meinem Lieferwagen Ausschau zu halten. Aber für den Fall, daß Sie sich verfahren, steht hier unten meine Telefonnummer."

WÄHREND sich Theresa die Altstadt von Wilmington anschaute, hatte Garrett im Laden mehr als genug zu tun. Als er endlich schließen konnte, stieß er einen Seufzer der Erleichterung aus. Er fuhr zunächst zum Supermarkt und kaufte ein, was er fürs Abendessen brauchte. Zu Hause duschte er, schlüpfte in saubere Jeans und ein leichtes Baumwoll-T-Shirt. Dann ging er auf die hintere Veranda und nahm auf einem der gußeisernen Stühle Platz.

Er saß noch immer dort, als ein Auto vorfuhr. Er stand auf und ging um das Haus.

Theresa trug Jeans, dazu die Bluse, die sie schon zuvor angehabt hatte. Als sie jetzt lächelnd auf ihn zukam, spürte Garrett, daß er sich immer mehr zu ihr hingezogen fühlte. Als er vor ihr stand, nahm er den leichten Duft ihres Parfums wahr.

„Ich habe Wein mitgebracht. Ich dachte, er paßt vielleicht zum Essen", sagte sie. „Wie war Ihr Nachmittag?"

„Oh, viel Arbeit. Ich bin erst seit einer halben Stunde hier." Er führte sie zur Eingangstür. „Eigentlich wollte ich ein paar Steaks grillen, aber dann habe ich mich gefragt, ob Sie überhaupt Fleisch essen."

„Sie haben wohl vergessen, daß ich in Nebraska aufgewachsen bin! Ich esse nichts lieber als ein gutes Steak!"

„Dann machen Sie sich auf eine angenehme Überraschung gefaßt. Bei mir bekommen Sie die besten Steaks auf der ganzen Welt!"

Bevor sie die Treppe hinaufgingen, sah sich Theresa erst einmal das Haus von außen an. Es war relativ klein, einstöckig und vollständig aus Holz, dessen Anstrich an verschiedenen Stellen abblätterte. Im Innern fiel ihr als erstes der Blick aus dem Wohnzimmer auf. Die ganze Rückseite des Hauses bestand aus einer Fensterfront, die vom Boden bis zur Decke reichte und den Blick auf den Strand freigab.

„Die Aussicht ist ja atemberaubend", sagte Theresa überrascht.

„Finde ich auch. Und obwohl ich jetzt schon ein paar Jährchen hier wohne, kann ich mich immer noch nicht daran satt sehen."

An einer Wand befand sich ein Kamin, der von einem Dutzend Unterwasserfotos eingerahmt wurde. Theresa ging darauf zu. „Darf ich mich mal umsehen?"

„Natürlich, gern. Ich muß sowieso noch draußen den Grill richten."

Garrett verschwand durch eine Schiebetür auf die Veranda. Theresa sah sich zunächst die Fotos an und machte dann einen Rundgang durch die restlichen Räume des Hauses, dessen Frontteil eine Küche mit Eßecke und das Badezimmer beherbergte.

Vor dem Schlafzimmer blieb Theresa stehen und warf einen Blick hinein. Auf dem Nachttisch stand das gerahmte Foto einer Frau. Nachdem sie sich vergewissert hatte, daß Garrett noch draußen war, trat Theresa ein, um es genauer anzuschauen.

Catherine mußte damals Mitte Zwanzig gewesen sein, eine sehr attraktive Frau – etwas kleiner als sie selbst – mit blondem Haar, das ihr über die Schultern fiel. Ihre Augen waren tiefgrün und verliehen ihr eine exotische Note. Behutsam stellte Theresa das Foto wieder ab und achtete darauf, daß es genauso stand wie zuvor. Als sie sich abwandte, hatte sie plötzlich das Gefühl, von den Augen verfolgt zu werden.

Sie verließ das Schlafzimmer. Durch die Schiebetür trat sie nun ebenfalls auf die Veranda hinaus und gesellte sich zu Garrett, der bei ihrem Erscheinen lächelte. Sie lehnte sich an die Brüstung und kreuzte ein Bein vor dem anderen.

„Haben Sie all die Fotos an den Wänden selbst aufgenommen?" fragte sie.

Garrett strich sich mit dem Handrücken die Haare aus der Stirn. „Ja. Eine Zeitlang hatte ich beim Tauchen immer meine Kamera dabei." Er füllte Holzkohle in den Grill und goß ein paar Tropfen Grillanzünder darüber. „Das muß jetzt ein paar Minuten einziehen. Kann ich Ihnen inzwischen etwas zum Trinken holen?"

„Was gibt's denn?"

„Bier, Limo und den Wein natürlich, den Sie mitgebracht haben."

„Ein Bier wäre nicht schlecht."

Garrett ging ins Haus. Theresa genoß unterdessen den Ausblick aufs Meer. Die Sonne ging gerade unter, und der Strand hatte sich schon geleert, nur vereinzelte Jogger und Spaziergänger waren noch zu sehen.

„Gehen Ihnen die vielen Strandbesucher nicht manchmal auf die Nerven?" fragte sie, als Garrett wieder auf die Veranda getreten war.

Er reichte ihr das Bier. „Eigentlich nicht. Wenn ich nach Hause komme, ist der Strand meist schon leer. Und im Winter kommt überhaupt niemand her."

Einen Augenblick stellte sie sich vor, wie er allein auf seiner Veranda saß und aufs Meer hinausstarrte, während Garrett eine Streichholzschachtel aus der Tasche zog und die Holzkohle anzündete. Als die Flammen hochschlugen, trat er einen Schritt zurück.

„So, jetzt will ich mich mal um den Rest kümmern. Und wenn Sie Glück haben, verrate ich Ihnen mein Geheimrezept."

Theresa legte den Kopf auf die Seite und sagte mit einem verschmitzten Lächeln: „Sie geben ja mächtig an mit Ihren Steaks."

„Ich weiß. Aber Sie werden schon noch sehen!"

Er zwinkerte ihr zu, und sie folgte ihm in die Küche.

„Was kann ich tun?"

„Nichts. Ich glaube, ich habe alles ganz gut im Griff. Ich habe einen von diesen abgepackten Salaten mitgebracht."

Theresa lehnte sich an den Küchentisch, während Garrett den Salat aus der Verpackung in eine Schüssel füllte. Er beobachtete sie aus den Augenwinkeln. Warum hatte er plötzlich dieses Bedürfnis, ihr nahe zu sein? Während er sich das fragte, nahm er die Steaks aus dem Kühlschrank.

„Also, was ist das Besondere an Ihrer Zubereitung?" fragte Theresa mit einem herausfordernden Lächeln.

Garrett gab etwas Brandy in eine flache Schale. „Eine ganze Menge! Zunächst einmal muß man darauf achten, daß man dicke Filets wie diese bekommt. Dann bestreue ich sie mit Salz, Pfeffer und Knoblauchpulver und wende sie mehrmals in Brandy."

„Ist das Ihr ganzes Geheimnis?"

„Nur der Anfang", versprach er. „Der Rest hängt davon ab, wie man das Fleisch grillt."

Theresa lehnte an der Küchentheke. Garrett wurde schlagartig bewußt, wie schön sie war. Etwas an der Art, wie sie dastand, kam ihm mit einemmal vertraut vor, das Lächeln vielleicht, das ihre Lippen umspielte, oder die Kopfhaltung, wenn sie ihn von der Seite ansah. Er fühlte sich an den Sommernachmittag mit Catherine erinnert, als er unangekündigt zum Mittagessen gekommen war. Sie hatten beide in der Küche gestanden, so wie jetzt Theresa und er.

*„Du hast bestimmt schon gegessen", sagte Garrett.*

*Catherine, die vor dem geöffneten Kühlschrank stand, schaute ihn an. „Ich bin nicht besonders hungrig", entgegnete sie. „Aber ich habe Durst. Möchtest du etwas Eistee?"*

*„Gern."*

*Sie holte zwei Gläser und stellte sie auf die Küchentheke. Als sie das zweite Glas einschenken wollte, glitt es ihr plötzlich aus der Hand.*

*„Alles okay?" fragte Garrett.*

*Catherine fuhr sich verlegen durchs Haar und bückte sich dann, um die Scherben aufzulesen. „Mir war einen Augenblick ganz schwindelig“, sagte sie. „Aber jetzt geht's schon wieder.“*

*Garrett half ihr, die Scherben aufzusammeln. „Fühlst du dich immer noch schwach?“*

*„Nein, aber vielleicht habe ich heute morgen zu lange im Garten gearbeitet.“*

*Schweigend las Garrett die Scherben auf.*

Er schluckte, als ihm bewußt wurde, daß er wieder minutenlang mit den Gedanken woanders gewesen war. „Ich sehe mal nach dem Grill.“

Während er draußen war, deckte Theresa den Tisch. Sie stellte ein Weinglas neben jeden Teller und suchte in den Schubladen nach dem Besteck. Dabei fand sie zwei kleine Kerzen mit Kerzenhaltern. Sie überlegte, ob sie des Guten zuviel wären, stellte sie dann aber mit auf den Tisch.

Garrett kam wieder herein, als sie gerade fertig geworden war.

„Erklären Sie mir jetzt den Rest Ihres Geheimrezepts?“

„Mit dem größten Vergnügen.“ Er öffnete den Kühlschrank und nahm eine kleine Plastiktüte heraus. „Das ist Talg – der fette Teil des Steaks, der gewöhnlich entfernt wird. Ich habe mir etwas davon mitgeben lassen.“

„Wozu ist es gut?“

„Sie werden schon sehen. Kommen Sie mit.“

Garrett nahm die Steaks, die Tüte und eine Zange mit nach draußen und legte alles auf die Brüstung. Dann begann er mit dem Blasebalg die Asche von der Holzkohle fortzublasen.

„Die Glut muß heiß sein für ein gutes Steak. Also muß die Asche entfernt werden, damit sie die Hitze nicht blockiert.“

Garrett legte die Steaks mit der Zange auf den Grill. Während das Fleisch garte, beobachtete er Theresa aus den Augenwinkeln. Der Himmel hatte sich orange verfärbt, und in dem warmen Licht wirkten ihre braunen Augen noch dunkler. Verführerisch wehte ihr Haar in der Abendbrise.

Garrett schwieg eine Weile, ehe er sich wieder an die Arbeit machte. „Ich denke, jetzt ist es soweit.“ Er nahm einige Talgstücke und legte sie direkt unter die Steaks auf die Holzkohle. Dann beugte er sich herab und blies darauf, bis Flammen hochzüngelten.

„Was machen Sie jetzt?“

„Der brennende Talg bewirkt, daß das Fleisch saftig und zart bleibt.

Aus dem gleichen Grund benutzt man eine Zange und keine Gabel." Er warf weitere Talgstückchen auf die Glut und wiederholte den Vorgang.

„Es ist so friedlich hier", sagte Theresa und blickte sich um. „Ich kann gut verstehen, warum Sie dieses Haus gekauft haben. Aber sagen Sie, Garrett, woran denken Sie, wenn Sie hier draußen allein sind?"

Ich denke an Catherine, hätte er beinahe gesagt. Er seufzte. „Manchmal denke ich über die Arbeit nach, manchmal träume ich davon, fortzusegeln und alles zurückzulassen."

„Aber Sie können vor Lebenskrisen nicht davonlaufen." Theresa blickte ihn mit einem aufmunternden Lächeln an. „Und außerdem können Sie einem Menschen so viel geben."

Garrett schwieg. Eine Zeitlang war nichts zu hören als das Rauschen der Wellen am Strand und das Zischen des Fetts auf der Glut. Die Anspannung war von ihm gewichen, und als er jetzt neben Theresa im schwindenden Licht stand, hatte er das Gefühl, daß dieser Abend ihnen beiden mehr bedeutete, als sie sich eingestehen würden.

Kurz bevor die Steaks fertig waren, ging Theresa in die Küche zurück, um den Tisch fertig zu decken. Als sie dabei war, die Weinflasche auf den Tisch zu stellen, kam Garrett nach – und blieb wie angewurzelt stehen: Bis auf die brennenden Kerzen war es fast dunkel im Raum, und in ihrem sanften Licht sah Theresa besonders schön aus. In ihren Augen spiegelte sich der Schein der flackernden Flammen wider. Sie schauten sich an – überwältigt von dem, was zwischen ihnen sein könnte. Dann wandte Theresa den Blick ab.

„Ich konnte den Korkenzieher nicht finden", sagte sie, nur um das Schweigen zu brechen.

„Moment, ich hole ihn", erwiderte Garrett rasch. „Er liegt bestimmt tief unten in einer der Schubladen."

Er stellte den Teller mit den Steaks auf den Tisch, kramte in verschiedenen Schubladen herum und fand den Korkenzieher schließlich. Mit wenigen Handgriffen hatte er die Flasche geöffnet und schenkte den Wein ein. Dann setzte er sich und legte die Steaks mit der Zange auf die Eßteller.

„Die Stunde der Wahrheit ist gekommen!" sagte Theresa, bevor sie den ersten Bissen nahm. Während sie kostete, lächelte Garrett sie an.

„Es schmeckt köstlich!" urteilte sie voll Überzeugung.

„Vielen Dank!"

Die Kerzen brannten langsam nieder, während sie aßen, und zweimal gab Garrett Theresa zu verstehen, wie froh er über ihren Besuch sei. Draußen war urplötzlich der Mond aufgegangen, und langsam setzte die Flut ein.

Nach dem Essen schlug Garrett vor, noch einen Spaziergang am Strand zu machen.

Die Nacht war mild. Über eine kleine Düne gelangten sie an den Strand. Sie schlenderten eng nebeneinander dahin, und Garrett nahm Theresa bei der Hand. Als sie seine Wärme spürte, kam ihr der Gedanke, wie es wohl wäre, wenn diese Hand ihren Körper, ihre nackte Haut berühren würde.

„Solch eine Nacht habe ich schon lange nicht mehr erlebt", sagte Garrett schließlich.

„Ich auch nicht", erwiderte sie. Der Sand war kühl unter ihren Füßen. „Wissen Sie noch, Garrett, wie Sie mich zum Segeln eingeladen haben?"

„Natürlich."

„Warum haben Sie es eigentlich getan?"

Er sah sie neugierig an. „Wie meinen Sie das?"

„Nun, es kam mir vor, als bereuten Sie die Einladung, kaum daß Sie sie ausgesprochen hatten."

Er zuckte die Achseln. „Bereuen würde ich es nicht nennen. Ich glaube eher, ich war über mich selbst verwundert. Bereut habe ich's nicht."

„Sind Sie sicher?" fragte sie lächelnd.

„Ja, das bin ich. Außerdem waren diese beiden letzten Tage für mich die schönsten seit Jahren."

Eine Weile gingen sie schweigend weiter.

„Glauben Sie, daß Sie noch einmal hierherkommen möchten? Um Urlaub zu machen, meine ich", fragte Garrett schließlich.

„Würden Sie dann wieder für mich kochen?"

„Was immer Sie wollen. Vorausgesetzt, es sind Steaks!"

Sie lachte leise. „Dann will ich's mir überlegen!"

„Und wie wär's bei dieser Gelegenheit mit ein paar Tauchstunden?"

„Ich glaube, Kevin würde das mehr Spaß machen als mir."

„Dann bringen Sie ihn doch mit."

Sie warf ihm einen raschen Blick zu. „Würde es Ihnen nichts ausmachen?"

„Ganz im Gegenteil. Ich würde ihn gern kennenlernen."

Sie blieben einen Augenblick stehen und schauten aufs Meer. Er stand so dicht neben ihr, daß sich ihre Schultern leicht berührten.

„Was denken Sie?" fragte Garrett.

„Wie angenehm es ist, mit Ihnen zu schweigen."

Er lächelte. „Und ich dachte, wie es wohl kommt, daß ich Ihnen Dinge erzählt habe, die ich sonst niemandem erzähle."

„Weil ich bald wieder in Boston bin und Sie wissen, daß ich es niemandem weitererzählen werde?"

Er schüttelte den Kopf. „Vielleicht sollten Sie wissen, wer ich wirklich bin. Denn wenn Sie mich wirklich kennen und mich trotzdem wiedersehen wollen..."

Theresa schwieg, doch sie wußte genau, was er ausdrücken wollte.

Garrett blickte zur Seite. „Tut mir leid", sagte er. „Ich wollte Ihnen nicht zu nahe treten."

„Sie sind mir nicht zu nahe getreten", begann Theresa. „Ich bin froh, daß Sie es gesagt haben..." Sie verstummte.

Langsam setzten sie ihren Weg fort.

„Aber Sie empfinden nicht so wie ich."

Sie blickte ihn von der Seite an. „Garrett... Ich..."

„Nein, Sie brauchen nichts zu sagen..."

Sie unterbrach ihn. „Ich möchte es aber! Sie wollen eine Antwort, und Sie sollen sie haben." Sie holte tief Luft. „Garrett, es macht mir ein bißchen Angst. Denn wenn ich Ihnen sage, wieviel mir an Ihnen liegt, öffne ich mein Innerstes, um vielleicht wieder verletzt zu werden."

„Ich würde Sie niemals verletzen", sagte er sanft.

Sie blieb stehen und sah ihm fest in die Augen. „Ich weiß, daß Sie das glauben, Garrett. Aber Sie mußten in den letzten drei Jahren gegen Ihre eigenen Dämonen ankämpfen. Ich weiß nicht, ob Sie innerlich bereit sind, etwas Neues zu beginnen. Und wenn Sie's nicht sind, bin ich diejenige, die verletzt wird."

Diese Worte bewegten ihn zutiefst, und er brauchte eine Weile, um darauf zu antworten. „Theresa... Seitdem wir uns begegnet sind... Ich weiß nicht..."

Er hob die Hand und strich ihr mit dem Finger über die Wange, so zart, daß sie fast glaubte, eine Feder berühre ihre Haut. Im Moment der Berührung schloß sie die Augen, und trotz der Ungewißheit kämpfte sie nicht länger gegen das Prickeln an, das ihren Körper durchrieselte.

Mit einemmal empfand sie die Gewißheit, daß es richtig war, hier zu sein. Eine laue Sommerbrise strich ihr durchs Haar. Das Mondlicht verlieh dem Wasser einen unwirklichen Schimmer, und die Wolken warfen ihre Schatten über den Strand.

Beide gaben sich nun den Gefühlen hin, die seit dem ersten Augenblick ihrer Begegnung ständig gewachsen waren. Theresa sank an Garretts Brust und spürte die Wärme seines Körpers, spürte, wie sich seine Arme um sie legten. Dann beugte er sich über sie und küßte zärtlich ihre Lippen.

Eng umschlungen küßten sie sich im Mondschein und kümmerten sich nicht darum, ob jemand sie vielleicht sehen konnte. Beide hatten zu lange auf diesen Augenblick gewartet. Schließlich nahm Theresa Garretts Hand und führte ihn langsam zum Haus zurück.

# 6. KAPITEL

„Was soll das heißen – du kannst heute nicht zu mir zum Mittagessen kommen? Das machen wir doch seit Jahren so – hast du das etwa vergessen?"

„Habe ich nicht, Dad. Es geht aber heute einfach nicht."

Am anderen Ende der Leitung sagte Jeb Blake nach einer Pause: „Ich werde das dumme Gefühl nicht los, daß du mir etwas verschweigst."

„Es gibt nichts zu verschweigen."

Theresa rief aus dem Badezimmer, sie brauche ein Handtuch. Garrett hielt die Sprechmuschel zu und antwortete, er käme gleich. Als er den Hörer wieder freigab, fragte sein Vater neugierig: „Was war denn das?"

„Ach, nichts."

Da fiel der Groschen. „Das ist diese Theresa, oder?"

Garrett wußte genau, daß er seinem Vater nichts vormachen konnte. „Ja, Dad, richtig geraten."

„Wurde auch verdammt Zeit!" meinte Jeb, und seine Zufriedenheit war deutlich herauszuhören.

Garrett versuchte es herunterzuspielen. „Nun mach aber nicht so viel Aufhebens von der Geschichte ..."

„Tue ich nicht – versprochen. Aber darf ich dich was fragen?"

„Sicher", seufzte Garrett.

„Macht sie dich glücklich?"

Garrett zögerte mit der Antwort. „Ja, das tut sie", sagte er schließlich.

„Wurde auch verdammt Zeit!" wiederholte Jeb lachend und legte auf.

Garrett starrte noch eine Weile auf den Apparat. „Ja, das tut sie wirklich", flüsterte er leise lächelnd vor sich hin.

In den nächsten vier Tagen waren die beiden unzertrennlich. Zweimal gingen sie segeln, und beim zweiten Mal blieben sie die ganze Nacht draußen auf dem Meer. Gewiegt von der sanften Dünung des Atlantiks, lagen sie eng umschlungen in der Kabine.

Theresa fragte sich, ob Garrett gegenüber Catherine genauso aufmerksam gewesen war wie bei ihr. Es war, als könnte er ihre Gedanken lesen – wenn sie insgeheim wünschte, er solle ihre Hand in die seine nehmen, tat er es, ohne daß sie ihn darum bitten mußte. Wenn sie beim Sprechen nicht unterbrochen werden wollte, hörte er ihr schweigend zu. Niemand, nicht einmal David hatte sie jemals so gut verstanden, wie Garrett sie zu verstehen schien, und das, obwohl sie ihn erst ein paar Tage kannte.

Beide wußten, daß sie nach Boston zurückkehren mußte, doch sie hatten das Thema bisher gemieden.

„Sehe ich dich wieder?" fragte Theresa dann aber am letzten gemeinsamen Abend.

Garrett war ruhig, fast zu ruhig. „Ich hoffe", antwortete er schließlich. „Ich will einfach nicht, daß es zu Ende ist."

Sie griff nach seiner Hand. „O Garrett – das will ich genausowenig! Wenn wir uns bemühen, wird es auch eine Zukunft für uns geben. Ich kann dich besuchen oder du mich. Wie auch immer, wir sollten es versuchen!"

„Wie oft würde ich dich sehen? Einmal im Monat? Oder noch seltener?" Er schüttelte abweisend den Kopf. „Theresa, das ist einfach zu schwer."

Sie musterte ihn aufmerksam und glaubte, noch etwas anderes hinter seinem Zögern zu spüren. „Garrett, was ist los?" Da er nicht antwortete, fuhr sie fort: „Gibt es einen Grund, warum du's nicht versuchen willst?"

Er schwieg weiter und betrachtete Catherines Foto auf dem Nachttisch.

Theresa fühlte Tränen in ihre Augen steigen. „Hör zu, ich weiß, du hast deine Frau verloren und schwer unter diesem Verlust gelitten. Aber du hast dein ganzes Leben noch vor dir. Wirf es nicht weg, indem du nur noch in der Vergangenheit lebst!"

Er schwieg lange. „Du hast ja recht", sagte er schließlich und rang nach Worten. „Mein Verstand sagt mir dasselbe. Aber mein Herz..., ich weiß es einfach nicht!"

„Und was ist mit meinem Herzen, Garrett? Bedeutet es dir gar nichts?"

Bei ihrem Blick schnürte sich ihm die Kehle zusammen.

„Natürlich tut es das! Es bedeutet mir mehr, als du dir vorstellen kannst! Ich habe schon lange nicht mehr so gefühlt. Ich hatte fast schon vergessen, was ein anderer Mensch mir bedeuten kann. Ich könnte dich nicht gehen lassen und vergessen – ich will es auch nicht!" Eine Weile war nur sein Atem zu hören, dann fuhr er fort: „Ich will, daß wir uns eine Chance geben."

Er breitete die Arme aus und blickte sie flehend an. Theresa zögerte eine Sekunde, dann schmiegte sie sich an ihn, um sein Gesicht nicht zu sehen. Er küßte ihr Haar und flüsterte ihr ins Ohr: „Theresa, ich glaube, ich liebe dich."

*Ich glaube, ich liebe dich, hörte sie immer wieder. Ich glaube ...*

Sie wollte nichts darauf erwidern und flüsterte nur: „Laß uns nicht mehr davon sprechen – und halt mich ganz fest."

DAS FLUGZEUG war nur zur Hälfte besetzt, und der Platz neben Theresa blieb leer. Sie lehnte sich zurück und dachte über die erstaunlichen Ereignisse der letzten Woche nach. Sie hatte Garrett nicht nur gefunden, sondern er hatte Gefühle in ihr geweckt, die sie längst verschüttet geglaubt hatte.

Aber liebte sie ihn?

Sie rief sich das Gespräch der gestrigen Nacht ins Gedächtnis zurück – seine Angst, die Vergangenheit loszulassen, seine Bedenken, weil sie einander nicht so oft sehen konnten, wie er wollte. All das verstand sie durchaus. Aber ... Ich glaube, ich liebe dich.

Sie runzelte die Stirn. Warum dieses „ich glaube"?

Müde und nicht mehr willens, sich ihren widerstreitenden Empfindungen zu stellen, schloß sie die Augen. Eines aber war sicher – sie würde ihm ihre Liebe nicht gestehen, ehe sie nicht mit Sicherheit wußte, daß er Catherines Verlust überwunden hatte.

AM MONTAG morgen bekam Theresa die Folgen der stürmischen letzten Woche zu spüren. Sie hatte vergangene Nacht kaum geschlafen, und in der Redaktion ging sie als erstes zum Kaffeeautomaten.

„Hallo, Theresa!" rief Deanna erfreut. „Ich hätte nicht gedacht, daß du heute kommst. Ich platze vor Neugier zu hören, was passiert ist!"

„Guten Morgen", murmelte Theresa und rührte in ihrem Kaffee. „Tut mir leid, daß ich noch nicht angerufen habe, aber die Woche war sehr anstrengend."

Deanna lehnte sich an den Türrahmen. „Das wundert mich gar nicht."

„Wie meinst du das?“

Deannas Augen leuchteten. „Komm mit!“ Mit einem verschwörerischen Lächeln führte sie ihre Freundin zu deren Schreibtisch, bei dessen Anblick Theresa der Mund offenstehen blieb: Neben der Post, die sich in ihrer Abwesenheit gestapelt hatte, standen in einer Glasvase ein Dutzend rote Rosen.

„Die sind heute morgen geliefert worden.“

Theresa griff nach dem Umschlag, der an der Vase lehnte, und öffnete ihn.

Der schönsten Frau, die ich kenne...
Jetzt, da ich wieder allein bin,
ist nichts mehr, wie es vorher war.
Der Himmel ist grau, das Meer bedrohlich.
Du fehlst mir.

Garrett

Theresa lächelte, steckte die Karte wieder in den Umschlag und schnupperte an den Rosen.

„Du mußt eine herrliche Zeit gehabt haben“, sagte Deanna.

„Ja, es war sehr schön“, entgegnete Theresa schlicht.

„Hör zu, Theresa, ich hab eine Menge Arbeit. Was hältst du von einem gemeinsamen Mittagessen? Dann können wir in Ruhe reden.“

„Gerne. Wo?“

„Bei ‚Mikuni's‘? Ich wette, du hast in Wilmington kein einziges Mal Sushi gegessen.“

„Prima Idee! Und danke, Deanna, daß du nichts ausgeplaudert hast.“

„Ist doch klar!“ Deanna klopfte ihr auf die Schulter und ging in ihr Büro zurück.

Theresa roch noch einmal an den Rosen, stellte die Vase dann zur Seite und sah ihre Post durch. Sie wartete, bis ringsum die übliche chaotische Betriebsamkeit herrschte. Als sie das Gefühl hatte, daß niemand sie beobachtete, griff sie zum Telefon und wählte die Nummer von Garretts Laden. Aber es war Ian, der abhob.

„Moment, ich glaube, er ist in seinem Büro“, sagte er. „Wen darf ich melden?“

„Sagen Sie ihm, es ist jemand, der in zwei Wochen Tauchunterricht nehmen möchte.“ Da Theresa nicht sicher war, ob Ian von ihrer Beziehung wußte, zog sie es vor, sich nicht zu erkennen zu geben.

Er schaltete sie auf die Warteschleife. Nach einer Weile klickte es in der Leitung, und Garrett meldete sich. „Was kann ich für Sie tun?"

„Der Strauß ist ein Gedicht", sagte Theresa ansatzlos. „Woher wußtest du, daß Rosen meine Lieblingsblumen sind?"

„Oh, du bist es, hallo! Na ja, ganz sicher war ich mir nicht, aber ich weiß, daß die meisten Frauen Rosen lieben."

„So, du schickst also vielen Frauen Rosen?"

„Was dachtest du denn? Ich habe unzählige Fans. Tauchlehrer sind nämlich so was wie Filmstars."

„Ach, wirklich?"

„Hat irgend jemand gefragt, von wem die Blumen sind?"

„Klar! Ich habe gesagt, der Kerl wäre Ende Sechzig, dick und würde lispeln. Aus Mitleid wäre ich mit ihm zum Essen gegangen, und seither ließe er mir keine Ruhe."

„Das tut weh", sagte Garrett. „Trotzdem hoffe ich, die Rosen sagen dir, daß ich an dich denke."

Theresa betrachtete die Blumen. „Sie haben's mir gerade zugeflüstert."

Als sie aufgelegt hatten, las sie noch einmal die Karte und steckte sie dann in ihre Handtasche. Niemand in der Redaktion sollte sie lesen.

BEIM Mittagessen faßte Theresa die vergangene Woche zusammen. Sie ließ wenig aus, und Deanna folgte mit gespannter Aufmerksamkeit.

„Das muß ja eine wundervolle Zeit für dich gewesen sein", meinte sie schließlich.

„Es war eine der schönsten Wochen meines Lebens", erwiderte Theresa. „Nur daß ..."

„... daß was?"

Theresa hielt inne, um sich zu sammeln. „Nun, ich frage mich, ob er jemals über Catherine hinwegkommt."

Deanna lachte.

„Was ist daran so komisch?"

„Du bist komisch, Theresa! Du wußtest, bevor du ihn kennenlerntest, daß er noch immer nicht über den Verlust von Catherine hinweg ist. Es war doch gerade seine ‚unvergängliche' Liebe, die ihn für dich so anziehend gemacht hat!"

Theresa blickte verlegen drein.

Deannas Stimme wurde ganz sanft. „Schau, du mußt schrittweise vorgehen. Wenn ich du wäre, würde ich die nächsten Wochen abwarten. Dann siehst du schon sehr viel klarer."

„Glaubst du wirklich?" fragte Theresa unsicher.

„Ich hatte neulich auch schon recht, als ich dich in ein Flugzeug nach Wilmington geschubst habe!"

In den folgenden zwei Wochen telefonierten Theresa und Garrett jeden Abend miteinander, manchmal stundenlang.

Da Kevin aus den Ferien zurückkam, verging die Wartezeit für Theresa schneller als für Garrett. Am ersten Abend erzählte sie ihrem Sohn von ihrer Reise nach Wilmington. Sie erwähnte auch Garrett und versuchte, ihre Gefühle für ihn zu erklären, ohne Kevin zu beunruhigen. Als sie ihm sagte, sie würden Garrett am folgenden Wochenende besuchen, machte das wenig Eindruck auf ihn. Sein Interesse erwachte erst, als sie ihm von Garretts Arbeit erzählte.

„Glaubst du, er bringt mir das Tauchen bei?" fragte er.

„Wenn du willst – bestimmt."

„Echt cool!" sagte Kevin mit leuchtenden Augen.

Als der Tag endlich gekommen war, erledigte Garrett rasch die nötigen Einkäufe, brachte seinen Lieferwagen auf Hochglanz und duschte, bevor er nervös zum Flughafen fuhr.

Aber als er Theresa mit Kevin an ihrer Seite aus dem Flugzeug steigen sah, fiel alle Bangigkeit von ihm ab. Sie war noch hübscher, als er sie in Erinnerung hatte, und Kevin sah ihr sehr ähnlich; er hatte Theresas dunkle Haare und Augen.

Als sie Garrett erblickte, winkte sie ihm zu, und er ging ihnen entgegen. Er zögerte, ob er sie vor Kevins Augen küssen sollte, doch da drückte Theresa ihm schon einen Kuß auf jede Wange.

„Garrett, das ist mein Sohn Kevin", sagte sie stolz.

„Hallo, Kevin. Fühlst du dich fit für ein paar Tauchstunden dieses Wochenende?"

„Ich denke schon", sagte Kevin und versuchte möglichst erwachsen zu klingen.

„Bestens! Wenn wir Glück haben, kannst du vielleicht sogar den Grundtauchschein machen."

„Kann man den denn in ein paar Tagen bekommen?"

„Na klar! Du mußt einen schriftlichen Test machen und eine bestimmte Anzahl an Stunden mit einem Lehrer im Wasser sein. Aber da du an diesem Wochenende mein einziger Schüler bist, haben wir mehr als genug Zeit."

„Toll!" meinte Kevin. „Machst du mit, Mom?"

„Ich weiß nicht. Vielleicht."

„Bitte, Mom, dann macht's noch mehr Spaß!"

„Okay", willigte Theresa ein und verdrehte die Augen. „Aber wenn ich Haie sehe, ergreife ich die Flucht!"

„Gibt es hier Haie?" fragte Kevin erschrocken.

„Ja, aber nur ganz kleine; sie greifen den Menschen nicht an", beruhigte Garrett ihn.

„Wirklich?"

„Wirklich."

„Cool!"

NACHDEM sie auf dem Weg eine Kleinigkeit gegessen hatten, fuhr Garrett die beiden zu ihrem Hotel. Sobald das Gepäck hineingebracht war, ging er noch einmal zum Wagen und kam mit einem Buch und ein paar Papieren zurück.

„Das ist für dich, Kevin, das Lehrbuch und die Fragebogen für den Tauchschein. Wenn wir morgen anfangen wollen, mußt du die erste Lektion gelesen und den ersten Bogen beantwortet haben."

„Wir können es morgen früh machen, Kevin, wenn du jetzt zu müde bist", schlug Theresa vor.

„Ich bin aber kein bißchen müde!" erwiderte ihr Sohn und hatte auch schon die erste Seite des Buchs aufgeschlagen.

„Würde es dir dann etwas ausmachen, wenn ich mich ein Weilchen mit Garrett auf der Terrasse unterhalte?"

„Nein, geh nur", sagte er abwesend.

„Ich bin dir sehr dankbar dafür, daß du das für ihn tust", meinte Theresa, nachdem sie draußen Platz genommen hatten.

„Du vergißt, daß ich damit mein Geld verdiene." Nachdem er sich vergewissert hatte, daß Kevin immer noch las, rückte Garrett seinen Stuhl etwas näher an Theresas heran. „Du siehst wundervoll aus."

Sie errötete ein wenig. „Du auch." Sie beugte sich vor und küßte ihn. „Wenn wir nur nicht so weit voneinander entfernt leben würden! Ich bin dir richtig verfallen."

„Ich fasse das als Kompliment auf!"

Kevin schlief schon lange, als Theresa Garrett drei Stunden später auf Zehenspitzen durchs Zimmer zur Tür führte. Draußen auf dem Flur küßten sie sich lange und mochten gar nicht voneinander lassen.

„Ich wünschte, du könntest heute nacht bleiben", flüsterte sie.

„Ich auch. Aber ich sollte jetzt wirklich gehen." Es klang wenig überzeugt.

„Tust du mir einen Gefallen?“
„Jeden!“
„Träum von mir, okay?“

FRÜH am nächsten Morgen zog Kevin die Vorhänge zurück, und das Sonnenlicht flutete ins Zimmer. Theresa, die gern noch ein wenig geschlafen hätte, rollte sich auf die andere Seite, aber Kevin ließ ihr keine Ruhe. „Wir müssen den Test machen, bevor wir gehen!“

„Es ist noch zu früh“, sagte sie und schloß die Augen. „Laß mich noch ein paar Minuten liegen, ja?“

„Wir haben keine Zeit!“ sagte er und stupste sie an der Schulter. „Du hast noch nicht mal die erste Lektion gelesen.“

„Bist du gestern ganz fertig geworden?“

„Ja. Hier ist mein Test. Aber schreib nicht einfach ab! Du mußt die Sachen wissen.“

„Also gut“, stöhnte Theresa.

Nachdem sie aufgestanden war und geduscht hatte, setzte sie sich mit dem Lehrbuch an den Tisch und begann mit der ersten Lektion, die leicht verständlich war. Als sie anfing, den Testbogen auszufüllen, schaute ihr Kevin über die Schulter.

„Bitte, laß mich in Ruhe! Sieh meinetwegen fern!“

„Es kommt aber nichts um diese Zeit!“

„Dann lies ein Buch!“

„Ich habe keines dabei!“

„Dann setz dich hin und sei still!“

„Ich will dir doch nur helfen!“

„Ich kann mich aber nicht konzentrieren, wenn du dauernd dazwischenquasselst!“

„Okay, ich sag kein Wort mehr! Ich bin stumm wie ein Fisch!“

Das war er auch – zwei Minuten lang. Dann begann er zu pfeifen.

Theresa ließ den Stift sinken. „Warum pfeifst du?“

„Weil ich mich langweile!“

„Dann mach den Fernseher an!“

„Es kommt doch nichts um diese Zeit...“

Und so ging es weiter, bis Theresa schließlich fertig war. Für etwas, das sie im Büro in zwanzig Minuten erledigt hätte, hatte sie eine geschlagene Stunde gebraucht.

Pünktlich um neun klopfte es an der Zimmertür, und Kevin ging öffnen.

„Seid ihr fertig?“ fragte Garrett.

„Klar!“ erwiderte Kevin rasch. „Hier sind die Tests.“ Er rannte zum Tisch, um sie zu holen.

Theresa hauchte Garrett einen Kuß auf die Wange, dann stand auch Kevin schon wieder da. Garrett nahm die Fragebogen entgegen und sah rasch die Antworten durch.

„Meine Mom ist mit ein paar Fragen nicht klargekommen, aber ich habe ihr geholfen“, sagte Kevin. Theresa verdrehte die Augen.

„Fertig, Mom?“

„Jederzeit.“

„Dann los!“ rief Kevin und rannte voraus zum Wagen.

Bis Mittag machte Garrett die beiden mit den Grundelementen des Tauchens vertraut. Er erklärte ihnen, wie die Ausrüstung funktionierte, wie man sie anlegte und testete und durch das Mundstück atmete – zunächst am Rand des Schwimmbeckens, dann unter Wasser. Kevin glaubte nach ein paar Minuten unter Wasser, er wüßte bereits alles, was es zu wissen gab.

„Ist ja ganz einfach“, sagte er zu Garrett. „Ich denke, ich kann heute nachmittag schon im Meer tauchen.“

„Das könntest du bestimmt, aber wir müssen die Stunden trotzdem in der vorgeschriebenen Reihenfolge abhalten.“

„Und Mom? Schafft sie's auch?“

„Selbstverständlich.“

„So gut wie ich?“

„Ihr seid beide phantastisch!“

Nach mehreren Stunden im Wasser gingen sie zusammen zum Essen, und Garrett erzählte Kevin von seinen Taucherlebnissen. Kevin lauschte gebannt und stellte tausend Fragen, die Garrett geduldig beantwortete. Theresa war überglücklich, daß sich die beiden so gut verstanden.

Nach dem Essen nahm Garrett Mutter und Sohn mit zu sich nach Hause. Kevin hatte geplant, sofort mit der zweiten Lektion zu beginnen, als er aber den Strand und das Meer sah, änderte er seine Pläne. Er schnappte das Badetuch, das Garrett ihm hinhielt, und war auch schon losgerannt. Garrett und Theresa setzten sich auf die Veranda und schauten ihm zu.

„Er ist schon ein richtiger junger Mann“, meinte Garrett. „Kompliment für deine Erziehungskünste.“

Theresa nahm seine Hand und küßte sie. „Es bedeutet mir viel, daß du das sagst. Die wenigsten Männer, denen ich begegnet bin, wollten sich mit ihm beschäftigen.“

„Ihr Pech!“

Sie lächelte. „Wie kommt es, daß du immer die Antwort weißt, die mir wohltut?“

„Vielleicht weil du das Beste in mir zum Vorschein bringst.“

„Vielleicht.“

Am nächsten Morgen waren die Übungen schon ein bißchen schwerer – etwa die Wechselatmung, bei der sich im Fall einer leeren oder defekten Flasche zwei Taucher ein Atemgerät teilen. Garrett warnte seine beiden Schüler vor den Gefahren von Panikreaktionen und einem zu raschen Auftauchen. „Dann kann es zur sogenannten Dekompressionskrankheit kommen, die unter Umständen sogar zum Tod führt!“

Sie tauchten längere Zeit im tiefen Teil des Beckens, gewöhnten sich an ihre Ausrüstung und übten den Druckausgleich des Mittelohrs. Nachdem ihnen Garrett noch die Rolle rückwärts vom Beckenrand beigebracht hatte, waren die beiden erschöpft.

Am folgenden, ihrem vorletzten Tag tauchten sie zum ersten Mal im Meer. Das Wasser war ruhig und klar, und nach anfänglicher Nervosität hatte auch Theresa viel Spaß daran. Garrett machte ein paar Unterwasserfotos von ihnen, als sie im seichteren Wasser ein Schiffswrack erkundeten.

Den Abend verbrachten sie wieder in Garretts Haus, und nachdem Kevin eingeschlafen war, saßen Garrett und Theresa eng umschlungen auf der Terrasse.

„Ich kann mir gar nicht vorstellen, daß wir morgen abend schon abreisen“, sagte sie. „Die Tage sind wie im Flug vergangen.“

Er legte den Arm um ihre Schultern und zog sie an sich.

„Weißt du, Garrett, ich fühle mich immer so behaglich in deiner Nähe.“

„Behaglich? Ich bin doch kein alter Ohrensessel!“

„So war das nicht gemeint! Ich bin einfach glücklich bei dir.“

„Das möchte ich dir auch geraten haben! Ich bin übrigens auch ziemlich glücklich.“

„Ziemlich? Mehr nicht?“

Er nickte. „Doch!“ Er blickte auf das Meer, bevor er sagte: „Ich liebe dich.“

Ich liebe dich. Keine widersprüchlichen Gefühle diesmal, keine Zweifel.

„O Garrett“, stammelte Theresa unsicher, aber er unterbrach sie mit einem Kopfschütteln.

„Ich erwarte nicht, daß du dasselbe für mich empfindest. Ich wollte dir nur sagen, was ich fühle.“ Sein Zeigefinger strich zärtlich über ihre Wange und ihre Lippen. „Ich liebe dich, Theresa.“

„Ich liebe dich auch“, erwiderte sie leise. Und hoffte, daß es wahr wäre.

Lange hielten sie sich eng umschlungen.

DEN LETZTEN Tag verbrachten sie wie die Tage zuvor mit Tauchübungen. Abschließend überreichte Garrett Kevin und Theresa einen Tauchschein. „Damit könnt ihr tauchen, wo immer ihr wollt“, sagte er zu Kevin, der das Zertifikat entgegennahm, als wäre es eine Trophäe. „Aber denkt dran: Niemals allein!“

Im Hotel packten sie und beglichen die Rechnung, dann fuhr Garrett sie zum Flughafen und wartete, bis die Maschine gestartet war.

Theresa blätterte im Bordmagazin, als Kevin plötzlich fragte: „Wirst du Garrett heiraten, Mom?“

Sie zögerte mit der Antwort. „Ich bin mir nicht sicher. Jetzt jedenfalls noch nicht. Wir müssen uns erst besser kennenlernen.“

„Aber später vielleicht?“

„Kann sein.“

Kevin schien erleichtert. „Da bin ich aber froh. Du kamst mir richtig glücklich vor.“

Theresa ergriff seine Hand. „Und was hättest du gesagt, wenn ich ihn auf der Stelle heiraten wollte?“

Kevin schwieg eine Weile. „Ich hätte mich wahrscheinlich gefragt, wo wir wohnen würden.“

Das war eine Frage, auf die auch Theresa keine Antwort wußte.

## 7. KAPITEL

Vier Tage nach der Abreise der beiden träumte Garrett von Catherine. Er spazierte mit ihr Hand in Hand über eine Wiese, die an eine steile Klippe grenzte. Ganz unvermittelt riß Catherine sich los und lief davon.

„Fang mich, wenn du kannst!“ rief sie übermütig.

Er nahm die Verfolgung auf, fühlte sich wie am Tag ihrer Hochzeit. Der Abstand zwischen ihnen war schon geringer geworden, als ihm plötzlich bewußt wurde, daß sie geradewegs auf die Klippe zusteuerte.

Garrett schrie, sie solle anhalten, doch statt dessen rannte sie nur noch schneller. Anscheinend hörte sie ihn gar nicht. Blankes Entsetzen ergriff ihn. „Halt, Catherine!“ brüllte er aus voller Lunge.

Die Klippe war nur noch wenige Meter von ihr entfernt.

Ich schaffe es nicht, dachte er verzweifelt.

Aber so unerwartet, wie sie losgerannt war, blieb sie plötzlich stehen. Kaum einen Schritt vom Abgrund entfernt, drehte sie sich nach ihm um.

„Rühr dich nicht von der Stelle!“ schrie er und streckte ihr die Hand entgegen.

Lächelnd schaute sie hinter sich. „Hast du geglaubt, du würdest mich verlieren?“

„Ja“, sagte er, jetzt ruhig, „und ich werde es nie wieder zulassen.“

Nach diesem Traum konnte Garrett lange nicht einschlafen. Stundenlang wälzte er sich im Bett herum und stand am nächsten Morgen ungewöhnlich spät auf. Noch immer war er müde und fühlte sich deprimiert. Schließlich rief er seinen Vater an, um sich mit ihm in ihrem Stammcafé zum Frühstück zu verabreden.

„Ich weiß nicht, ob ich mich wieder mit ihr treffen kann“, meinte Garrett nach einer Weile belanglosen Geplauders.

Sein Vater runzelte die Stirn, sagte aber nichts.

„Vielleicht soll es einfach nicht sein“, fuhr Garrett fort. „Ich meine, sie wohnt tausend Meilen von hier entfernt, führt ihr eigenes Leben, hat ihre eigenen Interessen. Ich möchte nicht nach Boston ziehen, und sie will sicher nicht hier leben. Was bleibt uns dann also?“ Er verstummte und wartete auf eine Antwort seines Vaters.

„Wenn du mich fragst, sind das alles bloß Ausflüchte!“

„Nein, Dad, das stimmt nicht. Ich versuche nur, mir Klarheit zu verschaffen.“

Jeb Blake schüttelte den Kopf. „Was glaubst du eigentlich, mit wem du sprichst? Ich weiß genau, was du durchmachst. Weißt du, Garrett, nachdem deine Mutter gestorben war, habe ich auch ständig Ausflüchte gesucht. Und willst du wissen, wohin es geführt hat?“ Er starrte seinen Sohn an. „Ich bin alt, müde und einsam. Wenn ich die Zeit zurückdrehen könnte, würde ich so manches anders machen.“ Jeb hielt inne, bevor er in sanfterem Ton fortfuhr: „Ich hätte versuchen sollen, einen anderen Menschen zu finden. Denn heute weiß ich, Mom hätte sich gewünscht, daß ich nicht allein bleibe, daß ich wieder glücklich werde. Und weißt du, warum?“

Garrett blieb stumm.

„Weil sie mich geliebt hat! Und wenn du glaubst, Catherine deine

Liebe zu beweisen, indem du fortwährend leidest, dann frage ich mich, was ich bei deiner Erziehung falsch gemacht habe."

„Du hast nichts falsch gemacht..."

„Ich fürchte doch! Denn wenn ich dich so anschaue, glaube ich, mich selbst zu sehen. Und, um ehrlich zu sein, ich sähe lieber jemanden, der begriffen hat, daß man weitermachen muß, daß es richtig ist, einen Menschen zu finden, der einen glücklich macht. Aber jetzt kommt es mir vor, als würde ich in den Spiegel schauen und mich selbst sehen, wie ich vor zwanzig Jahren war."

AM NACHMITTAG wanderte Garrett allein am Strand entlang und dachte über das Gespräch mit seinem Vater nach.

Als er abends in Boston anrief, war das Gefühl, Catherine zu betrügen, das er nach dem Traum empfunden hatte, so weit verblichen, daß er mit Theresa sprechen konnte.

„Schön, daß du anrufst", sagte sie vergnügt. „Ich habe heute viel an dich gedacht."

„Ich auch an dich. Ich wünschte, du wärst hier."

„Ist was?" fragte sie. „Du klingst so bedrückt."

„Nein, nein... Ich bin nur so allein, das ist alles. Wie war dein Tag?"

„Wie immer. Zuviel Arbeit – im Büro und zu Hause. Aber jetzt, wo du anrufst, geht's schon besser. Und was hast du heute gemacht?"

„Ich habe dich vermißt."

„Ich bin doch erst seit ein paar Tagen fort", sagte sie sanft.

„Ich weiß. Und da wir schon mal beim Thema sind – wann sehe ich dich wieder?"

„Hm... Paßt es dir in drei Wochen? Und wie wär's, wenn du zur Abwechslung mal hierherkamst? Kevin macht einen Wochenendausflug mit seiner Fußballmannschaft, und wir hätten die Zeit ganz für uns allein."

Während Theresa das sagte, ertappte Garrett sich dabei, wie er auf Catherines Foto auf seinem Nachttisch starrte. Er zögerte ein wenig mit der Antwort. „Sicher..., das sollte ich vielleicht."

„Du scheinst ja nicht gerade begeistert!"

„Doch, doch."

Verunsichert hielt sie inne. „Ist wirklich alles in Ordnung, Garrett?"

ES BRAUCHTE mehrere Tage und einige Telefonate mit Theresa, bis Garrett wieder einigermaßen normal empfand.

Allmählich begann der Traum zu verblassen. In der Augusthitze schien die Zeit besonders langsam zu vergehen, also stürzte Garrett sich um so mehr in die Arbeit. So mußte er nicht ständig an die Kompliziertheit seiner Lebensumstände denken.

Zwei Wochen später traf er in Boston ein.

Theresa holte ihn vom Flughafen ab und bot ihm zunächst eine kleine Stadtführung. Sie aßen in der Nähe der Faneuil Hall zu Mittag, sahen den Schiffen auf dem Charles River nach und genossen es, zusammenzusein.

Auf dem Heimweg kauften sie beim Mexikaner um die Ecke ein paar Gerichte zum Mitnehmen.

„Eine hübsche Wohnung", sagte Garrett, als sie bei Kerzenschein auf dem Boden in Theresas Wohnzimmer saßen. „Ich weiß nicht, warum, aber ich hatte sie mir kleiner vorgestellt. Dabei ist sie größer als mein Haus."

„Das wohl kaum, aber sie ist ideal für Kevin und mich."

Der Lärm der Straße war deutlich zu hören – Reifenquietschen, Gehupe, Sirenen.

„Ist es hier immer so unruhig?" fragte Garrett.

Theresa nickte. „Freitag und Samstag abends ist es besonders schlimm. Aber mit der Zeit gewöhnt man sich dran."

„Wie wär's mit etwas Musik?" fragte er.

„Gern. Welche Richtung magst du?"

„Beide Richtungen." Er legte eine dramatische Pause ein. „Country und Western."

Sie lachte. „Habe ich beides nicht, tut mir leid. Jazz vielleicht?" Sie stand auf und wählte eine CD aus, die Garrett gefallen könnte.

„Wie gefällt dir Boston bislang?" fragte sie, während sie sich wieder auf den Boden setzte.

„Gar nicht so übel für eine Großstadt. Ich habe mir wohl ein falsches Bild gemacht – nur Menschenmengen, Beton und Wolkenkratzer, nichts Grünes weit und breit und Bettler an jeder Straßenecke. Aber so ist es überhaupt nicht."

Theresa lächelte. „Wir haben zwar keine Strände, dafür hat die Stadt aber eine Menge anderes zu bieten: das Symphonieorchester, die vielen Museen, die Parks – wir haben sogar einen Segelclub!"

Es klang, als wolle sie ihm Boston schmackhaft machen.

AM NÄCHSTEN Tag zeigte Theresa ihm das italienische Viertel mit seinen engen Gassen und vielen Straßencafés. Bei einer Tasse Cappuccino wollte Garrett Näheres über ihre Arbeit erfahren.

„Kannst du deine Kolumnen nicht genausogut zu Hause schreiben?“ fragte er.

„Später vielleicht, jetzt aber noch nicht.“

„Warum nicht?“

„Erstens, weil es nicht im Vertrag vorgesehen ist. Außerdem muß ich viel recherchieren, und dazu stehen mir in der Redaktion mehr Möglichkeiten zur Verfügung als zu Hause. Außerdem muß ich erreichbar sein. Bei vielen meiner Themen geht es um zwischenmenschliche Beziehungen, und ich bekomme häufig Anrufe. Wenn ich zu Hause arbeiten würde, gäbe es viele Leute, die abends anrufen würden, und dann hätte ich noch weniger Zeit für Kevin.“

„Welches war die erfolgreichste Kolumne, die du jemals geschrieben hast?“

Theresa zuckte zusammen. *Meine erfolgreichste Kolumne? Ganz einfach – ich habe eine Flaschenpost gefunden, sie abdrucken lassen und bekam Berge von Briefen.* Sie schob den Gedanken rasch beiseite. „Ach ... Besonders viele Leserbriefe bekomme ich, wenn ich über behinderte Kinder schreibe.“

„Und könntest du deine Kolumne weiterschreiben, wenn du die Zeitung wechseln würdest?“

Sie überlegte. „Ich bin noch dabei, mir einen Namen zu machen, deshalb ist es vorteilhaft für mich, eine Zeitung wie die *Boston Times* im Rücken zu haben, besonders wenn ich für Agenturen schreibe. Warum fragst du?“

„Ach, einfach nur aus Neugier.“

Die restlichen Tage von Garretts Aufenthalt vergingen wie im Flug. Theresa arbeitete morgens ein paar Stunden und verbrachte die übrige Zeit mit ihm. Manchmal liehen sie sich einen Film aus. Aber meistens verbrachten sie die Zeit zusammen ohne irgendwelche Ablenkungen.

IN DEN nächsten beiden Monaten nahm ihre Beziehung eine Entwicklung, mit der beide nicht gerechnet hatten, obwohl sie es hätten vorhersehen müssen.

Sie richteten ihre Arbeit so ein, daß sie sich in dieser Zeit dreimal treffen konnten, jedesmal für ein Wochenende. Einmal flog Theresa nach Wilmington, wo sie die beiden Tage ganz für sich allein hatten. Zweimal reiste Garrett nach Boston, von wo aus es gleich weiter zu Auswärtsspielen von Kevins Mannschaft ging.

Jedesmal wenn Theresa und Garrett zusammen waren, schien nichts anderes auf der Welt zu zählen. Über die Zukunft ihrer Beziehung aber verloren sie kein Wort.

Weil sie sich so selten sahen, gab es mehr Höhen und Tiefen, als sie je erlebt hatten. Waren sie zusammen, war alles gut. Aber furchtbar war es, wenn sie sich nicht sahen; besonders Garrett litt darunter. Einer von ihnen beiden würde sein Leben dramatisch verändern müssen. Nur wer?

Er hatte sein eigenes Geschäft in Wilmington, und Theresa machte Karriere in Boston.

Garrett wollte nicht darüber nachdenken. Statt dessen konzentrierte er sich auf die Tatsache, daß er Theresa liebte, und klammerte sich an den Gedanken, daß sie einen Weg finden würden, wenn sie füreinander bestimmt waren.

Im tiefsten Innern aber wußte er, daß es so einfach nicht sein würde – nicht nur wegen der Entfernung zwischen ihnen. Nach der Rückkehr von seiner zweiten Bostonreise hatte er ein Foto Theresas vergrößern und rahmen lassen. Er hatte es auf seinen Nachttisch neben Catherines Bild gestellt, doch trotz seiner Gefühle für Theresa schien es in seinem Schlafzimmer irgendwie fehl am Platz. Nach ein paar Tagen hatte er es auf die Kommode gegenüber gestellt, doch es hatte nichts geholfen. Wo immer es stand, Catherines Augen schienen es zu fixieren. Schließlich ließ er es in der Schublade verschwinden und griff statt dessen nach Catherines Foto. Seufzend ließ er sich auf der Bettkante nieder und betrachtete es.

„Wir hatten diese Probleme nicht", flüsterte er und strich mit einem Finger über das Bild. „Bei uns beiden schien alles so leicht, nicht wahr?"

Als das Foto keine Antwort gab, verwünschte er seine Dummheit und holte das von Theresa wieder hervor.

Während er auf beide Bilder starrte, wurde ihm klar, warum ihm so schwer ums Herz war. Er liebte Theresa mehr, als er sich jemals hätte vorstellen können..., und er liebte Catherine immer noch...

War es möglich, beide gleichzeitig zu lieben?

„Ich sterbe vor Sehnsucht nach dir", sagte Garrett.

Es war Mitte November, zwei Wochen vor Thanksgiving, dem Erntedankfest. Theresa und Kevin würden die Ferien bei ihren Eltern verbringen, und Theresa plante, das Wochenende davor nach Wilmington zu kommen.

„Ich freue mich auch schon wahnsinnig", sagte sie. „Und hältst du dein Versprechen, mich endlich deinem Vater vorzustellen?"

„Er plant ein vorgezogenes Thanksgiving-Essen in seinem Haus. Er hat mich schon x-mal nach deinen Lieblingsgerichten gefragt. Ich merke, wie gespannt er auf dich ist."

„Glaubst du, er wird mich mögen?"

„Ganz sicher!"

AM TAG vor ihrer Ankunft mähte Garrett bei seinem Vater den Rasen, während Jeb altes Hochzeitsgeschirr und Silberbesteck auspackte, das er so gut wie nie benutzte.

„Um wieviel Uhr möchte sie essen?"

„Ich weiß nicht."

„Du hast sie nicht gefragt?"

„Nein."

„Wie soll ich dann wissen, wann der Truthahn in den Backofen gehört?"

„Dann laß uns gegen sieben essen. Es ist doch nicht so wichtig, Dad."

„Für dich vielleicht nicht! Aber für mich ist es die erste Begegnung mit Theresa, und wenn ihr beide heiratet, möchte ich nicht, daß ihr euch später über mich lustig macht."

Garrett hob die Augenbrauen. „Wer hat gesagt, daß wir heiraten?"

„Niemand."

„Und warum sagst du's dann?"

„Weil...", sagte Jeb hastig, „weil ich dachte, einer von uns beiden müßte es ja tun."

Garrett starrte seinen Vater an. „Du denkst also, ich sollte sie heiraten?"

Jeb machte eine wegwerfende Handbewegung. „Was ich denke, spielt keine Rolle. Wichtig ist, was du denkst."

ALS GARRETT spätabends nach Hause kam, hörte er schon das Telefon klingeln. Er stürzte hin und hob ab.

„Hallo", meldete sich Theresa, „du bist ja ganz außer Atem."

„Ich komme gerade erst zur Tür rein. Mein Vater hat mich den ganzen Tag in Beschlag genommen, um sein Haus für morgen auf Hochglanz zu bringen – er freut sich wahnsinnig, dich endlich kennenzulernen."

Ein unbehagliches Schweigen folgte. „Weißt du, wegen morgen...", sagte Theresa schließlich.

Garrett spürte, wie sich ihm die Kehle zusammenschnürte. „Was ist wegen morgen?"

Ihre Antwort kam nur zögernd. „Es tut mir schrecklich leid..., aber ich kann nicht kommen."

„Ist was passiert?"

„Nein, nein, alles in Ordnung! Es ist nur in letzter Minute etwas dazwischengekommen – eine wichtige Konferenz, an der ich teilnehmen muß."

Garrett schloß die Augen. „Worum geht es dabei?"

„Topleute der Medienbranche treffen sich dieses Wochenende in Dallas. Deanna meint, ich soll unbedingt teilnehmen."

„Hast du gerade erst davon erfahren?"

„Nein... Das heißt, ja... Ich wußte von der Konferenz, aber ich wäre nie auf den Gedanken gekommen, daß man mich hinschickt, doch Deanna hat alle Hebel in Bewegung gesetzt." Sie zögerte. „Es tut mir wirklich leid, Garrett, aber das ist eine einmalige Chance für mich."

Er antwortete nicht sofort. „Ich verstehe", sagte er schließlich.

„Du bist mir böse, stimmt's?"

„Nein."

An seinem Ton konnte sie erkennen, daß das nicht stimmte, doch ihr fiel nichts ein, um ihn zu trösten.

„Sagst du deinem Vater, daß es mir leid tut?"

„Mach ich."

„Kann ich dich am Wochenende anrufen?"

„Wenn du willst."

AM NÄCHSTEN Tag aß Garrett bei seinem Vater zu Abend, der die ganze Geschichte herunterzuspielen versuchte.

„Wenn es so ist, wie sie sagt", meinte Jeb, „dann mußte sie zu dieser Konferenz! Sie kann ihren Job nicht hintanstellen. Sie hat einen Sohn großzuziehen. Außerdem ist es nur ein Wochenende – das läßt sich nachholen."

Garrett lehnte sich zurück und schob seinen halbleeren Teller beiseite. „Ich verstehe das alles, Dad. Es ist nur, daß ich sie seit einem Monat nicht gesehen und mich so auf ihren Besuch gefreut habe."

„Glaubst du nicht, sie hat sich auch drauf gefreut?"

„Gesagt hat sie's auf jeden Fall."

Jeb beugte sich über den Tisch und schob Garrett den Teller wieder hin. „Iß! Ich habe den ganzen Tag am Herd gestanden. Soll ich das etwa alles wegwerfen?"

Garrett starrte auf seinen Teller. Er hatte keinen Hunger mehr und nahm unwillig einen Bissen.

„Weißt du“, fuhr sein Vater fort, „das wird nicht das letzte Mal sein, daß so was passiert. Ich meine, solange ihr weiterhin tausend Meilen voneinander entfernt lebt, kommt es immer wieder zu solchen Enttäuschungen, und ihr werdet euch nicht so oft sehen, wie ihr möchtet.“

„Ich weiß.“

Jeb hob die Augenbrauen und wartete. Als Garrett nichts hinzufügte, fragte er: „Mehr fällt dir dazu nicht ein?“

Garrett zuckte die Achseln. „Was kann ich sonst sagen?“

„Du kannst sagen, das nächste Mal, wenn ihr euch seht, findet ihr eine Lösung. Das kannst du sagen!“

„Warum bist du so hartnäckig?“

„Weil wir beide die nächsten zwanzig Jahre unseren Truthahn allein essen werden, wenn ihr keine Lösung findet!“

„Bist du müde?“ fragte Garrett. Er lag auf dem Bett, während er mit Theresa telefonierte.

„Es war ein anstrengendes Wochenende, und ich bin erst vor einer Stunde heimgekommen.“

„Hat es sich denn gelohnt?“

„Das wird sich später herausstellen. Jedenfalls habe ich eine Menge Leute kennengelernt, die im Hinblick auf meine Kolumne interessant werden könnten.“

„Dann war es also gut, daß du hingefahren bist?“

„Ja und nein. Die meiste Zeit habe ich mir gewünscht, bei dir zu sein.“

Er sagte nichts.

„Garrett?“

„Ja.“

„Bist du immer noch böse auf mich?“

„Nein, nicht böse, aber traurig.“

„Weil ich am Wochenende nicht da war?“

„Nein, weil du die meisten Wochenenden nicht hier bist.“

Ihre Stimme war plötzlich ganz sanft. „Ich wollte dir nur noch einmal sagen, wie leid mir die Absage tut.“

„Ich weiß.“

„Kann ich es wiedergutmachen?“

„Schwebt dir etwas vor?“

„Vielleicht... Kannst du am Wochenende nach Thanksgiving herkommen?“

„Ich denke schon.“

„Wunderbar! Ich plane nämlich etwas ganz Besonderes nur für uns zwei.“

Als Garrett zwei Wochen später in Boston eintraf, holte Theresa ihn vom Flughafen ab. Sie hatte ihn gebeten, etwas Schickes anzuziehen, und so kam er ihr in einem Blazer entgegen.

„Donnerwetter“, sagte sie, „du siehst umwerfend aus!“

Sie fuhren auf direktem Weg zum Abendessen. Theresa hatte im schicksten Restaurant der Stadt einen Tisch reservieren lassen; Ambiente und Essen waren vom Feinsten. Anschließend besuchten sie das Musical „Les Miserables“, das in Boston gerade gegeben wurde. Sie kamen spät nach Hause. Der nächste Tag verging wie im Flug. Theresa nahm Garrett mit in die Redaktion und stellte ihn verschiedenen Leuten vor, dann besuchten sie das Kunstmuseum in Boston, und abends trafen sie sich mit Deanna und Brian im „Anthony’s“ – einem Restaurant im obersten Stockwerk eines Wolkenkratzers mit einem atemberaubenden Blick über die ganze Stadt.

Garrett hatte so etwas noch nie gesehen.

Ihr Tisch stand direkt am Fenster. Deanna und Brian erhoben sich, um die beiden zu begrüßen.

„Freut mich, Sie zu sehen, Garrett“, sagte Deanna. „Tut mir leid, daß ich Ihnen Theresa vor zwei Wochen weggeschnappt habe! Ich hoffe, Sie waren nicht allzu enttäuscht.“

„Schon vergessen“, entgegnete Garrett mit einem verlegenen Lächeln.

„Ich bin froh, daß Theresa mitgekommen ist; ich denke, es hat sich gelohnt.“

Theresa sah ihre Freundin neugierig an. „Wie meinst du das?“

Deannas Augen leuchteten. „Ich habe gestern eine gute Nachricht bekommen. Ich habe mit Dan Mandel, dem Chef von Media Information, gesprochen. Er zeigte sich sehr beeindruckt von dir und meinte, du seist ein echter Profi. Und ... Fazit des Ganzen ...“ Deanna legte eine dramatische Pause ein.

„Ja?“

„Er wird deine Kolumne ab Januar in all seinen Zeitungen übernehmen!“

Um ihren Aufschrei zu unterdrücken, preßte Theresa eine Hand auf den Mund, aber er war immer noch laut genug, damit die Leute an den Nachbartischen herüberschauten.

„Das ist nicht dein Ernst!“ rief sie ungläubig.

„Doch. Er ruft dich am Dienstag gegen zehn Uhr an.“

„Ich kann's nicht glauben!“

Theresa warf sich ihrer Freundin vor Freude in die Arme, und Brian stieß Garrett mit dem Ellenbogen an. „Großartige Neuigkeiten, nicht wahr?“

Garretts Antwort kam zögernd. „Ja..., großartig.“

DEN REST des Abends plauderten die beiden Frauen ohne Unterlaß. Garrett dagegen war sehr still.

„Wie lange bleiben Sie noch?“ fragte Brian, der sein Unbehagen spürte.

„Bis morgen abend.“

Brian nickte. „Es ist schwer, wenn man sich so selten sieht, nicht wahr?“

„Manchmal.“

„Das kann ich mir vorstellen. Theresa ist deshalb oft ganz niedergeschlagen.“

Theresa lächelte Garrett über den Tisch hinweg zu. „Worüber sprecht ihr beide?“ fragte sie bestens gelaunt.

„Über dies und jenes“, gab Brian zurück.

Garrett nickte stumm und rutschte auf seinem Stuhl herum. Theresa entging nicht, daß er sich unwohl fühlte, und fragte sich, was der Grund dafür sein mochte.

„DU WARST so ruhig heute abend“, sagte sie, als sie wieder in ihrer Wohnung waren. Sie saßen zusammen auf der Couch; im Hintergrund spielte leise das Radio.

„Ich hatte nicht viel dazu zu sagen.“

„Hast du dich denn gut mit Brian unterhalten?“

„Ja ... Er ist sehr unkompliziert.“ Garrett hielt inne. „Aber, weißt du, ich bin nie besonders gesprächig in Gesellschaft, vor allem wenn es um etwas geht, von dem ich nichts verstehe. Ich wollte nur...“

„Was?“

Er schüttelte den Kopf. „Nichts.“

„Komm – was wolltest du sagen?“

Als Garrett schließlich antwortete, wählte er behutsam seine Worte. „Ich wollte nur sagen, daß dieses ganze Wochenende etwas seltsam für mich war. Das teure Essen, das Musical, der Abend mit deinen Freunden...“ Er zuckte die Achseln. „Ich glaube, das ist nicht meine Welt. Das sind alles Dinge, die ich normalerweise nie tun würde."

„Deshalb habe ich das Wochenende ja so organisiert. Ich wollte dich mit ganz neuen Dingen konfrontieren."

„Ich bin aber nicht hergekommen, um etwas anderes zu tun. Ich bin hier, um eine geruhsame Zeit mit dir zu verbringen. Wir hatten nicht einmal Gelegenheit, uns ernsthaft zu unterhalten, und morgen reise ich schon wieder ab."

„Das ist nicht wahr. Wir waren gestern abend allein im Restaurant und heute im Museum. Wir hatten Zeit zum Reden."

„Du weißt genau, was ich meine."

„Nein, das weiß ich nicht! Was hättest du denn gern getan – in der Wohnung rumgesessen?"

Er antwortete nicht gleich, sondern stand zunächst auf und stellte das Radio aus. „Seitdem ich hier bin, wollte ich dir etwas Wichtiges sagen."

„Und was?"

Garrett senkte den Kopf. Allen Mut zusammennehmend, blickte er auf. „Dieser letzte Monat war wirklich hart für mich, und ich denke, es kann so nicht weitergehen." Als er den Ausdruck ihres Gesichts sah, ging er auf sie zu. „Nicht, was du denkst! Das soll nicht heißen, daß ich dich nicht mehr sehen will. Ich will dich die ganze Zeit sehen!" An der Couch angelangt, kniete er nieder und ergriff ihre Hand. Theresa sah ihn verwundert an.

„Ich möchte, daß du nach Wilmington ziehst!"

Obwohl sie gewußt hatte, daß dieser Vorschlag irgendwann kommen mußte, hatte sie nicht damit gerechnet, daß es jetzt und auf diese Weise sein würde.

„Ich weiß, es ist ein gewaltiger Schritt, aber wenn du zu mir ziehen würdest, hätten wir nie mehr diese langen Trennungsphasen. Wir könnten uns jeden Tag sehen." Garrett strich ihr zärtlich über die Wange. „Ich möchte mit dir am Strand spazierengehen. Ich möchte mit dir segeln. Ich möchte, daß du da bist, wenn ich von der Arbeit heimkomme. Es soll so sein, als hätten wir uns das ganze Leben gekannt..."

Die Worte sprudelten nur so aus ihm heraus. Je länger er sprach, desto heftiger schwirrte Theresa der Kopf. Für sie klang es fast, als wollte er seine Beziehung mit Catherine neu aufleben lassen.

„Moment mal!" fiel sie ihm schließlich ins Wort. „Ich kann nicht einfach meine Koffer packen! Ich meine... Kevin geht hier zur Schule... Er ist glücklich hier – dies ist sein Zuhause. Hier hat er seine Freunde, seinen Fußball ...“

„Das alles kann er auch in Wilmington haben. Hast du denn nicht gesehen, wie gut wir miteinander auskommen?“

Theresa ließ Garretts Hand los. Langsam wurde sie ärgerlich. „Was ist mit meiner Kolumne? Willst du, daß ich alles aufgebe?“

„Ich will nicht, daß du uns aufgibst! Das ist der springende Punkt!“

„Warum kannst du dann nicht nach Boston ziehen?“

„Um was zu tun?“

„Dasselbe wie in Wilmington: Tauchunterricht geben, segeln, was auch immer! Für dich ist es sehr viel leichter, den Standort zu wechseln als für mich.“

„Das kann ich nicht. Wie ich schon sagte – das ...“ Er zeigte mit einer weit ausholenden Geste zum Fenster hin. „... das alles hier ist nicht meine Welt. Ich würde mich verloren fühlen.“

Theresa stand auf und begann erregt im Zimmer auf- und abzugehen. „Das ist nicht fair! Es ist so, als würdest du allein die Bedingungen stellen: ‚Wir sollten zusammensein, aber nach meinen Vorstellungen.‘ Du willst, daß ich alles aufgebe, wofür ich gearbeitet habe, aber du bist nicht bereit, selbst auch nur das Geringste aufzugeben!“ Ihr Blick war dabei auf ihn gerichtet.

Garrett erhob sich von der Couch und kam auf sie zu. Als er vor ihr stand, verschränkte Theresa die Arme wie eine Barriere vor ihrer Brust.

„Bitte, Garrett – rühr mich jetzt nicht an, okay?“

Er ließ die Hände sinken und wich ihrem Blick aus. „Dann lautet deine Antwort wohl, daß du nicht kommst“, sagte er schließlich.

„Nein“, gab sie zurück und wählte ihre Worte vorsichtig, „meine Antwort lautet, daß wir die Sache ausdiskutieren müssen.“

„Damit du mich davon überzeugen kannst, daß ich unrecht habe!“

Seine Bemerkung verdiente keine Antwort. Theresa schüttelte nur den Kopf. Dann nahm sie ihre Handtasche vom Eßtisch und steuerte auf die Tür zu.

„Du willst davonlaufen?“

Sie hatte schon die Hand auf der Türklinke. „Nein, Garrett, ich laufe nicht davon! Ich will ein paar Minuten allein sein, um nachzudenken. Und ich mag es nicht, wenn du so mit mir sprichst! Du hast gerade von mir verlangt, mein ganzes Leben zu ändern, und ich nehme mir jetzt ein paar Minuten Zeit, um mir ein paar Gedanken zu machen!“

Sie verließ die Wohnung. Garrett starrte noch eine Weile auf die

Tür. Als er begriff, daß Theresa wirklich gegangen war, lief er in der Wohnung auf und ab. Schließlich ging er ins Schlafzimmer, setzte sich auf die Bettkante und stützte nachdenklich den Kopf in die Hände.

Seufzend fragte er sich, was er jetzt tun sollte, wenn sie zurückkam. Was konnte er sagen, ohne einen weiteren Streit heraufzubeschwören?

Er dachte nach und kam zu dem Schluß, ihr einen Brief zu schreiben. Das hatte ihm immer geholfen, seine Gedanken zu ordnen.

Sein Blick wanderte zu Theresas Nachttisch. Dort stand das Telefon – doch er sah weder Stift noch Notizblock. Er öffnete die Schublade und wühlte darin, bis er einen Kugelschreiber entdeckt hatte. Auf der Suche nach einem Blatt Papier kramte er weiter – stieß auf ein paar Zeitungsartikel, zwei Taschenbücher, ein leeres Schmuckkästchen –, bis sein Auge auf etwas Vertrautes fiel.

*Ein Segelschiff.*

*Ein Segelschiff auf einem Bogen Papier zwischen den Seiten eines schmalen Terminkalenders.* Er zog den Bogen heraus in der Annahme, daß es einer der Briefe war, die er Theresa im Laufe der letzten Monate geschrieben hatte. Plötzlich erstarrte er.

Das war ja gar nicht möglich!

Das Briefpapier war ein Geschenk von Catherine gewesen, und er hatte es nur benutzt, um ihr zu schreiben. Seine Briefe an Theresa waren auf anderem Papier geschrieben.

Fassungslos rang er nach Atem. Als er weiter in der Schublade wühlte, fand er noch zwei weitere Bogen mit dem Segelschiff. Noch immer völlig verstört, starrte er auf das erste Blatt, und da standen in seiner Handschrift die Worte: *Meine liebste Catherine ...*

O Gott! Garrett nahm den zweiten Brief, eine Faxkopie.

*Catherine, mein Liebling...*

Der nächste Brief, ebenfalls eine Kopie.

*Liebe Catherine...*

„Wie ist das möglich?" murmelte er und traute seinen Augen nicht. „Das kann nicht wahr sein..." Er überflog die Seiten, um sich Gewißheit zu verschaffen.

Doch es gab keinen Zweifel. Es waren seine Briefe, die Briefe, die er an Catherine geschrieben und von der *Fortuna* aus ins Meer geworfen hatte, ohne damit zu rechnen, daß er sie jemals wiedersehen würde.

Er nahm kaum wahr, daß die Wohnungstür geöffnet und wieder geschlossen wurde.

„Ich bin zurück!“ rief Theresa. Und nach einer Weile: „Wo bist du?“

Garrett gab keine Antwort.

Sie trat ins Zimmer und sah ihn an. Sein Gesicht war kreidebleich, sein Blick starr.

„Bist du okay?“ fragte Theresa.

Er hob langsam den Kopf und sah sie an.

Plötzlich fiel es ihr wie Schuppen von den Augen – die geöffnete Schublade, die Blätter in Garretts Hand, der Ausdruck auf seinem Gesicht.

„Ich kann dir alles erklären“, sagte sie hastig.

„Meine Briefe ...“, flüsterte er. Er musterte sie mit einer Mischung aus Verwirrung und Zorn. „Wie bist du an meine Briefe gekommen?“

„Ich habe einen am Strand gefunden und ...“

Er fiel ihr ins Wort. „Du hast ihn gefunden?“

Sie nickte. „Auf Cape Cod. Ich war beim Joggen und bin auf die Flasche gestoßen.“

Er starrte auf das erste Blatt, den Originalbrief. Er hatte ihn vor einem Jahr geschrieben. Aber die anderen ...

„Und was ist hiermit?“ fragte er und hielt die Kopien hoch.

„Sie wurden mir zugefaxt“, sagte Theresa leise.

„Von wem?“ Verständnislos erhob Garrett sich vom Bett.

Sie trat einen Schritt auf ihn zu und streckte ihm die Hand entgegen. „Von anderen Leuten, die sie gefunden hatten. Eine Frau hatte meine Kolumne gelesen ...“

„Du hast meinen Brief veröffentlicht?“ Es klang, als hätte er soeben einen Schlag in den Magen bekommen.

„Ich wußte nicht ...“, stammelte sie.

„Was wußtest du nicht?“ schrie er jetzt fast. „Daß so etwas nicht an die Öffentlichkeit gehört?“

„Die Briefe wurden an den Strand gespült. Du mußtest damit rechnen, daß jemand sie finden könnte“, erwiderte sie rasch. „Ich habe deinen Namen nicht verwendet.“

„Aber du hast ihn in deiner Zeitung abgedruckt ...“ Wieder starrte Garrett auf die Blätter und blickte Theresa dann an, als sähe er sie zum ersten Mal. „Du hast mich belogen!“

„Ich habe nicht gelogen ...“

Er hörte ihr gar nicht zu. „Du hast mich belogen“, wiederholte er wie zu sich selbst. „Und du hast mich gesucht. Warum? Um eine weitere Kolumne zu schreiben? War das der Grund?“

„Nein ..., überhaupt nicht ...“

„Warum dann?"

„Nachdem ich deine Briefe gelesen hatte, wollte ich dich kennenlernen."

Er verstand nicht, was sie sagte. Von der Erinnerung an Catherine überwältigt, hielt er die Blätter hoch. „Es waren meine Briefe – meine Gefühle, meine Gedanken, meine Art, mit dem Verlust meiner Frau fertig zu werden! Meine – nicht deine!"

„Ich wollte dich nicht verletzen."

Seine Kiefermuskeln zuckten. „Du hast meine Gefühle für Catherine genommen und sie für deine Zwecke benutzt! Du dachtest, weil ich Catherine liebte, würde ich dich auch lieben, stimmt's?"

Theresa fühlte sich plötzlich außerstande, auch nur ein einziges Wort hervorzubringen.

„Du hast alles von Anfang an geplant, oder? Die ganze Geschichte war ein abgekartetes Spiel!"

Er schien einen Augenblick wie betäubt, und Theresa ergriff seine Hand.

„Garrett, ja, ich gebe zu, ich wollte dich kennenlernen. Die Briefe waren so schön – aber ich wußte nicht, wohin das führen würde, und habe danach nichts weiter geplant!" Sie drückte seine Hand. „Ich liebe dich, Garrett! Du mußt mir glauben!"

Er entzog ihr seine Hand. „Was bist du nur für ein Mensch? Du hast dich in eine verrückte Phantasie verrannt..."

„Hör auf, Garrett!" schrie sie wütend. Tränen schossen ihr in die Augen.

Er hielt erneut die Briefe hoch und sprach mit heiserer Stimme: „Du meinst, verstanden zu haben, was Catherine und mich verband, aber du hast nichts begriffen! Wie viele Briefe du auch gelesen hast, wie gut du mich zu kennen glaubst – du wirst es nie verstehen! Was zwischen ihr und mir war, war echt. Es war echt, und sie war echt..." Und dann fügte er etwas hinzu, das verletzender war alles Vorangegangene: „Was zwischen dir und mir war, kommt niemals an das heran, was zwischen Catherine und mir war!"

Statt auf eine Antwort zu warten, ging er wortlos an Theresa vorbei und warf alles, was ihm gehörte, in seinen Koffer. Einen Augenblick dachte sie daran, ihn zurückzuhalten, doch sie brachte kein Wort hervor.

Als er den Koffer geschlossen hatte, hielt Garrett noch einmal die Briefe hoch. „Die gehören mir, und ich nehme sie mit!"

Ohne ein weiteres Wort wandte er sich ab und ging.

# 8. KAPITEL

Er nahm ein Taxi zum Flughafen. Unglücklicherweise bekam er keinen Flug nach Wilmington mehr und mußte die restliche Nacht in der Wartehalle verbringen. Noch immer zornerfüllt und außerstande, ein Auge zuzutun, lief er stundenlang auf und ab.

Am nächsten Morgen nahm er den ersten Flug und war gegen elf Uhr zu Hause. Er legte sich hin und versuchte zu schlafen, doch die Ereignisse des letzten Abends ließen ihn nicht zur Ruhe kommen. Schließlich gab er auf, duschte, setzte sich auf sein Bett und betrachtete Catherines Foto. Nach einer Weile nahm er es mit ins Wohnzimmer und ergriff die Briefe, die er auf den Tisch gelegt hatte. Gestern, in Theresas Wohnung, war er zu aufgewühlt gewesen, um sich darauf zu konzentrieren. Jetzt aber, mit Catherines Bild vor sich, begann er, sie erneut zu lesen, und glaubte dabei, ihre Gegenwart zu spüren.

*„He, ich dachte schon, du hättest unsere Verabredung vergessen!" rief er, als Catherine mit einem Einkaufskorb über den Steg zum Boot gelaufen kam.*

*Sie lächelte. „Ich hab's nicht vergessen, ich hatte nur noch etwas zu erledigen. Ich war beim Arzt."*

*Er nahm ihr den Korb ab und stellte ihn zur Seite. „Ist alles in Ordnung? Du hast dich in letzter Zeit nicht wohl gefühlt..."*

*„Alles okay", sagte sie, „aber segeln sollte ich trotzdem nicht."*

*„Was fehlt dir denn?"*

*Catherine zog lächelnd ein Päckchen aus dem Korb und begann es zu öffnen. „Mach die Augen zu, dann erzähl ich dir alles."*

*Garrett tat, wie ihm geheißen, und hörte Papier rascheln.*

*„So, jetzt kannst du die Augen wieder aufmachen." Catherine hielt ein Strampelhöschen in die Höhe.*

*„Was ist das?" fragte er verständnislos.*

*Sie strahlte ihn an. „Ich bin schwanger!"*

*„Schwanger?"*

*„Im zweiten Monat!"*

*Zögernd ergriff Garrett das Höschen, betrachtete es und schloß Catherine dann in die Arme. „Ich kann's gar nicht glauben..."*

*„Es ist wahr!“*

*Ein verblüfftes Lächeln spielte um seinen Mund, während er langsam zu begreifen begann. „Du bist schwanger!“*

*Catherine schloß die Augen und flüsterte: „Und du wirst Vater.“*

Das Knarren der Tür riß Garrett aus seinen Erinnerungen. Sein Vater steckte den Kopf herein.

„Ich hab deinen Wagen vor dem Haus stehen sehen. Ich habe dich erst heute abend zurückerwartet.“

Als Garrett nicht antwortete, trat Jeb ein und sah sofort Catherines Foto auf dem Tisch. „Was ist los, Sohn?“ fragte er behutsam.

Da berichtete Garrett ihm alles – von seinen jahrelangen Träumen, seinen Briefen, die er als Flaschenpost ins Meer geworfen hatte, und schließlich vom gestrigen Streit. Als er geendet hatte, nahm ihm sein Vater die Briefe aus der Hand.

„Das muß ein schlimmer Schock für dich gewesen sein“, sagte er. „Aber bist du nicht etwas hart mit ihr ins Gericht gegangen?“

Garrett schüttelte müde den Kopf. „Sie wußte alles von mir, Dad. Die ganze Sache war von Anfang an eine Farce!“

„Das glaube ich nicht“, sagte Jeb sanft. „Auch wenn sie hergekommen ist, um dich kennenzulernen, hat sie es sicher nicht darauf angelegt, daß du dich verliebst. Das hast du dir selbst zuzuschreiben.“

Garretts Blick wanderte wieder zu Catherines Foto. „Aber findest du nicht, daß es unrecht von ihr war, mir alles zu verschweigen?“

Jeb seufzte. „Sie hat zwar nichts von den Briefen gesagt, was sie zugegebenermaßen hätte tun müssen. Aber nicht deshalb bist du so verbittert, sondern weil sie dir etwas bewußt gemacht hat, das du dir selbst nicht eingestehen wolltest.“

Garrett sah seinen Vater wortlos an. Unvermittelt erhob er sich dann und verschwand, wohl um dem Gespräch zu entfliehen, in der Küche. Im Kühlschrank fand er einen Krug mit Zitronentee und schenkte sich ein Glas ein. Als er die Eiswürfelschale aus dem Gefrierfach zog, entglitt sie ihm und fiel zu Boden.

Während Garrett fluchend die einzelnen Eiswürfel auflas, trat Jeb an die Verandatür und schob sie auf. Ein kalter Dezemberwind peitschte die Wellen, so daß die weiße Gischt aufspritzte. Versonnen betrachtete er das Naturschauspiel, als er plötzlich ein Klopfen an der Haustür vernahm. Verblüfft blickte er sich um, und ihm wurde bewußt, daß in seinem Beisein noch nie ein Gast dieses Haus betreten hatte.

„Ich komme!“ rief er, da Garrett nicht auf das Klopfen reagierte.

Als er die Eingangstür öffnete, fuhr ein Windstoß durchs Wohnzimmer, und die Briefe segelten zu Boden. Jeb nahm es jedoch nicht wahr, denn all seine Aufmerksamkeit galt der dunkelhaarigen Frau, die jetzt vor ihm auf der Türschwelle stand. Obwohl er sie noch nie gesehen hatte, wußte er sofort, wer sie war, und trat zur Seite, um sie hereinzulassen.

„Kommen Sie", sagte er ruhig.

Als sie die Tür hinter sich geschlossen hatte, legte sich der Durchzug abrupt. Die Frau sah Jeb ein wenig verlegen an.

„Sie müssen Theresa sein", sagte er. „Garrett hat mir viel von Ihnen erzählt."

Sie verschränkte die Arme vor der Brust. „Ich weiß, daß ich nicht erwartet werde."

„Macht nichts", ermutigte Jeb sie.

„Ist er da?"

Jeb deutete mit dem Kinn zur Küche. „Er holt sich etwas zu trinken."

„Wie geht es ihm ...?"

Jeb hob die Schultern. „Sie müssen mit ihm reden ..."

Theresa nickte und fragte sich plötzlich, ob es eine gute Idee gewesen war herzukommen. Sie sah sich im Wohnzimmer um und entdeckte Catherines Foto und die Briefe auf dem Boden. Das Bild stand gewöhnlich auf dem Nachttisch. Sie konnte den Blick nicht davon abwenden und starrte auch noch darauf, als Garrett ins Wohnzimmer trat.

„Was ist denn hier ...?" Er blieb wie angewurzelt stehen.

Theresa schaute ihn beklommen an, und ein langes Schweigen folgte.

„Hallo, Garrett", stammelte sie schließlich.

Er gab keine Antwort, und Jeb wurde klar, daß es Zeit war, die beiden allein zu lassen.

„Ich muß jetzt gehen", sagte er, und mit einem Blick auf Theresa fügte er hinzu: „Hat mich gefreut, Sie kennenzulernen." Dabei zog er die Augenbrauen in die Höhe, als wollte er ihr Mut machen, und war dann auch schon zur Tür hinaus.

„Warum bist du gekommen?" fragte Garrett, sobald sie allein waren.

„Ich wollte dich wiedersehen", erwiderte sie ruhig.

„Und warum?"

Sie antwortete nicht, sondern trat, ihm fest in die Augen blickend, auf ihn zu. Als sie vor ihm stand, legte sie ihm den Finger auf die Lippen. „Scht", flüsterte sie, „keine Fragen ..., dies eine Mal nicht. Bitte ..."

Statt dessen schmiegte sie sich an ihn und legte den Kopf an seine Brust. Zögernd schlang er die Arme um sie. Sie streichelte seinen Hals und fuhr ihm zärtlich durchs Haar. Ihr Mund wanderte zu seinem Kinn, dann zu seinen Lippen. Unbewußt begann er, ihre Liebkosungen zu erwidern. Er ließ seine Hände ihren Rücken hinaufgleiten und zog sie fester an sich. Eng umschlungen standen sie da, während das Tosen des Ozeans im Haus widerhallte. Schließlich löste sich Theresa von Garrett, ergriff seine Hand und zog ihn ins Schlafzimmer.

ALS GARRETT am Nachmittag erwachte, war der Platz an seiner Seite leer. Da auch Theresas Kleidungsstücke verschwunden waren, schlüpfte er rasch in Jeans und Hemd, um im Haus nach ihr zu suchen.

Er fand sie in der Küche. Sie saß am Tisch, vor sich eine fast leere Kaffeetasse.

„Komm, setz dich zu mir“, forderte sie ihn auf. „Es gibt eine Menge zu erklären.“

Ohne ihn anzublicken, legte sie die Briefe auf den Tisch, die sie, während er schlief, vom Boden aufgesammelt hatte.

„Ich habe die Flasche letzten Sommer beim Joggen gefunden“, begann sie – ihre Stimme klang fest, aber die Worte schienen von weither zu kommen. „Und nachdem ich den Brief gelesen hatte, mußte ich weinen. Er war so wunderschön, so bewegend, daß ich ganz erschüttert war. Und ich glaube, er berührte mich deshalb so sehr, weil auch ich furchtbar einsam war.“ Sie blickte ihn an. „Ich habe den Brief noch am selben Morgen Deanna gezeigt. Und sie hatte die Idee, ihn zu veröffentlichen. Ich war zunächst dagegen – ich fand ihn zu persönlich, aber sie meinte, da niemand den Absender kenne, würde auch dessen Intimsphäre nicht verletzt. Sie war sicher, der Brief würde die Leser begeistern, und so habe ich zugestimmt.“ Sie seufzte. „Nachdem er in meiner Kolumne abgedruckt worden war, erhielt ich den Anruf einer Leserin. Sie faxte mir den zweiten Brief, den sie vor wenigen Jahren gefunden hatte.“ Sie hielt inne. „Hast du schon mal vom *Yankee Magazine* gehört?“

Garrett schüttelte den Kopf.

„Ein Regionalblatt in Neuengland, durch das ich auf den dritten Brief gestoßen bin.“

„Er war darin abgedruckt?“ fragte Garrett erstaunt.

„Mehr oder weniger. Ich hatte schließlich drei Briefe, und alle gingen mir ähnlich zu Herzen. Mit Deannas Hilfe fand ich heraus, wer die Briefe geschrieben hat und wo der Schreiber lebt, und so kam ich hierher." Sie lächelte traurig. „Ich bin nicht gekommen, um mich in dich zu verlieben oder um Stoff für meine Kolumne zu bekommen, sondern um herauszufinden, was für ein Mensch du bist. Dann sind wir ins Gespräch gekommen, und du hast mich zum Segeln eingeladen. Wenn du das nicht getan hättest, wäre ich wahrscheinlich noch am selben Tag abgereist." Theresa legte behutsam ihre Hand auf die seine. „Aber der Abend war herrlich, und mir wurde klar, daß ich dich wiedersehen wollte – nicht wegen der Briefe, sondern deinetwegen –, und von da an schien sich alles völlig natürlich zu entwickeln."

Garrett starrte auf die Briefe. „Warum hast du mir das nicht erzählt?"

„Manchmal wollte ich's, aber ich dachte vermutlich, es sei nicht so wichtig, wie wir uns kennengelernt haben. Das einzige, was für mich zählte, war, wie gut wir miteinander auskamen." Nach einer Pause fügte sie hinzu: „Und außerdem glaube ich nicht, daß du's verstanden hättest. Ich wollte dich nicht verlieren."

„Wenn du's mir früher gesagt hättest, dann hätte ich es wohl verstanden!"

Theresa schaute ihn prüfend an. „Sei ehrlich, Garrett. Hättest du's wirklich?"

Er wußte, daß dies der Augenblick der Wahrheit war. Als er nicht antwortete, schüttelte Theresa den Kopf und blickte zur Seite. Tapfer kämpfte sie gegen ihre Tränen an, fest entschlossen, sich nicht gehenzulassen.

„Als du mir zum ersten Mal von Catherine erzählt hast, habe ich an deinem Blick sofort erkannt, daß du sie immer noch liebst. Und gestern abend stand – trotz deines Zorns – wieder derselbe Ausdruck in deinen Augen. Nach all der Zeit, die wir zusammen verbracht haben, bist du immer noch nicht über sie hinweg. Und dann ..., was du gesagt hast ..." Sie tat einen tiefen, stockenden Atemzug. „Du warst nicht nur wütend, weil ich die Briefe gefunden hatte; du warst wütend aus Angst, ich könnte mich zwischen dich und Catherine drängen." Wieder legte sie ihre Hand auf die seine. „Du bist so, wie du bist, Garrett, ein Mann, der von ganzem Herzen, aber auch für immer und ewig liebt. Wie sehr du mich vielleicht liebst – ich glaube nicht, daß du Catherine je vergessen wirst, und ich möchte mich nicht ein Leben lang fragen, ob ich mich mit ihr messen kann."

„Wir können uns bemühen", begann er mit heiserer Stimme. „Ich meine ..., ich kann mich bemühen. Ich weiß, daß sich alles ändern kann ..."

Theresa unterbrach ihn, indem sie seine Hand fest drückte. „Ich weiß, daß du das glaubst. Und ich möchte es ja selbst glauben. Wenn du mich jetzt in die Arme nehmen und zärtlich bitten würdest zu bleiben, würde ich es vielleicht tun. Und wir würden weitermachen wie bisher und glauben, alles sei gut. Aber es würde nicht gutgehen, weißt du?" Sie hielt inne. „Ich kann nicht mit ihr mithalten. Und wie sehr ich auch wünsche, daß wir zusammenbleiben – ich kann es nicht, weil du es nicht kannst."

„Aber ich liebe dich doch!"

„Ich liebe dich auch, Garrett", sagte sie mit einem traurigen Lächeln. „Aber manchmal genügt Liebe allein nicht."

Er war bleich geworden, und während beide schwiegen, begann Theresa zu weinen.

„Ich kann nicht bleiben, Garrett. Sosehr wir beide es auch wünschen, ich kann nicht!"

„Nein...", flüsterte er verzweifelt.

Theresa erhob sich, denn sie mußte fort sein, ehe sie schwach wurde. Draußen war Donnergrollen zu hören, und die ersten Regentropfen fielen.

„Ich muß gehen." Sie hängte ihre Tasche um die Schulter und ging auf die Tür zu.

Einen Augenblick war Garrett wie gelähmt. Schließlich stand er benommen auf und folgte ihr zur Tür hinaus. Es hatte jetzt richtig zu regnen begonnen. Theresas Leihwagen parkte in der Einfahrt. Außerstande, einen klaren Gedanken zu fassen, sah Garrett zu, wie Theresa die Wagentür öffnete.

Nachdem sie auf dem Fahrersitz Platz genommen hatte, fummelte sie einen Augenblick mit dem Zündschlüssel herum. Dann zwang sie sich zu einem schwachen Lächeln und zog die Tür zu. Trotz des heftigen Regens kurbelte sie die Scheibe herunter, um Garrett deutlich sehen zu können. Danach ließ sie den Motor an.

„Du wirst mir fehlen", sagte sie leise, war aber nicht sicher, ob er sie hören konnte. Dann legte sie den Rückwärtsgang ein.

Wie erstarrt stand Garrett da.

„Bitte bleib!" Seine Stimme klang heiser.

Theresa gab keine Antwort. Da sie wußte, daß sie wieder weinen würde, wenn sie noch länger bliebe, kurbelte sie rasch das Fenster hoch. Über die Schulter blickend, ließ sie den Wagen langsam aus der Ausfahrt rollen.

Als der Wagen sich in Bewegung setzte, legte Garrett eine Hand auf die Motorhaube, aber seine Finger glitten an der nassen Oberfläche ab. Er fühlte seine letzte Chance dahinschwinden. „Theresa!" schrie er. „Warte!"

Doch sie hörte ihn durch den starken Regen nicht.

Garrett lief zum Ende der Ausfahrt. „Theresa!" schrie er wieder. Er rannte hinaus auf die Straße, durch die Pfützen, die sich dort gebildet hatten.

Mehrere Sekunden lang leuchteten die Bremslichter auf, und der Wagen kam zum Stehen. Garrett wußte, daß Theresa ihn im Rückspiegel beobachtete, daß sie sah, wie er näher kam. Es gab immer noch eine Chance ... Doch plötzlich erloschen die Bremslichter; der Wagen setzte sich wieder in Bewegung und beschleunigte. Garrett rannte weiter hinter ihm her.

Es regnete in Strömen, das Hemd klebte ihm auf der Haut. Allmählich wurde er langsamer. Er starrte dem Wagen nach, bis dieser außer Sicht war. Mitten auf der Straße blieb Garrett schließlich stehen.

Sie war fort!

Hinter ihm hupte ein Auto, und sein Atem stockte. Er wirbelte herum, wischte sich die Regentropfen aus den Augen und erwartete fast, ihr Gesicht hinter der Windschutzscheibe zu sehen. Aber im gleichen Moment sah er sich enttäuscht, und so trat er beiseite, um den Wagen vorbeizulassen. Als er den neugierigen Blick des Fahrers auf sich spürte, wurde ihm plötzlich bewußt, daß er sich noch nie so einsam gefühlt hatte.

# 9. KAPITEL

Der Winter des folgenden Jahres brach früh herein. Theresa saß noch immer am Strand, ganz in der Nähe der Stelle, an der sie die Flasche gefunden hatte. Seit ihrer Ankunft am frühen Morgen hatte der Wind deutlich aufgefrischt. Gewaltige graue Wolken rollten vom Meer heran, und die schäumenden Wellen waren fast meterhoch. Das Unwetter konnte nicht mehr fern sein.

Sie war jetzt schon seit Stunden hier und ließ ihre Beziehung mit Garrett bis zum Tag ihrer Trennung noch einmal Revue passieren. Seit ihrem Abschied wurde sie immer wieder von der Erinnerung verfolgt, wie er hinter ihrem davonfahrenden Wagen hergelaufen war. Ihn dennoch zu verlassen war das Schwerste gewesen, was sie jemals getan hatte.

Schließlich erhob sie sich und ging den Strand entlang. Während sie den Horizont betrachtete, stellte sie sich vor, daß Garrett neben ihr herschlenderte. Gebannt vom Schäumen und Tosen des Meeres, hielt sie an.

Wir haben so vieles unausgesprochen gelassen, grübelte sie. Ach, hätten wir doch, dachte sie zum hundertsten Male, als die Erinnerungen an jene Zeit wie ein Film an ihr vorbeizogen, den sie nicht stoppen konnte.

Ach, hätten wir doch...

Als sie nach einer Weile weiterging, war Garretts Bild verblaßt, und sie bemühte sich vergebens, es zurückzuholen. Jetzt wußte sie, daß der Augenblick gekommen war.

NACH ihrer Ankunft in Boston hatte Theresa Kevin abgeholt, der den Tag bei einem Freund verbracht hatte. Zu Hause angekommen, bat sie ihn – anstatt ihn wie üblich an seine Hausaufgaben zu schicken –, noch ein Weilchen bei ihr zu bleiben. Während sie aneinandergekuschelt auf der Couch saßen, warf Kevin ihr von Zeit zu Zeit einen beunruhigten Blick zu. Sie aber strich ihm nur geistesabwesend übers Haar und war mit ihren Gedanken tausend Meilen entfernt.

Am Montag traf Theresa sich mit Deanna zum Mittagessen und erzählte ihr, was geschehen war. Sie versuchte stark zu sein. „Es ist besser so", sagte sie zum Schluß mit Nachdruck.

Deanna sah sie fragend und voller Mitgefühl an und nickte nur wortlos zu ihren tapferen Beteuerungen.

In der folgenden Zeit tat Theresa ihr Bestes, um möglichst wenig an Garrett zu denken. Nach Dan Mandels Anruf, der ihr neuen beruflichen Auftrieb gab, stürzte sie sich in die Arbeit. Das half. Auch die hektische Atmosphäre im Büro tat ihr gut. Abends aber, wenn Kevin zu Bett gegangen und sie allein war, fiel es ihr schwer, Garretts Bild zu verdrängen.

An einem Wochenende erzählte sie ihrem Sohn, daß sie Garrett nicht wiedersehen würde.

„Hat er etwas getan, das dich geärgert hat?"

„Nein", erwiderte sie ruhig. „Aber es sollte wohl nicht sein."

Als sie eine Woche später an ihrer Kolumne arbeitete, läutete das Telefon.

„Spreche ich mit Theresa?"

„Ja", antwortete sie, ohne die Stimme zu erkennen.

„Hier ist Jeb Blake..., Garretts Vater. Ich weiß, es klingt seltsam, aber ich möchte mit Ihnen sprechen."

„Oh, hallo“, stammelte sie. „Ich ..., ich hätte gerade etwas Zeit.“

„Wenn es möglich ist, würde ich lieber persönlich mit Ihnen reden. Am Telefon geht das nicht so gut.“

„Darf ich erfahren, worum es sich handelt?“

„Um Garrett“, antwortete Jeb ruhig. „Ich weiß, es scheint ein bißchen viel verlangt – aber könnten Sie nicht herkommen? Ich würde Sie nicht bitten, wenn es nicht so wichtig wäre.“

Nachdem sie eingewilligt hatte, ließ Theresa ihre Arbeit liegen und holte Kevin von der Schule ab. Sie erklärte ihm, sie müsse ein paar Tage verreisen, er werde solange bei seinem Freund wohnen. Dann fuhr sie zum Flughafen und nahm die erste Maschine nach Wilmington. Dort ließ sie sich von einem Taxi zu Garretts Haus fahren, wo Jeb sie schon erwartete.

„Ich bin froh, daß Sie kommen konnten“, begrüßte er sie.

„Was ist passiert?“

Garretts Vater sah älter aus, als Theresa ihn in Erinnerung hatte. Er bot ihr einen Platz am Küchentisch an, und als sie einander gegenübersaßen, räusperte er sich und begann zu erzählen.

„Seit ich mit verschiedenen Leuten gesprochen habe, weiß ich, daß Garrett später als gewöhnlich mit der *Fortuna* hinausgefahren ist ...“

ER MUSSTE es ganz einfach tun. Garrett wußte zwar, daß die schweren dunklen Wolken am Horizont die Vorboten eines Unwetters waren, aber da sie noch weit genug entfernt waren, glaubte er, genügend Zeit zu haben. Außerdem wollte er nur ein paar Meilen hinaussegeln und würde im Notfall rasch in den schützenden Hafen zurückkehren können.

Seit drei Jahren schon wählte er die gleiche Route, wenn er hinausfuhr – in Erinnerung an Catherine. Es war ihr Vorschlag gewesen, bei ihrem ersten Törn mit der eben restaurierten *Fortuna* geradewegs gen Osten zu segeln. In Catherines Vorstellung nahmen sie Kurs auf Europa, das sie immer schon hatte besuchen wollen. Sie wollte alles sehen – die berühmten Loire-Schlösser, den Parthenon, die Akropolis, das schottische Hochland –, einfach alles, worüber sie gelesen hatte.

Aber sie kam nie nach Europa.

In der Nacht jedoch, als sie zum ersten Mal mit der *Fortuna* ausliefen, war Catherines Traum noch lebendig. Sie stand am Bug, blickte in die Ferne. Den verträumten, hoffnungsvollen Blick, ihr wehendes Haar würde Garrett niemals vergessen.

Ein knappes Jahr danach waren Catherine und ihr ungeborenes Kind im Krankenhaus gestorben. Er hatte dabeigesessen.

Als später die quälenden Träume einsetzten, war er völlig hilflos. In einem Anfall von Verzweiflung versuchte er schließlich Erleichterung zu finden, indem er seine Gefühle in Worte kleidete. Als er abends segeln ging, nahm er den Brief mit. Auf dem Boot las er ihn noch einmal, und dabei kam ihm eine Idee: Mit dem Golfstrom, der, von Mexiko kommend, die amerikanische Ostküste hinaufzieht und in den kühleren Wassern des Nordatlantiks schließlich nach Osten abdreht, konnte eine Flasche mit etwas Glück bis nach Europa gelangen und dort, wohin Catherine immer hatte reisen wollen, an Land gespült werden. So versiegelte Garrett den Brief in einer Flasche und warf diese über Bord.

Seither hatte er sechzehn weitere Briefe geschrieben – siebzehn, wenn er den, den er jetzt bei sich trug, hinzuzählte. Während er am Steuer stand, tastete er geistesabwesend nach der Flasche, die in seiner Jackentasche steckte.

Nach dem Brief an Catherine hatte er noch einen anderen geschrieben, den er bereits abgeschickt hatte. Wegen dieses zweiten Briefes mußte er den an Catherine heute auf den Weg bringen, denn laut Wetterbericht würde er mindestens eine Woche lang nicht mehr segeln können, und so lange konnte er nicht warten.

Die Dünung nahm zu, und die Segel waren in der steifen Brise zum Zerreißen gespannt. Garrett schätzte seine Position. Das Wasser war tief hier, wenn auch noch nicht tief genug für seine Zwecke. Die Flasche hatte nur dann eine Chance, bis nach Europa zu gelangen, wenn sie vom Golfstrom erfaßt wurde. Andernfalls konnte sie vom Sturm innerhalb weniger Tage wieder ans Ufer gespült werden. Von all seinen Briefen an Catherine sollte wenigstens dieser eine Europa erreichen. Er hatte beschlossen, daß dies der letzte sein sollte.

Die *Fortuna* hob und senkte sich in der Dünung. Garrett hielt das Ruder mit beiden Händen umklammert. Als der Wind plötzlich umschlug und stärker wurde, begann er trotz der Gefahr zu kreuzen.

Die Wolken wurden noch schwärzer, und ein leichter Regen setzte ein. „Nur noch ein paar Minuten“, murmelte er. Er brauchte nur noch ein paar Minuten.

Er mußte die Beine spreizen, um das Gleichgewicht zu halten. Das Boot lief noch nicht aus dem Ruder, aber die Wogen schaukelten es wie eine schwankende Wiege.

Garrett hielt das Ruder mit einer Hand umklammert, während er in die Jackentasche griff und die Flasche herauszog. Noch einmal vergewisserte er sich, daß sie gut versiegelt war, und hielt sie dann ins schwindende Licht. Er konnte den fest aufgerollten Brief im Innern deutlich erkennen, und während er ihn betrachtete, überkam ihn ein Gefühl der Befriedigung, als wäre eine lange Reise endlich abgeschlossen.

„Danke“, flüsterte er. Seine Stimme wurde vom Tosen der Wellen übertönt.

Er warf die Flasche so weit hinaus, wie er konnte. Es war vollbracht. Jetzt mußte er das Boot wenden.

Genau in diesem Augenblick zuckten gleichzeitig zwei Blitze über den Himmel. Das Unwetter mußte sich rascher verlagert haben, als Garrett berechnet hatte, und kam direkt auf ihn zu.

Er laschte das Ruder und verlor kostbare Minuten, um den Baum unter Kontrolle zu bringen. Die Schoten brannten in seinen Händen, aber schließlich hatte er es geschafft. Das Boot krängte schwer, als der Wind die Segel erfaßte. Kurz darauf kam eine kalte Böe aus einer anderen Richtung.

Garrett schaltete das Funkgerät ein, gerade rechtzeitig, um eine Sturmwarnung zu hören. Er drehte den Lautstärkeregler höher. „Wiederhole..., gefährliche Stürme im Anzug..., schwere Regenfälle zu erwarten.“

Garrett stemmte sich ins Ruder.

Nichts geschah!

Plötzlich wurde ihm klar, daß die Dünung das Heck aus dem Wasser gehoben hatte, so daß das Ruder nicht greifen konnte. Das Boot behielt den falschen Kurs bei und schaukelte bedrohlich.

„Los, los“, flüsterte er in Panik. Das dauerte alles viel zu lange! Mittlerweile peitschte ihm der Regen gnadenlos ins Gesicht.

Nach etwa einer Minute griff das Ruder schließlich wieder. Langsam, viel zu langsam und immer noch gefährlich geneigt, begann sich das Boot zu drehen.

Mit wachsendem Entsetzen sah Garrett die nächste Riesenwelle auf sich zukommen.

Er duckte sich, als der Brecher über Bord schlug und weißer Schaum aufspritzte. Die *Fortuna* krängte noch stärker, und Garrett verlor das Gleichgewicht. Zum Glück hielt er das Ruder fest umklammert und konnte sich wieder hochziehen.

Doch gleich darauf brach bereits die nächste Welle über Bord, und eine knappe Minute lang spülte das Wasser mit der Kraft eines reißenden Flusses darüber hinweg. Eisiger Regen klatschte Garrett ins Gesicht, so daß er nichts mehr sehen konnte. Statt sich wieder aufzurichten, krängte die *Fortuna* noch mehr. Die Segel waren vom Regen durchweicht. Garrett verlor erneut das Gleichgewicht, und bei der Schräglage fiel es ihm schwer, sich wieder aufzurichten. Der nächste Brecher würde...

Er sah ihn nicht kommen.

Wie das Beil eines Scharfrichters schlug der Brecher gegen das Boot und warf es mit solcher Wucht auf die Seite, daß Mast und Segel ins Wasser krachten. Die *Fortuna* war verloren. Garrett hielt sich am Ruder fest, um nicht über Bord zu gehen.

Schnell füllte sich das Boot mit Wasser.

Er mußte an den Sack mit der Rettungsinsel kommen – das war seine einzige Chance. Garrett hangelte sich zur Kabinentür und klammerte sich dabei an allem fest, was ihm Halt bot. Er kämpfte gegen den Regen, er kämpfte um sein Leben.

Wieder Blitz und Donner, fast gleichzeitig diesmal.

Schließlich hatte er die Tür erreicht und griff nach dem Knauf. Als sie nachgab, wurde ihm klar, daß er einen riesigen Fehler gemacht hatte. Ganze Sturzbäche ergossen sich in die Kabine, und Garrett sah, daß sich der Sack mit der Rettungsinsel bereits unter Wasser befand. Er konnte nichts mehr tun, um zu verhindern, daß die *Fortuna* vom Ozean verschlungen wurde.

Sie sank schnell, innerhalb von Sekunden war der Rumpf zur Hälfte mit Wasser gefüllt.

Die Schwimmwesten... Sie befanden sich unter der Sitzbank im Heck.

Verzweifelt versuchte Garrett, sich dorthin zurückzukämpfen, und klammerte sich dabei ans Seitengeländer. Mittlerweile reichte ihm das Wasser schon bis zur Brust, und seine Beine hatten Mühe, Halt zu finden.

Drei Viertel des Bootes waren jetzt überspült.

Immer wieder mußte Garrett sich gegen das Gewicht der Wellen stemmen. Auf halbem Weg zur Sitzbank reichte ihm das Wasser schon bis zum Hals, und ihm wurde bewußt, daß er keine Chance mehr hatte.

*Er würde es nicht schaffen.*

Das Wasser schlug ihm ans Kinn, als er schließlich jeden Versuch aufgab. Er blickte zum Himmel empor und konnte nicht glauben, daß alles so enden würde.

Er ließ das Geländer los und entfernte sich schwimmend vom Boot. Seine Jacke und seine Schuhe zogen ihn nach unten. Von einer Riesenwelle emporgetragen, sah er, wie die *Fortuna* im Meer versank. Benommen vor Kälte und Erschöpfung, wandte er sich ab und begann langsam in Richtung Küste zu schwimmen. Ein aussichtsloses Unterfangen.

THERESA saß Jeb gegenüber und lauschte dessen stockendem Bericht.

Erst später wurde ihr bewußt, daß sie dabei zunächst keine wirkliche Furcht empfunden hatte. Sie war sicher, daß Garrett überlebt hatte. Schließlich war cr ein erfahrener Segler und ein noch besserer Schwimmer. Er war viel zu umsichtig und robust, um mit einer Situation wie dieser nicht fertig zu werden. Wenn einer es konnte, dann er.

Sie langte über den Tisch und legte die Hand auf Jebs Arm. „Was ich nicht verstehe... Warum ist er rausgefahren, obwohl ein Unwetter im Anzug war?"

„Das weiß ich auch nicht", erwiderte Jeb und wandte den Blick ab, als hätte er etwas zu verbergen.

Verwirrt schaute Theresa sich in der Küche um. Alles war ordentlich, als wäre eben erst aufgeräumt worden. Durch die geöffnete Schlafzimmertür sah sie Garretts Steppdecke, die sorgfältig auf seinem Bett ausgebreitet war. Merkwürdigerweise lagen zwei große Blumengebinde darauf.

„Ich verstehe nicht – es geht ihm doch gut, oder?"

„Theresa", murmelte Jeb mit Tränen in den Augen. „Man hat ihn gestern morgen gefunden."

„Ist er im Krankenhaus?"

„Nein", erwiderte Jeb leise.

„Wo dann?" fragte sie und weigerte sich zu begreifen, was sie längst ahnte.

Jeb gab keine Antwort. Er senkte den Kopf, damit sie seine Tränen nicht sehen konnte. „Theresa...", flüsterte er, und seine Stimme erstarb.

„Wo ist er?" Sie sprang so heftig auf, daß ihr Stuhl nach hinten kippte.

Jeb blickte zu ihr auf. „Man hat gestern morgen seine Leiche gefunden."

Theresa fühlte, wie sich ihr die Brust zusammenschnürte, und sie glaubte, ersticken zu müssen.

„Er ist tot, Theresa."

Sie hatten ihn neben Catherine beerdigt, auf einem kleinen Friedhof in der Nähe seines Hauses. Bei der Trauerfeier standen Jeb und Theresa am Grab, umgeben von Menschen, die Garretts Lebensweg gekreuzt hatten – Freunde von der High-School, ehemalige Tauchschüler und Angestellte. Es war eine schlichte Feier, und trotz des einsetzenden Regens verweilten die Trauergäste anschließend noch eine Weile am Grab.

Als Jeb und Theresa später wieder allein in Garretts Haus waren, holte Jeb eine Schachtel hervor, um gemeinsam mit ihr den Inhalt durchzusehen.

Es waren Hunderte von Fotos darin. In den nächsten Stunden entfalteten sich vor Theresas Augen Garretts Kindheit und Jugend – all die ihr unbekannten Phasen seines Lebens, von denen sie nur eine vage Vorstellung gehabt hatte. Es folgten Fotos aus späteren Jahren: die Zeit am College, die Restaurierung der *Fortuna*, die Eröffnung des Ladens.

Ganz zum Schluß sah sie den Garrett, in den sie sich verliebt hatte. Besonders ein Foto hielt sie lange sinnend in der Hand. Jeb, dem das nicht entging, erklärte ihr, daß es am Memorial Day, dem Heldengedenktag, aufgenommen worden war, wenige Wochen bevor die Flasche an den Strand von Cape Cod gespült worden war. Es zeigte Garrett auf seiner Veranda, ganz ähnlich wie Theresa ihn an ihrem ersten gemeinsamen Abend erlebt hatte.

Als sie das Foto schließlich vor sich hinlegte, nahm Jeb es behutsam weg.

Am folgenden Morgen überreichte er Theresa einen Umschlag, in dem, neben anderen, eben dieses Foto enthalten war; dazu die drei Briefe, dank derer Theresa und Garrett einander gefunden hatten.

„Ich glaube, es ist in seinem Sinne, wenn Sie sie an sich nehmen."

Theresa brachte kein Wort heraus. Sie konnte nur dankbar nicken.

An die ersten Tage, die auf ihre Rückkehr nach Boston folgten, konnte und wollte sich Theresa nicht erinnern. Sie entsann sich lediglich, daß sie am Flughafen von Deanna abgeholt wurde, die noch von dort aus Brian anrief, um ihm mitzuteilen, daß sie ein paar Tage bei Theresa wohnen wollte.

Theresa verbrachte dann die meiste Zeit im Bett. Sie stand nicht einmal auf, wenn Kevin aus der Schule kam.

„Kommt Mom wieder in Ordnung?" fragte er.

„Laß ihr ein wenig Zeit", antwortete Deanna. „Ich weiß, es ist auch für dich hart, aber es geht ihr bestimmt bald besser."

Nur an eines erinnerte Theresa sich noch: In jener Woche hatte sie verzweifelt versucht zu begreifen, wie dies alles hatte geschehen können. Sie hatte Jeb bei ihrer Abreise aus Wilmington das Versprechen abgenommen, sie anzurufen, falls ihm noch etwas über den Tag von Garretts letzter Fahrt mit der *Fortuna* zu Ohren käme. Denn seltsamerweise glaubte sie, es würde ihren Schmerz erträglicher machen, wenn sie weitere Einzelheiten – das Warum – erfuhr.

Tief im Innern wußte sie natürlich, daß Jeb ihr keine Erklärung würde liefern können. Und auch ständiges Grübeln half ihr nicht weiter.

Nein, die Antwort kam auf völlig unvermutete Weise.

ALS THERESA ein Jahr später am Strand von Cape Cod saß, dachte sie ohne Bitternis an die Ereignisse zurück, die sie hierhergeführt hatten. Aus ihrer Tasche zog sie einen Gegenstand hervor, bei dessen Anblick sie noch einmal die Stunde durchlebte, in der sie endlich die Antwort erhalten hatte.

Nachdem Deanna gegangen war, hatte Theresa versucht, ihren gewohnten Alltag wieder aufzunehmen. In der ersten Woche war sie total verstört gewesen und hatte die für sie eingegangene Post einfach in einer Ecke ihres Wohnzimmers gestapelt. Als Kevin eines Abends aber im Kino war, begann sie zerstreut, den Stapel durchzusehen.

Neben einer Menge von Briefen und Zeitschriften war ein Päckchen darunter. Es war länglich, in braunes Packpapier gewickelt und ohne Absender, aber mit zwei Aufklebern versehen: VORSICHT GLAS! und ZERBRECHLICH. Neugierig beschloß Theresa, es als erstes zu öffnen.

Erst jetzt bemerkte sie am Poststempel, daß es in Wilmington, North Carolina, aufgegeben und vor zwei Wochen abgeschickt worden war.

Außerdem war die Anschrift in Garretts Handschrift geschrieben.

„Nein …" Der Atem stockte ihr, und sie legte das Päckchen auf den Tisch.

In der Schublade kramte sie nach einer Schere und begann mit zitternden Händen das Klebeband aufzuschneiden. Sie wußte bereits, was sich in dem Päckchen befand. Behutsam nahm sie den Gegenstand aus der Holzwolle heraus.

Die Flasche war mit einem Korken verschlossen, und in ihrem Innern befand sich ein fest zusammengerollter Brief. Theresa nahm ihn heraus. Er war wie der, den sie damals gefunden hatte, mit einem Faden umwickelt. Ganz vorsichtig löste sie ihn und strich den Brief glatt.

Liebe Theresa,

kannst Du mir verzeihen?

In einer Welt, die ich nur selten begreife, gibt es Schicksalswinde, die wehen, wenn man am wenigsten mit ihnen rechnet. Manchmal kommen sie mit der Wucht eines Hurrikans, manchmal sind sie kaum wahrnehmbar. Aber sie bringen doch oft eine Zukunft, der man sich nicht verschließen kann. Du, mein Liebling, bist der Wind, den ich nicht vorhersah, der Wind, der kräftiger wehte, als ich es jemals für möglich hielt. Du bist mein Schicksal.

Es war falsch von mir, so falsch, zu leugnen, was derart offenkundig war, und ich bitte Dich um Vergebung. Wie ein allzu vorsichtiger Reisender wollte ich mich vor dem Wind schützen und verlor dabei meine Seele. Ich war ein Narr, mich vor meinem Schicksal zu verschließen, aber auch Narren haben Gefühle, und mir ist klargeworden, daß Du das Wichtigste bist, das ich auf dieser Welt habe.

Ich habe in den letzten Monaten mehr Fehler gemacht als andere in ihrem ganzen Leben. Es war falsch, wie ich reagiert habe, als ich meine Briefe bei Dir fand, so, wie es falsch war, Dir nicht zu erzählen, welche Qualen mir die Erinnerung an das Vergangene bereitete. Aber mein größter Fehler war zu leugnen, was mein Herz wußte – daß ich ohne Dich nicht leben kann.

Es ist mein innigster Wunsch, daß Du mir noch einmal eine Chance gibst, und sicher hast Du schon erraten, daß ich hoffe, die Flasche möge noch einmal ein Wunder wirken – so wie damals – und uns wieder zusammenführen.

Während der ersten Tage nach Deiner Abreise redete ich mir ein, ich könnte mein Leben so weiterführen wie früher. Aber ich konnte es nicht. Bei jedem Sonnenuntergang dachte ich an Dich und die wunderbaren Tage mit Dir. Ich wußte tief in meinem Innern, daß mein Leben nie wieder so sein würde wie vorher. Ich wünschte Dich zurück, mit allen Fasern meines Herzens, doch wann immer ich Dein Bild heraufbeschwor, hörte ich Deine Worte bei unserem letzten Gespräch. Wie sehr ich Dich auch liebe – ich wußte, daß unser Zusammenleben nur möglich sein würde, wenn wir uns beide sicher sind, daß ich mich voll und ganz auf den Weg, der vor uns liegt, einlassen kann. Dieser Gedanke bedrückte und verwirrte mich, bis ich die Antwort schließlich in der letzten Nacht bekam.

In einem Traum sah ich mich mit Catherine am Strand. Wir gingen Seite an Seite, und ich erzählte ihr von Dir, von uns, von unse-

> ren schönen gemeinsamen Tagen. Schließlich gestand ich ihr zögernd, daß ich Dich liebe, daß ich mich deswegen aber schuldig fühle. Sie ging schweigend weiter, aber nach einer Weile blickte sie mich an und fragte: „Warum?"
>
> „Deinetwegen."
>
> Auf meine Antwort hin lächelte sie, halb nachsichtig, halb belustigt, dasselbe Lächeln wie kurz vor ihrem Tod. „O Garrett!" sagte sie schließlich und strich zärtlich über meine Wange. „Wer, glaubst du, hat ihr die Flasche zugeführt?"

Theresa legte den Brief nieder.

*Wer, glaubst du, hat ihr die Flasche zugeführt?*

Sie lehnte sich zurück, schloß die Augen und versuchte, die Tränen zurückzuhalten.

„Garrett...", murmelte sie. „Garrett..." Draußen hörte sie Autos vorüberfahren. Nach einer Weile las sie weiter.

> Als ich aufwachte, fühlte ich mich einsam und verlassen. Der Traum hatte mich nicht getröstet, sondern mir schmerzlich bewußt gemacht, was ich uns angetan hatte, und ich mußte weinen. Als ich mich wieder gefaßt hatte, wußte ich, was ich zu tun hatte. Ich schrieb zwei Briefe, den einen, den Du jetzt in den Händen hältst, und den anderen an Catherine, in dem ich ihr endgültig Lebewohl sage. Heute abend segle ich mit der *Fortuna* hinaus und übergebe ihn wie all die anderen dem Meer. Es wird mein letzter Brief an Catherine sein – sie hat mir auf ihre Weise klargemacht, daß das Leben weitergeht, und ich habe mich entschlossen, ihrem Rat zu folgen. Nicht nur ihren Worten, sondern auch den Neigungen meines Herzens, die mich zu Dir zurückgeführt haben.
>
> O Theresa, ich bereue so sehr, Dich verletzt zu haben. Ich komme nächste Woche nach Boston und hoffe, daß Du mir vergeben kannst.
>
> Ich liebe Dich, Theresa, und werde Dich immer lieben. Ich bin es müde, einsam zu sein. Ich sehe um mich herum Kinder im Sand spielen, und mir wird bewußt, daß ich mir Kinder von Dir wünsche. Ich möchte erleben, wie Kevin zum Mann heranreift. Ich werde nach Boston ziehen, wenn Du es willst, denn ich kann so nicht weiterleben. Ich fühle mich elend und traurig ohne Dich. Und während ich hier in der Küche sitze, hoffe ich inständig, daß Du mich zu Dir zurückkommen läßt, diesmal für immer.
>
> Garrett

Die Dunkelheit brach nun rasch herein. Obwohl Theresa den Brief wohl schon hundertmal gelesen hatte, erweckte er in ihr die gleichen Gefühle wie beim ersten Mal. Im vergangenen Jahr hatten sie diese Gefühle ständig heimgesucht.

Sie rollte den Brief sorgfältig zusammen, wickelte den Faden wieder darum und steckte ihn zurück in die Flasche, die sie zu Hause wieder an ihren gewohnten Platz auf dem Schreibtisch stellen würde. Nachts würde das Licht der Straße darauf fallen, so daß die Flasche im Dunkeln schimmerte – das letzte, was Theresa vor dem Einschlafen sah.

Jetzt holte Theresa die Fotos hervor, die Jeb ihr gegeben hatte. Sie hatte sie damals nach ihrer Rückkehr aus Wilmington noch einmal durchgesehen und dann, als ihre Hände zu zittern begannen, in eine Schublade gelegt und nie wieder hervorgeholt.

Nun aber suchte sie nach ihrem Lieblingsfoto, das auf der Veranda aufgenommen worden war. Während sie es betrachtete, kamen ihr Erinnerungen an jede Einzelheit – an die Art, wie Garrett sich bewegte, an sein Lächeln, an die kleinen Falten in seinen Augenwinkeln.

Seit seinem Begräbnis hatte sie gelegentlich mit Jeb telefoniert. Sie hatte ihm berichtet, warum Garrett am Tag des Unglücks mit der *Fortuna* hinausgesegelt war, und am Ende jenes Gesprächs hatten sie beide geweint. Aber mit der Zeit gelang es ihnen, Garretts Namen ohne Tränen auszusprechen.

Was sie nun wieder nach Cape Cod geführt hatte, war ein Anruf von Jeb vor drei Wochen gewesen. Während er ihr mit ruhiger Stimme erklärt hatte, daß es an der Zeit sei weiterzuleben, begannen die Schutzwälle, die sie um sich errichtet hatte, einzustürzen. Sie weinte fast die ganze Nacht, doch am nächsten Morgen wußte sie, was zu tun war.

Als sie nun am Strand stand, sah sie sich nach allen Seiten um, ob niemand sie beobachtete – aber weit und breit war kein Mensch zu sehen. Nur das Meer schien sich zu bewegen, und sie fühlte sich von seiner Heftigkeit angezogen. Sie blickte lange auf die Wellen und war in Gedanken bei Garrett.

Sie wußte, daß sie ihn liebte. Daß sie ihn immer lieben würde. Sie hatte es schon gewußt, als sie ihn das erste Mal im Jachthafen gesehen hatte, und sie wußte es jetzt. Weder die Zeit, die verging, noch sein Tod vermochten etwas an ihren Gefühlen zu ändern. Sie schloß die Augen.

„Du fehlst mir so sehr, Garrett Blake“, sagte sie sanft.

Da fielen die ersten Tropfen. Rasch holte Theresa eine weitere, schlichte Glasflasche aus der Tasche hervor, ebenso den Brief, den sie am Vortag geschrieben hatte und den auf den Weg zu schicken sie hergekommen war. Sie rollte ihn auf und begann zu lesen:

Mein Liebling,
ein Jahr ist vergangen, seit ich mit Deinem Vater in der Küche saß. Jetzt ist später Abend, und obwohl mir die Worte schwer aus der Feder fließen, habe ich das Gefühl, daß es an der Zeit ist, Deine Frage zu beantworten.

Natürlich verzeihe ich Dir. Ich verzeihe Dir jetzt und habe Dir schon verziehen, als ich Deinen Brief las. Meinem Herzen blieb keine andere Wahl. Es war schwer genug, Dich einmal zu verlassen – es ein zweites Mal zu tun wäre mir nicht möglich; dazu liebe ich Dich zu sehr. Zwar trauere ich dem, was hätte sein können, immer noch nach, aber ich danke Dir dafür, daß Du, wenn auch nur für kurze Zeit, in mein Leben getreten bist. Anfangs glaubte ich, daß ich vom Schicksal zu Dir geführt wurde, um Dir in Deinem Schmerz beizustehen. Jetzt aber, ein Jahr später, beginne ich zu verstehen, daß es umgekehrt ist.

Seltsamerweise bin ich jetzt in der gleichen Lage wie Du damals – nun quält mich die Erinnerung an einen Menschen, den ich liebe und verloren habe. Manchmal ist mein Kummer kaum zu ertragen, und obwohl ich weiß, daß wir uns nie wiedersehen werden, möchte ein Teil von mir Dich für immer festhalten. Denn einen anderen zu lieben würde meine Erinnerung an Dich verblassen lassen. Es ist paradox: Obwohl ich Dich so sehr vermisse, fürchte ich die Zukunft nicht – Deinetwegen. Durch Deine Liebe hast Du mir Hoffnung gegeben. Du hast mich gelehrt, daß das Leben weitergeht, wie groß der Schmerz auch ist.

Jetzt bin ich wohl noch nicht bereit, aber ich kann hoffen, daß der Tag kommen wird, an dem meine Trauer etwas Schönem weichen wird. Deinetwegen habe ich die Kraft weiterzuleben.

Ich weiß, daß Du immer bei mir sein wirst. Im Rauschen des Meeres werde ich Deine Stimme vernehmen, in jedem Windhauch wirst Du meine Wange liebkosen.

Dies, mein Liebling, ist kein Abschiedsgruß, es ist mein Dank an Dich. Ich danke Dir, daß Du mein Leben bereichert hast, daß Du mich geliebt und meine Liebe angenommen hast. Danke für die Erinnerungen, die ich stets bewahren werde. Doch vor allem danke ich Dir, weil Du mich gelehrt hast, daß eine Zeit kommen wird, da ich Dich loslassen kann.

Ich liebe Dich

T

Nachdem Theresa den Brief ein letztes Mal gelesen hatte, steckte sie ihn eingerollt in die Flasche und verkorkte sie. Sie drehte sie noch einmal in dem Bewußtsein in der Hand, daß der Kreis sich geschlossen hatte. Schließlich warf sie die Flasche so weit wie möglich ins Meer hinaus.

In diesem Augenblick kam ein starker Wind auf, und die Nebel teilten sich. Theresa stand da und sah gebannt zu, wie die Flasche langsam fortgetrieben wurde. Obwohl sie wußte, daß es unmöglich war, stellte sie sich vor, daß die Flasche niemals an ein Ufer gespült würde. Daß sie für immer durch die Welt reisen würde, vorbei an fernen Orten, die sie, Theresa, niemals kennenlernen würde.

Als die Flasche schließlich nicht mehr zu sehen war, ging sie zu ihrem Wagen zurück. Während sie durch den Regen lief, lächelte sie. Sie wußte nicht, wann, wo oder ob die Flasche jemals auftauchen würde, und es war eigentlich auch nicht wichtig. Irgendwie, das wußte sie, würde Garrett die Botschaft erreichen.

# Keine Angst vor großen Gefühlen

Foto: Jerry Bauer

Gäbe es einen Literaturpreis für den „Meister des modernen Liebesromans“, Nicholas Sparks wäre einer der ersten Anwärter darauf. Mit seinem neuen Buch *Weit wie das Meer* untermauert der Schriftsteller, der vor zwei Jahren mit seinem Debüt *Wie ein einziger Tag* aus dem Nichts die internationalen Bestsellerlisten stürmte, diesen Anspruch eindrucksvoll; abermals vollzieht er auf bewegende Weise den schwierigen Balanceakt auf dem Hochseil der großen Emotionen – Leidenschaft, Zärtlichkeit und Sehnsucht.

Dem 1965 im US-Bundesstaat Nebraska geborenen Autor gelingt es gerade deshalb, die Herzen seines Publikums anzurühren, weil Romantik auch in seinem eigenen Leben eine bedeutende Rolle spielt. Zuweilen übertrifft er darin sogar seinen Romanhelden Garrett Blake. Auf der Universität schickte der verliebte Nicholas seiner Angebeteten jeden Tag mindestens einen Brief – an die zweihundert in zweieinhalb Monaten – und das mit Erfolg, denn schließlich erhörte ihn das so vehement umworbene Mädchen! Nach mittlerweile einem gemeinsamen Jahrzehnt achtet das Paar noch immer darauf, seine Liebe jung zu erhalten. „Ich glaube fest daran, daß es in einer Partnerschaft immerwährendes Glück gibt, man muß sich nur darum bemühen“, betont der heute mit seiner Frau und zwei Söhnen in South Carolina lebende Autor..

Ebenjenes Glück hält für Nicholas Sparks nach wie vor auch beruflich an: Die emotionale Kraft und der kommerzielle Erfolg von *Weit wie das Meer* haben die Produzenten in Hollywood aufmerksam gemacht – das Buch soll demnächst mit Superstar Kevin Costner in der Rolle des Garrett verfilmt werden.

Das Ende
CORNELIUS FISCHER

aller Tage

Die Operation, die David Mathis auf der sturmumtosten Stahlinsel durchführen muß, ist die schwierigste, die man sich vorstellen kann. Und der Preis für Erfolg oder Scheitern scheint gleichermaßen schrecklich.

# 1

David Mathis schwang die Beine von der Liege in seinem Büro und zog den weißen Kittel über den geliehenen Smoking, in dem er sich vor einer Viertelstunde hingelegt hatte. Die Smokingfliege hing an der Türklinke. Er steckte sie in die Kitteltasche und trat auf den Gang. Er war schon spät dran, aber bevor er die Klinik verließ, wollte er noch nach Tobias sehen; die Nacht vor dem Eingriff war für jeden Patienten schwer, besonders für einen Neunjährigen, egal, wie tapfer er war.

Mathis öffnete die Tür zu Zimmer 119 und trat ein, ohne anzuklopfen. „Hallo, Tobias", sagte er.

Der Junge lag mit dem Rücken zur Tür und schaute gebannt auf einen Gameboy. Mit einer Hand betätigte er die Knöpfe und Hebel des Videospiels, mit der anderen hielt er das rechte Auge zu. Seine Schulterblätter unter dem Nachthemd wirkten zerbrechlich. Das blonde Haar schimmerte im Licht der Leselampe über seinem Kopf.

Neben dem Jungen auf der Bettkante saß seine Schwester Sarah. Sie war ein Jahr älter als er und ebenfalls blond unter der roten Baseballkappe. Sie trug ein buntes Sweatshirt und eine knielange Hose mit Knieschützern. Die Füße steckten in Inline-Skates. Sie sah bedrückt aus. Die Mutter der Kinder lehnte am Fenster – eine Lehrerin, erschöpft, bekümmert und nervös, die Augen hinter der Brille gerötet von zu vielen Stunden ohne Schlaf.

Mathis gab ihr die Hand. „Würden Sie bitte mit Sarah einen Moment draußen warten?"

Die Frau nickte wortlos, nahm ihre Tochter am Arm und führte sie zur Tür.

„Hallo, Tobias", sagte Mathis etwas lauter.

Der Junge hob den Kopf und nahm die Hand vom Gesicht. „Oh, hallo, ich hab Sie gar nicht gehört. Ich höre ganz schlecht."

„Ich weiß", sagte Mathis. „Deswegen bist du ja hier."

„Ich bin hier, weil ich einen Tumor im Kopf habe", antwortete Tobias.

Mathis setzte sich zu ihm auf die Bettkante. „Weißt du denn, was ein Tumor ist?"

„Etwas, das einen von innen auffrißt, obwohl man noch lebt."

„Der Tumor frißt dich nicht auf, aber er drückt auf dein Gehirn, deswegen hörst du schlecht und siehst alles doppelt, wenn du dir das Auge nicht zuhältst. Nach der Operation ist es damit vorbei. Wir müssen dir die Haare abschneiden. Macht das was?"

„Nein. Aber vielleicht könnten Sie einen Irokesenkamm stehenlassen. Das wäre scharf, oder?"

Mathis lächelte. „Mal sehen."

„Warum haben Sie sich denn so feingemacht? Gehen Sie noch weg?"

„Ich muß. Ich bin eingeladen, bei einem sehr reichen Mann."

„Müssen Sie den auch operieren?"

„Ich habe ihn schon operiert, vor ein paar Wochen. Er will sich dafür bedanken, daß er wieder gesund ist. Deswegen gibt er ein Fest."

„Hat er Ihnen denn kein Geld gegeben?"

„Doch, eine ganze Menge sogar. Aber zu dem Fest kommen viele reiche Leute, die für die Klinik spenden." Mathis stand auf und wandte sich zum Gehen, zögerte aber noch. „Weißt du, ich habe selbst einen Jungen, der ist fast genauso alt wie du. Er heißt Krabbe. Wenigstens nennen ihn alle so. Wenn ich dich operiere… Ich werde mir genauso große Mühe geben, als wenn es um ihn ginge. Verstehst du, was ich damit sagen will?"

Tobias nickte.

Die Tür wurde geöffnet, und eine Frau trat ein. Sie trug einen weißen Kittel, unter dem ein schwarzes Cocktailkleid hervorblitzte, und schwarze, hochhackige Pumps. Immer wenn er Amber Schneider überraschend auf dem Klinikkorridor begegnete oder wenn sie unerwartet in sein Büro kam, traf Mathis ihr Anblick wie ein leichter elektrischer Schlag. Er erinnerte sich dann jedesmal aufs neue an die Umstände, unter denen er ihr zum erstenmal begegnet war. Sobald er sich jene erste Begegnung in Erinnerung rief, spürte er auch wieder die Schmerzen in den Knien, die zu einem Meßdiener gehörten wie Weihrauch, Glockenklang und der Geschmack der Hostien.

Es war eine Woche vor Weihnachten, und er hielt sich in der Sakristei der Sankt-Ignatius-Kirche auf, um die Frühmesse vorzubereiten. Er legte das Ornat zurecht, füllte das Ziborium und nahm einen heimlichen Schluck von dem bitteren Meßwein. Von draußen drückte ein Schneesturm gegen die hohen Fenster, und man brauchte den Wein einfach zum Warmwerden. Gerade als er die Flasche zum zweitenmal an den Mund setzen wollte, brauste im Kirchenschiff hinter ihm Orgelmusik auf. Es dauerte etwas, bis er die Toccata in d-Moll von Johann Sebastian Bach erkannte. Er hatte sie noch nie so schnell gespielt gehört – zu schnell, denn auf einmal griff der Organist daneben.

Mathis öffnete die Tür, durch die man zum Altar kam, und blickte zu dem schwach erleuchteten Orgelstuhl hinauf. Er nahm nur schmale Schultern und eine finnisch anmutende Strickkappe wahr – und daß die Toccata schon wieder zu schnell gespielt wurde. Diesmal brach sie noch eher ab als beim erstenmal. In die plötzliche Stille fiel leise, aber deutlich das Wort „Mist!"

Mathis trat hinter dem Altar hervor und wollte gerade die Wendeltreppe zur Orgel hinaufsteigen, als der Schneesturm erneut mit lautem Heulen gegen die Fenster anrannte und eins davon eindrückte. Klirrend zerbarsten farbige Glasscherben auf dem Steinboden. Schnee wirbelte durch das Kirchenschiff. Mathis holte Besen und Kehrschaufel aus der Sakristei, um die Splitter zusammenzukehren, und als er von der Arbeit aufsah, stand ein Mädchen neben ihm, lächelte und sagte spöttisch: „Der Glöckner, nehme ich an?"

Er wußte noch, wie ihn jähe Hitze überfiel, obwohl der Atem ihm fast vor den Lippen gefror. Eine sanft geschwungene Stirn, ein festes Kinn, seidenglatte Haut und eine schmale Nase. Ihre bernsteinfarbenen Augen funkelten. Unter der Strickkappe kamen rotbraune Locken zum Vorschein. „Ich bin Amber", sagte sie. „Soll ich dir helfen?"

Er starrte sie an und brachte kein einziges Wort heraus. Gerade als er nicken wollte, hallte die Stimme des Paters Superior durch die Kirche: „David? David Mathis!"

Amber lächelte. „Auf Wiedersehen, David Mathis", sagte sie und ging weg, nur daß es kein Wiedersehen gab. Sieben Jahre lang träumte er von ihr. Dann lernte er Vera kennen und heiratete sie. Drei Wochen nach der Geburt ihres Sohnes traf er Amber wieder.

An einem Frühsommerabend stand sie plötzlich in der Notaufnahme der Universitätsklinik vor ihm und sagte: „Wie geht's dir, David Mathis?" Sie absolvierte gerade ihr Praktikum, denn sie wollte Chirurg werden, genau wie er. Und wieder war es vor allem ihre Frische, die ihn im Sturm nahm, das Feuer ihrer Begeisterung. Die Augen hatten ein wenig von ihrer Spottlust verloren, dafür schienen sie erfüllt von einem seltsamen Durst, der ihnen den scharfen Glanz geschliffener Edelsteine gab.

Plötzlich erschien zwischen all den Ärzten, Pflegern und Schwestern in der Notaufnahme ein betrunkener Fußballfan, spuckte Amber an und ging mit einer Schere auf sie los. Ehe Mathis und die anderen ihn überwältigen konnten, hatte er sie schon verletzt. Wie in Zeitlupe sah Mathis das Blut aus ihrer Hand hervorquellen. Da erst merkte er wirklich, was er für sie empfand, denn die Furcht, sie neuerlich zu verlieren, traf ihn wie ein elektrischer Schlag. Aber in der ganzen Zeit seiner Ehe rührte er sie nicht an, bis Vera ihm das Kind genommen hatte und nach Irland gegangen war.

Jetzt, ein ganzes Kinderleben später, löste sie sich von dem Türrahmen und trat auf ihn zu. Mathis blickte auf seine Armbanduhr. „Müssen wir schon los?"

Amber nickte. „Der Fahrer des Senators wartet unten am Empfang."

Tobias musterte Amber. „Ist das die Mutter von Krabbe?" fragte er.

„Nein", sagte Mathis, „leider nicht."

Draußen saß Sarah im Schneidersitz zu Füßen ihrer Mutter auf dem Korridorboden. „Muß mein Bruder sterben?" fragte sie.

„Aber Sarah", sagte ihre Mutter matt, „natürlich nicht." Doch ihre Augen stellten wortlos dieselbe Frage.

„Abgesehen von der Geschwulst in seinem Kopf ist er kerngesund", erklärte Mathis. „Morgen um diese Zeit wird der Tumor für ihn und uns alle nur noch eine böse Erinnerung sein."

„Er hat recht", warf Amber ein. „Mach dir keine Sorgen, Sarah. Ich kenne keinen besseren Chirurgen als Doktor Mathis. Gute Nacht, Frau Levi." Sie nickte den beiden zu und zog Mathis von ihnen fort.

„Meinst du, ich muß eine Rede halten?" fragte Mathis und verlangsamte seinen Schritt.

„Den Buschtrommeln zufolge soll außer dem Senator nur der Dekan ein paar Worte sagen." Amber zog ihn am Ärmel weiter. „Komm schon, du läßt den Jungen ja nicht im Stich. Heute kannst du nichts mehr für ihn tun."

Aber Mathis fragte sich später, ob es irgend etwas geändert hätte, wenn er nicht zu der Party gegangen wäre.

Die U-Bahn-Station lag nicht weit von der Klinik, und weil es Abend war, hatte Sarah den Bürgersteig ganz für sich allein. Wenn man sich traurig fühlte, gab es nichts Besseres, als auf Rollschuhen über eine leere Straße zu jagen und die Sorgen einfach abzuhängen. Mit locker schwingenden Armen flog sie über den Asphalt.

„Nicht so wild, Schmetterling!" rief Mama mit der müden Stimme, die sie hatte, seit Toby krank geworden war. Dann hatten sie die

Station erreicht und nahmen den Fahrstuhl zu den Gleisen, weil Mama nicht wollte, daß sie mit angeschnallten Skates Treppen benutzte. Weil der Lift so langsam fuhr, verpaßten sie den Zug, den sie eigentlich kriegen wollten. Sarah drehte ein paar Schleifen um die Bänke und Fahrplankästen, obwohl eine Tafel rot durchgestrichene Skates in einem Verbotsschild zeigte. Aber die Tafel zeigte auch eine brennende Zigarette, und der Mann, der plötzlich vor ihr stand, rauchte trotzdem. Sarah hätte ihn beinahe umgefahren. Der Mann preßte erschrocken einen Metallkoffer gegen die Brust. Er war klein und dünn, und alles an ihm war schwarz, die Jacke, die Hose, die Turnschuhe und der Pullover, auch das Haar und der Bart.

„'tschuldigung", entfuhr es Sarah. Sie machte kehrt und rollte zu ihrer Mutter zurück. Wenig später sprang die Rolltreppe an, und ein Punker schwebte herab. Er trug eine Lederjacke, Jeans mit Löchern und schmutzige Turnschuhe. Er hatte genauso einen Irokesenkamm, wie Toby ihn sich immer wünschte; auf seiner Schulter kauerte eine weiße Ratte. Die Rolltreppe lief weiter, und als nächstes erschienen drei Mädchen in Sommerkleidern. Sie redeten ununterbrochen und taten, als wären sie allein auf dem Bahnsteig.

Ein Bahnpolizist in einer dunklen Uniform kam die Treppe herunter. Das Leder seiner Stiefel, des Gürtels und der Pistolentasche glänzte schwarz. Er trug eine Sonnenbrille, und sein Gesicht wirkte hart.

Endlich fuhr der nächste Zug ein, die meisten der erleuchteten Waggons waren leer. Nur eine Handvoll Fahrgäste stieg aus, und alle, die auf dem Bahnsteig gewartet hatten, traten in denselben Wagen, in dem schon ein Dutzend anderer Leute saßen: Männer mit Aktentaschen, eine Frau mit einem Regenmantel über dem Schoß und zwei Nonnen.

Sarah balancierte auf ihren Skates in den Wagen und blieb neben der Haltestange stehen, genau wie der Mann mit dem Metallkoffer am anderen Ende und der Bahnpolizist in der Mitte. Ihre Mutter setzte sich auf eine leere Bank bei der Tür. Mit einem sanften Ruck fuhr der Zug an. Der Mann, den Sarah beinahe umgefahren hätte, griff in die Innentasche seiner Jacke und zog eine weiße Maske hervor, die er über den Kopf streifte, bis Mund und Nase bedeckt waren. Dann öffnete er seinen Metallkoffer und holte etwas heraus, das in Zeitungspapier eingewickelt war, eine schmale Kiste. Den Koffer ließ er offen auf dem Boden stehen. Niemand achtete auf ihn.

Der Zug fuhr in die nächste Station ein. Der Mann mit dem weißen Mundschutz stellte den in Zeitungspapier gewickelten Gegenstand auf den Boden und verließ hastig den Waggon, ohne seinen Koffer mitzunehmen. Draußen nahm er die Maske wieder ab, bevor er rasch davonging.

Auf dem Bahnsteig löste sich ein junger Türke in Jeans und Lederjacke aus der Umarmung seiner Freundin und sprang in den Wagen. Der Zug setzte sich in Bewegung. Der Türke bemerkte den offenen Koffer und den Karton. Neugierig trat er darauf zu und beugte sich darüber. Plötzlich griff er sich an den Hals und brach in die Knie. Einen Moment kniete er neben dem Koffer, das Gesicht eine verzerrte Grimasse; dann stürzte er zur Seite und blieb reglos liegen.

Der Mann auf der nächsten Bank riß den Mund auf, stieß einen Schrei aus – „Gas!" – und wollte zur Tür laufen. Aber das Gas kroch in seinen Mund, die Nase, den Hals, in die Lungen. Er knickte ein und erbrach sich auf seine Schuhe.

Sarah stand da wie gelähmt. Der Mann wälzte sich in seinem Erbrochenen, und gelblicher Schaum trat ihm vor den Mund. Er rollte auf den Rücken.

„O Gott!" schrie eine Frau irgendwo hinter Sarah. „O Gott, Hilfe!"

Sarah spürte, wie ihre Haut anfing zu kribbeln. Ihre Stirn, das Gesicht und der Hals juckten, als krabbelten Ameisen darüber. Der nächste Atemzug stach in der Brust. Sarah schnappte nach Luft, ihr wurde schwindlig.

„Schmetterling!" schrie Sarahs Mutter, „komm weg da!" Sie hustete, sprang auf, packte Sarahs Arm und zerrte sie hinter sich her, fort von dem Koffer und dem Gasbehälter zu den Türen im hinteren Teil des Waggons. Sie keuchte: „Leg dich hin, halt das Gesicht an die Ritzen!" Sie warf sich neben Sarah, deckte sie mit ihrem eigenen Körper zu.

Hier an der Türritze konnte man atmen, der Fahrtwind strich Sarah über das Gesicht. Sie hob den Kopf und sah den Punker, der zuckend unter einer Bank lag und den Kopf zurückgeworfen hatte, als wollte er schreien, aber kein Laut kam aus seinem Mund, nur schaumige Spucke; und dahinter sah sie die drei Mädchen, die auch zu schreien schienen, aber man hörte nur eine der beiden Nonnen, die über ihrer Mitschwester kniete und Gott um Hilfe anrief, bis ihre Stimmbänder genauso versagten wie die aller anderen.

Dann hörte man das Keuchen des Bahnpolizisten, der einen kleinen roten Hammer aus seiner Halterung gerissen hatte, um damit eins der Fenster einzuschlagen, aber seine Kraft reichte nicht mehr aus, der Hammer entfiel seiner Hand, und Sarah sah die Männer mit den Aktenkoffern und die Frauen, die nichts hatten außer Handtaschen, um sich gegen den Tod zu wehren. Noch immer keine Haltestelle, nur das Rattern der Räder und der Bahnpolizist, der sich noch einmal aufrichtete, seine Pistole aus dem Halfter zerrte und mit dem Griff eine Fensterscheibe einzuschlagen versuchte, und das war der Augenblick, in dem Sarahs Blick auf die weiße Ratte fiel.

Die Ratte lag auf der anderen Seite des Gangs. Ihre dünnen rosigen Beine zitterten, und Sarah dachte, daß es jetzt nicht mehr weit bis zur Station sein konnte und daß dann die Türen aufgehen würden, und vielleicht erwachten dann alle Fahrgäste wieder zum Leben, aber die Ratte würde es vielleicht nicht schaffen. Sarah quetschte sich unter ihrer reglosen Mutter hervor, schwankend stand sie auf, torkelte mit ihren Skates die paar Schritte zu der Ratte.

Der Bahnpolizist ließ von dem bruchfesten Fenster ab und taumelte auf die Mitte des Gangs zu. Dort brach er, von einem Krampf geschüttelt, in die Knie und kippte um. Die Hand mit der Pistole schlug schwer auf den Boden, der Zeigefinger krümmte sich um den Abzug.

Im selben Augenblick zerriß eine bläuliche Flamme den Schleier vor Sarahs Augen und explodierte in ihrem Kopf. Sie stolperte und fiel. Blut sprudelte aus ihrem Gaumen, der zerfetzten Wange. Als der Zug in die nächste Station einfuhr, kippte sie zur Seite, und ihr Kopf prallte auf die Bodenplatte.

ALS DIE schneeweiße Turbinenjacht des Senators die Dreimeilenzone verließ, löste sich der Dunst auf, und das Meer lag da wie gehämmertes Silber unter dem tiefblauen Nachthimmel. Mit fünfzehn Knoten Geschwindigkeit pflügte der Bug der Jacht durch das Wasser, in dem sich die bunten Glühbirnengirlanden an Deck spiegelten. Amber stand inmitten einer kleinen Gruppe Partygäste neben Mathis an der Backbordreling und hielt ihr Gesicht in den Fahrtwind. Gelegentlich spritzte Gischt am Schanzkleid hoch, und Mathis sah, wie sie lächelte, weil sie die Feuchtigkeit auf ihrer Haut genoß. *Warum sagst du ihr nicht*, dachte er, *was sie hören möchte?*

Ein älterer Mann bahnte sich einen Weg zu ihnen und blieb, auf seinen knorrigen Stock gestützt, vor Mathis stehen. Als einziger trug er weder Smoking noch Dinnerjackett, sondern eine gepunktete Fliege zum dunkelgrauen Mohairzweireiher. „Doktor Mathis“, sagte er, „Sie sollen einer der besten Neurochirurgen der Welt sein, hörte ich. Gibt es auch Leute, die zu operieren Sie sich weigern würden? Mafiabosse? Drogenhändler? Verbrecher, die so viel auf dem Kerbholz haben, daß sie den Tod verdienen?“

„Es ist nicht meine Aufgabe, über den moralischen oder gesellschaftlichen Wert eines Patienten zu urteilen“, antwortete Mathis. „Auf dem OP-Tisch sind alle gleich. Es ist meine Aufgabe, Leben zu erhalten, egal, wessen und für wie lange.“

Unter einer rot-weiß gestreiften Markise begann eine dreiköpfige Bossa-Nova-Band in gelben Hemden und schwarzen Hosen den „One Note Samba“ zu spielen. Mathis zog Amber mit sich fort. „Entschuldigen Sie uns bitte. Das ist unser Lied.“

„Ich wußte gar nicht, daß wir ein Lied haben“, sagte Amber, als sie außer Hörweite waren. „Aber ich bin froh, daß du mich vor denen gerettet hast.“

Bei einem der diensteifrigen Kellner tauschte Mathis das leere Glas in seiner Hand gegen ein volles aus.

„Das wievielte?“ erkundigte sich Amber.

„Das zweite und letzte. Ich habe nicht vergessen, daß ich morgen operieren muß.“

„Du darfst es gleich auf der Tanzfläche wieder ausschwitzen.“

„Hast du vergessen, daß ich nicht tanzen kann?“

„Nein, und ich habe auch nicht vergessen, daß du es dir immer von mir beibringen lassen wolltest.“

„Später“, antwortete Mathis.

„Ich nehme dich beim Wort“, versprach Amber, ließ seine Hand los und winkte ihm mit den Fingerspitzen einen Abschiedsgruß zu, denn sie hatte eine Freundin entdeckt.

Nachdem Amber mit ihrer Freundin an die Reling getreten war, schlenderte Mathis allein über die Deckplanken. Vom Bug aus betrachtete er die Gäste, suchte nach vertrauten Gesichtern. Er rieb sich die Augen und merkte, daß er müde war. Dann hielt er Ausschau nach Amber. Endlich entdeckte er sie neben dem Ruderhaus im Gespräch mit einem Mann, den er nicht kannte. Der Mann trug das silbergraue Haar zu einem langen Zopf geflochten. Er redete auf sie ein. Ihre Augen fanden Mathis, blickten ihn nachdenklich an.

*Sie ist nicht mehr glücklich mit dir,* dachte er. *Aber es liegt in deiner Hand. Sag ihr, daß du mit ihr leben willst. Geh zu ihr, gib ihr einen Kuß, und frag sie.* Er arbeitete sich zu ihr durch und legte ihr sanft eine Hand um die Taille.

Eine Sirene übertönte den Lärm an Bord. Die Band hörte auf zu spielen. „Was ist da los?“ fragte der Mann mit dem Zopf.

„Vielleicht ist jemand ins Wasser gefallen“, antwortete Amber.

Die Jacht verlor an Fahrt. Die Gäste drängten sich an die Backbordreling, und jetzt hörte Mathis von dort den Motor eines Bootes. Ein Scheinwerfer blitzte auf und erfaßte die Schaulustigen an der Reling. Eine Lautsprecherstimme rief: „Hier spricht die Hafenpolizei Hamburg. Haben Sie einen Dr. Mathis an Bord?“

Mathis bahnte sich einen Weg durch die Menge. Er wünschte sich auf einmal, die beiden Whiskeys nicht getrunken zu haben. Als er die Reling erreichte, drehte das Boot der Hafenpolizei gerade bei, um längsseits zu gehen. „Ich bin Dr. Mathis!“ rief er.

Der Scheinwerfer schwenkte zu ihm herum. Die Stimme sagte: „Das Universitätskrankenhaus Eppendorf schickt uns, Doktor. Sie werden dringend gebraucht. Es geht um einen Notfall. Ein Mädchen mit einer Kugel im Kopf. Es wird sterben, wenn man es nicht sofort operiert. Die Mutter besteht auf Ihnen!“

## 2

Mathis stand, noch immer im Smoking, am Eingang der Notaufnahme, in der um kurz vor Mitternacht der Tag des Jüngsten Gerichts angebrochen zu sein schien. Atemlose Sanitäter schoben Bahren mit Verletzten und Sterbenden durch die Schwingtüren, reichten Sauerstoffgeräte und Infusionsflaschen weiter und liefen wieder hinaus, um den nächsten Patienten zu holen. Der Widerschein der Blaulichter auf den Dächern der Sanitätsfahrzeuge huschte über das hektische Durcheinander. Eine Krankenschwester drückte Amber eine Sauerstoffmaske in die Hand, bevor sie sich einer Nonne zuwandte, die auf einer der Tragen lag und verzweifelt nach Luft rang. Amber half ihr, die Nonne zu beatmen. Es stank nach Erbrochenem, und überall war Blut.

„Weiß jemand, wo Sarah Levi hingebracht wurde?“ rief Mathis.

„Wer ist Sarah Levi?“ fragte die Schwester. „Ach so, das Mädchen mit der Kugel im Kopf. Da hinten, sie ist gerade erst gekommen.“

Mathis entdeckte ein Notfallteam, das sich über einen kleinen Körper auf einer Bahre beugte. Neben ihnen stand Sarahs Mutter. Ein Mann in Jeans, Sandalen und einer Strickjacke versuchte, sie von den Ärzten wegzuziehen. Sie entdeckte Mathis, gerade als das Notfallteam die Bahre wegrollen wollte. „Herr Doktor, es ist meine Sarah, bitte, helfen Sie ihr!“ Sie griff nach Mathis' Arm.

Der Mann in der Strickjacke löste ihre Hand von Mathis' Arm.

„Beruhige dich, bitte, ich bin ja da! Ich kümmere mich um sie, Herr Doktor."

„Wer sind Sie?" fragte Mathis und schlüpfte aus seiner Smokingjacke.

„Ich bin ihr Mann, Sarahs Vater. Ich kümmere mich um sie!"

Mathis lief hinter dem Rettungsteam her, holte die Bahre ein. Im Laufen beugte er sich über Sarah. Ihr Kopf war bandagiert, das Gesicht wachsbleich, über der linken Wange färbte sich der Verband rot. Aus ihrem Mund führte ein Trachealtubus zu einem Beatmungsgerät.

„Die Kugel hat die linke Wange durchschlagen", erklärte einer der Ärzte. „Wahrscheinlich steckt sie hinter dem rechten Auge."

„Sagen Sie in der Radiologie Bescheid. Wir brauchen ein Schädel-CT. Dann sofort in den OP mit ihr!"

„Blutverlust?"

„Mindestens ein Liter, wahrscheinlich mehr."

„Blutgruppe?"

„Null negativ. Hat schon zwei Konserven gekriegt."

Sie redeten in einem knappen, gehetzten Stakkato. Die Räder der Bahre quietschten, und quietschend bogen sie um eine Ecke in einen Korridor, an dessen Ende sich der Fahrstuhl befand. Im Laufen schob Mathis das linke Augenlid des Mädchens hoch. Die Pupillen waren mittelweit geöffnet und reagierten nicht. „Blutdruck?"

„90 zu 60", die Schwester kontrollierte den Druckmesser, „fällt schnell! Puls schwach, von 100 auf 57 seit Eintreffen!"

Ein Arzt rannte voraus und drückte auf den Fahrstuhlknopf, und sie hatten Glück, die Tür öffnete sich sofort. Die Fahrstuhltür glitt zu und schnitt Mathis von der Lautsprecherdurchsage ab und von allem, was an diesem Tag passiert war, denn jetzt zählte nichts mehr außer der Kugel in Sarahs Kopf.

Amber beobachtete die flatternden Lider oberhalb der Sauerstoffmaske und wußte plötzlich, daß die Nonne es nicht schaffen würde. Zusammen mit einem Pfleger schob sie die Trage in einen Gang, auf dem noch mehr Tragen standen. Die Luft war erfüllt von dem Fauchen zahlloser Respiratoren, und jetzt erst bemerkte Amber die anderen Opfer des Giftgasanschlags, die auf diesen Tragen lagen. Alle lagen flach auf dem Rücken und rangen nach Luft.

„Dr. Carsten, melden Sie sich umgehend in der Kardiologie!" sagte eine Frauenstimme im Lautsprecher.

„Und Dr. Schneider, begleiten Sie Professor Berthold in OP 4", ergänzte die Stimme eines Mannes hinter Amber. „David operiert in 4, nicht? Herrgott, was für ein Schlamassel!"

Amber drehte sich um. Groß und wuchtig stand Max Berthold vor ihr. Das spärliche Haar war blond gelockt und mit Wasser quer über den Schädel gekämmt. Die kleinen Augen funkelten hinter den Brillengläsern. „In dreißig Jahren als Arzt und sechzig als Mensch habe ich so was noch nicht gesehen", murmelte er.

„Max, was tust du hier?" erkundigte sich Amber.

Berthold deutete auf eine Gruppe von sieben jungen Frauen und Männern, die gerade in ihre weißen Kittel schlüpften. „Studenten", erklärte er. „Ich habe sie zusammengetrommelt, damit sie sich das anschauen. Und das Mädchen mit der Kugel im Kopf, das David operiert. Er ist doch in 4, oder?"

„Ich weiß nicht", antwortete Amber.

„Gut, dann finden wir's heraus, komm mit!" Er hob die Stimme. „Also los, Herrschaften, gehen wir!" Er strebte eilig dem nächstgelegenen Fahrstuhl zu. Mit flatterndem Kittel führte er Amber und die Studenten an der Bank vorbei, auf der sich Sarahs Eltern in hilflosem Schmerz umschlungen hielten.

Sarah Levi lag festgeschnallt unter einer grünen Decke auf dem Operationstisch. Von der Patientenüberwachungseinheit am Kopfende des Tisches führte ein halbes Dutzend Schläuche, Kanülen und Katheter zu allen wichtigen Stellen ihres Körpers. Ihr kleiner Kopf wurde von einer Stahlklammer in Position gehalten. Im grellen Licht der OP-Leuchte sah man das Loch, das die Kugel geschlagen hatte.

Um den Tisch standen Davids Assistent, der Anästhesist und zwei Schwestern; alle trugen grüne Kittel, Papierhäubchen und Masken über Mund und Nase. Mathis trat aus dem Vorbereitungsraum, in der Hand eine Röntgenaufnahme. Er beugte sich über den Kopf des Mädchens. Das Licht wurde schwächer, bis der ganze Saal im Dunkeln lag und es aussah, als sammle alle Helligkeit sich in Sarahs Kopf und Brust. Mathis streckte die rechte Hand aus und sagte: „Skalpell!"

Berthold beobachtete den Eingriff auf dem farbigen Saalmonitor. „Die Kugel sitzt hinter dem rechten Auge", kommentierte er, „dicht am Sehnerv. Die kleinste Ungenauigkeit in diesem Bereich kann vitale Teile des Gehirns für immer vernichten."

Mathis zog den Sauger aus dem Wundkanal und hob den Kopf vom

Operationsmikroskop. Er warf einen Blick auf den Saalmonitor, der ihm den offenen Schädel des Mädchens in mehrfacher Vergrößerung zeigte, bevor er die Augen wieder an das OP-Mikroskop preßte.

Von einer Sekunde auf die nächste schlug die Stimmung im OP um. Das dumpfe Pochen des Herzschlags beschleunigte sich plötzlich, das Herz pumpte unnatürlich schnell. „Auf dem Monitor scheint alles in Ordnung zu sein“, murmelte Berthold, „aber irgendwas ..., sie muß einen Herzfehler haben.“

Der Herzschlag wurde ein dumpfer Trommelwirbel, statt hundertmal in der Minute kam er jetzt zweihundertmal. Die Herzstromkurve zuckte über den Schirm wie ein endloser grüner Blitz. Dann herrschte plötzlich Stille. Der eine Herzschlag verklang, der nächste blieb aus.

„Sie ist weg!“ rief der Anästhesist und schaltete den Respirator ab. „Adrenalin?“

„Nein.“ Mathis stützte sich auf Sarahs Brustkorb, drückte ihn in rhythmischen Abständen. „Komm schon“, keuchte er. Nichts geschah. Er riß die Decke vom Körper des Mädchens, legte die Brust frei. „Defibrillieren!“ Eine der Schwestern drückte ihm die Elektroden in die Hand. Mathis setzte sie auf die beiden Brusthälften des Mädchens. „150 Volt! Los!“

Der halbnackte Körper bäumte sich gegen die Lederriemen, aber das Herz reagierte nicht. Mathis preßte die Elektroden fester auf den Brustkorb und rief: „Noch einmal, 200 Volt!“ Wieder durchfuhr ein Stromstoß die Nerven des reglosen Körpers. Die Herzstromkurve zeigte keine Veränderung. Mathis ließ die Elektroden fallen und rief: „Skalpell, schnell! Ich mach sie auf.“

„Er hat nicht die Zeit, auf einen Kardiologen zu warten“, erklärte Berthold.

Die Instrumentenschwester reichte Mathis das Skalpell, er setzte die Klinge an und führte einen langen Schnitt. Danach legte er das Messer in die Schale zurück. „Säge“, verlangte er. Im Beobachtungsraum war nur das Geräusch der rotierenden Schneide zu hören und danach Mathis' Stimme, als er um die Rippenspreizer bat. Er half mit, die Rippen auseinanderzubiegen.

„Adrenalin!“ Der Anästhesist drückte ihm eine Spritze in die Hand. Langsam pumpte er das Adrenalin in die Herzkammern. Doch nichts geschah.

Mathis legte die Spritze aus der Hand, schob die rechte Hand in den Brustkasten. „Ich beginne jetzt mit der Massage.“ Ein dumpfes Pochen erfüllte den Raum. Mathis verstärkte seine Bemühungen. Ein weiteres Pochen drang aus dem Lautsprecher, die Stromkurve auf dem Monitor belebte sich.

„Respirator einschalten!" befahl Mathis. Sofort schwoll der Gummibeutel im Sauerstoffschlauch des Dauerbeatmungsgeräts an, und Mathis zog seine Hand zurück. Die Herztöne kamen erst zögernd, dann schneller und endlich regelmäßig hundertmal in der Minute.

„Er hat es geschafft", sagte Berthold ehrfurchtsvoll.

Doch zehn Minuten später starb Sarah Levi zum zweitenmal, und diesmal für immer.

„WIE KONNTE das passieren, David?" fragte Amber leise.

Mathis stand am Fenster seines Büros und sah in die Nacht hinaus. Er trug noch immer den grünen OP-Kittel. Das Büro war dunkel bis auf das Licht der Schreibtischlampe. „Ich habe sie umgebracht", sagte er. „Das ist passiert." Vom Korridor drang das fassungslose Weinen von Sarahs Mutter herein. „Ich habe sie im Stich gelassen."

Amber trat einen Schritt näher und legte ihre Stirn an seinen Rücken. „Es war nicht deine Schuld", flüsterte sie. „Du hast sie nicht getötet. Du konntest sie bloß nicht retten."

„Ich hatte die Kugel beinahe", fuhr er fort. „Dann ist sie verrutscht. Sie hat sich verschoben, nur ein winziges Stück..., und das Herz..., erst hat es wieder angefangen zu schlagen und dann ganz plötzlich aufgehört..."

„David", flüsterte Amber, „du bist ein guter Chirurg ..., du hast es ja selbst gesagt – ihr Herz war nicht stark genug –"

Jemand klopfte an die Tür und öffnete sie, ohne die Aufforderung zum Eintreten abzuwarten. Amber löste sich von Mathis.

„Dr. Mathis?" fragte eine Männerstimme. Der Mann im Türrahmen war groß und breitschultrig. Er trug einen Hut, einen grauen Anzug und, über den Arm geworfen, einen Trenchcoat.

„Wer sind Sie?" fragte Amber.

Der Mann schloß die Tür und kam näher. Er griff in die Innentasche seines Sakkos und klappte ein Plastiketui mit einem Ausweis auf. „Robert Hagen, Bundeskriminalamt", stellte er sich vor. „Ich möchte mit Ihnen reden, Dr. Mathis."

Mathis drehte sich um. „Worüber?"

Hagen verstaute seinen Ausweis wieder in der Sakkotasche. „Über den Anschlag auf die U 3 heute abend."

„Hat das nicht Zeit bis morgen? Es ist spät. Ich bin müde. Ich habe gerade eine Patientin verloren, ein Mädchen von elf Jahren mit der Kugel eines Polizisten im Kopf."

„Ich weiß", sagte Hagen. „Aber Ihre Patientin war nicht die einzige Tote heute abend. Der Anschlag hat bisher acht Menschen das Leben gekostet, und im Lauf der Nacht werden noch einige sterben. Über zweihundert Fahrgäste werden in dieser und anderen Kliniken behandelt, und hätte der Anschlag zu einer früheren Zeit stattgefunden, könnten es Tausende sein. Wer immer dahintersteckt, hat Spuren hinterlassen, aber diese Spuren werden schnell kalt. Also, darf ich Ihnen nun ein paar Fragen stellen?"

Mathis nickte kraftlos.

„Haben Sie schon einmal von der Aum-Sekte gehört?" fragte Hagen. „Eine fanatische Glaubensgemeinschaft in Japan, die von ihrem Guru zu einem Giftanschlag auf die U-Bahn in Tokio angestiftet wurde? Elf Tote, über fünftausend Verletzte."

„Ich glaube, ich habe etwas darüber gelesen", antwortete Mathis. „Warum? Gibt es eine Verbindung zwischen den beiden Anschlägen?"

„Möglich ist alles, aber ich persönlich glaube es nicht. Wie steht's mit Shiva, sagt Ihnen das was?" Hagen legte seinen Trenchcoat auf die Liege. „Shiva ist ein indischer Gott. Er symbolisiert Tod und Zerstörung, für die Hindus wenigstens. Sagt Ihnen nichts? Na gut, was fällt Ihnen zu Salman Krebs ein? Dem Erleuchteten?"

„Nichts", erklärte Mathis.

„Wann haben Sie das letzte Mal von Ihrem Bruder Georg gehört?"

Mathis spürte, wie sein Herz einen Schlag aussetzte.

„Sein Bruder ist tot", sagte Amber.

„Da irren Sie sich, Dr. Schneider. Georg Mathis ist vielleicht für seinen Bruder gestorben, für alle anderen aber ist er höchst lebendig, jedenfalls zur Zeit noch."

„Woher wissen Sie, wer ich bin?" fragte Amber überrascht.

„Wir wissen alles über Dr. Mathis und damit auch über Sie, seinen Bruder, seine Frau und seinen Sohn Christoph."

„Machen Sie, daß Sie rauskommen!" sagte Mathis. „Und wenn Sie mir das nächste Mal irgendwelche Fragen stellen wollen, lassen Sie sich vorher bei meiner Sekretärin einen Termin geben."

„Stimmt das, David?" fragte Amber verwirrt. „Daß Georg noch lebt?"

Mathis sagte: „Ich muß mich um Sarahs Eltern kümmern" und ging zur Tür, und während er ging, spürte er Ambers und Hagens Blicke in seinem Rücken.

# 3

Der Mann, der den Erleuchteten töten sollte, saß am Rand des Hubschrauberdecks und wartete. Er trug schwarze Turnschuhe, eine schwarze Drillichhose und einen schwarzen Rollkragenpullover. In seinem Schulterhalfter steckte eine Ingram M-10, an dem Lederkoppel hingen ein Schweizer Offiziersmesser und ein halbes Dutzend Eierhandgranaten. Die aufgenähten Taschen der Hose wölbten sich von der Ersatzmunition für die M-10 und die vollautomatische Uzi, die der Mann im Schoß hielt.

Das Deck erzitterte unter den Stößen der Brandung, die gegen die Stahlpfeiler der Bohrinsel Cahercommaun vor der irischen Küste schlug. Im Osten legte der anbrechende Tag einen Schimmer auf die Wellen des Atlantiks. Der Mann beugte sich vor und sah das Motorboot, mit dem er gekommen war. Er hatte es unten an einem der Träger vertäut, als gäbe es eine Chance, daß er die Insel lebend wieder verlassen konnte, aber er wußte, daß er es nicht mehr brauchen würde. Er lauschte. Außer dem Rauschen des Meeres unter seinen Füßen hörte er nur das Ächzen der Nieten und Bolzen im Gestänge der Insel und gelegentlich das Jaulen eines Hundes, den die Prätorianer bei ihrem Rundgang mitführten. Die Prätorianer schliefen nie.

Der Mann schob sich eine Adrenalintablette unter die Zunge und stand auf. Schnell überquerte er das Hubschrauberdeck, tastete sich die Gangway hinunter und näherte sich der Tür zu den Unterkünften. In eine Nische geduckt, rief er sich den Grundriß der Inselaufbauten in Erinnerung. Wenn die Sirene losheulte, mußte alles sehr schnell gehen. Die Privaträume des Erleuchteten lagen gleich neben dem Abfackelturm. Davor befanden sich die Unterkünfte der Prätorianer und der Schlafsaal der Jünger. Eine Gangway. Ein schmaler Korridor vorbei an den Generatoren. Noch eine Gangway. Der Steg über den Kontrollraum und dann eine Stahltür vor dem Allerheiligsten.

Der Mann tippte eine Zahlenkombination in die Tastatur der Außensicherungsanlage. Die rote Kontrollampe erlosch. Vorsichtig zog er die Tür auf und schob sich über die Schwelle. Der Gang dahinter war leer. Der Mann lief zum anderen Ende des Ganges, der nächsten Tür entgegen. Auch diese Tür war verschlossen. Hier gab es ein Sicherheitsschloß. Der Mann holte einen Ring mit zwanzig Schlüsseln aus der linken Hosentasche und probierte einen nach dem anderen. Keiner paßte.

Da entdeckte der Mann die Kamera. Sie hing oben rechts in der Ecke über der Tür, und das Objektiv war genau auf sein Gesicht gerichtet. Er hatte nicht gewußt, daß dort inzwischen eine Kamera angebracht worden war. Der erste Fehler, dachte er. Er spürte, wie ihm der Schweiß ausbrach. Er löste eine der Handgranaten von seinem Gürtel, entsicherte sie und hängte sie an den Türknauf, bevor er ein paar Meter zurückrannte, um hinter einer Ecke Schutz zu suchen. Eine ohrenbetäubende Detonation erschütterte das Deck. Heiße Eisenspäne prasselten auf den Boden. Der Mann zerbiß die Adrenalinkapsel und brachte die Uzi in Anschlag.

Die Explosion hatte die Alarmanlage ausgelöst. Das Heulen der Sirene erfüllte die ganze Insel. Hunde bellten. Der Mann rannte los, auf die Treppe hinter der Tür zu. Er entsicherte eine weitere Granate und warf sie zur Mitte der Treppe hoch. Die Detonation übertönte kurz das Schrillen der Alarmanlage. Der Mann packte das Geländer der Wendeltreppe mit der linken Faust. Mit der rechten suchte er Halt an der Trägersäule, um sich über die von der Granate gerissene Lücke und den verstümmelten Körper eines Prätorianers auf die nächsthöhere Stufe zu schwingen.

Haare und Gesicht des toten Wächters waren verkohlt. Er war angezogen wie alle Prätorianer – schwarze Nikes, schwarze Drillichhose und schwarzer Rollkragenpullover –, dazu die übliche Kopfhörerspange mit Funkmikro vor den Lippen. Mit beiden Armen hielt er eine Remington-Maschinenpistole, Kaliber .22, gegen die Brust gepreßt.

Der zweite Fehler, dachte der Mann. Er hetzte den Korridor zum Labor entlang, hinter dem das Allerheiligste lag.

Im Labor brannte Licht. Schon auf den ersten Blick konnte der Mann sehen, daß sich seit seiner Flucht nichts verändert hatte. Alles stand noch an seinem Platz – Steuerrechner, Computerterminals, Destilliergeräte, Spiegelglasmanometer, Gasentwickler und jede Menge Retorten, Pistillen, Reagenzgläser und Pipetten. Nur die Techniker fehlten, die damit Lost, Sarin oder Soman herstellen konnten.

Der Mann lief zu den großen Gasflaschen im hinteren Teil des fensterlosen Raums. Dort drehte er sich einmal um die eigene Achse und hielt dabei den Abzug der Uzi durchgedrückt, bis sich der Inhalt der Glasbehälter in gurgelnden Schaum verwandelte. Rote, orangefarbene und senfgelbe Dämpfe krochen über den Teppich aus Glassplittern.

An der Eisentür zum Allerheiligsten riß der Mann den Zünder aus der nächsten Granate und warf sie zwischen die Gasflaschen. Ein Feuerpilz stieg zwischen den Flaschen auf und löste eine Reihe von Verpuffungen aus, die das Labor in ein Flammenmeer verwandelten.

„Du kommst zu spät, Bruder Georg!“ sagte plötzlich eine Stimme in einem der Lautsprecher an der Decke. „Das Gas ist schon lange nicht mehr auf der Insel.“

Der Mann fuhr herum. Die Tür zum Allerheiligsten stand offen, und im Licht der Neonleisten entfaltete das Hauptquartier des Erleuchteten seine seltsame Pracht: schwarze Ledercouchs und ziegelrote Marmortische, dazwischen kostbare Ming-Vasen, Flipperautomaten, Videospiele und eine Jukebox. Ein voll ausgerüsteter Schießstand nahm die eine Wand ein, an der anderen hingen Gemälde von Picasso und Hieronymus Bosch. Der Boden war übersät mit leeren Coca-Cola-Dosen, Wodkaflaschen, ketchupverschmierten Hamburgerkartons und überquellenden Aschenbechern. Unter einem Kristallüster stand der Altar – zehn eingeschaltete Monitoren, auf denen der Erleuchtete jeden Winkel der Bohrinsel kontrollieren konnte.

Die Bildschirme zeigten nervös herumrennende Prätorianer mit Dobermanngespannen an langen Leinen oder weinende Kinder in Holzkäfigen oder halbnackte Frauen und Männer, die im Schlafsaal der Jünger verwirrt aus ihren Hängematten stiegen.

Der Erleuchtete stand erstarrt in der Mitte des Raums, wie hypnotisiert durch das plötzliche Erscheinen des Eindringlings in seinem Allerheiligsten. Er trug eine purpurrote Kutte, darunter schwarze Jeans und Reebok-Turnschuhe. In der Hand hielt er noch das Mikrofon. Weich fließendes blondes Haar, das dünn auf die Schultern fiel. Weit aufgerissene grüne Augen, verstört und zornig. Volle Lippen unter einer zu kleinen Nase. Blasse Haut.

Der kräftige Körper verriet Angst – die Neigung des Kopfes, das Zittern der Beine. Wie ein Tier vor dem Sprung, dachte der Mann. Auf einmal sah er ein Opfer statt des Menschen, der mehr als alle anderen den Tod verdient hatte, und er brachte es nicht fertig abzudrücken.

Dann veränderte sich der Blick des Erleuchteten. Es war nur ein Schatten in der Pupille, aber der Mann mit der Uzi bemerkte ihn und schoß, gerade als sein Opfer sich wegdrehte, um fortzulaufen. Dem Mann blieb nur Zeit für diesen einen gezielten Schuß, denn im selben Moment flog eine verborgene Tür in der Wand auf, und zwei Prätorianer stürmten herein. In den Händen hielten sie Maschinenpistolen. Der Mann schwenkte den Lauf seiner Waffe herum und drückte ab, eine Sekunde bevor die anderen abdrücken konnten. Doch die Uzi blieb stumm.

Die beiden Prätorianer hielten ihre Remingtons von sich weg, weiße Flammen zuckten vor ihnen auf. Heißes Metall verließ die Mündungen der Läufe. Der Mann spürte die Geschosse in seine Brust einschlagen, dann nichts mehr.

ALS MATHIS nach der Morgenvisite in sein Büro zurückkam, saß der Besucher bereits wartend auf dem Patientenstuhl vor seinem Schreibtisch. „Sie müssen Dr. Mathis sein“, sagte er, ohne aufzustehen. „Mein Name ist Luther - Felix Luther.“ Er trug einen schwarzen Hut und einen Kaschmirmantel, darunter einen silbergrauen Glencheckanzug, ein hellrosa Hemd und eine Seidenkrawatte. Die Pupillen seiner wasserblauen Augen waren unnatürlich geweitet wie bei jemandem, der sich mit Aufputschmitteln künstliche Energie zuführt.

„Wie sind Sie hier hereingekommen?“ fragte Mathis ungehalten.

„Ich gehe durch Türen und Wände“, erwiderte Luther. „Auch Schlösser sind für mich kein Hindernis.“ Aus der Brusttasche seines Sakkos zog er ein Zigarettenetui und ließ den Deckel aufspringen. „Zigarette?“ Als Mathis nicht reagierte, legte er das Etui auf den Schreibtisch. „Sie werden gleich verstehen, warum ich mir keinen Termin geben lassen konnte, wenn Sie wissen, worüber ich mit Ihnen reden will.“ Er griff erneut in sein Sakko und zog seine Brieftasche hervor, der er ein farbiges Polaroidfoto entnahm. Er legte es neben das Zigarettenetui. „Wissen Sie, wer das ist?“

„Ich stelle keine Diagnosen anhand von Fotos“, sagte Mathis.

„In diesem Fall sollten Sie eine Ausnahme machen“, meinte Luther. „Es handelt sich nämlich um Ihren Bruder.“

Mathis trat hinter den Schreibtisch und warf widerstrebend einen Blick auf die Fotografie.

„Ich weiß, Sie haben sich und allen anderen eingeredet, er sei tot“, fuhr Luther fort, „aber dieses Bild ist nur ein paar Tage alt, und wie Sie unschwer erkennen können, handelt es sich nicht um das Gesicht eines Toten. Jedenfalls noch nicht.“

Es war Mathis, als betrachtete er die Aufnahme eines Fremden, so wenig ähnlich sah ihm der Mann auf dem Foto. Dennoch hatte er keinen Zweifel, daß dieses schmale Gesicht mit den fanatischen Augen seinem Bruder gehörte. Sie waren sich immer fremd gewesen, schon als Kinder, so grundverschieden, daß Vera mit dem Sohn des einen zum anderen gehen und dort bleiben konnte.

„Wie lange haben Sie sich nicht mehr gesehen?“ fragte Luther.

„Zwanzig Jahre? Er muß damals sechzehn gewesen sein –“ Mathis ließ das Foto auf den Schreibtisch fallen, damit Luther nicht sehen konnte, daß seine Hand zitterte. „Wer sind Sie?“

Luther seufzte. „Wir sind, was wir tun. Und wenn *Sie* tun, was wir wollen, wird Ihr Bruder noch ein langes Leben –“

„Wir?“ unterbrach Mathis ihn scharf.

„Eine Gruppe von Leuten, die in eine Notlage geraten sind, vereinfacht gesprochen. Und unsere Ziele sind besser als die Mittel, die wir betrüblicherweise manchmal anwenden müssen.“

„Vielleicht“, sagte Mathis, „könnten Sie zu weniger drastischen Mitteln greifen, wenn Ihre Ziele nicht ganz so gut wären. Und jetzt verlassen Sie bitte auf der Stelle mein Büro!“

„Dr. Mathis, ich bin hier als Freund. Es geht Ihrem Bruder gut, wir wollen lediglich, daß Sie ein paar Tage Urlaub nehmen und mit mir zusammen eine kurze Reise –“

Mathis nahm den Telefonhörer und begann zu wählen. Als die Verbindung hergestellt war, sagte er: „Hier spricht Dr. Mathis in der Neurochirurgie. Ich brauche einen Sicherheitsbeamten, sofort!“

Luther griff nach seinem Zigarettenetui und steckte es ein, dann stand er auf. „Sie begehen einen Fehler, der Ihnen bald leid tun wird. Wenn es soweit ist, finden Sie auf der Rückseite des Fotos eine Telefonnummer, unter der Sie mich Tag und Nacht erreichen können – *nur* Sie, verstanden? Es ist eine Nummer ohne Adresse, falls Sie daran denken sollten, zur Polizei zu gehen ...“

Mathis legte den Hörer auf die Gabel zurück und sah zu, wie Luther zur Tür ging. Bevor er sie öffnete, drehte er sich noch einmal um und sagte: „Sie haben Ihren Bruder nie richtig kennengelernt, Dr. Mathis. Er ist vielleicht ein besserer Mensch, als Sie je sein werden. In jedem Fall hätte er Ihre Hilfe verdient.“

Ich weiß, dachte Mathis, aber er sagte nichts. Luther runzelte die Stirn. „Haben Sie nicht manchmal Angst, Doktor?“ fragte er. „Ich schon. Und Sie – Sie sollten sich auch fürchten!“ Er öffnete die Tür zum Gang. „Oder wäre es Ihnen lieber, wenn Sie jemand auf offener Straße in ein Auto zerren würde? Sie oder jemanden, der Ihnen nahesteht?“ Er trat hinaus.

Mathis’ Blick fiel auf das Foto, das der Besucher dagelassen hatte. Er nahm es in die Hand, drehte es um. Da stand die Telefonnummer, von der Luther gesprochen hatte. Seltsam, erst Robert Hagen, der Beamte vom BKA, gestern abend, und jetzt dieser Mann, und beide kamen wegen Georg. Als wäre sein Leben noch immer mit dem seines Bruders verschmolzen.

Mathis legte das Foto wieder auf den Schreibtisch. Er lief zur Tür und riß sie auf, kontrollierte den Gang. Ein Pfleger schob eine Frau im Rollstuhl vorbei. Mathis konnte Luther nirgendwo entdecken.

Als er sich umdrehte, stand Amber vor ihm und sah ihn besorgt an. „Was ist denn? Du siehst aus, als wärst du einem Geist begegnet."

„Hast du hier irgendwo einen Mann in einem Kaschmirmantel gesehen? Groß, schwarzer Hut, silbriger Schnurrbart?"

„Nein, ich habe nur gesehen, daß du den OP-Plan geändert hast."

„Ja, ich kann heute nicht operieren. Schließlich habe ich den Levis schon ein Kind weggenommen, ich muß nicht noch das zweite –"

Amber nahm seinen Ellbogen, führte ihn mit sanftem Druck zurück in sein Büro und schloß die Tür. „David", sagte sie, „hast du heute nacht überhaupt geschlafen?"

„Nicht besonders gut", gab er zu. „Ich habe wohl zuviel gegrübelt." Er hätte sie gern in den Arm genommen, ihre Wärme an seiner Haut gespürt. Aber seine Sehnsucht nach ihr schien ihm in diesem Augenblick leichtfertig.

„Warum hast du mich nicht angerufen?" fragte sie.

„Ich konnte nicht", antwortete er. „Es war noch zu nah."

Sie ging zum Fenster. „Willst du jetzt darüber reden?" Am Schreibtisch blieb sie stehen, ihr Blick fiel auf das Foto. Sie nahm es und ging damit zum Fenster. „Er sieht dir ähnlich, bis auf die Haare. Warum hast du mir nie gesagt, daß dein Bruder noch lebt? Was ist eigentlich los, David?"

„Ich weiß es nicht", antwortete er und dachte, daß er es schnell herausfinden mußte, ehe der Mann namens Luther seine Drohung wahrmachen konnte.

„Du hast mich also die ganzen Jahre angelogen. Warum? Wegen Vera? Weil du dich geschämt hast, daß sie von dir zu deinem Bruder gegangen ist? So was passiert doch dauernd – Frauen gehen weg, zu Brüdern, Vätern, Freunden. Was ist so schlimm an der Wahrheit?"

„Ich weiß es nicht", sagte Mathis noch einmal.

„Ich weiß es nicht, ich weiß es nicht!" wiederholte Amber zornig. „Du weißt doch sonst immer alles, oder nicht? Du weißt alles, und du kannst alles. Du kannst Menschen das Leben retten, aber du kannst mir nicht sagen, warum du mich in puncto verschollener Bruder angelogen hast. Seit drei Jahren schlafen wir miteinander, und du tust immer noch so, als hätten wir bloß Sex. Du gehst in meiner Wohnung ein und aus, wie es dir paßt, du fuhrwerkst in meinem Leben herum, aber für die Öffentlichkeit bin ich nur die alleinstehende Kinderchirurgin, die dich bei offiziellen Anlässen begleiten darf."

„Ich wußte nicht, daß du so empfindest", sagte Mathis. „Amber, bitte, ich kann jetzt nicht mit dir reden. Laß mir Zeit. Ich muß mir über einiges klarwerden, allein –"

Sie nickte, legte das Foto auf den Tisch und ging zur Tür, die sie hinter sich schloß. Er sah ihr nach und wünschte, sie käme zurück, obwohl er immer noch nicht wußte, was er ihr sagen sollte. Er wußte nur, daß er sie nicht auch noch verlieren wollte. Er nahm den Telefonhörer und wählte Luthers Nummer.

# 4

Mathis parkte seinen gebraucht gekauften Porsche 1600 Speedster in einer engen Gasse am Hamburger Fischmarkt unter der einzigen brennenden Laterne. Es war genau zwei Stunden vor Mitternacht. Schräg gegenüber in einer Straßenbucht stand die auf Stahlträgern gebockte Buskarosserie, die Luther am Telefon als Treffpunkt vorgeschlagen hatte. Der Widerschein der orangefarbenen Neonschrift über dem Eingang, MANDARIN GARDEN & DINER, spiegelte sich auf der Karosserie. Durch die Fenster fiel gedämpftes Licht auf die nassen Pflastersteine. Die Lagerhallen zu beiden Seiten des Lokals waren dunkel.

Mathis stieg aus, sperrte den Wagen ab und überquerte die Straße. Er trug einen leichten Leinenanzug, Mokassins und einen Trenchcoat. Er stieg die kurze Treppe zum Eingang hoch, zog die Tür auf und betrat den Raum. Ein schwerer Geruch nach gebackenem Fisch und ranzigem Fritierfett schlug ihm entgegen. Neben dem Tresen schmetterte eine Jukebox Seemannslieder. Es gab zehn Tische, und an jedem Tisch zwei Bänke mit roten Plastikpolstern.

Mathis ließ sich auf eine Bank fallen, die weit von der Theke entfernt stand. Außer ihm waren noch vier weitere Gäste in dem Lokal. An einem Tisch gegenüber von der Toilette saßen zwei Männer in Jogginganzügen. Sie stippten geschälte Garnelen in Ketchup. Am entgegengesetzten Ende des schlauchförmigen Raums kauerte ein junger Japaner in Parka und Jeans. Auf einem Hocker vor dem Tresen saß eine Blondine, deren kurzer Lederrock lange, schlanke Beine in schwarzen Netzstrümpfen sehen ließ. Eine Sonnenbrille verbarg ihre Augen. Mit dem Strohhalm zwischen den Lippen saugte sie an einem Minzblatt, das auf dem Boden ihres Cocktailglases klebte. Hinter einer Durchreiche rührte ein chinesischer Koch in einem Kupfertopf.

Luther war noch nicht da, obwohl die Uhr schon drei Minuten nach zehn zeigte. Mathis studierte die Speisekarte. Er hatte keinen Hunger. Als eine Kellnerin an seinen Tisch trat, bestellte er einen Kaffee.

Der große Zeiger der Uhr über dem Eingang ruckte weiter. Sieben nach zehn. Wo blieb Luther?

Ein weiterer Mann betrat das Lokal, verschwand aber gleich wieder, als er die Frau an der Bar und die beiden Männer in den Jogginganzügen entdeckte. Die Kellnerin brachte Mathis den gewünschten Kaffee. Er bemerkte, daß die beiden Männer in den Jogginganzügen ihn beobachtet hatten, jetzt jedoch hastig wegschauten.

Die Uhr über dem Eingang zeigte zehn Uhr fünfzehn. Mathis entschloß sich, noch fünf Minuten zu warten, und in diesem Augenblick ging die Tür auf. Luther trug keinen Hut und keinen Kaschmirmantel, sondern eine Lederjacke, und er brauchte genau eine Sekunde, um die Situation zu erfassen. Er sah Mathis an und schüttelte kaum merklich den Kopf, dann drehte er sich zur Tür um, rannte hinaus und die Treppe hinunter. Einer der beiden Jogger schoß von seiner Bank hoch und stürzte hinter ihm her. Draußen quietschten Reifen, ein Mann schrie, gleich darauf ertönte eine Sirene. Ein Motor heulte auf, plötzlich krachte ein Schuß.

Mathis warf einen Zehnmarkschein auf den Tisch und lief ebenfalls zur Tür. Der zweite Jogger sprang auf und verstellte ihm den Weg, während die Frau mit der Sonnenbrille ihn von hinten packte. Der Jogger hielt auf einmal eine Pistole in der Hand, und dann war auch der Japaner da und schwenkte einen Revolver, und alle drei schrien: „Keine Bewegung!“, und die Frau drehte ihm einen Arm auf den Rücken. Eine Hand griff ihm unter die Achseln, eine andere tastete seine Beine ab, und etwas Hartes bohrte sich in seinen Nacken. Jemand hielt ihm einen Ausweis vor die Augen. „Dr. Mathis, Sie sind vorläufig festgenommen!“

„SIE SIND ein Lügner, Doktor!“ sagte Robert Hagen. „Ich glaube Ihnen nicht. Sie haben gestern gelogen, und Sie lügen jetzt. Also noch mal von vorn. Was sucht ein Mann wie Sie in einer miesen Fischpinte wie dem Mandarin Garden? Warum sind Sie vor unseren Leuten weggelaufen?“

Das Büro der BKA-Sonderkommission, in das die Männer vom Mobilen Einsatzkommando Mathis kurz vor Mitternacht gebracht hatten, war nicht mehr als ein Provisorium: eine leere Lagerhalle, dunkel und ohne Fenster. Alle Einrichtungsgegenstände – Stühle, Aktenschränke, Schreibtische – besaßen die schmucklose Funktionalität von Behördenmobiliar. Den einzigen Farbtupfer in dem riesigen Raum bildete ein Stadtplan von Hamburg an der Wand hinter dem Schreibtisch, vor dem Mathis saß. Ein roter Magnetknopf klebte im Planquadrat der U-Bahn-Station Eppendorfer Baum.

Hagen lehnte an der Tischkante, die Arme vor der Brust verschränkt. Seine Augen wirkten eiskalt. „Was wollten Sie von Luther, was wollte er von Ihnen?"

Mathis blinzelte in das Licht der Schreibtischlampe. Seine Augen tränten, die Handschellen hatten die Haut an seinen Gelenken aufgeschürft. „Ich weiß nicht, was er wollte, das habe ich Ihnen doch schon gesagt", antwortete er. „Vielleicht ist er ein Erpresser."

„Felix Luther ist kein Erpresser", entgegnete Hagen. „Warum sagen Sie mir nicht endlich, was ich hören will?!"

„Weil ich keine Ahnung habe, was Sie hören wollen! Bis heute morgen wußte ich noch nicht einmal von der Existenz dieses Mannes. Ich bin Chirurg und kein Terrorist!"

„Ach ja, woher weiß ich das denn?" fragte Hagen heiser. „Es gab schon Terroristen, die Priester waren! Es gab Anwälte und Richter, die Terroristen waren! Sie lügen. Sie sagen mir nicht, was ich hören will. Aber ich werde es hören, und wenn wir die ganze Nacht hier sitzen!"

„Dazu haben Sie kein Recht! Ich kann gehen, wohin ich will, und mit wem ich mich treffe, ist meine Angelegenheit –"

„Nicht mehr!" brüllte Hagen. „Wir haben eine Ausnahmesituation, und wir haben eine Sonderkommission, die mit dieser Situation fertig werden soll, und in dieser Sonderkommission stehe ich ganz weit oben, Doktor. Das gibt mir sogar das Recht, über das Ziel hinauszuschießen."

Am anderen Ende der Halle wurde eine Tür geöffnet, und Hagen verstummte. Schritte näherten sich. „Ist er das?" fragte eine Männerstimme.

„Ja", antwortete Hagen. „Das ist der berühmte Dr. Mathis, der Bruder von Georg Mathis."

Der Neuankömmling seufzte. „Verschwinden Sie, Hagen. Und nehmen Sie ihm um Gottes willen die Handschellen ab!"

Hagen rutschte von der Schreibtischkante und befreite Mathis unsanft von den Fesseln. Der Mann, der Hagen ablöste, nahm hinter dem Schreibtisch Platz. Er war um die Sechzig, gut einen Meter neunzig groß und sehr dünn. Sein Haar, fast weiß, war im Nacken zu einem Pferdeschwanz gebunden. „Ich bin Roman Siniak", sagte er, „vom BKA, Abteilung Terrorismusbekämpfung. Ich leite diese Untersuchung, in die Sie leider hineingezogen worden sind, Dr. Mathis. Was für eine Art Doktor sind Sie eigentlich?"

„Neurochirurg", antwortete Mathis. „Am Universitätskrankenhaus Eppendorf." Er rieb sich die Handgelenke, um die Blutzirkulation wieder in Gang zu bringen.

Siniak beugte sich vor. „Sie sind ein toter Mann, Dr. Mathis. Dieser Luther hat etwas vor mit Ihnen, und wenn das erledigt ist, wird er Sie umbringen wie diese armen Teufel in der U-Bahn gestern. *Wir* wollen Ihnen helfen, Doktor. Sagen Sie die Wahrheit."

„Ich weiß nicht, wer er ist, und ich weiß nicht, was er wollte!"

„Na gut. Was sagt Ihnen der Name Salman Krebs?"

„Nichts. Das habe ich schon Ihrem Mitarbeiter Hagen erklärt."

„Mein Mitarbeiter Hagen glaubt Ihnen aber nicht. Krebs ist Doktor, genau wie Sie, allerdings Neurologe und kein Neurochirurg. Oder besser, er war es, in Rostock vor dem Mauerfall. Jetzt nennt er sich der Erleuchtete und ist das Oberhaupt der Shiva-Sekte, die, wie wir seit heute wissen, für den Giftgasanschlag auf die U 3 vorgestern abend verantwortlich zeichnet. Krebs ist der Guru, und Luther ist sein Prophet. Vor allem ist er ein mit allen Wassern gewaschener Winkeladvokat, mit einem Bein in Ostdeutschland und einer Kanzlei in London. Zu seinen Klienten gehört jeder, der Dreck am Stecken hat. Krebs und die Shivas stehen dabei ganz oben auf der Leiter. Und Ihr Bruder, Doktor, war ein ziemlich hohes Tier in dieser Sekte. Doktor, falls Luther sich noch einmal bei Ihnen melden sollte, setzen Sie sich sofort mit uns in Verbindung. Was immer er von Ihnen verlangt, Sie tun es nicht. Er ist ein Terrorist. Versuchen Sie nicht, uns aufs Kreuz zu legen. Falls Sie uns in die Quere kommen, werden Sie sehen, wie schnell es mit Ihrer Reputation den Bach runtergeht."

Mathis schwieg benommen. Er konnte sich nicht vorstellen, daß Georg Mitglied einer Sekte geworden war, nicht der Georg, den er von früher kannte. „Luther wollte, daß ich ihn begleite", sagte er schließlich. „Er sagte, mein Bruder brauche meine Hilfe."

„Ihr Bruder ist tot", sagte Siniak. „Das haben Sie nicht gewußt, oder?"

MATHIS lehnte am Türrahmen, als Amber öffnete. Sie trat zur Seite, um ihn hereinzulassen. Sie trug Jeans und einen dünnen grauen Pullover. Sie schloß die Tür. „Was ist passiert, David?“ fragte sie.

„Ich weiß es nicht“, sagte er. „Ich habe Angst.“ Er folgte ihr durch die Diele in das große Wohnzimmer. Es erschien ihm wie eine andere Welt. Der Kamin aus weißem Marmor, in dem die Glut des Feuers zu warmer Asche zerfallen war; die mit grauer Seide bezogene Couch; die Sasvonnerie-Teppiche; die dunkel gebeizten Balken an der hohen Decke; die Landschaften holländischer Meister an den Wänden. Es war eine andere Welt als die, aus der er gerade kam.

„Setz dich und erzähl“, sagte Amber. Von der Couch aus konnte er durch das Panoramafenster in den Garten sehen, der steil den Hang des Süllbergs hinab abfiel. Weiter unten, jenseits der mit roten Ziegeln gedeckten Gartenmauer, floß silberglänzend das Wasser der Elbe.

„Warum sollte ein Beamter des Bundeskriminalamtes dir vorlügen, dein Bruder wäre tot?“ fragte Amber, als er zu Ende erzählt hatte. „Und wenn Georg wirklich nicht mehr lebt, warum wollte dieser Luther dann, daß du ihn begleitest?“

Mathis seufzte. „Ich sage doch, ich weiß es nicht. Luther benimmt sich nicht wie ein richtiger Anwalt, und die BKA-Leute benehmen sich nicht wie richtige Polizeibeamte. Mich haben sie wie einen Verbrecher behandelt. Wenn Luther mich nach Irland schleppen will –“

„Nach Irland? Wie kommst du auf Irland?“

Er zuckte die Schultern. „Nur so ein Gefühl, weil Georg dort lebt.“

„Kannst du deinen Bruder nicht einfach anrufen?“

„Ich weiß nicht mal, ob er überhaupt ein Telefon hat. Davon abgesehen würde ich nach all den Jahren wahrscheinlich seine Stimme gar nicht erkennen. Amber, ich muß dir etwas über unsere Familie erzählen. Wir waren sehr arm, auch damals, als wir beide uns in der Kirche zum erstenmal begegnet sind. Mein Vater war ein einfacher Landarzt. Er nahm seinen Beruf so ernst, daß er oft selbst krank war vor Sorge um seine Patienten. Dein Vater war ein Staatsfunktionär, der die Kirche verabscheute, und daß du dich heimlich hineingeschlichen hast, um auf der Orgel einen Choral von Bach zu spielen, hatte für dich einen Hauch von Rebellion. Für Georg und mich dagegen war die Kirche ein Hort, und der Beruf unseres Vaters glich dem eines Priesters. ‚Ein Arzt ist ein Vorbild‘, hat er immer gesagt. ‚Ich will, daß du auch Arzt wirst, wenn du groß bist, ein besserer als ich. Ich weiß, ich kann mich auf dich verlassen.‘ Zu meinem Bruder hat er nicht ein einziges Mal so geredet. Ich war der ältere. Und dann sagte er: ‚Deine

Mutter und ich, wir werden nicht mehr erfahren, wie es auf der anderen Seite der Grenze aussieht. Aber wenn du fortgehst, nach Berlin oder weiter, dann können wir dir folgen, indem du uns davon erzählst.'"

„Und", fragte Amber, „hast du ihnen davon erzählt?"

„Nein. Meine Mutter wußte sehr genau, wie es im Westen aussah. Sie stammte nämlich von hier, aus der Gegend von Hamburg. Sie war groß und blond und sehr schön, als sie meinen Vater während des Krieges kennenlernte. Klein ist sie erst neben ihm geworden, neben seinem Asketentum, seiner Strenge, vor der wir uns manchmal in der Kirche versteckt haben. Mama ist krank geworden an seiner Seite, und er konnte sie nicht heilen. Ich habe sie gern gehabt. Ich wollte nicht fort von ihr."

„Aber du bist trotzdem gegangen", sagte Amber leise, „und Georg ist geblieben."

„Es war Vera", erklärte er. „Ich hatte die Hoffnung, dich jemals wiederzusehen, längst aufgegeben, als ich ihr begegnete. Georg hatte sie in der Jugendgruppe kennengelernt und mit nach Hause gebracht, weil ihm vorher noch nie ein Mädchen begegnet war, das sich für Chemie interessierte. Ich wußte nicht, daß er sich in sie verliebt hatte, er sprach nie über solche Dinge. Vera wollte in den Westen, um jeden Preis, und mein Vater hat sie benutzt, damit ich ging und sein Leben für ihn lebte. Er machte ihr klar, daß Georg niemals den Mut aufbringen würde abzuhauen. Er wußte, was das für Georg bedeutete, aber es war ihm egal. Ich kann mich noch an den Ausdruck in Georgs Augen erinnern, als wir ihm von unserem Plan erzählten, wir waren so aufgeregt, so glücklich. Seine Augen funkelten – ich dachte, es sei Stolz, Stolz auf unseren Mut. Aber heute weiß ich, daß es wahnsinniger Schmerz war. Er hat kein persönliches Wort mehr mit mir geredet, an dem Abend nicht und an keinem anderen. Und weißt du, was sie dann getan haben – eine Nacht bevor wir rübergegangen sind? Sie haben miteinander geschlafen. Es war Veras Abschiedsgeschenk an ihn, und er hat es angenommen. Ich hatte nicht die leiseste Ahnung, bis unsere Ehe – bis wir uns getrennt haben und sie es mir gesagt hat. Damals hätte ich dem Teufel meine Seele verkauft, um wiedergutzumachen, was unser Vater ihm angetan hatte – aber danach nicht mehr. Ich dachte, es sei seine Schuld, daß wir gescheitert waren, Vera und ich, weil das die ganze Zeit zwischen uns gestanden hatte..." Er hielt bekümmert inne. „Vielleicht hätte ich damals nicht gehen sollen", setzte er hinzu.

„Ich bin auch gegangen“, sagte Amber. „Wir wären uns nicht begegnet, wenn du nicht gegangen wärst. Warum hast du mir bloß nie etwas davon erzählt?“

„Weil ich es nicht aufschneiden und herausnehmen konnte. Es hat mich von innen aufgefressen, und ich habe so getan, als wäre es nicht da. Aber es war da, und jetzt ist es von selbst herausgekommen.“

Ein Schrillen zerriß die Stille. Mathis holte das Handy aus der Tasche seines Trenchcoats, den er auf die Couch gelegt hatte. „Ja“, sagte er.

„Luther. Können Sie sprechen, Doktor?“

„Nein“, antwortete Mathis.

„Gut, dann hören Sie nur zu. Ich weiß, daß Sie mit dem BKA gesprochen haben. Aber wenn Ihnen etwas an Ihrem Bruder liegt, dann kommen Sie in einer halben Stunde zu unserem Treffpunkt. Demselben, an dem wir vor ein paar Stunden schon mal verabredet waren. Ich sorge dafür, daß er sicher ist. Wahrscheinlich werden Sie beschattet, aber keine Angst, darum kümmere ich mich. Es ist jetzt kurz vor zwei. Schaffen Sie es bis halb drei?“

„Drei wäre mir lieber“, sagt Mathis.

„Gut, also um drei beim Mandarin Garden. Seien Sie pünktlich.“ Die Verbindung wurde unterbrochen.

Amber stand auf. „Wo willst du hin?“

„Ich will nach Tobias sehen“, sagte er ausweichend.

„Du willst nicht zu Tobias“, stellte sie fest. „Du willst zu diesem Luther. Er war der Anrufer, oder? Du willst herausfinden, was mit deinem Bruder ist und wie es Vera und Krabbe geht.“

„Nein“, sagte Mathis. *Es ist besser, wenn sie nichts weiß,* dachte er; *du darfst sie nicht auch noch in Gefahr bringen.* „Ich gehe nicht auf die Suche nach Luther, und ich fahre nicht nach Irland.“

„Versprochen?“ fragte sie.

„Ja“, sagte er, „versprochen.“

Sie ließ nicht locker. „Aber du gehst auch nicht in die Klinik. Wenn du mir schon nicht sagen willst, wohin du gehst, dann sag mir wenigstens, warum du überhaupt gekommen bist!“

„Weil ich dich liebe“, sagte er. „Was auch passiert – denk immer daran, daß ich dich liebe.“ Und er dachte: *Mehr als irgend jemanden sonst liebe ich dich, für deine Sorge, deinen Kummer und deinen Zorn, und wenn ich dich weniger lieben würde, könnte ich dir die Wahrheit sagen, aber diesmal bin ich klüger, diesmal weiß ich, wie gefährlich die Wahrheit ist.* Er trat zu ihr und legte ihr die Hand an die Wange.

Einen Augenblick sah sie ihn an, als wollte sie ihn in die Arme schließen, aber dann verschloß sich ihr Gesicht. „Hab ich etwas falsch gemacht, David?“

Er schüttelte den Kopf. „Nein.“

Sie wandte sich ab und ging zur Tür, die zu ihrem Schlafzimmer im Obergeschoß führte. „Ruf an“, sagte sie.

## 5

Die Korridore und Treppenhäuser der Klinik lagen still im matten Schein der Nachtbeleuchtung. Mathis verließ den Lift in der Neurochirurgie und ging durch den dunklen Gang zu seinem Büro. Niemand begegnete ihm. Er betrat sein Büro und knipste die Schreibtischlampe an, zog Mantel und Anzug aus und nahm ein frisches Hemd, eine saubere Hose und ein Kaschmirsakko aus dem Schrank neben der Liege. Nachdem er sich umgezogen hatte, öffnete er das Medikamentenfach. Er packte zwei Injektionsspritzen und mehrere mit einer farblosen Flüssigkeit gefüllte Phiolen in eine kleine Reisetasche. Dann holte er aus einem Schubfach des Schreibtisches das metallverstärkte Etui seiner Lesebrille und verstaute die Spritzen und eine der Phiolen in dem Etui. Anschließend steckte er es in die Brusttasche des Sakkos.

Plötzlich fiel sein Blick auf ein gerahmtes Foto, das unter dem Etui gelegen hatte, und er zog die Schublade ganz auf. Das Bild zeigte Vera und ihn kurz nach ihrer Hochzeit, als er noch ein junger Assistenzarzt gewesen war. Fünfzehn Jahre lag das jetzt zurück. Sie standen im Garten ihres gerade neu gebauten Hauses, beide groß und schlank. Zwischen dem Mathis von heute und dem jungen Mann von 23 Jahren, der er damals gewesen war, bestand nur noch eine schwache Ähnlichkeit. Das dunkelbraune Haar, obwohl immer noch kräftig, war etwas dünner geworden, dafür hatten die blaugrauen Augen ihren hoffnungsvoll fragenden Ausdruck gegen den einer gelassenen Distanz eingetauscht. Die Figur, kaum weniger schlank als damals, schien nun besser in Anzug und Kittel zu passen.

Auch Vera wirkte auf diesem Foto eher wie ein Entwurf der Frau, die sie dann geworden war. Ihre Schönheit zeigte bei aller Lebendigkeit schon Anzeichen der Enttäuschung, die im Lauf ihrer Ehe immer größer wurde. Nur noch wenig erinnerte an die Frau, die wenige Jahre zuvor Besitz von seinem Leben ergriffen hatte – unnahbar und einladend zugleich, übermütig und von einer gepflegten Eleganz, wie sie bei Mädchen dieses Alters selten war. Vera stand mit beiden Beinen auf der Erde, hatte aber dennoch davon geträumt, Malerin oder Bildhauerin zu werden. Manchmal trieb sie die Träume auf die Spitze. Dann sah sie sich als Opernsängerin, als große Künstlerin, zu Hause auf den Bühnen der Welt von Mailand bis Tokio. Das Leben im Westen hatte diesen Träumen ebensowenig entsprochen wie der Alltag an der Seite eines jungen Arztes, der seine ganze Energie auf seine Karriere verwenden mußte.

Mathis schloß die Schublade und knipste die Schreibtischlampe aus. Er ging zum Zimmer des kleinen Tobias und öffnete leise die Tür. Tobias schlief auf dem Bauch, die Lampe am Bett über seinem Kopf brannte, und der Gameboy lag neben dem Kissen. Mathis hatte die Operation des Tumors erst verschoben und dann einem anderen Chirurgen übertragen. Doch gestern nachmittag war Tobias' Mutter unter dem Schock von Sarahs Tod mit einem Anwalt in der Klinik aufgetaucht, um ihre Einwilligung zu dem Eingriff zu widerrufen. Der Vater bestand seinerseits darauf, daß der Junge in der Klinik blieb, weil er fürchtete, seine Frau könne Tobias zu einem Wunderheiler entführen, von dem sie sich seit einiger Zeit trösten ließ.

Mathis blickte auf das zarte, verspannte Gesicht, hinter dem der Tumor wucherte. Warum müssen immer die Kinder unter dem Irrsinn der Eltern leiden, fragte er sich; unter der Verblendung eines Vaters, der Schwäche einer Mutter. Oder der Unfähigkeit eines Arztes.

Er setzte sich auf die Kante des zweiten Betts. Wie oft hatte er so neben seinem Sohn gesessen, wie oft sein Vater an seinem Bett? Die Erinnerungen kamen in einer Flut von Bildern: Krabbe, ein halbes Jahr alt, mit dem Bauch auf einem karierten Handtuch in der Küche; Krabbe, in Tränen aufgelöst am Nordseestrand, weil ihn ein aus dem Meer aufgetauchter Neptun mit seinem Dreizack erschreckt hatte; Krabbe, wie er morgens zu ihnen ins Bett gekrochen kam. Spielte Krabbe jetzt wie Tobias mit Gameboys und Rollerskates, oder blätterte er lieber in Comics? Noch mit fünf Jahren war er schmal und zerbrechlich gewesen, zu klein für sein Alter.

Wenn Mathis später zum Frühstück in der Küche erschienen war, hatte Krabbe schon am Tisch gesessen. Immer häufiger waren sie beim Frühstück allein gewesen, ohne Vera, die noch schlief – entweder im eigenen Bett oder in einem fremden, in einem anderen Haus. Bis Mathis die Notbremse gezogen hatte.

Es waren die Wochen vor ihrer Trennung. Seine Frau hatte sich verändert, schon bald nach der Geburt des Kindes. Die Vera mit dem strahlenden Blick, diese Vera gab es nicht mehr. Und seit sie nicht mehr lachte, sagte er auch nicht mehr „Ich liebe dich".

Vielleicht hatten die Probleme damit begonnen, daß Mathis anfing, Karriere als Chirurg zu machen, und noch mehr Zeit als zuvor in der Klinik verbrachte. Oder damit, daß der Junge geboren wurde und er die wenige Zeit, die ihm blieb, lieber mit Krabbe teilte als mit seiner Frau. Oder damit, daß er Amber wiedergetroffen hatte. Oder damit, daß Vera in ein schwarzes Loch trieb, das sich aufgetan hatte und sie zu verschlingen drohte.

Sie hatte von ihm verlangt, daß er jede ihrer Stimmungen erahnte, während sie ihm gleichzeitig Mitgefühl und Gerechtigkeit mit derselben Beharrlichkeit verweigerte. Irgendwann hatte er sich nicht mehr darum bemüht, sie zu begreifen. Deswegen war es immer häufiger zu Zusammenstößen gekommen. Sie betrog ihn, denn wie jeder, der spürt, daß er verwaist, brauchte sie mehr Wärme, Zuneigung und Begegnungen auf fremden Bettlaken.

Die Trennung war unausweichlich gewesen, und er wußte noch, daß er irgendwann gedacht hatte: *Vielleicht ist es besser so.* Was hätten sie schon voneinander gehabt, wenn sie zusammengeblieben wären? Eine erloschene Ehe, eine zugefallene Tür, an der sich keine Klinke mehr befand. Nächte, deren dunkle Stunden er im Krankenhaus verbrachte, während sie wer weiß was trieb. Dazwischen wenige gemeinsame Augenblicke vor leer gegessenen Tellern. Unterdessen wäre Krabbe zwischen ihnen herangewachsen, und sie hätten ihm jeder von seiner Seite aus dabei zugesehen. *Aber du hättest ihn wenigstens bei dir gehabt,* dachte Mathis, *du hättest deinen Sohn so nah und deutlich sehen können wie Tobias jetzt.*

Statt dessen sah er immer wieder ein anderes Bild – den letzten Tag, die letzte Umarmung. Am Abend zuvor hatten sie in einem Restaurant seinen Geburtstag gefeiert, und die Spannungen zwischen Vera und ihm waren so deutlich zu spüren gewesen, daß Krabbe vor lauter Nervosität aß und aß, bis er sich erbrechen mußte. Mit dem Jungen an der Hand war Vera aus dem Lokal gestürmt, während er selbst, allein gelassen, drei Karaffen Rotwein getrunken hatte.

Am folgenden Morgen versuchte er, Krabbe zu erklären, daß Mama und Papa sich nicht mehr verstanden und daß Mama deswegen weit weg von zu Hause leben wollte, ohne Papa. Und daß sie dafür die Hilfe des tapfersten Jungen der Welt brauchte, weil sie sonst ganz allein war.

Krabbe saß auf der anderen Seite des Küchentisches, sehr gerade, die schmalen Schultern gestrafft. „Du brauchst dir meinetwegen keine Sorgen zu machen", sagte er. „Ich gehe gern mit Mama weg. Es macht mir nichts aus, wenn du nicht mehr da bist."

Mathis war unfähig, noch ein Wort zu finden. Er sprang auf, lief um den Tisch herum, kniete vor Krabbe nieder und preßte sein Gesicht an die schmale Brust des Jungen. Seine Hände umschlossen die dünnen Schultern. *Er ist ein Kind,* dachte Mathis; *wie soll ein Kind das verstehen?* Das Kind entzog sich ihm nicht, lehnte sich nur seltsam reglos gegen seinen Kopf. Mathis wußte, daß er innerhalb einer Viertelstunde ein fremder Mensch für seinen Sohn geworden war. „Du mußt mich weiter liebhaben", sagte er. „Bitte, Krabbe, du darfst mir nicht böse sein."

Das war ihr letztes Gespräch gewesen, und danach hatte Vera den Wagen genommen, den sie am Hafen abstellen wollte, und Mathis hatte nie wieder ein Wort von Krabbe gehört.

Tobias gab ein leises Stöhnen von sich. Mathis zuckte zusammen und warf einen Blick auf seine Armbanduhr. Es war fünf Minuten vor drei, aber die Uhr ging sieben Minuten nach. Der Mann, der ihn zu seinem Sohn bringen konnte, wartete seit zwei Minuten am Fischmarkt auf ihn.

IN DEM Mercedes, der Mathis folgte, saßen zwei Männer und eine Frau. Die Frau trug keine Sonnenbrille mehr wie an der Theke des Mandarin Garden, und die Netzstrümpfe waren unter einer Jeans verborgen. Der Mann am Lenkrad hatte eine Lederjacke über seinen roten Jogginganzug gezogen und trug eine Pistole in einem Schulterhalfter. Der Japaner saß auf dem Rücksitz.

Der Porsche vor ihnen überfuhr eine rote Ampel und bog dann schlingernd nach rechts in die Straße zum Fischmarkt. Er bog um die nächste Ecke, rollte langsam die Gasse zum Mandarin Garden hinunter. Die Neonschrift auf dem Dach des Lokals war ausgeschaltet. Der Porsche hielt unter der einzigen Straßenlaterne, die noch brannte.

Der Mann am Lenkrad des Mercedes schaltete die Scheinwerfer aus und hielt gleich hinter der Ecke. „Warum steigt er nicht aus?" fragte die Frau auf dem Beifahrersitz. „Worauf wartet er?"

„Auf Luther.“

Der Mann am Lenkrad holte ein Päckchen Marlboro aus der Lederjacke und drückte den Zigarettenanzünder ins Armaturenbrett. Im selben Moment zerbarst die Scheibe neben seinem Kopf unter dem Schlag eines Baseballknüppels, dem sofort ein zweiter folgte. Gleichzeitig stieß eine Faust mit einem Trommelrevolver durch das offene Fenster auf der Beifahrerseite. „Keine Bewegung!“ schrie eine Jungenstimme. „Waffe steckenlassen!“

Der Wagen schaukelte, als jemand auf die Kühlerhaube sprang, während ein weiterer Baseballschläger die Hinterscheibe zerschmetterte. Der Mann auf der Kühlerhaube trug Fallschirmspringerstiefel, eine Tarnjacke und eine dunkelgrüne Hose. In der einen Hand hielt er eine automatische Pistole, in der anderen eine starke Taschenlampe, deren Strahl das Innere des Mercedes erleuchtete. Ein zweiter Mann stand neben der Beifahrertür, ein dritter auf der Fahrerseite, zwei andere standen am Heck des Wagens.

„Jungs, ihr macht einen Fehler“, rief die Frau auf dem Beifahrersitz, „wir sind –“

„Halt's Maul!“ schrie die Jungenstimme, und der Lauf des Trommelrevolvers bohrte sich in ihre Wange.

„Her mit den Waffen!“ befahl der Skinhead auf der Motorhaube. „Schmeißt die Waffen und die Brieftaschen raus!“

„Hört mal –“, sagte der Mann am Lenkrad, aber ehe er weitersprechen konnte, schlug ihm der Mann vor der Tür den Knauf des Knüppels gegen die Schläfe. Der Japaner warf der Frau Armbanduhr und Pistole in den Schoß, und die Frau warf alles aus dem Fenster, auch ihre Uhr, die Waffe und sämtliche Brieftaschen, während der Mann auf dem Fahrersitz stöhnend seinen Kopf hin und her drehte. Der Skin neben der Tür zog ihm die Pistole aus dem Halfter, griff nach dem Zündschlüssel und schleuderte ihn in die Dunkelheit, bevor er die Sprechmuschel des Funkgeräts aus dem Armaturenbrett riß und ebenfalls wegschleuderte. Einen Augenblick später waren alle fünf verschwunden, in den Schatten zwischen den Häusern untergetaucht.

„Verdammte Idioten“, sagte die Frau auf dem Beifahrersitz des Mercedes leise. Sie neigte sich zu dem Mann am Lenkrad. „Bist du in Ordnung, Achim?“

„Was war das?“ fragte der Fahrer benommen.

„Der Porsche!“ rief der Japaner.

Der Porsche schaltete die Scheinwerfer ein und rollte langsam die

Gasse hinunter. Im Fensterrahmen der Beifahrerseite erschien der Ärmel einer olivenfarbenen Nappalederjacke, und eine Hand winkte ihnen mit hochgestrecktem Mittelfinger einen Abschiedsgruß zu. Dann verschwand der Porsche aus dem Lichtkreis der Straßenlaterne.

„Luther", stöhnte der Mann am Lenkrad.

„WOHIN fahren wir?" fragte Mathis und kontrollierte im Rückspiegel die Straße. Niemand folgte dem Porsche.

„Vertrauen Sie mir", sagte Luther. Er sah nicht mehr ganz so elegant aus wie bei ihrem ersten Treffen. Um die Augen zeigten sich Fältchen der Erschöpfung. „Biegen Sie da vorne links ab", sagte er.

Mathis setzte den Blinker. Seine Hände zitterten. „Ich soll Ihnen vertrauen? Siniak sagt, wenn ich Ihnen vertraue, bin ich tot. Was ist mit meinem Bruder, hat er Ihnen vertraut?"

Luther seufzte. „Sie begreifen nichts. Siniak ist es, der Sie töten wird, nicht ich!"

„Siniak ist beim BKA. Warum sollte er mich umbringen wollen? Wer waren diese Leute eben – Freunde von Ihnen?"

„Nein, allenfalls Klienten. Die Vorteile einer großen Mandantenkartei."

„Finden sich in dieser Kartei auch Terroristen?" fragte Mathis.

„Was ist schon ein Terrorist?" antwortete Luther.

„Ich würde sagen, jemand, der Giftgas in einer U-Bahn freisetzt, ist ein Terrorist. Und solche Leute vertreten Sie doch, oder?"

„Na und? Anwälte und Ärzte, wir nehmen beide, was wir kriegen können. Auf dem OP-Tisch sind alle gleich, das ist mein Credo. Haben Sie das gesagt oder nicht, Doktor?"

„Woher wissen Sie das?" fragte Mathis überrascht.

„Glauben Sie, ich hätte mir die ganze Mühe mit Ihnen gemacht, wenn ich nicht alles über Sie wüßte?"

„Wenn Sie schon soviel über mich wissen, wie konnten Sie dann denken, daß ich Sie begleite, um meinem Bruder zu helfen, seinen Kopf aus der Schlinge zu ziehen?"

„Vielleicht nicht Ihrem Bruder", sagte Luther kalt, „aber Ihrem Sohn doch bestimmt, oder? Da vorne wieder links."

Die Scheinwerferkegel glitten auf einen breiten Schotterweg. Hinter einem mit dichtem Gebüsch bewachsenen Uferstreifen floß die Elbe. Vor der Wasseroberfläche, silbern im Mondschein, zeichnete sich die Silhouette eines Flugzeugs ab.

„Doktor, entweder vertrauen Sie mir oder Siniak", sagte Luther. „Er hat Ihnen erzählt, Ihr Bruder wäre tot. Ich sage, Ihr Bruder lebt, und ich bringe Sie zu ihm. Entscheiden Sie sich für eine Seite."

„Und Salman Krebs, auf welcher Seite steht der?"

„Auf seiner eigenen, jedenfalls bis vorgestern. Wenn Sie, statt mit Siniak zu plaudern, sich gestern morgen mehr Zeit für mich genommen hätten, dann wüßten Sie längst, um was es geht und was für uns auf dem Spiel steht."

Mathis trat auf die Bremse und drehte den Zündschlüssel um. „Sie sind nichts anderes als ein billiger kleiner Winkeladvokat!"

Luther langte unter den Mantelschoß und hielt Mathis eine Pistolenmündung an die rechte Schläfe. „Steigen Sie aus, bitte", sagte er. „Ich will Ihnen nichts antun – aber ich werde es, wenn ich muß." Er öffnete die Tür auf seiner Seite und bedeutete Mathis mit einem Ruck der Pistole, ebenfalls auszusteigen. „Die Schlüssel können Sie steckenlassen."

Mathis gehorchte und drückte die Tür ins Schloß. Luther schaltete eine kleine Taschenlampe an, deren Strahl einen Holzsteg aus der Dunkelheit holte. „Gehen Sie voran, Doktor", sagte er.

Hintereinander gingen sie auf den Steg zu, an dessen Ende das Wasserflugzeug vertäut lag. Im Osten zeigte der Himmel einen ersten Streifen Tageslicht. Der Lichtkegel der Stablampe erfaßte die Kabine der zweimotorigen Cessna, die auf ihren Schwimmern in der schwachen Strömung dümpelte. Luther öffnete die Einstiegsklappe und winkte erneut mit dem Pistolenlauf. „Steigen Sie ein." Er wartete, bis Mathis in die Kabine der zweisitzigen Maschine gestiegen war. Dann löste er das Tau, das vom Steg zu dem Schwimmer führte, bevor er selbst auf den Pilotensitz kletterte. Er zog die Klapptür zu, schob die Pistole in die Manteltasche, betätigte einige Hebel und Knöpfe am Armaturenbrett und drückte auf die Zündung. Hustend sprang der Motor an. Die Propeller begannen sich zu drehen. Ohrenbetäubender Lärm erfüllte die kleine Kabine, als Luther die Maschine auf Kurs brachte. „Schnallen Sie sich an!" rief er.

Mathis ließ den Verschluß des Sicherheitsgurtes einrasten. Luther beschleunigte das Fahrzeug und zog den Steuerknüppel langsam auf sich zu. Im Licht des Bordscheinwerfers flog die Wasseroberfläche der Cessna entgegen, dann kippte sie nach unten weg, und das Rattern hörte auf.

„Und jetzt", verkündete Luther, „werde ich Ihnen etwas über Shiva und den Tod erzählen."

# 6

„Ihr habt ihn verloren?“ Siniaks Stimme war fast tonlos. „Ihr seid von Skins überfallen worden, und er ist einfach weggefahren?“ Eine kleine Ader an seiner Schläfe schwoll an. „Ich weiß, wohin er will“, sagte er, „er hätte dort nur nie ankommen dürfen!“ Der Leiter der BKA-Abteilung Terroristenbekämpfung legte den Hörer zurück auf den Apparat und starrte einen Moment lang in die Dunkelheit der leeren Lagerhalle. „Sie haben ihn verloren“, sagte er leise.

Robert Hagen saß auf der anderen Seite des Schreibtischs. „Wen haben sie verloren?“

„Den Doktor. Sie verstehen nicht, was das bedeutet?“

Hagen schüttelte den Kopf. „Nicht ganz.“

Siniak nickte. „Sie denken, es ginge um Luther, aber die eigentliche Trumpfkarte in diesem Spiel ist Mathis. Wer ihn hat, kann den Ausgang zu seinen Gunsten entscheiden. Dieser Mann gehört zu der gefährlichen Spezies, die sich irgendwas in den Kopf setzt und nicht eher davon abläßt, als bis sie es erreicht hat, koste es, was es wolle. Kennen Sie viele Leute, die auf dem Ticket der Kirche über die DDR-Grenze gereist sind? Ich nicht, aber ihm ist es gelungen. Der Pfarrer von dem kleinen Nest bei Rostock hat so lange an sämtlichen Drähten gezogen, bis David und Vera an einem Kongreß der katholischen Jugend in Speyer teilnehmen durften. Natürlich sind die beiden nicht wieder zurückgekommen, und das hat einigen Leuten eine Menge Ärger eingebracht, einschließlich dieses Pfarrers und Davids Vater. Deswegen wollte der Junge sich und allen anderen beweisen, daß sie das Risiko nicht umsonst auf sich genommen hatten.“

„Die beiden waren doch noch minderjährig“, sagte Hagen. „Wovon haben sie hier gelebt?“

„Davids Mutter hatte Verwandte hier, die haben sie aufgenommen. Der Junge lernte wie ein Wahnsinniger, um den Anschluß in der Schule zu schaffen. Er arbeitete in den Ferien im Krankenhaus und verweigerte den Wehrdienst, alles mit dem Ziel, die Ausbildung bis zur Approbation als Neurologe zu verkürzen, zwei Jahre eher fertig zu werden, als es der Studiengang normalerweise vorgesehen hätte. Er war besessen und schaffte es irgendwie, jeden anderen mit seiner Besessenheit anzustecken.“ Fast bewundernd schüttelte Siniak den

Kopf. „Auftritt Max Berthold. Seinerzeit – David befindet sich mittlerweile im ersten Semester an der Uni Hamburg – war dieser Berthold Erster Oberarzt der Neurochirurgie. Wenn er nicht gerade in seinem geliebten Operationssaal Wunder als Nervenspalter vollbrachte, widmete er sich seinen Studenten."

„Ist das derselbe Berthold, der sich letzte Nacht in der Uniklinik Eppendorf herumgetrieben hat?" warf Hagen ein.

„Genau der, nur siebzehn Jahre jünger. Ein Asket – kein Luxus, keine Bequemlichkeit. Ihn interessieren nur subdurale Hämatome, spinale Tumore, intrakranielle Blutungen. So einer findet natürlich schnell Jünger, für die er gleich nach Gott kommt. Mit ihm als Professor hat der richtige Student das große Los gezogen – so wie Mathis; und mit dem untrüglichen Gespür des guten Lehrers hat der Professor in ihm den einen unter Tausenden erkannt, den Genialen, dem das Skalpell des Chirurgen in die Hand gegeben werden kann. Mathis ist nicht nur zäh und zielstrebig, sondern auch hoch intelligent. Allmählich müßten Sie eine Ahnung davon kriegen, um wen es sich bei David Mathis handelt."

„Ich verstehe", meinte Hagen. „Vielleicht sollten wir uns mal seine Freundin, diese Kinderärztin – Amber Schneider –, vornehmen. Vielleicht ist sie seine Schwachstelle."

„Natürlich ist sie das. An Schwachstellen besteht bei Mathis kein Mangel. Sein Bruder, seine Frau, sein Sohn, seine Geliebte. Gut, überwachen Sie sie – Post, Telefon, alles. Unauffällig. Aber erst schaffen Sie mir Max Berthold her."

„Wir haben fünf Uhr morgens", entfuhr es Hagen.

„Es ist mir egal, wie spät es ist."

„Und was wird mit Mathis? Sie sagten, Sie wüßten, wohin er will –"

„Irland", beschied ihn Siniak knapp. „Sein Bruder, seine Frau, sein Sohn – er muß wissen, wie es um sie steht. Wie ich Luther kenne, hat der irgendwo einen Helikopter oder ein Sportflugzeug stehen. Wahrscheinlich befinden sie sich jetzt schon im Landeanflug auf die Grüne Insel. Nehmen Sie sich die Roth und unseren Scharfschützen, der sich so gern als Priester tarnt – Kollberg –, und fliegen Sie nach Irland. Suchen Sie Mathis."

„Kein Problem. Wir wissen ja, wo seine Frau und der Junge wohnen –"

„Wohnten", präzisierte Siniak. „Luther wäre ein Idiot, wenn er sie nicht woandershin gebracht hätte. Also, schaffen Sie Berthold her, und finden Sie Mathis. Bringen Sie ihn zurück."

„Und wenn er nicht zurückkommen will?"

„Dann erschießen Sie ihn."

Die Maschine flog tief über dem Wasser. Die dunkelblauen Wellen trugen kleine Schaumkronen. Mathis starrte aus dem Fenster und blinzelte in den Messingglanz der aufgegangenen Sonne. Ihm war kalt. Die Flugzeugmotoren dröhnten.

„Am Ende wird es vielleicht Tausende von Toten geben“, sagte Luther. „Hamburg war nur ein Testlauf.“

„Steckt die Sekte, für die Sie arbeiten, hinter dem Giftgasanschlag auf die U-Bahn?“ fragte Mathis.

„Es handelt sich dabei nicht um eine Sekte, sondern um eine Familie, um eine Gemeinschaft von Gläubigen, an deren Spitze ein sogenannter Wissender steht – der Erleuchtete.“

„Salman Krebs. Ist das nicht ein etwas seltsamer Name?“

„Er ist auch ein seltsamer Mensch. Dr. Krebs –“

„Doktor? Er ist Arzt?“

„Er heilt die Welt, sagt er immer, wohl im übertragenen Sinn. Im buchstäblichen ist er Neurologe gewesen. Sie können ihn auch als Psychiater bezeichnen. Johann Paul Krebs. Salman ist der Name, den Shiva ihm gegeben hat.“ Luther schob den Steuerknüppel ein wenig von sich weg. Rechter Hand glitt die zerklüftete Küste Irlands vorbei. „Shiva ist Krebs erschienen und hat ihn beauftragt, sein Werk zu tun.“

„Und Sie hat er beauftragt, Krebs dabei juristischen Beistand zu leisten, weil er sonst Schwierigkeiten mit der irdischen Gerechtigkeit kriegen könnte?“

„Die hat er schon“, sagte Luther mit einem kalten Lachen. „Nein, mir persönlich ist Shiva nicht erschienen. Shiva ist nicht wirklich wichtig. Es gibt keine Lehre, keine Gebote, nichts von diesem ganzen religiösen Firlefanz.“

„Aber es gibt den Klingelbeutel, aus dem Ihre Honorare fließen.“

Luther ließ sich nicht provozieren. „Der Weg ist das Ziel, und natürlich muß die Reise finanziert werden. Dafür tragen die Mitglieder der Familie Sorge, damit der Erleuchtete seine Energie auf das Ziel konzentrieren kann.“

„Und wie viele sorgende Mitglieder hat diese Familie?“

„Vielleicht zwanzigtausend. Können auch mehr sein, in ganz Europa.“

„Alle auf dem Weg zum selben Ziel, welches da heißt –“

„– Harmagedon. Die Apokalypse. Der letzte Kampf zwischen Gut und Böse, den nur die Zeugen Shivas überleben werden. Die Zerstörung der Zivilisation und danach eine neue Welt, die dem Erleuchteten und seinen Jüngern gehört. Shiva ist ja nicht nur der Gott der

Zerstörung, sondern auch der Schöpfung. Jeder muß sterben, aber die Zeugen Shivas werden wiederauferstehen. Dr. Krebs hat bewiesen, daß es geht. Er hat den Untergang der DDR überlebt und ist gestärkt daraus hervorgegangen."

„Krebs ist Deutscher?" fragte Mathis überrascht.

„Nicht nur das", antwortete Luther, „er stammt sogar aus derselben Gegend wie Sie – aus Vorpommern. Armer Leute Kind. Weil er schlecht hörte, brachten die Eltern ihn auf Kosten des Staates in einem Gehörlosenheim unter. Vorher war er das Schlußlicht gewesen, dort dagegen ein natürlicher Anführer. Die Rolle gefiel ihm. Aber irgendwas lief schief mit seiner politischen Karriere nach der Schule, und so beschloß er, seinen Staat im Staat zu schaffen. Er gründete eine Arbeitsgemeinschaft, die er dann in einen Verein für psychiatrische Forschung umwandelte, und jeder, der Mitglied werden wollte, mußte die Lehre studieren. Ein Konzentrat aus allen möglichen Heilsverkündungen – eine Prise Christentum, ein Schuß Buddhismus, etwas Hinduismus, ein bißchen Freud und Scientology, das Ganze gut gewürzt mit ein paar keltischen Mythen. Die ersten Jünger waren Außenseiter, geborene Opfer, die im Leben nirgendwo sonst die Anerkennung gefunden hätten, die jeder Mensch braucht. Krebs' große Stunde kam, als die Mauer fiel. Er bot den Orientierungslosen in Ost und West einen Weg und ein Ziel. Dank seiner Hilfe konnten sie sich von all jenem Ballast befreien, der ihre göttlichen Energien in Ketten legte – Geld, Schmuck, Grundbesitz, irdische Habe eben. Er nahm sie an sich, verwaltete den ihm anvertrauten Besitz und gründete ein kleines Wirtschaftsimperium. Dafür bot er den Menschen die Aussicht, daß man, wenn man ihm folgte, zu den Auserkorenen gehörte, die Tod und Zerstörung überlebten. Die entscheidende Schlacht zwischen den Mächten des Lichts und der Finsternis steht übrigens kurz bevor, wie Hamburg gezeigt hat. Noch ein paar solcher Appetithäppchen, und die Zeugen Shivas können sich vor Zulauf nicht mehr retten."

„Appetithäppchen", wiederholte Mathis bitter. „Haben Sie gesehen, was das Sarin aus seinen Opfern macht?"

Die Küste, an der sie entlanggeflogen waren, blieb zurück, und nun waren sie wieder über der offenen See.

„Ich brauche es nicht zu sehen", sagte Luther. „Ich weiß, daß Gas für solche Fälle äußerst praktisch ist. Niemand kann es orten, bevor es wirkt. Wenn man es entdeckt, ist es schon zu spät." Er griff in ein Kartenfach an der Innenseite seiner Tür und holte einen Feldstecher hervor. „Für seine Jünger ist Krebs Gott, aber statt Erzengeln hat er

Minister, von denen jedem ein Verwaltungsbereich zugeteilt ist. Vor allem hat er einen perfekt organisierten Geheimdienst, der abtrünnige Jünger aufspürt oder Aktionen wie die in Hamburg organisiert."

„Das Sarin – wer hat es hergestellt? Woher stammt es?"

„Als die Rote Armee ihre Kasernen in der ehemaligen DDR räumen mußte, hat sie einen Teil ihrer Bestände dort zurückgelassen. Die Chemiker der Zeugen Shivas haben sie dann weiterentwickelt und –"

„Wer waren diese Chemiker?"

„Das wissen Sie doch längst", sagte Luther. „Ihr Bruder wollte nicht in den Westen, aber er konnte nicht verhindern, daß der Westen zu ihm kam. Und was er erlebte, war noch schlimmer, als er befürchtet hatte. Deswegen folgte er Krebs, als der den Hauptsitz seiner Organisation aus steuerlichen Gründen vor die Küste Irlands verlegte. Erst folgte er ihm und später auch noch Ihre Frau. Ihre Mutter war bei ihm in Behandlung, bis sie starb." Luther setzte das Fernglas an die Augen. „Wegen ihrer Depressionen. Herrgott, das darf doch nicht –"

An der Kimm tauchte ein dunkler Punkt auf, der schnell größer wurde. Luther ließ den Feldstecher sinken, plötzlich leichenblaß. Der Punkt wurde rostrot, und wenig später verwandelte er sich in eine eiserne Insel. Luther drückte den Steuerknüppel nach vorn. Die Maschine stieß hinab und schoß dicht über dem Wasser auf die Bohrinsel zu. Rings um die Insel lagen mehrere Patrouillenboote vor Anker. In der Luft stand ein Militärhelikopter.

„Sie haben die Schlinge zugezogen", sagte Luther fassungslos. „Sie belagern die Insel." Er hielt Mathis das Fernglas hin. „Hier, sehen Sie sich das an! Die müssen direkt von Belfast hierher abkommandiert worden sein, um Krebs auszuhungern – verdammt! Da kommen wir nie durch!"

„Krebs ist auf der Bohrinsel da vorn?" fragte Mathis. Die Insel war jetzt schon so nah, daß er die Kräne, Bohrtürme und Pumpen erkennen konnte. An den Masten der Schnellboote, die einen Ring um die mächtigen Säulen der Insel bildeten, flatterte der Union Jack.

„Brazen Head ist schon lange keine aktive Bohrinsel mehr." Luther änderte den Kurs, um die Plattform zu umfliegen. „Krebs hat sie Shell abgekauft, als die sie entsorgen mußten, und darauf sein Hauptquartier eingerichtet."

„Ist Georg dort? Ist er auf der Insel?"

„Ja. Aber es geht ihm nicht gut. Er braucht Ihre Hilfe."

„Wieso? Was hat er?" Mathis wollte gerade das Fernglas absetzen, als er einen Mann aus einer Luke treten sah. Er war ganz in Schwarz gekleidet und hielt eine Maschinenpistole in den Händen. Eine Spange verband ein kleines Mikrofon vor seinem Mund mit einem Kopfhörerbügel. Kinn und Nase waren hinter einer weißen Stoffmaske versteckt.

Luther riß die Cessna zur Seite. „Herrgott, was macht der denn?“ schrie er. „Ist der verrückt geworden?“

Mathis setzte den Feldstecher ab und preßte sich in seinen Sitz. Der leichte Bell-Kampfhubschrauber mit dem Hoheitszeichen der britischen Air Force hatte sich neben die Cessna gesetzt. Die Rotorblätter schienen das Cockpit der Maschine fast zu berühren. In der Ladeluke des Helikopters kniete ein Soldat in Uniform und Helm und hielt eine Maschinenpistole auf das Cockpit gerichtet. Sein Gesicht war hinter einer heruntergeklappten Sichtblende verborgen. Der Pilot starrte durch seine dunkle Sonnenbrille zu Luther und Mathis herüber. Er schob den Hubschrauber noch ein Stück näher an die Cessna heran.

„Dieser Hooligan will uns zum Wassern zwingen!“ brüllte Luther. Er stieß den Knüppel nach vorn, tauchte unter dem Helikopter weg und raste knapp über die Mastspitze eines Schnellbootes davon. Der Hubschrauber drehte ab und kehrte zur Insel zurück.

Mathis kämpfte mit Schwindelgefühlen. Die Luft in dem glutheißen Cockpit war zum Ersticken. „Was ist hier los?“ rief er. „Wenn Sie mich nicht zu meinem Bruder bringen können, dann fliegen Sie mich zu meiner Frau und dem Jungen!“

Am Horizont tauchte wieder die irische Küste auf. Luther seufzte. „Merken Sie nicht, daß eine ganz neue Lage entstanden ist? Ich kann Sie nicht zu Ihrer Familie bringen. Ich kann Ihnen nicht mal sagen, wo sie sich befindet. Mein ganzer Plan –“

*Sein ganzer Plan ist schiefgegangen,* dachte Mathis. *Während er in Hamburg war, um mich zu holen, hat sich die Lage verändert. Er hat dir zuviel erzählt. Er kann dich nicht am Leben lassen. Vielleicht muß er auch Vera und Krabbe umbringen.* Er holte das Brillenetui aus der Brusttasche und tat, als beuge er sich vor, um aus dem Fenster zu schauen, während er die Injektionsnadel aus dem Etui nahm, ihre Spitze in die Phiole stach und die Flüssigkeit aus der Phiole in die Spritze zog.

Hinter einer grünen Landzunge öffnete sich eine kleine Bucht. Ein paar Fischerboote lagen am Strand. Dahinter teilten Steinmauern das tiefgrüne Land in Parzellen, und noch weiter hinten erhob sich ein Berg, dessen Gipfel einen Nebelkranz trug. Die Maschine ging tiefer.

Mathis drückte etwas von der Flüssigkeit aus der Nadel, dann wandte er sich zu Luther und stach ihm die Spritze in den Hals. Noch ehe der Anwalt begriff, was geschah, injizierte Mathis ihm den gesamten Inhalt der Spritze und zog die Nadel wieder heraus.

„Was haben Sie getan?" schrie Luther. „Kapieren Sie nicht – ich bin Ihr einziger Freund! Was war in der Spritze?"

„Gehen Sie runter", sagte Mathis. „Setzen Sie das Flugzeug da in der Bucht aufs Wasser. Wenn ich Ihnen nicht innerhalb von einer Stunde das Gegenmittel spritze, wird Ihr Herz aufhören zu schlagen. Sagen Sie mir jetzt, wo ich meine Familie finde?"

In der Bucht liefen die Wellen lang und gleichmäßig gegen den Strand. Die Cessna stieß steil hinunter. Einer der Schwimmer tauchte ins Wasser, das Heck schlug hoch, und das Flugzeug drohte sich zu überschlagen. Dann berührte der zweite Schwimmer die Wasseroberfläche, und die Cessna fand ihr Gleichgewicht wieder.

Die Klappe des Kartenfachs im Cockpit sprang auf. Luther atmete schwer. „Ohne mich", sagte er mühsam, „werden Sie dieses Land nicht lebend verlassen."

Die Maschine wurde langsamer. In dem offenen Kartenfach entdeckte Mathis eine Landkarte, einen Kompaß, Autoschlüssel und eine Pistole, Kaliber 9 mm. Er beugte sich über Luther und schaltete die Zündung aus. „In zwei Stunden sind Sie tot, es sei denn, ich spritze Ihnen das Gegenmittel. Ist es das wert?" fragte er.

Die Cessna trieb auf das Ufer zu. „Okay, Doktor, Sie... haben gewonnen. Was soll ich tun?"

Mathis stieß die Pilotentür auf. „Steigen Sie aus. Wir waten an Land. Ich helfe Ihnen." Er öffnete die Tür auf seiner Seite. Das Wasser war nicht sehr tief. Er griff nach der Pistole im Kartenfach und schob sie in den Hosenbund. Er hielt die Autoschlüssel hoch. „Wozu gehören die?"

„Ein Landrover... fünf Kilometer von hier ... die Küste hoch."

„Wo finde ich meine Frau und meinen Jungen?"

„Ein Bauernhof", keuchte der Anwalt. „Ein paar Meilen hinter Clifden ... an der Straße nach Galway ... sie verstecken sich da ... drei Gräber und ein Steinkreuz..."

Mathis stieg aus der Kanzel auf den Schwimmer und dann in das eiskalte Wasser. Es reichte ihm bis zu den Hüften. Er watete um das Flugzeug herum auf die andere Seite. Luther hing schon halb aus der Kanzel. Mathis öffnete den Verschluß seines Sicherheitsgurtes. Luther kippte ihm entgegen. Gurgelnd schlug das Wasser über ihm zusammen. Er hielt Luther an den Hüften, als sie beide wieder auftauchten.

„Mein Bruder – was hat er?“

„Er wurde angeschossen“, antwortete Luther hustend.

Er torkelte aufs Ufer zu. Mathis folgte ihm. Einige Meter vom Strand entfernt brach der Anwalt in die Knie. „Die Spritze…, bitte, wenn ich sterbe, sterben Tausende von Menschen … in ganz Europa.“ Er verlor das Bewußtsein. Mathis packte ihn und zog ihn ein Stück weiter aufs Land bis zu einem kieloben im Strandhafer liegenden Boot. Er legte ihn dicht neben dem Boot ab, bevor er es anhob und über Luthers Körper rückte. Das Wasserflugzeug trieb langsam aufs Meer hinaus.

Mathis fror in den nassen Kleidern. In seiner rechten Hosentasche steckten die Schlüssel für den Landrover. Er kletterte die Dünen hinauf. Oben angekommen, packte der kalte Septemberwind ihn so heftig, daß er Schwierigkeiten hatte zu atmen. Über dem Berg ballten sich schwarze Gewitterwolken. Zwischen zwei Mauern aus grauem Stein führte eine unbefestigte Straße zu einem Fischerdorf.

Mechanisch setzte Mathis einen Fuß vor den anderen, dachte nicht an seinen Hunger und nicht an den Durst. Er war fast gelähmt vor Angst um Vera, um Krabbe, um seinen Bruder. Angst vor dem, was er vorfinden mochte. Dann sah er die Scheune, die halb verfallen an den Klippen klebte, und als er nahe genug war, entdeckte er den dunkelroten Landrover hinter den morschen Holzwänden.

Als er in die Bucht zurückkehrte, war das Wasserflugzeug verschwunden. Er zog Luther unter dem Boot hervor, lud ihn sich auf die Schultern und von dort auf die Gepäckfläche des Landrovers. Bevor er ihn mit einer Pferdedecke zudeckte, tastete er nach dem Puls des bewußtlosen Anwalts.

Mathis startete den Wagen und steuerte ihn die Dünen hoch und auf die Straße in Richtung Clifden. Er drehte Heizung und Gebläse ganz auf. Im Handschuhfach fand er eine halbe Tafel Schokolade, die er heißhungrig verschlang.

Mathis fuhr einige Kilometer durch die zerklüftete Moorlandschaft. Kurz bevor er Clifden erreichte, fing es an zu regnen. Die ersten Häuser der Stadt tauchten zwischen den Hügeln auf. Langsam fuhr Mathis die Hauptstraße entlang.

Dann bemerkte er den Polizeiwagen. Der Wagen parkte am linken Straßenrand in der Auffahrt zu einer Steinkirche mit spitzem Glockenturm. Der uniformierte Fahrer stand daneben und blickte Mathis an. Mathis kontrollierte im Innenspiegel, ob Luthers Körper auf der Ladefläche hinter ihm noch unter der Pferdedecke versteckt war. Dann gab er Gas, und einige Kurven weiter blieben die letzten Häuser von Clifden zurück.

*Drei Gräber und ein Steinkreuz.* Das Cottage lag unterhalb eines zerfallenen Friedhofs. Es duckte sich zwischen zwei felsige Hügel, und von der Straße aus konnte man nur das vor Nässe triefende Strohdach sehen. Mooreichen und Lärchen überragten den Schornstein, aus dem eine dünne Rauchfahne stieg.

Mathis lenkte den Landrover von der Straße und an einem Brunnenschacht vorbei zu dem einstöckigen Gehöft. Die Fensterläden waren halb geschlossen, aber nicht verriegelt. Er parkte den Wagen neben dem Haus.

Luther auf der Ladefläche des Wagens bewegte sich. Die Wirkung des Betäubungsmittels ließ nach. Mathis füllte die zweite Spritze mit dem Rest aus der Phiole, öffnete die Hecktür und injizierte Luther die letzte Dosis, um ihn für weitere drei Stunden ruhigzustellen.

Dann ging er auf das Haus zu. Im Innern hörte er ein leises Klirren. „Vera?“ rief er. „Krabbe?“ Die Tür war verschlossen. Er warf sich dagegen, und sie sprang auf. Mathis blieb auf der Schwelle stehen. Der Raum hinter der Tür enthielt einen offenen Herd, einen Holztisch, eine Eckbank, zwei Stühle, einen großen Schrank und Regale, in denen Kochtöpfe und Pfannen, Holzbecher und Eßwaren waren. An der Wand gegenüber der Tür hing ein wuchtiges Kreuz, darunter stand eine Kommode mit einem halbgepackten Koffer.

Die Frau, die an dem Tisch saß, hatte ungewaschenes, schulterlanges Haar. Sie trug eine schmutzige gelbe Jutebluse ohne Ärmel und ausgefranste Jeans. Vor ihr standen eine Whiskeyflasche und ein halbvolles Glas.

„Vera?“ fragte Mathis ungläubig.

Die Frau drehte sich um. Ihr Gesicht war blaß, die Haut wie ein Netz tiefer Falten. „David“, sagte sie.

„Vera“, flüsterte er entsetzt. Er konnte sie nicht umarmen. „Wo ist ..., wo ist Krabbe?“ fragte er.

„Krabbe ist oben“, sagte sie müde. „Er schläft. Es geht ihm nicht gut. Er ist krank.“

„Was hat er?“ fragte Mathis beunruhigt.

„Ich weiß nicht“, sagte Vera. „Sieh ihn dir an.“

Mathis entdeckte eine schmale Holztreppe, die nach oben zu den Kammern unter dem Dach führte. Er lief sie hinauf. In einem kleinen Zimmer lag ein Junge, zugedeckt bis zum Hals, auf einer Holzpritsche. Sein fieberrotes Gesicht war eingefallen und schweißüberströmt. Das kurzgeschorene Haar wirkte struppig. Die trockenen Lippen öffneten sich überrascht. „Papa!“

„Der Doktor ist da“, sagte Mathis. Er setzte sich auf die Bettkante. Er beugte sich zu Krabbe hinunter, preßte den schmalen Oberkörper seines Sohnes an sich und weinte. „Krabbe ...“

Unbeweglich lag der Junge in seinen Armen. Dann stemmte er sich gegen die Umarmung. „Ist ja gut, Papa. Ich hab nichts Schlimmes, nur eine Grippe ...“

Neben der Lampe auf dem zum Nachttisch umfunktionierten Stuhl stand ein halbleeres Wasserglas. Unter dem Stuhl formten Krabbes Kleidungsstücke einen unordentlichen Haufen, daneben lag ein halbgepackter Rucksack. Eine Woge von Zärtlichkeit überflutete Mathis. „Freust du dich, mich zu sehen?“

„Eltern sind nicht wichtig“, antwortete Krabbe mit heiserer Stimme.

Mathis legte ihm die Hand auf die heiße Stirn. „Was ist denn wichtig?“

„Der Erleuchtete ist wichtig. Shiva ist wichtig.“

Mathis zog seine Hand zurück, als hätte er sich verbrannt. Er erhob sich. „Kannst du aufstehen? Wir müssen vielleicht von hier weg.“

„Wir können nicht ohne Georg weggehen.“

„Wie alt bist du jetzt, Krabbe?“

„Dreizehn.“

„Kannst du die Wahrheit ertragen?“

„Du willst mir sagen, daß Georg nicht wiederkommt, oder?“

„Ja“, sagte Mathis, „das wollte ich sagen. Bis gleich, Krabbe.“ Er verließ die Kammer, und schon in der Mitte der Treppe konnte er seinen Zorn nicht mehr beherrschen. „Was habt ihr mit ihm gemacht?“ fuhr er Vera an, sobald er unten war.

„Was *wir* mit ihm gemacht haben?“ wiederholte Vera. Sie stand am Fenster. „*Die* haben es gemacht! Willst du wissen, wie es in den Kommunen des Erleuchteten zugegangen ist? Am Anfang wurde man eingeweiht – jeder, der neu kam: Männer, Frauen, Kinder. Daß man es wert war, eingeweiht zu werden, hatte man schon vorher unter Beweis gestellt, indem man ein Gelübde auf den Erleuchteten ablegte und ihm alles vermachte, was man besaß. Dann bekam jeder Novize eine Art Lederkappe übergestreift, mit Elektroden, ‚Gehirnhelme‘ hießen die. Durch die Elektroden wurden Stromstöße gejagt, die es uns erleichtern sollten, den Gedankenströmen des Erleuchteten zu folgen. Manchmal waren die Stöße etwas zu stark, so daß die Kopfhaut verbrannte. Die Kinder“, ihre Stimme zitterte, „die Kinder mußten die Helme wochenlang tragen und dazu eine Batterie am Gürtel, die ihnen in kurzen Abständen immer wieder schwache Stromstöße versetzte, damit es ihnen leichter fiel, die Gedanken des Wissenden zu begreifen. Manche von ihnen waren kaum vier Jahre alt! Einige konnten sich mit sechs noch nicht allein die Zähne putzen oder auf die Toilette gehen. Ein Teller Reis oder Kartoffelsuppe am Tag war alles, was sie zu essen bekamen. Wasser statt Milch. Waschen durften sie sich nur zweimal in der Woche, und mehr als fünf Stunden Schlaf pro Nacht waren nicht gestattet. Spielen – nicht gestattet! Zärtlichkeiten von Mama oder Papa – nicht gestattet! Das einzige, was sie durften, war arbeiten und die Gebote des Erleuchteten auswendig lernen! Wenn ich Krabbe gesehen habe – ihn und die anderen –, es hat mir das Herz gebrochen."

„Warum hast du nichts dagegen unternommen?"

Vera goß etwas Whiskey in das Glas. Mit beiden Händen führte sie das Glas an den Mund. „Es war mir egal", antwortete sie. „Wir hatten doch keinen Willen mehr! Sie nennen sich Kommunen, aber es sind Lager, überall in Irland und was weiß ich, wo noch. Wir bekamen Drogen, die unser Bewußtsein so beeinflußten, daß wir völlig willenlos waren. Beruhigungspillen, Aufputschmittel, Kokain und noch ein paar Sachen, nach denen du deinen Bruder fragen mußt, denn er hat das Zeug hergestellt. Viele haben das nicht überlebt. Und wer es doch überlebte und protestierte, wurde vergiftet, erwürgt oder auf der ‚Krankenstation' zu Tode behandelt."

„Hat denn niemand versucht zu fliehen?"

„Wohin denn? Irland ist eine Insel, und Krebs hat hier ein Netz von Informanten."

Mathis war überwältigt von Schmerz und Mitgefühl. „Ich hatte ja keine Ahnung", sagte er.

„Ich auch nicht. Nach unserer Trennung war ich verzweifelt, einsam, erschöpft. Und Georg…, ich glaube, er hätte alles getan, um zu verhindern, daß ich zu dir zurückkehre. Ich hatte auch keine Ahnung, wie sehr er unter dem Einfluß von Krebs stand. Krebs hatte nicht nur eure Mutter von sich abhängig gemacht, sondern Georg gleich mit."

„Aber wie?" fragte Mathis.

„Er gab uns, was wir brauchten. Wir kamen zu ihm wegen unserer Ängste, unserer Schwächen, und er nahm uns die Ängste und sagte, unsere Schwächen seien Stärken. Krebs manipulierte unsere Sehnsüchte. Wenn irgend jemand das kann, dann ein Psychiater!"

„Weißt du, wo Georg ist?" fragte Mathis.

„Bist du seinetwegen hier?"

„Seinetwegen und euretwegen", antwortete er. „Es hat einen furchtbaren Giftgasanschlag in Hamburg gegeben, und ich –"

„Ich weiß. Deswegen ist Georg ja nach Cahercommaun zurückgekehrt, um Krebs zu töten."

„Georg? Ich dachte, er gehört zum inneren Kreis um den Erleuchteten …"

„Seit langem nicht mehr. Der Anschlag in Hamburg war nur das Tröpfchen, das das Faß zum Überlaufen brachte. Schon vorher hatte Georg herausgefunden, worum es Krebs wirklich ging. Nach dem Umzug auf Cahercommaun entdeckte er Pläne –"

„Cahercommaun?"

„Eine Bohrinsel. Früher, als sie noch Shell gehörte, hieß sie ‚Brazen Head'. Krebs hat sie gekauft, um dort sein Hauptquartier einzurichten. Nur der innere Kreis durfte darauf mit ihm residieren. Und seine Leibgarde, die Prätorianer. Georg entdeckte, welchen wahnsinnigen Zielen sich Krebs wirklich verschrieben hatte und welche Rolle er mit seinen chemischen Kenntnissen dabei spielen sollte. Macht und Habgier, um nichts anderes ging es dem Erleuchteten. Es hatte schon immer Versuche von Sicherheitsdiensten gegeben, die Zeugen Shivas zu infiltrieren, auch an Georg waren sie herangetreten. Jetzt nahm er von sich aus mit dem deutschen Bundeskriminalamt Kontakt auf. Er warnte sie vor dem geplanten Attentat in Hamburg. Doch nichts geschah, außer daß irgend jemand Krebs was von einem Verräter in seinen eigenen Reihen gesteckt hat." Vera begann zu weinen. „Seitdem sind wir auf der Flucht. Die Geheimpolizei der Zeugen Shivas hat bisher noch jeden Abtrünnigen gekriegt. Als Georg vom BKA nur hingehalten wurde, wandte er sich an den britischen MI6. Aber die Engländer sagten, wenn sie versuchten, die Zeugen Shivas hochzunehmen, käme es zu einem Rechtsstreit, den sie sich nicht leisten könnten. Sie gaben Georg den Rat, die Sache selbst in die Hand zu nehmen, und gaben ihm einen Haufen Waffen. Er hatte ja bei der Nationalen Volksarmee eine Einzelkämpferausbildung absolviert. Und dann kam Hamburg, die erste Stufe von Krebs' Plan. ‚Ich muß ihn töten', sagte Georg. Vor drei Tagen ist er aufgebrochen, um den Drachen zu erlegen, und seitdem haben wir nichts mehr von ihm gehört."

„Er ist auf der Bohrinsel", sagte Mathis. „Aber irgendwas scheint schiefgelaufen zu sein."

„Woher weißt du das?"

„Der Mann, mit dem ich hergeflogen bin, hat es mir gesagt. Er behauptet, er sei der Anwalt der Zeugen Shivas. Sein Name ist Luther. Er hat mir gesagt, wo ich euch finde."

„Sie wissen also Bescheid. O Gott, sie wissen, wo wir sind."

„Ich dachte, Luther hätte euch geholfen unterzutauchen", sagte Mathis verwirrt.

„Ich kenne keinen Luther. Niemand hat uns geholfen. O Gott, sie haben uns gefunden. Georg ist tot, nicht wahr?"

„Nein. Luther hat gesagt, daß er lebt. Und die Bohrinsel ist von britischen Truppen umstellt!"

„Dann werden sie uns erst recht erledigen. Wie sieht dieser Luther aus?"

„Vielleicht kennst du ihn unter einem anderen Namen", meinte Mathis. „Er ist draußen im Wagen."

Kurz darauf lag Luther auf dem Boden des Cottages, und Vera öffnete die Fensterläden, um ihn genau zu betrachten. Sie starrte den ohnmächtig auf dem Rücken liegenden Mann an und sagte: „Der Ajatollah! So haben wir ihn genannt. Er ist der Chef der Geheimpolizei. Er hat für Krebs die Drecksarbeit gemacht. Bitte, feßle ihn, David." Sie ging zum Schrank und holte Schnur aus einer Schublade.

Mathis fesselte Luthers Hand- und Fußgelenke, und gerade als er den letzten Knoten zuzog, schlug der Anwalt die Augen auf. „Binden Sie mich los! Sie brauchen meine Hilfe, sonst werden Sie sterben."

Mathis erhob sich. „Wer sollte uns etwas tun? Sie sind in unserer Gewalt, und Krebs sitzt auf seiner Insel, belagert von britischen Truppen –"

„Er sitzt nicht – er liegt. Im Koma. Mit einer Kugel im Kopf. Verstehen Sie endlich, Ihrem Bruder ist nichts passiert – es ist der Erleuchtete, den es erwischt hat. Bevor die Prätorianer Georg schnappen konnten, ist es ihm noch gelungen, Krebs schwer zu verletzen. Jetzt liegt er transportunfähig auf der Bohrinsel, und seine Chancen werden mit jedem Tag im Koma geringer. Also, binden Sie mich los, und helfen Sie mir, das Leben des Erleuchteten zu retten!"

Mathis schüttelte ungläubig den Kopf. „Nach allem, was dieser Mann meiner Familie angetan hat, glauben Sie im Ernst, daß ich auch nur einen Finger rühren würde, um ihm zu helfen?"

„Ja. Sie sind Arzt. Und Sie sind der einzige, den die Prätorianer an den Erleuchteten heranlassen."

„Das verstehe ich nicht. Wieso?"

„Weil Sie Ihren Bruder lebend wiedersehen wollen. Und weil Sie doch sicher nicht wollen, daß Ihrer Frau und Ihrem Sohn etwas zustößt. Aber es geht nicht nur um Sie oder Ihre Familie. Es geht um Tausende von Menschen, und ihr Leben liegt in Ihrer Hand, Doktor! Das Todesprogramm läuft, Hamburg war erst der Anfang. Die Vorbereitungen für die nächsten Anschläge sind längst abgeschlossen. London, Paris, Berlin, Rom… Nur der Erleuchtete weiß, wo Shiva das nächste Mal ein Zeichen setzt. Und nur er kann den Countdown stoppen. Wenn er stirbt, werden seine Anhänger den ganzen Kontinent mit Tod und Zerstörung überziehen. Verstehen Sie jetzt, Doktor?“

Mathis schwieg.

„Die Kugel sitzt dicht an der Kleinhirnschlagader des Erleuchteten“, fuhr Luther fort. „Ich glaube, ich muß Ihnen nicht erklären, was das bedeutet, Doktor. Solange er im Koma liegt, kann niemand den Countdown aufhalten. Und es gibt nur einen Arzt, der eine derart komplizierte Operation unter den vorliegenden Bedingungen auf der Bohrinsel durchführen kann.“

„Sie erwarten doch nicht, daß ich das Projektil mit einem Schraubenzieher raushole?“ warf Mathis wütend ein.

„Aber nein, Doktor. Ein Prophet wie der Erleuchtete muß immer mit Angriffen auf sein Leben rechnen, deshalb hat er auf Cahercommaun einen kompletten Kliniktrakt bauen lassen, einschließlich OP. Dort liegt er, beschützt von den Prätorianern, die keinen zu ihm lassen. Und rings um die Insel haben die Briten einen Belagerungsgürtel gezogen. Für sie ist es genauso wichtig, daß Krebs am Leben bleibt. Die Insel verfügt über ein Dutzend Telefonanschlüsse, jede Menge Funktelefone, einen Kurzwellensender und einen Schwarm von Brieftauben. Außerdem können sie jede ihrer Kommunen in ganz Europa via Internet erreichen und so den Befehl zum Losschlagen geben.“

*Er hat recht,* dachte Mathis; *mit jedem Tag werden die Chancen, daß Krebs das Koma überlebt, geringer.*

„Sie sind der einzige Chirurg, den die Mitglieder des inneren Kreises zu dem Erleuchteten lassen. Die haben Angst, daß ein Arzt, den die Behörden ihnen auf die Insel schicken, den Patienten durch einen ‚Kunstfehler‘ ganz umbringen könnte. Es gibt Leute in bestimmten Regierungsämtern, denen das Chaos, das danach entstünde, ganz gelegen käme. Und deswegen hängt es allein von Ihnen ab, ob es in Europa bald mehr Tote gibt als in den Zeiten von Pest und Cholera.“

Am Abend begann es wieder zu regnen, und Vera zündete ein Feuer im Herd an. Nachdem Mathis von Luther erfahren hatte, was wirklich auf der Bohrinsel passiert war, wußte er, daß Vera und Krabbe nicht hierbleiben durften. Sie durften aber weder in ein Hotel noch zu Freunden oder Bekannten gehen, weil sie niemandem vertrauen konnten. Der einzige Ort, an den sie gehen konnten, wäre ein Pfarrhaus in einem kleinen Fischerdorf, hatte Vera gesagt. Die Kirche von Claddaghduff war nur noch eine moosbewachsene Ruine, aber sonntags kam die Haushälterin des ehemaligen Pfarrers, um das Cottage sauberzuhalten. Sie hatte Vera und Georg schon einmal geholfen. Sie konnte ihnen den Schlüssel geben, und Mathis konnte den Wagen in das Schiff der eingestürzten Kirche fahren. Dort konnten Vera und Krabbe sich verstecken, bis Mathis in der Lage war, ihnen zu helfen.

Sie hatten dem Anwalt den Mund mit Pflaster verklebt, seine Fesseln mit dem Gürtel aus dem fluchtbereit gepackten Koffer verstärkt und anschließend die hinteren Fenster des Landrovers mit Pappkarton abgedeckt, bevor sie Luther wieder auf die Ladefläche verstauten. Vera hatte dem fiebernden Jungen einen Teller Suppe gebracht.

Der Regen trommelte gegen die Fensterläden. Mathis holte sein Funktelefon aus der Jackentasche und hielt es ihr hin. „Ruf die Engländer an. Die MI6-Leute, mit denen Georg gesprochen hat. Ich will sie treffen. Morgen früh – an einem öffentlichen Ort. Und nicht mehr als zwei!"

Vera nickte. Sie rief eine Nummer an und sagte, was Mathis ihr aufgetragen hatte. „Sie schicken einen Commander Fleming", erklärte sie anschließend. „Morgen früh um neun, zum Ballynahinch Castle."

„Was ist das?"

„Ein Hotel, eins der besten hier. Wirst du Krebs operieren?"

„Ich weiß nicht."

„Er ist doch trotz allem ein Patient, nicht? Früher kam das Leben eines Patienten für dich immer an erster Stelle."

„Ist es nicht seltsam?" sagte Mathis. „All die Jahre, all die Mühe und das ganze Geld, die es gebraucht hat, um aus mir einen Spezialisten von Weltrang zu machen – und jetzt werde ich von Terroristen geholt, um jemandem eine Kugel aus dem Kopf zu schneiden, der den Tod vielleicht mehr verdient als jeder andere Mensch auf der Welt. Kein Priester, kein Präsident – ein Massenmörder."

Vera fing an zu weinen. „Ich hätte dich nicht verlassen dürfen", sagte sie. „Ich hätte dir Krabbe nicht wegnehmen dürfen. Es tut mir so leid. Bitte, verzeih mir."

„Es gibt nichts zu verzeihen", sagte er unbeholfen.

„Du liebst mich nicht mehr, David, oder?" fragte sie leise.

Er zuckte mit den Schultern.

„Es hat wohl keinen Sinn zu fragen, warum nicht?"

„Nein", sagte er. „Nicht unter dem Gesichtspunkt, ob es etwas ändern würde."

„Du", sagte sie, „der einzige Mann in meinem Leben, der mit allem fertig wird..."

*Wenn ich wirklich mit allem fertig würde,* dachte Mathis. Einen schrecklichen Moment der Orientierungslosigkeit lang hatte er ihre Angst und ihre verzweifelte Sehnsucht nach einem Halt geteilt, als wären es seine eigenen Gefühle. Und plötzlich war ihm klargeworden, daß er sich genauso betrogen und betäubt hatte wie Vera, wie sein Bruder. *Oder meinst du nicht, daß du von deiner Arbeit besessen bist wie sie von den Ritualen der Zeugen Shivas?* dachte er. *Meinst du nicht, daß alles, was du getan hast, nur dazu diente, dich davon abzulenken, daß du unfähig bist, Gefühle zu empfinden, Liebe zu empfangen, Liebe zu geben?* Doch dann erkannte er, daß er das Ruder noch herumreißen konnte. Er hatte etwas, das Vera und Georg gesucht, aber nicht gefunden hatten: Amber und ihre Liebe. Amber, die seit Jahren auf ein Zeichen wartete, daß er es ernst meinte und sein Leben mit ihr teilen wollte. Er hatte noch eine Chance...

Er stand auf und ging zur Tür. „Wenn ich wirklich mit allem fertig würde, wären wir nicht hier", sagte er. „Wo kann ich um diese Zeit ein Taxi rufen?"

„In Clifden. Wo willst du hin?" In Veras Stimme lag Panik.

„Ich will vor den Engländern in dem Hotel sein. Kümmere dich um Luther, gib ihm zu essen und zu trinken, aber binde auf keinen Fall seine Fesseln auf. Ich bin morgen mittag wieder hier, dann fahren wir nach Claddaghduff."

## 7

Mathis stand auf der Terrasse des Ballynahinch Castle. Es war ein sonniger, frischer Sonntagmorgen. Die Gipfel der Twelve Bens, an deren Fuß das Schloß aus dem 18. Jahrhundert über das Ufer des klaren Sees wachte, verschwanden unter einem Nebelbaldachin. Die Bäume rings um das Gewässer trugen die Farben des Altweibersommers: ockergelb, dunkelrot oder moosgrün.

Vor zwei Stunden war Mathis in seinem Zimmer im zweiten Stock des Hotels aufgewacht und hatte versucht, Amber anzurufen, jedoch keine Verbindung bekommen. Das Geräusch eines Motors mischte sich in das Rauschen der Blätter. Mathis ging zur Vorderseite des Hotels. Ein dunkelblauer Jaguar XJ rollte auf den geschotterten Parkplatz. Hinter der getönten Windschutzscheibe erkannte er zwei Männer, die ihn durch ihre Sonnenbrillen musterten. Sie waren eine halbe Stunde zu früh.

Als erster stieg der Beifahrer aus. Er trug einen beigefarbenen Trenchcoat, ein Tweedsakko mit Hahnentrittmuster und einen rostfarbenen Rollkragenpullover. Das blonde Haar des Mannes war sorgfältig in den Nacken geföhnt. Ein blonder Schnurrbart verlieh den fast weichlichen Zügen einen Schuß Männlichkeit. Erst als der Mann die Sonnenbrille abnahm, fiel der stählerne Glanz seiner grauen Augen auf. „Dr. Mathis?“ fragte er.

Mathis nickte.

„Ich bin Commander Fleming vom MI6. Das ist Chief Constable O'Malley von der RUC – Royal Ulster Constabulary. Mit Terroristen kennt sich keiner so gut aus wie er. Wir haben von London und Dublin freie Hand für alle Aktionen auf irischem Boden bekommen. Sie sehen also, wie ernst diese Angelegenheit hier genommen wird.“

O'Malleys Figur war kräftiger, das Gesicht markanter. Er trug eine Lederjacke, eine Kordhose und Kniestiefel. „Guten Morgen, Sir“, sagte er. „Wie wär's mit einem Schluck?“

„Ich glaube, der Pub ist noch geschlossen“, sagte Mathis.

„Für uns nicht“, entschied Fleming. Er ging voran ins Hotel zur Rezeption. Er klopfte auf den Empfangstresen und sagte: „Wir nehmen einen Drink im Fishermen Pub.“

Der Portier nickte und begleitete sie persönlich zum hoteleigenen Pub. Er sperrte ihnen die Tür auf und sagte: „Gläser und Flaschen finden Sie hinter der Theke, Sir.“

Der dunkle Raum roch nach Zigarettenrauch und Bier. O'Malley rückte ein paar Holzstühle an einen Tisch. „Was trinken Sie, Sir?“ fragte er und nahm die Sonnenbrille ab.

„Ist noch zu früh für mich“, lehnte Mathis dankend ab.

„Für mich einen Paddy's“, verlangte Fleming, bevor er sich Mathis zuwandte. „Am besten erzählen Sie uns jetzt mal, was Sie auf dem Herzen haben.“

Während O'Malley eine Flasche Paddy's, zwei Gläser und einen Krug Wasser an den Tisch brachte, begann Mathis zu erzählen. Als er fertig war, sagte Fleming: „Verstehe ..., und was sollen *wir* Ihrer Meinung nach tun?“

„Ich will mit meinem Bruder reden. Und wenn er in Gefahr ist, möchte ich ihn aus dem Land schaffen, irgendwohin, wo er sich in Sicherheit befindet. Er, meine Frau und mein Sohn."

Ein dünnes Lächeln trat auf Flemings Züge. „Nun, Doktor, das könnte sich vielleicht als kompliziert erweisen. Immerhin sind Sie Deutscher, und es handelt sich um einen internationalen Terroristen, mit dem Sie mit unserer Hilfe verhandeln wollen. Ich meine, Sie sind schließlich nur ein Arzt und kein Abgesandter des Bundeskanzleramtes. Und die ganzen Helikopter und die Schnellboote – das ist eine rein britische Aktion."

„Dann wollen Sie also nicht, daß ich Krebs operiere, um weitere Anschläge zu verhindern?" fragte Mathis überrascht.

„Natürlich hätten wir nichts dagegen, wenn Sie Krebs die Kugel aus dem Schädel pulen, vorausgesetzt, seine Leibgarde läßt Sie zu ihm. Aber wieso sollten die Ihnen Ihren Bruder geben?"

„Ich habe Felix Luther. Er ist der Chef der Geheimpolizei."

„Wir wissen, wer Felix Luther ist", fiel ihm O'Malley ins Wort. „Was soll das heißen, Sie haben ihn?"

„Er liegt gefesselt und geknebelt im Kofferraum seines Wagens, den ich in einem Versteck abgestellt habe."

O'Malley beugte sich vor. „Wer weiß, daß Sie den Ajatollah haben?"

„Meine Frau Vera. Sonst niemand."

„Und so sollte es auch bleiben", sagte Fleming. „Wo steht der Wagen?"

„Das möchte ich Ihnen nicht sagen."

Fleming räusperte sich. „Ich sehe nur einen Weg, wie wir Ihnen helfen können. Sie müssen mit uns zusammenarbeiten. Wenn die Shivas auf der Bohrinsel tatsächlich wollen, daß Sie Krebs operieren, dann sagen Sie denen, Sie kommen erst rüber, wenn Ihr Bruder runter ist. Ich sorge dafür, daß ein Militärhubschrauber ihn und Ihre Familie außer Landes bringt –"

„Nein", antwortete Mathis. „Keine einsamen Landeplätze. Keine Polizeibeamten in Zivil oder Geheimagenten mit Sonnenbrillen. Ein Linienflugzeug auf einem internationalen Flughafen. Zeugen in Hülle und Fülle. Am besten noch Presse und eine UN-Delegation, die der Aktion beiwohnt."

„Ich verstehe", sagte Fleming. „Aber das braucht Zeit."

„Vierundzwanzig Stunden", sagte Mathis.

Eine Stunde später fuhren sie in dem dunkelblauen Jaguar des Commanders zurück nach Clifden. Mathis saß im Fond. Fleming telefonierte vom Beifahrersitz aus mit seiner Zentrale in London. „Ich nehme jetzt Kontakt mit der Bohrinsel auf", sagte er und drehte sich zu Mathis um. Er tippte die nächste Nummer in den Apparat und schaltete den Lautsprecher ein, bevor er den Hörer wieder auf die Gabel zurücklegte. Nach dem dritten Tuten wurde abgenommen, und eine Männerstimme meldete sich: „Residenz des Erleuchteten."

Mathis beugte sich vor. „Mein Name ist David Mathis. Ich möchte mit Dr. Krebs sprechen."

Im Lautsprecher erklang eine neue Stimme. „Dr. Mathis? Mein Name ist Dr. Hartmann. Ich vertrete den Erleuchteten in der augenblicklichen Situation."

„Dann trifft es also zu, was ich über seinen Zustand gehört habe?" fragte Mathis.

„Das hängt davon ab, was Sie gehört haben."

„Hartmann, die Kugel im Kopf von Krebs kann jederzeit anfangen zu wandern. Ich bin bereit, mir den Patienten anzusehen und ihn vielleicht sogar zu operieren, falls ich auf der Insel die nötige Ausrüstung vorfinde. Als Gegenleistung verlange ich, daß Sie meinen Bruder freilassen und ich mich von seiner Unversehrtheit überzeugen kann. Außerhalb der Insel."

„Wie kommen Sie darauf, daß wir uns von Ihnen Vorschriften machen lassen, Doktor?"

„Weil ich Felix Luther habe. Er liegt gefesselt im Kofferraum seines Wagens und wird sterben, wenn Sie nicht tun, was ich sage."

Hartmann schwieg. Schließlich sagte er: „Also gut. Was sollen wir tun?"

„Ich werde morgen mittag um vierzehn Uhr auf dem Connaught International Airport in der Nähe von Knock sein", antwortete Mathis. „Bringen Sie meinen Bruder mit Ihrem Hubschrauber zum Flugplatz. Der MI6 sichert Ihnen freies Geleit zu. Setzen Sie meinen Bruder auf dem Flugplatz ab. Im Gegenzug verrate ich Ihnen, wo Sie Luther finden. Und sobald ich mit Georg gesprochen und ihn in ein Flugzeug nach Amerika begleitet habe, fliege ich mit Ihnen zur Bohrinsel zurück."

„Sie haben wohl nicht zufällig jemanden vom MI6 bei sich, der Ihre Worte bestätigen könnte?"

„Doch", schaltete sich Fleming ein. „Mein Name ist Commander Ralph Fleming, und neben mir sitzt mein irischer Kollege, Chief Constable O'Malley. Wir sind nicht begeistert von Dr. Mathis' Wünschen, aber ich schätze, er sitzt von uns allen am längsten Hebel."

„Das heißt, Sie betrachten die Garantien, die er ausgesprochen hat, für sich als bindend?“

„Ja.“

„Wir haben wohl keine andere Wahl“, sagte Hartmann. „Aber ich muß Sie warnen, Dr. Mathis. Ihr Bruder sieht nicht mehr ganz so aus wie auf dem Foto, das Luther Ihnen gezeigt hat.“

„Was haben Sie mit ihm gemacht?!“ rief Mathis, aber die Leitung war tot.

Fleming fragte: „Wo sollen wir Sie absetzen, Doktor?“

Mathis sah, daß sie schon fast in Clifden waren. „Da vorn“, erwiderte er rasch, „bei der Telefonzelle.“

„Und morgen? Wenn Sie uns verraten, wo Sie untergekommen sind, können wir Sie abholen lassen.“

„Wir treffen uns am Flugplatz. Ich werde schon irgendwie hinkommen.“

Fleming und O'Malley wechselten einen verärgerten Blick, und der Major steuerte den Jaguar an den Straßenrand, um Mathis aussteigen zu lassen.

NACHDEM die Techniker alle atmosphärischen Störgeräusche aus der Aufnahme gefiltert hatten, klangen die Stimmen von David Mathis und Amber Schneider klar und nah.

„Schneider“, meldete sich eine Frauenstimme.

„Amber? Kannst du mich verstehen?“

„Tadellos –“

„Ich stehe in einer Telefonzelle und habe nicht genug Geld“, unterbrach Mathis sie. „Kannst du zurückrufen? Die Nummer hier ist 09 52 14 99. Die Vorwahl für Irland ist 0 03 53.“

„Gut, leg auf.“

Das über Satellit geführte Gespräch zwischen der Telefonzelle in Clifden und dem Mobilfunkanschluß von Dr. Amber Schneider war von einer Abhörstation des Bundesnachrichtendienstes mitgehört und auf eine Kassette aufgenommen worden.

„Wann ist das reingekommen?“ fragte Siniak.

„Der BND hat es uns vor einer halben Stunde überspielt“, antwortete Hagen. Er tippte die Nummer, die Mathis genannt hatte, in sein elektronisches Notizbuch ein. „Die Schneider war im Auto unterwegs –“ Hagen unterbrach sich, als ein Summton auf dem Band Ambers Rückruf in der Telefonzelle signalisierte.

„David, wann kommst du wieder?“

„Ich weiß noch nicht. Es gibt Probleme mit meinem Bruder. Ich sehe ihn morgen. Amber – es tut mir leid, wie wir in Hamburg auseinandergegangen sind. Ich wollte dir alles erklären, aber ich hatte Angst, dich in Gefahr zu bringen. Wie geht's Tobias?"

„Es geht ihm gut. Der Widerspruch gegen die einstweilige Verfügung wird erst in einer Woche verhandelt, deswegen konnte er noch nicht operiert werden. Ach ja, und Max wollte dich sprechen. Ich soll ihm Bescheid sagen, wenn ich etwas von dir höre."

„Kannst du ihn fragen, was er wollte, und mich morgen wieder unter dieser Nummer anrufen? Um elf hiesiger Zeit. Das ist eine Stunde später als bei euch."

„Soll ich zu dir kommen? Ich könnte die nächste Maschine nehmen."

„Nein, tu das nicht!" rief Mathis erschrocken. „Ich glaube, daß sie hinter mir her sind. Ich weiß jetzt, was mit Georg los ist. Hinter der Sekte steht ein Wahnsinniger... Ich muß jetzt Schluß machen, Amber. Ich liebe dich. Bitte, warte auf mich, aber komm nicht her. Es ist zu gefährlich."

„Dann beeil dich. Und sei vorsichtig, ich will dich lebend zurückhaben."

Es klickte zweimal kurz hintereinander, dann schaltete Hagen das Tonbandgerät aus. Siniak murmelte: „Wieso sieht er seinen Bruder morgen? Und wo steckt Luther?" Er wandte sich seinem Laptop zu und lud sich eine Karte von Irland auf den Schirm. „Welche Stadt gehört zu der Vorwahl der Telefonzelle?"

„Clifden", antwortete Hagen.

Siniak vergrößerte die Gegend um Clifden. „Um Mathis kümmere ich mich persönlich", sagte er. „Rufen Sie die Flugbereitschaft an, ich brauche einen Helikopter." Er drückte eine Taste und ließ sich die Flughäfen Irlands anzeigen. Nur Galway und Knock lagen nahe genug bei Clifden und der Atlantikküste, aber auf dem Carnmore Airport von Galway wurden lediglich nationale Flüge abgefertigt. „Sie sorgen dafür, daß Berthold morgen vormittag in der ersten Maschine sitzt, die auf dem Connaught International landet. Er weiß Bescheid, worum es geht. Am besten buchen Sie auch für die Schneider einen Flug. Bringen Sie die beiden in Knock in einem Hotel unter, und lassen Sie sie nicht aus den Augen, bis Sie von mir hören. Nehmen Sie Kollberg und die Roth mit." Siniak schaltete den Computer aus. „Aber keiner reist in offizieller Funktion, klar? Unsere englischen und irischen Freunde sollen nicht merken, daß wir auf ihrem Territorium operieren." Siniak stand auf, klappte seinen Laptop zu und nahm ihn mit, als er zum Ausgang der Lagerhalle ging.

Allein in dem provisorischen Büro der Sonderkommission, hob Hagen den Hörer ab, wählte eine neunstellige Nummer und wartete, bis am anderen Ende abgehoben wurde.

„Residenz des Erleuchteten“, sagte eine Männerstimme.

„Geben Sie mir Dr. Hartmann“, verlangte Hagen. „Hier ist die Kanzlei Luther & Partner.“

„Einen Moment bitte.“

Nach einer kurzen Pause meldete sich Hartmann.

„Sie wissen, wer hier spricht?“ fragte Hagen.

„Nein.“

„Luther sagte, Sie wüßten Bescheid, wenn ich Sie anrufe. Er sagte, ich dürfe *nur* mit Ihnen reden. Er sagte, ich solle Sie lediglich anrufen, wenn es etwas Neues gibt und ich ihn nicht erreichen kann. Es gibt etwas Neues.“

„Ich höre.“

„Der Doktor scheint frei in Irland herumzulaufen.“

„Das wissen wir schon.“

„Der, auf den *ich* aufpassen sollte, ist ebenfalls auf dem Weg nach Irland. Ich und ein paar andere von uns kommen erst morgen nach. Mit uns fliegt ein Neurochirurg, Professor Berthold. Luther meinte, Sie wüßten, was zu tun sei.“

„Ja. Wissen Sie schon, wann und wo Sie ankommen?“

„Morgen im Lauf des Tages auf dem Connaught International Airport.“

„Vielen Dank für Ihren Anruf.“

Hagen legte auf. Plötzlich spürte er eine Gänsehaut. Er wußte, daß er ein gefährliches Risiko einging, denn bestimmt wurde die Bohrinsel abgehört. Aber wenn er Luther nicht auf dem laufenden hielt, war das Risiko noch größer. Er schlief schlecht seit einigen Monaten. Aber Hagen brauchte nur an den Tresorraum der Schweizerischen Bankgesellschaft zu denken, und er war getröstet.

DER JUNGE stand am Fenster seiner Kammer und sah hinunter auf den Weg, wo seine Mutter seinen Vater umarmte. Er konnte hören, was seine Eltern redeten.

„Sei vorsichtig, David“, sagte die Mutter. „Du weißt nicht, wie gefährlich sie sind.“

„In ein paar Stunden ist alles vorbei“, beruhigte der Vater sie. „Um vierzehn Uhr nimmst du den Landrover und fährst zu der Telefonzelle unten an der Straße. Luther liegt jetzt hinter dem Altar." Auf der Straße näherte sich ein Taxi. Hastig fuhr er fort: „Die Schlüssel für den Wagen stecken. Wenn alles nach Plan läuft, rufe ich dich kurz nach zwei in der Telefonzelle an, dann kommst du mit Krabbe so schnell wie möglich zum Flugplatz. Ihr fliegt mit Georg nach Amerika. Ich gehe auf die Insel. Sobald ihr in der Luft seid, steige ich zu Hartmann in den Helikopter." Er umarmte sie, gab ihr aber keinen Kuß.

Er blickte zum Fenster hoch. Der Junge wich rasch einen Schritt zurück. Er war nicht sicher, ob er seinen Vater noch liebte. Dann lief der Vater zur Straße, wo das Taxi wartete, und stieg ein, ohne sich umzudrehen oder zu winken. Das Taxi fuhr los.

Der Junge dachte an den Mann in der Kirche, von dem seine Eltern gesprochen hatten. Er wußte nicht, wer der Mann war, aber er hatte ihn reden hören, als sie noch in dem anderen Haus gewesen waren, und seine Stimme kam ihm vertraut vor. Vielleicht handelte es sich um jemanden aus der Familie des Erleuchteten, zu der sie gehört hatten, bevor sie Abtrünnige geworden waren.

Die Eltern des Jungen waren fast die ganze Nacht aufgewesen und hatten geredet, deswegen glaubte er, daß seine Mutter sich gleich hinlegen würde, um noch etwas zu schlafen. Er ging zurück zum Bett und setzte sich auf die Kante. Angezogen war er bereits. Er konnte hören, wie die Mutter unten herumhantierte, aber wenig später wurde es ruhig. Auf Zehenspitzen schlich der Junge die Treppe hinunter. Die Mutter hatte sich auf die Bank am Eßtisch gelegt und schlief. Leise durchquerte er den Raum und öffnete die Tür.

Die Sonne stand schon hoch, und es war ein heißer Tag für September. Rasch lief er hinüber zu der eingestürzten Kirche und ging um den Landrover herum auf den Altar zu. Als er hinter den Altar schaute, sah er den Mann dort liegen.

Er kannte den Mann. Er hatte ihn auf der Bohrinsel gesehen. Es war ein Freund des Erleuchteten, einer von den Erzengeln, denen alle gehorchen mußten. Jetzt erst wurde dem Jungen das ganze Ausmaß der Sünden seiner Eltern klar, denn sie hatten den Mann gefesselt und ihm den Mund verklebt. Der Mann hob den Kopf, und der Junge konnte sehen, daß er ihm etwas sagen wollte. Der Junge beugte sich zu dem Mann hinunter und zog den Klebestreifen ab.

Der Mann sagte keuchend: „Danke. Ich kenne dich. Du bist Christoph Mathis, einer von uns." Er streckte dem Jungen die gefesselten Arme entgegen. „Mach die Fesseln auch ab, schnell!"

Der Junge zögerte. Seine Mutter mußte Angst vor dem Mann haben, sonst hätten sie und der Vater ihn nicht gefesselt.

„Wo ist dein Vater?“ fragte der Mann.

„Weggefahren“, sagte der Junge. „Meine Mutter schläft.“

„Du weißt doch, wer ich bin, oder nicht?“

„Sie sind einer von den Wissenden“, sagte der Junge ehrfürchtig.

Der Mann nickte. „Liebst du den Erleuchteten?“

„Ja, denn er ist gut zu mir“, gab der Junge die vorgeschriebene Antwort.

„Deine Mutter hat große Schuld auf sich geladen, aber ich kann ihr helfen, zurückzufinden in die Gemeinschaft der Gläubigen. Liebst du deine Mutter?“

Der Junge schwieg, denn es konnte sich um eine Fangfrage handeln, und wenn man sie falsch beantwortete, wurden die Stromstöße stärker. „Nein“, sagte er schnell.

„Doch, du liebst sie, und du willst ihr helfen. Ich bin ein Freund deines Vaters. Dein Vater kann dem Erleuchteten helfen –“

Aber sein Vater hatte ihn im Stich gelassen, als er noch ganz klein gewesen war. „Der Erleuchtete braucht keine Hilfe“, sagte der Junge.

„Willst du sterben? Willst du zusehen, wie deine Mutter und dein Vater an Giftgas ersticken?“

Eingeschüchtert beugte sich der Junge vor und fing an, mit zitternden Fingern die Knoten der Fesseln an den Handgelenken des Mannes zu lockern. „Beeil dich“, drängte der Mann. Langsam gaben die klammen Stricke nach. „Du darfst deiner Mutter nicht sagen, daß du mir geholfen hast, hörst du?“

Der Junge arbeitete mit fliegenden Fingern, denn er wollte nie wieder den Strom spüren, und er wollte nie wieder in den Verschlag, und wenn er tat, was der Mann wollte, würde der Erleuchtete vielleicht erfahren, daß er brav gewesen war, und auch seiner Mutter verzeihen. Die Knoten lösten sich. „Gut, das hast du gut gemacht…, den Rest kann ich allein… Geh zurück, bevor deine Mutter etwas merkt.“

Der Junge stand auf und stolperte zurück zum Ausgang. Er war in Schweiß gebadet, und seine Stirn glühte.

Felix Luther löste auch die Stricke, mit denen seine Beine zusammengebunden waren. Mühsam richtete er sich auf. Er tat ein paar stolpernde Schritte auf den Landrover zu und öffnete die Tür auf der Fahrerseite. Er schob die Hand unter den Fahrersitz und fand die geladene 9-mm-Luger, die er dort – mit Isolierband festgeklebt – aufbewahrte. Er nahm sie an sich. Danach öffnete er mit dem Hebel die Motorhaube.

Die Haube sprang auf. Er beugte sich über den Motor und riß den Verteilerkopf heraus, bevor er die Haube wieder in ihre Verankerung drückte. Den Verteilerkopf warf er zwischen die Trümmer des Kirchendachs, die den Boden bedeckten.

Er lehnte sich mit dem Rücken an den großen Reifen des Geländewagens und schloß die Augen, um nachzudenken. Er konnte hierbleiben und warten. Entweder kam Mathis zurück, um seine Familie zu holen – dann lief er ihm genau in die Arme –, oder die Frau und der Junge erhielten eine Nachricht, wo sie Mathis treffen sollten, und er brauchte ihnen bloß zu folgen.

Er öffnete die Augen, die Pistole noch immer in der Hand. Eine Gestalt stand ein paar Meter von ihm entfernt und starrte ihn schweigend an. Er hob die Luger. „Vera", sagte er leise.

## 8

David Mathis stand in der Telefonzelle am Ende der Straße und wartete darauf, daß Amber anrief, als er Roman Siniak sah. Der Leiter der Abteilung Terrorismusbekämpfung des BKA saß auf der Bank neben der Zelle und beobachtete Mathis durch die fast schwarzen Gläser seiner Sonnenbrille. Mathis hätte schwören können, daß die Bank eben noch leer gewesen war.

Auf der anderen Straßenseite parkte das Taxi, mit dem er gekommen war; aber plötzlich schien es unerreichbar fern. Er starrte den Fernsprechapparat an, und noch immer klingelte er nicht. *Vielleicht ist ihr etwas dazwischengekommen,* dachte er. Er drückte die Tür auf. „Wie haben Sie mich gefunden?" rief er Siniak zu.

Siniak stand auf. „Das war nicht schwer", sagte er. „Auch Funktelefone kann man abhören. Ihr Gespräch mit Dr. Schneider …"

„Wie geht es ihr?" fragte Mathis aufgeregt.

„Gut, soweit wir wissen. Aber ich bin nicht wegen Amber Schneider hier, sondern wegen Ihres Bruders."

„Mein Bruder lebt!" rief Mathis. „In knapp drei Stunden treffe ich mich mit ihm, und niemand kann mich daran hindern."

„Von wem stammen Ihre Informationen?"

„Luther."

„Luther?" Siniak runzelte die Stirn. „Wo ist der überhaupt? Und wo treffen Sie sich mit Ihrem Bruder? Ich stehe auf Ihrer Seite, Doktor."

„Wir treffen uns auf dem Flughafen von Connaught“, sagte Mathis. Er blickte auf seine Uhr. Ihm blieben nur noch zweieinhalb Stunden. „Ich habe Georgs Freilassung arrangiert. Er und meine Familie verlassen das Land. Dafür gebe ich den Shivas Luther zurück. Im Moment befindet er sich als mein Gefangener in einer alten Kirche hier in der Nähe. Meine Frau bewacht ihn.“

„Sie haben den Ajatollah mit Ihrer Frau allein gelassen? Wollen Sie, daß er sie auch noch tötet?“

„Er ist gefesselt und geknebelt“, sagte Mathis, plötzlich verunsichert. „Sobald der Helikopter von der Bohrinsel Georg zum Flugplatz gebracht hat, kommen Vera und Christoph nach.“

„Mit wem haben Sie auf der Insel gesprochen?“

„Mit einem Dr. Hartmann –“

„Und was ist, wenn dieser Hartmann es sich plötzlich anders überlegt? Vielleicht ist jetzt schon ein Team von Luthers Leuten unterwegs zu ihnen. Sagen Sie mir, wo Sie Luther gefangenhalten, dann bleibe ich bei Ihrer Familie. Ich werde persönlich dafür sorgen, daß Vera und Christoph am Flugplatz erscheinen. Darauf gebe ich Ihnen mein Wort. Da vorne steht mein Wagen.“ Siniak deutete auf einen schwarzen Rover mit zerdelltem Kotflügel ein paar Meter vor dem Taxi. „Ich kann sofort losfahren.“

*Irgend jemandem mußt du vertrauen.* Mathis gab sich einen Ruck. „Sie sind in einem kleinen Fischerdorf namens Claddaghduff“, sagte er. „Im ehemaligen Pfarrhaus einer verfallenen Kirche gleich am Ortseingang. Luther liegt gefesselt hinter dem Altar.“

KURZ vor vierzehn Uhr wurde eine zweistrahlige Boeing 737 in den Farben der Aer Lingus Teorante von einer Zugmaschine auf eine abgeriegelte Betonpiste des Connaught International geschleppt. Mehrere Polizeifahrzeuge und Militärjeeps begleiteten den Jet hinter einen Kordon aus uniformierten Antiterrorspezialisten.

Die Sonne stach aus dem blaßblauen Himmel, und das Rollfeld warf das blendende Licht zurück. Schon in wenigen Metern Entfernung von der Abfertigungshalle verschwammen alle Konturen in der flimmernden Luft.

Chief Constable O'Malley stand mit Commander Fleming an einem der Aussichtsfenster. Beide hielten Feldstecher und Walkie-talkies in den Händen. Mathis stand neben ihnen.

„Da sind sie“, sagte Fleming.

Mathis spürte, wie sein Herz schneller schlug. Am Horizont erschien ein schwarzer Eurocopter BK 117 C1 und steuerte eine Landebahn im abgelegensten Teil des Flughafens an.

Das Walkie-talkie in O'Malleys Hand knisterte. „Kommen, Habicht eins", sagte eine Männerstimme.

„Hier Habicht eins", meldete sich der Chief Constable. „Positiv für Phase A. Aber keine Hektik, klar?"

„*Roger.*"

Eine weibliche Stimme erklang in der Lautsprecheranlage des Flugplatzes. „Wir bitten die Passagiere des Aer-Lingus-Flugs nach Rom, sich nun an Flugsteig zwei zum Einsteigen bereit zu machen."

Hinter Mathis brach lauter Jubel unter den Pilgern aus, die seit Stunden auf ihren Rückflug von dem Marienheiligtum Knock nach Rom warteten. Sie erhoben sich von den Bänken, auf denen sie gesessen hatten, und folgten ihrem Führer, einem Geistlichen, zum Flugsteig.

„Sie sollten jetzt Ihre Frau anrufen, Sir", sagte O'Malley. „Da hinten ist eine Telefonzelle."

Mathis ging zu einem Telefon an der Wand der Abfertigungshalle und wählte die Nummer der Telefonzelle an der Straße unterhalb der alten Kirche in Claddaghduff. Das Freizeichen ertönte – einmal, zweimal, dreimal, viermal. Mathis brach der Schweiß aus. Das Klingeln ging weiter. Niemand hob den Hörer ab.

„Was ist los, Doktor?" fragte plötzlich Fleming neben ihm.

„Sie meldet sich nicht", antwortete Mathis beunruhigt.

„Versuchen Sie es später noch mal", sagte Fleming. „Kommen Sie!"

Mathis hängte den Hörer ein und folgte Fleming zum Ausgang. Fleming hielt Mathis die Tür zum Rollfeld auf und sagte: „Steigen Sie erst dann zu ihnen in den Helikopter, wenn Ihre *gesamte* Familie in dem Jet nach Rom sitzt *und* die Starterlaubnis erteilt ist. Verstanden?"

O'Malley wartete am Steuer des dunkelblauen Jaguar, der, sobald sie eingestiegen waren, mit Blaulicht auf die Boeing der Aer Lingus zujagte. Soldaten mit Maschinenpistolen winkten die Limousine durch eine Lücke in dem Drahtverhau.

Am Ende des Flughafengeländes setzte der Hubschrauber von der Bohrinsel auf. Der Jet auf dem abgeriegelten Rollfeld war von einem halben Dutzend Jeeps mit im Heck montierten Maschinengewehren umstellt, in denen nur die Fahrer saßen. Der Rest der Besatzung stand in lockerer Kette um die Maschine.

O'Malley hielt am Fuß der Gangway, die zur vorderen Passagiertür führte, und stieg aus. Auf sein Nicken stieg auch Fleming aus dem

Jaguar und öffnete Mathis den Schlag. „Versuchen Sie noch mal, Ihre Frau anzurufen“, sagte er.

Mathis wechselte auf den Beifahrersitz und tippte die Nummer der Telefonzelle ein. Wieder ertönte ein ums andere Mal das Freizeichen.

Die beiden Soldaten, die den Zugang zur Gangway bewachten, hatten bei O'Malleys Anblick Haltung angenommen. Die Tür über ihren Köpfen stand offen. In dem Gang dahinter erkannte Mathis einen Mann in Zivil mit einem Walkie-talkie und einem Schulterhalfter unter dem Sakko. An den runden Fenstern zeigten sich die Köpfe weiterer Sicherheitsleute.

„Was ist?“ fragte Fleming.

„Sie meldet sich noch immer nicht“, sagte Mathis.

„Vielleicht wollten sie nicht mehr warten und sind einfach losgefahren“, warf O'Malley ein. Er reichte Mathis seinen Feldstecher. „Ist das Ihr Bruder?“

Ohne den Hörer aufzulegen, nahm Mathis das Fernglas. Ein Mann stieg aus dem Helikopter und kam langsam auf sie zu.

„Ist er das?“ fragte O'Malley.

Die Silhouette des Mannes war verschwommen. „Ich weiß nicht“, sagte Mathis. „Ich habe ihn vor zwanzig Jahren zum letztenmal gesehen. Da war er sechzehn.“ Das Tuten des Hörers in seinem Schoß erstarb und wurde durch ein anderes, schnelleres Signal ersetzt. Er riß den Hörer ans Ohr und rief: „Hallo? Hallo?“

Im selben Augenblick drang eine scheppernde Stimme aus O'Malleys Funkgerät. Der Chief Constable lauschte, dann fuhr er Mathis an: „Legen Sie auf, los!“ Kaum hatte Mathis gehorcht, klingelte das Autotelefon, und O'Malley griff schnell nach dem Hörer. „Ja?“

Mathis stieg aus. Der Mann, der sich über den Asphalt des Rollfeldes näherte, trug einen zerknitterten grauen Baumwollanzug und schwarze Nikes, dazu einen rostroten Rollkragenpullover. Er hatte kurzgeschnittenes strohblondes Haar. Sein rechtes Auge war von einer schwarzen Augenklappe verdeckt. Ein breites Pflaster bedeckte beide Wangen und den Nasenrücken, der gebrochen zu sein schien. Lippen und Brauen waren aufgeplatzt.

„Georg“, murmelte Mathis. Er versuchte, sich das Pflaster und die Augenklappe wegzudenken, die Schicht der Verletzungen abzutragen, bis er darunter und unter den Spuren der verstrichenen Jahre den Jungen von sechzehn wiedererkennen konnte. Aber er entdeckte nur eine Mischung aus Erleichterung und Besorgnis. Er trat einen Schritt vor.

„Was?“ brüllte O’Malley in den Telefonhörer. „Das kann doch nicht … Grundgütiger …!“

Georg war nur noch einen Meter von Mathis entfernt. Sie sahen sich an. „Georg?“ fragte Mathis vorsichtig.

Er brachte es nicht fertig, die Arme auszustrecken, aber da kam Georg ihm zuvor. Er drückte ihn an sich. „David“, sagte er, sonst nichts.

An Flugsteig zwei führten der Geistliche und zwei Flugbegleiterinnen die Pilger auf das Rollfeld. Sie mußten zu Fuß zu ihrer Maschine gehen, denn die Einsatzleitung hatte den Busverkehr auf den Start- und Landebahnen gestoppt.

O’Malley stieg aus dem Jaguar. Er hob das Walkie-talkie an den Mund und rief: „Holt die verdammten Pilger zurück! Ich will die Pilger nicht in der Nähe des Flugzeugs haben!“

Fleming betrachtete O’Malley mit gerunzelter Stirn. „Was ist los, Chief Constable?“

„Es gibt eine Änderung im Plan.“

„Was für eine Änderung?“ fragte Mathis. „Sobald meine Familie eingetroffen ist, kann die Maschine starten!“

„Sie ist aber noch nicht eingetroffen, oder?“ sagte O’Malley mit einem Aufflackern von Zorn. „Und selbst wenn sie schon hier wäre, würde das keine Rolle spielen. Unser Pilgerbomber hier kriegt erst dann eine Starterlaubnis, wenn Dr. Hartmann von den Shivas Luther hat.“

„Wer sagt das?“ fragte Mathis. „Ich dachte, Sie und Fleming hätten hier –“

„Mir sind die Hände gebunden. Weisung von ganz oben! Angeblich ist im St.-Patrick’s-Krankenhaus in Dublin jemand mit einer ganzen Batterie Giftgasampullen unterwegs. Und wer immer das ist, er wird erst zurückgerufen, wenn die Shivas Luther wiederhaben. Verstehen Sie, Doc – Sie haben diesen Anwalt, aber die haben ein ganzes Krankenhaus als Geisel. Deswegen hat die Regierung verfügt, daß der Flug nach Rom nicht eher eine Starterlaubnis kriegt, bis Krebs oder einer seiner Stellvertreter denen in Dublin grünes Licht gibt.“

„Kann man die Klinik nicht evakuieren?“ fragte Fleming.

„Beim geringsten Anzeichen einer Evakuierung zieht der Attentäter die Korken aus den Fläschchen.“

Fleming nickte Mathis zu. „Schätze, Sie haben keine andere Wahl. Sagen Sie uns, wo Luther steckt.“

„Das kann ich nicht. Nicht, solange ich nicht weiß, ob meine Frau und mein Sohn noch bei ihm sind. Ich muß zurückfahren und nach –“

„Sie bleiben hier", widersprach O'Malley. „Aber ich kann ein paar meiner Leute hinschicken, um der Sache auf den Grund zu gehen. Sagen Sie mir, wo das Versteck ist."

„Geh auf den Vorschlag ein, David", sagte Georg. „Sie sind auch meine Familie…"

Mathis gab sich einen Ruck. „Einverstanden."

O'Malley sprach in sein Walkie-talkie. Fleming sagte: „Am besten gehen Sie mit Ihrem Bruder in die Boeing, Doktor. Da sind Sie aus der Schußlinie."

Mathis stieg die Treppe hinauf, gefolgt von seinem Bruder. Die Sicherheitsbeamten an der Tür musterten ihn scharf, dann traten sie zur Seite. Bis auf das Sicherheitspersonal in Bug und Heck war das Flugzeug leer. Mathis setzte sich dicht bei der Tür auf einen Platz am Gang.

Georg setzte sich Mathis gegenüber auf die andere Seite des Gangs. „Wohin fliegen wir?" fragte er.

„Nach Rom", gab Mathis Auskunft. „Sobald Vera und Krabbe da sind, steigen die Pilger ein. Fleming und O'Malley haben die Crew persönlich ausgesucht, und von den Pilgern ist auch jeder einzelne durchgecheckt. Keine Verbindung zu den Zeugen Shivas, bei niemandem. Ich hatte Angst, einer ihrer Anhänger bei der Fluglinie, der Polizei oder sogar in einer Regierung könnte den ganzen Jet vom Radar verschwinden lassen, weil ihr zuviel wißt. Aber mit den Pilgern an Bord und dem Medienrummel werden sie das nicht wagen! Bestimmt treffen Vera und Krabbe jeden Augenblick ein. Ich habe jemanden hingeschickt, einen Polizeibeamten aus Deutschland."

„Wo bleiben sie denn dann?" Nervös spähte Georg zur Abflughalle hinüber, dann zu dem in der Ferne wartenden Helikopter und schließlich zu den verwirrten Pilgern, die sich weigerten, zurück in das Gebäude zu gehen.

„Was für ein Polizeibeamter aus Deutschland?"

„Ein guter Mann. Ein hohes Tier beim BKA."

Die Piloten, die im Cockpit den Funkverkehr des Towers abhörten, schlossen unvermittelt die Tür zum Gang. Unter den Soldaten auf dem Rollfeld entstand Unruhe. O'Malley und Fleming schirmten die Augen mit den Händen ab und schauten zum Himmel.

Georg rutschte auf den Fensterplatz. „Da kommt ein Flugzeug!"

Mathis glitt in den Sitz neben seinem Bruder. Eine weitere Boeing 737 der Aer Lingus schwebte herab und setzte zur Landung an. Die Soldaten der Antiterrortruppe konzentrierten ihre ganze Aufmerksamkeit auf den gelandeten Jet, genauso wie O'Malley und Fleming.

Eine Zugmaschine mit einer Gangway im Schlepptau näherte sich dem Flugzeug. Dahinter folgten zwei Jeeps mit jeweils vier Uniformierten und eine schwarze BMW-Limousine mit Blaulicht.

„Was ist los?“ murmelte Mathis. Er hatte das Gefühl, in der Falle zu sitzen. Die ganze Situation entglitt ihm.

O'Malley und Fleming steckten ihre Walkie-talkies in ihre Jackentaschen, stiegen in den Jaguar und fuhren zu der gelandeten Boeing. Mathis stand auf, um aus dem gegenüberliegenden Fenster zu sehen. Der Helikopter der Sekte schwebte einen halben Meter über dem Boden, bereit aufzusteigen, sollte sich ihm jemand nähern.

„Laß uns machen, daß wir hier rauskommen“, flüsterte Mathis seinem Bruder zu und zog ihn vom Fenster weg. Langsam bewegte er sich den Gang hinunter zum Ausgang. Georg war dicht hinter ihm.

„He, wo wollen Sie hin?“ rief einer der Zivilbeamten vom Heck der Maschine.

Mathis ging weiter. Langsam stiegen sie die Stufen der Gangway hinunter. Die Soldaten am Fuß der Treppe beachteten sie nicht.

Die gerade gelandete Boeing stand ungefähr zweihundert Meter entfernt. Die vordere Passagiertür schwang auf, die Gangway wurde an den Rumpf gerollt. Die Jeeps und die BMW-Limousine hatten das Flugzeug erreicht. Die Soldaten stiegen aus und bildeten einen Korridor, der die Gangway mit der Limousine verband. Der Jaguar mit O'Malley und Fleming hielt hinter der Limousine. Zwei Passagiere erschienen in der Tür, ein Mann in einem dunkelblauen Anzug und eine Frau. Der Mann war groß und massig. Die Frau war dunkelhaarig und trug Jeans und eine weiße Leinenjacke, außerdem eine Sonnenbrille. Hinter den beiden tauchte ein weiterer Mann auf.

Mathis erkannte Robert Hagen vom BKA, und im selben Moment erkannte er in dem Mann im blauen Anzug Max Berthold. Dann erst erkannte er die Frau, die hinter Berthold die Maschine verließ.

„Amber!“ Mathis winkte, aber sie sah ihn nicht. Er erreichte das Rollfeld und begann zu laufen. „Amber!“

Der Chauffeur der BMW-Limousine am Fuß der Gangway stieg aus. Er trug eine dunkle Uniform, eine Schirmkappe und eine Sonnenbrille. Sein Mund zuckte nervös. Professor Berthold und Amber wurden durch den Korridor zu der Limousine geschleust. Einer der Soldaten hielt ihnen den hinteren Schlag auf.

Mathis hatte ungefähr die Hälfte der Strecke zurückgelegt, als der Chauffeur des BMW plötzlich in seine Uniformjacke griff und etwas herauszog, das wie ein Trommelrevolver aussah. Ehe einer der

Umstehenden reagieren konnte, feuerte er drei Kugeln auf Berthold ab. Mathis sah Bertholds fassungsloses Gesicht, noch bevor er Amber schreien hörte, und als das Blut auf Bertholds Hemdbrust trat, warf einer der Soldaten ihn zu Boden, während ein anderer sich auf Amber stürzte, um sie mit seinem Körper zu schützen.

Der Chauffeur feuerte noch vier Schüsse wahllos auf die übrigen Soldaten, bevor er wieder in den BMW sprang und das Gaspedal voll durchtrat. Mit einem Ruck schoß die Limousine vorwärts. Mehrere Soldaten brachten ihre Maschinenpistolen in Anschlag und eröffneten das Feuer. Die Kugeln durchschlugen den Kofferraumdeckel der Limousine, aber Heckscheibe und der Rest der gepanzerten Karosserie waren kugelsicher.

Der BMW rollte auf den Gitterzaun am Rand des Rollfelds zu. Soldaten sprangen in die Jeeps und nahmen die Verfolgung auf.

Berthold lag in einer Blutlache. Einer der Antiterrorspezialisten preßte seine Finger gegen den Hals des Professors, um seinen Puls zu fühlen. Ein anderer half Amber auf die Knie, doch sie stieß ihn beiseite und ließ sich neben Berthold auf die Knie fallen. „Max! O Gott, Max!"

„Ist er tot?" brüllte Fleming, der herbeigerannt kam. „Ist er tot?"

Der Soldat, der den Puls fühlte, nickte. *Nein,* dachte Mathis, *Max kann nicht tot sein.* Er fing an zu laufen.

Georg Mathis starrte hinter seinem Bruder her. Dann fiel sein Blick auf einen Jeep, der verlassen unter dem Heck der Aer-Lingus-Maschine stand. Der Schlüssel steckte im Zündschloß. Unauffällig bewegte sich Georg auf den Jeep zu, stieg ein, ließ den Motor an und gab Gas. Er lenkte den Jeep langsam um den Jet herum, unbeobachtet von den wenigen Antiterrorspezialisten, die auf ihrem Posten geblieben waren. Die BMW-Limousine näherte sich mit Höchsttempo dem Gitterzaun, der die Piste von einem großen Parkplatz trennte, und durchbrach ihn. Gleich darauf schraubte sich der Helikopter der Zeugen Shivas in den Himmel und drehte ab.

Mathis hatte Amber und Berthold fast erreicht, als er hinter sich einen Motor aufheulen hörte, begleitet von lautem Hupen. „David!" schrie eine Stimme. Er blieb stehen. Sein Bruder steuerte den Jeep durch die verwirrten Pilger auf ihn zu.

Plötzlich bemerkte einer der Soldaten hinter dem Jeep, was vorging, und riß die Maschinenpistole hoch. „Stopp! Stopp!" Er feuerte einen Warnschuß in die Luft. Der Soldat und zwei seiner Kameraden sprangen in den nächsten Jeep.

Georg beschleunigte. „Spring rein, David!" rief er.

Mathis rannte seinem Bruder entgegen. Er mußte wissen, was Siniak mit Vera und Krabbe gemacht hatte, aber O'Malley und Fleming würden ihn nicht gehen lassen, jetzt nicht mehr. Der Jeep verlangsamte, als sie auf gleicher Höhe waren, und er sprang auf den Beifahrersitz. Georg trat das Gaspedal wieder voll durch, riß das Lenkrad herum, und der Jeep jagte auf den Zaun zu und entkam durch die Lücke, die der BMW des Attentäters gerissen hatte.

ALS DAS Ufer des Lough Corrib vor dem Jeep erschien, riß die Wolkendecke auf. Sonnenschein überzog den See mit Kupfer, ohne daß der Regen ganz aufhörte. Georg steuerte den Jeep auf den hinter hohen Büschen verborgenen Parkplatz eines Gasthauses am Seeufer. Mathis stieg aus. Seine Gedanken drehten sich im Kreis. Er sorgte sich um Vera und Krabbe, aber er mußte auch mit seinem Bruder reden, Antworten auf Fragen finden, die ihn zermürbten. Warum war Max getötet worden? Von wem? Was hatte er hier gewollt? Warum war Amber bei ihm gewesen?

Im Schankraum des Wirtshauses gab es drei Holztische, an denen niemand saß. Der Wirt kauerte auf einem Hocker neben der Kasse und starrte auf einen Fernsehapparat, in dem eine Sportsendung lief.

Mathis und sein Bruder setzten sich an den hintersten Tisch. Georg bestellte Kaffee und Whiskey zum Aufwärmen und zwei Teller Hammelfleischeintopf. „Erinnerst du dich noch an den Eintopf zu Hause? Mit Nudeln und Rindermark?" fragte er.

Mathis nickte. „Und du? Woran erinnerst du dich noch?"

„Ich weiß nicht", sagte Georg vorsichtig.

„Onkel Josef?"

„Ja, natürlich", antwortete Georg.

Mathis nahm ein Messer aus dem Besteckbecher auf dem Tisch, prüfte gedankenverloren die Schärfe der Klinge. „Erinnerst du dich an das Taschenmesser, das er mir geschenkt hat?"

„Welches Taschenmesser?"

„Weißt du nicht mehr?" Mathis beobachtete ihn scharf. „Er hat es mir zum Geburtstag geschenkt, als ich zehn wurde. Er sagte, es wäre ein Zaubermesser, und wenn ich es nur benutzen würde, um Menschen zu helfen, und nie, um jemanden zu verletzen, dann würde es mich vor Schmerz und Niederlagen bewahren. Kannst du dich daran erinnern?"

„Nicht genau", sagte Georg. „Du hast immer sehr geheimnisvoll damit getan."

Mathis beugte sich vor. „Wie ist Mama gestorben?"

„Sie hat sich umgebracht", sagte Georg. „Sie ist von einer Brücke gesprungen. Vor neun Jahren. Dr. Krebs hat alles versucht, aber sie wollte sterben. Nachdem du weg warst und Papa…"

„Ihr hättet mir schreiben müssen", sagte Mathis leise. „Sie war meine Mutter."

„Sie war auch meine Mutter", entgegnete Georg scharf. „*Du* hast dich nicht wie ein Sohn benommen!"

„Ich habe sie geliebt, und ich habe dich geliebt", sagte Mathis, „aber du hast mich gehaßt. Du konntest mir nicht eine Zeile schreiben, aber Vera ganze Briefe!"

Der Wirt brachte zwei Teller mit dampfendem Eintopf. Georg beugte sein Gesicht darüber. „Es tut mir leid", sagte er leise. „Wer war der Mann, den sie heute nachmittag auf dem Flugplatz erschossen haben?"

„Ein Arzt. Mein Lehrer. Mein Freund."

Unvermittelt sah Mathis wieder Max Berthold auf dem Rollfeld liegen, und ein Gefühl schmerzhaften Verlustes stieg in ihm auf. Weswegen war Berthold hier gewesen? Hatte das BKA ihn und Amber angefordert, weil man mit neuen Anschlägen und weiteren Opfern rechnete? Oder hatten Siniak und Hagen ihn als Waffe gegen den Erleuchteten einsetzen wollen? Erst war Berthold sein Lehrer gewesen und dann sein Freund. Am Ende hatte ihre Freundschaft einen Riß bekommen, weil Mathis merkte, daß der alte Chirurg nur noch an Geld, Macht oder Ruhm interessiert gewesen war. Eines davon hatte ihn jetzt umgebracht. Mathis betrachtete das Messer in seiner Hand, und plötzlich wußte er alles. „Warum hast du versucht, Krebs umzubringen?" fragte er.

Georg zuckte mit den Schultern. „Nach Hamburg… Jemand mußte doch etwas tun – jemand mußte ihn doch aufhalten –"

„Warum du?"

„Ich hatte ihm geholfen! Ich war mitschuldig."

„Was haben sie mit dir gemacht? Wer hat dich so zugerichtet?"

„Die Prätorianer", antwortete Georg. „Salmans Schläger."

„Wer hat auf der Insel jetzt das Kommando?"

„Dr. Hartmann."

„Wer ist das? Was für ein Doktor ist er?"

„Er ist – ich glaube, er ist Internist."

„Hat er dich untersucht?"

„Mich? Nein, wieso –"

„Vielleicht hast du innere Verletzungen. Dein Gesicht sieht nicht gut aus. Wohin haben sie dich noch geschlagen?"

„Wohin? Überallhin!"
„Zieh deine Hose aus", sagte Mathis.
„Nein", sagte Georg.
„Weißt du noch, von wem ich das Zaubermesser bekommen habe?"
Georg antwortete nicht. Mathis schnellte von seinem Sitz hoch, packte Georgs Nacken und preßte ihm die Messerklinge unter das Kinn. „Es war nicht Onkel Josef, der es mir geschenkt hat", sagte er. „Es war mein Vater. Und ich habe damit auch nicht geheimnisvoll getan, dazu war ich viel zu stolz darauf. Ich habe es jedem gezeigt, der es sehen wollte, und ich habe meinem Bruder damit einen Holzspan aus dem Bein operiert, und deswegen will ich, daß du dic Hose ausziehst und mir dein linkes Bein zeigst!" Verzweifelt stemmte sich der Mann auf der anderen Tischseite gegen seinen Griff, aber Mathis gab nicht nach. „Runter mit der Hose, los! Steh auf!"
Alarmiert glitt der Wirt von seinem Hocker und lehnte sich über den Tresen. „He, was soll das? Wenn ihr euch streiten wollt, geht nach draußen!"
Langsam erhob sich der Mann, dem Mathis das Messer unter das Zungenbein drückte, von seinem Sitz. Die Hose rutschte ihm bis zu den Knien hinunter, und Mathis sah, daß der linke Oberschenkel keinerlei Narbe aufwies. „Wer sind Sie?" fragte Mathis. „Woher wissen Sie über unsere Familie Bescheid? Habt ihr es aus Georg herausgeprügelt? Georg ist tot, nicht wahr?"
„Ja", stöhnte der Mann. „Ja, verdammt, er ist tot! Er wurde erschossen. Die Prätorianer haben ihn getötet, als er den Erleuchteten umbringen wollte."
„Warum? Warum das alles? Gehören Sie zur Geheimpolizei?"
„Nein, ich bin nur ein ganz normaler Jünger."
„Was sollten Sie tun, wenn ich in den Helikopter gestiegen wäre?"
„Nur das, was Sie verlangen ..., damit Sie auf die Insel kommen."
Mathis ließ das Messer sinken und versetzte dem Mann einen Stoß, so daß er auf die Bank zurückfiel. „Ich habe nicht verlangt, daß Sie auf dem Flugplatz in den Jeep steigen und mir zur Flucht verhelfen!"
Er ging zum Tresen, das Messer noch immer in der Hand. Der Wirt sprach in den Telefonhörer. Mathis warf einen Blick auf den Bildschirm und erkannte den Flugplatz und die Aer-Lingus-Maschine.

Der Mord an Max Berthold wurde gezeigt, dann sah man die davonrasende BMW-Limousine und gleich darauf den Jeep mit Mathis auf dem Beifahrersitz. Ein Konterfei wurde eingeblendet, in dem Mathis sich selbst erkannte. Er verstand, daß die Polizei in ganz Irland nach diesem Mann suchte. Er trat zum Tresen und hob das Messer. Der Wirt ließ den Hörer fallen. „Es tut mir leid", sagte Mathis und schnitt das Telefonkabel durch.

Der Mann am Tisch hatte unterdessen seine Hose hochgezogen. „Ich kann Ihnen helfen", bot er hastig an, als Mathis zurückkehrte.

„Sie sind kein einfacher Jünger", sagte Mathis. „Sie gehören zur Geheimpolizei der Sekte. Was sollten Sie wirklich tun?" Er griff nach dem Zündschlüssel des Jeeps, der auf dem Tisch lag.

„Ich – ich sollte Ihre Frau und den Jungen wieder in unsere Gewalt bringen, damit wir noch ein Druckmittel haben, wenn Sie herausfinden, daß Ihr Bruder tot ist."

„Sie haben sich an mich gehängt, damit ich Sie zu meiner Familie führe? In wessen Auftrag?"

„Hartmanns."

Mathis rannte zur Tür und hinaus auf den Parkplatz, wo er in den Jeep sprang. Er startete und gab Gas.

# 9

Amber saß neben Robert Hagen im Fond des dunkelblauen Jaguar und starrte aus dem Fenster, aber alles, was sie sah, war Max Bertholds blutüberströmter Körper auf dem Rollfeld. Im Geist erlebte sie immer wieder den Moment, in dem sie hinter Max die Gangway hinuntergegangen war und der Chauffeur mit der Sonnenbrille und dem Kindergesicht plötzlich den Trommelrevolver gezogen hatte. „Wer war der Mann? Warum hat er Max erschossen?" fragte sie.

„Wir dachten, das könnten Sie uns sagen", erwiderte Hagen. „Sie kannten ihn besser als wir."

„Ich kann Ihnen gar nichts sagen", antwortete Amber müde. „Wohin bringen Sie mich?"

Fleming, der neben O'Malley auf dem Beifahrersitz saß, drehte sich um. „Zu unserem Kommandoposten, von dem aus wir den Einsatz gegen die Sekte koordinieren. Ein paar Fragen nur, dann bringen wir Sie, wohin Sie wollen."

Sie fuhren durch ein Dorf. An der Hauptstraße flammten die ersten Lampen auf. Hinter der Ortschaft endete die Straße unversehens mitten in einer Steindüne. Aus der Dämmerung tauchte eine Straßensperre auf, gesichert von einem Schützenpanzer. Zwei Wachtposten zeichneten sich vor dem Abendhorizont ab. Als sie den Jaguar erkannten, salutierten sie und räumten die Barrikade beiseite.

Amber hatte keine Ahnung, in was sie hier hineingeraten war, nur daß es mit David zusammenhängen mußte. Seinetwegen hatte sie Berthold begleitet. Seinetwegen war sie zu dem Professor gegangen, um ihn zu fragen, warum er David sprechen wollte. „Jemand vom BKA war hier", hatte Berthold gesagt, „ein Mann namens Hagen. Er hat behauptet, David könnte vielleicht meine Hilfe brauchen." Davids wegen hatte sie kurz entschlossen denselben Flug genommen wie der Professor.

Der Jaguar erreichte den Hügelkamm, da war der Weg zu Ende. Nur zwei ausgefahrene Rinnen im Gras führten hinunter zu den großen Wellblechbaracken auf der anderen Seite. Vier Batterien von Flutlichtscheinwerfern an Eisenmasten tauchten das mobile Camp in grelle Helligkeit. Zwischen den Baracken standen Militärfahrzeuge, Lastwagen und Jeeps. Von jedem Dach ragte eine Funkantenne in die Abendluft, und auf einem der Scheinwerfermasten drehte sich eine Radarantenne.

O'Malley stellte den Motor des Jaguar ab. „Da wären wir", sagte er. „Den Rest gehen wir zu Fuß."

Kurz darauf saßen sie in einer hell erleuchteten Baracke an einer Tischtennisplatte ohne Netz. Auf der Platte standen ein Tonbandgerät und ein tragbarer Computer, außerdem eine Thermoskanne mit Kaffee, eine Feldflasche mit Whiskey und mehrere Gläser, Tassen und Aschenbecher. Auf einem Metallständer neben der Tischtennisplatte lehnte eine Generalstabskarte von Irlands Atlantikküste. Daneben stand ein Funkgerät.

Hagen, Fleming und O'Malley waren höflich, aber anstrengend. Sie rauchten, tranken Kaffee und stellten immer wieder dieselben Fragen.

„Und Sie sind sicher, daß Professor Berthold mit niemandem darüber geredet hat, wohin er fliegt und wann er ankommt?" fragte Commander Fleming.

„Nein, ich bin nicht sicher", antwortete Amber, „aber ich glaube es nicht."

„Wissen Sie, ob er Feinde hatte?" fragte Hagen.

„Nein, ich weiß nicht, ob er Feinde hatte. Aber selbst wenn; das heute nachmittag war kein Racheakt von jemandem, dem er vielleicht irgendwann mal auf die Zehen getreten ist."

„Um was könnte es sich denn Ihrer Meinung nach gehandelt haben?“

„Ich weiß nicht, wer Max Berthold getötet hat oder warum. Wenn ich eine Meinung hätte, dann wäre es allenfalls die, daß es *Ihre* Aufgabe sein müßte, seinen Tod aufzuklären. So, wie es wahrscheinlich Ihre Aufgabe gewesen wäre, ihn zu beschützen.“

Fleming und O'Malley wechselten einen Blick, bevor der Commander sich erkundigte: „Wo steckt eigentlich Siniak?“

„Er mußte nach Bonn, zum Innenminister. Er kommt nach, so schnell er kann“, sagte Hagen.

Ein Mann in einer olivfarbenen Tarnuniform mit einem roten Barett auf dem Kopf betrat die Baracke und ging zu O'Malley, um ihm etwas ins Ohr zu flüstern. Der Ire nickte, und der Uniformierte verließ die Baracke wieder. „Der Doktor“, sagte O'Malley zu Fleming. „Er ist in einem Pub gesehen worden, am Lough Corrib. Mit seinem Bruder. Haben sich aufgeführt wie Kain und Abel, sagte der Wirt. Und wissen Sie, was noch seltsamer ist? Die Männer, die ich zu der Adresse geschickt habe, wo sie angeblich seine Frau und den Jungen finden sollten, sind mit leeren Händen zurückgekommen. War niemand da, keine Frau, kein Kind.“

„Wollen Sie damit sagen, Mathis hätte Ihre Leute absichtlich an den falschen Ort geschickt?“ fragte Hagen überrascht.

„Scheint so“, bestätigte O'Malley.

„Für mich sieht es eher so aus, als hätten sie ihm einen falschen Bruder untergejubelt“, bemerkte Fleming.

Das Mobiltelefon in Hagens Sakkotasche schrillte. Er holte es hervor und erhob sich, um ein paar Schritte zwischen sich und den Tisch zu bringen. „Ja, Hagen“, meldete er sich. Er lauschte. „Ja, natürlich, Chef, ich rede mit ihnen.“ Er klappte das Telefon zu und ließ es wieder in der Sakkotasche verschwinden. „Das war mein Vorgesetzter, Dr. Siniak. Er ist gerade in Galway gelandet.“

„Von wo?“ unterbrach ihn O'Malley. „Galway ist kein internationaler Flughafen. Da kommen nur innerirische Flüge an.“

Hagen zuckte mit den Schultern. „Was weiß ich – Dublin wahrscheinlich. Vielleicht hat er sich ein Bild von der Lage im St.-Patrick's-Krankenhaus gemacht.“ Er wandte sich an Amber. „Er möchte sich gern mit Ihnen unterhalten, Dr. Schneider. Ich soll Sie zu ihm bringen. Natürlich nur, wenn die Herren hier mit Ihnen fertig sind.“

„Ja, sie kann gehen“, sagte O'Malley. „Sie auch, Hagen. Ich lasse Sie von einem Wagen zum nächsten Pub bringen, da können Sie sich ein

Taxi rufen. Und sagen Sie Siniak, er soll sich bei uns melden. Keine Alleingänge auf irischem Boden, klar?"

Hagen lief rot an, sagte aber nichts. Er nickte Amber zu. „Kommen Sie."

Amber stand auf, nahm ihre Jacke und folgte ihm zur Tür der Baracke.

DURCH die leeren Fenster der Kirche strich der Wind. Der Landrover war verschwunden. Mathis ging ein paar Schritte in die Ruine hinein, bis er sicher war, daß niemand mehr hier war.

Er war die letzten drei Kilometer zu Fuß gelaufen, von dort, wo der Jeep mit leerem Tank am Straßenrand stand, bis zu der Kirchenruine.

Jetzt fürchtete er sich davor, das Pfarrhaus zu betreten. Langsam ging er auf die Tür zu und lauschte. Kein Laut. Er bewegte sich behutsam an der Mauer des Cottages entlang zum Fenster. Die Läden waren verriegelt. Er versuchte, durch eine Ritze zu spähen, und sah das Feuer, das im offenen Herd prasselte, Veras Koffer, eine Ecke des Tisches und eine rote Schulter.

Mathis klopfte gegen den Fensterladen. „Vera!" Die rote Schulter blieb reglos. Er lief zur Vordertür und drückte die Eisenklinke. Die Tür war unverschlossen. Er öffnete sie und trat ein. Vera saß am Küchentisch. Sie trug eine rote Bluse mit einem türkisgrünen Rautenmuster. „Vera?"

Sie hob den Kopf. Mühsam stemmte sie sich hoch. Sie öffnete den Mund, ein Blutschwall brach hervor und färbte ihre Bluse. Sie starb, verblutete an den kleinen, schwarzversengten Löchern in der Bluse, die er erst für Knöpfe gehalten hatte.

Schleppend tat sie zwei Schritte auf ihn zu. „Ich habe...", flüsterte sie, „ich habe... gewartet..."

„Vera, was ist passiert?" fragte er. Sie tat noch einen Schritt, dann stolperte sie, es gelang ihm gerade noch, sie aufzufangen, bevor sie zu Boden stürzte. „Wo ist Luther? Wo ist der Mann, den ich dir geschickt habe – wo ist Siniak?" Er hob ihren mageren Körper hoch und trug sie zu der Bank hinter dem Küchentisch. „Woher hatte Luther die Pistole?"

„Es war", flüsterte Vera, „es war nicht Luther – es war Siniak – Er hat geschossen – Er hat Krabbe mitgenommen –"

„Er hat Krabbe?"

Veras rechte Hand krallte sich in den Stoff seines Jackenärmels. „Ich bin mit dem Messer auf ihn losgegangen – da hat er geschossen –"

„Warum? Was will er mit unserem Jungen?“

„Er gehört ... gehört zu den Zeugen Shivas. Hör zu ... Telefonnummer ... anrufen ... wenn du Krabbe ... lebendig wiederhaben ... schnell anrufen ...“

„Ja“, sagte Mathis, „ja, wie lautet die Nummer?“

„Zettel ... Tisch.“

Erst jetzt bemerkte er den Zettel, der auf dem Tisch lag.

„Bitte ... verlaß mich nicht.“ Veras Augen hörten auf, hin und her zu flirren, und das Licht in ihren Pupillen erlosch.

„Nein“, flüsterte er, „ich verlasse dich nicht.“

Mit dem Zettel, auf dem Siniaks Mobilfunknummer stand, in der Tasche verließ Mathis das Pfarrhaus und lief hinunter zu der Telefonzelle am Straßenrand. Er konnte keinen klaren Gedanken fassen. Die Gedanken sprangen auf wie Fieberblitze und schlugen irgendwo ein. *Vera ist tot. Und Max Berthold ist tot; Siniak hat Vera getötet und Krabbe entführt; wo ist Luther? Sie töten jeden um dich herum, weil sie dich nicht töten können. Aber warum wollen sie dich töten? Weil man den Arzt töten muß, wenn man den Patienten nicht töten kann! Sie haben Berthold ermordet, damit er nicht an deiner Stelle auf die Insel fliegen und Krebs operieren kann. Sie haben Krabbe entführt, damit du dich ihnen stellst und sie dich auch töten können. Aber wer will, daß der Erleuchtete stirbt – und warum? Wenn Luther und Siniak beide zur Sekte gehören, warum wollen sie dann den Tod ihres Oberhauptes? Wenn der Erleuchtete stirbt, sterben Tausende Unschuldige nach ihm – zu wessen Vorteil? Wenn sie Krebs tot sehen wollen und den Chirurgen ermorden, den das BKA eingeflogen hat, um Krebs zu retten – wofür brauchen sie dann den anderen Chirurgen?*

Mathis riß die Telefonzelle auf, steckte Veras Karte in den Schlitz des Apparats und wählte die Nummer, die auf dem Zettel stand. „Ja“, meldete sich eine Stimme am anderen Ende der Leitung.

„Siniak?“ fragte Mathis. „Warum wollen Sie, daß ich Salman Krebs umbringe?“

Das Taxi hielt auf dem Seitenstreifen der Straße, die am Ufer entlangführte. Robert Hagen bezahlte den Fahrer, stieg aus und hielt Amber die Tür auf. Das Taxi verschwand in der Nacht. Amber sah sich um. Da war das Wasser und die Straße, es gab keine Häuser. „Wo sind wir hier? Ich sehe kein Hotel. Wo ist Siniak?“

„Kennen Sie Dr. Siniak?“

„Nein. Aber Sie haben gesagt, er kann mich zu David Mathis bringen." Sie war seit halb sechs Uhr morgens auf den Beinen, weil sie bei David sein wollte, und inzwischen zitterten ihre Knie bei jedem Schritt. Sie fror in ihrer dünnen Jacke. Der Wind war kalt.

Hagen ging ein paar Schritte auf das Ufer zu. „Kommen Sie."

Ein Holzsteg führte ein Stück weit aufs Wasser der Bucht hinaus.

„Ich mag Sie", sagte Hagen, „und ich will nicht, daß Ihnen etwas passiert. Aber es wird Ihnen etwas passieren, wenn Sie nicht genau tun, was ich Ihnen sage."

„Ich verstehe Sie nicht", sagte Amber.

Vom Meer her näherte sich ein Motorboot. „Haben Sie ein Mobiltelefon?"

„Ja."

„Geben Sie es mir!"

„Nein."

„Ich sehe, Sie verstehen mich wirklich nicht." Hagen versetzte Amber mit der flachen Hand einen Schlag ins Gesicht. „Verstehen Sie mich jetzt, Dr. Schneider?"

Der Schlag brannte auf Ambers Wange. Ihre Hand fuhr hoch, um zurückzuschlagen, aber Hagen hielt sie fest. Dann ließ er sie los und zog eine Pistole. Sie gab ihm das Telefon.

„Sie sind gar nicht beim Bundeskriminalamt", sagte sie.

„Doch", antwortete er. „Aber man verdient dort nicht sehr gut."

Das Tuckern war jetzt lauter, und Amber konnte ein gut zwölf Meter langes, hochseetaugliches Boot erkennen, das sich dem Holzsteg näherte. Neben dem Ruderhaus flammte ein Scheinwerfer auf. Hagen packte Amber am linken Arm und zog sie auf den Holzsteg.

„Wer ist das?" fragte Amber. „Zu wem bringen Sie mich?"

Hagen schwieg. Sie hatten das Ende des Stegs erreicht, und während das Boot anlegte, hielt der Scheinwerfer sie in seinem grellen Kegel gefangen. Die Mündung der Pistole war noch immer auf sie gerichtet. Ein Stoß erschütterte den Steg. Die Turbinen des Boots röhrten auf, als der Mann am Ruder in den Rückwärtsgang schaltete. Unter dem Anker stand in schwarzen Buchstaben *Duchesse*.

„Springen Sie!" rief Hagen.

Plötzlich erlosch der Scheinwerfer, Amber erhielt einen heftigen Stoß und verlor das Gleichgewicht, aber bevor sie wußte, wie ihr geschah, wurde sie aufgefangen und an Bord des Motorboots gehoben.

„Willkommen auf der *Duchesse*", sagte eine Männerstimme auf deutsch. „Mein Name ist Luther – Felix Luther."

Der Mann, der sie aufgefangen hatte, ließ los. Sie sah, wie er in die Tasche seiner Lederjacke griff. Er holte ein Taschentuch heraus, und sie spürte, wie die Hand ihr das Tuch gegen Mund und Nase preßte, während eine andere ihren Nacken festhielt. Der Geruch von Chloroform ging in ihrem Kopf auf wie eine süßliche Blüte.

Luther ließ sie sanft auf die Decksplanken sinken. Er sah zum Bootssteg hinüber, wo sich Robert Hagens Silhouette gegen den Nachthimmel abzeichnete. „Worauf warten Sie noch?" fragte er.

„Was haben Sie mit ihr vor?"

„Ihr wird nichts passieren", sagte Luther, „wenn Mathis etwas an ihr liegt."

„Nach meinen Informationen lag ihm an Professor Berthold eine ganze Menge", meinte Hagen.

„Das war etwas anderes", antwortete Luther. „Ich habe Berthold nicht getötet." Er stieg die wenigen Stufen zum Ruderhaus hinauf. „Sie sollten sich auf den Weg machen, bis Clifden ist es ein gutes Stück."

„Vergessen Sie nur nicht, für wen ich in erster Linie arbeite", sagte Hagen.

„Sie hören von mir, sobald ich in der Nähe der Bohrinsel bin", erklärte Luther. „Dann verbinden Sie mich mit denen, die bei den Belagerern das Sagen haben, und der Rest ist dann nicht mehr Ihre Sache. Ich bin sicher, mit Dr. Schneider an Bord werden die Briten nicht versuchen, mich auf Grund zu legen."

Bevor Hagen noch etwas sagen konnte, schob Luther den Hebel des Maschinentelegrafen bis zum Anschlag hoch. Die Turbinen heulten auf, und die *Duchesse* schnellte vom Ufer weg. Luther nahm Kurs auf die offene See. Er dachte daran, wie aussichtslos seine Lage noch am Morgen gewesen war und wie schnell sie sich zu seinen Gunsten verändert hatte. Erst der Junge, der ihn von seinen Fesseln befreit hatte. Danach die Frau, die ihm direkt vor die Waffe gelaufen war. Mit den beiden Geiseln brauchte er bloß zu warten, bis Mathis merkte, daß seine Familie nicht am Flughafen erschien. Doch plötzlich war statt des Arztes Siniak vor dem Pfarrhaus aufgetaucht. Es war Fügung gewesen, daß Luther gerade am Fenster stand und den Wagen mit dem BKA-Mann unten auf der Straße halten sah. Er brauchte Siniak noch als Sündenbock für die gegenwärtigen Herren der Insel, also konnte er ihn nicht töten. Daher hatte er sich davongemacht, bevor Siniak das Haus erreichte. Er hatte sich in der Nähe versteckt, die Schüsse gehört und gesehen, wie Siniak mit dem Jungen auf den Armen aus dem Haus gekommen war.

Er war nicht zurück in das Haus gegangen, sondern hatte in einem Pub etwas gegessen. Dabei war sein Blick am Fernseher hängengeblieben, der das Attentat auf dem Flugplatz zeigte, den sterbenden Arzt und die Frau, die er aus Mathis' Akte kannte; die Frau, hinter der Robert Hagen an der Gangway stand.

Er hatte plötzlich ein neues As im Ärmel. Mit dem wieder instand gesetzten Landrover war er zu allen Liegeplätzen gefahren, die er kannte, bis er ein Motorboot entdeckt hatte, das ihm gefiel. Man konnte es damit bis zur Bohrinsel schaffen. Er hatte dem Besitzer in seinem Büro die Pistole in den Nacken gesetzt, denn so tötete er am liebsten. Danach hatte er Hagen angerufen, in der Hoffnung, mit seiner Hilfe an Dr. Amber Schneider heranzukommen. *Reden Sie mit mir, als wäre ich Siniak. Schaffen Sie es, diese Schneider heute nacht noch in die Clifden Bay zu bringen?*

Das Boot verließ die Bucht. Die Wellen klatschten mit harten Schlägen gegen den Rumpf der *Duchesse*. Luther arretierte das Ruder – Kurs Nordnordost – griff in die Tasche seiner Lederjacke und holte die Pistole heraus. Dann ging er zu Amber Schneider hinunter und setzte sich auf die schmale Bank im Heck des Bootes. Mit der Pistole in der Hand wartete er darauf, daß sie aufwachte.

# 10

Schon kurz nachdem Mathis am Stadtrand von Clifden den Bus verlassen hatte, wußte er, daß Veras Mörder ihm folgten. Sie hatten nicht lange gebraucht, um seine Spur zu finden.

Die Straße war voller Menschen, die hinter einem Pferdewagen mit singenden Folkmusikern herzogen. Mathis schloß sich der Prozession in die Stadt an. Alle paar Schritte blickte er sich um. Er konzentrierte sich auf jeden, der ihm verdächtig erschien, bis er begriff, daß es die Unverdächtigen waren, die er im Auge behalten mußte: die Blumenverkäuferin zu seiner Rechten; der Geistliche, der neben ihr ging; der berittene Polizist vor dem Pferdewagen.

Das Gedränge um ihn wurde dichter. Mathis ließ sich mitziehen, weiter die Straße entlang. Statt ihm Schutz zu bieten, verstärkten die zahllosen Menschen nur seine Panik. Mit der Dunkelheit, die vom Meer heraufzog, fiel es ihm schwerer, Gesichter deutlich zu erkennen.

Clifden erschien Mathis fremder als alle Orte, an denen er bisher gewesen war. Mit jedem Schritt verstärkte sich seine Angst. Hinter ihm begann jemand zu pfeifen. Er erkannte das Lied sofort. Da war er, der falsche Priester, dessen Gesicht er schon aus der BKA-Sonderkommission in Hamburg kannte. Die Hände in den Jackentaschen, ging er direkt auf Mathis zu – ein großer Mann, breit, fast aufgeschwemmt. Ein Zufall, schoß es Mathis durch den Kopf, aber er wußte, daß es keiner war. Er rannte, und als er die nächste Ecke erreicht hatte, drehte er sich um.

Der Priester war verschwunden. Woher kannte der Mann die Melodie? Es war Georgs Lied gewesen, sein „Drachentötermarsch". Zitternd lehnte sich Mathis an eine Hauswand gegenüber von einem Pub, hinter dessen Buntglasfenstern Lachen und Gläserklirren erschallten. Er hob die Armbanduhr an die Augen. Kurz vor sieben. Er ging über die schmale Straße, um den Pub zu betreten. Wenn genug Zeugen in der Nähe waren, konnten sie ihm nichts tun.

Der Schankraum war klein, und die dunkle Holztäfelung und das gedämpfte Licht der Gaslampen ließen ihn noch kleiner erscheinen. In einer Ecke brannte in einem Steinkamin ein Torffeuer. An der Theke standen die Trinker in Zweierreihen.

Langsam arbeitete sich Mathis zum Tresen vor. Über der Bar war ein Spiegel, in dem er die Tür hinter sich beobachten konnte. Auf einem Podium neben dem Ausschank spielten eine Frau und zwei Männer mit Fiedel, Bodhran und Konzertina eine übermütige Weise.

Mathis bestellte ein Stout und einen Whiskey. Der Wirt ließ den Whiskey aus einem schwarzen Faß in ein Glas rinnen. Mathis leerte das ganze Glas auf einmal. Dann ging er mit dem Guinnesskrug zu einem Tisch in der Nähe des Feuers.

Die Tür ging auf, und die Blumenverkäuferin betrat den Schankraum. Mathis war, als setze sein Herz aus, nur einen Schlag lang und doch lang genug, um den schwarzen Rover zu bemerken, der draußen auf der Straße langsam an dem Pub vorbeifuhr.

Die Blumenverkäuferin näherte sich, hellblau und kalt blickten ihre Augen ihn an. Ihre rechte Hand tauchte tief in die Rosen, griff nach irgend etwas, und im selben Moment, in dem sie eine 9-mm-Luger zum Vorschein brachte, ging die Tür zur Straße auf, und der falsche Priester erschien.

Mathis wußte, daß er verloren hatte. Keiner von den anderen Gästen achtete auf ihn. Er hatte gedacht, er könnte sie abhängen und ihnen unbemerkt zu dem Ort folgen, wo Siniak seinen Sohn gefangenhielt. Er hatte gedacht, er könnte Krabbe befreien, hatte gedacht, er könnte sich zum Schein an Siniaks Anweisungen halten – „Nehmen Sie den Bus, steigen Sie in Clifden aus. Gehen Sie die Main Street entlang. Tun Sie alles genau so, wie ich es Ihnen sage, dann passiert Ihrem Jungen nichts!" – und dann den Spieß umdrehen. Er hatte falsch gedacht.

„Mitkommen", sagte die Blumenverkäuferin leise. Der falsche Priester an der Tür nickte, und Mathis folgte der jungen Frau zum Ausgang. Draußen tastete der Priester ihn ab, während die Frau ihn mit der Pistole in Schach hielt. „Nichts", sagte der Priester.

Sie wollten ihn gerade die Straße hinunterführen, als Robert Hagen um die Ecke trat. „Ich übernehme ihn jetzt", sagte er.

„Unsere Anweisungen lauten, daß wir ihn zu Dr. Siniak bringen sollen", widersprach die Frau. „Ich werde Dr. Siniak fragen."

„Seit wann muß Siniak meine Entscheidung bestätigen?" fragte Hagen scharf.

*Er ist auf deiner Seite*, sagte sich Mathis überrascht; *er weiß, daß Siniak zu den Zeugen Shivas gehört.*

„Wir führen nur unsere Befehle aus", beharrte der falsche Priester.

„Was hat Siniak euch gesagt?"

*Er hat ihnen gesagt, daß sie dir nicht mehr trauen können,* dachte Mathis; *daß das BKA von Zeugen Shivas unterwandert ist und daß du einer von ihnen sein könntest. Oder sie gehören selbst zu der Sekte.*

„Wir reden mit Dr. Siniak, wenn Sie darauf bestehen", sagte der falsche Priester.

„Nicht nötig." Hagen trat einen Schritt zurück. „Wir sehen uns dann morgen früh im Hotel."

„Gut", sagte die Frau, „kommen Sie mit, Dr. Mathis." Jetzt erkannte Mathis in ihr die Blondine mit der Sonnenbrille, die im Mandarin Garden am Tresen gesessen hatte. Der falsche Priester ging links von ihm. Hagen blieb am Eingang des Pubs zurück.

„Gehören Sie zu den Zeugen Shivas?" fragte Mathis.

„Nein", erwiderte die Blondine.

„Siniak gehört zu den Zeugen Shivas", sagte Mathis.

„Das ist sehr unwahrscheinlich", erwiderte der falsche Priester.

„Bin ich verhaftet?"

„Das entscheidet Dr. Siniak", sagte die Blondine.

„Sie haben Ihre Frau umgebracht", erklärte der falsche Priester.

„Ach so", sagte Mathis. „Was ist mit meinem Jungen? Habe ich den entführt?"

„Nein, er ist weggelaufen. In Panik. Halb Irland sucht nach ihm."

Mathis sagte nichts mehr. Am Ende der Straße wartete der schwarze Rover. Der falsche Priester und die junge Frau führten Mathis zu dem Wagen, dessen Beifahrertür von innen geöffnet wurde. „Steigen Sie ein", sagte der falsche Priester.

Am Lenkrad des Rover saß Siniak. „Guten Abend, Doktor", sagte er. Mathis stieg ein. „Geben Sie mir Ihre Hände", verlangte Siniak, und als Mathis gehorchte, legte Siniak ihm Handschellen an.

Der falsche Priester schlug die Tür zu und wollte hinten einsteigen, aber Siniak sagte: „Ich brauche Sie heute nicht mehr, Kollberg. Ich fahre den Doktor direkt zu Commander Fleming ins Lager. Sie und Katharina können sich hier ein bißchen umsehen, aber nehmen Sie die Funktelefone mit."

Der falsche Priester nickte. Siniak gab Gas. Die Straße war noch immer belebt, und sie konnten nur im Schrittempo fahren.

„Ich will meinen Jungen sehen", sagte Mathis. „Wohin bringen Sie mich wirklich?"

„Ich habe ein kleines Haus hier in der Gegend. Dort ist auch Ihr Sohn."

„Warum haben Sie meine Frau umgebracht?"

„Ich habe Ihre Frau nicht umgebracht", sagte Siniak. „Sie waren es."

„Damit kommen Sie nicht durch", flüsterte Mathis. „Warum sollte ich Vera getötet haben?"

Siniak lächelte. „Warum sind Sie auf dem Flugplatz plötzlich abgehauen? Warum haben Sie Ihren Bruder in dem Pub am Lough Corrib mit dem Messer bedroht?"

„Er war nicht mein Bruder."

„Auf dem Flugplatz haben Sie aber behauptet, er wäre es. Was kann er Ihnen über Ihre Frau gesagt haben, daß Sie so plötzlich durchgedreht sind? Rätsel über Rätsel. Keine Sorge, am Ende werden Beweise auftauchen, die Sie entlasten und Luther als Mörder überführen."

Mathis zitterte vor Sorge und Erschöpfung. Er hatte in der letzten Nacht kaum geschlafen. Während des Telefonats mit Siniak hatte er die Sirene eines Polizeiwagens gehört. Er hatte die Zelle verlassen und sich hinter einer Steinmauer neben der Straße versteckt. Einige Kilometer von Claddaghduff entfernt hatte er ein *Bed and Breakfast* entdeckt und dort ein Zimmer genommen. Erst gegen Morgen war er eingeschlafen. Und dann hatte er gewartet, bis er in den Bus nach Clifden gestiegen war.

„Weiß Robert Hagen, daß Sie zu den Zeugen Shivas gehören?" fragte er nun.

„Die Dinge sind außer Kontrolle geraten“, sagte Siniak. „Ich weiß nicht mehr, wer was weiß und wer nicht. Und das ist allein Ihre Schuld, Doktor. Wenn Sie sich in Hamburg an meine Anordnungen gehalten hätten –“ In Siniaks Stimme schwang blanker Zorn.

SINIAK richtete die Mündung seiner Beretta auf den Kopf des schlafenden Jungen. „Haben Sie schon mal einen Menschen getötet, Doktor?“ fragte er.

In ohnmächtigem Entsetzen starrte Mathis auf das schmale Bett in der Dachkammer von Siniaks Cottage. Krabbes Gesicht wirkte zornig im Schlaf, der Körper verspannt. „Bitte…, tun Sie ihm nichts“, bat er.

Siniak zog den Schlitten der Beretta zurück. „Nein, haben Sie nicht. Sie nehmen Luther gefangen, aber Sie schaffen es nicht, ihn umzubringen, obwohl er den Tod verdient hat.“

„Dr. Siniak“, flehte Mathis, und die Handschellen klirrten leise, als er seine Hände hob. „Sie sind doch Polizeibeamter, Sie sind kein Mörder…“

„Woher wissen Sie das?“ Siniak lächelte. „Aber keine Angst, ich bin nicht wie der Ajatollah, ich töte keine Kinder, jedenfalls nicht, wenn ich nicht muß.“ Er nahm die Pistole in die linke Hand und schob Mathis mit der rechten zur Tür, hinter der eine Treppe ins Erdgeschoß hinunterführte. „Und ich muß erst dann, wenn Sie nicht genau das tun, was ich Ihnen sage…“

Die Holzstufen knarrten unter ihren Schritten. Die Wärme des Kaminfeuers stieg ihnen entgegen. Vor der Feuerstelle aus unbehauenen Steinen lag ein grobgeknüpfter Teppich aus dunkelroter Aranwolle. An der unverputzten Wand dahinter hingen mehrere Jagdflinten. Auf dem Schreibtisch stand eine altmodische Funkanlage.

„Haben Sie Max Berthold töten lassen?“ fragte Mathis.

„Nein“, antwortete Siniak.

„Wer war es dann?“

„Luther.“

„Weshalb?“

Siniak legte die Beretta auf den Tisch. „Kann ich mich darauf verlassen, daß Sie Krebs töten werden?“

„Warum? Sie gehören doch auch zu den Zeugen Shivas… Warum wollen Sie den Tod Ihres –“

„Er ist ein Monster“, sagte Siniak, „ein Wahnsinniger. Er verdient den Tod. Was hat er Ihrem Sohn angetan, Ihrer Frau, Ihrem Bruder –

Ihrer ganzen Familie? Was wird er noch tun, wenn Sie ihm das Leben retten? Wollen Sie Ihren Jungen wieder verlieren, für immer?“

„Luther hat mir gesagt, daß nur Krebs die Männer zurückrufen kann, die sich schon im St.-Patrick’s-Krankenhaus befinden, um das tödliche Gift freizusetzen …“

„Krebs oder sein Nachfolger. Vorausgesetzt, der richtige Mann besteigt den Thron.“

„Also darum geht es“, murmelte Mathis, „um einen Machtkampf! Es geht darum, wer Krebs ablöst – Sie oder Luther.“

„Endlich begreifen Sie!“ Siniak holte eine Flasche Whiskey aus einem Fach des Schreibtischs. „Wissen Sie, wie lange ich schon auf dieses Ziel hinarbeite?“ Er ging zu dem Schrank, aus dem er zwei Gläser nahm, kehrte an den Schreibtisch zurück und goß Whiskey ein. Eins von den Gläsern wollte er Mathis reichen, aber der Arzt schüttelte den Kopf. Siniak zuckte mit den Schultern. Nachdem er einen Schluck getrunken hatte, sagte er: „Ich würde Ihnen gern die Handschellen abnehmen, wenn ich sicher sein könnte, daß Sie …“

„Sie haben immer noch die Pistole“, sagte Mathis.

„Aber Sie wissen, daß ich sie nicht benutzen kann, nachdem Professor Berthold tot ist.“

„Hat Max mit Ihnen zusammengearbeitet?“

„Nein, aber ich mußte auf Nummer Sicher gehen, nachdem Sie wie vom Erdboden verschwunden waren. Wenn Sie nicht wiederaufgetaucht wären, hätte ich Berthold an Ihrer Stelle in den OP geschickt.“

„Max hätte für Sie einen Mord begangen?“

„Ja“, sagte Siniak, „das hätte er. Wußten Sie nicht, daß er eine Schwäche für Geld hatte? Das hätte kein Problem für mich dargestellt, sobald ich erst freien Zugriff auf die Konten der Zeugen Shivas hätte. Außerdem hätte ich ihm versprochen, daß ich sofort alle Mordanschläge stoppen würde, wenn ich an der Macht wäre. Ich weiß nicht, wie Luther von seiner Ankunft erfahren hat, aber es besteht kein Zweifel, daß er für das Attentat verantwortlich ist, denn er wollte nur einen Arzt auf der Insel haben – Sie! Bei dem ganzen Spiel geht es vor allem um Zeit, verstehen Sie?“

„Nein“, sagte Mathis.

Siniak seufzte. „Dann will ich Ihnen die Lage skizzieren. Luther ist nicht nur der Anwalt der Zeugen Shivas, sondern auch ihr Geheimdienstchef. Er hat Dossiers über alle und jeden in der Sekte, selbst über mich. Er hat Macht, und diese Macht setzt er skrupellos ein. Sein Vertreter auf der Insel ist Dr. Hartmann, der Leibarzt des Erleuchteten.

Luthers Nachteil ist, daß die meisten seiner Parteigänger ihm nur aus Angst folgen. Sein zweites Manko besteht darin, daß es ihm nur ums Geld geht. Das Vermögen der Gemeinschaft ist unermeßlich – Milliarden von Mark –, und wer an ihrer Spitze steht, dem gehört die Welt! Deswegen will Luther den Tod des Erleuchteten, und er will, daß es am nächsten Tag in ganz Europa Zehntausende von Toten gibt!"

„Und Sie – warum wollen Sie Krebs tot sehen?"

„Sie werden es mir nicht glauben – aber ich will in erster Linie meinen Hals retten. Es gibt nur zwei Menschen auf der Welt, die wissen, daß Roman Siniak, Leiter der Abteilung Terrorismusbekämpfung des BKA, zu den Zeugen Shivas gehört: Salman Krebs und Felix Luther. Alle anderen kennen mich nur unter einem Decknamen. Meine Bedeutung für die Sekte steht und fällt mit meiner Position innerhalb der internationalen Polizeikreise. Wenn je bekannt wird, daß ich eine Doppelrolle spiele, bin ich erledigt."

*Nicht nur Luther und Krebs wissen es,* dachte Mathis; *ich weiß es auch. Er kann mich nicht am Leben lassen.*

„Luther und ich – wir haben beide Dinge getan, und wir haben dabei Mittel benutzt... Wer immer Krebs' Nachfolger wird, wird den anderen vernichten. Sie fragen mich gar nicht, was das für Dinge waren?"

„Ich will es nicht wissen", sagte Mathis.

„Es muß Sie doch interessieren zu erfahren, daß Ihr Bruder gar kein Mörder war! Luther hat den Erleuchteten getötet – oder jedenfalls beinahe. Er war in der Nacht nach dem Anschlag in Hamburg bei Krebs, um die weiteren Maßnahmen abzustimmen. In jener Nacht ist Ihr Bruder bei dem Versuch, reinen Tisch zu machen, erschossen worden. Vorher war es ihm gelungen, sein Opfer mit einem Schuß zu verletzen. In dem folgenden Durcheinander hat Luther seine Chance ergriffen – bevor die Prätorianer sich wieder um den Erleuchteten kümmern konnten, hat er ihn mit einem gezielten Schuß zu erledigen versucht und Georg die Schuld in die Schuhe geschoben. Bloß war auch dieser Schuß nicht tödlich, und für einen zweiten blieb ihm keine Zeit mehr. Luther bekam es mit der Angst. Was, wenn der Erleuchtete den Anschlag überlebte und sich an den wahren Mörder erinnerte? Noch in derselben Nacht ließ er sich von der Bohrinsel zu seinem Privatflugzeug bringen, und am Vormittag stand er bei Ihnen im Büro, damit Sie für ihn die Kastanien aus dem Feuer holen und Krebs endgültig erledigen. Und Sie Idiot hatten nichts Besseres zu tun, als ihn zu begleiten, obwohl ich Ihnen gesagt habe, daß Ihr Bruder nicht mehr lebt."

Mathis schüttelte den Kopf wie ein Boxer, der einen Schlag zuviel einstecken mußte. „Woher wissen Sie das alles?“

„Es gibt einen Zeugen, einen von den Prätorianern, aber solange Luther nicht aus dem Verkehr gezogen ist, wagt er nicht auszusagen.“

Mathis dachte, daß es wirklich besser gewesen wäre, wenn er in Hamburg auf Siniak gehört hätte. Seinem Bruder hatte er nicht mehr helfen können, und vielleicht würde Vera ohne sein Zutun noch leben. Aber jetzt war er hier, und inzwischen stand das Leben seines Sohnes auf dem Spiel, unter Umständen auch das von Amber. „Und jetzt?“ fragte er. „Was geschieht jetzt?“

„Morgen früh werden Sie zu der Bohrinsel gebracht. Dort werden Sie dann operieren.“

„Wenn Krebs im Koma liegt, warum zieht dann Hartmann nicht einfach den Stecker der Apparate raus? Er steht doch auf Luthers Seite, sagten Sie ...“

„Die Prätorianer lassen niemanden in seine Nähe. Sie stehen unter dem Kommando von jemand, der an Krebs glaubt und will, daß er überlebt.“

„Und wenn ich tue, was Sie wollen, und mir ein tödlicher Kunstfehler unterläuft, glauben Sie, dann ziehen Fleming und O'Malley ihre Truppen einfach ab?“

Siniak schenkte sich aus der Whiskeyflasche nach. „Natürlich nicht, aber dann kann ich handeln! Wenn Sie allerdings Mist bauen und die Kugel rausholen – dann gibt es ein Entscheidungsvakuum. Und das werden Fleming und O'Malley nutzen, um die Insel zu stürmen und Krebs in Gewahrsam zu nehmen. Sobald der verhörfähig ist, werden sie ihn sich vorknöpfen, und ohne seine Drogen wird er zusammenklappen und alles ausplaudern. Er wird mich verraten. Was glauben Sie, wer die logistischen Voraussetzungen für den ungestörten Ablauf des Anschlags in der Hamburger U-Bahn geschaffen hat?“

Er ist betrunken, dachte Mathis; er sagt mir Dinge, die ich niemals wissen dürfte. Wenn er wieder nüchtern ist und sich daran erinnert ... Mit den Augen schätzte er die Distanz zwischen sich und Siniak ab. Die Beretta lag entsichert auf dem Schreibtisch. Siniak lehnte an der Tischkante, mit dem Rücken zu der Pistole.

„Wenn ich dagegen sofort nach Krebs' Tod Luther verhaften lasse und die Macht übernehme, kann ich die Belagerer zum Abzug zwingen.“

„Ich verstehe“, sagte Mathis. „Aber – wie kommt ein Mann Ihres Kalibers zu einer Organisation wie den Zeugen Shivas?“

„Der BND hatte Krebs und seinen Zirkel schon zu DDR-Zeiten im Visier. Als die Mauer fiel und es Anzeichen dafür gab, daß sich in Krebs' Umfeld kriminelle Aktivitäten entwickelten, wurde das BKA eingeschaltet. Aber man konnte ihm nichts beweisen. In solchen Fällen gibt es meistens nur ein probates Mittel: Man läßt die Kettenhunde von der Steuerfahndung los. Schließlich erhob der Generalbundesanwalt Anklage gegen Krebs und die Zeugen Shivas wegen Steuerhinterziehung. Daraufhin verlegte Krebs sein Hauptquartier nach Irland. Der Anwalt, der unserem Generalbundesanwalt ein blaues Auge verpaßte, hieß Felix Luther. Ein Name, der danach immer wiederauftauchte, wenn jemand gegen die Shivas vorgehen wollte. Er war also der Mann, an den man sich halten mußte, wenn man an den Erleuchteten ranwollte.

Ich nahm Kontakt mit Luther auf und bot Krebs meine Dienste an. In meiner Position konnte ich einiges für ihn tun: Ermittlungen verschleppen, Zeugen beeinflussen und ihn über den Stand der Ermittlungen auf dem laufenden halten. Es war eine für beide Seiten befriedigende Zusammenarbeit, bis Luther merkte, daß mein Einfluß bei dem Erleuchteten größer zu werden schien als seiner. Das Justizministerium war drauf und dran, ein Strafverfahren gegen ihn einzuleiten. Man machte ihn zur Zielscheibe, um die Sekte zu treffen. Der Generalbundesanwalt hat in seiner Kanzlei alles beschlagnahmt: Akten, Disketten, Adressenbücher. Luther wußte, daß seine Tage als Anwalt gezählt sind, falls er nicht redet, und er hat geredet – beim Kanzleramtsminister. Wenn Krebs das erfahren hätte, wäre Luther tot gewesen. Der Anschlag in Hamburg ging auf sein Betreiben zurück – er brauchte das Chaos, um zu vertuschen, daß er ausgepackt hatte. Unter seinem Einfluß verlegte Krebs die Aktion überstürzt drei Monate vor. Und als Ihr Bruder dann noch seinen Alleingang unternahm, nutzte Luther die Chance, sämtliche Probleme auf einen Schlag zu lösen."

Siniak leerte sein Glas in einem Zug und sah Mathis mit geröteten Augen an. „Nach Hamburg war alles anders", fuhr er fort. „Ich war mit den Ermittlungen im Inland befaßt, aber das Kanzleramt wollte sich nicht mehr auf bloße Ermittlungen beschränken. Jemand ganz hoch oben hat in der Downing Street angeklingelt, und noch am selben Abend sind die britischen Ulster-Truppen ausgerückt. Gleichzeitig hat in mehreren europäischen Ländern die nationale Polizei neunzehn ‚Aschrams' der Shivas hochgenommen. Bloß daß Krebs längst gewarnt war und seine Vorbereitungen getroffen hatte. Luther nutzte das Durcheinander nach dem Mordanschlag und übernahm die Kontrolle über das gesamte Kommunikationsnetz der Sekte, um die Anhänger des Erleuchteten überall auf der Welt zum Widerstand aufzurufen. Ich glaube, das ist mehr, als Sie eigentlich wissen wollten, oder?“

„Ich hätte jetzt doch gern einen Schluck zu trinken“, sagte Mathis. Im Kamin züngelten noch bläuliche Flämmchen um ein letztes glimmendes Scheit.

Siniak nickte und drehte sich zu der Flasche um. Mathis schnellte von der Couch empor und stürzte auf den Schreibtisch zu. Im roten Schimmer der sterbenden Glut sah er die vorgebeugte Gestalt des BKA-Mannes erstarren. Er riß die Hände mit der Kette hoch und sah, wie Siniaks rechte Hand nicht nach der Whiskeyflasche griff, sondern nach der Pistole. Er spürte, wie Siniak herumfuhr, die Beretta in der Hand, dann zerriß die Mündungsflamme die Dunkelheit, und Mathis hatte noch nie ein lauteres Geräusch gehört als diesen einen Schuß in einem dunklen Raum.

## 11

Das Neugeborene lag in seinem kleinen Bett auf dem Rücken und schlief. Es war eins von 23 Neugeborenen, die nicht mehr lange zu leben hatten. Die Säuglingsstation des St.-Patrick's-Krankenhauses in Dublin lag still im Halbdunkel. Keins der Kinder schrie oder weinte, und die Nachtschwester war nirgendwo zu sehen. Der Mann, der die schlafenden Babys durch die Glasscheibe zum Gang betrachtete, trug einen weißen Kittel, eine weiße Hose und weiße Turnschuhe. Er trug ein Stethoskop und hielt ein Clipboard in der linken Hand. In seiner rechten Kitteltasche befand sich ein Beeper. In der Hosentasche steckte ein Schnappmesser. Er warf einen Blick auf die Membranen der Lüftungsschächte, aber nichts war verändert worden. Wenn sie heimlich angefangen hätten, die Klinik zu evakuieren, wären die Säuglinge als erste an der Reihe gewesen.

Der Mann schritt langsam zum Ausgang der Station. Auf der anderen Seite der Schwingtür saß ein Polizeibeamter im Kittel eines Pflegers auf einem Stuhl und las. Auf dem Boden neben ihm lag eine Gasmaske. Er blickte nicht auf, als der Mann mit dem Stethoskop und dem Clipboard durch die Tür trat. Seit zwei Tagen saßen Polizeibeamte in weißen Kitteln vor allen Stationen, und keiner von ihnen blickte mehr auf, wenn der Mann mit dem Stethoskop vorbeiging.

Bis auf den Polizisten war auch der dunkle Korridor zum Fahrstuhl leer. Vor den Fenstern trieben Nebelschwaden vorbei. Der Nebel verbarg die Einsatzwagen der Polizei, die unten auf der Straße standen. Alle hatten Angst.

Der Mann mit dem Stethoskop ging schneller. Er wollte zurück in den Schaltraum im Keller, wo sein Computer stand. Er drückte den Rufknopf. Als die Kabine hielt und die Schiebetür sich öffnete, betrat er den Lift.

In der Kabine standen zwei Polizeibeamte in weißen Kitteln. Einer von ihnen trug einen Metallkäfig mit einem Kanarienvogel. Der Mann sah, daß sie den Knopf für den ersten Stock gedrückt hatten, und drückte auf den Knopf zum Erdgeschoß. Die Tür ging zu. Der Lift fuhr abwärts. In der breiten Metalleiste mit den Etagenknöpfen sah der Mann sein Spiegelbild leicht verzerrt: dunkelblonde Haare mit Koteletten, eine hohe Stirn und leicht getönte Brillengläser.

Mit einem Kopfnicken deutete der Mann auf den Vogel. „Wenn der von seiner Stange fällt, wieviel Zeit haben wir dann noch?"

„Nicht genug", sagte der Polizist mit dem Käfig. Der Fahrstuhl hielt, und die beiden Polizisten stiegen aus, um ihre Patrouille im ersten Stock fortzusetzen. Der Mann drückte auf den Kellerknopf. Im Erdgeschoß öffnete sich die Tür, ohne daß jemand ein- oder ausstieg. Der Lift brachte den Mann in den Keller. Dort brannte kein Licht. Der Mann stieg aus. Er sah einen schwachen Lichtschein, griff in die Hosentasche und holte das Messer heraus. Er bog um eine Ecke. Der Lichtschein wurde stärker. Die Tür zum Schaltraum war offen. Die Klinge schnellte aus dem Messergriff. Der Mann schlich auf die offene Tür zu. Vorsichtig warf er einen Blick in den Raum, durch den alle Strom- und Telefonleitungen der Klinik liefen.

Der junge Polizist im weißen Kittel leuchtete mit einer Taschenlampe in das Gewirr der Kabel, Transformatoren und Zähler. Zu seinen Füßen stand der Computer. Er bückte sich, denn er hatte die beiden Beutel entdeckt. Als er danach greifen wollte, glitt der Mann durch die Tür, das Messer in der rechten Hand, in der linken das erhobene Clipboard. Der Polizist schoß empor und riß den Arm mit der Stablampe hoch, eine Sekunde bevor die scharfe Kante des Clipboards seine Kehle durchschnitt. Im nächsten Moment durchstieß die Klinge des Messers seine Bauchdecke.

Mit dem Gefühl, einen irreparablen Fehler begangen zu haben, sah der Mann auf den Sterbenden. Blut quoll aus der Messerwunde und rann auf den Steinboden. Der Körper lag nun still.

Der Mann wischte die Messerklinge an dem Kittel des Toten ab und schob das Messer wieder in die Hosentasche. Er hob die Taschenlampe auf und knipste sie aus, dann klappte er den Deckel des tragbaren Computers auf. Er sah nach den beiden Beuteln, dem einen mit Natriumzyanid und dem anderen mit Schwefelsäure. Wenn das E-Mail-Zeichen ertönte und der Befehl über den Bildschirm lief, mußte er den Inhalt der beiden Beutel vermischen und in Brand setzen. Die Belüftungsanlage der Klinik würde die Blausäuredämpfe, die aus den Flammen stiegen, in jede Station leiten. Und jeder, der sie einatmete, mußte sterben.

Der Mann hieß Sean Quinn, aber all das geschah nicht in seinem Namen. Es geschah im Namen Shivas und des Erleuchteten. Als Quinn die Leiche aufhob, um sie zu verstecken, trat auf sein Gesicht für kurze Zeit ein Ausdruck heiterer Seligkeit.

„Dr. Schneider, wachen Sie auf!"

Amber schlug die Augen auf. Sekundenlang starrte sie vor sich hin, bis sie wußte, wo sie war. Der Motorenlärm eines Helikopters vermischte sich mit dem Tuckern der Bootsturbinen. Sie spürte das heftige Schaukeln des Decks unter sich.

Luther stand über sie gebeugt, die Pistole in der Hand. Er sah erschöpft aus, das Haar hing ihm naß in die Stirn. Auf seiner Gestalt lag ein greller Lichtschein. „Kommen Sie hoch", sagte er, „damit die Sie sehen können!"

Sie richtete sich auf. Er packte ihren linken Arm und zog sie hoch, bis der Lichtstrahl auch sie traf. Er hielt sie fest, während sie in den Scheinwerfer über den Wellen starrte.

Amber schluckte mehrmals. Ihr war übel von dem Chloroform. Endlich schwenkte der Scheinwerfer weiter. Es dauerte eine Weile, bis ihre Augen sich erholt hatten. Aber dann sah sie die Silhouetten der Schnellboote rechts und links, und vor dem Bug erblickte sie die Bohrinsel, die schwarz in den blaugrauen Morgenhimmel ragte. Sie entdeckte auch den Hubschrauber, der über ihr in der Luft stand. Ihr war so kalt, daß ihre Zähne klapperten.

Die Funksprechanlage der *Duchesse* gab abgehackte Laute von sich. Luther zerrte Amber ins Ruderhaus und griff nach dem Mikrofon. „Können wir jetzt passieren, Commander Fleming?" fragte er auf englisch.

„In Ordnung“, antwortete eine verzerrte Stimme. „Wir werden nicht versuchen, Sie zu stoppen.“

„Wo ist Dr. Mathis?“ fragte Luther. „Haben Sie ihm gesagt, daß Dr. Schneider bei mir ist?“

„Wir konnten ihn noch nicht erreichen“, erklärte die Stimme.

„Versuchen Sie nicht, mich aufs Kreuz zu legen!“ schrie Luther, während er das Boot mit der freien Hand zwischen zwei Schnellbooten hindurchmanövrierte.

„Wir versuchen nicht, Sie reinzulegen, Sir“, erwiderte die Stimme. „Wir bitten Sie nur, Kontakt zu uns zu halten, bis wir Dr. Mathis gefunden haben.“

Amber hielt sich mit einer Hand am Instrumentenbrett fest, denn die Wellen gingen höher, je näher sie den Betonpfeilern der Bohrinsel kamen.

„Einverstanden“, rief Luther. „Ich gebe Ihnen Zeit bis heute mittag zwölf Uhr.“ Er schaltete das Funkgerät aus. „Machen Sie sich fertig!“ forderte er Amber auf.

Amber sah, daß auf dem Deck der Bohrinsel ein Kran seinen Ausleger zu ihnen herumschwenkte. An einem Drahtseil hing ein Frachtkorb, der langsam heruntergelassen wurde. Er sank schwankend zu dem Boot herab. Luther trat aus dem Ruderhaus. „Sie steigen zuerst ein“, erklärte er, streckte beide Hände aus, ergriff den Korb und dirigierte ihn neben das Schanzkleid des Boots. Als der obere Rand des Korbs und die Reling auf gleicher Höhe waren, winkte er einem Mann, der von der Plattform herunterspähte. Knirschend schurrte der Korb an der Bordwand entlang. „Los doch, kommen Sie schon!“ schrie Luther. Der Korb verharrte. Luther hielt ihn mit einer Hand fest.

Als Amber das Ruderhaus verließ, riß der Wind sie fast von den Füßen. Sie torkelte auf die Reling zu, setzte einen Fuß auf das Geländer. Halb besinnungslos kletterte sie auf die Bordwand und sprang in den Korb. Sie landete mit beiden Füßen in dem Wasser, das den Boden des Korbs bedeckte. Es reichte ihr bis zu den Knien. Luther stieg ebenfalls auf die Reling und setzte über, bevor das Boot von dem Korb weggetrieben wurde.

Das jammernde Geräusch der Kranwinde setzte wieder ein. Langsam stieg der Korb neben den nässeschwarzen Pfeilern der Insel empor. In einigem Abstand schwebte einer der Royal-Air-Force-Helikopter. Der Korb passierte das untere Deck der Insel, schwebte vorbei an Kraftstofftanks und Rettungsbooten. Amber sah einen in Schwarz gekleideten Mann, der zwei Hunde an einer Leine festhielt. Der Mann trug einen Mundschutz. Auf dem mittleren Deck standen zwei weitere Männer mit Maschinenpistolen. Auch sie trugen weiße Masken. Amber hörte Fetzen von Musik.

Gerade als der Korb das Hubschrauberdeck erreichte, ging die Sonne auf. Der Kran schwenkte den Korb auf die Plattform. Die lautsprecherverstärkten Sitarklänge wurden vom Weckton einer mechanischen Glocke unterbrochen. Die Eisentüren der Plattformaufbauten öffneten sich. Abgemagerte Männer und Frauen in dünnen Hosen und ärmellosen Hemden quollen hervor und versammelten sich auf dem obersten Deck. Sie fingen an, monotone Suren zu murmeln. Dann streckten sie ihre Hände einer mannshohen Statue Shivas entgegen, die zwischen den Schornsteinen und Turbinen auf einem Podest stand.

Amber lief ein Schauer über den Rücken. *Wer sagt denn, daß es in der Hölle immer heiß sein muß,* dachte sie.

MATHIS saß auf dem Beifahrersitz des Rover, und bei jeder Unebenheit der Straße spürte er ein Brennen in der linken Hüfte. Der Schmerz war nicht so schlimm, wie er gedacht hatte. Sein Bruder war tot, Vera war tot, und es grenzte an ein Wunder, daß er bis jetzt nicht eine einzige Schramme davongetragen hatte. Aber seit ein paar Stunden war die Zeit für Wunder abgelaufen.

„Wir sind gleich da", sagte Siniak. „Sie operieren den Erleuchteten, und wenn er stirbt, sehen Sie Ihren Jungen lebendig wieder. Sie retten den Erleuchteten, und Ihr Junge ist tot. Sie sagen irgend jemandem, daß ich Ihren Jungen habe, und er ist tot. Ich werde die ganze Zeit Funkverbindung mit dem OP auf der Insel halten. Etwas läuft nicht so, wie ich es will, und Ihr Junge ist tot. Haben Sie das verstanden?"

„Ja." Wieder durchfuhr der Schmerz Mathis' Hüfte bis in die Brust hinauf. Trotz der vielen Whiskeys war Siniak schneller gewesen. Er hatte ihn auf die Couch geschleudert und ihm die Pistole auf die Stirn gehalten. Dann hatte Siniak seine Wunde verarztet und ihn für den Rest der Nacht an das Rohr der Toilettenspülung gekettet. Schließlich hatte der BKA-Mann einige Telefonate geführt, und vor einer halben Stunde hatte er Mathis wieder losgebunden. *Ich bringe Sie jetzt zu Ihren Freunden Fleming und O'Malley. Ich verbinde Ihnen nicht die Augen, denn Sie werden niemandem sagen, wo sich mein Haus befindet.*

„Haben Sie keine Angst, daß ich Ihre Rolle bei dieser Geschichte verrate?" fragte Mathis.

„Nein“, antwortete Siniak. „Wenn alles gutgeht, bin ich der Nachfolger des Erleuchteten. Dann ist es mir schnuppe, wer was von mir weiß. Ich werde die Todeskommandos zurückpfeifen und mir dafür Straffreiheit erkaufen. Und sobald ich die Schlüssel zu den Schatztruhen der Sekte habe, bin ich auch schon verschwunden. So, da wären wir.“

Er hielt an einem Schlagbaum mitten im Hügelland, neben dem ein uniformierter Wachtposten stand. Auf der anderen Seite warteten Fleming und O'Malley. Ein schmaler Weg führte den Hügel hinauf zu einem wartenden Helikopter der Royal Air Force. Der Himmel zeigte einen ersten Streifen Rot im Osten.

Mathis stieg aus dem Wagen. Fleming und O'Malley traten auf ihn zu. „Guten Morgen, Doktor“, begrüßte ihn Fleming und streckte ihm die Hand entgegen. Er führte Mathis den Weg hinauf. „Rein mit Ihnen!“

„Kommen Sie nicht mit?“ fragte Mathis verwundert.

Fleming schüttelte den Kopf. „Der Passierschein gilt nur für Sie, gewissermaßen.“ Er hob die Stimme, um den Motorenlärm des Hubschraubers zu übertönen. „Wir drücken Ihnen die Daumen. Sie wissen ja, was davon abhängt, daß Sie Salman Krebs retten!“

MIT EINEM Stoß setzten die Räder des Helikopters auf dem Hubschrauberdeck der Plattform auf. „Das wär's, Doktor“, sagte der Pilot.

Mathis sah zu den drei Männern am Niedergang zum Hauptdeck. Einer der Männer war ganz in Schwarz, Turnschuhe, Rollkragenpullover, Thermohose. Er hielt eine AK 47 in der Hand, auf seinem Kopf saß eine Ohrhörerspange mit Mundmikro. Der zweite Mann trug abgewetzte Jeans, eine grobe Strickjacke und eine Brille mit Schildpattrahmen. Der dritte Mann war Felix Luther.

Mathis löste den Sicherheitsgurt, öffnete die Einstiegsklappe und stieg aus dem Cockpit. Die Plattform unter seinen Füßen schwankte kaum merklich.

Luthers Gesicht war blaß vor Müdigkeit. „Da sind Sie ja endlich, Doktor“, sagte er. Er deutete auf den Mann in der Strickjacke. „Das ist Dr. Hartmann.“

Hartmann reichte Mathis die Hand. Er war ein großer Mann mit Bauchansatz, hängenden Schultern und schlaffer Haut. Das bereits schüttere Haar trug er glatt nach hinten gekämmt. Nichts an ihm verleitete zu der Vorstellung, er könnte an einer so gefährlichen und weitreichenden Verschwörung beteiligt sein. „Ich freue mich, Sie kennenzulernen, Herr Kollege“, sagte er.

„Ich möchte den Patienten sehen“, verlangte Mathis.

„Natürlich.“ Hartmann nickte und ging voran. Mathis blickte auf das feucht glitzernde Gewirr von rostigen Kränen, Schächten, Schornsteinen und Kabeln. Hinter sich hörte er Luther und den bewaffneten Wächter die Treppenroste heruntertrampeln. Die Plattform wirkte verlassen, eine Geisterinsel in der See.

„Der Kliniktrakt ist erst vor ein paar Monaten fertig geworden“, erklärte Hartmann. „Wir verfügen über die modernste Technologie, einschließlich Computertomographen. Ich werde Ihnen bei der Operation assistieren.“

„Sind Sie Chirurg?“ fragte Mathis.

„Keine Sorge, ich kann ein Skalpell halten.“

Sie gingen auf die Stahltür des Wohntraktes zu. Hartmann drückte sie auf. Schnell schritten sie einen leeren Korridor entlang, an dessen Wänden sich Feuerlöscher mit Äxten hinter Glas abwechselten. Hartmann eilte voran, entriegelte und öffnete Türen, die hinter ihnen wieder zufielen. An dem nächsten Niedergang wies ein grünes Schild mit einem weißen Pfeil den Weg hinab zum Hospital. Am Fuß der Treppe stießen sie auf eine weitere Stahltür, an der ZUTRITT NUR FÜR KLINIKPERSONAL stand. Hartmann klopfte dreimal, dann erst steckte er einen Schlüssel ins Schloß.

Mathis drehte sich um, sah Luther und den Wachtposten an und sagte: „Sie warten hier, oder ich gehe da nicht hinein.“

Hartmann warf Luther einen beschwörenden Blick zu. „Wir reden später darüber, ja?“

Luther kniff die Augen zusammen. „Na gut, Hartmann. Bringen Sie ihn sofort zu mir, wenn er den Patienten untersucht hat.“

Mathis trat durch die Tür, die Hartmann ihm offenhielt. Ein schwarzgekleideter Wachtposten mit Maschinenpistole ließ sie vorbei.

„Was sind das für Männer?“ fragte Mathis.

„Prätorianer. Die Leibgarde des Erleuchteten.“

Die Tür fiel hinter ihnen ins Schloß. Der Prätorianer verriegelte sie wieder. Von einem kurzen Gang zweigten mehrere Seitenkorridore ab, die zur Röntgenstation, zur Intensivstation, zum Ärztezimmer und zum OP führten.

„Ich muß mir die Hände waschen“, sagte Mathis.

„Hier entlang.“ Hartmann ging voran. Sie betraten das Ärztezimmer, das kaum größer als eine Abstellkammer war. Mathis wusch sich die Hände unter einem Hahn, der nur wenig Wasser hergab. Anschließend schlüpfte er in den Kittel, den Hartmann ihm reichte, und folgte ihm wieder. Im Kontrollraum saß eine junge Frau in weißem Kittel. Sie starrte auf den Monitor für die Herzstromkurve.

Es gab nur ein Bett. Über dem Kopfende hing ein Monitor. Zwei Neonröhren tauchten den Raum in flackerndes Licht. In dem Bett lag Salman Krebs. Sein Kopf war bandagiert. Infusionsschläuche führten ihm Nährstoffe zu. Das einzige hörbare Lebenszeichen war das Piepsen der Herzstromkurve. Das Gesicht wirkte ausgemergelt und blaß.

„Die Kugel ist im Hinterhauptbein eingedrungen", erklärte Hartmann. „Sie hat das Kleinhirn gestreift, das Rückenmark und die Arteria vertebralis verfehlt und ist dann in der linken Großhirnhälfte steckengeblieben. Dabei hat sie eine Blutung verursacht, die auf den Hirnstamm drückt." Er reichte Mathis eine Taschenlampe.

Mathis zog die Lider des Erleuchteten hoch. Die linke Pupille war erweitert, ein unverkennbares Symptom für eine lebensbedrohende intrakranielle Blutung. Mathis trat zurück und überlegte. Erst brauchte er ein oder zwei Stunden Schlaf, dann konnte er anfangen. „Ich möchte die CTs sehen", sagte er.

Sie gingen zurück ins Ärztezimmer. Hartmann schaltete die Leuchtwand ein, an der die Röntgenbilder des Gehirns befestigt waren. Aufmerksam studierte Mathis die Negative.

„Wir sollten Luther nicht warten lassen", mahnte Hartmann.

„Ach nein?" fragte Mathis scharf. „Was tut er dann?" Er zog den Kittel aus, bevor er den Flur zum Ausgang der Krankenabteilung hinunterschritt. Draußen wartete ein Prätorianer mit zwei Dobermannrüden, die Mathis anstarrten, als wollten sie ihm an die Kehle springen.

„Ruhig", sagte Hartmann. „Kommen Sie mit, Dr. Mathis." Mathis folgte Hartmann die Eisentreppen hinauf zu den Unterkünften. Am Ende eines fensterlosen Gangs gelangten sie an eine offensichtlich neue Stahltür in einem rußgeschwärzten Rahmen. Hartmann sperrte sie auf. „Unser Labor", erklärte er.

Auch die Wände des Labors waren schwarz, es gab keine nennenswerte Einrichtung, mit Ausnahme einiger behelfsmäßig zusammengezimmerter Tische. Unter den Tischen türmten sich Eisenfässer und Kunststoffsäcke. In einem Regal lagerten schlanke Metallbehälter.

„Diese kleinen Behälter da enthalten Petone", sagte Hartmann. „Das sind Nährstoffe, mit denen man Bakterienkulturen aller Art züchten kann. In den Fässern und Säcken unter den Tischen befinden sich Phosphortrichlorid, Salpetersäure und Schwefel. Wenn Luther will, kann er damit die ganze Welt vergiften oder in die Luft jagen.

Nachdem Ihr Bruder hier Amok gelaufen war, haben wir soviel von dem Zeug wie möglich auf die Insel schaffen lassen, bevor die Engländer uns von jeglichem Nachschub abschneiden konnten."

Jetzt verstand Mathis, warum fast alle, die er bisher auf der Insel gesehen hatte, OP-Masken trugen. Und er begriff, was passieren würde, wenn jemand versuchte, die Bohrinsel zu stürmen. An der Decke des Raums hing eine Kamera, deren Objektiv ihnen auf Schritt und Tritt folgte. Er entsann sich, auch auf den Gängen und in den Treppenschächten Kameras gesehen zu haben.

„Wo bringen Sie mich hin?" fragte er.

„Ins Allerheiligste", erklärte Hartmann. „Die Privaträume des Erleuchteten. Befehl von Luther."

Zwei Prätorianer hielten vor der Tür am entgegengesetzten Ende des Labors Wache. Hartmann entriegelte das Schloß. Mathis überschritt die Schwelle und wußte im ersten Moment nicht, ob er lachen oder erschrecken sollte. Wie ein Altar erhob sich in der Mitte des von einem Dutzend Ewiger Lichter erhellten Raums eine Wand aus Monitoren und Computerbildschirmen. Die Monitore waren ausgeschaltet bis auf einen. Er zeigte die übergroße Shiva-Statue neben dem Bohrturm, die Mathis schon beim Anflug aufgefallen war. Der Rest des Raums glich einer Müllkippe hinter einem Spielzeugladen.

„Dort steht ein Diwan, falls Sie sich etwas ausruhen wollen", sagte Hartmann. „Die Hängematte darf nur der Erleuchtete benutzen. Ich lasse Sie jetzt allein." Er schloß die Tür hinter sich.

Vorsichtig bewegte sich Mathis durch den Raum. Er suchte nach Kameras an der Decke, fand aber keine. Bei jedem Schritt knirschte es unter seinen Füßen. Scherben von Gläsern und Flaschen, zersprungenen Nippes, Essensreste und Hunderte von bunten Pillen, die über die Teppiche verstreut waren. Die mit roter Seide bezogenen Polster des Diwans wiesen ein halbes Dutzend Einschußlöcher auf.

Ein Mobiltelefon auf dem Computertisch klingelte. Mathis ging hin und nahm den Apparat ans Ohr. „Hallo!" sagte er scharf.

„Haben Sie ihn schon untersucht?" meldete sich Siniak. „Ein hoffnungsloser Fall, oder?"

„Es sieht nicht gut aus", sagte Mathis.

„Auf wieviel Uhr haben Sie die Operation angesetzt?"

„Ich weiß es noch nicht. Ich brauche vorher etwas Schlaf."

„Es gibt eine Sturmwarnung. Der Sturm wird Ihnen helfen, oder? Nach Beginn der Operation haben Sie genau sechs Stunden Zeit. Wenn Krebs dann noch am Leben ist, stirbt Ihr Junge. Nehmen Sie das

Telefon mit in den OP. Rufen Sie mich vom OP aus an – die Nummer steht hinten auf dem Apparat –, und lassen Sie die Leitung offen, damit ich hören kann, wie Sie an Krebs herumschneiden. Wenn der Piepston rechtzeitig aufhört, bringe ich Krabbe zum nächsten Hotel. Wenn Krebs nach sechs Stunden noch am Leben ist oder Sie vergessen haben, mich anzurufen, mache ich Hundefutter aus ihm. Übrigens – wußten Sie schon, daß Luther Ihre Freundin hat? Ich hoffe, Ihr Sohn bedeutet Ihnen mehr als sie."

Die Leitung wurde unterbrochen. Mit zitternden Händen schaltete Mathis den Apparat aus. Er hatte Mühe, Luft zu bekommen.

Benommen starrte er auf den Computertisch mit seinen verschiedenen Hebeln und Knöpfen. Er beugte sich vor, las die Beschriftungen. Dann drückte er mit beiden Händen gleichzeitig einen Knopf nach dem anderen und legte alle Hebel um.

Von rechts nach links flammten die Bildschirme auf. Der erste zeigte weiter die Shiva-Figur, dahinter den flatternden Windsack. Auf den beiden nächsten sah man das mittlere und das untere Deck – leere Gangways, Fahrstuhlschächte, Tanks und mehrere große Rettungsboote. Der vierte Bildschirm zeigte die Kapelle, einen kahlen Raum mit einer kleineren Ausgabe der Shiva-Statue.

Im Konferenzraum saßen mehrere Männer an einem Tisch, vor dem Luther stand und redete. Die Männer trugen Anzüge oder schwarze Overalls. Mathis entdeckte ein Mikrofon neben den Hebeln und rief: „Luther!", aber es erfolgte keine Reaktion. Der nächste Bildschirm zeigte das Labor. Dann das Hospital; daneben die Küche. Die Regale in der Waffenkammer waren voller Maschinenpistolen, Handgranaten und Revolver.

Beim Blick auf die Bildschirme, die die Unterkünfte zeigten, drehte sich Mathis der Magen um. Ausgemergelte Gestalten in einheitlicher Jutekleidung lagen in Hängematten oder saßen auf Bastteppichen. Einige starrten ausdruckslos ins Leere. Andere hatten Helme auf dem Kopf und murmelten mit geschlossenen Augen unhörbare Worte. Die nächste Kamera zeigte die Kinder. Wie betäubt kauerten sie in den Holzkäfigen oder dämmerten vor sich hin.

Die Frau auf dem letzten Bildschirm war Amber. Sie saß auf der Pritsche einer zellenähnlichen Kabine, den Kopf mit geschlossenen Augen an die Wand zur Dusche gelehnt. Sie sah aus, als schliefe sie.

Mathis wirbelte herum, stürzte zur Tür und zerrte an der Klinke. Die Tür war verschlossen. Er rannte zurück zum Computertisch, beugte sich noch einmal über das Mikrofon und entdeckte endlich einen

Schalter, der zu dem Mikro gehörte. Er legte ihn um und rief: „Luther, wenn Sie Dr. Schneider nicht sofort zu mir schaffen, bringe ich *Sie* um und nicht den Erleuchteten!"

Fassungslos starrte Luther vom Bildschirm Nummer sechs auf ihn herunter.

# 12

Der Sturm näherte sich der Bohrinsel mit einer Geschwindigkeit von 150 Stundenkilometern. Anderthalb Stunden bevor er sie erreichte, brachte Luther seine Geisel zu Mathis in die Kommandozentrale. Er öffnete die Tür und sagte: „Das war sehr dumm von Ihnen, Doktor." Er ging zum Computertisch und riß das Mikrofon aus seiner Halterung.

Amber trat über die Schwelle. „David", sagte sie.

„Ich gebe Ihnen eine Stunde", sagte Luther und verließ den Raum. Der Riegel schnappte ins Schloß.

Mathis und Amber sahen sich an, reglos, über eine Entfernung von zehn Metern. Amber wirkte müde und angespannt. Auf ihrem linken Wangenknochen war ein dunkler Bluterguß. Er ging zu ihr.

„Hallo, David Mathis", sagte sie. „Du blutest."

„Hallo." Seine Stimme klang belegt. Er beugte sich vor und küßte sie. Sie erwiderte seinen Kuß leidenschaftlich.

Sie legten sich nebeneinander auf den Diwan. Amber schmiegte ihren Kopf an seine Schulter, sein rechter Arm ruhte unter ihrem Hals. „Ich habe Angst um Krabbe", sagte er.

„Es wird ihm nichts passieren", erwiderte sie. „Ich werde dafür sorgen."

Er wollte den Kopf drehen, um sie anzusehen, aber er war zu müde dazu. Er sank in einen tiefen Schlaf, aus dem er erwachte, als sie ihm einen Knuff versetzte. „David, da kommt jemand!" Er blickte auf seine Armbanduhr. Mehr als eine Stunde war vergangen.

Sie standen auf. Die Tür wurde entriegelt, und Luther trat ein, begleitet von zwei Prätorianern. „Es ist Zeit, Doktor", sagte er. „Hartmann meint, wenn Sie bis nach dem Sturm warten, ist es vielleicht zu spät. Die Kugel könnte durch die Erschütterungen wandern."

„Ich erkläre Ihnen jetzt mal, worüber wir hier überhaupt reden", sagte Mathis. „Im Bereich des Wundkanals hat sich eine Blutung gebildet, die stark auf den Hirnstamm drückt. Dieses Hämatom muß raus, sonst besteht die Gefahr eines dauernden, wahrscheinlich sogar tödlichen Hirnschadens."

„Wie groß ist die Gefahr, daß Krebs den Eingriff nicht überlebt?" fragte Luther.

„Groß. Die Blutversorgung des Gehirns erfolgt durch die beiden inneren Kopfschlagadern und durch die Wirbelschlagadern, die sich im Schädel zur Arteria basilaris vereinigen. Jeder ihrer Nebenäste, die dem Hirnstamm, dem Kleinhirn und dem verlängerten Rückenmark Blut zuführen, ist absolut lebenswichtig. Am wichtigsten ist die Kleinhirnschlagader. Wenn die bei der Operation Schaden nimmt, bricht die Blutversorgung des Hirnstamms zusammen, und wenn der Hirnstamm abstirbt, fällt innerhalb von Stunden oder Tagen auch das Herz aus."

„Gesetzt den Fall, alles geht gut – wie lange dauert es, bis Krebs wieder sprechen kann?"

„Drei bis fünf Wochen."

„Und ist er – ist er dann wieder ganz gesund?"

„Niemand kann zu diesem Zeitpunkt sagen, ob er je wieder ganz gesund wird. Es gibt verschiedene Arten von Komas, und jede schädigt das Gehirn – die eine mehr, die andere weniger. Wenn ich Siniak richtig verstanden habe, wollen Sie ja sowieso –"

„Stopp", rief Luther mit erhobener Hand, „reden Sie nicht weiter!" Er wandte sich an Amber. „Dr. Schneider, würden Sie bitte nach draußen gehen?"

„Ich bleibe bei David", protestierte Amber.

„Bringt sie raus!" befahl Luther den beiden bewaffneten Wachen, die zu Amber gingen und ihre Arme ergriffen. „Bitte, Dr. Schneider, es ist zu Ihrem eigenen Besten."

„Er hat recht, Amber", sagte Mathis.

Amber starrte erst Luther an, dann Mathis. Endlich nickte sie, ging auf die Tür zu, gefolgt von den Prätorianern, und verließ den Raum.

„Sind Sie denn von allen guten Geistern verlassen?" fragte Luther. „Wollen Sie, daß ich sie umlegen muß? Wenn sie alles weiß, muß ich sie töten. Aber wenn Sie den Erleuchteten operieren und danach sagen: ‚In drei Wochen ist Krebs wieder ganz der alte', dann können Sie mit ihr die Insel verlassen."

„Ich soll Krebs retten? Siniak hat gesagt, Sie wollten –"

„Und ich habe Ihnen schon einmal gesagt, Sie sollen mir glauben und nicht Siniak. Ich weiß, daß er Sie zwingen will, dem Leben des

Erleuchteten im OP ein Ende zu setzen. Deswegen habe ich Ihre Freundin – damit Sie genau das nicht tun!“

„Aber haben Sie denn nicht auf ihn geschossen? Haben Sie nicht Max Berthold umbringen lassen, weil er den Patienten retten wollte?“

„Ich lag gefesselt hinter dem Altar einer Kirche, als Professor Berthold erschossen worden ist. Siniak hat Berthold einfliegen lassen, damit er Krebs an Ihrer Stelle tötet, falls er Ihrer nicht habhaft werden konnte. Für das Attentat auf Ihren Freund ist Dr. Hartmann verantwortlich. Er dachte, in meinem Sinn zu handeln. Sie glauben mir nicht?“

„Nein“, sagte Mathis, „ich glaube Ihnen nicht.“

Luther lächelte kalt. „Sie brauchen mir auch nicht zu glauben. Es ist mir egal. Siniak hat Ihnen doch bestimmt erzählt, daß es einen Kampf um die Nachfolge des Erleuchteten gibt? Und daß ich den Tod von Krebs genauso will wie er?“

Mathis nickte.

„Er hat recht. Aber nur wenn Krebs lebt und ich mich auf ihn berufen kann, habe ich die nötige Unterstützung hier auf der Insel, um bis zu seinem endgültigen Ableben alle meine Rivalen zu neutralisieren. Sie sind Arzt. Es ist Ihre Aufgabe, Leben zu retten. Und ich will Ihnen dabei helfen. Aber wenn Sie tun, was Siniak will, werde ich Dr. Schneider töten.“

„Und was ist“, fragte Mathis verzweifelt, „wenn wirklich etwas schiefläuft? Der Patient ist in einer sehr schlechten Verfassung, und falls der Seegang zunimmt… Ein Fehler kann immer passieren. Ich bin nicht Gott!“

Luther sah ihn scharf an. „Dann werden Sie Gott – nur für ein paar Stunden, Doktor.“

DER STURM war da. Heulend stürzten sich eiskalte Böen auf die Insel. Der Himmel war fast schwarz, und die Gischt schlug schwer über den Decks zusammen. Das Gestänge der Plattform wehrte sich kreischend gegen die anlaufenden Brecher.

Im Hospital saß der Erleuchtete vorgebeugt im hellen Licht der Operationsleuchte. Eine Hälfte des OP-Tischs war hochgestellt, um den Rücken des Patienten zu stützen. Die Unterarme waren auf kurzen Armlehnen festgeschnallt. Der Kopf ruhte in einer winkelförmigen Mayfield-Halterung, die dafür sorgte, daß die Lage während des Eingriffs stabil blieb. Ein Schlauch führte aus seinem mit Pflastern verklebten Mund zu einem Respirator, ein weiterer von einer Infusionsnadel in seinem rechten Unterarm zu einer am Fußende des OP-Tischs hängenden Blutkonserve. Der restliche Körper war mit einem grünen Tuch abgedeckt. Immer wenn eine Welle gegen die Säulen der Insel schlug, durchlief ein Beben den Operationssaal.

Die Operationsschwester hatte Krebs den Ringpolsterverband abgenommen, das seit der ersten Wundversorgung nachgewachsene Haar mit einem Elektrorasierer entfernt und die freigelegte Fläche mit braunem Antiseptikum bepinselt. Durch das Fenster des Vorbereitungsraums konnte Mathis die Einschußstelle schimmern sehen.

Der Anästhesist starrte prüfend auf den Zeiger der Atemvolumenskala. Der Herzschlagverstärker verwandelte die Muskelkontraktionen in der Brust des Bewußtlosen in ein hohles, rhythmisches Pochen. Genau wie der helle Piepston des Herzmonitors und der über den Bildschirm des Pulsschreibers laufende Leuchtpunkt diente es zur Kontrolle von Krebs' Zustand während des Eingriffs. Im sterilen Bereich zu beiden Seiten der Milchglastür standen zwei Prätorianer mit Gesichtsmasken und Maschinenpistolen.

Dr. Hartmann studierte noch einmal die an einer Leuchtwand aufgehängten Tomogramme. Wie Mathis trug er einen grünen Kittel, weiße Gummihandschuhe und eine grüne Papierhaube.

„Ich muß noch mal kurz telefonieren", sagte Mathis zu ihm. „Gehen Sie schon hinein. Und lassen Sie die Tür offen." Er wartete, bis Hartmann und die Schwester im OP waren, dann holte er das Mobiltelefon aus der Tasche. Er wählte die Nummer, die auf der Rückseite stand.

„Ja?" meldete sich Siniak.

„Ich fange jetzt an", sagte Mathis. „Können Sie die Lebenszeichen des Patienten hören?" Er hielt den Apparat in Richtung OP.

„Ja".

„Gut. Ich lasse die Leitung offen und lege den Apparat ab."

„Der Akku des Telefons reicht für sechs Stunden. Wenn Krebs nicht tot ist, bevor die Verbindung unterbrochen wird, stirbt Ihr Junge. Also verschwenden Sie keine Zeit. Wer ist noch bei Ihnen im OP?"

„Dr. Hartmann. Dr. Carlsen. Zwei Schwestern und zwei Prätorianer."

„Versuchen Sie nicht, mich reinzulegen – ich würde es erfahren."

„Ja, ich weiß." Mathis legte das Telefon neben den Sterilisator auf den Tisch. Er ging zum Waschbecken, trat den Fußhebel hinunter und hielt die Hände unter den Wasserstrahl. Drei Minuten lang wusch er sich die Hände. Er trocknete sie an einem sterilen Tuch ab und merkte, daß sie zitterten. Seine Kehle war wie zugeschnürt. Er fuhr in die bereitliegenden Handschuhe, streifte sich die weiße Gesichtsmaske über Mund und Nase und trat zu Hartmann an den Operationstisch.

Alle Leuchtkörper im Raum erloschen bis auf die OP-Lampe direkt über dem Tisch. Der Schädel des Erleuchteten schimmerte mattbraun. Die Uhr über der Milchglastür zeigte 9.17 Uhr.

„Skalpell", sagte Mathis und streckte die rechte Hand aus. Die Operationsschwester reichte ihm das Messer. Er beobachtete den Apfel, den er auf den Boden gelegt hatte, um ein Indiz für die Heftigkeit der Schwankungen zu haben. Der Apfel rollte gegen eine Wand. Als er dort liegenblieb, schnitt Mathis tief in die Haut an der Hinterseite des Schädels. Der Schnitt war erst weiß, füllte sich aber gleich mit Blut. Mathis legte das Skalpell in eine ovale Schale aus rostfreiem Stahl. „Kopfschwartenclips", verlangte er. Rasch klemmte er die Kopfhaut auf der linken Seite der Inzision ab, während Hartmann die rechte übernahm. Die Schwester reichte Mathis eine elektronische Pinzette, deren Enden aus nichtisolierten Elektroden bestanden.

„Strom!" befahl er. Immer wenn er mit den Elektroden ein offenes Blutgefäß berührte und es mit Hochfrequenzstrom verkochte, gab es ein leises Zischen.

Mathis starrte auf seine Hände. Sie zitterten noch. *Du hältst das Leben von Krabbe und Amber in deinen Händen*, dachte er, *und deine Hände zittern.*

AMBER folgte Luther durch den Gang zur Treppe. Er öffnete eine Tür, hinter der sich ein Sportraum befand. Er knipste das Licht an und schloß die Tür, als Amber über die Metallschwelle getreten war. Von der Decke des Raums hingen Ringe und ein Trapez. An den Wänden waren Basketballkörbe befestigt.

„Glauben Sie wirklich, er schafft es?" fragte Luther.

„Ja", sagte sie.

Er ging zu einer Holzkiste in der Ecke, in der braune Lederbälle, Springseile und Gymnastikkeulen lagen. Er holte einen Ball heraus, ließ ihn ein paarmal auf den Holzboden springen, lief auf einen der Körbe zu und warf den Ball mit beiden Händen. Der Wurf konnte gar nicht schiefgehen. Aber plötzlich durchlief ein neuer Stoß die Insel, und der Ball prallte auf den Rand des Korbs und fiel daneben. Luther drehte sich zu Amber um. „Glauben Sie es immer noch?"

Der Ball rollte im Zickzack über den Boden. Amber griff ihn sich, lief auf den anderen Korb zu und schleuderte ihn aus dem Gelenk der rechten Hand. Er glitt durch den Metallreifen und landete mitten im Korb. „Ja“, sagte sie.

„Sie haben überraschende Talente, Dr. Schneider.“

„In der DDR wurde ziemlich viel Wert auf Sport gelegt“, antwortete Amber. „Es war nett von Ihnen, daß Sie uns etwas Zeit gegeben haben, um unser Wiedersehen zu feiern.“

„Nicht ganz so nett, wie Sie denken“, meinte Luther. Er ging zu dem Ball und hob ihn auf. „Ich wollte lediglich sein Gedächtnis etwas auffrischen. Er sollte sich genau erinnern, was er an Ihnen hat.“ Er begann zu dribbeln.

„Was immer Sie damit bezweckt haben“, sagte Amber, „vielleicht war es ein Fehler...“ Sie versuchte, Luther den Ball abzunehmen. Sie standen sich gegenüber und starrten sich in die Augen.

„Sie sind umwerfend attraktiv“, sagte Luther.

„Ich wette, das sagen Sie zu jeder Frau. Haben Sie so die Leute dazu verführt, den Zeugen Shivas beizutreten?“

„Vielleicht.“

„Und wen wollen Sie jetzt verführen – David oder mich?“

„Ihn habe ich schon verführt. Ich habe ihm seinen weißen Kittel ausgezogen und darunter die Seele eines Mörders entdeckt.“

„Sie irren sich“, sagte Amber und schlug ihm das Leder aus der Hand. Sie rannte mit dem Ball einige Meter weit, wirbelte herum und schleuderte ihn Luther mit aller Kraft ins Gesicht.

Luther schrie vor Überraschung auf. Blut schoß ihm aus der Nase. Er schlug die Hände vors Gesicht, und diesen Moment nutzte Amber, um zur Gerätekiste zu rennen und eine Gymnastikkeule herauszureißen. Ehe er sich erholen konnte, war sie schon wieder bei ihm und schmetterte ihm die Keule gegen die Stirn, und als er zurücktaumelte, setzte sie nach und hieb ihm die Keule gegen die Kniescheibe und dann noch einmal auf den Scheitel. Luther brach in die Knie.

Amber lief zur Tür, die Keule in der Hand. Sie riß die Tür auf. Der Gang vor dem Sportraum war leer. Sie rannte los.

MATHIS’ Hände zitterten. Sein Mund war trocken. „Übernehmen Sie die Entfernung der Wirbelbögen“, sagte er.

„Ist alles in Ordnung?“ fragte Hartmann besorgt.

„Ja, ich möchte nur einen Schluck Wasser trinken.“ Mathis ging in den Vorbereitungsraum, zerrte sich die Maske vom Gesicht und atmete tief. Er beugte sich über das Waschbecken, um zu trinken. Er hatte noch nie zuvor bei einer Operation gezittert. *Wenn du zu zittern anfängst,* dachte er, *während du im Inneren des Schädels arbeitest, gibt es ein Blutbad.*

Um 9.28 Uhr kehrte er in den OP zurück. Jetzt zitterte er nicht mehr. Hartmann trug gerade den zweiten Halswirbelbogen ab. „Alles fertig zur Trepanation", sagte er.

Mathis nahm Hartmanns Platz ein und fixierte den Punkt, wo er das erste Bohrloch anlegen wollte. „Kraniotom!"

Das Kraniotom war durch einen kurzen Schlauch mit einem kleinen Wagen verbunden, auf dem die Druckluftflasche stand. Mathis setzte die Bohrerspitze links oberhalb der Schußwunde an und drückte auf den Abzug. Knochenstaub wirbelte um das Bohrloch. Das Kraniotom stellte sich automatisch ab, als der Druck nachließ. Vorsichtig zog Mathis den Bohrer wieder zurück und reichte ihn der OP-Schwester. Die Springschwester hielt ihm ein Schälchen mit Knochenwachs entgegen. Er rieb das Wachs zwischen den Fingern weich und strich es auf den Rand des Bohrlochs, um die Blutgefäße zu verschließen. Danach legte er noch zwei weitere Bohrlöcher an. Mathis arbeitete, ohne Hartmann anzusehen. Das Pochen des Herzschlagverstärkers hatte sich während des Anlegens der Löcher nicht verändert.

Mit einer stumpfen Sonde löste Mathis die schwach pulsierende Dura von der Knocheninnenfläche, um einer Verletzung durch die Säge vorzubeugen, und schob einen schmalen Metallstreifen in das Loch links oben, um die Strecke zwischen den Öffnungen zu untertunneln. „Säge!" verlangte er.

Die OP-Schwester legte ihm das zusammengerollte Drahtblatt der Gigli-Säge in die ausgestreckte Hand.

Der in der Stahlhalterung eingeklemmte Schädel bewegte sich nicht einen Millimeterbruchteil, während Mathis mit der Säge eine Öffnung für den Eingriff schuf. „Häkchen und Messer!"

Mit dem Klang seiner eigenen Stimme hörte er plötzlich auch wieder das Orgeln des Sturms. Bevor er mit dem Durahäkchen die harte Hirnhaut anhob, um das darunterliegende Gehirn beim Schnitt mit dem Skalpell nicht noch mehr zu schädigen, warf er einen Blick auf den Boden. Langsam rollte der Apfel gegen die Wand neben der Tür. Schnell öffnete Mathis die Dura mater über dem Verletzungsbereich.

Der Herzmonitor sandte weiter Piepstöne aus – in den Vorbereitungsraum und durch das Telefon ins All. 9.52 Uhr zeigte die Uhr über der Tür zum Vorbereitungsraum, und alles war in Ordnung. Der gefährliche Teil der Operation konnte beginnen.

Amber rannte den Gang vom Sportraum hinunter und stieß eine Tür ins Freie auf, und da war das Ende der Welt. Von Norden her schob sich der Sturm wie eine riesige, brodelnde Wand heran. Eisenplatten und Verstrebungen der Insel rieben sich knirschend aneinander. Ein Brecher traf die Säule direkt unter Ambers Füßen. Die Plattform bebte. Wasser schäumte über das Deck. Amber taumelte gegen die Tür in ihrem Rücken. Die Keule wurde ihr aus der Hand gerissen und davongespült. Sie schob sich in den Korridor und warf sich von innen gegen die Tür.

Am Ende des elektrisch beleuchteten Gangs stand Luther und zielte mit der Pistole auf sic. Sein Gesicht war blutig. Sie sah das Mündungsfeuer, aber sie rührte sich nicht. Dicht neben ihrem Kopf zerplatzte der vergitterte Glassturz einer Lampe an der Wand. Scherben spritzten.

Sie löste sich aus ihrer Erstarrung und wandte sich nach rechts, wo ein Pfeil zum Fahrstuhlschacht wies. Als sie den Gang hinunterrannte, hörte sie einen zweiten Schuß. Der Fahrstuhl stand auf einer anderen Etage. Das Treppenhaus – da, die Tür! Sie zerrte an der Klinke, und die Tür ging auf. Ein Schwall warmer, ölig riechender Luft schlug ihr entgegen.

„Schneider, stehenbleiben!" Sie hörte Luther schreien, bevor die Tür wieder zufiel, aber sie blieb nicht stehen. Sie wußte, daß er nach dem Schlag mit der Keule nicht so schnell laufen konnte wie sie. In großen Sätzen hetzte sie die Eisenstufen hinunter. Sie wollte in die Kommunikationszentrale, die sie bemerkt hatte, als Luther mit ihr zu den Unterkünften gegangen war, um sie in einer der Kabinen einzusperren.

Als sie die nächste Etage erreichte, krachte ein Schuß über ihrem Kopf, gefolgt von einem zweiten. Im Laufen blickte sie nach oben, und da war Luther und feuerte, aber die Kugeln prallten von den Gittern ab und heulten als Querschläger durch den Schacht. Im selben Moment hörte sie Hundegebell. Zwei Prätorianer, einen Dobermann an der Leine, erschienen weiter oben auf einem Treppenabsatz. Luther rief ihnen etwas zu, und sie liefen die Stufen hinunter.

Der Lift glitt an Amber vorbei. Sie rannte weiter. Wo war sie? Mußte sie nach unten oder oben, nach links oder rechts? Wo war das Hospital und wo die Funkzentrale?

Die beiden Prätorianer überholten Luther. Als der Lift auf Luthers Höhe anlangte, öffneten sich die Ladeklappen auf der Schachtseite. „Ihr fahrt nach unten!" brüllte Luther den Prätorianern zu. „Wir nehmen sie in die Zange!"

Die beiden schwarzgekleideten Männer und der Hund betraten den Lift. Surrend sank die Kabine abwärts. Luther schleppte sich ächzend die Stufen hinunter.

Amber lief weiter, atemlos, gehetzt, und sie war schneller als der Fahrstuhl. Sie wußte nicht, auf welcher Ebene sie sich befand, als sie den Feuerlöscher entdeckte. Sie riß ihn aus seiner Halterung. Hastig drückte sie den Rufknopf des Lifts, riß die Sicherungskette des Feuerlöschers ab, kniete nieder und richtete die Düse des Schlauchs auf die Fahrstuhltüren.

Der Fahrstuhl hielt. Die Türen schwangen auseinander. Die beiden Prätorianer hatten ihre Maschinenpistolen in Anschlag gebracht, aber sie zielten zu hoch. Nur der Hund war auf Ambers Höhe. Sie drückte den Abzug des Feuerlöschers. In einem scharfen Strahl schoß weißer Schaum aus der Schlauchdüse, traf den Dobermann am Kopf. Amber richtete die Düse höher, auf die beiden Männer.

Blind zerrte der Hund an seiner Leine, riß seinen Führer aus der Kabine. Amber ließ den Feuerlöscher fallen und sprang auf. Der Hund stürzte an ihr vorbei. Sie stürmte in den Lift und stieß auch den zweiten Mann auf die Treppe hinaus. Panisch drückte sie auf sämtliche Halteknöpfe über dem untersten. Bevor die Prätorianer wieder sehen konnten, schlossen sich die Türen des Lifts. Die Kabine stieg aufwärts. Amber starrte die erleuchteten Knöpfe an. In welcher Höhe war Luther inzwischen? *Lieber Gott, hilf mir weiter! Was soll ich tun?*

MATHIS preßte die Augen an den Binokulartubus des am OP-Tisch festgeschraubten Operationsmikroskops. Das Bild war gestochen scharf. Er befand sich genau über dem Geschoßeintritt. Er mußte einen der Geschoßbahn folgenden Kanal schaffen, um an das Hämatom heranzukommen. Er hob die Augen von den Okularen und sagte: „Sauger und Pinzette."

Er nahm die Kniepinzette mit dem Wattebäuschchen in die rechte Hand und in die linke den Sauger. Er begann die Eintrittsstelle der Kugel zu säubern und saugte Flüssigkeit ab. „Spatel!"

Nun wechselte er die Pinzette in die linke Hand, ergriff den weichen Hirnspatel mit der rechten und führte beide in den Wundtrichter. Er preßte seine Augen wieder an den Binokulartubus. Behutsam verbreiterte er den Wundkanal. „Ich entferne jetzt einige Knochensplitter", erklärte er. „Sauger!" Er saugte etwas zerfetztes Gewebe ab, um den Splitter, den er herausholen wollte, soweit wie möglich freizulegen. Dann tauschte er den Sauger gegen die elektrische Pinzette. „Strom!"

Hartmann trat auf ein Fußpedal. Die Enden der Pinzette faßten die Öffnung des Äderchens vor dem Objektiv des Mikroskops und klemmten sie zusammen. Mathis gab die Pinzette zurück, griff wieder nach dem Sauger. Der Splitter löste sich. Mathis zog Sauger und Pinzette aus dem Wundtrichter und überließ den Splitter der Springschwester, ehe er weitere Knochenstücke aus dem Bereich der Splittermasse entfernte. Blut sickerte aus einigen Gefäßen. „Spülen!“

Nachdem ein Wasserstrahl den Operationskanal überschwemmt hatte, arbeitete Mathis weiter an den zersprengten Splittern. Jeder noch so kleine Knochenspan verlangte äußerste Konzentration. Die Temperatur im OP war niedrig, aber Mathis spürte, wie ihm der Schweiß den Oberkörper hinunterlief.

Die Zeiger der großen Wanduhr näherten sich der Elf. „Wir sind jetzt nah am Hirnstamm.“ Er steuerte das Mikroskop nun mit dem Mundhebel, damit er beide Hände frei hatte. Der Lichtkegel des Punktstrahlers drang tief in das Gehirn unter seinen Händen. Dann kam das Hämatom zum Vorschein. Eine Geschwulst aus Blut und zerfetztem Zellgewebe, die den Hirnstamm wegdrückte und fast bis zur Arteria basilaris reichte. Sie umschloß die Kleinhirnschlagader wie ein Tumor.

Mathis war im Krisengebiet. Er konnte alles sehen, das dunkelrote Blutgerinnsel, dahinter den zusammengepreßten Hirnstamm und den mächtigen Schlauch der Arteria basilaris – nur die in der linken Großhirnhälfte steckengebliebene Kugel nicht. „Sauger und Dissektoren!“ verlangte er. „Ich beginne mit der Arbeit am Hämatom.“

Aus dem Zwielicht suchten Hartmanns Augen seinen Blick. Sie waren geweitet, voller hypnotischer Kraft. *Jetzt,* sagten die Augen, *töte ihn jetzt! Ein kleiner Schnitt, und alles ist vorbei. Töte ihn!*

Und auf einmal erkannte Mathis, daß es noch eine dritte Kraft in dem Kampf um die Nachfolge des Erleuchteten gab. Neben Siniak und Luther hatte Hartmann als Leibarzt des Sektenoberhaupts den Geschmack der Macht gekostet. Hartmann war Luthers Komplize, und er war Krebs die ganze Zeit näher gewesen als alle beiden zusammen. Und die Prätorianer – standen sie auf seiner Seite? Nein, dann hätte Krebs schon lange nicht mehr gelebt.

DER FAHRSTUHL hielt. Der Treppenabsatz vor dem Lift war leer. Amber stieg aus. Sofort hörte sie das Jaulen des Hundes und die Schritte der Prätorianer einige Absätze weiter unten. Gehetzt blickte sie sich um. Sie entdeckte eine Metalltür mit der stilisierten Darstellung eines Blitzes darauf. Sie lief zu der Tür und zerrte an dem Hebelgriff. Die Tür öffnete sich hydraulisch. Dahinter lag ein schmaler Gang aus ehemals weißgestrichenem Eisen, das überall Rostflecken aufwies. An den Wänden hingen kurzstielige Äxte in Notfallkästen. Ohne lange zu überlegen, schlug sie die Glasscheibe von einem der Kästen ein und riß die Axt dahinter aus ihrer Halterung.

Sie lief zur nächsten Tür und öffnete sie. Ein Schwall kalter Luft schlug ihr entgegen. Die Beleuchtung des Raums ging automatisch an. Das Licht fiel auf weiße Kachelwände, einen weißgefliesten Boden und weißlackierte Regale. Eine Kühlkammer, dachte Amber.

Die Regale unterteilten den Raum wie einen Weinkeller. Nur daß hier keine Flaschen von den edelsten Weinhängen lagerten, sondern Blut. In durchsichtigen Einwegbehältern füllten tiefgefrorene Blutkonserven zu Hunderten die Stellflächen der Regale.

Staunend trat Amber auf ein Regal zu und las die Beschriftungen, mit denen die Behälter versehen waren. KREBS, KREBS, KREBS stand auf den Etiketten in einer Reihe, HARTMANN, HARTMANN, HARTMANN in einer anderen; LUTHER, LUTHER, LUTHER in einer dritten. Das eigene Blut der Sektenführer, eingefroren und gelagert für Notfälle.

Amber spürte einen Luftzug. Dann geschahen zwei Dinge: Etwas versetzte ihr von hinten einen heftigen Stoß gegen den Rücken, und sie bemerkte den Gabelstapler. Sie fing sich im letzten Moment, bevor sie stürzte. Von ihrem eigenen Schwung herumgerissen, sah sie den Dobermann, noch immer schaumbespritzt. Mit aufheulendem Motor schoß der Gabelstapler zwischen zwei Regalen hervor und steuerte den Mittelgang herunter auf Amber zu.

Der Dobermann nahm Anlauf, um noch einmal auf Amber loszuspringen. Die linke Vorderpfote hatte sich in der Leine verheddert. Die beiden Prätorianer waren nirgendwo zu sehen.

Hinter dem Steuer des Gabelstaplers saß ein Mann in einem schwarzen Overall. Er lenkte sein Fahrzeug mit der linken Hand, während er in der rechten eine Maschinenpistole schwang. „Ich habe sie!" brüllte er in das Mikro der Kopfhörerspange vor seinem Mund.

Der Hund sprang. Amber riß die Axt hoch und schmetterte ihm die flache Seite gegen den oberen Teil der aufgerissenen Schnauze. Der Dobermann jaulte auf, drehte sich mitten im Sprung und landete auf der linken Seite, wo er reglos liegenblieb.

Der Fahrer des Gabelstaplers beugte sich vor, um besser zielen zu können. Amber wußte, daß sie den Raum nicht lebend verlassen würde, wenn sie weiterkämpfte. Sie ließ die Axt fallen und hob die Hände.

DER APFEL rollte jetzt unablässig auf und ab. Die Wellen waren so unberechenbar geworden, daß das Klirren und Scheppern im OP fast die Lebenszeichen des Patienten in den Lautsprechern übertönte. Vor seinem geistigen Auge sah Mathis Siniak an seinem Schreibtisch sitzen und auf den Apparat vor sich starren, aus dessen Ohrmuschel das Piepsen und Pochen des Herztonverstärkers drangen. Er sah die Pistole, die neben dem Telefon lag. Und er sah in der kleinen Kammer über der Treppe seinen Sohn im Bett liegen, gefesselt und mit angstvoll aufgerissenen Augen. Es war sechs Minuten vor zwölf.

Mathis knirschte mit den Zähnen. Er beugte sich wieder über das Mikroskop, versuchte sich zu konzentrieren, den Seegang zu ignorieren. Er führte den Sauger an das Hämatom heran und streifte damit über das Blutgerinnsel. Die OP-Schwester legte ihm einen Dissektor in die linke Hand, und Hartmann führte die Hand mit dem Instrument in die Schädelöffnung, bis Mathis die Spitze vor dem Objektiv sehen und selbst lenken konnte. Mit der winzigen Dissektorspitze entfernte er kleine Portionen des Blutkuchens. „Alles in Ordnung?“ fragte er.

„Alles in Ordnung“, gab der Anästhesist zurück.

Mathis befand sich tief in der Höhle des Hämatoms. Ein Millimeter zu weit nach links, ein haarfeiner Riß in der Hirnschlagader, und das Blut würde aus der Schädelöffnung am Mikroskop hochschießen. Ein Millimeter zu weit nach rechts, ein Kratzer am Hirnstamm, und Krebs würde nie wieder erwachen.

Es war Viertel nach zwölf. Obwohl Mathis seit drei Stunden im OP stand, verspürte er keine Müdigkeit, sondern war überwach. Die letzten Reste des Blutgerinnsels hingen an der unteren vorderen Kleinhirnschlagader. *Denk an Krabbe, denk an Amber.*

Die Zeiger der Uhr wiesen auf zwanzig vor eins. Ein heftiger Stoß ließ die Plattform erbeben, und Mathis hielt den Atem an.

Der Dissektor streifte über die Hämatomkruste. Plötzlich war alles unter dem Mikroskop dunkelrot. Blut schoß in den Lichtstrahl, umspülte die Arme des Spatels, spritzte auf den Dissektor. Das Pochen des Herzschlagverstärkers wurde plötzlich langsamer. Der Piepston setzte aus – einmal, zweimal.

„Was ist los?“ rief der Anästhesist aufgeregt.

Wie gelähmt starrte Mathis durch das Mikroskop auf das sprudelnde Blut. Die beiden Schwestern tauschten einen verstörten Blick. Hartmanns Lippen zuckten.

„Spülen, schnell!“ befahl Mathis. Ein Wasserstrahl ergoß sich in den Präparationskanal, rollte über Kleinhirn, Spatel und Brückenvenen.

Das dunkelrote Blut wurde zinnoberfarben, dann rosa. Mit einem Gurgeln saugte das Silbermundstück des Gummischlauchs Blut und Wasser ab. Das Innere der Schädelhöhle klärte sich, ehe neues Blut nachfloß.

Sekundenlang glaubte Mathis, den Ursprung des Blutstroms ausgemacht zu haben. Da, an der Oberseite des Cerebellums. Eine der Brückenvenen war unter dem Druck gerissen – vielleicht hatte er sie auch mit dem Dissektor gestreift –, und jetzt schlug sie um sich. Er wollte gerade nach der elektrischen Pinzette verlangen, um die Blutung zu verschließen, als er begriff, daß es viel zuviel Blut war. Es mußte mehr als eine Quelle geben. Das Herz des Erleuchteten schlug bedrohlich langsam, dumpf hallte jede Kontraktion im OP nach.

*Er stirbt,* dachte Mathis, *er stirbt, und mit ihm stirbt Amber. Mit ihm sterben Tausende von unschuldigen Menschen. Um Himmels willen, er stirbt.*

AMBER lag auf dem Rücken in einer Schlafkoje, und sie konnte ihre Hände nicht mehr spüren. Der Strick, mit dem Luther sie gefesselt hatte, schnitt ihr ins Fleisch. Sie versuchte sich aufzurichten. In der Kabine brannte kein Licht, und von der Matratze stieg ein modriger Geruch auf. Luther hatte ihr erst die Hände zusammengebunden, dann die Füße, und schließlich hatte er sie mit einem weiteren Strick an der Koje festgemacht. Er ging kein Risiko mehr ein.

Amber war müde. Nur ihre Wut hielt sie wach. Sie hatte David versprochen, seinem Jungen zu helfen, und jetzt lag sie hier im Dunkeln, unfähig, das Versprechen zu halten. Luther war fortgehumpelt, bleich vor Zorn, um das Codewort abzuschicken. Wo immer die Todesengel warteten, in diesem Augenblick jagte der Befehl zum Losschlagen vielleicht schon durch das Netz.

Amber stemmte sich gegen den Strick, der ihren Brustkorb umschnürte. Sie versuchte, darunter hervorzurutschen, aber die Koje war zu klein. Sie beugte den Kopf vor, bis sie das Seil mit den Lippen spüren konnte, nahm es zwischen die Zähne und biß zu. Der Strick schmeckte pappig und süßlich. Sie versuchte, mit kleinen, nagenden Bissen die einzelnen Fasern zu durchtrennen. Sie waren hart wie Holz. Einige Zeit später blutete ihr Mund, doch sie nagte weiter. Ihre Nackensehnen zitterten, als drohten sie zu reißen, während ihre Mundhöhle zugeschwollen schien.

Wütend biß sie erneut zu und stemmte sich gegen das Seil. Das Seil riß!

Sie lockerte die Handfesseln, indem sie sie abwechselnd an der Kojenkante rieb und mit den Zähnen bearbeitete. Endlich konnte sie eine Hand herausziehen. Gleich darauf löste sie das Seil an den Fußknöcheln. Sie schwang die Beine aus der Koje und trat von einem Fuß auf den anderen, bis sie ihre Zehen wieder spürte. Sie tastete nach dem Knopf für das Licht, schaltete es ein und suchte nach einer Waffe.

Die Kabine war winzig. Es gab die Koje, einen an die Wand geschraubten Tisch, einen schmalen Spind und eine Duschzelle. Unter dem Waschbecken in der Duschzelle fand Amber in einer Metalldose einen Schraubenzieher. In dem kleinen Spiegel über dem Wasserhahn sah sie ihr Gesicht, verschmiert mit Blut und Schmutz.

Plötzlich hörte sie, wie die Tür zum Gang entriegelt wurde. Sie wirbelte herum, den Schraubenzieher in der Faust, und fand sich einem jungen Wächter gegenüber. Seine hellblauen Augen hatten einen erschrockenen, starren Blick. Er wollte nach seiner MP greifen, die an einem Lederriemen von seiner linken Schulter hing. Aber die Tür war zu eng, er blieb mit dem Lauf hängen. Amber hörte das Klirren der Waffe, hörte ihn etwas sagen, und als nächstes hörte sie ihn röcheln und sah, wie sich sein Gesicht verzerrte, und jetzt erst stellte sie erschrocken fest, daß sie ihm den Schraubenzieher in die Brust gestoßen hatte. Blut spritzte über den Griff des Werkzeugs und ihre Hand. Sie ließ den Griff los und wischte die Hand mit hektischen Bewegungen an ihrer Jacke ab.

Sie beugte sich zu dem Toten hinunter und nahm die MP an sich. Dann gab sie sich einen Ruck und stieg über den Toten hinweg auf den Gang hinaus.

Auf dem Korridor erwarteten sie die Diener der Zeugen Shivas. Aneinandergedrängt wie eine Lämmerherde, standen sie abgemagert und verhärmt vor den Türen ihrer Kabinen und sahen Amber schweigend entgegen. Es waren mindestens vierzig Frauen und Männer, alle gleich gekleidet in graue Baumwollhosen und dottergelbe, ärmellose Hemden.

Entschlossen schritt Amber den Korridor entlang, stemmte sich gegen die Tür zum Fahrstuhlschacht und drückte sie auf. Sie lief hinaus in den Schacht. Sie mußte Luther finden, bevor er seine Todeskommandos losschicken konnte.

MATHIS starrte durch das Mikroskop und überlegte fieberhaft. Was hatte er verletzt? Woher kam das ganze Blut? Hatte er es mit einer Anomalie zu tun, dem Entsetzlichsten, was einem Operateur passieren konnte? Wenn er eines der mikroskopisch kleinen Äderchen, die sich deltaförmig von der Kleinhirnschlagader abfächerten und den Hirnstamm speisten, auch nur angeritzt hatte, dann starben in dieser Sekunde Tausende lebenswichtiger, unersetzlicher Zellen.

Seine Hand zitterte plötzlich wieder. Arme und Beine waren weich wie Watte. „Elektrische Pinzette!" rief er.

„Es müssen mehrere Blutungen sein", sagte Hartmann dicht neben ihm.

„Eine ist oben am Cerebellum", sagte Mathis heiser. Er spürte, wie die Schwester ihm die Pinzette in die Hand drückte. „Eine gerissene Brückenvene. Die andere muß irgendwo –"

„Rechts unten", sagte Hartmann bestimmt.

Rechts unten verlief die Kleinhirnschlagader. Rechts unten spreizte sich das Delta der kleinen Äderchen, die den Hirnstamm speisten. Mathis versuchte, das Mikroskop schärfer einzustellen.

Die Alarmsirene heulte irgendwo auf der Plattform. Die beiden Prätorianer starrten sich an. Dann stürzte einer von ihnen zum OP-Tisch. „Was ist los?" schrie er.

„Zurück", fuhr Hartmann ihn an, „du bist im sterilen Bereich!"

Zögernd trat der Leibwächter einen Schritt zurück.

„Ausspülen!" befahl Mathis der OP-Schwester. Wasser wirbelte unter dem Objektiv des Mikroskops über die Hirnlandschaft.

„Sehen Sie, da! Unten rechts!" rief Hartmann.

Aber Mathis war nicht sicher. Er sah eine Art Kaskade rechts unten, nah am Hirnstamm, viel zu nah. Wenn er mit der Pinzette danebenfaßte, steckte er mitten im Delta. Warum wollte Hartmann, daß er dort hineinging?

„Worauf warten Sie", sagte Hartmann mit schrillem Unterton, „es ist doch direkt vor Ihnen."

AMBER schlich den Gang zur Funkstation entlang. Sie hatte die Maschinenpistole entsichert und hielt den Finger am Abzug. Sie hatte Durst, und ihr war schwindlig. Ihr Mund war ein einziges pochendes Brennen.

Hinter der nächsten Tür mußte die Funkstation sein. Oder hinter der übernächsten. Sie stolperte auf die nächste Tür zu und riß sie auf. Dahinter lag ein weiterer Gang und an dessen Ende noch eine Tür. Die Türfüllung schlug hin und her. Das Kommunikationszentrum.

Amber lief los. Am Ende des Gangs preßte sie sich gegen die Wand und wartete, bis die Tür wieder aufschlug. Sie zählte *eins, zwei, drei,* bevor sie die MP in Anschlag brachte und in den schwach erleuchteten Raum dahinter sprang.

Luther stand mit dem Rücken zu ihr über einen Computer gebeugt und tippte rasch eine Folge von Buchstaben mit der rechten Hand, während er sich mit der linken an der Tischkante festhielt. Seine Pistole lag neben der Tastatur des Computers.

„Luther“, rief Amber, „gehen Sie weg von dem Ding!“

Als hätte er sie nicht gehört, eilten Luthers Finger weiter fieberhaft über die PC-Tasten.

Amber rannte auf ihn zu und rammte ihm die Mündung der MP in die Seite. „Gehen Sie da weg, oder ich drücke ab!“ schrie sie.

Er richtete sich langsam auf und starrte auf den Bildschirm. Ein Auge war zugeschwollen, die Unterlippe aufgeplatzt, aber trotzdem konnte Amber erkennen, daß er lächelte. Mit dem Lauf der MP drängte sie ihn zurück, bis er taumelte und sein zerschmettertes Knie ihm den Dienst verweigerte. Er brach zusammen.

„Runter mit Ihnen“, befahl sie, „auf den Boden!“ Sie griff nach seiner Pistole und schob sie sich in den Hosenbund. „Legen Sie sich hin!“

Luther blieb knien. „Sie werden nicht auf mich schießen“, sagte er.

Amber warf einen Blick auf den Computerbildschirm und erstarrte. Sie las:

DER ERLEUCHTETE IST TOT –
DIE UNGLÄUBIGEN STÜRMEN CAHERCOMMAUN –
GEHT HIN UND TÖTET!

Entsetzt erkannte sie am oberen Rand des Bildschirms die E-Mail-Adresse der St. Patrick's-Klinik in Dublin und eine Datei weiterer Adressaten für die Botschaft in England, Frankreich und Deutschland. Ein rhythmisch pulsierender Punkt wartete vor der zweiten Adressenzeile. Sie fuhr herum. „Haben Sie das abgeschickt?“ schrie sie.

„SPÜLEN und Strom!“ befahl Mathis.

Die Schwester gab das Wasser frei, und eine Sekunde lang sah er die zweite Blutung klar und deutlich – links oben. „Strom!“

Nichts geschah. Hartmanns Fuß stand bewegungslos neben dem Strompedal. Mathis rutschte vom OP-Hocker und trat auf das Fußpedal, wobei er die Blutungen nicht aus dem Auge ließ. Rasch führte er die elektrische Pinzette nach links oben, wo sich die gefährlichere der beiden Schlangen wand. Die Pinzette erwischte die Ader genau in dem Sekundenbruchteil, in dem sie am weitesten von Kleinhirnschlagader und Hirnstamm entfernt war. Die Blutung stand sofort. Gleich danach wandte sich Mathis der gerissenen Brückenvene zu. Ein weiteres Zupacken, gefolgt von grauem Rauch, und auch die zweite Aderöffnung war verschlossen.

Allmählich beschleunigte sich das Pochen des Herzschlagverstärkers wieder, die Piepstöne der Herzstromkurve eilten hinterher.

„Licht an!" befahl Mathis und zog die Instrumente aus dem Präparationskanal. Die Neonlampen an der Saaldecke flammten auf.

Hartmann war blaß, sein Mund schmal vor Enttäuschung. Er trat vom OP-Tisch zurück und sagte: „Meinen Glückwunsch, Dr. Mathis, das war großartig. Bitte, entschuldigen Sie mich. Ich muß etwas erledigen." Mit raschen Schritten steuerte er die hydraulische Tür an.

„Halten Sie den Mann auf!" rief Mathis den Prätorianern zu. „Er darf den OP nicht verlassen!"

Die beiden Wachtposten wechselten einen überraschten Blick. Als Hartmann die Tür erreicht hatte, legte ihm einer der Leibwächter eine Hand auf den linken Arm. „Hände weg", fauchte Hartmann ihn an, „was fällt dir ein!"

Mathis griff nach einem Skalpell auf dem Instrumententisch und hielt es über den offenen Schädel des Patienten. „Halten Sie ihn auf, wenn Ihnen etwas am Leben des Erleuchteten liegt! Man hat mich hierhergebracht, damit ich Salman Krebs durch einen Kunstfehler umbringe. Dieser Mann steckt dahinter, und wenn Sie ihn gehen lassen, wird er auf andere Weise versuchen, sein Ziel zu erreichen! Wenn Sie mir nicht glauben, habe ich keine andere Wahl, als das zu tun, was er verlangt. Das Leben des Erleuchteten liegt jetzt in Ihren Händen!"

Hartmann wollte sich losreißen, aber der Prätorianer verstärkte seinen Griff. Gleichzeitig sprach er in das Mikrofon vor seinem Mund. „Alpha eins, wir haben ein Problem im OP", sagte er. „Hören Sie mich, Alpha eins? Alpha eins, bitte kommen –"

In diesem Moment wurde die Bohrinsel von der Faust Gottes getroffen, und auf einen Schlag erloschen alle Lampen.

AMBER stand in der plötzlichen Dunkelheit und starrte auf den schimmernden Bildschirm, auf dem sich die Silben des Mordauftrags gestochen scharf abzeichneten. Sie überlegte verzweifelt, die Maschinenpistole auf den knienden Luther gerichtet. Die Computer schienen vom Hauptstromaggregat unabhängig zu sein, aber ein Computer nützte ihr nichts. Sie konnte die verdammten Dinger nicht einmal bedienen. Unterdessen las ein paar hundert Kilometer entfernt in der St.-Patrick's-Klinik ein Mann dieselben Worte auf dem Bildschirm seines eigenen PC und griff nach einem Behälter mit Sarin, um das tödliche Gift in den Gängen und Zimmern des Krankenhauses –

Unvermittelt fiel Amber ein Name ein. *Fleming.* Commander Fleming vom MI6 und Chief Constable O'Malley von der RUC. Sie hatten ihr eine Nummer gegeben, unter der sie zu erreichen waren. Wo war der Zettel mit der Nummer?

In panischer Hast durchsuchte sie ihre Taschen. Vor der Tür begann eine Sirene zu heulen, in kurzen Intervallen. In der linken Außentasche der Jacke fand sie eine Papierkugel, die sie hervorholte und gegen den PC-Bildschirm hielt. Mit beiden Händen versuchte sie, den feuchten Klumpen wieder in ein Stück Papier zu verwandeln. Ihre Finger zitterten. Etwas stand auf dem Fetzen, ein Stück von einer Zahl, aber die Tinte war verlaufen. Sieben. Nein, neun… Amber versuchte sich zu erinnern. Sie hatte ein gutes Gedächtnis, und während er die Nummer aufschrieb, hatte Fleming sie vor sich hin gesprochen.

Da, das Telefon. Sie riß den Apparat aus der Halterung und tippte die Nummer ein.

„Ja?"

„Geben Sie mir Commander Fleming. Hier ist Dr. Amber Schneider. Er erwartet meinen Anruf."

„Commander Fleming ist im Moment unabkömmlich."

„Dann geben Sie mir Chief Constable O'Malley. Schnell."

Am anderen Ende entstand eine Pause. „O'Malley", sagte eine Stimme.

„O'Malley, hier ist Amber Schneider. Luther hat den Befehl gegeben. Die Sekte hat jemand im St.-Patrick's-Krankenhaus, und er hat ihm per E-Mail –"

„Herrgott, bleiben Sie dran. Ich versuche, Fleming zu erreichen. Er ist in der Klinik!"

Das Telefon noch am Ohr, hörte Amber, wie die Sirene auf dem Gang erstarb.

Zwei Prätorianer mit Maschinenpistolen stürmten in den Raum. „Legt sie um!" schrie Luther. Der eine der beiden Männer legte auf Amber an. Sie ließ das Telefon fallen, riß ihre MP hoch und drückte auf den Abzug. Eine Feuerlanze schoß aus dem Lauf ihrer Waffe. Die Prätorianer schossen im selben Moment. Amber warf sich zu Boden. Der Bildschirm des Computers zerplatzte unter den Geschossen. Eine

Reihe knisternder Funken sprang aus der Kurzwellenanlage, als das heiße Blei eine glühende Spur quer über die Front zog. Der Radarschirm barst, und von den anderen Telefongeräten blieb nichts als rauchende Splitter.

Auf dem Rücken liegend, gab Amber zwei kurze Feuerstöße ab. Sie schoß und schoß, bis die Waffe leer war. Entsetzt sah sie im Schein der Mündungsflamme, wie ihre Kugeln kleine schwarze Löcher in Brust und Bauch der Prätorianer stanzten. Die beiden Männer zuckten, die Waffen flogen ihnen aus den Händen. An der Art, wie die Männer fielen, konnte Amber erkennen, daß sie schon tot waren, ehe sie den Boden berührten.

Sie blickte auf. Luther kauerte auf beiden Knien, die Hände an den Hals gepreßt. Blut floß aus seinem Mund und breitete sich zwischen seinen Beinen zu einer kleinen Lache aus. Zwischen seinen Fingern schaute ein daumenlanger Metallsplitter hervor. Dann neigte sein Kopf sich vor, bis seine Stirn die Blutlache berührte. Nach einiger Zeit schwang sein Kopf im Rhythmus der Plattform.

Amber stand auf. Irgendwann während des kurzen Kampfes hatte sich das Notstromaggregat eingeschaltet. Im schwachen Licht einer roten Lampe über der Tür suchte sie nach dem Telefon, mit dem sie O'Malley angerufen hatte. Sie fand es unter der zerstörten Funkanlage. Schon bevor sie es ans Ohr hielt, wußte sie, daß es nicht mehr funktionierte.

Es gab keine Möglichkeit, noch Kontakt mit der Außenwelt aufzunehmen. Außer einer. Amber lief zur Tür. Im Laufen warf sie die leere MP fort. Es gab nur noch einen Weg, wie sie Davids Jungen retten konnte. Vor ihrem inneren Auge blitzte wieder das Bild des Hauses auf, das sie gesehen hatte, als sie gefesselt gewesen war. Es mußte das Haus sein, in dem Siniak Krabbe gefangenhielt.

Sie rannte den Gang entlang und stemmte sich gegen die Außentür. Die Tür ging auf. Naß glänzend lag das Deck vor Amber, und der Wind packte sie mit aller Macht. Sie hielt sich am Türrahmen fest und rang nach Luft. Dann ließ sie den Türrahmen los. Ihr war, als brauchte sie eine Ewigkeit zur Reling, obwohl sie nur fünf Meter entfernt war. Sie erreichte die Gangway, zog sich an der Brüstung hoch und taumelte die Stufen hinunter.

Die Rettungsboote waren mit Öltuch abgedeckt. Sie hingen an galgenförmigen Davits und schlugen unter den peitschenden Böen hin und her. Amber wischte sich die Augen frei und starrte aufs Meer hinaus. Sie suchte die Patrouillenboote der Belagerer, konnte sie aber nicht sehen. Die Schiffe mußten dasein, und auch wenn Amber sie nicht sehen konnte, hoffte sie trotzdem, daß jemand an Bord der Schiffe *sie* sah.

Sie kämpfte sich zu dem ersten Rettungsboot vor. Mit kältestarren Fingern löste sie die Persenning so weit, daß sie in das Boot klettern konnte. Im Boot befanden sich ein Holzruder in einer Klemmhalterung und ein Hebel. Amber zerrte an dem Hebel. Er rührte sich nicht. Sie schrie vor Enttäuschung. Mit beiden Fäusten hieb sie auf den Hebel ein, riß und schob, und endlich gab er nach, und da schrie sie wieder, und sie schrie die ganze Zeit, als sie in dem Boot tief hinabfiel auf die kochende See.

# 13

Commander Fleming wußte nicht, nach wem er Ausschau halten sollte. Es konnte ein Arzt sein, ein Pfleger, eine Schwester oder ein Patient. Jeder konnte der Attentäter sein, sogar ein Polizist.

Sofort nach dem Gespräch mit O'Malley hatte er die Evakuierung des St.-Patrick's-Krankenhauses veranlaßt. Die Menschen strömten durch die Korridore auf die Treppenhäuser zu – Männer, Frauen und Kinder, die meisten noch in Kitteln oder Schlafanzügen, manche mit Infusionsständern neben sich. Klinikbedienstete schoben Patienten in Rollstühlen auf die Fahrstühle zu. Pfleger rollten Betten über die Gänge, und Schwestern trugen in Körben Neugeborene die Stufen hinunter. Polizeibeamte hielten immer wieder verdächtige Personen an und durchsuchten sie.

Fleming sah in jedes Gesicht, blickte auf die Schuhe und Hände. Die Belüftungsanlage des Krankenhauses war ausgeschaltet worden, ebenso die Heizung. Im Keller hatten die Polizeibeamten einen toten Constable gefunden, außerdem Spuren von Chemikalien im Schaltraum. Wenn die Terroristen noch in der Klinik waren, mußten sie jetzt zuschlagen.

Fleming hatte eine Gasmaske in der linken Hand. Seine rechte steckte in der Manteltasche, wo sie den Lauf der Pistole umklammerte. Neben ihm stand ein Polizist in einem weißen Schutzanzug und hielt einen Käfig mit einem Kanarienvogel, der fröhlich zwitscherte.

Der Mann trug einen Aktenkoffer. Er trat aus einem Fahrstuhl und drängte sich unter die Patienten, die dem Ausgang zuströmten.

Fleming hatte den Mann schon einmal gesehen. Er erinnerte sich an das Gesicht, ohne sofort zu begreifen, woher er es kannte. Der Mann trug einen weißen Kittel, aber er gehörte nicht hierher, und damals hatte er keinen Kittel und keine Brille getragen. Nein, es war nicht das Gesicht – es waren die Sommersprossen. Fleming erinnerte sich plötzlich, wie der Mann auf der Rollbahn des Connaught International aus der BMW-Limousine gestiegen war, wie er eine Pistole aus seiner Chauffeursuniform gezogen und damit auf Professor Berthold geschossen hatte.

Mit dem Daumen schob Fleming den Sicherungshebel der Pistole zurück.

Der Mann blickte starr geradeaus. Er hielt den Aktenkoffer in der linken Hand, die rechte steckte in der Kitteltasche. Worauf wartet er? dachte Fleming. Er ließ den Mann nicht aus den Augen. Dann wußte er es. Das Foyer. Dort stauten sich die meisten Patienten, bevor sie durch den engen Ausgang nach draußen konnten. Vorsichtig, um keine Panik auszulösen, arbeitete sich Fleming auf den Mann zu. Dann ging er etwas schneller, um vor dem Mann an der Treppe im Erdgeschoß zu sein. Zwischen ihnen befand sich ein Pulk von Patienten und Schwestern.

Der Mann blickte nicht in seine Richtung. Die rechte Hand steckte noch immer in der Kitteltasche, zur Faust geballt. Eine Phiole, dachte Fleming; er hat eine Phiole in der Tasche. Die Giftgasbehälter sind im Koffer, und in der Phiole ist was anderes – vielleicht ein biologischer Kampfstoff...

Noch neun Meter bis zur Treppe. Der Mann zog die rechte Hand aus der Kitteltasche. Die Finger griffen nach dem Brillengestell, rückten es zurecht. Dann tasteten sie nach den Schnappschlössern des Aktenkoffers. Noch sechs Meter. Fleming lauschte angestrengt und hörte das erste Schloß aufspringen. Er stieß einen Pfleger, der vor ihm ging, zur Seite und riß die Pistole aus der Manteltasche. In diesem Moment bemerkte ihn der Mann. Es waren noch drei Meter bis zur Treppe, als der Mann losrannte und dabei das zweite Kofferschloß zu öffnen versuchte.

„Aus dem Weg!" rief Fleming. „Hinlegen! Alle hinlegen!"

Köpfe fuhren herum; jemand schrie. Eine Frau begann zu rennen. Ein Kind stolperte und fiel. Die ersten Patienten warfen sich zu Boden. Der Mann hatte die Treppe erreicht und versuchte immer noch, den Aktenkoffer zu öffnen. Noch immer hatte Fleming keine freie Schußbahn. Da tat sich links von ihm eine Lücke auf.

Fleming sprang die Stufen hinunter, die Pistole auf den Mann fünf Stufen über ihm gerichtet. Niemand befand sich mehr zwischen ihnen. „Lassen Sie den Koffer fallen!" rief Fleming.

Der Mann schüttelte den Kopf. „Ich werde alle töten!" schrie er. Er griff in die rechte Kitteltasche und holte ein kleines braunes Fläschchen hervor, das er über seinen Kopf hob. „Wir müssen alle sterben."

„Nein, Sie können sich retten!" Mit einem scharfen Ruck des linken Handgelenks warf Fleming die Gasmaske dem Mann zu. Die Augen hinter der Brille waren aufgerissen, als der Attentäter unter dem jähen Entscheidungszwang zu erstarren schien. Die Gasmaske flog auf sein Gesicht zu, und erst in letzter Sekunde ließ er die Phiole fallen, um die Maske zu fangen. Fleming sah die Phiole fallen, langsam genug, damit er vorwärts hechten konnte, um sie mit ausgestreckter Hand zu fangen, bevor sie auf den Stufen zerschellen konnte.

Fleming lag mit schmerzenden Rippen auf der Treppe, die Hand mit der Phiole in die Luft gereckt, und schoß die ganze Trommel leer, bevor der Mann den Koffer öffnen konnte.

Der Aufprall schleuderte Amber fast aus dem Rettungsboot. Sie klammerte sich an die Bordwand, aber sie spürte ihre Finger nicht mehr. Eine Welle schlug über der Pinasse zusammen. Das Wasser traf Amber so hart wie der Hieb mit einem Spatenblatt. Es erstickte ihren Schrei, drang ihr in Nase und Rachen. Sie würgte und mußte husten, aber sie ließ nicht los.

Als sie die Augen wieder öffnete, ragten die Betonsäulen der Bohrinsel bedrohlich über ihr auf. Amber saß bis zu den Waden in kaltem Wasser. Mit fühllosen Händen griff sie nach den Riemen und zerrte sie aus ihrer Halterung. Sie tauchte die Ruder tief ins Wasser, stemmte die Füße gegen den Boden der Pinasse und riß die Griffe mit aller Kraft auf ihre Schultern zu. Knirschend schabte die Pinasse an dem Pfeiler vorbei. In einer kurzen Atempause des Sturms pullte sie aus dem Schatten der Bohrinsel.

Sie versuchte sich zu orientieren. Irgendwo in der Dunkelheit hinter ihrem Rücken mußten die Schiffe sein. Wenn sie nicht abgedreht hatten. *Lieber Gott, mach, daß die Schiffe noch da sind.*

Sie riß und zerrte an den Riemen, legte ihre ganze Kraft in die Züge. Ihre Arme und Beine zitterten, ihr wurde schwarz vor Augen, aber sie pullte weiter.

Das Salz brannte in ihren Wunden, und sie hatte Durst. Wie absurd. Ihr Mund zog sich zusammen, so durstig war sie. Sie preßte die Lippen aufeinander und versuchte, nur durch die Nase zu atmen. Aber dann dachte sie, daß sie schreien mußte, und sie schrie um Hilfe.

Trotz des Reißens in ihren Muskeln hörte sie nicht auf zu rudern. Sie begann, ihre Schmerzen zu zählen. Schmerzen im Mund. Schmerzen in der Brust. Schmerzen in beiden Ohren. Schmerzen in den Armen. Der Rücken war ein einziger Schmerz. Die Beine spürte sie nicht, von den Knien bis hinunter zu den Füßen hatte sie keine Empfindungen.

Dann riß plötzlich etwas in ihr, und sie hörte auf. Ruderte nicht mehr. Sie schloß die Augen. *Laß es*, flüsterte es in ihr; *gib auf. Du schaffst es sowieso nicht. Warum willst du weiterkämpfen? Es ist doch nicht dein Kind. Du kennst es nicht einmal.*

Amber riß die Augen wieder auf. Sie hörte plötzlich eine andere Stimme in sich. *So darfst du nicht denken. Du liebst David doch und willst ihm helfen. Und wenn man etwas liebt, dann kämpft man dafür.*

In diesem Moment packte die Welle das Boot und begrub es unter sich. Mit einem dunklen Gurgeln preßte das kalte Wasser Ambers Kopf zusammen. Ihre Arme schlugen um sich. Sie griff nach der Bootswand und konnte sie nicht finden.

„Ist er tot?"

„Ja", sagte Mathis. „Er ist tot." Er zog sich die Gesichtsmaske vom Mund.

Am anderen Ende der Leitung war Schweigen. Dann sagte Siniak: „Ich glaube Ihnen nicht. Sie wissen, was das bedeutet?"

„Siniak, warten Sie..." Mathis umklammerte das Zellulartelefon. „Hören Sie –"

„Geben Sie mir Hartmann", sagte Siniak.

Dr. Hartmann stand hinter Krebs und vernähte die Adern und Membranen im Kopf des Patienten. Der Kommandeur der Prätorianer, Alpha eins, stand neben ihm und hielt eine Pistole auf seine Schläfe gerichtet. Ein weiterer Prätorianer stand neben Mathis, ebenfalls mit einer Waffe in der Hand.

„Dr. Hartmann kann im Augenblick nicht mit Ihnen sprechen", sagte Mathis. „Er ist –"

„Ich stehe neben dem Bett Ihres Jungen!" brüllte Siniak plötzlich. „Ich brauche bloß noch abzudrücken!"

„Nein – nicht –, tun Sie das nicht, bitte. Schauen Sie ihn sich an... Er ist erst dreizehn. Er hat noch das ganze Leben vor sich. Kann ich mit ihm sprechen?"

„Nein."

„Bitte, lassen Sie mich mit ihm reden. Ich möchte nur noch einmal seine Stimme hören..."

„Doktor, entweder Sie holen Hartmann an den Apparat, und er bestätigt mir, daß Krebs und Luther tot sind, oder ich unterbreche die Verbindung."

„Halt, noch eine Sekunde!" rief Mathis. „Wenn Sie meinen Jungen töten, haben Sie nichts mehr gegen mich in der Hand. Dann gibt es keine Garantie, daß ich den Behörden nicht alles sage, was ich über Sie weiß."

Siniak lachte. „Sie haben sowieso schon alles kaputtgemacht, alles! Sie haben meine Pläne durchkreuzt und die von Luther..., ausgerechnet ein Arzt! Was sind Sie für ein Mensch! Wir haben Ihren Bruder benutzt... Wir haben Ihre Frau benutzt und Ihre Freundin..., Ihren Sohn... Wir haben alles versucht, damit Sie tun, was wir wollen..., aber Sie hören einfach nicht zu."

„Dr. Siniak, ich verspreche Ihnen, wenn Sie Krabbe am Leben lassen, höre ich zu. Und ich werde tun, was Sie sagen."

„Es ist zu spät. Sie haben mich belogen, aber ich halte mein Wort."

Mathis wollte schreien, brachte aber keinen Ton heraus. Er hörte nur Siniaks Atmen am anderen Ende, und er hörte Hartmann zu den Schwestern sagen: „Es könnte sein, daß sich eine neue intrakranielle Blutung bildet, deswegen müssen jede Stunde Puls, Blutdruck, Pupillenweite und Bewußtseinslage kontrolliert werden. Zur Gefäßabdichtung und Ödemhemmung geben Sie ihm drei Tage lang achtundvierzig Milligramm Dexamethason –", und dann hörte er in dem Apparat an seinem Ohr einen Schuß, so laut, daß ihm fast das Trommelfell platzte.

*„Krabbe!"*

In seinen Schrei hinein barst die Wand vor der Tür zum OP. Eine Detonation riß die Stahlplatte auseinander, Flammen fauchten in den Gang. Rauch quoll auf den OP zu. Metallsplitter spritzten gegen die Sichtfenster in den Türflügeln, die unter der Druckwelle erbebten. Gleich darauf erklang ein fernes Krachen, das in ein Zischen überging und in einer zweiten Explosion mündete, diesmal nicht ganz so nah.

Mathis stand wie gelähmt, die Faust um das Handy gekrampft.

Maschinengewehre hämmerten. Die Prätorianer stürmten hinaus. Der Rauch auf dem Gang wurde dichter, und jetzt schienen auch die Wände Feuer gefangen zu haben. Hartmann warf sich zu Boden, die

Schwestern kauerten sich in eine Ecke. Nur der Anästhesist blieb hinter seinem Instrumentenpult kauern. Stimmen brüllten Befehle und Informationen: „Was war das?“ – „Sie greifen an!“ – „Sie sind schon auf der Insel!“ – „Riegelt das Hospital ab!“

Durch die schwingenden Türen und das Loch in der Wand sah Mathis Helikopter vorbeifliegen. Kommandotrupps sprangen aus den Luken auf die Plattform.

„David!“

Mathis achtete erst nicht auf die verzerrte Stimme, die aus dem Verstärker des Funktelefons drang. Er blinzelte verstört. Durch das Loch in der Wand sah er die Silhouetten von Soldaten, die durch den Qualm eilten. Auf einmal war es still. Genauso plötzlich, wie das Feuergefecht begonnen hatte, hatte es aufgehört.

„David!“

Benommen hob Mathis den Apparat ans Ohr. „Ja?“

„Was ist denn das für ein Lärm bei euch?“ fragte eine Frauenstimme.

„Amber? Wo bist du?“

„Hier, in Siniaks Haus. Hast du mein Versprechen vergessen?“

Mathis spürte, wie seine Knie weich wurden. „Was ist mit Krabbe?“

„Es geht ihm gut. Ich kümmere mich um ihn. Ich bin Kinderärztin, schon vergessen?“ Ihr Tonfall war heiter, aber ihre Stimme klang erschöpft.

„Wie bist du dahingekommen?“

„Ich bin von der Insel gesprungen. Die Engländer haben mich aus dem Wasser gefischt. Wir haben Siniaks Haus gestürmt.“

„Aber wie habt ihr es gefunden?“

„Die Telefonverbindung. Ein Überwachungssatellit. O’Malley hat die Frequenz ausfindig gemacht und damit auch den Standort des Apparats. Gott sei Dank wußte ich von dir, daß Siniak die ganze Operation über eine stehende Leitung verfolgen wollte.“

„Was ist mit ihm?“

„Tot. Ein Scharfschütze. Und Krebs?“

„Er lebt. Ich liebe dich. Kann ich Krabbe sprechen?“

„Einen Moment, ich gebe ihn dir.“

Seine Finger schmerzten, so fest hielt er das Telefon. Er sah zu dem Apfel hinüber, der unter das Elektroschockgerät gerollt war. Dann hörte er die Stimme seines Sohnes und wußte plötzlich, daß ein einziges Wort schwerer und tiefer in ein Herz fallen konnte als ein Stein in einen Ozean.

„Papa?“

# 14

Die Eltern von Tobias Levi warteten direkt hinter den Klapptüren des Operationssaals der Universitätsklinik Eppendorf. Sie zögerten, die Fragen zu stellen, die in ihren Augen standen. Mathis zog sich den Mundschutz vom Kinn.

„Was ist mit Toby?“ fragte die Mutter. „Haben Sie – wird er wieder gesund? War die Operation erfolgreich?“

„Er hat den Eingriff gut überstanden“, sagte Mathis. „Wir haben den Tumor entfernt. Der Zustand des Jungen ist stabil. Wenn es keine Komplikationen gibt, braucht er nicht mehr lange auf der Intensivstation zu bleiben. In einer Woche sitzt er wieder vor dem Computer und stürzt sich in seine Lieblingsspiele.“

„Danke, Herr Doktor“, sagte die Mutter. Tränen der Erleichterung schossen ihr in die Augen. Ihr Mann griff nach ihrer Hand. Langsam ließ sie den Kopf an seine Brust sinken. Er schloß sie in die Arme und warf Mathis einen dankbaren Blick zu.

„Bitte, entschuldigen Sie mich“, sagte Mathis. Er suchte das Ärztezimmer auf, um sich umzuziehen. Als er es zehn Minuten später verließ, entdeckte er auf dem Gang vor der Tür Amber und Krabbe, und er spürte jenes vertraute Zucken, als würde ihm ein leichter elektrischer Schlag versetzt. Es war so neu: die Frau, die er liebte, Hand in Hand mit seinem Sohn.

„Wir haben alles gehört“, sagte Krabbe stolz.

„Ach was“, meinte Mathis, fast verlegen angesichts des Ausdrucks in den Augen seines Jungen. Er packte Krabbe an den Hüften und hob ihn hoch. Krabbe warf ihm die Arme um den Hals, umschlang ihn mit den Beinen und vergrub das Gesicht in dem Kittel über seiner Brust. Der kleine Körper war warm, aber zu dünn, und er klammerte sich so heftig an ihn, daß die Muskeln zitterten.

„Sie sind ein Held, Dr. Mathis“, erklärte Amber. Ihr rechtes Auge war noch immer ein wenig geschwollen, und auch der Riß in der Unterlippe heilte nur langsam. Aber ihrer Schönheit tat das keinen Abbruch.

„Endlich mal jemand, der meine Arbeit angemessen zu würdigen weiß“, sagte Mathis und drehte sich ein wenig, damit er ihr einen Kuß geben konnte. „Kein Wunder, daß du dich so an mich ranschmeißt.“

„Ich schmeiße mich an dich ran?“ fragte Amber ungläubig.

„Schon über zwanzig Jahre, seit damals in der Kirche."

„*Ich* habe mich an dich rangeschmissen!" rief Krabbe an seiner Brust.

„Du auch", bestätigte Mathis. „Also gut, wer hat Hunger?"

„Ich habe Hunger", verkündete Krabbe.

„Ich auch." Mathis betrachtete Amber. „Was ist mit dir?"

„Ich weiß nicht, ob ich je wieder etwas essen kann", antwortete sie mit einer schmerzlichen Grimasse.

„Aber du kannst uns wenigstens beim Essen zusehen", sagte Mathis und trug seinen Sohn auf den Ausgang zu, hinter dem die Septembersonne das Herbstlaub auf dem Rasen in Gold verwandelte.

Foto: Werner Jo Schmid

# „Eine Einladung in den Operationssaal habe ich dankend abgelehnt."

Rasante Actionszenen, ein hohes Erzähltempo und schnelle Schwenks zwischen interessanten Schauplätzen – mit diesen Mitteln hält Cornelius Fischer den Leser in atemloser Spannung. Dem 1951 in Berlin geborenen Autor ist es gelungen, das Vorurteil zu widerlegen, man müsse Amerikaner sein, um einen echten Thriller zu schreiben. Dabei kommt es Fischer zugute, daß er sein Gespür für Dramaturgie jahrelang als Übersetzer von Unterhaltungsschriftstellern wie Sidney Sheldon und Robin Cook schulte und das Gelernte als Drehbuchautor beim Fernsehen verfeinern konnte. Der in München wohnhafte Autor lieferte zahlreiche Vorlagen zu erfolgreichen TV-Serien wie „Der Fahnder" und „Auf Achse".

Nach einer journalistischen Ausbildung hatte Fischer in den siebziger Jahren als Pressesprecher für den Landesfilmdienst Bayern gearbeitet und danach als freier Schriftsteller und Drehbuchautor die Welt bereist. 1989 veröffentlichte er den vielbeachteten Roman *Goyas Hand*, der unter anderem für den „aspekte"-Literaturpreis nominiert wurde.

Mit den detailliert geschilderten Szenen aus dem Operationssaal in *Das Ende aller Tage* beweist Cornelius Fischer, daß er in der Lage ist, sich in ein kompliziertes Fachgebiet einzuarbeiten. Um die Stimmigkeit seiner Schilderung zu gewährleisten, bat er einen Professor für Gehirnchirurgie, das Manuskript durchzulesen. Der Professor zeigte sich sehr beeindruckt von der fachlichen Richtigkeit und lud Fischer prompt in den Operationssaal ein. „Ich habe dankend abgelehnt", gesteht der Autor. „Ich war mir einfach nicht sicher, ob ich nicht umkippen würde, wenn ich die chirurgische Arbeit aus nächster Nähe erlebte."

Übersetzer:
*Bis zur Unkenntlichkeit:* Rüdiger Hipp
*Die Brücken der Freiheit:* Till R. Lohmeyer und Christel Rost
*Weit wie das Meer:* Bettina Runge

Illustrationen und Fotos:
*Bis zur Unkenntlichkeit:* S. 4 (links) Feuerwehr, S. 8 und Kapitelvignetten: Vince Streano/Tony Stone; S. 4 (links) Häuser: Margot Granitsas/Transglobe Agency, S. 6/7: Index Stock/Transglobe Agency (Feuerwehr); Cosmo Condina/Tony Stone (Häuser)
*Die Brücken der Freiheit:* S. 4 (rechts), 172/173: Kevin Twedell, S. 174: Ray Massey/Tony Stone
*Weit wie das Meer:* S. 5 (links), 352/353: Wayne Cable/Cable Studios, S. 354 und Kapitelvignetten: James Harrington/Tony Stone
*Das Ende aller Tage:* S. 5 (rechts), 458/459, 460: Tony Stone

Die ungekürzten Ausgaben von *Die Brücken der Freiheit, Weit wie das Meer* und *Das Ende aller Tage* sind im Buchhandel erhältlich.